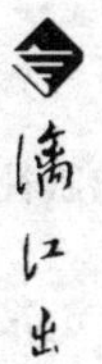

漓江出版社

我们必须爱这残缺的世界

《广西文学》杂志社 编

U0920133

图书在版编目（CIP）数据

我们必须爱这残缺的世界 /《广西文学》杂志社编. —桂林：漓江出版社，2017.8（2022.3重印）

ISBN 978-7-5407-8253-5

Ⅰ.①我… Ⅱ.①广… Ⅲ.①散文集—中国—当代
Ⅳ.①I267

中国版本图书馆 CIP 数据核字（2017）第 216984 号

我们必须爱这残缺的世界

出 版 人： 刘迪才
作　　者：《广西文学》杂志社　编
策　　划： 石才夫
编　　委： 覃瑞强　冯艳冰　李约热　韦　露
责任编辑： 何　伟　杨海涛
助理编辑： 滚碧月
装帧设计： 璞　闾

出版发行： 漓江出版社
社　　址： 广西桂林市南环路 22 号
邮　　编： 541002
发行电话： 0773－2583322　0771－5825315
传　　真： 0773－2582200　0771－5824817
电子信箱： ljcbs@163.com
网　　址： http：//www.lijiangbook.com

印　　刷： 三河市天润建兴印务有限公司
开　　本： 880 mm×1230 mm　1/32
印　　张： 15.5
字　　数： 380 千
版　　次： 2017年8月第1版
印　　次： 2022年3月第3次印刷
书　　号： ISBN 978-7-5407-8253-5
定　　价： 68.00元

漓江版图书：版权所有，侵权必究
漓江版图书：如有印装问题，可随时与出版社调换

序

“文运同国运相牵，文脉同国脉相连”，习近平总书记在文艺工作座谈会及中国文联第十次代表大会、中国作协第九次代表大会上的重要讲话中强调“一个时代有一个时代的文艺，一个时代有一个时代的精神。任何一个时代的经典文艺作品，都是那个时代社会生活和精神的写照，都具有那个时代的烙印和特征”。而衡量一个时代的文学成就最终要看作品，文学创作既要有“高原”，又要有“高峰”，中国文学正迈入繁荣发展的新阶段，努力由“高原”向“高峰”步步攀登。

为了认真落实习总书记系列重要讲话精神，繁荣发展广西文学，反映新世纪以来广西文学的时代特征与文学精神，《广西文学》杂志社挑选出近年发表的优秀小说、散文作品编辑成册，推出《〈广西文学〉精品集》，将那些历经岁月沉淀和时间检验的优秀作品奉献给读者，以展现刊物一路走来的坚实笃定与光彩果实。

本套丛书按体裁分两类，分别是《〈广西文学〉小说精品集》小说卷（共三卷），《〈广西文学〉精品集》散文卷（共两卷）。

《〈广西文学〉精品集》散文卷的作品来自2003年至2017年15年间刊发于《广西文学》，被各选刊转载或进入年选的部分作品，获《广西文学》文学奖或其他省级以上文学奖的作品，以及有地方文化价值的散文随笔，汇集了70余位作者的散文作品。入选作品广博蕴雅，涉猎多种题材和领域，有素雅无华的质朴之作，有灵性飞扬的灵动华章；有温婉动人的情感倾诉，有激烈灼热的锐利批评……兼备了审美的愉悦和思想的厚重。这些作品中，广西本土作家创作的作品占了绝大多数，凸显广西散文作家的创作实力。虽然我们尽力遵循既定的选稿原则，也考虑了多方面的因素，但难免有遗珠之憾，不足之处有待读者的检验和评判。

《广西文学》自1951年创刊至今已走过60余载。在半个多世纪的办刊历程中，栉风沐雨，砥砺前行。新世纪以来，面对广西文坛生机勃勃、新人辈出的发展形势，刊物始终坚持“用我们的方式构建我们的精神家园，扎扎实实为作家服务，以高品位、高质量的,富有时代精神和民族风格的作品奉献给读者”之办刊宗旨，推出了大量优秀作品，培养和扶持了众多不同年龄阶段、不同民族背景的作家、作者，为繁荣广西文学创作和培养文学新人做出了应有的贡献。此次《〈广西文学〉精品集》（小说卷、散文卷）的结集出版，既是总结，又是一个新的起点。衷心祝愿广西作家志存高远，创作出更多文学精品，广西文学事业更加蓬勃辉煌。

《广西文学》杂志社

CONTENTS

目 录

微尘如烛

真水无香

微尘如烛

红方块

格　致

一

从住所到菜市场，笔直的路不到三百米。当走到三分之一的时候，一条左转的岔道出现了。我认出它可以通向我八岁的儿子就读的小学校。我的脚突然就转向了这条岔道。使我的脚步改变行进方向的主要原因是一百米外操场上孩子的喧嚷；其次，我的耳朵也参加了脚步的背叛行动，它真真切切地听到了我的孩子的叫声。

飞跑的脚步紧跟在听力的后边，迥异于去菜市场的闲散，它突然有了快速前进的激情。还有我的眼睛，也被这个突然左转的动作唤醒了。它热切地要触到刚刚离开不到三个小时的孩子。

至少是八年了，我与孩子的距离都太近了。他一直在我的身前身后，在我的身左身右。若是他离开我十米，我立刻就惊恐不安。十米是我不能一伸手就抓到他的距离。我的臂展是一点五米，我不敢让他游离到离我两米之外的地方，那里暗藏着所有危险。

现在，他不仅离开了我上百米，而且走到了我的视线之外。这给我远距离看一看他创造了条件。这是一个我与孩子之间的新角度。我急切地想知道，他在远离我的地方，在我的臂展之外，是什么样子，是否安全，在干什么，有没有什么不适。

我的脚步被学校的铁栅栏挡住了，但它也仅仅挡住了我的脚步，我的目光没有遇到不可逾越的阻力，它毫不费力地就穿过了缝隙很大的栅栏，来到了操场的中央。耳朵没能帮上眼睛的忙，上百个孩子此起彼伏地喊叫、奔跑，已使它失灵了。

我的眼睛则信心百倍。它是多么熟悉这个孩子啊：他的左手上有两个“斗”。一个在中指上，一个在拇指上；他的头顶有一个按顺时针旋转的“旋”；他的后背正中央也有一个由汗毛形成的逆时针旋转的“旋”；他的屁股上有一片手掌大的无法归纳形状的胎记……

我把目光落在操场上黑压压的小孩头上。这些头都在不停地动，我无法看清他们的“旋”是一个还是两个，是顺时针还是逆时针；我又把目光落在了他们的小手上。那些小手，有的在打排球，有的在抓着单杠，有的在握着拳头奔跑，我无法看到他们手上“斗”的分布情况。我想他们也不太可能停下游戏让我细数手上的圈圈。我想后背上长旋的孩子不会太多，凭这一点可以认出我的孩子，但我的目光被覆盖在后背上的衣服所阻挡。颜色统一的校服盖住了所有孩子的后背。我开始恐慌。我知道，我没有多少时间了，我只有不到十分钟。我重新纠集信心，把目光落到一个小孩的牙齿上。还没等我数清他张嘴大笑的嘴里的缺口，他突然闭上了嘴，然后迅速跳开，飞跑起来，转瞬就消失在众多的小孩里。我又在滑梯那儿锁定了一个孩子的脚，我的目光随着那只白色运动鞋沿着那个人工的斜坡下滑，我期待它落到地上时能给我几秒不动的时间，给出我仔细辨认那鞋带上的花样的时间，那是我早上系上去的。可忽然，至少有六七个穿同样鞋子，甚至是系着相同鞋带花样的孩子拥了过来，他们迅速地混淆在了一起。我大吃一惊。他们怎么穿着相同的鞋？那双鞋是我一个月前买的。我之所以在众多的鞋里选择了这一双，是因为我见那双鞋十分特别。还有鞋带，我也打得十分讲究，看上去像盘扣。

我的目光已经慌乱，信心在意外的打击下丧失殆尽。它毫无章法地在操场上奔走，在某一个小孩的细节上停留一下。它的辨认总是被突然地破坏，被迫不停地从头开始。当一声刺耳的铃声响起，蓝色、红色的小孩像海水一样退去。他们被洞开的一个或两个门吸了进去。操场上的水泥暴露在了上午的阳光里，闪着很白的光。我的目光僵在操场的正中央，它一无所获。

十分钟，我没能从近在咫尺的院子里找到我的孩子。以他的好动性格，他一定在操场上玩，在我的眼皮底下玩，而不会在某个角落里呆坐着。让他安静地坐几分钟是一件很难的事情。这个我知道。

我会认不出自己的孩子？我对他是多么熟悉啊！我牢记着那么多关于他的记号：他的左手上有两个“斗”。一个在中指上，一个在拇指上；他的头顶有一个按顺时针旋转的“旋”；他的后背正中央也有一个由汗毛形成的逆时针旋转的“旋”；他的屁股上有一片手掌大的无法归纳形状的胎记；他的门牙昨天刚掉了一颗；他的脚的小指甲是双层的；他的胸前……

我牢记的，我的孩子根植于肉身上的一切标记，在这里全都失效了。在一个大操场里，他的记号全都看不见了。我吃惊地发现，在学校的操场上，所有的孩子都一样。他们穿着学校发的颜色相同、质地粗糙的衣服；梳着长短划一、样式相同的头发。他们甚至有一样的表情，说话的语气也十分接近。我的用来辨认孩子的标记，被学校的校服严严地遮挡了。孩子则被众多的相同的孩子淹没了。他们互相掩盖，彼此吞没，成为一个队列，一个班级，一个小组，一个学校……

在折返菜市场的路上，我的心情沉重。我被这个意外事件重击了。这等于我丢失了自己的孩子。我知道，他放学了会回到家里来，但他仅仅是回来吃饭、睡觉，明天他还会到那个旋涡般的操场里去，成为我无从辨认的一个。我担心，他手上的斗，背上的旋，这些记号，不仅被校服遮挡，还会一点一点地模糊、消退。在他头上的“旋”模糊下去后，脑袋里边被灌注了相同的算式、相同的句型、相同的答案、相同的信念；他会不再不洗手就吃东西，不再冲着小树的根尿尿，不再大哭大闹；他会越来越听话，越来越像楼上张家、楼下李家、楼前赵家、楼后孙家的孩子；越来越像兰州的孩子，福建的孩子，青岛的孩子，乌鲁木齐的孩子……

阳光从教室敞开的窗子飞流而入，把那四十个八岁的小孩，照亮了一大部分。在这大块的阳光里，我发现了一个能反射阳光的孩子，是个男孩，坐在第二排。离我据守的讲台不足十米。二十年前，我还不是特别近视。世界在我的眼前刚刚显出模糊的迹象。借助一副一百五十度的近视镜，我清晰地看见了这一自然现象。我一边教他们 20 以内的加法，一边寻找那个男孩何以能在头上形成一个不散的光圈的原因。当几乎所有孩子都能不借助手指算出 15+4=19 时，我也将那个关于光圈的答案找到了：他的头发长，呈一个蘑菇的形状。在下课以前，在他们都在低头演算 6 道和不超过 20 的加法试题的时候，我把那个男孩头发上光圈的答案又向前推进了一步：那奇妙的光圈是可以栖落在任何一个男孩的头上的。关键是看你有没有准备出供阳光落脚的长而光滑的头发。头发从头顶垂下来，形成一个拱形，阳光就可以坐在那个穹顶上了。阳光是鸟，它得有落脚的弯弯的树枝，它不能像蜻蜓那样站在尖尖的竹竿之上。几乎所有的男孩，头发都被剪得短短的，形成一片竹尖，竹尖无法下弯，鸟从这里一闪而过。阳光在男孩的头上盘旋，它们无法降落，更不能在头发上围坐成一圈，闪着光芒。

我发现了一个头发上能闪烁光芒的孩子。他坐在第二排。头上的闪光使他醒目而美丽。

二

从学校的铁栅栏边回来后，我知道了害怕。我的有着数不清记号的孩子，丢失在了学校的操场里。他幼年的记号，那些我的标记，一到操场上就消失不见了。是有人故意遮掩了那些醒目独特的记号。有人藏匿了我的孩子，然后打上了他们的记号。

我不能对孩子的丢失持听之任之的态度，我决定找回自己的孩子，我决定重做标记。我要同那双看不见的手争夺，我认为我有理由有权利这么做，因为这个孩子他是我生的。我只求在任何时候、任何地方认出他来。

我把希望寄托在孩子长得极快的头发上。那些很短的头发，像一片竹尖似的头发，将成为我培育标记的材料。我将运用这些与我血肉相连的头发，搭建寻找我的孩子的灯塔。他将在黑暗里闪闪发光。

只有一个月，我看见那些头发开始下弯，它们正在由竹尖变成枝条。阳光比我更先看到了，它们纷纷落在那里，坐成一圈，它们的闲聊闪着光芒。我不害怕他被那么多相同的孩子淹没了，因为他已经醒目地不同了。他的头上稳稳地坐着光线，我的儿子，几乎是一个发光体，他成了一个会闪光的男孩。

在校门口，那男孩的母亲小心翼翼地问我，赵老师，王辉的头发，行吗？我说行，非常好看。我说这话时，忘记了校长的存在。我是班主任，那四十个孩子包括他们的头发都归我管，可我忘记了，我这个班主任包括我那四十个孩子都归校长管。让我意外的是，校长对于那男孩头发上的光芒的看法与我的截然相反。

瘦而高的女校长在上课间操的队列里巡视，状如觅食的鲨鱼。当她走到那个男孩的身后时，停了下来：她弯腰细看了看，又用手烦躁地抓了两抓，然后就向队列后面的我走了过来，下达了一句话的命令：王辉的头发剪了！这哪像个学生！我一言不发，甚至没有停止那个踢腿运动。我用向前伸出的双臂，推挡着她的命令，又用高高抬起的左腿，表达了我对这一命令的真实态度。在我的右手指尖与左脚脚尖相触的一瞬间，一个对策已经形成。

校长的命令我没有执行。我希望她会因工作的繁忙而把颁布的口头命令给忘了。事实上，她确实是忘了。这样，男孩王辉的头发又在我的教室里闪亮了一段时日。但我的这个学生，他是个男孩。他在下课的时候，爱在操场上跑和跳。这就使他的头发游离了我的视线，游离到了我的势力范围之外。他一定是为了躲开同学的捉拿，突然离开座椅，冲出了教室的门，向操场西侧的三棵柳树狂奔。在由教室到三棵柳树的逃跑之路上，一头撞上了迎面而来的校长。男孩不知道，他为了逃开一个游戏中的假想的敌人的追捕，而一头落入了差不多是真正的敌人的手里。

当女校长与这个狂奔的男孩狭路相逢，男孩头上的闪光，将她若干时日前颁布的但被遗弃在尘土里的命令照亮了。她弯腰拾起被撞落的三年级教学大纲的同时将那个尘土里的命令也一同拾了起来。她吹落命令上的尘土，发现这个命令竟然没有被执行。这差不多等于一个法官在去菜市场的小路上，一头撞见了一周前亲手判处死刑的一个囚犯。

校长是按计划去听三年级二班的语文课。因为下个月全区语文课大赛的参赛课得着手做了。从教案、教师，到去上课的学生，都还没定下来。尤其是哪个问题由哪个学生回答，这都得事先准备好。为了使教学效果看上去好，老师提问时，所有的学生都要举手。为了让老师分清哪些举起的手是会回答，哪些举起的手是不会回答，她想出了一个好办法。那就是让会回答的学生把手举高，不会回答的把手降低。当她正在考虑这些细节的时候，手中的书突然被撞掉了。当她看见了这个撞她的孩子时，觉得参赛语文课的细节得先放一放了。她一只胳臂挟住了拾起的书，另一只手一下子就把吓呆了的男孩抓住了。她抓着这个意外捕获的猎物原地转了一百八十度，向三棵柳树相反方向的校长室而去。

她的个子瘦高，因此那腿就又细又长。因为突然燃起的愤怒，她的脚步比平时快了一倍。这样，男孩要想跟上这种愤怒的脚步，就得跑；而如果他本能地反抗，不想跟上这个脚步，以延缓抵达那个可怕的目的地的时间，他就是被拖拽着前行。

当校长的愤怒突然燃烧起来的时候，我正坐在一年级三班的教室里，批改那些学生的作业。太阳忽然被一片很薄的云遮住的景象没有引起我的警觉。操场上的突发事件，我没有一丝预感。我的右眼皮倒是跳了三跳，可我的眼皮经常跳，它已不能向我准确地预报吉凶祸福。操场上蒸腾着孩子的欢叫声、奔跑声，这些声音盖住了一切，包括我的学生在校长的挟持下挣扎的脚步。在被拖拽着去校长室的路上，他甚至大喊着向我求助。但因他的喊声没能顺利地发出而没有被我听到。

当一个女生气喘吁吁地向我汇报她在操场上看到的可怕事情，那四十本作业我已经批改完了三分之二。我从教室向校长室跑。我突然觉得腿用不上劲，觉得地面给予我的反弹力不够。我看见一把剪刀跑在我的前边，它的速度比我快。我知道我注定追不上它。但我却没有放弃追赶它。在这个关键时刻，操场上水泥的地面不知何故变得软绵绵的，它不但没有给我助推，反而施加的是拖拽，这使我的奔跑速度比平时更慢。

当我终于跑到校长室的时候，跑在我前边的剪刀，已经先到了至少五分钟。一把剪刀在五分钟里能剪断很多东西。我冲进门的时候，看到的就是剪刀忙了五分钟之后的现场。男孩被按在一把大人的椅子上，两条小腿在空中悬着，正在徒劳地相互搓着。脖子上围着白毛巾，上面已经落了一层黑色的头发。高瘦的校长，白着一张脸，衣服几乎看不出性别。她手里握着一把理发的推子，正开足马力，推土机般地把男孩的头发推下山坡。我看见那些头发哭叫着、翻滚着跌落下去。男孩嫩白的头皮露了出来，像还没有睁开眼睛的哺乳动物的幼崽。它们暴露在光线下是很危险的。它们必须藏到窝巢里去。孩子的肩在不停地抽动，眼泪和头发一起纷纷飘落。当男孩看见我时，才敢发出哭声。这个哭声显然是打扰了校长的工作，致使她手里的动作出现了磕绊。

“不许哭！”她一边加快手里的动作，一边企图用严厉的、爆发性的命令扑灭这个忽然升腾起来的哭声。

哭声没有停止。男孩知道我已经救不了他，但我能支持他哭泣。

我从这突然的哭声里，知道我虽然来迟了，不能保住那些与生命相关的头发，属于孩子身体一部分的头发，但我能使他在一把推子的碾压下，减轻恐惧，甚至是敢于表达消极的反抗。

我站在门口，没有说话，也没有离开。我从男孩突然的哭声里知道了我站在这里的意义。其实我不愿站在这里，目睹一个美丽的男孩被一剪一剪剪成一个监狱里的光头囚犯。我离开或闭上眼睛并不能阻止罪恶。看与不看，仍在继续。但我至少能减轻孩子的恐惧，甚至能和孩子一同形成一个消极反抗的力量。这个力量虽不能左右局面，但能证明这种反抗的力量的存在！

我觉得站在校长室门口的时间十分漫长，长得在我的心里有一块东西凝成了固体。这块坚硬的在几分钟里形成的硬块，是我对校长的仇恨。当两年后，又一件我认为的罪恶发生时，终于导致了我的愤然辞职。我逃走了，我闭上了眼睛，我等于从校长室门口转身离去，我等于抛下了正在被野蛮剃头的男孩。

三

孩子放学回来，将一张纸条递给我，上面写着开家长会的时间。我怎么敢去学校。怎么敢和那不知对我的孩子的发型持什么观念的老师坐得那么近。那个老师是女的，我在校门口看见过。她像我年轻时的校长，瘦高而且白着一张脸。我见到这样的女人就不喜欢，至少是引起了我的不舒服。

我决定不去开家长会。我担心她见到我会跟我说起孩子的头发。我也写了一张纸条，由孩子捎去。我说我不巧在那天出差，票已经买好了。有什么事请写条，我一定照办。

结果捎回来的纸条上写着：建议理发。下面还有一个建议，是建议我的儿子留级。也许那老师认为这个建议更为重要，就加了说明：李九五已经跟不上二年级的学习。这样上三年级会更糟。为了说服我，她用期中考试的名次来作为依据。她说全班六十名学生，我的儿子排五十八名。我拿来那考试成绩一看，就给老师回了一张条：我写了四句话。第一句，考试排第五十八名不是头发造成的。第二句，他考八十分已经不少了。我已经奖励了你的这个倒数第三的差生。第三句，他不可能留级。因为我不同意，他也不同意。第四句，我决定给他转学，转到一个八十分不认为应该留级的学校。

把头上一下子连一根头发都没有了的孩子带回教室。他一边走一边哭泣。我说我告诉你一个秘密。光头孩子听完我的秘密后终于笑了。我其实只是告诉他，头发还会长出来。谁也无法阻止它生长。

孩子不哭了之后，我并未轻松。这事没有完，甚至是刚刚开始。还有一关我要过。那就是放学时男孩与他母亲在校门口的相认。

那一定是一个依赖于依据的母亲，是个善于在孩子身上做记号的母亲。她的女儿在三年级，我见过那个女孩。她的辫子跟哪个女孩的都不一样。有一天，我仔细看了看，发现她的辫子是四股的。这就使它有别于别人的三股的辫子。四股的辫子看上去更像麦穗。梳着麦穗辫子的女孩是她的女儿，而梳着蘑菇形发型的是她的儿子。她在自己的孩子的头发上偷偷地做了醒目的标记。她是个十分恐惧丢失自己孩子的女人。她能看到别的女人看不到的可怕景象。能从事情一开始就看到结局。她是个悲观主义者。

这男孩的母亲辨识的能力差，她必须依赖醒目的标记。而现在，这个她的标记被残忍地铲除了。她会认不出自己的孩子。就算认出了，她也会十分恐惧。在她的眼里，这个孩子已经受了重伤。她的标记已被她视同孩子身体的一部分。她的标记里布满了血管。在孩子的头发里，流着我们看不见的血。我只看见了男孩嫩白的头皮，在阳光下，像个没有隐藏起来的刚刚产下的蛋。它处境危险，谁都可能把这个没有藏到草窝里的蛋弄坏。

我走在前面，身后跟着那四十个穿相同衣服的小孩。我要在校门口，将这些孩子一个一个地送到他们的父母的手里。因为孩子的衣服一样，父母很难认出自己的孩子。如果没有老师在这里协助完成，那每天放学的校门口，将是一片混乱。每天，他们都顺利地互相认出并找到了。但后来我发现，其实，大部分父母站在那里，是无法认出自己的孩子的。他们的目光十分迷茫。他们只是站在那里，他们想尽一切办法，找到一个最佳位置，以使自己醒目一些，他们这样做，是把希望寄托在孩子找到自己上，为孩子找到自己创造出良好的条件。因此，他们在校门口挤作一团。每个人都想站到前面，每个人都想为孩子提供便利。在混乱的校门口，不是父母在认领孩子，而是孩子在寻找父母。父母是不穿校服的，父母的头发很不同。父母的标记还残存着。辨认父亲要难一些。男人相同的地方太多。而辨认母亲要容易一些。她们的头发有的是长的，有的是短的，有的是直的，有的是弯的，有黄色的，有红色的，有黑色的，有紫色的……她们去染头发，实际上是给自己涂上鲜明的标记，为孩子快速找到自己奠定基础。她们在屈服校规之后，只好在自己身上做记号了。她们站在校门口，心里是很自信的。头发的弯曲自己的孩子是认识的，粉色的毛衣孩子更是熟悉。一个母亲如果刚刚改变了头发的颜色，再穿一套从未穿过的新衣，她站在学校门口，一定是恐慌的。

我注意着王辉和他母亲在校门口的相认。当男孩跑过去抓住她的衣襟的时候，她把惊恐疑惑的目光投向我，我则把目光转向了别处。我知道她对我的怨恨将会消除。我所承担的责任只是无力保住她的记号。我不是破坏者，也不是破坏的同谋。

那可真是个百折不回地做记号的女人。第二天，在孩子光光的头上，几乎无法停落一粒灰尘的头上，我看见了这个智慧的母亲在一片瓦砾上的建筑：一顶白色的小帽子。我对这顶小帽子又给予了坚定的支持，我允许他上课也戴着。我想通过对这顶帽子的支持，以弥补我对那些头发的保护不力。

我又一次感觉到了这个母亲的脆弱和坚韧。她与孩子的母子关系除了血液、嗅觉、听觉，还需要视觉，而她的视力不好，她需要那种十分醒目的标记。她依赖这些感觉维系与孩子的联系。这是几条绳索，她紧紧地抓着绳索的一头，而将另一头系在孩子的身上。如果哪根断了，她就会立刻修补。我不知道她知不知道她手里的这些绳索早晚都得断，她修补的耐力和激情还能持续多久？

我看见她以一个母亲的力量在与学校较量。我不认为她输了。虽然校长差不多是连根剃去了她的孩子的头发。当学校增加了与学生联系的附加条件之后，她也在增加着自己与孩子联系的附加条件。他们相持着，不分胜负。其实，学校所做的一切，同这个母亲所做的一样，学校也在学生的身上、头脑里做着标记。学校一般很少遇到对手，几乎所有母亲屈服了，她们把孩子交出去，任学校修改，甚至重塑，最后面目全非。我知道这个女人是个反动力量，她的力量微弱，但她没有屈服，更没有放弃。我知道现在这场较量还没有分出胜负，但我知道结局。我对这位注定要失败的母亲充满敬意。

四

现在，我站在一所小学校的门口，等待我的被我做了记号的儿子从门里走出来。回家的路上跑着疯狂的汽车，世界已被橡胶轮胎侵占，已经没有一条供儿童安全通过的回家之路。

二十年了，学校的面目没有变化。校服仍然是红色、蓝色、白色，以及这三种颜色的不同组合。质地仍然是那种最不适合做衣服的尼龙。它们永远不坏，易于洗涤，灰尘在尼龙纤维上找不到抓手。但尼龙夏天吸热，冬天不能抵抗寒风。它们其实不是衣服，仅仅是一些颜色。它们就像食物中的树皮，树皮不是食物，但它们也曾被装入胃里。

我从来不往门前挤，我躲在众人的背后，我怕被走在一个队列前面的哪个老师看见。我怕跟她说话。我怕她跟我说话。我怕她忽然说起我儿子的发型。我不想惹出这个话题，我想保持沉默。

远远的，透过人缝，我一眼就看见了走在队列里的我的孩子和他的蘑菇状的头发，还有他的头发上流连不去的光亮。

我站在许多父母的身后，我知道我是谁，我是个隐身人，是这个操场、这个教学楼的反动势力。我是我的孩子的基地，是他的航空母舰。同时，我也是单枪匹马，我胜利的可能性很小，但我不甘心没有交手就放下武器，我是个顽固的敌人。

如果我收到学校传来的“建议理发”的字条，我马上就带着孩子转学。这个学校，已经是我找到的第三个学校了。我的孩子的标记得以保留到了四年级，是我带着他不停地转学。我期待这所刚刚转入的有一个男校长的学校，能使我的孩子带着我的标记读完小学。我希望男校长是个粗心的人，是个工作不认真的人，是个不完全剥夺学生家长权利的人，是个允许对手带武器的人。

我每天隐藏在众多父母的身后，迅速抓住向我跑过来的孩子。在被汽车挤得很窄的人行道上，我不敢松手；在没有汽车的操场上我仍不敢松手。我抓着我的孩子，我觉得我还没有失去他。但我的心里，没有一天不恐惧。孩子在长大，我感到他的手腕在变粗，而我的掌握仍然是那么大，我觉得越来越抓不住他了。只要他稍用一点力，就能从我的手里挣脱出去。

有一天，我发觉手里的孩子的手腕十分无力，它搭在我的手里，像是受伤的下垂的鸟翅。我知道有事了：是老师让你剃头了吗？没有。他是那种还有话没说的语气。那你为什么不高兴？他说学校要开运动会了。我说开运动会不是很好玩吗？他说不好玩。我问为什么不好玩。他说他不能参加检阅。我问为什么不能参加。他说老师说不知道应该把他放在哪个队列里。放在男生队列里，他的头发像女生；放在女生队列里，他又是男生。他说当所有的同学在操场上练正步的时候，他一个人坐在教室里。我问他你非常想参加检阅吗？他说想，然后又说不想。

我停下脚步，确实是犹豫了一下，然后领他去了一家理发店。

两天后的运动会，我的孩子参加了检阅队。我和很多家长站在操场的外圈观看。我看见红色的方块、蓝色的方块、白色的方块……我知道我的儿子就在那些鲜艳的方块里。可我怎么也找不到他，我只看到了移动的、迈着正步的彩色方块。

（《广西文学》2007 年第 10 期）

羊儿替我交学费（外二篇）

帕蒂古丽

我上大学的钱是用一百多只羊换来的，用爹爹的说法是羊儿替我交学费。

我面临高考的那一年，家乡大旱，还没到夏天，牧草全都枯死了。

爹爹给我和弟弟的任务是，每天必须给羊担回二十筐草。

一个暑假，我们几乎把村庄所有长草的地都用铲子铲了一遍，到后来铲好半天连一筐草也装不满了。

我和弟弟想了个办法，对付这个无法完成的任务：把树枝支在筐里，再在树枝上盖上薄薄的一层草，看起来筐是满的，其实大半截是空的。

这个伎俩很快就被爹爹识破了，因为除了打蔫的庄稼，村庄附近根本就没有绿色的地皮了。

秋天歉收，还没出冬，牧民们备得不多的草料就被牲畜吃得一干二净。可怜的牲口，连麦秸、玉米秆、棉花秆都嚼光了。

可春天好像被天山雪峰阻隔，在世界的那一头徘徊着，离我们埋在雪窝子里的小村庄很远。

爹爹把卖了粮食得来的不多的钱，全部拿来买草料。

土尔逊家的、克里木家的、阿布里孜家的……所有人家屋顶上的草，全部被堆在了我家的屋顶上、院子里。

邻居开始怀疑爹爹疯了，人都快要断粮了，还花钱给牲口买料。

土尔逊家的、克里木家的、阿布里孜家的牲口都断粮了，变得骨瘦如柴，羊一只接一只地倒下。平时喝不到的羊肉汤，成了人们每天必须忍痛下咽的伤心汤。

可怜的是最先饿倒下的，往往是那些怀胎的母羊，它们的肚子里都怀着两三只小羊。

爹爹叫我和弟弟用一个大麻袋，装上家里所有的麻绳，跟他出门。

他说，他要把土尔逊家的、克里木家的、阿布里孜家的牲口都变成伊布拉欣家的。

这时候的羊比草都便宜，牧民们都不希望可怜羊饿死在家里。

我们赶回的五十只羊，一路上摇摇晃晃，连走到伊布拉欣家的力气都没了，半路上倒下站不起来的就有好几只，只好用麻袋背回来。

我家的草垛一天天地变瘦，而羊儿一天天地上膘，蹦跳的羊蹄下，春姑娘解下了冰雪衣衫，抖落开绿色的春装。而那些母羊肚子里的羊羔也都瓜熟蒂落。

我们每天都从春牧场上抱回刚刚出生的小羊羔，爹爹每天夜里到羊圈的次数也多了起来，因为每天都有小羊降生。

有几次爹爹夜里要我们掌灯去看母羊生小羊羔，他说这叫看羊生钱，高兴事！

春暖花开的时候，我们家五十多只羊翻了好几倍。爹爹说，这些羊，够交你上大学的学费了。

到了秋天，小羊长成了大羊。我也如愿以偿收到了大学录取通知书，爹爹赶着羊去了县郊的一个屠宰场，把羊变成了钱回来。

智慧，可以把一场灾难变成幸运。生活中有许多灾难是无法逃避的，但它们的降临，却会让顽强的人学会更加顽强地生存。

我的父亲伊布拉欣

我无法完整地记述已经被黄土掩埋了的父亲，我想，也许只有停留在文字之外的东西，才保留着它本来的面目。真主带走了我的父亲，而父亲带走了那些只属于他自己的记忆……父亲从来不轻易地将他的生活呈现给我们这些当年还幼小的孩子。对于父亲的内心世界，我们只有用他给我的生命、用自己的体验慢慢去感受。

小时候，我只通过从喀什来的亲戚口中，得知他出生在一个叫作伽师的县城。自十二岁开始当学徒学裁缝手艺。（父亲精湛的手艺给我们一家的生活带来了不少方便与实惠）旧时学手艺少不了为师傅干杂务。一个十来岁的孩子远离父母，为人家劈柴担水，牵驴饮马，为的只是寻条生存的路子。

年少时便寄人篱下，在一般人看来，父亲肯定会想念家的温馨，然而父亲手艺学成后，却远走他乡，再也没有回去过。有一次，父亲向我们提起他幼时家中缺粮，便常常在手抓饭里放过量的菜油，以控制食欲。由此我断定，生性要强的父亲，一定是为了少张嘴吃白饭，学成手艺后自谋生路不再回去了。

有一年，村里有个邻居去了伽师探亲，回来告诉父亲，父亲的家人因他一去音讯杳无，便以为他早已不在人世了。由绿衣人自千里之外艰辛传递过来的信件，被父亲拆读后，一直躺在三斗橱里，一封也没有回复过。书信全是用维吾尔文写的，从小学汉语的我，一句也看不懂。

我催促过父亲，回信向亲人们报声平安，他只管一口接一口地吸他的莫合烟，冷静得像座石雕，看不出一丝若有所动的神情。当时我曾在心里责怪父亲冷酷，但多年以后，我逐渐明白了，无论什么样的家庭变故，也不至于让一个孩子少年出家，终身不归。心高气傲的父亲，多半是觉得自己在外面混得不好，无颜见父老乡亲吧！

那么，父亲当年一定是做过衣锦还乡的梦吧？这种想法，又何尝不是每个无可奈何的背井离乡者唯一的精神支撑呢？离开家乡后的父亲成了一个真正的流浪者，几十年间，他辗转漂泊在各个城市，凭他的年轻、智慧和精湛的手艺，过着一份我无法想象的生活。

有时候我觉得，正是由于无从得知父亲年轻时的种种生活，我和弟妹们便成了他那段生活的分杈。父亲早年的生活像一棵被拦腰斩断的树桩，我们的长成使它重新返青，并派生出许多枝枝丫丫，朝着不同的方向伸展，我们以各自的方式，探求着原来那棵老树在天空中划过的痕迹。

但是，如何才能通过自己的生命，来恢复父亲的原形，窥见父亲的全貌呢？我们试着顺父亲的来路，去探寻已经被岁月的黄沙掩埋了的生活轨迹。我和弟妹们开始背井离乡，去经历所有父亲有可能经历的事情。父亲的生活经历，逐渐在我们的探究中，一天天凸现出来，丰满起来。

我深刻体验到自己就是父亲生命的延伸。只要是对父亲身世的种种猜测、想象，不管是真是假，是虚是实，都会使我内心充满苦涩的满足。我不止一次地对已经殁去的父亲说：我们可以对话了，我们可以相互诉说，可以对一些记忆不再缄口不提。然而，生活终会使一些秘密成为永恒，如若父亲地下有知，知道我此刻的想法，父女相对，恐怕亦只是寂然对寂然了。

我从父亲保留下来的年轻时穿戴过的鞋帽衣物中，探寻他过去生活的蛛丝马迹。沿着那些精巧的反毛皮靴的漂亮的镶边，顺着考究的毛料裤笔直的裤线，还有绣着金线的袷袢挺括的胸肩，以及式样华贵的狐皮软帽的成色上，我揣测着父亲年轻时的风流与潇洒。

父亲在四十岁与我的母亲结婚。我懂事后看到的父亲，已经是一个面朝黄土背朝天、为一日三餐发愁的农民。只有在他干农活时的笨拙，出门穿皮鞋，每天早晚刷牙等与当地农牧民不同的生活习惯上，还残留着他早年生活的影子。

后来，母亲一病不醒，父亲便整日以酒为伴。他开始拒绝一切温情的东西，对我们严肃到了近于冷酷，从现实生活阴影里，从父亲早衰的脸上，我读到了他对生活的抗拒。他在内心深处对生活中的苦难是抗拒的，现在想来，正是这种抗拒构成了他应对艰辛生活的力量。这种抗拒，其实是他对生活最后的激情与依恋了。

在父亲寂然的背后，我们感受到智慧而多思的父亲对自己所创造的生命深深的怜惜。他拒绝我们学他的裁缝手艺，他让我们也学会与命运抗争，而不要去重复他走过的路。父亲最终的寄托，就是我们这些来自他骨血的孩子。他把我们一个个地送出去，幻想我们也许会选择与他不同的道路，他将已经被生活泯灭了的希望，重新在我们的眼里点燃。

我想，人只有在经历了难言的灾难和惨痛的失败后，才会对过去的一切缄口不提。父亲生活中到底有过什么大起大落、大喜大悲的事情，我已无从得知。尽管大千世界，某一个人的喜怒哀乐，渺小如一颗尘埃，但作为女儿的我，总禁不住一次又一次在记忆的残缺处展开想象的翅膀，然而，父亲对于我，终究是一个深不见底的谜，我永远无法探测他生命的深度，就像一个活着的人无法测量死亡的深度。

一生命运多舛的父亲，最终没能“衣锦还乡”。在 63 岁那一年的暮春，他被几层薄薄的白纱布裹着，躺进了大梁坡乍暖还寒的泥土……突如其来的死神夺走了他对生活的依恋，他对命运的抗争，以及他对世界、对生命的爱与恨……

我如今背井离乡、漂泊流浪，试图去经历父亲当年有可能经历的故事，我把自身的体验当成对父亲生命的延续。每每这时，我仿佛听见风吹草低处，父亲低沉沙哑的歌声和诵经的声音，秋风一样流淌过来，那阵阵苍凉的歌声，拂过高大的清真寺，拂过蒙着面纱的女子和伽师县城里古旧的黄泥小屋，也许只有那神秘的歌声和诵经声，能够使我更加接近已经离我远去的父亲……

在表舅家过年

春节我带着女儿到表舅家走亲戚。我家离表舅家的小镇有几百里的路程，乘了车连夜从村里出来后，一路上几乎没有灯火，路是典型的“搓板”路，坐在车上只有任颠簸的身体遍数地上的坑坑洼洼。司机地形不熟，沿途问路偶尔见到几家小店，让人联想起电影里那个开在荒郊野外的“新龙门客栈”，只有门口挂着的纸糊的红灯笼，让人依稀记起是在过年。

车到镇里，司机说天太黑，开夜车要迷路，先前说好的120元不够，他要留宿镇里，明天一早回去，要求再加30元住宿费，还扣了我的行李在车里。来接我们的表舅见状说：“老乡，20元够住镇里最好的旅店了。”

晚上睡在表舅家里，一条旧得发硬的小棉被盖了头盖不住脚。瞪大眼睛看窗外，疑心自己躺在空旷的戈壁滩上，只有身下烧热的土炕让人觉出少许尘世的暖意。一觉醒来，微明的窗台上有几只觅食的麻雀，在呼呼的北风里哆嗦。

这里的习惯是一天只吃两顿饭，第二天的早饭要等到10点。

我推开院门想到镇上四处走走，巷子里的风很猛，小镇上没人，只有很少的几户人家屋顶上的烟囱在冒烟。仅有的一条街上，店铺门户紧闭。

小镇子里的北风像一条疯狗似的扑过来，一路拼命地撕扯着我的大衣和围巾，和我的头发纠缠不休。走了没几步路，我就被寒风逼得回头，躲进了屋子里的火炉旁，除了上茅房，再也不敢离开炉子半步。白天倚着炉子，晚上贴着炕，在庄里的第一天就在与寒冷的对抗中度过。

表舅是个在这个地方小有名气的诗人，他春季种大白菜，夏天盖个小棚子住在白菜地里看守那些劳动成果，秋天收获了胜利果实后，到了冬季就躲在自己的灶间里培植蘑菇，批发给菜场的小摊贩。我们到他家的第二天，他很客气地要给我们做蘑菇羊肉面吃。他说，前几年家里来客人，最好的饭就是浆水面，现在山里头还是这规矩呢。

我在贾平凹的散文里看到过浆水面，就是用陈年的咸菜水拌面条吃。这咸菜水是稀罕物，所以每顿饭只舀一碗出来就可以招待十几个人的吃食了。主人家的面是舍不得盛满碗的，每次只捞一筷头，吃完了再添，而每次添面时，都要把客人剩在碗里的那点残汤倒进锅里，所以吃到最后的感觉是在用别人的口水泡面吃。我在心底里暗自庆幸，还好，我不用再吃这种“口水面”了。

表舅家的灶火不怎么好，烟老是倒着冒回来，表舅母抱着孩子在灶前吹火，火总旺不起来，呛得她怀里的孩子一个劲儿地咳嗽。好在午饭要到 2 点以后才吃，火不旺也不用急，我早上吃进去的一个大馍还硬挺挺地搁在胃里。我一边看表舅烧火、擀面，一边在烟雾缭绕的灶房兼蘑菇培育暖房里跟他攀谈。

表舅谈起贾平凹最近写了一篇《真品》，是说一个穷老头子收藏了叫《圣母帖》的书法真迹，可惜没到法帖出手，那老头就死了，他那收藏的东西也不知去向。表舅边往一大锅蘑菇白菜汤里下切好的面条，边感叹："老头真可怜，那可是西安碑林最有价值的法帖，是价值连城的宝贝呵，如果被谁拾了去，这辈子就不愁吃喝了。"

那蘑菇羊肉面什么滋味我一点也没记住，倒是表舅说的最后那句话，让我反复回味了许久。表舅说得一点也没错，不是老头把《圣母帖》丢了，是《圣母帖》把老头给丢了。

看到表舅在各种诗歌刊物里发的诗，我觉得在庸常生活中的表舅没有丢弃他的诗，诗也没有把他丢弃，这是比吃蘑菇羊肉面更值得我欣慰的事情。而且我也知道表舅不会放下他的白菜、蘑菇，去寻找那个不知现实中存不存在的《圣母帖》，比起寻找小说家笔下虚无缥缈的《圣母帖》来，还是吃完蘑菇羊肉面后写两行诗要现实得多。

我要靠那顿汤汤水水的蘑菇羊肉面撑到明天上午 10 点。晚上临睡前女儿喊饿，我到灶屋里转了转，除了一堆白菜和木架子上那一溜刚长出圆圆的小脑袋的蘑菇，再也没有可以用来充饥的东西，与表舅和孩子一起睡在灶间里的表舅母似乎看出我的心思，让表舅打开一直锁着的柜子，从里面的一个布袋里拿出两个苹果递给我。

我拿了一只给女儿，另一只给了表舅的孩子，那孩子见有人分食她的苹果，冷不丁来了一句："我明天要让爸爸买一个大大的炮仗来放，把你们吓死。”我觉得可笑，可只笑到一半，就笑不出来了，因为我们来的那夜是大年三十，这几天我也没看到表舅的孩子放过炮仗。

第二天照例吃完一个馒头，我就裹上大衣和围巾，去街上买了几串炮仗回来，表舅家的孩子躲在屋子的门帘后面，探出半个脑袋看我在院子里放炮仗。表舅母走过来说，孩子小，不用买这个给他，这不是往天上放钱吗？表舅红着脸，指指我女儿，说话有点结结巴巴：“按这里的规矩，我应该给榕榕买一对红灯笼，你看我，这两天竟然忙得忘了。”

我们走的那天，表舅一早出去，买了两个火红的灯笼，让我们带上，灯笼不大，是用油纸糊的，灯笼下面的红流苏在寒风中像两团火苗。我想起了来表舅家的路上那些荒郊野外的店门口的红灯笼，觉得心头顿时有了一种温暖的年意。

就在我即将走出表舅家院门的一瞬间，表舅家的孩子哭喊着要跟着我们走，表舅母抱住他一边给他擦鼻涕，一边哄他：“蛋蛋乖哦，等一下妈妈给你拿苹果吃。”我忍住了自己将要涌出来的眼泪，我知道表舅母在撒谎，柜子里剩的那几个可以止住蛋蛋眼泪的苹果，今天早上已经被表舅换成了女儿手中那两只红彤彤的灯笼……

（《广西文学》2011 年第 4 期）

黑暗中的告别

张运涛

一

过去上学，跟现在孩子钢琴考级似的，要经历很多台阶。从村里到镇上，从镇上到县里，从县里再到外面，一步一步走向离家更远的大世界。

小学毕业时，美一下子考进了镇上的初中。我呢，还留在村里上初一。我和美同班，她长我一辈，是和我父亲一个爷的兄妹。乡下的女孩子，做事都认真，放学回来不是洗衣做饭，就是做作业，父母便处处拿她当我的榜样。美在我面前却一点儿也没有预料中的骄傲，依然很谦虚地夸我聪明，叹惜自己的死脑筋。

我自觉美的话很客观，她还算诚实，知道自己不聪明，只有靠老老实实中规中矩这些虚泛的美德来装潢自己。我是那种不守规矩的坏孩子，美正好做了我的一面反光镜，照出了我的放浪。

所以，免不了对她心生怨怼，美当然莫名其妙。“一辈子不跟你玩了。”这是美常说的一句话。我们那个年龄，似乎都喜欢说一辈子。一辈子爱看电影，一辈子不想干活……一辈子，绵软，悠长，藏着未知的神秘，意味无穷。

一年后，我也通过考试被选拔进镇里的中学。某种程度上讲，美是驱动力。我得让人家看看，我并不比美差。有我在后面追着，美比先前更勤奋，只是成绩总上不去。两年后我考到县城的高中，美落榜，回村里做活。

来年春上，我刚从学校回到家，妹妹便讨好地把我拉到里房，说是要告诉我一件大事：美死了。

二十多年前的好多事我都忘了，但那个晚上我还记得很清楚。外面天色已经暗下来，我们村当时还没用电，里房里早已漆黑一片，连站在对面的妹妹都看不到。

美跟咱三奶在地里斗嘴，回来就喝药死了。

我好像始终没有讲话。妹妹可能以为我对这事不感兴趣，有些失望，撇下我走到外间。

我在黑暗中待了好久。美，真的一辈子不跟我玩了？我这个年龄，正是为赋新词强说愁的阶段，寂寞啊，空虚啊，经常挂在嘴头上。当实实在在的孤独与无助袭来时，我很无措。黑暗使无限漫无终点，它分隔了人的视线，也分隔了人与人的空间。黑暗与死亡如此紧密地连在一起，成为我人生的一种经验。

第二天一早，母亲发现一只小鸡儿死了。我们这里，春上家家户户都要孵一窝鸡儿。喂到秋天，小公鸡八月十五正好宰了过节。今年这一窝算是比较多的，23 只。小鸡儿并没有死透，身子还绵软着，母亲让我去敲葫芦瓢。这是乡下公认的挽救小鸡儿的方法，葫芦瓢罩在小鸡儿身上，轻轻地敲。敲着敲着，小鸡儿就醒过来。小孩子都喜欢接受这样的活儿，它有着典型的游戏色彩，轻松，还有成就感，有机会目睹一个小生命的死而复生。我性急，敲几下就想掀开看看小鸡儿是不是有了动静。

葫芦瓢下果真有了动静，小鸡儿醒过来了。妹妹跑过来看，小鸡儿已经睁开了眼睛，有点儿惊惶，像是做了一场噩梦。妹妹很兴奋，叽叽喳喳地跟母亲说着什么。我的心思依然在美身上，美可不是小鸡儿，敲敲打打就能回到尘世。

我心里反复模拟着美和三奶的争吵。我能够想象到美对母亲的失望，我死了你们就好过了。孩子们都喜欢用这样的话来刺激父母，奏效得很。碰巧三奶也强势，争吵中言语难免恶毒。死去吧，死一个我少操一份心。有痛心，也有失望。美姊妹六个，父母操不完的心。农村里，母女、婆媳都是这样，吵架的时候恶狠狠的，过一阵子，又好成母女或婆媳了。美还小，没有足够的力量与母亲抗衡，一气之下只好用自己最宝贵的生命做赌注。

抢救服毒者的过程要比敲打葫芦瓢粗暴得多。灌粪水，说是以毒攻毒。这种方式太肮脏，下作，让我根本无法和不谙世事的美联系在一起。我正想象着美最后的挣扎，反悔，三奶来了，借锄头。三奶一如既往，从她脸上看不出与美有关的过往。美输了，三奶没有痛彻心扉，至少表面上是这样。她的眼睛从我身上漫过，虚虚地瞭向空中。这倒是很意外，以前三奶总是老远就叫我的名字。我敢肯定，三奶从我身上看到了美，我更容易勾起她的心酸。三奶不愿意向自己的女儿低头，倔强地掩饰着自己的伤悲。我猜，三奶可能正毕其一生的力量撑着自己早已废墟一般的身体。人已经走了，示弱给谁看？美没有良心，父母养了十几年，就这么走了。这是三奶对女儿最直接的评价，尽管小心翼翼，悔意还是不小心泄露出来。

那两天，我没有主动向任何人提起过美。没有问过她们母女的争吵，没有问过抢救美的过程，甚至连美葬在哪儿都没敢问。揭开伤疤，无论对生者还是死者，都是残酷的。况且，我还不具备问事的权利。我们这个大家族，我爷兄弟仨，我父亲那一辈男丁十一个，我虽是我这一代的老大，可辈分最小。

回到学校，我的脸上还写满了失落。那时候，我们都小，蓬勃，也意气。我正痴迷于文字，日记中对美的纪念连篇累牍。“美储存了足够的能量，还未来得及绽放便遭遇心魔的袭击。她死于极端的纯洁，死于自我的坚持。她因此而完美，而永恒。”死别，似乎痛不欲生。

后来，我也想到过死，在高中院墙外的油菜地里。好像是因为钱吧，家里拿不出我继续上下去的费用，我惆怅地躺在油菜地里，痛楚被无限放大。可我下不了决心，父母，学业，理想……都成为牵绊。

现在想起来，那种矫情，可爱，也可笑。能够承载它的，也只有青涩的青春。

大学毕业的时候，我的一个高中同学自杀了。也是在一个黑夜，他钻进了一座废窑，再也没有走出来。家人找到他时，他很安详，屁股下是几块废砖，双手放在膝盖上。一周以前，他还来我的单身宿舍吃过饭。印象最深的是，他吃素，当场留了一首小诗给我。同学中没有不为之遗憾的，他那么有才，读过的书甚至比我们见到的书还多。上学的时候我们都叫他Q，其实他一点儿也不像阿Q，功课优秀，尤其是那张嘴，校长都讲不过他。

我尊重自杀。自杀者，要么思想坚硬，非得活出一个完完全全的自我。比如美。要么才智超出了时代，找不到和声。比如Q。他们生就一颗骄傲的头颅，孤独地逆风穿行。你要是让他们低头，就等于强迫他们走向毁灭之路。人没有选择生的权利，死总可以吧？无助的反抗者，唯一可以任由自己处置的，只剩下低贱的身体。

后来的日子里，我经历过无数次的夫妻反目，亲人死别，理想破灭，现实不堪……但我做不到他们的决绝。更重要的是，我是个俗人，不尖锐，少才智，喜欢功名，追逐利禄。

岁月流逝，美留下的印记越来越少，唯有死，成了她最成功的告别，像偏了色的照片，模糊但隆重。到我大学毕业，我们这个家族已经在县城里有了一席之地，大大小小十几人哩。清明节，一同回去扫墓，浩浩荡荡。美的哥，也是我叔，朝我努嘴，去，给你小姑添添坟。

直到这个时候，我才知道美最终的归属。当然，我也已经，有勇气面对死亡。

美的小屋，掩映在金黄的油菜花中。她生前肯定不会想到，这片她劳作过的菜地会是自己最后的归宿。坟墓犹如一个巨大的感叹号，感慨美在尘世的生活。坟墓又像医生被白大褂白口罩遮掩着的身体，让人无法洞穿里面的黑暗。我心里默声念着，小姑，我来看您了。虽然她裹挟在土地和木料的黑暗中，我相信她能看得见我。我长高了，但没高多少。我们比过高矮的，她不会这么快就忘了。我很惊讶自己还能想得起她的样子，大眼睛，由于青春而略显膨胀的身体。已经是夏天了，可春天还没有完全放手，坟上纠缠着五颜六色的花。草也郁郁葱葱的，跟她当年的秀发一样旺盛。我清理了一下，算是帮小姑梳头吧。女孩嘛，都爱美。跪下烧纸的时候，我很虔诚。我大学毕业了，有老婆孩子了，在城里高中教我并不热爱的英语。我想让美知道。不是比，是向她汇报。一个当姑的，怎么会不希望侄儿好呢？

以后的每一个清明，用不着谁再提醒，我都会记着去给那座孤孤单单的坟添土，烧纸。每次来，我都很平静，没有悲伤，像是又回到了少年时代。那个世界里，有她一辈子爱看的电影吗？

没有美的竞赛，我的人生懈怠了许多。

二

我生活的小城，离传说中梁山伯与祝英台的发源地梁祝镇很近，二十公里左右。小时候看电影《梁山伯与祝英台》，特别喜欢最后一段，梁山伯死了，祝英台哭得遮天蔽日。梁墓裂开，祝英台纵身一跃，遂了心愿。热闹是热闹，不免多了点夸张的神话色彩。

那个小镇原来叫马乡，前几年被研究魏晋的专家考证后改为现在的名称，梁祝镇。由于经济原因，梁祝墓一直没有得到很好的开发和保护，只留了两个大坟堆，两块碑文。梁祝故事的真相也不是电影中的合葬，那个时代，再开化也不可能将一对未婚男女合葬在一起。祝英台伤痛致死后，家人感慨于两人的爱情，将其葬在与梁山伯相望的路对面。两座坟，彼此守望。

我经常感慨，梁祝式的爱情应该是当代人不可逾越的一个神话。一千五百年后，情感在婚姻中不再是决定性因素，金钱房产汽车几乎能决定一桩并不看好的婚姻。闪婚，闪离，一夜情……这些界定男女关系的新名词不断涌现。还有失去贞操的女人，再也不像过去那样寻死觅活了，而是急着想知道，能因此获得多少赔偿。不过，同生死的誓言，依然经常回旋在热恋中发烧男女的耳旁。不同的是，它更像恋人之间的一句玩笑，轻巧得如同相约去吃饭。中学语文课上把这种表达方式归结为修辞之一，夸张。也不能完全怪罪于热恋中的青年男女，你只要看看拉到小区里现挤现卖的奶牛，街道边当场研磨辣椒面的手推车，就知道这个社会诚信已经丧失到什么程度。同生死，谁去当真?

接下来要说的另一起自杀事件，当事人我并不认识，甚至不清楚这对年轻男女的姓名。我回曾经就职的高中，巧遇一家小报的记者。记者很强势，说是学校死了两个学生，得负责任。

我已人到中年，熟知死亡，尽管它经常露出陌生的峥嵘。对这两朵过早凋谢的花，除了点滴的唏嘘，我没有过多的悲痛去表达。他们不像美，和我的生活交织，又突然从我的生活中撕扯开，除了留下被强硬分开的伤痛，还有很多无法弥补的缺憾。

我从记者的叙述中发现了被其忽略掉的情感故事。两个学生都是今年秋天刚入学，十六七岁的年龄，人称花样年华。男生四天前退学，想去深圳打工。女生两天后也退学回家，割腕自杀，未遂。第二天又服毒，同时给男生发短信，永别了。据说男生还没走到深圳，看到短信当即返回。到了家，女生抢救无效，死亡。女方家长追问缘由，男生一语不发。当晚回到自己家中，男生也服毒身亡。

记者最后没有捞到什么能要挟学校的材料，只好草草收兵。两个孩子都已经死亡，又没有留给亲人片言只语，自杀的原因成了谜。从常理上判断，两个青涩男女虽然还小，初中同窗三载，心生爱慕之情也属正常。男生赌气远去深圳，女生顿觉人生黯淡，遂产生轻生念头。正是意气的年龄，男生疚于自己的偷生，于是前赴后继，同赴黄泉。

当然，这只是我的推测。不过，我更愿意相信其中的逻辑关系。

关于自我终结的方式，要是让我选择，我也首选服药。自挂东南枝，过程太痛苦，在空中无助地踢腾，还有透不过气来的绝望；跳楼也好不到哪里，死相太惨，身子都不囫囵。再说，高楼也只有大城市才有，小城镇的楼房太矮，不足以致命……

我还记得记者对那女生职业化的描述，白净，脸盘跟月亮似的，眼睫毛也长。不足为奇，人们总是不吝把更多的褒义形容词放到死者身上。现实中的梁山伯与祝英台也许相貌偏下，可观众们更愿意相信电影戏曲中的那对俊男靓女。我急于想知道的是，女生对死亡的态度。记者对此不感兴趣，漫不经心地敷衍我。发现的时候女生还有一口气，赶紧送到小诊所。其间，女生一直清醒着，却不显难受表情，从头到尾甚至连低声的呻吟都没有。眼睛懒懒地闭着，像是不愿睁眼再看这纷繁的尘世。伤痛的白，像一张封条，急不可耐地封存了她在尘世的最后生活。

在黑暗即将永远与她为邻之前，这对小情侣是否讲了很多平时羞于出口的热辣语言，我们不得而知。我猜测，双方年龄还小，正处于懵懂年代，尽管早有爱意，没有勇气表白也不是不可能。此番人之将死，哪还有心管什么忌讳？终于诉出衷肠。然而，仍有许多遗憾。理论上讲，女生还有很多激动人心的期待，比黑暗光明的未来。忐忑不安的新娘化妆，将喜庆拉长的宴席，甜蜜的洞房，甚至再远些，含饴弄孙……还没有披上洁白的婚纱就披上了寿衣，这样的选择，莫不是对来生有着更为宏阔的希冀？

相比起来，男生就走得有些落寞，没有祝福，没有心爱的人最后时刻的陪伴。也是一个漆黑的夜晚，这样的黑夜更适合年轻男女的爱情，当然，也适合年轻男女的告别。自杀者总是选择这样的时间告别自己，父母，曾经缠绵的恋人……世界漆黑一团，更助长了他们的绝望。

我好奇的是，两个年轻男女曾经的热烈誓言。天长地久，海枯石烂，同生死……还有，当女生电话再也无法接通时男生一肚子的衷肠诉向谁呢？电话铃不停地响，男生是先生了恐惧，还是悲伤？

九十年代以来，乡下的自杀者日渐稀少。这应该与改革开放有关，与经济发展有关。生活好了，过去烦恼人生的贫穷问题已不复存在，人的精神面貌也焕然一新。要说，感情问题应该不会有多大变化。可爱情观变了，因情而自杀的人也就少了。我这样说，倒不是要宣扬这种狭隘的极端，我只是觉得，当下的社会，太缺少感情的坚守者。

两个不谙世事的孩子，用生命换来我们对誓言依然铿锵的信任，它偶尔还会在有爱情的地方回荡。

三

我有三个姑，最喜欢的是大姑。除了父母，大姑是最疼我的。

大姑和大姑夫，都是那时候的大队干部，生活相对优裕。我很小的时候，应该生得很好看，洋娃娃似的。大姑家客人多，我一去，大姑就会把我扯过去，让人家看。我侄儿，多俊啊，我们张家的“碗面子”呢。

我还不知道“碗面子”的含义，但我隐约感觉到，那是大人对自己孩子的无私赞美。

我上小学时，父亲突然瘫痪，南北求医，家境可想而知。相当长的一段时间内，我都渴望着拥有一个文具盒，铁的，上面印着南京长江大桥。课间，放学或早到的时间里，我无数次地去学校旁边的代销点里凝视它。文具盒光明正大地摆在货架上，闪着金属的凛冽光芒，把我艳羡的眼神逼得躲躲闪闪。

文具盒的里外我早已熟稔，我的同桌就有一个这样的盒子。翻开时，铿锵有声，像老师外兜里插着的钢笔，是知识与文明的象征。盒子的内层印着九九乘法口诀，从一到九，一排比一排长，像一架梯子，等着我们去攀缘。当然，我从小就很有自尊，绝不会借大姑对我的疼爱而伸手。是大姑主动给的钱，一张崭新的五角票子。我没有停留，一路飞奔到代销点，四角七分钱买下那个“南京长江大桥”。

下雨天，我没有胶鞋，大姑让我表哥带我上学。表哥比我大，正上初中，个子已经长到一米七几。遇到小水沟，他背我过去。我小学还没毕业，我们家就从余湾搬回到淮河北岸，远离了我引以为骄傲的表哥。后来初三复读，学校离大姑家很近，我趁放假又回余湾，大姑给我买了双皮鞋。这个礼物超出了我的预料，那时候，城里孩子穿皮鞋的也少。不过，我并没有多意外，大姑给我的总是超过我的期待。

可是，我们却辜负了大姑。

一九八九年春节，表哥和表弟来拜年。表哥表弟都是新婚，还都新添了女儿，表哥的女儿刚满月。按理说，到舅舅家拜新年，表哥表弟应该全家都到的，热闹。我们那儿的规矩，拜新年的新婚夫妇到哪儿都为大，得坐上席，走的时候主家还得封红包。再加上他们刚出生的孩子，算起来，表哥表弟给他们的穷舅舅一共省下了四个红包。

那一天是农历初八，表哥人还没进家门就笑言，本来昨天想来的，不是有句老话嘛，七（哩）不出门，八（哩）不回家。年龄大了，曾经愤世嫉俗的表哥也知道遵守农村的习俗了。

我送了把刀给表哥。藏刀，小巧，漂亮，颇具民族风情。新疆的同学带给我的，表哥一见就爱不释手，我做了顺水人情。

晚上陪客的人很多，我和女朋友只好坐在厨房里。厨房是土坯墙，还是表哥亲手搭建。那时候，表哥刚退伍，我父亲身体不好，和泥，起墙，脱坯，都是表哥一人操刀。墙垒得不太直，毕竟不专业。表哥还自嘲，等下次吧，下次就有经验了。

酒足饭饱，表哥他们来到当院。外面黑漆漆的，星星吊在头顶上，明晃晃的。走，好长时间没有试试手脚了，我去会会那些小屁孩。表哥一贯的豪情满怀，再加上酒意，言语更粗犷。

村里搞了个录像厅，每天哼哼哈哈的，吸引了不少年轻人。

有几个邻村的常来闹事，表哥说，正好去会会他们。表哥一米八多，身高体胖，一表人才，又有一副好身手，三两个人不在话下。我和女朋友正缠绵，没把表哥的话当回事。

约莫过了一个小时，父亲慌慌张张地跑回来，手伸到箱底摸钱。你表哥，伤了。

我跟着跑过去，表哥躺在村诊所门前，身上一个劲儿地流血。小诊所止不住血，有人说，怕是不行了。我忍不住骂了句，放屁！心里却虚虚的。

我和表弟相跟着朝镇上赶。漆黑的夜里，只能听到前面杂沓的脚步声，表哥的呻吟隐约其中。表弟说，录像厅里人太多，都是他们的人。我哥一出手，好几个人围上来。我哥腿上被扎了一刀，他说不好，让我快走。这好像是表哥的临终遗言，让弟弟不要再做无谓的牺牲。

表哥死了。表哥的美好人生，刚刚起步。如果有可能，表哥肯定会有很多话跟他新婚的妻子交代，跟他刚出生的女儿说。

我回去的时候，表哥还躺在镇医院的院子里。我后来无数次地想到过那个场景，表哥无助地躺在那儿，凄凉，悲壮，无声无息。回去后，我把那把表哥还没来得及收好的藏刀扔了，扔到了河里。

突如其来的悲哀，让人难以承受。第二天，父母让我住进了表舅家。后来的事，我就不清楚了。我整天躺在床上，大门都没出过，像死过一道似的。我老是有一种幻想，这不是现实，是梦。我希望，梦醒来，表哥还会站在我面前。

后来的事，我都是听别人转述。因为懦弱与畏缩，我没有去送表哥。表哥的尸体运回余湾，我父亲赎罪般地去送自己外甥最后一程。我能想象得到父亲被指责的场面，好在，还有大姑。

这还不算最残酷的。大姑的家余湾，是我的出生地，也是我的故乡。从那以后，我没有再踏上过余湾的土地，这是我心里一直不愿原谅父亲的原因。父亲毕竟是成人，应该能料到打架的后果，不应该放纵自己的外甥去闹事。无论如何，舅舅有责任保护自己的外甥。

我对大姑，因此怀着深深的歉意。表哥是她儿子，也是我哥。如果表哥没死，我不知道这份姑侄亲情会浓郁到什么程度。

后来，父亲在预感大限到来之前想去看看大姑二姑。我也特别想去，父亲最终没让。我替他们租了车，希望这份亲情能在死神面前复活。

我不知道他们姐弟之间的相聚和离别有没有泪水。几个月之后，大姑二姑回访，我也趁机回了趟老家，顺便给她们买了件上衣。其实，我最想做的是给她们钱。有点俗，可对两个老人来说还是很实用的。孩子都分开了，她们缺零花钱。但她们不要，我的父亲也正需要钱，她们希望我能把钱用在自己的至亲身上。父母从余湾返回时，大姑二姑都偷偷地朝父亲的袄兜里塞了钱。

今年暑假，大姑来我生活的小城。婶子领着她走进酒店的大门，开玩笑地说，好好看吧，这儿都是你的亲人。年近古稀的大姑好像有些腼腆，低垂着头。吃饭的时候，她老是偷偷瞄我，瞄她的“这个亲人”。看到我，她是不是又想起了我那早夭的表哥？我心里发虚，躲闪着大姑一贯的慈祥。

大姑日渐苍老，我心里酸楚楚的。

四

父亲生命的最后时刻有些凌乱。他没有为告别作过任何准备，他还不想死，也不应该死，他那么年轻。

2003年的秋天，正是我最忙的阶段，上三个高一的英语课，还兼着班主任。父母打来电话，说是父亲身体不适，想到东关医院检查一下。我走不开，上午的课排得满满的，我并不想因为父亲的小病小痛麻烦地调课。给医院的同学打电话，我让父母直接去找我那同学。

父亲的一生多灾多难，用九死一生都不为过。民间有一种说法，像我父亲这样坎坷的人，长寿。我当然深信不疑。父亲才五十六岁，前面的路还长着哩。

上完最后一节课，医院的同学打来电话，情况不好，可能是癌。直肠癌。

我知道癌意味着什么，还是又问了一句，不会错吧？

同学很坚定，基本上能确定，中晚期。

我嘱咐同学，不要让父母知道。化验单拿回来，上面潦草地写了几个英文字母。教了近二十年英语，我第一次感觉英语单词那么有生命力，那么有力量。cancer（癌症），粉碎了父亲继续自己“低质量”生活的可能。我小心地收好那张纸，生怕他们看出端倪。

每每想到那个晚上，我都会有深深的自责。我竟然和父亲有了争吵。是因为父亲未尽到对表哥的义务？还是因为他一直未能把我们带出贫困？除了不愿相信至亲与cancer纠缠不清，我再也找不出更好的借口。

大夫不带恶意的预测，正在远处恐吓着我们。不，并不远，三年只是一转眼。心里纵然有那么多的怨，可面对身患绝症的老人，积怨自行化解。更何况，这个人还是自己的父亲。父亲当年的生日，我买了瓶茅台酒回去。

母亲说，你爸那病，还能喝酒?

父亲的眼神不再笃定，我不知道他是不是已经意识到自己时日不远，他竟然安慰起我们。谁也不可能活一万年，毛主席也不能。喝，咱也尝尝茅台的滋味。

母亲不知道从哪儿弄来一份广告，说是治癌症的良药，陕西的谁谁谁治好了，广东的谁谁谁也治好了。明知道是骗人的，我还是邮了一千五百多块钱过去，先喝一剂，看效果。

药喝完了，打电话过去问怎么不见效果。对方说，得五剂呢。

我不忍看到母亲脸上的期待，又邮了一剂。

2005 年腊月，父亲又一次生日。他穿着老式的中山装，身体已显颓势。我偷偷地观察着父亲，说话，行走，甚至他从椅子上站起来，都很费力，挣扎着。父亲一生都与病魔、贫困纠缠不清，因此，他的一生也都在挣扎。我怎么就忽略了他为这个家所付出的努力呢？他在村口收过鸡蛋，转天再用自行车驮到 30 公里外的县城去卖；他做过汽水，用自行车时不时地给那些小得不能再小的代销点送货；他放过鸭子，一个茅坑一个茅坑地为鸭子捞蛆……然而，一直到死，他都没能摆脱疾病与贫困。现在我明白了，其实他比我们的幻想还多。我那时还小，只会略带轻蔑地看着他挣扎。我也幻想脱贫，也幻想有零花钱，而他，更希望能在自己的孩子面前挺直男人的腰板。

我信口许诺，等到明年秋里，这一届毕业班送走，我领他去大城市转转。一辈子在农村劳作的人，不喜欢看什么风景，最向往的就是大城市的繁华与热闹。

不得不承认大夫们预测死亡的准确程度，尽管他们缺少对疾病的控制能力。三年没到，父亲就瘫痪在床。他丧失了做人的尊严，整日躺在床上，大小便失禁，母亲成了他的护士。这对几乎争吵了一辈子的夫妻，在死别之前，出奇地恩爱。毕竟，时日不多。

6月19日晚，妹妹在电话里泣不成声，父亲恐怕不行了。我正在外地，连夜往家赶。坐的都是一程一程的短途车，不断地转车，转车，转车……

我是一个活得很萎缩的人。上学的时候，无论学习多紧张，只要有同学来找我聊天，我都会放下手里的笔和本，陪着人家。难得人家看得起，一点时间而已。如今换作家人，又是死别，当然更不能怠慢。

第二天黄昏，终于赶到邻县，确山。其间，母亲打来电话，你爸在等着你啊，等他最亲的人。你不回来，他是舍不得走啊。我又一次听到自己被唤作亲人，上次是婶子戏称自己不是大姑的亲人，我才是。这次也是，母亲好像是在和我争宠，语气甚至有点娇嗔。

车是夜里十点多到的，母亲拿着手电筒立在村头等我。我扶了母亲，深一脚浅一脚地往屋里走。父亲已经被移到当门，地上铺了层稻草。尽管我早预备好死别的哀伤，但当这一刻来临，仍然无措。

父亲倚在母亲的怀里，眼睛一直朝着大门的方向。母亲反复重复着那几句话，好像是替父亲作最后的告别。他这个姿势都一天一夜了，他是想临走前再看看他最亲的人啊。我没有平日的羞怯，去亲近一个被病痛折磨得身体严重变形的人。我抓住父亲的手，眼泪忍不住成了线……直到这个晚上，我才知道我有多热爱他即将坍塌的身体。

父亲的呼吸越来越粗，好像急于要说点什么。严格来说，还不能算呼吸，没有吸，只有呼。我攥住他的手，紧张地喊爸爸爸……他的手只剩下骨头，在我手里越来越小，一定硌痛了我。但我感觉不到。一阵长长的呼气之后，父亲断了气……

八十多岁的爷爷老泪纵横，他的悲痛并不比我少多少，白发送黑发啊。

遵照爷爷的吩咐，得放一小挂鞭炮。外面黑黝黝的，这是我一生中经历过的最黑暗的夜晚。黑暗，因为它的幽深，不可知，让人心生恐惧，正像人对死亡的反应。同时，黑暗又是逼仄的，厚重的，有一种让人透不过气来的狭小。鞭炮的火光在大团的漆黑中闪了几下，到底没有撕破重围，四周重又漆黑一团。我突然感到前所未有的孤单，我成了父亲的遗物，他就这样不管不顾地把我留在了这个尘世。

那几天，我没法接听亲友打来的安慰电话，我怕自己泣不成声。农村里的亲情，不像城市那么浓烈。但那种血浓于水的长期磨合，感情已深嵌进彼此的骨肉。这好像也是国人共同的特征，不当众表露自己。我们的情感，只有在最后时刻才会被逼出来。我有个平时寡言少语的表舅，表舅奶死时他也“矫情”了一把：

妈，咱们的日子刚刚好了点，你却要走了……

小时候，我是一个自尊心很强的人。家长的责骂，会让我放弃眼前的饭菜以示抗议。父亲倒是铁石心肠，母亲就撑不住了，唉声叹气地表达着自己的心疼。我总结出经验，不吃饭是小孩子抗议父母的最有力武器。上高中的时候，好多同学不明白印度的非暴力不合作运动，还是我去跟他们解释。

绝食，从某种意义上来说，是一种很好的抗议手段。前提是，抗议者和被抗议者应该血浓于水。人家根本就没有视你为至亲，绝食反正中了人家的下怀。这个世界上，除了父母兄妹，还有哪个人的死亡能那么强烈地让你感受到分离的残酷?

晚上守夜，世界安安静静的，一点儿响声都没有。母亲问我怕吗，我说不怕。父亲很安详，睡觉与死亡几乎没有界限，不过是长短的区别。我以前不能见棺材，黑漆漆的摆在那儿，让人瘆得慌。还有孝服，白得让人惨不忍睹。如今呢，孝服穿在身上，我就坐在冰棺旁边，倒没有丝毫的怯意。

葬礼的前一天，突然下起小雨。我担心第二天出殡不方便，巧舌如簧的阴阳仙说，下雨好，下雨好，连老天爷都来哭送你爸哩。

整个葬礼，我恪守着乡村的所有规矩。现实中没有照顾好父亲，我希望我的本分能够让父亲在另一个世界过得好一些。葬礼的标准也尽量往高里定，希望活着的母亲也能得到安慰。

安顿好父亲，母亲开始清理父亲的遗物。父亲是个平凡的人物，他的生命定格在五十九岁上。他没有堵过枪口，也没有过捡到巨款交公的机会，英雄和模范都与他无缘。要是立碑的话，该写些什么呢?

爷爷说，不能立碑，我还没死，你爸就不能立碑。我意识到这可能也是农村的规矩，马上噤了声。

我自己成了父亲的纪念碑。我挺直身板，力争像个纪念碑，光宗，耀祖。

五

父亲走后，母亲很少在我们面前提到他。但是，每年的清明节，都是她不声不响地给我们预备好祭奠的物品。

后来来福也死了，母亲更加寡言。时不时地，还要抹几滴眼泪。

来福是条狗，听名字就知道是条乡下的狗。我没有追问这名字的由来，人都顾不过来了，哪还有心管一条狗？来福的眼睛生癞了，据说很容易传染给小孩子。父亲葬礼过后，我当即跟母亲交涉，卖掉它。

过几天我再回去，远远地又看到来福。来福好像已经觉察出我对它的敌意，无奈而又讨好地给我让开道。

母亲讪笑着，不碍事，不会传染的。来福在这个家快十年了，母亲到底舍不得。

我还是坚持自己的意见，人，总比狗重要吧。

爷爷听不到我们的对话，他咧着嘴，送出自己苍老的欢迎。一只手，轻轻地在来福的黑背上摩挲。

来福到底没有卖，我那小侄儿也没有传染上狗的什么疾病。来福活到了一只狗应有的年龄，自然死亡了。

父亲年纪轻轻就走了，我担心这是我们家族生命基因的结果。好在我的骨骼与爷爷有着更多的相似，矮，且小，这恰好印证了隔代遗传的科学。活着的爷爷于我多了一层安慰。

爷爷是新四军，他原本有着辉煌而又光荣的历史，应该是战斗片中的英雄角色。我知道得太晚，要不然，我的小学时代一定骄傲得非比寻常。他是刘邓大军的一员，因为队伍被冲散，回了家。八十年代国家有政策，他每月开始领补贴，跟国家干部没什么两样。

奶奶病故后，爷爷一个人住在祖屋里，他不喜欢过群居生活。祖屋就在我们家隔壁，村子的最西头。

忘了从哪一年的伏天开始，爷爷开始晾晒自己的寿服。院子里白花花的一片，布匹，还有难辨冬夏的衣裤。与白色孪生的往往是绝望，凄凉，还有悲怆。不知道的人，还以为这个院子里正在举行着一场盛大的丧事。我不知道古人为什么要把白色定为死亡的标志，也许，只有在黑暗的底色下白色才能昭著。三伏天，爷爷置身其中，就像一个初次参加学校运动会的少年，一次又一次地松开鞋带，再系紧，生怕松懈的鞋带影响了自己的发挥。他努力翻检自己，以确保能够顺利跨进死亡的门槛。

院子里的家当，就是爷爷全部的固定资产。除此之外，他没有家具——床例外，没有电视——他听力已经很微弱，甚至没有桌椅。他生命的价值已经不靠所占有的物质贵贱来确认。

我作为爷爷的骄傲，在那间祖屋里有着特别的权力。有一次，我无意中翻检出一张出殡用的黑白照片，还镶在黑边的相框里，四周缠着黑色的绒布。我的脊背生出凉意，恐惧顿生。照片上的爷爷，严肃，端正，一看就知道是专为丧礼准备的。

照片还好隐藏，可那些寿服，爷爷第一次晾晒之前我们家竟然没有人知道它们是什么时候买回来的，又是什么时候缝制好的。

爷爷最早为预期中的黑暗所做的准备是棺材。棺材拉回来，上面搭了块大红的布。为活着的人运送棺木，都得这样。那时候我还小，上了漆的棺材黑黝黝地摆在那儿，很是瘆人，我都不敢进爷爷的卧房了。时间长了，习惯了，偶尔我还会把它当成“躲猫猫”时的藏身地。后来，殡葬改革，城市农村都要求土葬，爷爷准备的棺材没了用场，只好贱价卖到了河西。

爷爷有着他这个年龄应有的沉着，冷静。由于等待的细碎漫长，死亡对于爷爷更像是一场上妆彩排。我私下里猜测，爷爷到底有着怎样面对永久告别白昼的心情呢。他已经八十七岁，寿服的晾晒至少也有十个年头。

爷爷始终讲不清自己的从军经历，人家问起来，他讲得最多的就是部队冲散前班长的讲话：保护好自己，随时听从部队的召唤……我想象不出来，瘦小的爷爷在战场上会是个什么样子。一个小兵，没有英雄的伟岸身躯，也没有领袖的高贵气质，恪尽职守而已。换了现在，他甚至没有从军的权利。身高不够，体质不好。即便做人肉炸弹，他都不是合适人选。

爷爷的过去我只能从电影或史书的字里行间了解，但他面对死亡的从容，让我觉得这就是一个战士最基本的素质。战士的素质，恰与一个被疾病预告了死亡的年轻人形成比照，摧毁他的是悲惧与不安，而不是病毒本身。牺牲者留下英名与光荣，自杀者彰显不愿低头的坚倔，凡此种种夺目的结局爷爷注定都不会有，他只是淡定地活着，从容面对人生最后的一次彩排。

这让我想起十多年前的一个邻居。邻居在外做事，公家人，正壮年。从确诊癌症到死亡，没有超过一个月的时间。他的生命并不是溃败于癌症病毒的攻击，他是被自己的薄弱意志击垮的。这一点，与我的爷爷形成鲜明对比。

前几天我回去看爷爷，老人老态日浓。他的脸上积存了太多雕划的痕迹，不是真刀实枪，是岁月这把无形的刀；他的眼睛看过太多的挫败与辛酸，如今已经混浊不堪；他的耳朵收集过太多的噪音，现在几乎失聪。

正赶上午饭时间，他蹲在地上，面前的菜碗里还剩四条煎煳了的黑色小鱼。他的钱，还有足够的时间，都给了儿孙们。

爷爷吃完饭，我问他，有没有准备遗嘱。

他茫然地摇摇头。我以为他耳背，凑到他跟前又大声地重复了一遍。

爷爷还是摇头。

我进而解释，说遗嘱就是死前留给后人的话。

爷爷想了好一会儿，说，我死了，你们都不用哭，好好过日子。

好好过日子。面对预期中的黑暗，爷爷没有太多的悲哀，好像是转车去另一个城市。

（《广西文学》2011 年第 10 期）

在樟木头

丁 燕

一

飞机降落在深圳机场，潮热的暖风瞬间黏上鼻孔，南方味，迅疾包裹全身。

车启动，朝向东莞。窗外土壤和植被的颜色渐渐浓郁起来，在荔枝树丛后，陡然闪现出一片五彩的大酒店。我像刚行过成人礼的少年，亢奋起来，感觉的大门霍然敞开，浑身上下，每一根神经都警醒着，伸出无数触角，柔软敏锐。

不止一次，在珠三角，我仰望着这些高大的凸起物，如果没有它们，这里，便会兀自荒凉下去。白天，这些建筑物是锈的死物，冰冷僵硬，到了夜晚，诡秘的灯光，让它们浑身发烫，散发出骇人能量。有一次，在大巴上打盹着，被车身一晃，睁开眼皮，我被逼向视网膜的水晶灯光震得无法呼吸：夜晚的东莞小镇，和香港并无太大区别，灯光似烟花，永不熄灭。我甚而不能相信，我离这个魔幻世界的距离，如此接近。

南方于我，不仅仅是秦岭淮河以南，种植水稻，河流不结冰这个地理概念，而是一个巨大的生存场，一个隐秘而鲜活的边陲世界，一个暗潜着奋争、对抗和重生的疆域。

我是凭着一种动物的本能，嗅到了那股混合味，便自己寻了过来。

虽然我在这里没有度过少年、青年时代，而这里，也不是整个南方，不过是岭南一隅，但在那一刻——从机场走出，嗅到潮闷之味，看到荔枝树后的酒店灯光，无端亢奋起来时，我便确认下这样一个事实：这个尖锐之地，命中注定，它属于我。

二

出了十几本书后，我渐渐明白这样一个道理：写作，恐怕是世界上唯一越做越难做的行当。当年的一个中篇，坐三天，轻松完成；甚至，我还有过一天写十二首诗的巅峰期；可如今，写三百个字，我都要耗费很大劲。一遍遍想，一遍遍琢磨。在脑子里思忖许多遍后，让胚胎慢慢成形，再把它敲打下来。

自 2009 年 7 月 5 日后，我在乌鲁木齐的写作，陷入瓶颈期。

我的心已粗糙得像黄瓜，像刺猬，像榴梿，像一切突兀着尖刺的东西，而不能让细致温婉的情绪，附着其上。我看到人跟人之间，已有了缝隙，而在这些缝隙间，已塞满仇恨的杂草。我带着劫后余生的惊惶，低眉敛目，跌跌撞撞。我看到自己因受到过度惊吓而面如死灰，如坠枯井。

整整一年，我无法让自己写出一个字。

这种枯竭，对靠想象力维持生计的人来说，不啻为致命打击。时间越长，我越痛苦地发现，单靠自身努力，我根本无法摆脱这可怕的符咒。那么，也许我该放弃写作，做个庸常主妇？然而，我却被某种深刻的痛苦所笼罩，每日，悲愤欲绝。

我知道，写作如晶体，早已沉淀在我的体内，即便我试图装作看不见，它，还在那里。表面上，我沉入琐事：做饭、洗衣、购物、娱乐；然而，作家的热血，却奔突在每一个细胞内部。我陷落进荒岛的寂静，试图努力辨析出我的未来，像画家面对远景，不断移动画架，寻找最佳的着眼点，我不断问自己——是继续留在北方，还是移居别处？

当南方如钩子，从半空垂落，神使鬼差，我抓住了它。

选择定居东莞后，我曾认识的某些文友，怀着嘲讽的兴味，揣测这个自命不凡的选择到底能坚持多久。然而，连我自己都未曾料到，跨过南北界线后，我的文字，如汛期之鱼，陡然澎湃起来。我不明白在灵感和创作、直觉和理智间，有一个怎样的平衡杠杆在支撑；我亦无法修订这个衡量标准，我只是尽自己最大的努力，去写，去写，不断地写，然后，再细心修改。我知道，当我在修改那些文字时，我同时，也在修改自己的命运。

我是在半山开始这场写作的：屋子是二手的，七十五平方米，两居室，紧凑极了，其内，冰箱嗡嗡，窗帘陈旧，沙发凹陷，而我，居然在这个空间，为书桌找到了个向山的窗口。凌晨，在浓烈普洱茶的催化下，我以一种狂想诗文式的哲学方式，展开内心生活的探索。窗外，蝉叫蛙鸣，声波阵阵，鸟儿们，闪着翅膀，有时，会落在我的窗棂。

我惊诧地发现：一个人，不仅可以靠幻想创造出一个世界，甚而，还可以谋生。在小邮局，我兴冲冲地清点稿费单，盘算下个月的米、面、菜、水、电皆有了着落；而当我进入写作时，又会常常忘记稿费，而只思考一件事：如何让每一句话都更有效，让它们好得不可易一字，又节奏分明，音调铿锵。

是什么样的意志力，将我拴在书桌上，如头拉磨的驴，拖拽着整个世界一起旋转？我将自己关在小屋，从半夜写到清晨，直至窗外的山脉渐显曲线。然后，整个上午，继续写。午睡后，阅读。晚饭后跑步，仰望天空，那永恒的星体图案高悬头顶，我在心里默念，这一天，没有虚度。我消耗大量时间，盘亘在词语的交叉和重叠中。我不断调整思维，以便加入更新的内容。我全身心投入，渴望词语干净，冷如利刃。

在北方，我从未有过如此热情满怀的创作冲动。

我出生于二十世纪七十年代，成长于农家，父母是文盲。小学一年级，我从学校带回的课本，是家里的第一本书。我吃过火柴烧烤的蚂蚱腿、新鲜的葡萄、青涩的西红柿，闻过雨滴砸在虚土后腾空而起的味道，草灰埋入炉膛烧出的锅盔（一种北方大饼）香。放学后，我奔跑在田野，听到风呼呼掠过耳畔，闻到韭菜被镰刀割断后喷射出一股腥味。那些事物，至今，仍完整地存储在我的体内，凝聚成一个隐秘内核。

我的家是北方常见的土坯房：厨房、父母居室、我的小屋、放农具和煤的屋、羊圈、菜窖、鸡圈。院里栽种着葡萄树，用木架撑到屋顶，将整个屋子裹起来。葡萄坑边种着苹果树、杏树和梨树。我非常孤独，一个人独自长大，没有和兄弟姐妹亲密相处的经验，更不善于斡旋和人群的关系。

最早说出“作家”这个词，是小学三年级，家里来了个卷发中年的远客，戴着厚眼镜，问我，你长大了想干什么。我坦然：当作家。从她惊诧的表情中，我明白了一件事：她认为，这是一个农村女孩的狂想，根本不可能实现。

我的第一首诗是怎么开始的？是什么触发了它？我想我知道。那天午睡起来，抬头看窗外，葡萄半透明的翠绿色调，和浮动在阳光中雪白的苹果花瓣叠印，衬出一片浓重的蓝天，接着，花瓣被风吹拂，飘荡，垂落，解脱，形成花雨——这个瞬间让我震惊，像被魔杖轻敲了下脑壳。诗歌的光芒，就这样，通过曲折而精妙的途径，照临了我。

十五岁半，整个暑假，我坐在葡萄架下的那间小屋，在方格纸上写作，待上了高一，到了新班级，四万字的中篇小说《哦，玫瑰》已变成铅字。我写一群中学生，搞了个文学社，他们和老师的矛盾，他们之间懵懂的恋情，而那时的我，还从未尝试过异性之恋。我沉浸在摆弄词语的劳作中，希望通过我的组合，比此前更光彩夺目。这种新游戏，于我，不仅仅是情感表达，更是某种冒险和抵抗，而我从中获得的快感，因为神秘，难以对别人细说。

新疆，中国西北偏北；哈密小城，四周被戈壁沙漠环抱；我的父母，从甘肃逃荒而来，侍弄一亩五分菜地，希望西北风不要刮得太猛，不要将暖棚上的塑料都吹烂；我们生活在没有祠堂、没有族谱、没有亲戚的小村，村民是众多迁徙者为奔命临时凑在一起的难民。说白了，我是难民之女……我又拖着我的孩子，迁徙到南部偏南。

这样的我，居然，想当……作家。

贫穷而傲气，并非不聪明，又桀骜，这些特征，只能使我的前途更加黯淡。

在我青春期的成长阶段，我从未偏离过这个梦想。虽然我在学校里接受的教育是粗浅的，但我利用各种时间阅读，积累技能，让手指具有黏合力，唤醒各类词语，让它们围绕着思维，编织出一幅智力彩锦。成年后，我力图不仅遵守女人应履行的职责，且装作对它感兴趣，然而，我却不能全身心投入——我宁愿写作。我是主妇，可我日日夜夜苦思冥想的，却是试图将作家这个最神秘、最孤独的职业坚持到底。我渴望飞奔在词语里，以超越狭窄的卧室、琐碎的厨房、四方四正的客厅，而到达大江、大海、湖泊、山冈。

三

定居小镇后，我慢慢发现，有三个南方重叠混杂。

第一个南方属于原住民。

他们从没见过雪，肌肤里闪烁着的黑，如矿物质深埋地层后，又被重新挖掘，他们习惯各种风雨虫蛇，坚韧胆大，又尽量回避外人的目光，而以沉默固守着某种祠堂里的戒律，让某种稳定性得以延续。本地人的宽容，不仅是天性，而且是必须：这里必须要保持宽容，否则，一点点小事，都会演化成群体性的爆炸事件。

第二个南方属于打工族。

打工者浩浩荡荡，直奔那个目标：工作机会。他们拎着编织袋，装着被子、枕头、凉席，拎着桶，装着牙具、毛巾、拖鞋，跳上公交车，目光从大王椰和棕榈的树梢上掠过，搜寻着招工信息。他们人数众多，流动性强，相互之间的联系，远胜于本地人。数字报告在不断变化——几乎是刚刚算清，情况又变了——总有打工者涌入，而南方的一个神秘特点是，它总有本事，派发给不同人以各种暧昧的礼品，它总在上演被摧毁或被成全的奇迹。

春节期间，若在珠三角转悠，会惊诧发现，那些原本喧嚣的高大厂房，变得死寂，像巨大的休止符，整个海滨如空落蜂巢，甚而，像囚犯越狱后的监牢。而在正月十五后，宿舍里的灯，一格格亮起来，逐渐地，形成一片璀璨。傍晚，穿工装的女人，懒得脱掉那衣服，蜂拥而出，簇拥上街。若要去寻找她们中的一个，便要盯牢她的面孔，否则，她便会在瞬间消失，像她在这条街和这些厂房里曾消耗的那些时间般，变得不复存在。

第三个南方属于迁居者。

人类的探险基因，曾存在于哥伦布等人的身上，同样，也遗存于这些人身上。工业革命的火种，点燃了这些沉睡的基因。轰隆隆的流水线，不仅消解了传统的牧业和农业的生产方式，同时还颠覆了旧有的生活方式，让人们得以在相对自由的范围内，寻找另一个生存场。

而南方的魅力，让西部和北部望尘莫及：摩天大厦拔地而起，厂房鳞次栉比，高架桥盘旋如巨蟒，农田被挤成魔方，商品迅速流通，大排档通宵营业，彻夜不灭的灯光，将楼房托举成一束礼花。迁居者不断增加，如大剂量维生素补充进来，点燃着南方的热情，维持着此地的高速运转，让南方，形成某种独特的、国际化的、特殊的气场。

从西北到东南，在别人习以为常、习焉不察的环境里，我看到了陌生与惊诧。而陌生化，不一定就是新奇，总令人愉悦的，有时，它甚至是危险的。常常，我会感觉自己冒犯了某种界限，而这种跨界的行为，又逼迫着我，放弃以往靠幻想的写作，而更喜欢真实的故事，真实的人物，真实的场景。这种做法，不啻为一种令人生畏的挑战：如从现实的秃鹫嘴里，抢夺回滴血的鲜肉。

必须深入到小镇的隐秘角落，才能从最平凡的东西中，发现文学意义……于是，我套上工衣坐在拉线上、啤机前干活，一天十一个小时。于是，手指烂了，体虚，晕厥，而从不后悔；于是，我去买馒头，拎着塑料袋不走，看主妇们如何吵架；于是，我的脸上涂着面膜，躺在帘子后，听化妆店女子聊天，心跳如炸雷；于是，我伫立棕榈树下，看小狗背后的靓女，靓女背后的男人。

我只写自己看到的，听到的，感受到的事物，那些没有物理基础，在半空中飘荡的风花雪月，被我摒弃；一切毛躁的，尚未定论的，正在突进的细节，都令我好奇，通过对切片的描述，我加深了自己与世界的紧贴感；我让自己成为熟练工，让词语变成钉子、螺丝、插销、暗扣，最终，完成一个物件。

我总是急匆匆赶回家，坐在一米宽的书桌前，掀开电脑，啜口茶，大脑里像插上根看不见的电线，嗡嗡运转。敲打键盘时，我能听到大脑和电脑，在同时嗡嗡响。我努力确认那曾真切生发的情感还醒着，然而，遗忘无法阻止，真相永不存在，因为，时间不会为任何曾经的快乐或悲愤停留片刻，我们听任自己随波逐流，将身躯塞入另一个空间，腐蚀掉储存于时间中的情感，在当时，它们甚至以咆哮的方式捶打过胸膛，而现在，却蒙上层灰色的面纱。

我实在匮乏幻想才能（一个微不足道的北方田野的童年，并无太多可利用的素材，更谈不上有重大事件发生，当然，除“7·5”事件之外），等我迁居南方，某天清晨，伫立阳台，面对青葱宝山，终于顿悟：属于我的题材，就是我自己——作为父母从内地迁居边疆的孩子，当我再次迁居后，所经历的一切遭遇和努力。

是的——我并没有说出我所知道的全部。像一个穿过黑夜的人，他只说太阳散发着的光芒多么温暖，而回避着那些阴冷、惊悚和凄惨。我将我的疼痛，压缩进我的词语中，而只在嘴角挂一抹淡淡的微笑。我将自己的一半折叠起来，而只展示出另一半。我写下了我所看到的南方，那么具体细致，然而，另一种对北方的痛楚，却藏在这些词语背后。

到达南方，应是我这一生中最大的波动，而在这里诞生的文字，绝不仅仅是手指敲打键盘的简单运动，它还与南方特殊的气压、气温、降雨量、空气中负氧离子的含量、房价高低、邻里间的友善程度有关，以及，与矿物圈、水圈、大气圈、营养圈等更为复杂的因素有关。

四

定居樟木头后，我惊诧地发现，还有很多作家，因各种机缘，也迁居于此。

在“大量招收女工”的红色横幅下，在厢式货车鲨鱼般纵横穿梭的莞樟路上，在茅草丛生的五星级酒店旁，经常会走过一个零落的人，两手空空，眼里闪着灵光，像是无所事事，又像是所有的事，都和他持有某种深切的关系。我看见那个人就是我，或别的作家。

我们不是旅行、采风、疗养，而是——居住。我们，成为小镇最古怪的居民，每个人都像个探险者，用好奇的目光打量南方，每一个人所散发的光和热，都超过爱迪生联合公司，而小镇的文化系数，也因我们的存在，大大超过周边的平均值。

逐渐地，我们习惯了杧果树荔枝树，尝得出五指毛桃汤的浓淡，分得清妃子笑和桂味（荔枝的两个品种）的甜酸，对潮湿，对蚊子，对老鼠个头能膨胀到何等庞大的地步，都有了深切体味。我们离开了故乡，在这里形成了一个特殊的场域，过上了某种奇特的生活，这个现象，按经济学家、社会学家和评论家的综合分析：若早上三年五年，断不会在中国诞生。

在户籍制如铁链紧紧拴住脚踝的年代，迁徙的狂想，只能被扼杀在摇篮中；随着工厂的出现，政策的松动，南方如冰河解冻，陡然间澎湃起来。人们来到此地，节奏变了，性情也变了，所做的努力，似乎都会遭到翻番的回报，即便同时也会遭遇挫折和麻烦，但却不能不激越向前，因为他被周边环境所夹裹，不得不如落叶在溪水，一同载浮载沉。

故乡于我们，究竟是何物?

它竟成了我们挥之不去的口味、习惯、风俗、礼仪和伤痛!

当我们的身体离开故乡，故乡并不会心甘情愿地退场，它总会在某个时候，露出藤蔓上的尖刺，让我们痛一下。我们必须承认，故乡对我们意义重大，它不仅仅是面条和口音，不仅仅是肤色和习性，它将我们与过去相连，又把我们输送到未来，我们后来所收获的一切，都是从故乡这个母体里汲取养料的。

然而，离开却是必然。

是在樟木头，我最正式又最隐秘的形象——作家的形象——逐渐清晰起来。

我写下可怕的人群，无穷的混乱，让一切显露原形的阳光，正在晾晒的衣服，电子厂外的小吃街，破街陋巷里的出租屋，我写下挣扎和热望，失落和忧伤，它们是别人的，也是我自己的，伴随着写作的深入，我感觉自己的命运已和南方的命运，紧紧地夹缠起来。

（《广西文学》2013 年第 7 期）

山里人家

冯积岐

在山里

我们的村子紧紧地依偎着一脉从西向东绵延而去的大山，和南边的秦岭相比，这山算得上土山。一开春，枯萎的山就清新了，毛茸茸的，开始生长；到了夏秋两季，山自然秀丽了，丰腴了，站在村口，注视着轮廓分明的山头，怀里仿佛抱了一只肥壮的猫儿。

我们生产队在距离村庄二十多里地的地方有一个山庄，山庄有一个灿烂的名字，叫桃花山。桃花盛开的时节，崖顶上，院畔下，被烟雾一般笑眯眯的桃花染得粉红，香喷喷的鲜味儿情人一般把山庄紧紧地搂抱着。

山庄里，有二百亩土地，这片土地上长小麦，长玉米，长大豆，也长荞麦和洋芋。我从十六七岁起，就把青春的一半时光遗落在桃花山里了。可以说，山里的每一条沟、每一座山头、每一条山路、每一个土塄、每一块山地都留着我的脚印，都滴落着我的汗水，我的镰刀所过之处，我的犁铧所到之地，都沾着我的劳动、饥饿、艰辛、向往和企盼，连路边的小石头上也挂着我的一声叹息。

平日，山庄里只有两三个人犁地、播种或守着山庄，到了收获时节，生产队里的二三十个男男女女都上了山，挤进了一孔窑洞中。晚上，一张三四尺宽的土炕上挤着八九个人，而土炕旁边的脚地，二十多个男人和女人便一个挨一个紧紧地挤在那里，如沉静的粮食口袋一样。疲惫不堪的农民们用放屁、打呼噜和说胡话来解除一天的劳累。即使身旁睡着一个或丰满或玲珑，尚还年轻的女人，也没有情绪在她肥壮的尻蛋子上捏一把。虽然，别人的女人令他们心动，可是，他们要把精力、体力付之于天亮后紧握在手中的镰把或锄把上，付诸养育他们的土地。他们一生和土地较量，而最终被土地打败埋在土地中。并非土地束缚了他们的手脚，使他们失去了在女人肚皮上撒欢的机会，而是责任——拼命劳作、养儿育女的责任迫使他们看守着自己——这就是庄稼人的活着，无论在平原，还是在山里，都一样。

女　人

和我一同进山犁地的是被我们称作“粮子”的一个老汉。老汉不是太老，六十岁上下。他年轻时候在新疆陶峙岳的部队当兵，十几年后回到了故乡，新疆的水土改变了他的面貌，落下了浓密的络腮胡子，也改变了他的脾气，倔倔的，话一出口，如木椽戳来。下雨天，粮子老汉就蹲在炕边，吃着旱烟，目光直直地看着窑门外。远处的山头，雨雾朦胧，影影绰绰，神秘、沉静，云朵从山沟里浮上来，从院畔匆匆而过。稀疏的雨点如同麻雀啄食一样，勤快，但不猛烈。这时候，女人来了，她头上撑着一方围腰，双臂张开，仿佛吊起来的木偶。进了窑门，女人把围腰提在了手里。女人是山里人家的女主人，她是我们唯一的邻居。我记忆中的女人有四十五六岁，干瘦干瘦的，三角脸，唯独那双圆圆的眼睛很亮很亮，一开口，双眼先笑了——带着一点粗俗，带着一点淫意。对于十六七岁的我来说，还读不出女人目光中勾人的内容。后来回忆起来，方才觉得，她的目光是柔和的、乖觉的，虽然不轻佻、不放肆，但确实给蠢蠢欲动的男人留下了完成欲望的间隙。女人靠住门而立，粮子不让坐，女人也不坐。粮子板着脸把嘴从大胡子里掏出来，说："下雨哩，不坐在炕上，痒得睡不着吗？"

女人一笑："他叔，看你说的，老了，还痒个啥？"

"老徐呢？"

老徐是这家的男人。

"下山了。"

"怪道哩，那野骡子在家，你还能安然？"

女人又一笑。这一次，她咧开嘴笑了，笑中的味儿极其繁复，酸味儿是明朗的。女人先由老徐说起，重复着她说过了好多遍的人生史——年轻时，她怎么被人贩子从河南卖到了陕西。花园口决堤时，她怎么逃出了一条命。把她过手了的几个男人是怎么睡她的——女人说起床上之事，口粗得像打麦场上的碌碡一样。一直没有开口的粮子插了一句："你年轻时没少享福。"

女人又一笑："看你！小伙子在你身旁坐着，那话也能说出口？"女人扫了我一眼，欲言又止了。

我在山里待久了，对邻居一家的境况知道了一些。女人的丈夫去世十多年了，留下了二儿一女。老徐是湖北人，和女人在一起两年了。他上了女人的炕，就是女人的男人，出了窑门，就只是老徐了。邻居家只有一眼陈旧的窑洞，进了窑，右边是一张土炕，左边是锅灶，灶膛后边两步开外支了一张案板，案板下支一根棍子，几只鸡，晚上就卧在木棍上拉屎、啼叫，紧挨着案板是一堵土墙，土墙后面是猪圈。四口人、几只鸡、一头猪混居一室。一进窑门，鸡屎、猪尿和人的浓烈的气味扑面而来。我真难以捉摸，四口人，在巴掌大的土炕上一个晚上怎么睡觉。

有一天，午饭前，粮子叫我去邻居家借一把镢头来。因为没有院墙，又是近邻，我三四步就进了窑门，一脚刚踏进去，赶紧向我们的窑洞跑。站在窑门口的粮子看我惊慌失措的样子，问我咋了，我说："他两个……"我真说不出口。粮子似乎明白了什么，在地上吐了一口，骂道："猪，两个连猪都不如。"当时，我看得清清楚楚：女人的白腿举起来，半边屁蛋子戳入了我的眼帘，老徐的裤子褪在了脚踝，把女人压倒在案板前逼仄的地方……窑门敞开。

我第二次走进窑门时，女人在和面，老徐在烧锅。老徐也是四十五六岁，精瘦，脸色红润，欲望满足后的松弛写在面部。两个人淡然得好像刚才都喝了一口凉水。也许，女人的每一个日子都是这样淡然，无所谓苦，无所谓累；日子只是天明了、天黑了的翻版，至于说，山外面发生了什么，于他们毫无关系。在这个小院子里，没有紧绷的阶级斗争这根弦，更谈不上谁是阶级敌人了。山庄里的我们和邻居一家和睦相处，院子里的气氛像清澈的流水一样。每当女邻居走进我们这个窑里的时候，她给我们带来的只是女性的一个符号，这符号平和、安稳，没有味儿，没有激情，但使我觉得快乐——跟上她的人生史的脚步，能使我回到三四十年代，对往昔和未来都充满遐想。

第二年，老徐走了。来了一个姓鲁的，五十岁上下，大身坯，高个子，头发稀而乱。他的双目中充盈着过多的饥饿——好像八辈子没品尝过女人。老鲁和老徐一样，每天去生产队劳动，回来就挑水，就割柴火。姓徐的换成了姓鲁的，女邻居照旧下雨天到我们窑洞里来说话，照旧站在院畔朝山下不时地张望，也许，照旧要和老鲁在炕上折腾——那逼仄的灶膛前，实在不适合老鲁这大骨架大身坯的人。

再过两年，老鲁又换成了老全。老全只有三十六七岁，青春已从脸上死去，仅剩下的那点欲望也是挣挣扎扎的，和黄脸皮配合得很默契。他的个子不高，走起路来一拐一拐的——一个地道的山里人。据粮子说，这个老全还没结过婚，是个光棍。粮子一看见女邻居和老全在一起就翻白眼："老卖 × 的，老少都行，造孽哩。"清早起来，老全从窑洞里走出来时，蔫得跟霜打的庄稼一样。

我知道，粮子是在骂女邻居。我就想，人家怎么活着，关咱们啥事？女人和老全在一起并不影响咱们的收成，也不妨碍咱们的吃饭睡觉。可是，老粮子却容不下女人的作为。

当有一天，女人不知为何坐在院畔号啕大哭的时候，我似乎明白了点什么。女人自个儿哭了一会儿，又自个儿止住了哭，该干什么还干什么。我们看到的只是女人支付出去的身体和劳动，对于生活，她也支付着眼泪，支付着自尊，支付着无奈：惨淡经营。我觉得，她的内心生活并不是像清水一样，我们目击到的只是单纯，她的内心肯定也是丰饶的，酸辣苦甜咸，五味俱有。

女　儿

2001年，我在《鸭绿江》杂志上发表了一篇叫作《黄芩》的短篇小说。小说叙述主人公“我”和一个叫作黄芩的山里女孩儿的美丽、伤感的爱情故事，叙述黄芩苍凉的悲剧人生。小说发表后，引起了一点儿反响。有一天，我和陈忠实老师共同走进省作协大楼，上楼梯时，陈老师一笑：“你的《黄芩》我读过了，很不错。”我说：“写得多了，没感觉了。”陈老师又一笑：“没想到，你年轻时，还那么浪漫？”我赶紧辩解：“我当时是狗崽子，夹着尾巴做人，还敢浪漫？小说是虚构的。”当然，陈老师知道我是虚构的，他不过是在揶揄，从侧面夸奖，我把假的写得跟真的一样。

小说中的黄芩就是以我在桃花山的女邻居的女儿小燕为原型的。

在我的记忆里，小燕十三四岁。我放牛的时候，她就跟着我，在坡地里挖黄芩。黄芩是野生的中药材。草坡上六头牛摇着尾巴专心致志地啃着青草，头顶的天蓝蓝的，几朵静止不动的云雪白而柔软，虫子的叫声火一般燃烧。我坐在草坡上，远望着山下边。小燕放下镢头，蹲在我的跟前，抹下裤子，撒尿，她那小小的白皙的屁股十分亮眼——这就是山里女孩儿的做派。

我去山头后的水泉中挑水，她也跟着我。我看着她那蓬乱的头发和不太干净的脸，对她说：“我给你打一桶水，洗一洗你的头发和脸。”她说：“又不下山，不洗。”

有一天，我吆着牛出了坡。几头犍（公）牛追着一头乳（母）牛在坡地里跑。六头牛都不能安生吃草了。我十分气愤，便追上犍牛用鞭子打，鞭杆都打断了，也打不跑犍牛。挖药材的燕子放下镢头，看着我哈哈大笑。我说："把我累死，你还笑？"燕子说："你真笨，乳牛寻犊（发情）哩，你打犍牛顶啥用？"我说："你咋知道是牛寻犊哩？"她说："我咋能不知道？我七八岁就放牛，见的多了。"我说："那咋办呀？"她说："你把乳牛拉回拴在牛栏里，犍牛就不追了。"我照她说的去做，果然，其他五头牛开始安安静静地吃草了。小燕虽然没有读过一天书，可是，生活这本大书她从童年就开始阅读。生活教会了她浮在生活上面的内容，生活也使她知道了其中的奥秘和内涵。

从十四五岁起，小燕就成为生产队里的一个劳动力了。她每天去山里的一个生产队劳动，我每天给山庄里犁地。我收工回来的时候常常看见，小燕一只手提着一把锄头，一只胳膊下挟一捆柴火。她高高的个子，上身的衣服短了一截，裤子更短，像当代女人裹在腿上的七分裤，裤子勾勒出了她浑身的线条。她似乎于一夜之间长成了一个大姑娘。虽不算漂亮，但很健康——健康就是美丽——一双大眼睛，单眼皮，脸庞白白的，胳膊和腿都充满了力量。只要她洗得干干净净的，将会是另一番模样。这么一想，她的身上那点朦胧的诗意就被点亮了。她身上的山里女孩儿的野性、单纯和天真，火一样燃烧。当她仰起头，或者撅着屁股的时候就很写实——天然的可爱。对于生活她也有迟钝的一面，她的美丽似乎蒙上了一层厚厚的尘土，很难擦掉似的。

有一次，我忍不住问她："燕子，你们四个人晚上咋能睡下？那么小点儿炕。"她说："能行。睡在坡地里，我都能睡着。"我那点探究的猥琐心理被燕子大概看破了，她不朝我引导的方向走。我从她的脸庞上没有捕捉到一点儿对生活困顿的不满和无奈。其实，她和她的母亲一样是快乐的，而我心里却滋生了一丝担忧和凄凉。

1979 年以后，我就再也没有进过山，也不知道我们的邻居是怎么生活的。

我再一次见到燕子的时候，已是二十世纪九十年代初。在村口的路上，我见到了燕子，她正在捡破烂，腋下夹一个纸箱，手里拿一个空酒瓶。她的目光直直的，脸上没有表情。

“燕子，还认识我吗？”

“认识。听说你在省城做官了。”

“做啥官哩！日子过得咋样？”

她不吭声了，抬眼对我一瞥，好像我问得很蹊跷。我早从村里人口中听说，她十五六岁的时候，被人压倒在坡地里了。燕子先嫁给山下面一个年龄比她大得多的男人。她给那男人生了一个小女孩，男人说她成数不够，离婚了，她就改嫁到我们村。

我说：“你娘还在山里吗？”

燕子说：“下山了。”

我说：“身体还好吗？”

燕子说：“能活八十岁。”

燕子放下手中的酒瓶子，看了我一眼，说：“能给我十块钱吗？”我先是一怔，赶紧说：“能行。”我从衣服口袋里掏出来五十块钱，给了她，她摇摇头，不接。我不解，迟疑了一下，又掏出一张十块的票子给了她，她接住，装进了衣服口袋，一句话没说，夹着纸箱子，右手捏住空酒瓶子，走了。我看着她微驼的脊背，看着她那一身脏兮兮的衣服，看着渐远渐去的背影，心里一阵悲凉。

（《广西文学》2015 年第 12 期）

微笑的动物

王 族

1. 一只狼跟在一个女人身后

人是复杂的，狼看着人的一举一动，所以，狼的目光便也变得复杂。不知道狼有没有在我们中间发现像它一样的一个人，人与动物相处的时间长了，喜欢的总是它身上跟自己相似的东西，不知道一只狼是不是也和人一样。

闲着没事，大家说起了多年前在牧区发生的一件事。到了夏季，男人们都赶着羊去放牧，让羊吃一座又一座山上的草，一个夏天都不回去。这时候，留在家里的都是女人，女人们忙着里里外外的事情，从来都不能闲下来。有一户牧民孤独地住在牧场对面的一个小山包上，女主人要干点什么事情，总是要走很远的路。她的男人走了，她就变成了这个家的男人。不知从什么时候开始，一只狼接近了她，她走在路上，那只狼远远地跟在她身后，踩着她的脚印。多少天过去了，她都没有发现自己的身后有一只狼，而那只狼似乎只对她的脚印感兴趣，用爪子稳稳地一下又一下踩上，在山路上走。如果她在半路上停下干点什么，或者有要回头的意思，那只狼马上就会走开。

整整一个夏天，她都不知道自己身后有一只狼，而那只狼每天都悄悄跟在她身后，重复做着那么一件事，她由于总是忙碌，对身后的一只狼居然丝毫没有察觉。终于在夏末的一天，这一幕被另一个女人看见了，她马上去给牧区的其他女人讲了，女人们躲在帐篷里看着山路上的那一幕，感到惊奇不已。不知是出于什么原因，她们都对那个女人守口如瓶，只是私下里议论着，最后，她们一致认为她和那只狼有性关系，不知道她们为什么会下这个结论，但事情却被传开了，一传十，十传百，人们便都信以为真。

很快，男人们赶着羊群回来了。女人们把那件事情悄悄讲给了那个女人的丈夫。她的丈夫为了证实事情的真相，躲在别人的帐篷里，等待着妻子在山道上出现。过了一会儿，她出现了，那只狼也出现了，一切都和人们说的一模一样。他愤怒而又羞耻，抓起一支猎枪向着那只狼扣动了扳机。那只狼被打个正着，一头栽倒在地。他的妻子被突然响起的一声枪响吓坏了，等回过神，看见身后有一只被打死的狼，惊恐不已，突然身子一软，倒了下去。

一吓一惊，她暴病而亡。

没有什么能证明她了，人们从此都看紧了自己的女人，防牲畜比防那些喜欢寻花问柳的男人还谨慎，人们只要一提起她，就说她不要脸，她就是一只动物，她的丈夫觉得没脸见人，赶着羊去了一个人们不知道名字的地方，再也没有回来。在牧区，牧民们最仇恨的是狼，但在这件事情上，人们反而没有指责那只狼，只是认为那个女人罪不可恕。

后来，狼踩人脚印的事情又发生了。看见那一幕的那个人手头没有猎枪，就吆喝了一声，狼跑了，被狼跟踪的那个女人从山坡上跑下来，惊恐万状，久久不能平静。人们觉得同一件事情在牧区重复发生，真是有点奇怪。但一只狼为什么总是要跟在一个女人的背后呢？谁也无法解释这一切。慢慢地，这件事就变成了一个谜。有些谜是永远无法解开的，但它却有存在的理由。这个世界太大了，不管有多少未解之谜，它都能装得下。

……

这么多年过去了，我走在乌鲁木齐的大街上，看着前前后后的人们都匆匆忙忙在往前走着，就想起那个女人和那只狼。我想，一辈子人生长路，前面走着谁，后面走的又是谁，没有人能说得清，而在走完漫漫长路的过程中，谁知道又会发生些什么呢？不知不觉，你就变成了那个女人，或者那只狼。

2. 被母亲抛弃

在牧区听到的一件与鹰有关的事，大概更加接近人的生存状态。只是作为母亲的那只鹰，在做出决定和为决定而实施具体行动时，少了些人的难舍难分和悲悲戚戚。那只母鹰在悬崖上的巢中生下了一只小鹰，它每天飞出去为小鹰觅食，喂养它一天天长大。对于鹰来说，这段时期是母与子非常难得的相处时间，再过一段时间，它们必将分开，一生一世，母亲不可能再见小鹰，小鹰长大，也不可能再见母亲。鹰在飞翔时，都是独立的，从不合群。曾见过有人写过鹰群的文章，我觉得作者不了解鹰，他只是觉得鹰强大，就以“鹰群”来强化一种气势，但真正的鹰群是从来都不会出现的，所谓的“鹰群”，也只是作者的一种臆想或愿望。那只小鹰长到了可以爬行的时候，母亲就把它推到巢边，让它向悬崖下张望。崖中的冷风和暗淡的光线使它浑身发抖，想缩回身子进入母亲的怀抱。母亲这时候突然从巢中飞出，在崖中上下起伏，自己的身躯划出漂亮的弧线。母亲是为了让小鹰看看飞翔是怎样的，作为一只鹰，是不应该恐惧悬崖和黑暗的。

小鹰当然看得很痴迷，母亲的飞姿，使空旷和幽暗的崖谷顿时显得活泼起来。它上下翻飞，犹如一片火花从一个地方飘移向另一个地方，也像一个移动着的琴键，和空旷撞击，发出一种音乐。也许鹰的耳朵长在心灵中，它用心灵聆听着大自然从四面八方传来的音乐。天长日久，聆听就变成了一种对飞翔的引领，变成了暗暗蛰伏在大地身上的一个梦想，它最终要用这个梦想丈量大地，覆盖大地，完毕之后，把大地留给另外一些正在长大的鹰，然后，神秘地消失。

盘飞一会儿后，母亲回到巢中，用身体将小鹰一点一点向巢外推去。小鹰吓得缩紧了身子。岩壁布满荆棘，有尖利棱角的岩石，还有深不见底的河流和尖叫着跑来跑去的土拨鼠。母亲长鸣一声，用力将小鹰推了出去，小鹰哀叫着，身体在空中飘来飘去。天空虽未入秋，小鹰就像一片飘零的叶片，过早地要落到崖底去。母亲将小鹰推向崖谷的同时，振翅而起飞向山后面去了。小鹰在坠落中想攀住树枝和藤蔓，但都没有成功，眼看就要落地了，它突然在挣扎中展开了双翅，旋起一个漂亮的弧线向上飞起。这转瞬间的动作，又是一片火花，将幽暗的崖谷照亮了。它缓缓地向上飞动，最后落在了山顶的一块石头上。崖谷依然幽暗而无声，小鹰看着深崖，好像第一次认识它似的，久久没有转动一下头颅。后来，小鹰发出一声鸣叫，从石头上起飞，向远处飞去。天空高远，太阳赤烈，它慢慢地变成了一个小黑点，一直飞向远处。

看到这一幕的是一位六十八岁的哈萨克牧民，回到村里，他突然变得有些痴呆，碰到人了，不管男女老少，就向人家说这件事。由于他过于激动，说起来总是喃喃自语，所以，人们听上半天，才能大概听出个意思来。他的痴呆持续了很长时间，最后，就自己给自己说，他说些什么，谁也听不懂，但他却一直喃喃自语，好像只有他能听懂自己说的话。

我找到他的时候，他若有所思地坐在家门口的一块石头上，不知在想什么。他发现了我后，转过头来看我。天啊，他的一双眼睛里面充满了非常坚毅的神情，我原本打算和他聊一聊的，但看着这双眼睛，我觉得他所有的话语都在这里面了。话语被我们不厌其烦地应用着，总想用它去解决所有的事情，但有时候话语也是有限度的，是无法表达人的内心的。所以，有时候在感受中传达的话语可能更好一些。你所感受的对象传达出的话语是隐隐约约的，这是一种自由的交流。人与世界的交流，也大致属于这样。

这几年，我一直留意着有关他的消息。人们传过来的话是一致的，即他每隔一段时间都去那个悬崖边看一看，大概是还想看到曾经看到过的一幕。我猜想，他可能再也看不到了。即使在高原，人一生中能有几次那么近地看到鹰的机会呢？人的居所是固定的，而鹰以世界为家园，二者本身就有着不可接近的距离。至于他目睹的那一幕，本身就是一种神遇。

当他失望并平静地回去之后，一切便就都显得正常了。从此，鹰在他的心里就变成了一种明朗的东西。那一次神遇，对他来说已经足够怀念一辈子了，怀念会使他变得更加坚毅，更加赤诚，更加沉迷。鹰有时候是神。

3. 最后一头驴

驴告别这个世界的方式是独特的，几乎不让任何人知道它最后会怎样倒地而亡。驴忍辱负重一辈子，到最后仍不与人走得太近，而是悄悄地选择一个角落死掉。驴的这种死法，是不是对人的一种蔑视呢？我在阿尔泰的白哈巴村听到的村子里最后一头驴的经历，似乎是对这个问题的一个明确的回答。

驴是偶尔进入这个地处高原的村子的，繁衍了几代，并未发挥出什么作用。后来，便越来越少，只剩下这一头了。人与驴之间实际上只存在需要与被需要的关系，驴发挥不出作用，自然就被冷落了。而驴呢，由于在村里被人冷落，居然连繁殖能力也一再退化，到了现存的这最后一头，生得又瘦又小，全然没了驴的样子。它的主人巴也丹在去年让它拉车，它拉到半途累得趴下后，主人就再也没有用过它。巴也丹说，我的驴是一头废驴。从此它的名声就坏了，人们视它的存在为乌有，它无知无觉，慢慢地闲了下来，真的成了一头废驴。在村子里，一个人无所事事成为闲人，会招来人们的议论和指责，因为他的行为是人们苦心维护的生存规则所不容许的。而一头驴，因为不会影响到人们的情绪，所以，没有谁会去指责它。慢慢地，眼见它再无生殖能力，一日日老去，变成了村里最后一头驴。

有一天，人们突然想起了它。两个小伙子下石子棋，输了的一方为躲避败局的尴尬，说他能使这头驴按照它的指令走动，他让它趴下，它就会趴下；他让它跑，它就会跑。众人一听来了兴趣，呼啦啦一起涌到了驴跟前。他们把驴牵到那个小伙子家门口，小伙子说，驴，你进去，我给你吃的。驴纹丝不动，他又重复了一遍，驴仍不动。小伙子着急了，捡了一根树枝抽它，驴仍纹丝不动，任他抽打。有人出主意，把驴的眼睛蒙上，可牵入房内。小伙子脱下上衣，蒙住驴头，牵它，但它似乎早已明白了他的用意，仍站着不动。有人又出主意，听说过驴推磨吗？拉着驴转，它转着转着就迷失了方向，然后就可以把它牵进屋去。小伙子便用衣服蒙了它的头牵着它转，转了好多圈，人都觉得有点晕了，但一停，它仍倔强地背对着房门不肯进屋。大家都蔫了，就这么一头废驴，但谁也拿它没办法。最后，大家得出一致的结论，驴要是犟起来，就是天打雷轰也拿它没办法。要不，人们怎么说驴认真起来是犟驴呢！嬉闹一番，众人都觉无趣。正要散去，忽见它把头一低径直进入房门。众人又兴起，复又赶过来看它会做何，它走进屋内屁股一动便屙下一泡驴粪。众人大惑，刚才费尽周折它都不肯进屋，甚至用尽了蒙头推磨的办法，想想，这些也就是人类多少年来对待驴的办法，都拿它没辙，但它却自己走进了屋子屙下一泡粪，这真是一个极大的讽刺。它在屋中站了一会儿，头一扭走了出来。众人像是恐惧它似的纷纷给它让出一条道。它在村子里慢悠悠地走着，像一个年迈的老人。

这件事过去后，人们很快就又忘记了它。一头不会发挥出实际作用的驴，是很容易被人忽略的。至于它想了些什么，它所目睹的这个村庄是什么样子，它不会说话，不和村里人交流，因而谁也无从知晓。

过了几年，它已彻底老了。人老先老眼，牲畜们老了则先老腿。它的走动已变得极为不便，很少见它在村子里走动。偶尔出来了，也是摇摇晃晃，很短的一点路要走很长时间。它的主人已彻底不重视它了，想起它的时候给它一点草，想不起的时候它就得饿好多天，这样便加快了它衰老的速度。有时候，它在村子里与牛和马相遇了，便停下来与它们对视良久。牛和马都走了，它仍在原地停留一会儿，似是在想什么。动物们有它们交流的方式和语言，不知道它刚才和那些健壮的牛和马说了什么话。那些牛和马有很好的胃口，还要去吃草，只有它走不动，在村子里神情恍惚，不知所措。再后来它彻底走不动了，只能站在村子中间四处张望。它望着自己曾经走过的许多地方，眸中似有想再去走走的冲动，但又有些许无奈，于是凝望便成了它每日最重要的事情。村子里每天都有热闹的事情，却不能吸引它的目光。它总是朝着一个地方看，似乎那个地方保留着它以前的什么东西，成了现在它凝望的资本。

一天，人们突然发现它不见了。几天前，村子里就没有了它的身影，只是因为人们太忙，未曾留意它。人们去找它，在村东面通向铁列克乡的一个山脊上，发现了它的尸体。它已死去多时，但仍保持着欲向前爬行的姿势。也许它在咽气的最后一瞬，仍想挣扎着向前爬去。

好几年过去了，村里人始终不明白，它在生命的最后时刻为何要离开村庄，它想去哪里呢？

4. 无声的离去

另一匹马与人们的生活贴得比较近，稍显平静一些，但它在平静中也坚持了内心至高的尊严。在下马崖边防连，有一匹给连队拉了好几年水的马。连队附近有水井，但里面的水却无法饮用，因此只好到山下的河中去拉水。战士们动手制作了一辆拉水车，一天拉三趟，足够保障所有人使用。刚开始，每拉一趟都必须要有人跟着，后来有一次，一个战士不想来回跑，在装好水后就对拉水的马说，已经跑了无数次，你应该认得路了吧，今天你试着单独拉一次。马好像听明白了他的话，拉着水车就走了。它确实认得路，顺顺当当地将水车拉到了连队。从此以后，拉水的战士只要把水装好，对它说一声，回去吧，它拉起水车就走了。那个战士躺在石头上休息，嘴里南腔北调地唱几句歌。那匹马一到连队，炊事班的战士把水卸下后，也对它说一句，回去吧，它便又向河边走去。这样，它在一条路上来回走了四年。它的沉默与执着，支撑着连队的正常运转，保障着战士们每天在山野之中大声喊出一二一，在翻山越岭时有足够的力气。

后来，连队有了自来水，那匹马的工作自然而然地中断了。人在一般情况下，对生活的要求都是无止境的，而且总是喜欢让新的东西取代旧的东西。新的东西往往代表的是生活的变化，人与生活之间的本质关系也就是变化。而由于生活的变化又总能够给人更多的安慰，所以，人还是喜欢生活的变化的。事实上，人的一生，也就是变化的一生，生命就是在不断地变化中被完成的。另一个事实是，人变化的时候，对另外的东西却是很少关注的，变化的新鲜感可以使人欣喜、疯狂，甚至昏晕，很少对使自己变化的客体关注。比如这匹马，在连队通上自来水后，它自然而然地就被遗忘了。如果连队的生活条件变得越来越艰苦，甚至连吃水也成了问题，它的价值就体现得更加充分了。但连队要改变生活条件，自来水是必须要通的。所以，一匹马的工作自然而然就被废黜了。战士们围着水龙头洗脸，洗衣服。多好的水啊，想怎样用就怎样用，想用多少就用多少，那种用水如用油的日子一去再也不复返了。那匹马望着水龙头，神情复杂地在院子里走来走去，有时候走到以前负责拉水的那个战士门前，便停下朝里张望，过一会儿，不见有任何动静，便转过头默默地走了。后来，它不再在院子里走动，卧在院子外面，一会儿望望天空，一会儿望望远处的树。有人在附近走动，它便盯着看，直到他们消失。有一天早晨，战士们发现它不见了。有人在昨天晚上曾听见它叫过几声，在那几声后，有一阵很响的蹄声驶向了远处。大家一致推论，它走了。大家隐隐约约感觉到它出走的原因，望一望无边无际的沙漠，谁也不知道该说什么好。

两年后的一天，它突然又回来了。这两年多的时间，它一直在外面流浪，瘦得浑身没有一点肉，身上的毛长得杂而长，有很多树叶夹杂在其间。战士们心疼它，也为它在出走两年多以后还能够回来而高兴，他们给它洗澡，喂它好吃的东西。大家都觉得，它能够回来，肯定以后会把这里当家。第二天，天降一场大雪，水龙头被冻住了，战士们便点火去烧，很快，水龙头就化冻了，水哗哗哗地流了出来。那匹马看见水龙头里流出的水，突然痛心疾首地叫了一声，冲出院子，奔向茫茫雪野深处。

它又走了。

好几年过去了，直到现在，它再也没有回来。

5. 绝境中的生命

夏天的雪豹是流浪者。太阳快要落山的时候，一只雪豹走进了牧场。西边还有些霞光，将草叶照得泛出了明亮的光，牧民们都已将牛羊收拢，有几户牧民的帐篷上空已升起炊烟，空气中飘着一股奶香和羊肉的香味。那只雪豹从山上走了下来，径直向牧民们走来。它长得很高大，通体泛白，被夕阳一照，便闪闪发光。

牧民们都很惊讶，一只雪豹怎么有这么大的胆子，敢向人走来。而它呢，似乎对这些人视而不见，一直将头扬得很高，迈着稳健的四只爪子走到了一条小河边，牧民们以为它要停住了，而它却一跃而起越过了小河，又继续向人们走去。慢慢地，人们便感觉到了这只雪豹的某种态度，它像一个勇敢走向战场的士兵，尽管知道前面有危险存在，却毫不胆怯，要冲上去奋力一搏。牧民们感到这只雪豹在示威，他们今年赶着牛羊进入牧场前，牧场是雪豹、野鹿、野猪等动物的生存之地，人和牛羊进来后，喧闹的声音把它们赶走了。野鹿性情温柔，爬过几座山，越过几条河，就又找到了草场；野猪力气大，随便选一个地方用嘴拱开草地，就可以找到吃的；只有雪豹性情高傲，而且对饮食的要求极高，找不到好的草场不随便对付自己。牧民们想，这只雪豹可能去了很多地方，对那里的水草均不满意就又回来了。而现在，白花花的羊已撒满山坡和草地，高大壮实的牛更是分布于草场的角角落落，哪里还有它的立足之地。更重要的是，它是雪豹，而牛和羊是家畜，它们无法融到一起。但牧民们从它高扬的头和迈得很稳健的步伐上断定，它要“收复失地”。这样一想，人们便觉得如果它与牛羊发生冲突，难免少不了一场流血事件，到时候，死的不是它，就是牧民的牛羊。而目前的事实是，它只是一只孤独的雪豹，而牧区有成千上万的牛羊，要是一拥而上足以将它踩成肉泥。牧民们对牲畜有很深的感情，对山上的动物也厚爱有加，是不情愿让那样的事情发生的。

它越来越近，气氛变得紧张起来。有人想朝它喊一声，把它吓走，但还没等开口，它却站住了，它望着牛羊，眸子里闪着复杂的光。有一只羊朝它咩咩叫了几声，它也回应着叫，声音急躁而又不安。牧民们想，如果它果真冲向羊群的话，就必须在它刚流露出意图的时候把它拦住。牧民们之所以这样想，主要是出于两方面的考虑。一方面是怕它把羊冲乱，使羊群受到惊吓，不好再收拢；另一方面是因为他们出于对牲畜本能的一种怜爱，都是动物，何必互相伤害呢！他们不愿意看到牧场上出现死亡的事情。

这样想着，人们便屏气凝神等待着它冲向羊群的一刻，但它却并没有冲向羊群，只是静静地站在那儿望着羊群出神。牧民们想，它虽然是一只雪豹，但与羊仍是同类，说不定它们互相凝望就是一种交流或对话，它们的语言就是此时互相凝望的目光。过了一会儿，紧张的气氛慢慢变得轻松起来，牧民们似乎也感到正处于一种冥冥的对话之中。这种气氛在阿尔泰会经常出现，牛羊、大树、风、河流等，时不时地都会给人带来奇妙的感觉。人的心思被这些东西吸引着，变得浪漫起来。这种时候，人便变得更快乐了，牧场便变得更美丽了。牧民们唱歌喝酒，大多都是在这种时候。

它望了一会儿牛羊，又望了一会儿牧民和帐篷，突然转身走了。它转身离去的动作像来时一样，稳健、坚决，而且还似乎夹杂着些许高傲。牧民们无言地望着它离去，牛羊也默不作声。一只雪豹只是这样走进了牧场，什么事情也没有发生。但一匹马却被它激怒了，刚才，它望了牛羊，也望了人和帐篷，唯独没有望这匹马。这是一匹还没有被骟的儿马，性烈气盛，忍受不了它对自己的漠视，尤其是它离去时流露出的高傲，马长鸣一声，腾起四蹄向那只雪豹追去。牧民们大惊，却已经无法阻挡，只好看着马冲了过去。雪豹回头看了一眼马，也倏地腾开四蹄跑了起来，它边跑边回头向后张望，似含有挑衅之意，马更愤怒了，加快速度向雪豹追去。牧民们都围了过来，刚才担心牧场上出现死亡，看来这会儿真的要发生了。它们跑到牧场边缘，雪豹一看马已经接近自己了，便飞速窜入林子，向山岩上攀去。山岩奇形怪状，几近无路可走，但它却闪转腾挪，非常灵巧地在山岩上跳来跳去，不一会儿便爬上了山顶。马只好在林子边停住望山兴叹。马只能在平地上施展本事，在山岩上便寸步难行。很快，雪豹已在山顶没有了踪影，而马却仍在下面呆呆地望着。也许，它在这时候才真正体会到了一些什么。少顷，它默默地转身而回。牧民们和牛羊都望着它，它低着头，像一个战败了的士兵。

这件事过去好几天后，又有一只鹿像那只雪豹一样走进了牧场。在短短的时间内，事情又像那天一样重复着上演了一次，那只鹿也是向牛羊和牧民望了一会儿后便又离去，结果那匹马又追了上去。那匹马也许是想借这头鹿洗刷前几天的屈辱，但它还是被鹿甩在了后面，那头鹿攀越山岩的速度比雪豹还快，从几块石头上飞跃过去，转眼就不见了。

牧民们都责怪那匹马，说它像村里不懂事的孩子一样。村子里对一个人有多大的本事有严格的衡量方法，比如你长到现在吃了几只羊，骑过什么马，翻过多少座山，都是有多大本事的标志。牧民们说，这匹马明年无论如何得骟了，不然，它老是干傻事。比如追鹿，一般情况下，马都不会干这样的事情，鹿的灵活没有哪种动物能比得上。在牧区，人们曾亲眼见过一头鹿将一头狼一蹄子踢死。还有一次，一群狼将一只鹿围住，准备合拢后将它咬死，但它却从狼群头顶如流星一般一跃而过，转眼就跑出了很远，狼群被惊得愣怔半天才有反应。

过了几天，那只雪豹又走进了牧场。也许因为前面已经来过一次，加之又战胜了那匹马，它轻松自如地在牧场走动，毫无陌生感，就像羊群中的一只羊一样。那匹马也许已彻底服了它，对它消除了敌意。慢慢地，它和牛羊成了朋友，与那匹马更是显得亲近。它每天都从林子里出来，到牧场上吃食，并不时地发出长鸣，那匹马和牛羊一听到它的声音便遥相呼应，纷纷与它对鸣，牧场上出现了非常热闹的嘶鸣声。牧民们看到牧场上出现如此热闹的景象，也颇为高兴，他们觉得，一只雪豹与一群牛羊融到了一起，是牧场上一种新的生机。

后来，一帮猎人来到了牧场，他们听了那只雪豹的故事后对它动了心思，牧民们警告他们，如果谁敢动那只雪豹，我们跟他动刀子；谁让那只雪豹流血，我们就让他流血。那些猎人不吭气了。但牧民们却没有预料到他们会偷偷地下手。预料不到的事情，往往会导致可怕的后果。那天早晨，那只雪豹刚走到牧场中间，他们就把它围住了，它想钻入林子攀山岩离去，但那些人早已摸清了它的动机，派两个人死死地把守住了它的退路，无奈之下，它只有向另一个方向奔突，挡它的那个人没拦住，它便冲出了包围圈，那些人在它后面穷追不舍，一直把它赶到了一个悬崖边。它站在悬崖边悲哀地嘶鸣着，牧场上的牛羊和那匹马都听见了，应和着发出躁动不安的叫声。那些人逼近，用枪瞄准了它，它停住嘶鸣，纵身跳入崖中……

我到牧场的时候，这件事已经过去好多天了。牧民们时不时地仍要提起那只雪豹，牧场上的牛羊吃着草，不时地扭头向悬崖那边张望。那帮猎人早已经跑了，牧民们想要找他们算账，但他们怕流血，怕死，他们没有一只雪豹跳入悬崖的勇气。

一天，我走到了那个悬崖边，悬崖深不见底，黑乎乎的，似有什么鬼魅在游动。正要离去，却见对面的崖壁上有几朵花，红艳艳地开着。崖壁陡峭，不长一树一木，但这几朵花却选择绝壁而生，而且开出了鲜红的花朵。想着一只雪豹就是从这儿跳下去的，心便沉了，它跳下去的一刻，是不是看到了这几朵花？

6. 生命的加冕

从天山牧场往东行三四公里，就进入了一个很大的草场。尽管牧民将其称为草场，里面却有水密密匝匝在悄悄流淌，也有一些圆石分布其中，太阳一照便闪闪发光。吐尔洪说这里其实是牦牛自下而上的好地方，每年夏天都有成群的牦牛到这里来，吃那些一簇一簇疯长的野草，吃饱后便踩水嬉闹，很是热闹。

我等待着牦牛群出现，我已经在藏北阿里和帕米尔见过牦牛，我十分喜欢它们在高原上行走的姿势，那种稳健和强大，犹如是在检阅高原。曾经有一头牦牛挡住我们的车，任凭司机怎么按喇叭就是不让路，它很平静，既不愤怒，也不蛮横，似乎在它的观念里从来没有给别人让道这一说法。等了几分钟，我发现它始终在抬头凝望雪山，便似乎明白了什么，就让司机绕道而行。走远之后回头一看，发现它扭过头在望着我们。我对那只牦牛记忆深刻，它与雪峰一起给我留下了让我在心头久久怀念的感觉……

我爬上一座小山，还没有喘过气，就为眼前的情景大吃一惊，对面的山坡上正黑压压地走过来一群牦牛。它们似乎是一个排列得很有秩序的方队，潮水一般冲向坡顶，又漫灌而下进入坡底。进入草场后，忽然，它们像是听到了一个无声的命令似的站在原地不动了。太阳已经升起，草地上正泛起一层亮光，它们盯着那层亮光不再前进一步。静止的牦牛群，和被太阳照亮的草在这一时刻又构成了一幅很美的画。我已有些沉醉。过了一会儿，太阳已慢慢升高，牦牛群散开，三五个一堆，各自吃起了草。慢慢地，它们便一个一个独自去寻草。从远处看，依稀分开的牦牛犹如无数个静止的小黑点，而成群的牦牛又好像一片低矮的灌木丛。

我走下山坡静静观察它们，而它们却毫不在意我的到来，只是低着头把嘴伸向那些嫩绿的野草，嘴巴一抿一抿地吃着。有几头牦牛的角很长，以至于嘴还未伸到草跟前，角却先触了地。因此，它们不得不把头弯下，歪着脑袋把草吞进嘴里。看着它们，我感到了大地上生灵无可避免的沉重，叹服于它们的笨重和沉默，但它们却别无选择，这似乎就是它们的命运。

我在它们中间走动。我想起吐尔洪的话，他说这块草地其实就是牦牛的天地，它们每天早上到这里来吃草，一直到下午才回去，这里的草被它们啃了一遍又一遍，但似乎总是啃不完。我注意到了这些野草，它们是不懈的雨水滋润大地之后，大地对天空回报的崭新容颜。雨水冲刷着万物，一切都在生长，这就是大地的力量。这生动的大地，本身就是一个真理，它让任何用心的劳作都不会落空，都留下自己的足迹。

这时，一头牦牛走到了我跟前，它的巨大犄角上挑着一只不知毙命于何时的狼的尸架，由于时间太久，狼的尸架被完全风干，固定在了它的头顶。这只牦牛已完全适应了狼尸的重负，所以在行走和吃草时显得很自如。跟着它的走动，那副狼的尸架上下起伏，仿佛是一尊加冕于牦牛头上的王冠。后来，牦牛发觉我在观察它，便警觉地逃入牦牛群中去。当它把头低下，我便再也找不到哪一头是刚才享戴圣冠的牦牛。返回乌鲁木齐后，我从一位野生动物学家处得知，牦牛将一只狼用角刺死后，狼尸被挂在它的角上，尸肉一日日脱落，只剩下了一副骨架。牦牛在那一瞬间竭尽全力用角刺向那只狼，双角刺入了狼的骨头中，从此狼的尸架不再掉下。狼是高原上食肉类动物中的强者，但在那一瞬的灭顶之灾中，它绝望的瞳孔里会不会有一种古怪的驯顺呢？

第二天，我在那块草地上看到牦牛真正激扬的一面。那些高大健壮的牦牛正在吃着草，却忽然聚拢在了一起，冷冷地互相盯着对方，像是怀疑对方与自己并非一类似的。过了一会儿，不知是哪头牦牛嘶鸣了一声，整个牦牛群马上变得混乱了。混乱之中，可以看出有的牦牛在努力向外突围，而处在外围的牦牛却像不明事态似的在往里面冲。草被它们踏倒，水也被蹄子溅起，带着泥巴沾在了它们的身上。我不知道这些牦牛要干什么，但从它们的架势上隐隐约约感到有一股杀气。我在内心祈求它们不要互相残杀，尽量地平静下来，像亲兄弟一样在天山上相处。人类对牦牛的残害已经越来越猖狂，有一段时间，牦牛尾巴做成的掸子很畅销，有人便在牦牛身上大发横财，他们拿一把刀子悄悄走到牦牛身后，一手将它们的尾巴提起，一刀下去就将尾巴砍了下来。被砍掉尾巴的牦牛痛得狂奔而去，有时一头撞在石头上便死了。

想到这些，我担心今天的这群牦牛会相互伤害。很快，我担心的事情还是发生了，牦牛开始互相撞碰起来。它们先是用身体去撞对方，不一会儿便都兴起，用角去刺对方。那些乌黑的犄角像一把把利剑似的在对方身上划出口子，血很快就从里面流了出来。这时候，我注意到牦牛都开始叫了，它们像是变得很兴奋似的，在“呜呜呜”地叫着向对方凶猛攻击。当然，在进攻中它们也不时地被对方的角刺中。渐渐地，有一部分牦牛因体力不支或受伤过重，退到了一边。血从伤口中大滴大滴地流出来，使它们不停地战栗，但它们都不离开，仍像是很兴奋似的看着那些正在战斗的牦牛。那些正在战斗的牦牛显然是这一大群牦牛中的佼佼者，它们不光身体敏捷，而且特别善战，也特别能忍耐。它们身上已经有很多伤口，血甚至已经染红了身子，但它们丝毫没有要退下的意思。战争毕竟是残酷的，它必须要求参战者全神贯注地投入，而结局无外乎两种，要么失败，要么战死。至于胜利者，则是这两者中的幸存者。很快，又有一批牦牛退了下来。又过了一会儿，第三批失败者也退了下来，留在格斗场上的几乎都是胜利者。而正因为它们都是胜利者，所以紧接着的战斗就更激烈也更残酷了。可能是因为距最后的胜利已经不远，所以，它们再次兴奋起来。一阵猛烈的攻击过后，又有几头牦牛退下了。有一头很健壮的牦牛似是不甘心，要坚守住自己的阵地，立刻，有两头已明显取胜的牦牛便一起向它发起了攻击。当四只尖利的长角刺进它肚子时，在“噗噗”的响声中，它如一座轰然倾倒的大山，趴在了地上。

战斗终于结束了，剩下的几头牦牛就是胜利者。它们高扬着头，长嗥几声，向伫立在远处的几头牦牛走去。这时候，我才发觉远处的那几头牦牛一直伫立在那儿，它们像我一样在观察着刚才的一场战斗。我不知道它们为什么不加入战斗，从它们的体形上看，有可能是母牦牛，就在我这么想着的时候，它们中的一头牦牛叫了一声，我从它的叫声中听出它们的确是一群母牦牛。牦牛生活的地方随季节变化而变，冬季聚集到平原，夏秋到高原的雪线附近交配繁殖。那几个胜利者径直走到母牦牛跟前，用嘴去吻它们。母牦牛像是已经等待了许久似的，一对一地与它们依偎在一起，胜利者不时地发出喜悦的嗥叫，母牦牛用嘴舔着它们伤口的血，舔完之后，它们便头挨着头缠绵在了一起。过了一会儿，母牦牛便显得兴奋了，它们静静地站着，让公牦牛从后面爬到自己身上，完成一头公牦牛的生命喷射和飞翔。至此，我才知道了这群牦牛为什么奋战，几头母牦牛在远处发出了信号，它们便为之奋争。这对于它们来说，是一份光荣，也是一次十分难得的交配机会。所以，它们都奋不顾身，几乎尽了自己最大的努力。这经过血的代价换来的幸福，已使它们忘记了身体的疼痛。这与光荣和鲜血同在的幸福，是属于牦牛自己独享的美妙时刻。

那些从战场上退下来的失败者，此时都悄悄地把头扭到了一边。

（《广西文学》2016 年第 1 期）

尘埃里的花朵

江少宾

一

第一次听说林花病重的消息，我迟迟不愿意相信。她才二十三岁，和我的侄女一起上小学，一起上初中，在合肥上了一家电脑学校之后，便独自外出谋生。电脑学校的门槛其实非常低，许多乡下女孩眼巴巴地跑了来，以为掌握了一门技术，就可以借此安身立命。到了毕业的时候她们才茫然地发现，那点“三脚猫”的功夫根本不值一提，那封轻飘飘的就业推荐信，其实没有任何作用。毕业之后的林花带着那封自欺欺人的就业推荐信跑了两个月的人才市场，市场里到处都是机会，但林花却没有胜任的资本。林花一次又一次碰壁，头破血流之后才慢慢地醒悟了过来，所谓的“就业”，不过就是找一只自己能端稳的“泥饭碗”，而不是找一份体面而合适的工作。在残酷的现实面前，这个从小村牌楼走出来的花季少女，将自尊一寸一寸地逼进尘埃里。她先后做过保姆、营业员、超市导购、酒店里的前台迎宾，最后才在亲戚的引荐下，进了南京的一家缝纫厂。缝纫厂，顾名思义，可她能做什么呢？在家里，她是最小的女儿，受宠惯了，甚至没有拿过缝衣针。

在小村牌楼，许多少女都和林花一样走了这条路，她们几乎没有栽过一棵秧，就冲出了父辈们留守的小村。在对小村长久地疏离里，许多出走的少女我都没有见过面，劈面碰上的女子都觉着面熟，正待仔细分辨，身后忽然追上来一个胖小子……字正腔圆的孩子欢天喜地，吵着要去看牛，水牯牛，像奥特曼一样长着两根长长的大弯角。我有些好奇，哪里还有水牯牛呢？任劳任怨的水牯牛，已经从田野里消失了。母亲非常茫然，却又不想失信于孩子，她左右为难，见到我这个生人，忽然就有了借口。看见没？水牯牛，都被这个叔叔买走了。她在自己的谎言里笑了，我却笑不出来，更年轻的一代牌楼人，居然连水牯牛都见不到了！

更年轻的一代牌楼人，都已经离开了牌楼，不少人甚至举家迁到了外地。病中的林花是唯一的例外。去年六月，林花开始急剧消瘦，双腿无缘无故地浮肿，更明显的表现是，小便量持续减少，食欲不振。缝纫厂附近有一家小诊所，但坐诊的医生几乎没有检查，就开了两盒肾炎方面的口服药。既然两盒口服药就可以对付，年轻的林花也就没有放在心上，她既没有回诊所复查，也没有去正规的医院再看看。那时候的林花已经升到了流水线上的一个初级管理岗位，虽然依旧需要“三班倒”，但每个月可以休息四天，每个月还有两百块钱的岗位补贴。林花珍惜这样的机遇，如果能够再升一级，她就是正儿八经的“干部”了，既不再需要“三班倒”，工资也会拿得更高。这是无数打工者梦寐以求的一级，这一级意味着脱胎换骨，这一级意味着从蓝领到白领。拼命表现、努力工作、从来没有请过一天假的林花哪里会想到，就在自己的青春终于有了一线亮色的时候，命运竟和自己开了一个天大的玩笑！拖到去年年底，林花终于撑不下去了，到南京一检查，哪是什么肾炎啊，是尿毒症！

尿毒症，林花其实并不陌生。2011 年元旦，在和尿毒症斗争了三年多之后，我的母亲在锥心蚀骨的疼痛中离开了人世。久病成良医的牌楼人于是第一次知道，世上竟还有这么一种奇怪的病症——浑身浮肿，小便排不出来，一吃就吐，闻到油烟味就犯恶心……对付尿毒症只有两条路，一条是终生透析，一条是换肾，但两条路都不平坦，两条路都有可能通向死胡同。拿到诊断单的那一刻，林花的世界瞬间塌了下来，周遭都是黑色的，一眼望不到尽头的黑。她不得不按照医生的安排，先住院，再透析，将来准备换肾。林花谋生的那家缝纫厂，长期病假是不被允许的，和“林花们”对应的，只是流水线上一个个固定的工种。一个萝卜对应着一个坑。林花既没有保险，也没有合同，在那座密不透风的大车间里，林花只是一根不允许生锈的螺丝钉。一群永不生锈的螺丝钉，病魔，是她们共同的最危险的敌人。无奈的林花只好主动辞职，带着凶险的疾病和未卜的命运，重新回到生她养她的小村。实际上，也只有小村还能接纳林花，她像母亲一样逆来顺受，毫无怨言地接纳着每一个曾经背叛过她的儿女，她荒凉的胸膛，依旧能够温暖那些受伤的灵魂。那时候，林花的父亲还在张家港打工，这个腰身过早佝偻的中年汉子，无法接受这猝然而至的厄运。

在小女儿的叹息声里，他整夜整夜地失眠，头发落了一千根。他原本没有什么烟瘾，但现在，他一天要抽两包烟，三块五一包，“红三环”，十年前流行过一阵子，但现如今，就连留守在家的老人也很少再抽了。然而他嘴里的烟雾一直在升腾，他递给我，我不好拒绝，劣质的烟草味像一把火，瞬间冲上我的喉咙。我强忍住咳嗽，悄悄站起身，在后院一个不被人注意的角落里，掐灭了“吱吱”作响的烟头。回到小村的那天中午，他们刚刚从安庆赶回来，为了给林花做透析，老两口每周得带着女儿跑两次安庆。“老两口”其实刚到五十岁，在我的小村，五十岁还没有资格享福，五十岁的牌楼人还是年轻的后生。但林花的父母确实已经很老了，那么苍凉的老态，我无法形容。

我看到了病中的林花，久违的林花，记忆里的林花，还是一个扎着羊角辫的胖乎乎的小姑娘。二十三岁的林花居然还没有谈过恋爱，侄女说，她的接触面太窄了，没有条件谈恋爱，她也害怕谈恋爱，害怕拥抱和接吻，更害怕腆着十个月的大肚子，粗壮的腰围，几乎无法见人。现在，她终于不必再害怕了，病中的林花，已经失去了恋爱的机会和可能，她委顿的青春，覆盖着死亡的阴影。靠在小村和暖的春光里，林花的病容令人心疼，她太瘦削了，衣服套在身上，整个大了一号，看不出轮廓，也看不出腰身。她原本是爱美的，和侄女一样爱美，和侄女一样喜欢“美图秀秀”，在自己的个人空间里，羞涩着收获小小的赞美，满足着小小的虚荣。我没有看过她的“美图”，但每周两次的透析，已经撕裂了她的人生，她的青春和老屋一样黯淡，她的笑容和小村一样荒凉。我陪着她的父亲说话，却不知道该怎么安慰她，对于她来说，我其实只是邻居家的一个陌生人。事实上，对于她来说，一切都已经陌生化了，她主动将自己低到尘埃里，不轻易开口，也不愿意见人。即便是面对自己的发小，她也不愿意再敞开自己的心扉，她对我侄女说，你好忙吧？谢谢你来看一个等死的人……她才二十三岁，但她已经清楚地看见了自己的余生——“等死”——没人能平静地接受这残酷的命运。但她看上去是平静的，站在门外，胶着双手，眼眉低垂，说这句话的时候，脸上甚至浮起一丝笑容。暮春三月，草长莺飞，但她的笑容令我浑身发冷。屋后就是巢山，清明祭扫的鞭炮声起起落落，山腰上聚拢着一团一团湖蓝色的烟雾。这人间的烟火景象我暌违已久，置身其间，我仿佛走进了另一个世界。

二

为了给女儿治病，林花的父母都回到了小村。但两个月治下来，父母就扛不住了，他们终于信了医生的话，透析是个无底洞，如果不能继续治疗，只有尽快换肾。林花的父亲在安庆、合肥和南京三地来回奔走，几十家医院都没有合适的肾源，几十家医院的费用都很惊人，最少的也要八十万元。在合肥，八十万元只能买一套几十平方米的房子，但在小村牌楼，八十万元，是一个摸不到边的天文数字。但老两口并没有就此放弃，他们决定捐出自己的肾。腰身提前佝偻的父亲显然已经不合适了，母亲于是主动承接了过来，她甚至没有和林花商量，就带着女儿去了南京。这一次检查，让老两口的心再次凉了下来。林花的病情依旧在恶化，毒素已经攻陷了她的双肾。而母亲的身体条件也并不允许，在长久的乡下劳作里，这个五十岁的农村妇女，已经染上了一大堆基础病。那你得抓紧看啊，我说，不能拖……林花的母亲几乎跳了起来，那有什么看头哦！没名堂的，医院就是搞你的钱，知道啵？我苦笑着，心里有些吃惊。记忆里，这个比我大十岁的农村妇女，开朗而爱笑，爱唱黄梅戏，还做得一手好女红——村里新生儿的虎头鞋，基本上都是她做的，讲究一些的老人还会请她做一双新布鞋，留着给自己将来“上路”。我不知道她有没有读过书，想来是读过一些的，大女儿出嫁的时候，她给女儿绣过一幅“观音送子”，右下角还绣着女儿和女婿的名字。

我尴尬地看着林花的父亲，然而此刻他竟一言不发。我瞬间醒悟了过来，我离开小村已经二十年了，但牌楼还是那个牌楼，有一些传统已经消失了，但另一些传统却留了下来，它已经渗透进牌楼人的骨血里，成为一个鲜明的标记。基础病有什么呢？在牌楼人的生存法则里，基础病根本就不值一提，也不能提，谁要是不小心说漏了嘴，背后会被人骂死的。“现世报，搞什么鬼名堂哦，偷懒呢！”——这个评价严重了，一个庄稼人怎么可以偷懒呢？不务正业了，和游手好闲是一个意思！身体是“小道”，名声是“大道”，没人背得起这个骂名，于是都沉默了。沉默的小村，扛着一身难以启齿的病。

扛着扛着，终于有人扛不住了。在我的记忆里，牌楼最早的逝者应该是朱本生，三十几岁，一个虎背熊腰的庄稼人，在睡梦中猝死；其次是三娘，起夜，黑灯瞎火的，一个踉跄，从此不省人事；再往后是五叔，小村牌楼第一个糖尿病人，扛到尿血的地步终于扛不住了，那个端午节的前夜，六十岁的五叔在输液中去了安详的天国……接踵而至的是一批癌症患者，贤文，食道癌，卒于六十四岁；治国，胃癌，卒于七十四岁。还有一些逝者，甚至不知道自己确切的病因。尚健在的癌症患者有东成大哥、春明大婶，还有四位患者，我已经不知道该如何称呼他们。

2011年，东成大哥忽然病倒了，到安庆一检查，居然同时患上了食道癌、胃癌和肠癌，好在都只是早期，手术也异常顺利。谁能想到呢？东成大哥病愈才两年，老妻又病倒了。到合肥一检查，医生直摇头，治疗已经没有意义。上山祭扫的时候，路过东成大哥家的后屋，我看见死里逃生的东成大哥坐在稻场上，端着海碗。人高马大的小媳妇靠在门框上，端着海碗。我没有看见东成的老妻，据说她下半身已经毫无知觉，只能趴在床上，屋子里弥漫着朽木的气息和浓烈的尿骚味。两个媳妇轮流给她擦洗身体，都戴着口罩，一走出婆婆的房门，就跑到远处一阵狂吐。奇怪的是，东成大哥居然毫无反应，他从来没有戴过口罩，也没有吐。没有人知道她患的是什么病，但她就要死了，这一点，大家都非常确定（注：写作此文时，东成的老妻已经含恨离世。愿她在天堂里安息）。我默然地听着，胸口堵着揪心的疼痛——我苦难深重的小村其实也已经病了，但没人知道她患的是什么病。其实她已经病入膏肓，这一点，我可以确定。

在小村健在的患者当中，林花并不是最不幸的人，但她是最年轻的一个，这或许是她最大的不幸。偏偏她又读过几年书，见过外面的世界，这也使得她并不甘心于认命。认命，是牌楼人的另一个生存法则——医生看不好要死的病。黄泉路上无老少，哪里的黄土都埋人。林花的母亲痛心疾首地絮叨着，我前世作了什么孽哦，小丫头怎么就得了这号病！关键的是“这号病”还可以医，正在医着，而等着他们的，是绝望的空空的无底洞。为了给女儿换肾，林花的母亲给远在长春打工的儿子打过几次电话，电话那头的儿子一直没有好声气，“换肾，换肾，你一天到晚就知道换肾！”母亲无可奈何，赔着小心，“不换肾怎搞呢？你忍心看着你妹妹等死啊？”儿子沉默着，电话很快就挂了。说到这里的时候，林花的母亲忽然面有愧色，仿佛是自己做错了事情。我诧异地看向林花的父亲，林花的父亲苦笑着，忽然重重地叹息了一声，也不能怪他哦，在外面也吃苦，他还想再养一个……我久久无法接话。巢山上的鞭炮声冲天而起，灌木丛中的硝烟，漫过层层叠叠的马尾松。“他”是谁？我已经忘记了他的姓名。前年春节我偶然见过他一面（如果还能算见面的话）——七八个年轻人聚在院子里“推牌九”，他们挥舞着百元大钞，嘴里叼着香烟。有几个年轻人我已经对不上号了，但还能认得出他，我外出求学的时候，他已经是一名初中生，面部轮廓酷似他的父亲。我好奇地看着这群“衣锦还乡”的年轻人，他们几乎都穿着光鲜的皮草，赌资下得很大，一百元起步，赢的眉开眼笑，输的也能谈笑风生。没有人和我打招呼，也没有人给我让座，他们沉浸在自己的牌局里，一面比手气，一面比实力。“妈的个臭 X”，他最后一个亮出自己的底牌，忽然爆出了粗口。我吃惊地看着他，两道浓密的八字须，其中有一些胡须，竟已是白色的。

时光荏苒，又一代牌楼人成长了起来。像稻田里那些营养不良的稻禾，有心播种，无力施肥，终于到了收获的季节，倒伏的稻禾却又任其自生自灭。留守的牌楼人已经不再在意具体的收成了，儿女们都在外打工，有的连孩子都接走了，一年到头，多多少少的，总会补贴老人一些零用钱。还能指望什么呢？没什么可指望的了。披麻戴孝的身后事，儿女们总归是要做的，这是牌楼人的道德底线，没有人敢轻易逾越。

林花的父亲最终打破了沉默，他前言不搭后语地絮叨了半天，最后我总算明白了他的意思，他希望我所在的媒体能帮林花募集一些费用，不换肾怎么办呢？他看着别处，她这么年轻，不忍心啊……我点了点头，忽然想起了新型农村合作医疗保险不是可以报销一部分吗？报是能报，他显然有些失望，但报不了多少，架不住搞啊！接着他又给我算了一笔账，翻来覆去的，又怕我不相信，于是让林花出面作证。自始至终，林花一直靠在门框上，神态安详，面容平静，仿佛在说一件别人的事情。这个病中的少女大约已经习惯了父母的絮叨，在对未来的无助和绝望里，她的父母亲已经变成了“祥林嫂”。

临别的时候，老两口轮流捉着我的手，“小老爷，林花的事，还要麻烦你哎！”我别无选择，只好一个劲地点头。但到单位上班之后，我却迟迟没有落实，我也不知道该怎么落实。这些年，我所在的媒体几乎每天都能接到类似的求助，确实有一些患者在我们的报道之后得到了好心人的资助，但更多的报道则石沉大海，无声无息，热心的观众们没有一丝反应。观众和我们其实都已经麻木了，像大街上的那些乞讨者，没人能够确定，这一次遇到的，是不是一个真正需要帮助的人。即便他真的需要帮助，我们也不得不这样想：在庞大的乡土中国，还有无数个需要资助的人，面对这个庞大的群体，我们究竟该如何支配有限的爱心？实际上，类似的求助我们已经不允许报道了，除非“特别典型”。然而，同样都是患者，又有多少“特别典型”的呢？每一个患者，其实都特别典型，他们的世界已经坍塌了。每一个坍塌的患者背后，都有一个随之坍塌的家庭。

但这些话，我无法说给老两口，即便是说了，他们也不会相信。在他们看来，我是个作家，又主编着省台一档很有影响力的民生新闻栏目，这样的“小事”，我应该一句话就能决定。然而，这真的不是小事——虽然对于单独的生命个体来说，他们都是唯一的，是百分之百，但在庞大的乡土中国，有无数的“林花”正等着救命。仅以器官移植为例，我国每年的器官衰竭病例约在三十万，但最终获得器官移植机会的，还不到一万人。许多患者砸锅卖铁，终于筹够了足够的资金，但供与需之间的巨大差距，注定会有一大批患者，将在漫长的等待中走完余生。

三

清明前后，小村忽然多了些微妙的生气，所有的树都绿了，水洗过一样，树枝哗哗哗的，摇晃着绿色的阳光的瀑布。仲谋家的房子已经空了，大门上的链条铁锁爬满了绿锈（像一条死蛇），门槛石上的灰尘，少说也有一尺厚。我已经很久没有见过仲谋，也已经很久没有见过儿时的其他小伙伴。属于小村的岁月已经老了。在小村里行走，我感觉自己也已经老了。每一个角落都生满葳蕤的杂草，每一棵树都成了野树，没有狗吠，也没有鸡叫或猫叫……荒凉的小村像临终前的母亲，她最后一刻的安宁，时常将我从睡梦中唤醒。

回合肥的路上，我莫名地涌起一丝悲伤。我刚刚离开，却又开始了怀念——我想起了那些骤然消失的脸，曾经那么金黄的连片的油菜花，曾经那么清澈那么丰腴的江家大塘……在岁月深处，曾经的牌楼小村已经消失了，如今的牌楼小村正沦陷在自己的疼痛里。我深切地知道，和我的小村一样，大地上有无数座疼痛的村庄，我痛着她们的痛，却心有余而力不足！成家立业之后，我基本上一年只回一两次小村，除了在田间村头拍一些照片，我几乎不打扰任何人。其实我是不敢打扰，面对那些挣扎的乡亲，我不忍拒绝他们的请求，而我的“言而无信”，也一度使年迈的老父亲背负着不堪的骂名。和年轻的一代牌楼人一样，我也是一个背叛故乡的游子，故乡，我们都回不去了。卧在疾驰的汽车里，我在手机里写了一首《空空荡荡》——

出门的人再也无法回来
就像一张张突然消失的熟悉的脸
还有谁，愿意看守一座荒凉的村庄
日出而作，日落而息
就像那只失踪的年迈的水牯？
……

是的，每一次回到故乡，我满怀期待的心，总会变得空空荡荡。

（《广西文学》2016 年第 2 期）

虚幻的鱼骨

李　颖

一

在众目睽睽之下，我狼狈地卡在了晚餐聚会的一根鱼刺里，我进退失据，霎时仿佛整个世界卡在了我面前。这算不得什么大事，众人继续吃喝，我避开人群，咳嗽、催吐。母亲跟在我身后，帮我想各种办法消融它、抽离它，但于事无补。母亲拖我到附近的诊所，医生检查了下说："已经没有鱼刺了，只是你的喉咙被鱼刺划伤了，你感到有异物不舒服而已。"母亲说："对，小时候有一次你妹妹就是这样的。"

就像是遥远地奔赴一场约会，我终于知道，无论我怎样徒劳地掩饰，也抹不去我有一个妹妹这个事实。我终归要与她不期而遇。她像一根鱼骨，四十年来窘迫地卡在我的生命里。她显然掌握了我所有的秘密，她知道我吐不出来的忧伤源自何处。无论我假装自己如何优雅，无论我如何装扮成一个有教养的人，无论我如何在她面前表现出优越感，我都不能忽略她的存在，不能抹去她和我一母同胞这个事实。她就宛如我喉咙深处那道伤，我既吐不出来，也咽不下去。

我被困顿地卡在1976年。我三岁，妹妹刚出生。在三岁以前，我完全没有什么记忆。母亲说，我当时的任务就是给妹妹摇摇篮。1976年是一个多么不寻常的年份，像是一个哀伤的困局，寰球同此凉热。我在酷热的夏末漫不经心地摇晃着那个摇篮，妹妹总是在号哭不止，而我心烦意乱，总是把自己摇得困倦地趴在摇篮边上睡着了。当时我以为摇着的是一个妹妹，但现在想来，我摇着的，其实何尝不是另一个自己？

那年9月18日，我那贫下中农出身的父亲，在毛泽东追悼会上因为悲痛过度而晕倒。他从礼堂里被悲恸的人们抬回来的时候，阳光猛烈，那一瞬间，我像是被一道神谕的光芒击中，突然开始记事。

我的童年记忆从这个片段开始了：襁褓里的妹妹显然是被那群激动号哭着的人吓坏了，她停止了号哭，开始认真谛听着人们的呼天抢地。接着，她显然是被吓着了，她不能容忍比她更激烈的哭号，她开始无止境地吐奶。从那天起，她开始吃多少吐多少，吃什么吐什么。在她持续不断的呕吐中，大家就把她当成一个病人了。母亲也弄不明白，妹妹这种呕吐是生理性的，还是神经性的，一旦她感到不舒服，她就控制不住地开始呕吐。母亲抱着她一次一次上医院，医生也束手无策。

妹妹出生的时候有八斤重，吐到三岁时，却只剩下五斤了。

母亲说："她像是一包刺。"被裹在襁褓中，奄奄一息，棱角分明。妹妹时常在摇篮里发出小猫仔似的哭叫声，但她虚弱的声音甚至不足以穿透那个帐幔。到后来，我的母亲总是害怕去揭开摇篮上的帐幔，她害怕看到的不是一个活着的孩子。她更不敢解开妹妹的襁褓，她怂恿胆大的父亲去解包、打包，她惊吓地在一旁轻喊："轻点轻点，别把她骨头弄断了。"

所有的亲戚朋友都劝我的母亲："不要养了，这孩子已经坏掉了，养不活的，趁早丢到河里喂鱼吧。"

我后来想，也许每个地方的母亲，吓唬自己淘气的孩子时，会因为环境差异而有不同的语境，如果是住在山里，那么就是丢到山上喂狼吧。

妹妹没有被喂鱼，是鱼喂养了她。屋后就是洞庭湖，父亲每天撒网，打上鱼来熬鱼汤，一口一口喂她。

母亲不忍心扔了她。四岁的时候，妹妹吃了邻居老太太给的偏方（主要成分是薏米）后，她不再呕吐了，她的身体迅速地长好了。但是她同时也似乎被那些救了她性命的薏米把心眼堵死了，她的身体和心智没有成正比地生长。她长成了一个没心没肺的美丽姑娘。

她从此对世界保持强烈的呕吐感，却再也吐不出来。

二

妹妹应该是一个美好温暖的词汇。我对妹妹最明亮清晰的记忆是在她八岁的时候，有一个黄昏，她站在城陵矶的那棵桂花树下，嘴里塞着她刚玩过泥巴的肮脏的手，正好落下的几颗细碎花瓣砸在妹妹的头顶。她毫无察觉，朝我笑着说她那时候日复一日重复着的话：“我要去北京。我要搬到北京去。”

其实我也想去北京，对一个孩子来说，那时候北京意味着什么呢？意味着各种好吃好玩的，意味着花花绿绿，意味着焕然一新。

长大后我常常诧异，现在的黄昏没有过渡，从白天直接杀到黑夜，日子长长短短仿佛再也不需要铺垫。而那时候的黄昏，世界真的笼罩着一片静默的黄、清亮的黄、诗意的黄，重门庭院，清角吹寒，要经过一个缓慢的过程，天才会一点一点黯淡下去。在这样的黄昏里，我总是满怀矫情的惆怅。妹妹在那棵树下，灿烂地笑着，我们都浑然不觉，那是她一生中最好的时刻。

她大言不惭要搬去北京，我当时觉得她很幼稚，她瘦小的身子站在那棵树下，接近透明的笑容显得那么无知。那时候我正迷恋我的物理老师，于是也煞有介事地迷上了他给我们提及的量子力学，我常常假装略知一二。于是那一天我机敏地看到妹妹的神经元，就像那几片散落的花瓣一样过于零落稀疏。她已经八岁多了还在玩泥巴，还在吃手指，由此我鄙夷地认为她的人生已经穷途末路。

事实证明我的判断是对的。她一直很幼稚，她从那时候几十年过去了，她的智商情商等各种商一直停留在八岁的那个阶段，且随着年龄的增大，愈发显得痴傻，并无改善的迹象。

我们从小在父母单位的子弟学校念书。子弟学校意味着什么呢？意味着同学的爸爸妈妈都是同事，意味着老师和家长也都是同事。这真是一个难以保全秘密的学校。妹妹考试从来没有及格过，每当她拿着仅仅靠蒙得了几分的考卷回家，母亲就叹息着跟邻居说，没办法，小时候拖坏了身体，把脑筋拖坏了。在邻居们貌似理解同情的目光里，母亲似乎找到了借口：这样一个从小缺营养长势不良的孩子，无论学习成绩多差，都是可以被谅解的。

但她的老师并不这么宽容。由于妹妹长得过于好看，她的老师给她取了个外号叫“红漆马桶”。老师总是提醒她，长得漂亮没有什么用，肚子里全是草包，一考试就拖班级的后腿。这个外号越传越广，等传到我的母亲耳朵后，就表示整个单位的人都知道了。母亲感到很没面子，母亲是一个多么骄傲的人，母亲兄妹八个，就她一个是女儿，她在哥哥弟弟们的宠爱中任性地长大，何时受过这等闲气这等侮辱？于是她真的把家里的马桶叫父亲油上红油漆，趁夜放在那个老师的家门口。

这个外号给了妹妹致命的摧毁，她像一个被打坏了的沙包，畏畏缩缩地顶着“红漆马桶”这个帽子。我们一起去上学，而我老是觉得身边移动着一个浑身红彤彤的马桶，出了家门我就刻意和她保持距离。我假装她不是我的妹妹，我背着书包一路狂奔。

妹妹开始战战兢兢，她对人说话的时候不敢与人平视，总是一脸畏惧结结巴巴，她像是一个错误的存在，她似乎觉得她呼吸也是错的。母亲对这种表情总是气不打一处来：“抬起头好好说话不行吗！”

就是这样一个姑娘，北京是无论如何不会向她敞开大门的。事实上，等她长成大姑娘，她已经不再提起北京了。

三

这个时候发生的一件看似不起眼的事，改变了妹妹的人生轨迹。隔壁的女生在一次成语比赛中得奖了，她的爸爸妈妈很高兴，许诺暑假带她去北京。这个消息被我从小就有北京情结的妹妹知道了，从此，她似乎死磕上了成语，她搬出成语词典念念有词，她总是快速地不假思索脱口而出。她用的成语越来越多，几乎每句话都会涉及，比如看见一条瀑布，她会说："这水真是滔滔不绝啊！"比如她想说夏天很热，她就说："这天气真是如火如荼啊。"对，她念的是"茶"。比如去动物园看老虎，她会说："这真是为虎作胀啊！"对，她说的是"胀"，不是"伥"，只有家人能懂她特殊的语言，我们揣测她的意思是，作为一只老虎，它吃得实在是太多了，撑得肚子都胀大了。

她的语言越来越丰富，她也开始变得越来越活泼，也越来越世俗。仿佛要靠抖机灵这种方式来增强她的存在感，仿佛不这样就不足以证明她是一个健全的人，她对家里来的客人过分地热情，她总是假装要拿东西，不断在客人面前蹭来蹭去，不断插言大人之间的对话，对别人评头论足："你这件衣服还蛮漂亮的啊！蛮有钱啊！真是家财万贯！是在哪个豪华店子买的？哪天送我一件便宜的就行！""你发工资了吧，多劳多得啊！要请客啊！"她的每一句话都会有一个落脚点，那就是占一点别人的小便宜。

这种对物质金钱的突然迷恋仿佛没有铺垫，突然就降临在她身上。而我对世俗深恶痛绝。我装作清高的样子，不断奚落她不得体的语言，不得体的走路姿势，不得体的待人接物方式。作为一个姐姐，我看不惯她如此放荡的言行，我对她仅有的一点怜悯都变成了厌恶，因此我对她吼得最多的一句就是：“要你多嘴多舌干什么？”这时她已经从自卑走向另一个极端，她很快甩过来一句“关你屁事”。她强势地迎着我的目光，她越来越凶悍，越来越挑衅，越来越不服管教。

初中没有念完，她成了一个叛逆女孩，她抽烟、打牌、撒谎、早恋、夜不归宿。她被我的父亲打得皮开肉绽，第二天依然变本加厉地出去混。

很多年后，我慢慢明白，没有什么事情是没有铺垫的，尤其是对于一个人的成长经历来说，只是我们没有发觉而已。包括世俗，包括叛逆。她在刚出生的时候，被一群悲恸的群众围剿得呕吐不止。而在渐渐长大的过程中，又被她身边的每一个人围剿了她的幼稚与清纯。

世俗与叛逆这两种差异很大的因子，同时在她身上此起彼伏。她的自卑深藏在骨子里。除了自卑，她如此贫乏，她必须在物质上抓住点什么，才能填满生活赐予她的无边的空洞。也许是同学们的一个白眼，也许是老师的一个眼神，也许是家人的一句讥讽，都可能让她朝叛逆的路上一骑绝尘。

在无数次失败的挽救之后，我的母亲心力交瘁，她彻底放弃了这个孩子，她常常掉着眼泪说：“早知今日，那时候真该把她扔河里喂鱼的。”

这终究算不上美好的记忆，那些个黄昏太过明亮，我的少女时代太过沉默，而我的妹妹，她似乎没有经历她的少女时代，就像没有过渡的黄昏那样，她从一个懵懂稚子，直接把自己变成了一个失去方向的女人。

就这样混到了我们的父亲病逝。出殡的前夜，我们带客人去吃晚餐。因为妹妹过于孤寂地长大，她没有任何朋友来吊丧，不用招呼客人，所以只留了她守着灵堂。上礼簿的人也走了，走时交代她，万一有人来上礼簿，记清账目就行。于是我的一位领导赶来吊丧，进灵堂跪拜后，领导回头问坐在门口的她："其他人呢？"

她回答："都出去吃饭了。"

领导问："你是李颖的……"

终于有人来让她坐在这儿不显得多余了。她内心激动，表面尽量保持镇定地回答："我是在这里收钱的，生财有道啊，你把钱交给我就行了。"

我的领导自觉地把礼金交给了她。晚上我妹妹跟我复述了如上事实后，我一口猛血堵在嗓子眼，半晌默然离开。从那以后，我在领导面前赧然，我能想象他当时面对我妹妹时内心的讶异与一闪而过的讥讽。我觉得我不能跟领导提起此事，他也心照不宣从不提起，但我随时随地能感受到他意味深长的笑意，似乎我身上的隐疾被他洞穿。

对于拥有这样一个妹妹，我一直觉得无话可说。我没有什么想对她说的，关于她，我也没有什么好对别人说的。

后来我一直回想，妹妹在这样长大的时候，我在干什么呢？

不到六十平方米的家，住着我们一家五口，我和妹妹共用一个房间。那些沉默如谜题的夜晚，我们的房间总是死一般的寂静，大部分时间我独自在书桌旁看着书。我们每天睡在同一张床上，她是此生与我睡得最长久的人了。

我每天早上睁开眼睛，不会看妹妹起床没，而是望着窗外那棵法国梧桐。我对那棵树的记忆如此真切，它的树叶粗粝宽阔，它的毛球有时飘到我的窗台上，我像是望着一位亲人一样对它满怀暖意。我看见我的整个童年以及少女时代，洞庭湖的鱼都跃在水面上，我看见阳光照在我家的窗棂上，斜斜地穿进来。我看着浮尘在光柱间穿行，数着一寸一寸的光阴，读着线装古书里的一寸两寸之鱼，我在恍惚间忘了自己的来处。

而我的妹妹，我与她在一张床上挤了二十多年，但我们中间似乎横亘着一个星球那么遥远。我完全不记得那些夜晚她都在干什么，我想不起来她的体温，我想不起来她的呼吸，我想不起来我们有过什么对话，我想不起来她的任何习性，她磨牙吗？她起夜吗？她说梦话吗？此刻，我竟一无所获。我常常怀疑，我是真的和她在一起过了二十多年吗？我们的血管里流着同样一腔血吗？那时的她都在想什么呢？我不知道。我是独自一人长大的。她也是独自一人长大的。

这几乎是一种隔世之感。

我们长久不通音讯。

四

我们的重新对话，从她有了第二个女儿开始。

她在适婚年龄，听从父母安排结婚，在我们居住的那个城市，和一个憨厚粗壮的技工结婚，生下一个女儿。五年后，他们离婚了。她成家后继续着叛逆，她一定认为自己足够勇敢，敢爱敢恨，她一定用这个成语鼓励着自己的人生，她把女儿扔给了前夫。她似乎掌握了很多证据，证明她的人生可以重新开始。

接着，她瞒着所有人，和一名在城里打零工的精瘦矮小驼背辨不出年纪的男人好上了，然后迅速把自己嫁到一个老牌贫困县的山沟里，没有通知任何家人。她从一个城里姑娘，彻底变为一名农妇。

对我母亲来说，这种感觉就是自己辛辛苦苦呵护了二十年的一块玉，虽然品质不怎么样，但总算是结婚生子，安全着陆，然而现在是硬生生被山里来的强盗连夜劫走了。这是怎么也想不通的。我生的这个小女儿一定疯了。母亲想。

从街坊爱嚼舌根的大婶们那里，我们总是得知她的一些消息。大婶们故意说给我沉默的母亲听，而我的母亲一言不发，装作没听见。回来在饭桌上，她会有意无意地突然跟我说一两句：“她又结婚了，在童市。”我也装作没听见。

她的户口迁到乡下，一个叫童市的地方。童市假装是城市，就好比一个乡下丫头非要取名叫“玛莎”或者“梦露”一样。童市是彻头彻尾的山里，毫无疑问。我在茫茫百度上查阅，“童市镇辖 1 个居委会，27 个行政村，364 个村（居）民小组，总户数 8003 户，人口 3 万余人”。距当地县城还有四十多里路。她在山里又生下一个女儿，叫李子。这时，她在远方那座山上想起了，她还有一个娘家，她托人带信来了。

我们一家用一分钟时间迅速地商量了一下，娃也生了，还是去看她吧。

母亲赌气般说：“去吧，要去看她到底嫁了个什么人家，她过得不好是她自找的，她再苦我也不会同情她。”

妹妹来电话，约好了某月某日在某座山下等我们。她给了我们一个地址。乡土的名字。弟弟开车，载着母亲、我和儿子上路了。沿路问了十多个人，天已大黑。仿佛上山了，又仿佛走到了世界的尽头。好不容易见到一户人家。弟弟下去问路，狗吠。

越走越荒凉，越走越冷寂。路过很少的人家和无数坟冢。山，越来越深。我们惶惑的情绪影响了儿子，他抱着我大哭：“我们倒车，我们倒车。我们回家。”我紧紧抱着他：“不怕不怕，妈妈在，妈妈保护你。”

在我们问到第十个人的时候，妹妹迎着车灯走到我们的车前。她在路边寒冷的山风里站了两个小时。我不能够揣测她是以怎样的心情来迎接娘家人的第一次到来。

她说，她一个人从山上走下来花了一个小时。现在她要从山下把我们带回她山上的家。

我几乎认不出她了，她已经从一个叛逆的美丽少女，变成了一个乡下的粗壮大婶。她似乎倏然老去，满脸皱纹，手臂肥大，身材臃肿不堪，她的头发染成黄色，枯槁，像一把乱草。她的嗓音变得粗糙，她说着一口很难懂的当地方言，我们要靠不断地重复加上手势才能理解她说的什么。我久久地凝视着这个手足同胞，想了许久，那些被时光收藏的我们姐妹的秘密。

她嫁这里我们不知道，她生娃我们不知道。

妹妹指着车窗外给我们介绍，这条泥巴路明年会修了，是个美国大老板出钱。

我隐约知道，这个国家的贫困乡村总是流传着各种各样的传言，比如中央哪位大人物下个月就要来啦！比如国家要补一大笔钱给农户啦！我不相信哪个美国大老板要跑到这个山沟里来修一截通往山上且只通往妹妹一家的路。但这时我不想打击妹妹对于修路的憧憬，我只说："这么窄，怎么修？修了也通不了车。稍微大一点的车子进不了。"

妹妹说："怎么进不了？救护车都进得来。我生崽就是救护车把我接出去的。"

我说："为什么要叫救护车？很危险吗？"

妹妹说："半夜三更发作的。他又不在家。不叫救护车怎么办？"

我说："为什么不早点去医院？为什么等发作了才去？"

妹妹说："早点去医院不要花钱吗？"

沉默。沉默。这些年发生了太多事情，隔着太多陌生的时光。

又开了十多分钟，到了一个山坳，妹妹说："只能停这了，剩下的路要走上山。"

我们一行人靠着手机光亮爬山。很陡。黑暗中妹妹突然一声大吼。平时一家人轻言细语惯了的我们被吓坏了。吓出一身冷汗的我骂了她一句："发神经啊。"接着山上也传来一声女人的大吼。妹妹说："这是我们互相打招呼啊，告诉嫂子我们回来了。"我想起网上一个帖子："交通基本靠走，通信基本靠吼。"

气喘吁吁上了半山腰。一个沉默的六十岁的男人迎接我们。妹妹说："这是我哥哥。"我指着身边的我的弟弟，没好气地小声说："这才是你哥哥。"

妹妹的婆婆出来了，看上去非常苍老。放鞭炮。响彻寂静的山谷，只有犬声附和。

我曾无数次想象过妹妹的家，却还是贫瘠得超出了我的想象。一栋土屋，清冷地藏在山崖上。

各种拘谨的客气，沉默的表达。月亮就在屋角。母亲站在碎砖砌起的庭院，仿佛突然消了心中多年的积怨，她说："这月亮好像就属于他们一家人的，拿根竹篙就能戳下来。"

山间清寂，星星很近。也许，只有星星才更接近真理。夜幕上许多飞机，飞过来，飞过去。在同一片天幕上，同时看见四架飞机。我问妹妹："这里每天都这么多飞机吗？"妹妹指着屋后我不知道的方向说："是啊，这是一条航线，往那边是去北京的。"

我突然想起，她童年站在桂花树下说要去北京的样子。妹妹从未去过北京。不知道她此生还有机会去北京没有。我也不知道她是否还记得当年的念想。

妹妹从小和我一张床睡觉，直到我出嫁。

小时候她曾经很好看，很美。现在她和那片山融为一体，和那里生长的植物、那里的女人一样粗壮。这里的厕所就是一个搭着两块木板的坑，并且和猪栏在一起。这里没有热水器，需要用柴火烧漆黑的吊壶才有热水。这里没有自来水，妹妹很认命地用力摇着一个铁疙瘩才有地下水抽上来。我凝视她过早苍老的面容，许久。我想，她也许上辈子是属于这里的吧。她没有念过什么书，她半生颠沛，一定不知道"此心安处是吾乡"这句话。我不知道她有没有怀念城里的日子，不知道她想不想念娘家。在世俗的眼里，她脑袋进水，离经叛道，不忠不孝。

妹夫很拘谨，他说："她什么都好，就是爱打牌。"

我母亲说："她不打牌能干什么呢？她又不会干农活。"

妹夫说："我不要她干任何活，我也不怕她输钱，而是心疼她不会算账，老被人欺负。别人一边打牌一边合伙坑她钱背后还骂她是傻子。我不许别人欺负她。”

我似乎突然明白，妹妹为什么死心塌地跟着这个乡民来了山里。也许，只有在这里，她才活得真的像个人。

在那个山上夜宿的夜晚，我终于流泪了。山气凛冽，似妹妹凛冽的生平。

在妹妹面前，我是有罪的。我从未试着去了解她，从未认真倾听过她的爱与愁，从未抚慰过她受伤的灵魂。我们拥有一种长久的秘密的关系，那就是我是指手画脚的那个人，她永远是犯错的那个人。即便此刻，她仍然畏惧我这个强装正义的姐姐。但这种关系，其实只是一个反串而已。

我明白，虽然我循规蹈矩地长大了，但我没有任何立场批评她，从小没有，现在更没有，以后也不会有。我亏欠她的最多，我似乎并不打算偿还，因为，此生我是还不清的了。我一味逃避，是因为我不能再陪伴她长大一次，我不能像别人家的姐妹一样与她相亲相爱，不能还给她一个充满温暖的成长经历。

她是我的亲妹妹。我从不跟别人提起她。我知道这并非因为羞耻，因为我不再以有这样一个妹妹为耻。我知道这也确实是因为羞耻，因为我知道，我犯过的罪，将像那根鱼骨一般，它并不存在，却长久地卡在我的身体里，不再给我忏悔的机会。

也许，世界只是一个倒影。又或许，在妹妹眼里，我们才是疯的。我到底有什么底气觉得我走的路才是正确的呢？我何尝不是更世俗的那一个呢？我长久地陷入了这个困境。

（《广西文学》2016 年第 4 期）

干细胞

东　珠

一

干细胞，我的日子已然富裕到可以与其建交。这是我三十六岁最成功的建交事件。

这几天，我的脊背穿刺般的痛，它急着装修，突然开工干起了木匠活。我甚至能听到里面手斧、油锯、凿子、电刨等相继奔跑在我的脊柱上，一节一节地巡视，见到不平拔刀相助，刨花与锯末子洒满了我的腹腔。胃袋干上了吊车的粗活上下忙碌。而我与大剂量的尖叫组合在一起，没有月亮好看，没有墙角处二妹寄过来的干蘑菇好看，甚至没有一只汗水过量的臭袜子好看。父亲的臭袜子，直挺挺的，有将军之风。我很羡慕，他还能从脚心处产出重口味的汗水，他的生命之河还可以磅礴如少年。正是子夜，弦月固执如情痴，天亮遥远如西游，我正痛得浪打浪。

我悄悄抓起床下的手机，我的世界可以轻松抓在掌心里，两个指头即可。我却抓不住我自己。我的手机里：微信、空间、日志、博客、微博、家人、各种通话记录、短信、随拍、视频、手绘涂鸦、密码备案、流行音乐，而我这时的目的明确，直接到相册里寻找一个叫木一的女人。

我的采访对象都是企业家，都是富豪，都是身家过亿，都是一个单薄的命顶着厚重的家产。这就意味着一个严峻的现实：他们的生命，一不小心就要为他们的产业殉葬。因此，我很少把他们的奋斗之相收入我的手机相册。因为，有很多次，很多个企业家，我的访谈稿刚刚写完，刚刚见刊，一夜之间就成了遗言。木一是个例外。

她脸色蜡黄，神色疲倦，好似一旦离开了我相机镜头的扶持就要倒下。眉心处的“闷头”正如一只贪吃的蜱虫，欢宴如常，孜孜不倦。脖子过于衰老，纹理深重，耳垂干瘪，肩膀下吊，短发草草收场。除此，她还有两个深深的眼袋。她这个样子，把戴在手腕上的一只宽幅金镯也弄得毫无精神毫无贵气了。而当我跟着她干涩的眼神行走到她的嘴边时，我一下子就清醒了：这个支撑着投资近八亿元的企业掌门人，是不是也患有癌？她的干细胞还有多少？

一直以来，我向着我的身体外部寻求生的资源，一双粗脚配上一颗仁心，再披上渔翁蓑衣一样的长发，常做遗世独立相，又深陷人烟深处，这就是我脚踏两只船的江湖。一直以来，我认为的生，就是不停地外交：与自然、与学历、与工作、与梦想、与宗教、与亲情、与领地建交。唯有外交，才可获得更多的生的给养，才可生如夏花，生得灿烂。一直以来，我小看了我的一亩三分地，我想它除了能长出孩子、长出衰老、长出伤疤、长出疾病、长出一大把的年纪，是不会再有其他收获的。我认为，一个人的成长过程其实就是自我破坏的过程——可惜我只悟到此，我在这残缺的哲学断章上止步不前。因此，当癌降临，或当癌频频从我耳中经过，我从没有想过，向着自己的身体内部求助。我的懦弱在癌前暴露得只剩下一具惊悚的皮囊。木一说：干细胞，就是最能干的细胞，可以治疗癌。她还再三强调：可以治疗癌的干细胞不能进口，只能产自自己的身体。正是癌，让我不由自主地动起来，抓起手机拍了她。仿佛抓拍到了她，就抓住了我的命，还仿佛一切患有癌症的众生都有救了。我想，她就是干细胞，干细胞就长成她这个样吧？

一年了，我深陷癌细胞的恐惧中，屡屡悲观到极点，是她让我可以坦然面对癌，讨论癌，倾听癌，谈笑风生。这是木一让我悟到的：我们建造的世界，等同重复，而我们破坏的自身，宇宙孤版。可是，她还有一个问题没有回答我。这是一个无关商机策略的问题，我永远不会写到访谈中，但是我想知道。我已隐隐自悟到：一直以来，我所忽略的，都是重要的，都是致命的。尽管，我们已因这个问题闹得很尴尬。

二

当尴尬还没有到来之前，我隶属于这个高配置的记者采访团：

新华社、吉林日报、长春日报、电视台、电台、港澳台同胞记者，还有从各个方向夹道而来的自生自长的小众媒体。

我们一行人驱车前往，俨然参加一个豪华版的当红明星新剧发布会。干冷的天，干巴巴的路，干枯枯的我，都因即将要采访干细胞而变得稍显温润。路途的波折与名记的高调莅临，刚好彰显了此次采访的厚重。木一的公司一期工程刚刚竣工，室内装修的琐碎粗活铺满了几层楼，还仿佛铺到了来年。电线绊脚，尘大迷路，好几次我们都拐错了地方。几个楼梯，正在电焊的召唤下拾级而上。要是以前，我们会皱眉，会小声嘀咕，会把事业心半路扔下。可是，只因前面是干细胞，我们宽容了。我们就这样，于刺耳的轰鸣声中和刺鼻的气味中穿行，来到了木一的办公室。这里刚刚落成，一株藤萝表情纠结，它还在新环境里怀旧，半启的窗户还在悄悄往外运输着难闻的甲醛味。零度的室温惊现，我们包容了。这里算上我们才接待了两次客人，上次接待的是省长和市长。今天，我们倾一国之媒解读干细胞。

干细胞，可以倾城，可以倾国，可以倾倒众生。时间珍贵，生命宝贵，我们都是名记。名记就是挖猛料写硬稿，小病小灾，还有常见的病常见的灾，还用得着大材小用小题大做惊动干细胞吗？都先去一边吧！没有省长和市长的指示，我们都很有担当与抱负，自行结成战略联盟：向着癌来吧！干细胞，我们临时把它与美容拆散，与生毛生发拆散，与骨髓移植拆散，与糖尿病拆散。我们大行独裁主义，独独让它与癌厮杀、较量、暗算、讨伐、拼命、呐喊。我们就想写出个石破天惊。我们齐心协力用感性健全的文笔恭候一个小小细胞——干细胞。我们都要大干一场，策划构架，以笔代播，拟做善事，赢得百姓死里逃生。当下，再也没有什么比癌更有号召力了。还可以这样说，当下，是癌让干细胞人气暴涨。这就是此次采访的真相：我们都受到了癌细胞这股邪恶势力的暗中催促。

木一很快就说到了癌——

她不怕晦气，开门见山，把一个臭名昭著的乳腺癌顺利安装到自己身上：比如说，我的细胞拿出来之后，通过基因修饰以后，再回输到我的身体里，这可不是一般的回归，它是携带着功能回归的。它离家出走这一趟，就等于上了黄埔军校，成长为一个战士了。他背着枪回归，它是有武器的，它的装备更好了。它原来是很善良的，独善其身，很书生，不会与恶势力打架。但是，它走出这一趟以后，我们把它培养成能征善战的勇士了，又有思想。

她还频频设问：这次回来干什么呢？我的身体这样大，它会回归到哪里去呢？细胞就是这样神奇，它先天就知道自己的故乡在哪里，肝、胃，还是肺，它会准确回到故乡受损伤的部位，修复家园，繁衍子孙。其实干细胞，就是最能干的细胞，就是细胞的主干，就是种子细胞。

她还说，干细胞，一组一组的，可以体外制备，可以按需扩增，想要多少都有，就跟电子文档粘贴复制一样容易。她轻蔑地称恶性肿瘤为瘤子，让瘤字的发音格外粗笨，她一口一个瘤子地叫着，叫得我们身心轻松，喜上眉梢。她说患了癌症，把患者身体内部的瘤子取出来，这就是治癌最好的药……

以毒攻毒，这个我懂，我很高兴，我们的高科技走到今天，终于与久远的中医理论汇流了。

我也急于汇流。于是，我像个许久不曾工作的泉眼一样，一时间冒出了充满自然真气的泡泡，即兴阐述了我的癌，阐述了我准备服用树皇的尴尬。树皇，其实，就是树的癌。我的家里储存着来自长白山里的桦树的癌，把它抱在怀里比抱一个一岁大的婴儿还吃力。送我的人告诉我，它可以治疗癌。这时我的部门主任突然喧宾夺主，一将独行，他两臂一挥，站起身来，高分贝大喝一声，适时发扬光大了木一的比喻：取出的那个瘤子，就好比从敌营里抓来的一部分敌人，把它们研究透，改造好，然后再让他们打入敌人内部，再立战功！

他的插入引来哄堂大笑，顿时室温升高，能把癌干掉，这是多么大快人心的事啊！

我们沉浸在木一的叙述里，集体共鸣着把癌轮番惩治，我们共同赞美着木一颇具纯文学性的表达。

可是，我总是这样大煞风景，这样不知深浅，这样不会见好就收，这样不懂将计就计。再圆满的事情，我也总能让其露出破绽，败絮招摇，难以收场。这全由我的个人成长经历决定。因为，我还没有学会以无价的心态通行于世。我觉得一直以来，我活着的成本太昂贵了，百转千回，历经多方救济，我才得以侥幸活到今天。我接受善良的资助，我飞鸣着，更加励志，更加向上，直到今天，我活着的成本就更大了。一会儿，打开我的包包就知道了。我就这样问了一个不该问的问题：可以提前三年预测癌症的基因测序，要多少钱一次？干细胞治疗，让失独家庭再孕一个孩子又需要多少钱呢？

我的问题直达人民币。钱是多么现实的物件啊！我像一个早市上的小商小贩一样，与高贵的倒卖高科技成果的卖主讨价还价。我的口吻还原到一个卖毛葱或是卖小米的村屯妹子，或是一个出苦力的民工，或是打情骂俏的西瓜摊主，当时我想，这个问题问得多好啊！没有这个问题，这次的采访怎能算是圆满呢？就算是圆满又该是多么不堪一击呀！木一确实是高贵的，她最高贵的姿态就是云淡风轻。她云淡风轻地回答我：四万。显然，这个四万，她是在回答我第一个问题。我很失望，四万，这是我以前四年的总收入，三年测一次，这一生的成本比打造一个金人还要高啊！

我脱口而出：这么贵呀！

我又问：那么，用干细胞再造一个孩子呢，会便宜一些吧？

便宜，这个词现已是世俗俚语了。她再一次云淡风轻地回答我：二十万。我还不死心。我已彻底退回到一个落魄清贫的人，我囊中羞涩，自不量力，我还想好好活着。这回，我不惜掉价，直接把潦倒落魄的生相粘贴到我的身上，我露出了乞讨的眼神，我向木一问道：假如我没有那么多的钱，还能治病吗？我的干细胞，还会为我干活吗？还会为我清理癌细胞吗？除了钱，就，就——

她大概是嫌我太在意钱太啰唆吧，再一次云淡风轻地回答我：生命无价。

她的言外之意是：想活，四万算什么，二十万又算什么。生命无价。

其实，在干细胞的事情上，我还有一个问题，如木一说到的上过黄埔军校的细胞，再次回到体内时，假如受不了敌人的围攻，再次叛变了怎么办？投降了又怎么办？

我又拿出了蜱虫的工作状态。蜱虫的工作就是叮，一生都是，单一，目的性强。这次的采访，其尴尬的转嫁，是由我的部门主任完成的。他文青，性直，比我更不合时宜。当我还沉浸在四万与二十万之间清算人生这笔大账时，他的脑间小旋风一样闪过多年前的一个镜头，他兴奋地叫道：木总，你原来是不是叫——这时，我见木一的脸突地红了。她的红，就是亮出了红灯，就是出示了禁区。就是说，关于她的身世，此处，此时，不许通行。但她终究是高贵的，她高贵地把过去修饰了，她云淡风轻地说到了韩国。我想，木一与韩国的关系，最大的可能性就是两个字：美容。

工作上，我要写的企业访谈，它的成稿过程，是有着严格的卡尺监督的。采访木一，等我回来之后，我才知道干细胞这个题材的敏感。一个人，唯有出生时，体内的干细胞储存是满额的。正如木一所说，一根新生儿的脐带，把这里的干细胞储存起来，祖孙三代都可受益。此后，随着岁月的掏取，干细胞的数量每况愈下，减速如瀑布，再不可逆。胚胎干细胞，才是真正的无价，因此，它与堕胎有关。此外，干细胞，还与克隆人有关，牵一发而动全球。我的职业素养告诉我，写这样的访谈，要学会没有情感，躲避风险，没有立场，让被采访者代言，还要胸怀宽广，遭遇多少尴尬，都要悉数放下。

可是，木一，干细胞，我是放不下的，从一开始就放不下。

三

这一天，当我的部门主任告知我接下来将要采访的一家企业名单时，我只记住了三个字：干细胞。

这一天，与平时毫无两样：霾，雾都，没有风。我比平时更渴望风。经过我数次阅读天象的总结，事实告诉我，当下，风才是治霾的快手。风对霾的治疗方法是搬运、吹散、清理、削弱，如同手术。我正虚弱着，再也不是风风火火的我了。术后一年里，我身体的各个器官纷纷向我告假：它们，均受到了放疗的影响。我每走动一步，都要事先跟我的身体商量一下。我学会了向自己妥协。我依旧工作着，是怕自己再也爬不起来。我小心翼翼地伺候着术后蛰伏在我身体里的残兵败将。我也是通过工作来鼓励我的器官、组织、骨骼、神经：别倒下，动起来，坚强起来。我还不忘一日数次口头表扬我的胃：对，就这样好好吃饭，人是铁，饭是钢。我比任何时候都更钟情这老旧的钢铁之躯。只要还有食物能从我的消化系统里进进出出，我就不会太绝望。我已经不太强求食物走过身体的时长是否延时、留下的营养份额是否饱满、到达的区域是否全覆盖。

我的部门主任大概是觉察出了我的现状：一直在虚弱、卑微与坚强之间来回讨伐。他小声地问我这次采访是否考虑找人代劳，并善意地推荐了人选。我这个部门，工作内容都是定额的、定向的、定岗的。我想，让人代劳，又要给人添麻烦，还是一口应下了。干细胞，我想，采访前，我是做不了任何功课的。走向身体内部，与走向宇宙是一回事，而我没有霍金的资质。身体内部的事，我目前一目了然的就是我的形体。再走近一点，就是通过数次体检、揪着一处病灶反复筛查、各种器官陆续告假等恼人的折腾之后而集体呈现出来的机密高清图。我一直觉得，我的身体就是一个情报局，它由我的父母初建，由我扩建，而我却不能全盘掌控它。我人生最大的盲区就是我自己的身体。我和这世上绝大多数的平凡人一样，对健康没有羁绊的生命充满敬畏，而且，畏远远大于敬。

哲学上讲，生就是为了死。那么，从生走向死，这段旅程，对于遭遇节外生枝的生命来说，又是何等艰难。我想，干细胞，它泄漏的一定就是身体内部的机密，因此，我欣然前往。

我是佩戴着武器来的。

我的包包里：防霾口罩、日用药、钙尔奇、红枣、灵芝、冬虫夏草粉、树皇——这都是我现在的日用装备。我健硕的女汉子裸战时光已成追忆。假如没有这些身价不菲的身外之物日日填充着我、暗示着我、要挟着我，这次采访，又将是多么的云淡风轻啊！而如今，我已非我，我已厚重到与癌相遇，我难再浮躁如常。日日，当我吃下那一小勺香到怪异的冬虫夏草粉时、喝下那枯树皮味的灵芝水时、咽下那毫无表情的白药片时，我就感受到了要挟：想活下去吗？吃吧。这样的对答每次都会准时出现在我的水杯里。而我总有种造孽的负罪感：这虫粉也是生命的齑粉。

木一，干细胞，现在，我就更放不下了。我觉得，一切都来不及了。一根脐带就可以将我求生的美愿彻底摧毁在人之初。我的脐带，生不逢时，我的母亲只知剪断，一了百了。我女儿的脐带，生不逢钱，我记得当初医生是问过我的，我问了问储存的费用，想都没想，一秒钟就否决了。那时，我的日子过于粗糙，还容不下这么精细渺小的干细胞，再说，要想留下它，它的居住费用实在是太昂贵了。我养不起它。我和家人的收入，刚刚养活一个家，这个家是常见的普通的市井标配。

我一直是很敬业的。如往常一样，我还是把长达三万字的采访录音一字字敲打出来。为了干细胞，我第一次向国际借了外援，我引用了奥巴马对干细胞发表的演说，引用了很多国际名人对干细胞的言论支持。当然，我还引用了木一大量的现场同期声。我对这篇访谈发表以后的反响是好是坏早已放下了，至于审稿的途中会删掉什么，我都不在乎了，我拿出了任其宰割的豁达，我唯对干细胞耿耿于怀。

如今，我可以光明正大地说，借着文学的好姻缘，我咸鱼翻身迎来传奇，我的带有自传性质的长篇系列散文感动了一个仁慈的读者，里面我写到，被两元钱一夜的女子宿舍收容的我，因买不起一件价值三十五元的白色上衣而尊严丧尽。我的这个读者，读到这件衣服时，再也不忍读下去，志在必得拯救我，让我永脱穷籍。我不要金领，我独独依恋白，我的乳名叫云。这朵云，这种白，系在娘胎上，向往广阔天空。我恋着白，就是恋着家，想念娘。我是标准的白领了。可我这个白领是一点点洗白的，我用了自制的强效去污剂：坚守信念。我的信念是明亮的生。我曾在一篇练笔用的小说里借着主人公的口吻给自己打气：我想，远方总会有人等着我，总会有人十分欣赏我的明亮，总会有人救我。

我是人，我必须等着一个与我一样正直明亮的人来救我。

可是，得救以后的我，无时无刻不在缅怀自己的过去。其实，我的过去，永远没有过去。我与我的过去，一直相看两不厌。就是今天早上，我小跑着到早市上的沈老头包子铺抢包子，我还遇到了我的过去。这里，排着长长的队，喝粥管够、两元一个的包子、三元一碟的炝拌菜很亲民。新出屉的包子总是一抢而光，管它什么馅，吃饱一直是人烟深处最朴实最扎实的民风。我隔着齐胸的柜台，用舌尖指挥着里面一个很干净的服务员妹子：快快，帮我抢出十个牛肉萝卜的！这时，我又见到另一屉包子顶着妖娆的仙风出世，青青韭菜丁暴露了里面小清新的春讯，实在是诱人，于是当家做主临时更改了早餐计划：三个韭菜，七个——还没等我说完，她已经把包子全部抢到，且分类包装，又体贴入冬寒，给十个包子外套一个大口袋，风一样摇一下就递给了我。其速度之快让我叹服。递给我包子的那一刻，她干净明亮的微笑冲出刘海、冲出柜台、冲出店门，直挂朝阳，瞬间秒杀了我的懦弱，更让我心里一惊：这就是曾经的我啊，我这般欣赏她，就是欣赏我的过去，她今天站在这里，就是让我不要忘我。她，二十岁的样子，生的领地这般狭窄，生的气息却这般浩荡！

一路上，我琢磨她的收入，琢磨她的吃食，琢磨她的床铺，琢磨她千里之外的乡亲，琢磨她滚荡在擀面杖下咯吱作响面粉铺路的青春，琢磨她贪黑剁馅、起早揉面、午休发面、闲时扒葱的工作流程。我想，她肯定付不出高昂的四万元一次的基因测序费，她肯定对体内的细胞现状一无所知。她正拿着青春做馔，没有时间体检。她的日子还没有如此奢侈精细。她浑身上下最奢侈的就是她的眼神和她的微笑。她目前能感知的唯有粗线条的疼痛与饥渴。我想，我还要打电话给木一，我就是想知道，这样的女孩，这样的过去的我，这样的朴素的生，怎么保护自己的干细胞？

四

我的部门，独独我坐的地方，没有信号。我常年端坐在盲区里，我的手机最清楚。因此，每次打电话，我都要起身。这次采访，我已别有用心。我走到窗前拨打木一的电话，我接连打了两遍，她都没有接起。此时，我的访谈稿已经发到她的邮箱里了。

直到下午，她突然打过电话来。我的耳朵具备5D电影的功效，我一听就知道她醉了。仅仅是她支离破碎的问候一声，我就能还原出她的醉态：正艰难地走着太空步向着体面的墙壁直撞，继而面条一样栽歪在椅子上，迷离着醉眼，费劲去抓一杯水，几次抓空。刚把一杯水抓起，又洒到了短裙上、鞋子里、重要的文件上。抢救文件的同时，又被新装修的棱角锋利的桌子的边边角角划破了手、磕破了脑门，再倒霉一点恰巧磕到了“闷头”上。我想是的，我适时听到了她的尖叫。这时，她不觉得疼，只觉清醒，只盼着血流得多一点。这深入骨髓的醉，唯有流血可以拯救。总之，一个女人醉了，醉在自己的私人办公室里，醉在自己一望无际的功名里，就是这样。我也能听出，她此时所有的坚持——坚持咬字，坚持发音，坚持把僵硬的舌头弄直，坚持把一个精短的句子说得干净利索，坚持让麻醉的语音带上春意，都是为了我。此时，我的窗外，雪正下得深，而她醉得这样声势浩大，这样真实具体，这样一摊泥！我的心，一下子就软了，一具女身走江湖，谁没有醉过呢？我主动息声息念息我，我想此时，她更需要空间，需要释放——

她说，对不起，我喝多了，今天上午我的园区庆典，我高兴啊，一年年，我就盼着这一天啊！你写的稿子我读了，所有记者当中，你是最用心的，你分了章节，你用了奥巴马，你写了那么多。下次，我想把你带到北京，再来一次深入采访，可以吗？这时，我听出，她显然是口干了，她四处找水的动作一个音一个音地直播过来。可是，我不想去北京，我也很渴，干细胞上，我望着她，也是望梅止渴。我是很用心。这时，我也是醉翁之意不在酒，扶醉而上：木总，你说，除了钱，就没有别的办法了吗？她很明白我问的是什么。我问完，我的眼中也呈现出了醉意，为了生，我都醉过无数次了，这样的醉技，我招之即来。我就等着她回答我，她醉了多好啊，醉了正好吐出真言。我足足等了十秒钟，我等来了她的挑衅，她上来就要告我：我告你，你做不到，我告你，其实很简单，我们做过试验，一个癌症患者，当他心情高兴时，他的癌细胞是静止不动的。它再坏，都不动了，你还怕啥？可是，我告你，你做不到，你能保证天天时时分分秒秒都快乐吗？

我被她问住了，我第一次把快乐提到生死议题上来。

我能做到吗？我问自己。木一的真言，是个省钱、环保、自助自救的自疗良方，它只需要我乐观、微笑。微笑，那只是动动嘴角的事，我能做到，我必须做到。木一还没有挂掉电话，我对着她，坚毅地说：我能。我又说，以前，我做不到，那是因为，我的命还没有逼迫我，还在将我放养。以前，我做不到，我由白领包围着，由博士、硕士、研究生包围着，我总想着突围。可是现在不同了，我已经是一个白领了，我与癌的交往密切了，深度交流过了，我知道没有什么比生命更重要，活着才是根本，我放下了。我又说了一遍，我可以做到。这时，我主动挂掉了电话。

我知道，一个醉酒的人，接下来的重头戏是独自哭泣，不需要观众、听众、怜悯和抚慰，那只是一场浩瀚的新陈代谢。我获得了这个养生的秘密十分开心。我想，那个包子铺妹子有救了，她的微笑就是她的医保，长久的，没有成本的。

可悲的是，很快我就输给了木一。关于我对快乐和微笑的承诺，不久我就叛变了。我叛变的罪魁祸首是一张年终测评表，一张带有分数的纸。这一年，年终测评，我是倒数第一。我就是木一口中说的那个善良的、很书生气的、不会打仗的、没有上过军校、没有配备武器的干细胞。关于年终测评，我拿起笔，就想起了我同事们的年景。我给他们每个人打了满分，我想让他们过一个快乐的没有窝囊气遗留的年。我早就知道，气顺了，体内调和了，我们的金体、玉体、泥巴体才会远离恶病的骚扰。癌，很多医生都说，它是从郁闷不得志起家的。可是，结果显示，他们唯恐自己落后难堪，他们想起了我的癌，更准确地说是利用了我的癌，他们没有放过我，或者说正是我的癌让他们阴暗的内心得以宽慰解脱，集体给我打了低分，让我年终测评成功垫底。他们十分吝啬，唯恐赏我半分我就窜登榜首。

他们像以前一样微笑，甚至笑得更殷勤一些。他们一个个假装有事绕到我的背后，一边接电话或是摆弄摄像用的三脚架，一边观察我受挫以后的动态。他们不知道我这里没有信号，不知道我这里地面不平，再好的三脚架摆上去也是醉酒的样子。我正在看《芈月传》，我刚好看到那句台词：在后宫，不死人就没法活。我想，我现在多像身处后宫啊！

我就是在这时假装口渴，和泪折腰，与桌子底下的水壶对接。

我的悲痛除了脊柱，还有力透脊背的失望。世上，没有什么高科技可以修饰我的本愿：善，不需要修饰，它只需要保护。我相信，木一说得真对：可以治疗癌症的干细胞，不能进口，它只能产自患者自己的身体。

五

我时时想着木一的醉话：一个人微笑时，他的癌细胞是静止的，是僵尸一样的。自从采访了木一，我的自信生意兴隆。木一说，除了微笑，意志也是治癌的神秘武器。意志，我想，不用测评，我一直都是名列前茅的。我没有被打倒，我还能顶着梳洗一新的朝阳到沈老头包子铺抢包子，我还能写出访谈稿，我还能深深爱着我的家。

现在，我非常想知道癌细胞长什么样，干细胞又长什么样。现在，我和木一已是微信好友了。她是醉中加的我。她的头像是一个毛绒玩具狗，她的昵称叫“大妞”。这让我很不解，我一厢情愿地认为，她的头像至少是个细胞或是器官的一部分。这世上，有几个人是真名真姓地活着呢？哪一个人不是四分五裂地醉生而梦不死呢？再给木一打电话，就很随意了，表达起来就很直接了。我听出了她口中时不时泄漏出的青岛地方口音，我想起了青岛与韩国。我跟木一说，等我开完会，就去她那里。

这是一个不同寻常的会议，我被一个鉴定搭救。正如我所说的，我是人，一个正直明亮的人，我需要等到与我一样正直明亮的人来救我。我的领导，位高权重的那个，开会时，他拿着那张测评单，说了一句话：我认为，这个部门，假如单说人品，要数东珠的人品好。

他说得严肃恳切，我寻不出一丝虚情假意，甚至没有怜悯的影子。他像来路耿直的大风，迅速吹走了我的霾。这个鉴定货真价实，是一个良性的鉴定。我知道，这句话，唯有我会听到，视如珍宝，收藏到心上。因为，当我四面楚歌，我需要的正是这种鉴定。人品，它是我的干细胞的主要成分。他的妻子患有乳腺癌，已走过八次化疗之旅，人情世故里，他也许早就在癌细胞的数次帮忙校对和甄别下，早就深谙这因争斗而裂变成毒的人性之中的龌龊伎俩。他也许如我一样，刚刚，在他那个层次的年终测评中，遭遇了垫底的风波。是的，那对于我和我们来说，只是一场风波，想想包子的香味，还是包子香，想想妹子的笑脸，还是妹子美。历劫永生。

这风波，我这里经过一场临时组织的泪水的送行，早已远逝，遁入苍烟。我们早已放下。

我飞奔着走出会议室，我带着明亮的英姿去见木一。我想，这霾，一定是可以医治的，时光再老，苍天再病，也一定还有干细胞留守。再次见到木一，我们仅仅是相视一笑，就步入了正题。我的眼睛，第一次聚焦人体这个宇宙，我见到了长相貌美的癌细胞，我诧异着捂住了嘴巴，我拉长了呼吸掩饰我的心跳：蝴蝶结样，糖果样，醉意的礼花样，一大抱的花束样，荷叶田田样，它们，癌，小清新，妖娆，妩媚，可人又可爱，仿佛在撒娇，在讨人欢喜，在等着点赞。它们怎么可以这么美？我受不了。我又观看干细胞——脂肪的，神经的，骨髓的，胚胎的，它们，比起癌细胞，简直像个生性甘于与烟火商讨冷暖饥饱的煮妇。它们不卑不亢，随缘。脂肪干细胞，宁静如一个失水过多的土豆，神经干细胞，简直像一铺匍匐于地面的菟丝子，还挂满了杂色细碎的草籽。我的干细胞，怎会这样朴素？这样对美艳不争不抢？

我对美，从此心存芥蒂。

我一下子就懂了木一，懂得了她为何从韩国从美容从脸蛋从外表转向人的身体内部。她以八亿之资，攻读精准医疗领域里悬而未决的干细胞，这是有风险的。我又想起了木一的另一句醉话：也许，八个亿，我的损失如此惨重，我能留给世人的就是重拾微笑……

是的，她的预感没有错，微笑，我记住了，以后，我要高频率使用它，我要将败坏心情助长癌变的杂役赶出心窝。我再也不想追究她的真名，因为，就是这一瞬间，我恍惚记得一部医书里说，木一，它是一味中药。木一说，干细胞不能进口。我想，我可以拓展一下，沈老头包子铺的那个服务员妹子，还有她，还有他——给我良性鉴定的领导，还有赐我白领之身的那个读者，他们，都是我的干细胞。我要做到，身居白领，拥有无领的心态与微笑，这是我向朴素与平凡的致敬。

（《广西文学》2016 年第 12 期）

盲 道

王 爱

我在热闹的乡村婚礼上发呆。旁边一个大婶忽然拍了下我的肩膀，然后朝对面努嘴，说有人叫我。对了，我也听到了。喊我的名字，三两声试探一般，轻轻地，小心翼翼。由于声音里的怯弱、绵柔和不确定感，起初，我还以为是错觉。是田小丫，我感到惊喜。一个消失多年，差不多快被遗忘的人突然又好好出现的那种感觉。蓦然鼻子有点发酸，我跑过去抱了她一下。作为同寨人，这个礼节有点过了。旁边妇人都笑看我，她却不觉得突兀，跟我一样亲热欢喜。这就是她的个性，一大把年纪，仍然单纯天真如幼儿。

田小丫的丈夫名叫三太。

还在寨子里的时候，几乎每天，不过是饭稀了或者菜咸了，都能成为引爆三太无名怒火的导火线。发脾气时，他先摔碗筷，然后抄起锅铲、火钳揍她。田小丫一声不响，双手护住脑袋，从不反抗。一间木板房，从中垂挂一块布，隔成两半。里面放床，外面砌了火坑，架一口铁锅，用来做伙食。破旧的木碗柜，歪歪斜斜的板凳，三双筷子三个碗。简陋狭窄，找不出多余的摆设，一切勉强够三口之家的用度。三太倒也知晓利害，并不损坏物件，只是每次揍完田小丫，都要顺手将东西丢进屋前的水塘里。田小丫习惯挨打，但最惧怕丈夫扔家什。水塘里淤泥层积，腐草乱长，模糊浑浊，不知深浅。根本看不清锅铲在什么地方，火钳又在什么地方。只能顺着大致方向，半截身子陷在泥水中，用手一寸寸瞎摸。夏天还好点，冬天水小些，却刺骨。田小丫冻得脸色苍白，嘴皮子乌青。小小的影子困在泥塘里，寒气笼罩，全身筋骨抖成一团。也有邻人看不过眼，拿长篙蹲在边埂上帮她。运气好时，很快就能找到目标。这时候她就欢呼一声，高兴起来，忘了伤痛和屈辱。也有运气不好的时候，长篙在泥水中反复试探，点戳、划拨、搅扰，总是不见锅铲火钳的踪迹。她愁眉苦脸，长吁短叹。做饭时间到了，找不回东西，她无法开工。可要是延误半刻就会引发她丈夫体内的第二波火力。儿子岩头年纪小，只觉得这是一件有趣的事情，母亲的窘迫让他十分开心。三太站在高坎上，呵呵冷笑。一场猫鼠游戏，他甘之如饴，乐此不疲。她狼狈不堪，艰难应对。这个男人身体里装了满腔怒火，稍有风吹草动，即刻晃荡倾泻，浇向她，灼她遍体伤痕。田小丫不过是无限量的垃圾桶，除了装下她丈夫丢过来的任何垃圾，还要容纳他随时发泄的怒火。他在外面受了气，有了不顺心的事，或者什么事都没有，只是心血来潮，都可以肆无忌惮迁怒于她。

田小丫是邻村女子，回娘家要过两座山、三条小河。有时三太怒火炽盛，打得不过瘾，便要赶她出门。她极柔弱，像丈夫手中捏的一只小鸡。然而在这条回娘家的路途上，通常只要走上四五十米，三太便无法再前进一步。那个方向面对着我家，我常常坐在大梅李上，看着那里发生的一切。田小丫被三太揪住头发，倒拖入地，朝前拽走，速度很快。田小丫脚手朝天，只屁股挨地。她号啕大哭，双手乱抓，左右空荡无物，她无处着力。但快到寨子出口进山时，她的机会就来了。那是一条很窄的小路，里面靠山，外边是陡坡，长满草木，下面是大坝的水田。田小丫拼命扭转身子，只要捞着草木，就紧紧抱住，死死不放，力图阻止三太前行的步子。三太加大力气，田小丫手心里的东西就会一寸寸缩短，溜走。若是不幸她抓住的是有刃边的茅草或者带刺的东西，那双手就鲜血淋漓。然而田小丫悍然不惧，这条路是她唯一的生机。要是平日，她是断然不敢如此对抗丈夫的。她不知从哪来的一股猛劲，咬牙挺起身子，朝后撞向丈夫。双手又抓又抠，迫使三太放开她的头发。她就趁着这一点空隙，翻身用力一滚，落进水田里。她满身都是泥水，却在下面又哭又笑。这时候，三太站在上面，气得暴跳如雷，却没办法将她从泥水中捉出来，再赶回娘家去了。

田小丫瘦弱矮小，一副茄子似的干瘪脸，天生傻相。提不起水，担不起粪，锄头只能拿轻的。农人种地为生，像她这种浑身使不出二两力气的妇人，种半亩青菜，养不起年猪，在丈夫的拳头面前瑟瑟发抖，只配让人轻视。别家日子越过越好，这个三口之家却越过越冷清。三太懒惰，毫无顾家的观念，自己打零工，挣一个用一个。抽烟喝酒打牌，没有一分钱给田小丫。她无心机，对丈夫从不作要求。无心事，不愤怒，偶尔神经兮兮，大半时间跟我们小孩也能玩到一块。在农村多子多福、家大业大的观念里，岩头被人戏称为秤砣儿子，意为独苗，宝贝、珍贵。只可惜在这样的家庭里，岩头并未受到慎重对待。很早辍学，家庭教育缺席，顽劣冷漠，对母亲所受的苦难置身事外，漫不经心。三口之家不是关爱扶持，相依为命，而是互不过问，各自为政。日常生活里，除了辱骂、殴打，没有任何温情可言。像三个毫不相干的陌生人，被造物主硬生生凑成一家。田小丫的婆婆，是那种固执守旧的老太太，素来攀高踩低，欺软怕硬。儿媳五六个，就田小丫最懦弱老实。虽早已分家另过，还是要处处受婆婆编排、管制。老是说她洗衣粉用得太快，又责怪她洗不干净衣物。田小丫坐在门槛上歇息，她婆婆为此咒骂了一早上。说女人坐门槛，会玷污神灵，把秽气带给男人。田小丫垂头丧气，束手站在边上，像一个检讨认错的小女孩。

田小丫挨打，有人温言相劝，有人大声呵斥。然无济于事，那是做丈夫的权利，打老婆天经地义，司空见惯。即使看着不忍，顶多背着三太骂几声。何况田小丫在大家心中，分量如同她的体重，一直就很轻。她那么小，那么弱，劳动力不及别人三分之一。三太其实也强不到哪里去。农村人讲究歪瓜配裂枣，刚好跟她相配。可男人终究有几分蛮力，三太在外人面前是个死心眼不机灵的弱者，在田小丫面前却膨胀成天神。时常动用他唯一的武力，主宰她的命运，轻轻一根指头就将田小丫的生活搅得天翻地覆。

一个出嫁女子在婆家受气，被丈夫扫地出门，到娘家屋前哭诉，让兄弟姐妹出头，是很正常的事情。偏偏田小丫一次也没这样做。在一次次被拖向娘家的路上，她竟增添了强大的力量和勇气，有如山神暗助，使她敢跟丈夫对抗相争。她宁可死也不回娘家。这个场景重复出现无数次。从诧异、愤怒、同情到叹息、怜悯，从适应、习惯到熟视无睹。寨子里每有妇人聚堆，说起田小丫这点血性来，也会赞叹惊佩，自感不如。

三太高声怒号，言语相激。田小丫机智无比，绝不上当。她披头散发，双手环抱，半蹲在水田里，像里面长出来的一株稻茬。纤弱、惊恐不安，借着稀薄的泥土稳住躯干，拼命朝下扎根。双手嘴边哈气，努力护住快要涣散的勇气。有风一阵阵低空飞过，田水涌起排排微澜，一圈圈朝这个可怜的女人挤压过来。田小丫缩着身子，恨不得掩藏住手脚，不让她丈夫发现。从对面看过去，年幼的我始终有一种错觉。田小丫不过是一点微末尘土罢了，短浅的触角无法深入小溪沟的大地血脉。任何力量都可将她连根拔起，再送上天空，成为漂泊的过客。

新学期，田小丫娘家哥哥的女儿成为我的同桌。这是个性格娴静、沉稳有度的女孩子。一次无意中谈话，说起她的姑姑，竟引来她的眼泪。她有双大眼睛，既美丽又哀愁，泪水晶莹。有时候忍不住，就趴在桌子上小声地哭泣，为她的姑姑。她把三太唤作“那个人”，从不叫姑爷。“那个人”让她恨得咬牙切齿。每次一见面，她问的第一句话必是那个人有没有打姑姑。

我心里松了口气。原来田小丫的娘家人并不像寨人猜测的那样对她不闻不问。一个兄弟几次拖刀要来小溪沟讨说法，母亲动了念头，要接她回去。他们为田小丫提心吊胆，整天敛声静气打探消息。也只能哀其不幸怒其不争。田小丫的侄女边哭边说。她痛恨姑姑的软弱和善良，怨责她拿不出勇气决裂。田小丫不过是舍不得儿子。她一针见血地指出。

我跟田小丫的侄女达成默契，我像一条黑影，紧紧贴着田小丫行走，无时不用余光偷窥田小丫的日常细节。通过收集整理、分析估计，得出可靠信息，然后在午休时，添油加醋分享给田小丫的侄女。这成了我们之间友谊的催化剂，我的身上多了一分道义担当。觉得自己有责任与她一起帮助田小丫逃离苦海。

我不过是年少热血，田小丫的侄女却一直为拯救姑姑而暗中策划着。小学毕业拍照留影那天，她要我传话给田小丫，让她准备好。田小丫跟我一样迷惑不解，不知道那句话是什么意思。以我的年纪和她的头脑，对她侄女的暗示，我们并未放在心上。那是一个难得的闲暇时刻，我们各自有梦想。田小丫的梦想实际而又遥远。她在悄悄纳鞋，并且已完成了大半，只等九月份婆婆寿辰时送给她。她希望那双鞋不是套在婆婆的双脚上，而是她的嘴上。哪怕那张咒骂不停的嘴能因此歇息片刻，她也心满意足了。等过几年岩头再长大一点，他们就有力气把水塘彻底清理一遍了，那样找东西就容易多了。对于以后的生活，田小丫一脸憧憬。

我们坐在苦楝树下，双手抱膝，看着细碎的光影发呆。不停说话，偶尔也打盹。有人把稻田里长势嚣张的稗子一丛丛拔出来，扔在河坎上。借着氤氲的水汽，膨大发达的根须变细变长，依附在地表上。太阳暴晒之下，这些稗草竟然不死。真是越卑贱的东西越是能活。田小丫发出赞叹声。岩头跟人捉鱼去了，三太打牌去了，就连婆婆也不在家。田小丫觉得这一天真好过。偏偏一个戴草帽路过的后生带来一个不祥的消息，田小丫的母亲害了重病，已经卧床不起了。

当田小丫第一次不用挨打就以兔子般的速度回娘家后，她的母亲正在井边担水。小侄女倚在柴门边对着她笑，姑姑真的太笨，一句话就能骗回家。这个由田小丫的侄女策划的阴谋，显然已酝酿多日。田小丫发现上当，想要马上掉头时就被她的兄弟擒住了手脚。半点不由得田小丫的意志，第二日一早，她就被家人相拥裹挟，坐汽车带离湘西，成为打工大军中的一员。

田小丫离开数年，岩头也撇下寡淡的父亲和寡淡的日子，外出谋生。三口之家留下三太，他从没念过妻儿，也不着急担忧。三太的情感不知是隐藏太深，还是根本就没有。十几年来，没把妻儿当回事的他也没把自己当回事。他过着单身汉的日子，一人吃饱全家不饿。像他那样人口少、负担轻的，早就发家致富过上了好日子，只有他越过越差，存心不想好好过。整日无事生非，做出种种匪夷所思的举动来。开村民大会时，辱骂村干部。专门把孩子逗哭。修路，他横躺路中间，不准运沙石的车子过去。架桥，他去干涉，说桥头正对他家正门，破了风水。寨里办酒席，他跟人喝酒吵架。全寨人的日子顺风顺水，鼓足劲头，挖石引流，疏通梗阻，清除路障，你追我赶。而他偏偏要逆流而上，搅得水花四溅才肯罢休。虽遍体伤痕，劣迹斑斑，招惹诸多怨怼仍浑然不知，任凭人生轨道铺向绝境。他成了山寨心口上的一枚尖石头，总让人没法自由畅快地呼吸。然而，他又是可怜的。年岁渐长，头发斑白，眼窝陷了下去。一年四季，黑灯瞎火，独自一人睡在破旧狭窄的老屋里，过着古老而沉寂的生活。没有家庭的荣光，也没有天伦之乐。

田小丫出门，让昔日看不起她的人大吃一惊。她老实、天真，比孩子还单纯。在外面，她能活下去吗？有时候，对外界的陌生，加重了农人的心理负担。一辈子不出门的人对外界的想象不是高山就是深渊，每踏出一步都凶险万分。外界是给长翅膀的人准备的，只有飞翔才能越过那些阻碍。田小丫蹒跚学步，姿势笨拙，去外面多半是有去无回。

恰如大家猜想，田小丫先斩后奏，离家出走后，整个小溪沟王家寨便不再有她的消息传来。寨人好奇，总有旁敲侧击打听的，娘家那边没有一丝风声。就有人去鼓动怂恿三太，让他去寻人。找她做什么，管她是死是活。三太无动于衷，口气仍然不紧不慢。他的冷漠渗入骨血里，哪怕小溪沟的天破了一块，或许他也可以做到面色如旧。岩头跟父亲一样，个性随他的名字，寡言、冷硬，纹丝不动。他偶尔站在水塘边上沉思，别人说起他母亲来，他就微微一笑，也不搭言。谁也看不出他的悲喜。

丈夫和儿子的态度，使得其他人只好沉默。田小丫的被迫出走更像一场自我放逐，长期得不到回应，这让她的存在变得尴尬起来。这条远行的路，因血肉躯体的无足轻重，而倍加艰辛。也因无人问津，而逐渐荒草丛生。田小丫这段遭到挟持的人生，在中断的信息面前造成悬空。时间久了，一些年岁稍大的老人，在谈起田小丫来，逐渐模糊了一些事物的界限。当初为田小丫逃离苦海额手称庆，如今口风变了，有了责怪之意。认为田小丫多年对三太、岩头不闻不问，作为妻子、母亲，委实狠心绝情。

田小丫是为儿子回来的，她的侄女为了保护姑姑，禁止她同这边有任何接触，几乎到了疯狂痴迷的地步。田小丫想念儿子，有时睡不着觉，便擂床大哭。她过得格外节省，拼命积攒钱财，梦想着给儿子娶媳妇。开始，她知道儿子也在外面谋生，即使牵肠挂肚，还是心里踏实。后来，慢慢觉察出不对。没有人知道岩头在什么地方，做什么。岩头一出远门，就如泥沙混入河海，再无踪迹。跟他母亲一样，杳无音信，成了小溪沟的过客。有人爱操心，猜测他是不是进了传销组织。根据种种推算，又觉得不像。进了那种地方后，哪有不朝家里要钱，不欺骗亲朋好友的。如今资讯发达，网络畅通，手机、微信，这些年轻人聚堆的地方，都没有岩头的身影。这个人凭空蒸发了。时间久了，追根溯源，连当初他是如何离开的，究竟去了什么地方，也无人说得清楚。

回来后的田小丫，依然是老样子。一堆大火前，她同几个妇人坐一排板凳。别人羽绒服，皮靴子，高高绾起的头发，耳环，戒指。虽然是请来帮忙的，也并没放过可以在大众面前争奇斗艳的机会。田小丫截然不同，十多年不见，还是容易分辨。从我记得田小丫的长相起，这张脸就毫无变化。肤黑、老气，一个刷把头别在脑后，颜色枯旧的发圈。眼旁皱纹重叠，颧骨高耸，腮边无肉内陷。嘴角朝下撇起，赫然一副苦相。她穿得很朴实，坐那儿拘谨局促，格格不入，一眼就可以区分。

当初田小丫被迫离开，如今义无反顾回家，为了儿子重新面对丈夫。回来后又能怎么办？小溪沟人没有通天彻地的本领，去茫茫大海里捞针。好好的儿子，怎么就不见了。这是田小丫无法理解的事情。生平第一次，她朝三太大喊大叫，她甚至拿起菜刀逼向他。好像那么多年的屈辱和痛苦都在等待这一刻爆发。那口水塘早已干涸，但田小丫不再为丈夫做饭。日子一天天过去，老旧寂寥的村寨里，田小丫整天失魂落魄，无所依傍。起先，她还能勉强矜持一点，忧郁、沉默。后来，只要谁在田小丫面前提起岩头，她就号啕大哭。她的悲伤和绝望那么强烈，已经到了无法掩饰的地步。大家心照不宣，岩头恐怕已经不在人世了。外面世界这么乱，一个人究竟躲在什么地方，才能十几年来不给亲人传递一点消息。田小丫其实明白，只是不肯承认。欺骗自己就能一直保有虚幻的念想。

田小丫一直在等待着，希望儿子有一天会突然回家。在别人添孙添丁的年纪，这个女人孑然一身，形影相吊。她的丈夫是不可靠的，儿子也不可靠。命运不由自主，使其悲苦一生。遭遇几番劫持后，一切又回到了原点。清明时节，母亲告诉我，田小丫带着三太出门去了。为了儿子，夫妻俩头一次这么齐心。外出的日子并不好过，这么多年来，田小丫靠捡垃圾谋生，没有一点积蓄。这次仍然只能干老本行，一边捡垃圾一边找儿子。在我写这篇文字的时候，岩头仍然毫无消息，他的生死恐怕已成悬案。为了团聚，三口之家正在某个陌生的角落流浪着，也许会一直流浪下去。没有找到儿子，田小丫是不会再回小溪沟的。问及用什么办法来寻人，她却毫无头绪，一脸茫然。世界太大，无法想象，一只蝼蚁倚仗什么来丈量苦难生活的边界。这是一条盲道，田小丫如履薄冰，寸步难移。要如何结束黑暗，也许只有小溪沟的菩萨知道。

（《广西文学》2017 年第 1 期）

回不去的故乡（两题）

王 选

老 许

老许今年五十九，1957 年的鸡。出生那一年，正是大饥荒，差点饿死了。老许掰指头算，抛过零头，按虚岁，整六十了。人生六十，花甲之年了。

像老许这样的年龄，该到晒太阳、磨牙板、抱孙子、享清福的时候了。可老许没那个命。都老得几乎散架的人了，还整天拉架子车挣钱，混一口饭吃。

一大早，天麻麻亮，老许就起了。这些年，和他在人世所剩无几的光阴一样，他的睡眠，也所剩无几了，他几乎彻夜都睁着眼，起床，不过是把眼皮抬高了一点罢了。屋子外还黑乎乎一片。他舀半马勺凉水，插好电炉，在满是茶垢的搪瓷缸子里，下上茶，倒上凉水，慢慢煮。屋里没有开灯，老许怕费电。不过再黑，他都能摸着煮上一罐茶。这些年，他用粗糙如树皮的手指把生活摸索透了，没什么大不了的。

黑洞洞的茶缸，先是冒烟，冒着，冒着，水开了，咕咚咕咚叫。十几元一斤的茶叶在缸底翻腾。再煮，快溢了。老许伸过手，捏住缸把，把茶水细细地倒进茶盅。第一罐茶，味淡，再添水，煮，后面茶慢慢就酽了。就着苦茶，掰一口干馍，喂进牙齿所剩无几的嘴里，用牙龈嚼着。

喝了茶。老许就到北关十字去了。每天都是如此。

他从倒闭的厂矿车棚里拉出自己的架子车，那曾是几年前用木头新打的，结实得很，几年过来，也老了，路一颠，哗啦作响，咳嗽一样。就是平路，轴承也吱悠悠叫，像害了哮喘。车子拉到路口转角处，摆上人行道。老许坐在车把上，干干地坐着。路灯灭了，城市一瞬间又黑了。这么早，根本没活，可老许像半截枯木桩，坐在车把上，心里才是踏实的。他微闭着日渐昏花的眼睛，回味着早上的最后一罐茶。他比任何人都熟悉这座城市黑夜和白昼交替的一瞬间，他甚至看到了黑衣人和白衣人握了握手，换班的情景。像黑无常，勾了人的魂，对了一下账本子，交给了白无常。然而这样的黎明对他来说，已经毫无意义了，日子是往死路上赶，怎么走都是一条道。除了一张嘴，他早已没有什么顾虑和负担了。

在北关十字拉架子车的人，有八九个。原先人多，一溜架子车，从医药公司门口一直到塑料厂后门，齐刷刷摆着。车把上坐着人，等人叫。早上十点一过，太阳翻过楼，泼在北关十字的街道上。没活的人，就围几堆，席地而坐，中间铺张烂报纸，“游胡”、开“拖拉机”。老许偶尔凑过去看看热闹。他不玩，他没那心劲。

也有躺在车筐里眯缝着眼看天的，一脸愁相。一群褐色的鸟飞了过去，一朵巨大的阴影在他脸上擦了过去。也有一屁股坐地上，给车轱辘上机油的，两手黑，像乌鸦爪。那时候，年轻人也多，欢闹，有说有笑。叫活的人也多，时不时一天出去三五趟。活还能讨个价，挑着干，太重太脏还不拉。老许人老实，厚道，舍得下力气，脚底下又勤快，拉的活不比年轻人少，一天好歹还能挣几个钱。

现在不行了。架子车，早已是过了春的大白菜——不吃香了。北关十字不再是当初的北关十字。车多了，人挤了，路破了，楼高了。人行道上修了花坛，四周显得拥拥挤挤，破旧的架子车也几乎没地摆了。最要命的是，几乎没活了。马路上老鼠一样到处窜着皮卡、小三轮，拉着煤，拉着沙子，拉着架管，拉着沙发，拉着零货，从他们眼前放着响屁，嚣张地跑过，故意显摆似的。拉货的人没有几个找架子车了，就算再便宜，也不来找了。毕竟皮卡、小三轮，速度快、装得多，一个电话，随叫随到。谁还愿意跑到北关十字，磨着嘴皮，找一辆老掉牙的架子车，一步步，慢腾腾，去拉货。

没活干了，光阴每况愈下，熬不住的年轻人另谋出路去了，有人去了工地，有人回乡务农，有人远走他乡，也有人操着老本行，不过把架子车换成了三轮车。留下的，多是老弱病残，没有出路的，要么没有钱换车，要么老得骑不动车，要么凑合着等死算了。老许，是这三种原因都有的人。他跟另外七八个人，依旧每天守着破旧的架子车，等着，等着有人来叫他们，拉一车，十元二十元，多远都行，哪还有嫌弃的资格。他们灰头土脸，目光滞涩，衣衫破旧，顶着落满灰尘的白发，像端着半碗面。他们背靠车帮坐着，嘴唇干裂，没有要说一句话的意思。其实他们还能说什么呢。年轻的时候，不知天高地厚，说够了，老了，老天就捏住了你的嘴，苦，就在心里煮着，像煮一罐茶，溢出来的水，就在眼睛里流吧。

老许拉架子车有些年头了。七八年，应该比这长。反正早了，想起来了都像烟雾罩着一样，迷迷糊糊。老许一直说，属羊的人命苦，但属鸡的命也苦，何况他还是十月的鸡，有破月，命就苦上加苦了。老一辈的人在破月歌里常唱道：正蛇二鼠三牛走，四猴五兔六月狗，七猪八马九羊头，十月鸡儿架上愁，十一月虎儿串山走，十二月老龙不抬头。

想起命，老许肚子里只装着一声叹气。他已经过了追问命咋就这么苦的年纪了。自己有多大的鳖命，他背在车帮上，早在心里寻思透了。七八年前，他的儿媳妇装疯卖傻，天天咒骂他和老伴，甚至提着擀面杖打他们。儿子也是个怕老婆的，看着媳妇打父母，端端站着，就不敢拉一把，真跟面捏的死人一样。到后来，儿媳妇除了打骂，还不给他们老两口吃的了。老许去理论，我好歹还是这家里的一口人，这塌房烂院还是我许家的，庄农五谷样样都是我务的，为啥不给我们一口饭？为啥就没有我们的立脚地？赶紧滚出去，两个老不死的，这屋里没你说话的地方。儿媳妇一只破鞋甩过来，砸到了老许脸上。老许差点气得翻倒在地上。他活了大半辈子，没见过这样的儿媳妇，他后悔瞎了眼让儿子娶了这样一个泼妇，更后悔没有将蔫怂儿打小填了坑。他觉得已经没脸在这个村子活下去了，也没必要在这泼妇跟前受罪了。

一个秋雨萧瑟的早上，他带上气得吐黑血的老伴一路忍冻挨饿，搭上班车，进城了。老两口睡桥洞，捡垃圾，半年多，攒了点钱，就在仁和巷租了一间没人住的柴房，把身子骨安顿下了。

这一住，就是好多年。中间老两口回去过一次，可站在大门口，门锁着，锁换了。偏房塌了，驴圈倒了。这个他们生活了五十年的院落跟他们没有关系了，一切显得遥远、陌生，又排斥拒绝着他们。五岁的孙子蹲在门口玩泥巴，也不认爷爷奶奶了。老两口硬抱着孙子亲了亲，孙子以为是坏人，又踢又打又骂。最后，放了一袋糖，老两口抹着眼泪折回去了。从此，他就跟那个村失去了来往，跟那一家人断绝了关系，跟那方水土没有了瓜葛。虽然好多次梦里，他都回到了乡下的家里，梦见躺在热炕上暖腿，半夜起来给驴添草，屋背后梁里的一捆葵花秆，牵着儿子去赶集，跟老伴在水湾里割麦，到村口买了几只鸡娃子……可每次醒来，他都睡在他乡，孤枕冷被，房屋冰凉，鸡犬遥遥，草木不见。于是两眼泪水，滚过了耳旁。再想，可终究还是回不去的故土啊。

后来，老伴害病，死了，埋进了北山的公墓里。老许原本想着把她送回乡下的老坟，再一想，活着，都是漂泊他乡，死了，一把灰，一堆土，回去又有什么意思呢，哪里的黄土不埋人啊。于是，就死了这心，自己死了，也一样，有人管，就埋了，没人管，填了水窟窿，喂了野狗，都行。落叶归根，根都朽了，先人没保佑，儿孙没积德，还归什么根啊。再说，回去，当了鬼，也是孤魂野鬼，饿死鬼，到处飘，在城里，残汤剩饭，还能讨一口。

老许的架子车是进城后第二年打的，车轱辘是旧货，木头是一个木料场的边角料，他低三下四去了好几趟，要来的，车把，是从南山上买好的两根木头，背回来的。老许捡破烂捡了好久，才做出这个决定的。进厂子，没人要。上工地，没力气。看大门，都一个半拉子老汉，谁用啊，跟个废人一样。最后，他终于发现拉架子车这个行当，人辛苦，能挣点钱，力气活，都能干。他想，他再老，一副朽骨头还能拧住一辆架子车。何况，年轻时，他可是村里拉架子车的一把好手。路陡坡急弯再多，他都能两胳膊一卡，稳稳当当地拉下去。麦子码了两人高，上山的路再吃力，他也能咬着牙板膝盖跪地拉上去。所以，在城里这平坦坦的路上，除非一栋楼，再啥，他都能拉动。

这样一拉，就拉了好些年。拉到老伴死了。拉到没活干了。拉到车子旧了。拉到孤独一层层把皮肉剥开来，露出了一颗沧桑的心，风一吹，霜一下，那个冷，那个疼啊！

一个上午的光阴就这样打发了。这已经连着两天没拉一趟了。起初，老许还心急，后来，也就无所谓了。黄土都埋过头了。挣死挣活还干啥，挣了钱又能干啥，给谁攒，给谁花，无儿无孙的。一个人，有一口残羹冷饭填肚子就行了。何必那么苦呢。于是，他静静坐着，跟其他几个人，像一排雕塑一样。一切都是早上刚来的样子，一切没有变化，只有他们浑身落下的尘埃更厚了一层。再厚，就要把他们覆盖了。前几天，城管来了几次，赶他们走，他们拉着架子车，在马路上溜达了一圈，又回到了北关十字。如此几次，像打游击，城管也嫌麻烦，就收场地费，没人交，总不能把几个老头揪起来抢钱吧，也就拖拖拉拉这么过了。虽然这么将就着，老许心里是清楚的，他们迟早会被这座城市淘汰掉，淘汰得连皮毛都不剩。

满马路都是疯了一样的各种车，疯了一样的各种人，像箭一样，那个快啊，看得心惊肉跳。谁还愿意让这慢悠悠的老旧东西在城里晃悠呢，除了速度慢，还影响着市容。

到了中午，老许就在车筐里屈着腿，躺一阵。馍在车筐下面的一个布兜里，咬几口，凑合下就行了。下午，六七点，放了车，就该回仁和巷了。房还是那间指头宽的柴房，多少年了，没换过，便宜，一个月五十元，水电费也用不了多少。晚饭，老伴活着时，蹲在门口还能擀点面，死了，老许就在巷子口的面条铺，买一块五的面条，提回来煮。他没有用煤气、电磁炉，还是柴炉子。柴这些年拾了一堆，码在床底下。提着炉子，到门口，炉膛塞一张旧报纸，点着，一根一根放柴。黑烟咕咚一冒，再一冒，火苗一跳，再一跳，就起来了。黑烟在巷子里乱窜，把整条巷子呛得咳嗽不止。切一颗洋芋，一根葱，放水做成汤，汤要煮久，洋芋绵绵的，才好吃。汤好了，下面，调点醋、盐，一顿饭就结束了。

吃完饭，就没事干了。暮色扩散开来，整个北关都模糊了。暮色走过巷子，钻进屋，抱住了蹲在地上的老许。老许迷糊了。已经很久没有梦见故乡了，最近，他总是梦见老家，梦见那年轻时的岁月，多像一片玉米林，青翠，结实，翻滚着波浪，唱着秦腔。他梦见穿着水红衣裳的老伴第一次嫁进许家的门，梦见胖嘟嘟的儿子穿着肚兜钻进了他的怀里，梦见那热烘烘的被窝里睡着一只懒猫，梦见五间瓦房上挂起了红灯笼，梦见簸箕地的胡麻蓝莹莹一片又一片，梦见架子车上拉着新买的炕柜走在山路上，梦见金灿灿的玉米上了架，梦见驴背上的老伴去转娘家……梦着梦着，老泪就静悄悄流满了脸。

终究是回不去的地方啊。

老许说，老梦见年轻时候的事，人就快活到头了。

三天后，巷子里有人说，老许在出租屋里吊死了。

赵 安

古今古，打老虎，

老虎扎的红头绳，羝羊端的酒壶瓶，

你一盅，我一盅，

我俩喝了拜弟兄，

你的拜在高粱上，

我的拜在窗台上。

你的打了千百石，

我的打了一瓦罐，

老鼠揭过就要看，

把老鼠打了一门担，

打得老鼠不见面。

——秦源儿歌

清明前后，种瓜点豆。赵安是记着这口诀的，虽不操弄庄稼活，可骨子里还是有农耕情结。他在花盆里种了几窝豆角。豆子是前年清明回家，弟弟赵平给的，当时，忘了种，在抽屉的报纸里包了两年。

花盆里的土，抓个窝，放三颗籽，盖上土，浇透水，再撒一层虚土，就好了，他把花盆挪到阳台，阳光泼在土上，土吱吱冒着泡。

豆角一种，也便忘了。

接着，清明，单位是放假的。天阴着，云压得很低，站山顶，能扯下一片来。十点多，就下起了雨。吹着北风，这雨，倒是像雾了，迷迷蒙蒙，游走着，把棱角还未被绿色磨平的山野遮住了。天地是混沌的，仿佛前路，不知所向何处。

车在乡级公路上颠簸着，路况糟糕透顶了，像在弹簧上，随时都有仰面朝天的危险。路，还是那条路，两车道，满是坑洼，侧面种着腿粗的洋槐，后边是稀稀拉拉的麦田和撂荒的土地，全都浸润在雨里，一片黯淡。

车里只有他一人。儿子上大一，放假在家，团在被窝里，玩着手机。他叫一起去老家上坟，儿子不情愿地说，上什么坟啊，那么远，不去。他有点不高兴，皱着眉，说，清明上坟，缅怀先祖，你是把学上到肚子里了吗？哎呀，爸，都什么年代了，还说你那老一套，你去吧，我中午还约朋友看电影呢。儿子翻了个，继续玩他的手机，给了他一条冷脊背。

儿子打小对老家是没有感情的。生在城里，长在城里，压根就把自己当城里人。小时候，有乡下的亲戚问，晗晗，你是哪里人？他不假思索地说，城里人。又问，城里好，还是乡里好？答：城里好。为啥啊？城里有楼房，有幼儿园，有肯德基，乡里有牛粪，臭死啦。除了春节，匆匆忙忙的几天，他平时也是很少带儿子回老家，去的次数，掰指头能数清吧。他一是怕去了耽误学习，二是怕跟乡里孩子玩，弄成泥猴，回家妻子骂。于是，在孩子心里，是没有老家这个概念的，即便后来有一点，也被虚荣心捏死了。

在中国，出生在城市的“90后”这一代，是没有故乡的，以后的也是，故乡，渐渐地，只会是一种陈旧的心病了。赵安想着。

车上了山，就到秦源村口了，他没有进村，沿着农路，直接到了坟园口。

去年，清明，他开着车，是先到弟弟赵平家的。早上走得早，没顾上吃，一进屋，弟媳妇马玉琴就端着饭来了。浆水面，他最爱吃的面条。酸菜是春分前后的嫩苦苣，腌了月余，浆水的酸味正好。切几片老蒜，几段干辣椒，放热油锅，蒜待微黄，辣椒微焦，倒入浆水炝。真是炝，热油，热锅，一遇凉浆水，刺啦一声，蒸汽一腾，酸爽味立马弥漫了屋子。浆水在锅，翻滚一阵。要掌握好时间，太短，不入味，浆水寡淡。太久，会发酸，便老了，失了清香。然后下面。面是手擀面，擀得相当好。他常想起一首儿歌:亲戚来了，拿升子，取白面，一把一把和上案，擀成薄纸切成线，下到锅里莲花转，捞到碗里一根线。

汤是清汤，汤上飘一串菜籽油，面细如线，再浇半勺韭菜，配上红辣椒，黄蒜片，那个颜色和味道，让他身心通透，倍感温暖。母亲活着时，也能做一手好浆水面，每次捧着碗，他就想起母亲，一个慈祥得像菩萨的白发老人。小时候，常坐在村口的大杏树底下，等着她的大儿子放牛回来，骑在牛背上，背着一轮橘黄的夕阳。长大后，母亲还是常坐在村口的大杏树底下，等着她的大儿子回来看她，提着豆奶粉和一心窝子话。每当想起母亲，他的眼泪就出来了。母亲，已经去世几年了。母亲活着时，他总觉得自己还是个孩子，是个有娘娃，可母亲一走，他就觉得在这世上，自己就可怜了，再也没人疼惜了。

吃毕饭，他和弟弟去上坟。坟是祖宗四代的，高祖、曾祖、祖父、父亲，更远的，就不知道了。祖先从何处搬迁而来，是说不清的，他也没有去搞清的想法。日子太烦琐，一个人，疲于奔命，哪里有精力去操心祖先的故事。

到坟园，先把杂草铲掉，把洋槐枝条砍了。在西秦岭，坟园是忌讳桑、槐的。槐树，根系发达，在土里，到处乱窜，有时会钻进棺材里。据说，这会不吉利。所以，槐树长在坟园，是很糟糕的，要连根拔掉。清理完草木，就该往坟堆上培新土。土要虚软，得挑好土，一背篼一背篼，倒在坟头，直到新土盖住旧土。在秦源，有谚语说“坟上有背土的，门上有叫口的”，就是指香火延续，儿孙孝敬。祖先已逝，儿孙无以表达心意，背几背篼土，添于坟头，也算是尽了孝心。

添罢土，修整毕，往坟上插一些红、黄、白、绿等各色两指宽的纸条，即纸钱。寓为坟头为祖屋，纸钱为屋瓦。然后在竹棍上绑白色或黄色长幡，插于坟头。长幡，都是在镇子上买了纸，自己剪的。然后，沿着坟园四周倒一圈白酒，奠一杯茶水。最后，焚香点蜡，鸣放鞭炮。坟也就算上完了。

风把长幡吹着，像把无尽的思念吹着。人生也就如此，一代一代，延续着血脉。今天你扫祖先的坟园，明天儿孙扫你的坟园。在大地上，谁也逃不出黄土。祖先，已不可见，子孙们唯有把这养活人也掩埋人的黄土攥紧，像攥紧祖先的骨骼，不忍放下。

赵安一个人在坟园，和往年一样，清了杂草，砍了新长的槐树。然后添土，插上城里买来的机器做的长幡。他没有急着烧香，蹲在地埂上，望着远方，发起了呆。远方，其实是没有远方的，一切被晃荡的雾遮着，影影绰绰。唯有眼前的麻蒿，湿漉漉的，泛着一层火红。还有地埂上的一株杏树，依旧一人高，忘了生长一般。豆粒大的花骨朵，挂着水珠，像花骨朵挤出的一滴眼泪，不小心，会掉下去。

他是再也不能和弟弟一起上坟了。说来话长啊，可说说，或许心里会好受些。

去年，后半年，好像是九月底吧，弟媳妇马玉琴给他打电话，说她哥的三女儿初三没考上高中，本来让补习，可孩子不想补，出去打工年龄小。就这样在家里耗了一个月，突然想上职校，可这时候职校开学都半个月了，希望赵安无论如何托人把孩子放进学校，有个出路。还说亲戚里，就你一个干公事的，还在教育局，你不帮，就再没人帮了，也不能眼睁睁看着亲戚的娃娃混入社会啊。弟媳妇的口气是决绝的，不容推诿。因为人家也有理由口气硬啊，你赵安每次回家，还不都是弟媳妇我伺候你吃喝。这事到临头，也该靠靠你这当大哥的了。

赵安一听，头都大了。这事，真的有难度，他虽是个干公事的，可也只是个普通干部，虽在教育局，可毕竟在县上的教育局啊，要把一个孩子弄到职校，就算在市教育局也不行啊，因为人家职校是市政府直管的，他提上猪头也找不见庙门，再说就算有，也过了半个月了，人家学校早停止招生了。

赵安就这么犯难着，无处下手。一天后，弟媳妇的哥哥背着一壶五十斤的菜籽油、抱着一疙瘩干粉条，来了。他一边囫囵吞枣地应允着事情，一边拒绝着送来的东西，但弟媳妇大哥死活不肯拿回去。最后说了句，娃他叔，事就拜托你了。说毕，夺门而出，留下东西，一溜烟跑了。

东西在门口放了两天。一天下午，下班，赵安回家，发现东西不见了。问妻子刘艳，刘艳说油送娘家了，粉条送同事了。一听妻子把东西送了人，他差点气炸了。可他又是个怕老婆的人，敢怒不敢言，这气，也就在胸膛里憋散了。吃人嘴短，拿人手短。本来可以推脱的事，被刘艳这么一搞，就难以脱身了。他到处打听、托人，甚至花钱请人家吃饭，没少费心思，可到头来还是没把事情办成。

十月底，弟媳妇的侄女南下东莞，打工去了。事情没成，弟媳妇对他也就有成见了。常在亲戚处说，你看那当大哥的赵安，油吃了，粉拿了，到头来事情黄了，亏了我平时好吃好喝伺候他，到用他的时候，就放水了，哎，啥人嘛！这些闲言碎语，偶尔钻进赵安的耳朵里，他心里也不好受，他何尝不想给家里人办点好事，可无能为力啊，再说他也不是那种喜欢低三下四、看人脸色、蝇营狗苟的人。所以，这憋屈，也只能打碎牙齿——往自己肚子里咽了。

这件事，得罪了弟媳妇。年底，他又得罪了弟弟赵平。那是腊月里，刚下了一场毛雪。赵平打电话说借一下他的车，去一趟西安。赵安知道弟弟不会开车，肯定是借给别人开的，他有点不放心，加上车这几天刹车有点不灵，他拖拖拉拉准备去修一下。他拒绝了赵平，说车坏了，在修理。赵平说几天前你还开车去给亲戚家烧三年纸，今天就坏了。赵安忙说，刚好今天坏的。那算了。赵平一说毕，就掐断了电话。当他吸了一根烟之后，在缭绕升腾的烟雾中，才意识到得罪弟弟了。他有些后悔，把电话拨过去，想借车，但那边一直通话，后来就关机了。

正月里，他回老家过年，媳妇带着儿子去了娘家。往年，母亲还健在，他一回去，弟媳妇早把厢房炕烧热了，他一骨碌翻上炕，扎进被窝里，暖了个通透。但今年，却是冷炕一个，冷被一张，还堆满了杂物。他进门，赵平和媳妇也没有了往年的热情，只是随便说了句来了啊，便在厨房忙着煎油饼去了。他脊背一凉，满脸的笑容落了一地。他放下东西，去厨房帮着烧火，人家也没有理他。吃饭的时候，以前，都是弟媳妇问他吃什么，然后做什么。今年，也没问，饭熟后，打发侄子端过来一瓷碗，也不问够不够，盐多盐少。

三天里，他明显感觉到了冷落。而这种冷落，就是因为没办成事、没借车的缘故。正月初四一早，他就早早回了城。说是回，其实是逃。

那个家，已经跟他没有多少瓜葛了。父亲去世早，母亲一人拉扯他们两儿一女长大成家，在老院的地基上，拼了老命盖了五间上房，东面两间偏房。按照秦源的风俗，父母一般会留在最小的儿子跟前，其余子女，到了年龄，嫁的嫁，另起家的另起家。屋里所有家产无条件全留给小儿子，作为小儿子给父母养老的筹码。上房堂屋，赵平两口子住。偏房，有一间厨房，一间驴圈，也给了老二。她自己住东面厢房，西面一间，留给大儿子赵安，这是母亲的意思，因为她知道大儿子在城里上班，老家没有一分家产，回来后，没个住处，立不住脚。

母亲在世时，他回到家，还有自己西面的一间房，虽然小，但是足以立身。在屋里，他挂了字画，放着书，按照自己的喜好贴了塑料壁纸。可母亲去世后，这间屋子就不再属于他了。赵平在屋里放了一个大粮仓，把拉粪桶子、架子车轱辘、铁锨、扫帚等物件全堆了进来。墙上的字画也没了影踪。原本铺得平展的炕上，也放着几半袋玉米。

他的住处，就这样被没收了。

同样被没收的，还有他和赵平之间的手足之情。母亲去世后，他明显能感觉到赵平和他之间再也不像以前那般亲近了。母亲在时，他们坐在母亲炕头，一起端着碗，拉家常。家里有个大小事，甚至种庄稼赵平也要打电话询问他。地里种的洋芋、葵花，磨的小麦，榨的菜油，还有大葱、白菜、萝卜、西红柿等，常常在班车上捎给他。村子里唱牛皮灯影子戏，还专程给他打电话叫他回来看。进城时，不是让媳妇掐一篮野菜给他装上，就是盛半塑料桶浆水让他带上。平时有个头疼脑热，也总是很殷勤地探问着，生怕耽误。秋后农闲了，还常和他坐在院子里，炖只土鸡，凉拌个猪耳朵，摆一盘瓜果，痛痛快快喝一场，喝到高兴处，就唱起了小时候的儿歌，“古今古，打老虎，老虎扎的红头绳，羝羊端的酒壶瓶，你一盅，我一盅。”唱着唱着，月光落满了酒杯。秋后的晚风，让他们面红耳赤，满心温暖。

可现在，不是这样了，他们已经好久没有坐一起喝一杯了。正月里，他暗示赵平，但赵平满村子找人买醉，却躲着他。至于别的，就不用谈了。这种隔膜和冷落，是母亲去世后日积月累而来的，像墙头的尘土，一天天积聚起来，遮住了那阳光。而帮亲戚上学和借车，只是一次导火索罢了。也正因为这两件事，赵平夫妇对赵安的冷淡也就言之有理、便于公开了。

这一切，都是因为母亲的去世。母亲走后，兄弟之间亲情的纽带断了，加之两人受各自媳妇挑唆和搅和，感情就越发难以维系了。没有了母亲，赵安和老家也就渐渐失去了牵连。他正月离开后，就互相再也没有联系过。曾经由母亲一手搭建的房屋，完全被赵平一家占去了，他再也没有了落脚之处。而每次期盼的回家也因为母亲的离世而变得毫无缘由，即便回去，家里也没有了老母亲的絮叨和安抚。

一切都在改变，在光阴深处。

赵安知道，他即将是一个没有了故乡的人。他也是一个想回到村庄，但再也回不到村庄的人。

透过依旧浓重的白雾，他隐隐看见弟弟赵平背着背篓，来上坟了。他心里一惊，他开始惧怕见到赵平。在祖先的坟园，他不知道该如何面对这渐行渐远的兄弟之情。相见，或许有更多的尴尬，毕竟，那个唱“古今古，打老虎”的年月不见了，那个围在母亲膝前说陈年旧事的年月不见了，那个披着夜色掏着心窝举杯烂醉的年月不见了。他起身，提上东西，没有来得及奠茶酒，匆匆忙忙钻进了大雾里。

过了清明，豆角在盆里，发了芽。阳光充足，水分也充足。豆苗没心没肺地长着，一天一个样。二十天下来，豆苗已经齐膝高了。

豆苗长着长着，就爬到了地上，它纤细的茎蔓需要一个可以依托的支撑物，可在城市的阳台，是没有豆架的。没有豆架的豆苗，就像人，进了雾里，是摸不见前路的。

（《广西文学》2017 年第 1 期）

隐在发丝间的河流

刘云芳

一

那女人身材火辣却顶着满头银丝，我假装不经意地回头看了一眼，她的肌肤吹弹可破，我以为遇到了“天山童姥”。后来又遇到过很多这样的女人，才知道这是当下最流行的发色，名称很有趣，叫作“奶奶灰”。染这种款式的大多是自信、有个性的年轻人，要的就是巨大的反差效果。那天，站在窗口往下看，无意中发现路人发丝的颜色是如此丰富，我看着那些红的、黄的、黑的、白的……头发，它们忽然开始凝聚、缩小，变成发色卡上纽扣般镶嵌的一小团一小团的发丝，美容美发学校里的彩灯花筒忽然在眼前旋转起来，我似乎还看到了女校长那张肥胖的脸。

在那张脸的凝视下，我度过了两个月。说完这个时间，我又觉得那段时间里计时老人在打盹，让它远比两个月要漫长得多。

在此之前，我每天最关注报纸和广播里的招聘热线，样子有点像等待捕鱼的饿猫。直到在嘈杂的街头，一个小小的公用电话亭里，跟女校长通了电话，才给饿猫般的生活画上了句号。

女校长身高一米五，体重超出了两百斤，像个方形的肉墩。她留着板寸，头发密实，黑油油地反着光，文过的眉毛、眼线和唇线强化了五官的轮廓，看起来面露凶相。面试那天，我学生一样站在那里，不知如何安放手脚。她并不看我的简历，简单询问后，就安排我坐在她对面的座位上，然后放了一张招生广告，简单交代一下便走了。我手忙脚乱地接待咨询，在别人的追问里，一遍遍抱歉地解释：我是新来的。下班之后，我胆怯地问她，这算是录取了吗？女校长对着墙上一面大镜子一层层刷着粉底，说，不然呢？

下班时，天已经大黑。我骑着车子回住处，路灯与路灯之间正在勾勒欢快的音符，让我心情大好。我特地去市场买了两块钱的瓜子庆祝，因为馒头和咸菜根本不能表达当时喜悦的心情。

每周，我都要撰写一则招生广告，印到报纸上比火柴盒还小，变成音频发在广播里还不足半分钟。有了这些鱼饵，电话便会不断响起，时不时有人来敲办公室的门。他们大多是农村青年，刚来时，藏在父母身后，羞涩地拎着铺盖。跟我说话时，口音在普通话和家乡话之间跳跃。可是，没几天工夫，他们便脱胎换骨，头发被剪或者被烫染，拥有了看似叛逆、夸张的色彩和发式，原来的服装、鞋子顿时别扭起来。课余时间，他们去服装市场淘换廉价的衣饰，从两元店里寻找耳钉和项链。我之所以那么快地辨认出他们衣物的货色，是因为，我也是那条廉价购物街上的常客。

女校长在某个下午点评我的长发，“那么黑，那么长！”她拐着弯的腔调使这句话充满了贬义。年纪轻轻就保留一头自然生长的黑色长发，在她看来真是一种罪过。那个下午，我被拉到美发教室的讲台上，背对学生坐着，女校长一边用长梳在我后脑勺划分着区域，一边讲解头部的结构。我第一次感觉到那些部位的存在。我想到了转动的地球仪，正在被划分出陆地、山川、河谷。接着分出一个个国家、省市和乡镇，而巨大的河流涌动在我的发丝里。我第一次想到人们为什么把头发形容成黑色的瀑布。女校长抽几个学生上来，让他们尝试用各号剪子修剪。河流被剪断，变成小溪，它把内里的尖叫通过头皮传给我。面对一双双持剪刀的手，发丝的气息逐渐微弱。学生们平时用惯了塑料头模，大约忘了我是个活生生的人，梳头和修剪的力道太大，把我弄疼了，但我不好意思喊疼。我假装发丝间的河流本就是死水，任他们摆弄，等到最后女校长动手时，剪子忽然心情大好，用力啃咬着头发。我想反抗，可反抗的声音一直没有发出。那种耻辱感是在多年后一点点发酵出来的。每当想起这一幕，我都恨不得拥有穿梭光阴之术，把那天的自己从椅子上拉起来，让发丝间的河水倒流。

台下已然是一片赞叹声，带头的是美发教师，这个一走三扭、金发齐腰的人，刚开始我真搞不清他的性别，直到看见他进了男厕。我被他们的目光沐浴，以为自己要美成天仙了，内心那点反抗的火苗瞬间被熄灭。去厕所的时候，我从门上镶的玻璃里看见一个短发的陌生人，她跟我动作如此一致，才认出那就是自己。内心的反抗在那一瞬间又回来，可我的双腿还是把自己带回了那间教室，老老实实坐回讲台上。

平时，女校长一看到食堂做饭的小许便直起脖子喊，瞧你那头发！小许的两只手便飞快地抬到胸前，准备随时护头，一边嘿嘿笑着说，那是他老妈的手艺。这天，小许正在窗外看热闹，女校长灵机一动，叫他进来。小许迟疑着，直到女校长说明让他调染发剂，并不是给他剪头发，他才大着步子走进来。小许调色的时候有点像搅鸡蛋，手腕来回用力搅动着。他在我头上一层一层地涂抹染色剂。我后来问他，是不是把我的头发当煎饼了。他只是嘿嘿笑。女校长这么做，是想说明学校有多么厉害，连做饭的师傅耳濡目染都能学几手。在整个过程中，没有人问过我是否愿意剪成短发，是否愿意染色。我当时多么懦弱，一再想他们是否从我工资里扣染发费，或许在我的潜意识里，一个连一日三餐都无法保障的人，是没有资格保护自己的头发的吧。我不敢表现出自己的情绪不过是为了保住一份工作。这样的真相，让我每当想起当时的情景就觉得嗓子眼里充满了沙粒。

我知道，小许跟我都是道具。我跟那些睁着大眼睛的塑料头模没有太大区别。后来，我明白，我甚至比不上道具，我是猴子，我模仿了他们需要的那个我。

下课时，我跟拿着剪刀的女校长保持了极为一致的表情。随后，回到办公室，她把我推到她常照的那块镜子前，赞扬了我的五官，当然重点是因为有了这样的新发型，才能衬托出这样的五官。下班后，我骑车走在暮色里，感觉所有的风都吹向我，没有长发的遮挡，我感觉被人扒了一层皮一样。我知道隐在发丝间的河断流了，它现在变成干涸的红色山谷，像被焚烧过一般。我在心里一遍遍祈祷不要被熟人看到，在出租屋里，我故意不看镜子，好像镜子里住着鬼。

二

进美容美发学校之前，我并不知道头发和面部竟然能折腾出那么多名堂，当时流行的花生烫、陶瓷烫、玉米烫，还有什么冷烫、热烫，文眉、文唇、美容修理等项目，这些新鲜的词汇泡泡一样从我嘴里吐出来，我对其并不了解。我的工作美其名曰“校长助理”，其实也就是编编广告，接待一下学生和家长咨询。在女校长的引领下，我才知道这一切有多么简单、多么灵活，它们都可以在舌尖上延伸，连学费也不例外。用女校长的话来说，一只羊是放，两只羊也是赶，只要能把羊赶到自家圈里来，让它吃什么料，还不由自己吗？

我承认自己不是赶羊的好手，看到一个老伯拎着铺盖卷进了大门，颤抖着手从贴身的衣服里摸出几百块钱时，就不由自主想起我父亲。他身后的孩子面容羞涩，在挑选专业时犹豫不定。但有一点是可以确定的，他一定得留下来，比起其他的进城方式，交钱学手艺是最为容易的一种。招生简章上说了，毕业后，会给学生安排实习，如果在那些店里表现好的话，就有机会留下来。如果有人听了这些，还犹豫不决是否要留下来的话，就为他们减免学费，从减一百开始，一直减到五百，他们总会动心的。总之，要设法缠住他们。而此后，大到头模、吹风机，小到发卡、皮筋都要让“羊”们心甘情愿地交出自己的羊毛。再者，学了美容的，也可以学习美发，学完美容美发，还可以学学摄影。全都学了的通常是些农妇，她们要回到乡村搞婚礼一条龙服务。在学校的展示区，老学长回村之后的开业典礼上就有女校长的身影。这是女校长比较得意的部分。更为得意的是她跟一些明星的合影，真假难辨。但总能让学生和家长们产生对未来的幻想。

偶尔也有毕业后的学生回来。他们的头发五颜六色，头顶上刻着些文字，或者向日葵、足球的图案。他们的性别常常跟美发教师一样，不易分辨。

在美容美发学校，太容易看到一个人外形上的变迁。这变迁是钥匙，试图开启他们通往城市的第一扇门。晚上没有课，新来的学生总是老老实实待在宿舍里。不久之后，他们便转遍各个夜市、商场。眼睛里的羞涩渐渐退却，会对路人的衣着、发型进行点评。变化最小的是那对来自农村的中年姐妹，她们始终没有买头模，为彼此做模特时，一个人的头发烫焦了，另一个头发剪得太短了。两个人在教室里哈哈笑了好久。她俩倒很乐观，说，校长也是板寸！她们是学校里的另一种存在。

中年姐妹一下课就带个马扎跑出门。回来后，得意地说，找到头模了，还是活的！后来才知道，她们去了附近的汽车站，她俩拉着一个拎了大包小包的男人说了些什么，便让那男人坐在旁边的马扎上，开始理发。后来，人越聚越多，排起队。中年姐妹也不像往常在学校那样木讷，她们讲起自己的故乡，讲起在外地打工的丈夫，如果拥有理发、美容的手艺，她们就能把男人留在身边。低下头的男人不再说话，他微微笑着，脸上显出温情，似乎也想起了远在家乡的妻子。

学校也会接待一些特殊的客人。在一个单独的美容间里，墙被刷成粉红色，黯淡的灯光里氤氲着一股香气。靠里的角落摆放着一盏香熏灯，紫色的烟雾和水汽不住往外冒。女校长不时带她的闺蜜来，她们躺在美容床上，大声闲聊，任女学生在脸上护理、描画。有时，美容床上会躺一两个男士。最常来的是一位姓李的处长，听说他就职于劳动部门，专门负责监管美容美发学校。女校长会让美容教师亲自为他服务。如果还有别人来，她便会挑班里美容手法较好的学生。当然了，容貌绝对是最好的。这时，中年姐妹就会在门口乐，一个大男人，美什么容？她们咬着耳朵叽叽嘎嘎地笑起来。

几年之后，我在另一个场合遇到李处长，他一脸严肃地坐在对面，完全不像在美容院时那般和蔼可亲。我只好假装不认识他。

三

有段时间，小许迷上摄影。一有空闲，他就借了摄影班的相机，带我出去拍照。那是早春，植物们还未苏醒，湖面不断吹来寒风。我整日穿着一件黑色大衣——我那个季节唯一能穿出门的衣服。小许一脸感激地说，也就你愿意给我当模特。后边的话，他没说。学生们进校门不久便纷纷坠入爱河，爱情的期限大多也就在一个学期，自然不愿意把时间浪费在别人身上。中年姐妹有几次缠着他拍照，他却委婉拒绝了。后来，一拿相机就躲着她们走。学校附近除了那片湖之外，还有一些厂子，在大门外，笨重的油桶码成一堵墙。我在它们面前，显得很纤细。小许却在一旁兴奋地说，那就是时尚。我以为那件大衣让我看来像个女巫，可等我拿到照片的时候，看到透不进光的厚墙下站立的自己，就觉得自己更像个无辜的小昆虫，红脑袋黑身子的那种。

在学校，我耳朵里奔跑得最多的词汇便是时尚，当然，还有另一个词——土气。城市是时尚的，农村是土气的；化妆是时尚的，不化妆是土气的；青年学生们是时尚的，中年姐妹是土气的；教师们是时尚的，我是土气的……为了显得时尚，有人一天只啃一个馒头，也有人连馒头都戒掉，在水龙头那里，不住往喉咙里灌水。有人隔三岔五给父母打电话，制造各种要钱的理由。跟他们不一样的是，我是一个就业者。我给家里打电话的时候，只能说自己多么幸运。我把幸运夸大，就跟他们把生活的口子夸大一样。

有几天，女校长在办公室里计算着给初恋情人置办哪些礼品，要让他怎样办一个体面的婚礼。这时候，她是温顺的。两头猪，二十斤豆角，三十斤黄瓜……她一边写一边念叨着。她忽然抬起头问我，你想当美容教师吗？我还没有回话，她就把几本美容书摆至我面前。对于美容，我一无所知。可女校长说，那太简单了，照着书念就行了。后来，她还说了许多话，大意是：只要她愿意，谁都可以成为美容教师，跟知识、能力关系不太大。为此，她允许我一有时间就学习。

我拿着本子推开美容教室的门时，像个贼，所有人都以为我要宣布什么事情，美容教师忽闪着两片假睫毛看着我。我尴尬地一笑，从众人的目光里游过去，游到最后一排，坐定。满心忐忑地想着美容教师问我时该如何回答，我如果说，坐在这里仅是因为对美容的好奇，她会信吗？可一节课过去了，她根本没有理我。

每当女校长带着她的闺蜜在办公室里用近乎吵架的分贝大谈美容技巧和昂贵首饰的时候，我心里总翻腾着另一个声音：女人美容似乎还有其他的方法，比如，学会安静，比如，修炼内心。这话有点口号化，但遇到她们之后，我才发现这是真理。可我是没有资格表达观点的。她们聚集在办公室的时候，我只能待在一角，给这个倒水，给那个拿打火机，并且努力忍住随之可能而来的咳嗽。她们都在附近的城中村长大，几年前因为拆迁一夜暴富。她们有女校长那种文过的浓眉和眼线，常常满嘴脏话、浑身酒气。有时，故意在我面前说荤话，看我的反应。我不管做出什么样的表情都能引起阵阵狂笑。她们喜欢看一只猴子所表现出来的那种慌张，那种想模仿人却总是出丑的模样，这让她们痛快。我为什么没有转身就走，维护自己的尊严？这是我许多年后才自问的。答案也很现成：比起没有钱交房租，没有钱生活的窘迫，这算得了什么？

有时，她们故意起哄，让女校长叫几个小帅哥过来坐，女校长嘴上虽然说，别祸害他们，人家还是孩子，但也时不时地让她们如愿。学生们巴不得与女校长和她的朋友亲近，期望结业后能有个好去处。

在这里，每门技艺的课程只有三个月，循环授课。结业之后的学生一部分去女校长朋友的店里实习。几个月之后，有的开了店，有的去了别处。总之，实习的人员极少留下来。不把他们开掉又有什么办法？新结业的学生该去哪里呢？

办公室里烟雾缭绕，人们的脸在朦胧里开始变形，它们把我挤到门外。

四

那个午夜。城市里的喧闹被抽离，树木、建筑稳踩自己的影子，像伺机捕食的怪兽，让人恐惧。我的头发倒立着，为惊恐的心站岗。自行车轮飞快地转动着。就在十几分钟前，我接到美发教师的电话，他说，小雪喝多了，还关掉了手机，让我去看看。

小雪是美容教师的名字，但我之前从未这样叫过她。背地里，我叫她美容教师，见面时，我叫她路老师。

从一条繁华的街道进去，我在一个大杂院里找到了她的住处。我没想到光鲜靓丽的她会住在那样一个地方。给我开门的时候，她披头散发，假睫毛飞在颧骨上。那间屋子小而温馨，像一个装芭比娃娃的粉红盒子。进门前我先把鞋脱了。她拿着纸巾擦了擦脸，坐在床上发呆。

茶几上的啤酒瓶东倒西歪。我数了数，有六个。

初春的夜晚依旧很冷，她把被子的一角递给我，我们盖着同一条被子，在床两侧歪着。

小雪是学校的元老，刚建校时她就来了，在学校最困难的时候，依然坚守。那年，女校长的情人在上海一个管件厂工作，弄伤了胳膊，她连夜跑去，学校就扔给小雪一个人。女校长的丈夫不像现在这般纵容她，三天两头来闹，朝她要人。那时，手机还未普及，所有的事儿都由小雪一个人顶着，每隔一段时间，女校长都会打来电话，让小雪汇款。她一个人又是老师，又是校长，又是会计，又是出纳，当然，还是保安。担心放钱的抽屉被撬，担心招不来学生，担心在校的学生不服管教……一个多月里除了办公室，她没出过校门。女校长从外地回来，要奖励她一千块钱，可她不要，她只要自己的那一部分，一个月八百块的工资。

女校长想把小雪打造成她需要的那种人，跟有业务关系的人暧昧，在小房间里为他们服务，在酒场上与他们频频举杯。因为她听话，才成为女校长的亲信。她几乎认识女校长家所有的亲戚。在他们眼皮子底下，小雪跟女校长的侄子恋爱了。她没想到，女校长会第一个跳出来，把她忠诚于自己的行为当作她致命的污点。女校长教导侄子，找媳妇的重点在于：纯洁。说到这里，我终于明白女校长为何要我来接替美容教师的工作。

小雪说着人情如何虚假，世态如何炎凉，在这个以美化外形为主题的行当里隐藏着那么多见不得光的勾当。这时，仅有一墙之隔的街巷里响起油条摊搬挪东西的声音。我在黎明前的黑暗里看着她，没有浓妆的她看上去亲切了许多。我眼前出现了画皮的女妖，她们一层层穿上新皮，一遍遍描画，她们都有绝佳的美容素养，还有尖利的指甲……我被惊醒的时候，发现小雪的长指甲正抵在我胳膊上。

她伸着懒腰说，天亮了。

小许说过，某天晚上，他正在办公室跟女校长聊天，忽然停电了，他们就继续坐在那里说话。女校长描述着小雪诸多不堪。说这些话的时候，他笑得很神秘，眼角却流露出兴奋。他要求我保密，他不知道，同样的话，女校长早对我讲过。也是在那时，我明白，当一个人对你说要保密的时候，他的小喇叭就已经开播了。我看着小许描述在黑暗里与女校长说话时的一脸荣耀，不再吱声。

女校长出去吃喝玩乐时，不再带小雪，而是带上我。在饭桌上，她轻轻捅我的后背，示意我去敬酒，或者把肥厚的手搭在我肩膀上说，你当我是你姐吗？你要认我这个姐，就把这杯喝了！那些天，我总是醉着酒回家，当我顶着一头那么短的红色碎发走回出租屋时，邻居奶奶总会用看不良青年的眼神看我，她问，怎么了？我答，没事！但感觉舌头已经不是自己的了。

女校长的情人我见过多次，那是个高大帅气的男人，跟女校长站在一起极不相配。他的眼睛总在发光，好像在给每一个看他的女人发射某种信号。他们常在美容间幽会，女校长示意我从外边锁上门。有次，她瘦小的老公送来一份排骨，他盯着我问，校长在哪里？我的心狂跳不止，但嘴上还是说，不知道。我想起，在许多个他打来的电话里，我都充当了欺骗他的角色。即使他碰上那个男人又能如何？我见过他宣誓主权的场面。当他们面对面走来时，他看也不看情敌一眼，把便当盒塞到女校长手里，说，老婆，早点回来。他以为当着情人的面叫她“老婆”就能把他击败，却不知道他转身离去的样子总是引来女校长的一阵嘲讽。他们在美容间待够了就会打来电话让我把门打开。我打开门，赶紧躲到办公室。等她回来，我交出钥匙，才发现因为刚才攥得太紧，手掌上留下了深深的印记，好像那把钥匙在我掌心印出了一道门。那男人像来的时候一样，从后院时常锁着的一扇小门出去了。

在来学习的人群里，也有这样一部分人，她们学习美容美发就是为了保鲜自己的婚姻，要把自己调制成丈夫最喜欢的那种色调。这样的人，往往等不到结业就走了，成为女校长那些友人店里的常客。她们和女校长一起把我对婚姻的想象涂抹成无望的灰色。

女校长让我给美容班的新人指导。小雪挥着手说，来吧来吧，贡献一下肩膀。我就坐在椅子上，任她把我肩膀上的穴位指给学生们看。她不知道我正在成为她的复制品，并将替代她的存在。我为自己站在那里真正的理由心存愧疚。

在一个下午，我从美容教室回来，推开办公室的门，看到女校长闺蜜的胳膊缠绕在美发教师的脖子上，急忙退身出来，但还是被她闺蜜看到了，她叫我进去。那女人让我找纸笔，又让我写下一些字，什么“上”“下”“手”之类。我红着脸看校长，以为她能给我护佑，可她却说，让你写就写！那女人手撑着脑袋，不住吐着烟圈。我写字的手在颤抖。她隔着桌子对女校长说，我看看你招的都是啥人。然后，她举着那张纸，从里边猜测我的身世和过往。我明知道那是一种羞辱，心里百般抗拒，却还是应答了她的每一句问话。中途，电话铃响了，我竟然微笑着接待了一个学生咨询。

几天后，女校长让我去美容教室，那里停放着一张床，她要我躺上去。我闭上眼睛，意识到要面对的并非化妆品，而是一排细针和一管颜料时，猛地一下弹起来。我拒绝他们为我文眼线时才终于明白，想要像小雪一样，长久地留在这个与“美”有关的场地，就必须把那些“丑”一点点吸附进身体里。我对学校里的楼道充满了恐惧。我时常盯着那个长发的模具，头发变弯、变短，颜色不断转换。到学生们毕业时，它们中的大部分被遗弃在垃圾桶里，犹如尸首。我想不明白我和它们之间有什么区别。

领到第二个月的工资，我便提出了辞职。女校长非常气愤，她认为我辜负了她的栽培，为此，还要回了部分工资，并且像看贼一样看着我收拾东西。走出办公室，路过美发教室，我看到学生们正举着调色盘不住搅动，调制着他们需要的颜色，而头模们都静候着。小雪正把一块清洁棉举过肩膀。饭香味在楼道里飘散，小许忽然拿着铁勺追出来，向我道别。连他自己也无法想象，半年后他会以美发教师的身份站在讲台上。

出门后，我看到一棵刚吐絮的杨树，树冠上挂满了白的、黑的塑料垃圾。我一手扶着车把，一手摸着自己细碎的红色短发，路边店铺的音乐河流一样淌过耳朵。不知怎么的，我忽然就泪如泉涌。

（《广西文学》2017 年第 3 期）

劳动者不知所终

草　白

一

秋风轻轻摇晃着坡地上的柿子树，那些高高在上的柿果似乎感到了危险。摘柿子的人马上就要来了。我三十八岁的父亲也将加入这支浩大的队伍，他刚长了智齿，半边脸都是肿着的，就像一个虚假的胖子。

屋子里，母亲嘀咕着，说搞不明白为什么一个大人还要长牙齿，这些牙齿有什么用呢，长的时候还那么痛。连一向沉默不语的祖母也发出了压抑许久的哼哼声，像是对母亲质疑的回应。我更弄不明白长牙齿怎么会疼，拔牙的时候才疼呢。

尽管牙疼了一夜，出门前，父亲还是穿上他的白色假领子，藏蓝色卡其布上衣，灰色的确良裤子，如果不看他脚下的鞋，还以为他要去赶集或者修族谱呢。

“你也拎只篮子跟着去吧。”母亲像是放心不下，派我做她的使者。之前，每有她不能及的地方，都让我跟去。

柿子树太高，它的果实在离我们头顶很远的地方，常被比喻为红灯笼什么的，在我看来，它可不是什么灯笼，它就是柿子，可以吃的柿子。

柿子是甜的，制成柿饼更甜，这些甜美的东西总是让我们感到慌乱，如果我想要得到它们——谁不想得到它们呢——那就会成为一名小偷。其实，当我拎着篮子跟在父亲身后的时候，就准备做一名小偷了。

山坡上，柿子树远远地等在那里了。那些红透了的柿子，有些已经等不及，提前坠落在树下草丛里了。经过草丛的时候，我看到虫蚁们正在享用那些破碎的果实。它们总是等待着，等待着，就等到了一切。

三三两两的采摘者站在坡地上，吸着烟，一副悠闲自得又心事重重的样子。许多人陆续赶来，他们扛着梯子，担着箩筐，孩童们则跟随左右，彼此躲藏着，不说话。

我知道他们心里在想什么。

终于，我瘦弱的父亲也龇牙咧嘴地爬到树杈上。我简直不敢抬头看他，更不敢看那些柿子。我看着对面的水渠、寺庙和远山，我看到秋天的世界里万物支离破碎的样子。树叶掉了，田地荒了，草丛随之矮伏下去，飞鸟的身影显得孤单。

在这样的世界里，什么东西都看得见，什么都掩藏不住。

而那些柿子，挂在只余几片树叶的枝条上，父亲把它们取下，放进箩筐里。有些则放在我的篮子里，让我带回家。其实，那些柿子并不属于我们，它们不属于任何一个具体的人。那些树上长的柿子，更不属于那些树。

每年，我都不知道是谁吃掉了它们。一想到这个，我就难受，并不是我想吃那些柿子，有时候我只想看看它们。特别是当冬天到了，下雪了，如果一个屋子里放着一些柿子，一些被冻出柿霜来的柿饼，好像有什么不一样了，连空气都变得无比甜美。

父亲挑了几个最好的给我。它们柔软、光洁。他还要往我的篮子里放。我很怕回去的路上被他们发现，哪怕我会在上面盖上青草，表面上什么也看不出来，我知道他们还是会发现的。

几乎所有的柿子都被摘下了，除了树顶上那少数的几枚，不是遗忘，而是够不着。它们太高了，高到好似要触到天际了。

回去了。我拎着篮子，父亲担着箩筐，我们像陌生人那样往不同的方向走去。我是来割草的，我的篮子里堆着草，兔子们需要它们，我需要它们，我给人看我的篮子，看我割的草，可他们看不到柿子。

我不给他们看我的柿子。

从山坡到家是一段漫长的路程，到处都是人。随时随地会有一些人出来挡住我的去路。远远地，我看见一个人站在水渠边，他好像是在等我走近，以盘查我的行踪，检查我的篮子。我挪动步子，迟疑地往那里靠近，待我走近，看见的是一棵树。天黑了，树影挡住了我的去路。

父亲已在灯下等我了。他的箩筐清空了，他交出柿子，拿到一些钱，这一天的工作就算结束了。他蹙着眉，半张脸还肿胀着，直愣愣地看着我。全家人都在看着我，他们看着我的篮子，等着我变戏法似的把那些柿子掏出来，一一放到桌子上。

好像，这是全家人这一天来，真正期待的时刻。

我哆嗦着，有种不好的预感，那些看不见的柿子，藏匿在青草底下的柿子，在回家的路上已经逃出我的篮子，消失不见了。

二

父亲没有钱买真正的有领子的白衬衣，但他拥有许多假领子。每当出门，就穿上它，把洁白的领子翻出来，裹衬着细瘦的脖颈，显得干净、利落，像个国家工作人员。

他去给我舅舅办事时戴着假领子，去外村修族谱时戴着假领子，下雪天出门打牌也戴着假领子。那雪白的领子衬得他的脸格外英俊，成了村里最与众不同的男人。有一段时间，父亲热衷牌戏，因此引发家庭矛盾，有一次深夜归来将家里的木门踢破。还有一次，与母亲起口角，不吃晚饭就甩门出去了。

不过，这些事情，很快都被我们原谅了。母亲不仅不反对他打牌，一旦他打牌错过吃饭时间，就焦虑得不行，非要我七请八请，请他回来先吃了饭，再打不迟。可我一站到那牌桌前，除了干杵着，什么话也说不出。父亲叫我先回去，我走掉不是，站着又怕遭嫌弃，对请一个迷上牌戏的人回家吃饭实在厌倦透了。

在村子里，父亲有一个绰号：囡囡。一个成年男性拥有这样一个绰号实在匪夷所思。大概因为他是独子，祖母除了他之外再无别的生养，于是，在兄弟姐妹一大堆的村人眼里，他就显得孤单，缺少庇护，因此受到额外的关注。

他在外面那么受欢迎，谁都说他好话，可在家里，他总是那么不靠谱，自迷上武侠小说后，上茅厕的时间格外长。家人说什么，他不是听不见，就是转眼忘了。母亲只默默地干活，任他出去玩牌，只要不被抓，派出所的人不让我们去交罚款赎人，就谢天谢地了。

每次打牌回来，赢钱自然皆大欢喜，就算输了钱，他也不说输，只说赢得不多，一脸无所谓的样子。总之，在他那里，打牌是没有不赢的。要是被揭穿了，他也是一副恍然大悟的样子，好像自己根本不知道有这回事。

村里一个男人输了牌，回家将老婆纺织的棕榈线点火烧着了。至于因为输了钱受不了女人嘀咕而大打出手的人，更多。最严重的一次，父亲他们在打牌的时候，有个牌友的老婆喝农药死了。

这一回，母亲终于说：你不能再打下去了。

父亲在床上躺了三天，决定去厂里上班。从此，他开始了昼夜颠倒的生活。人们早起的时候看见他刚回来，天黑了，要上床睡觉了，他却出门了。

那个工厂有什么好呢，除了每个月可以领到固定的工资，到了生日，还发一个奶油蛋糕。

父亲一天天地走在上班路上，轮到换班日还要连上二十四个小时，他的脸变黑了，厂服脏兮兮的，眼睛里布满血丝，看人的时候也没有从前那么兴致勃勃了。隔壁女人生了小孩，婴孩的哭声吵得他睡不好，要开着电视机才能入睡，可他仍没有逃过一天班。

连母亲也说，你父亲变勤快了。

母亲说这话的时候没有一点兴奋之色。从前的父亲是一个多么懒散的人啊，从前的父亲还会给我们讲一些笑话，报纸上看来的新旧见闻。我记得最牢的是，他告诉我很多年后，这天上会有一枚人造月亮，“到那时候，就算晚上，你也可以在屋檐下写作业了”。

父亲的工资卡一直放在母亲那里，母亲问他需要什么，他都说不要。自从不再打牌后，他好像真的不需要钱了，什么都不要了。

可是，他总睡不够。从前，他可以睡上一天一夜，如遇下雪天，可以连续好几天不出门。昏昏沉沉，享受人生。

生活对于一个三十八岁才长智齿的男人来说，实在太艰难了。

那年夏天，天气燥热，大地干涸，已经一个多月没有下雨。父亲的工厂因限电放假。他躺在床上，在电风扇送来的热风中，辗转难眠。

彼时，村里一个男人从城市的脚手架上摔下来，死了。赔了一笔钱。丧礼过后，他的妻子来到我们家，她与我母亲绘声绘色地说着镇上纺织厂里一名女工的长发被卷入机器里，那个场面实在吓人，很多人当场晕死过去，反正她不打算去任何厂里上班了。

年轻女人的脸充满滋润，一点也没有被丈夫死亡的阴影所笼罩。关于年轻女人的谣言可能是真的。她爱上丈夫之外的男人，便假装腹疼差遣丈夫去邻村诊所买药，自己却跑到那个男人家里帮忙做家务。她的丈夫买了药回来，发现家里无人，便跑去向女人的兄弟告状，她丈夫喝了点酒，哭哭啼啼。这事，一时被引为笑谈。

母亲对父亲的工作忽然感到不安，好像那里面隐藏的危险正一点点向我们走来。之前，村里的窑工得肺癌死了，死前咳出的痰像是瓦窑洞里充溢的火光。还有一个壮年男人，被采石场的石头砸死了。莫名其妙的死亡事件频繁发生。

就在全家踌躇忧愁之际，舅舅托人传话来叫父亲去替他办事。那个地方在外省，来回需要十几天。那是夏天，男人们都穿汗衫，脖子上光光的，没有领子，父亲却准备戴上假领子，套上黑皮鞋。

几天之后，他像是度假似的去了远方，把那双唯一的皮鞋穿破后，又回到家里。他送给我一条项链，说是从一座寺院门口的小贩那里买的。很多年后，我也去了那座寺院，只想看看父亲所说的那个寺院的名字以何种形式被刻在一堵黄色山墙上，可那里除了闹哄哄的香客，我什么也没有看见。

三

在去工厂上班之前，父亲贩卖过水果。他像个真正的小贩那样从别处运来廉价的水果，准备拉到集市上去赚个盆满钵溢。

出发之前，他对此信心满满，认为所有的买卖不过是一手交钱一手交货那么简单。再说，那些来自异域的水果都是本地的土壤所不能生长的，人们只需看上一眼，就会生出无穷的购买欲。

父亲甚至夸下海口，等这次买卖成功了，他要给自己买一辆三轮摩托车，给母亲买一条金链子，带我奶奶去普陀山烧香，给我和妹妹买娃哈哈口服液——当广告上那个小女孩说“妈妈，我要喝”时，我和父亲都在电视机前面看着。

我对父亲的话半信半疑。

娃哈哈口服液我没有喝过，电视上出现的很多东西我都没有见过，每次当我看得入了神，父亲就在我边上哈哈大笑。我觉得他的笑声里既有一种故作的镇定，也含着某种不便说出口的允诺。

水果贩来后，他马上后悔了。

许多年后，人们还嬉笑着向母亲复述当年父亲在集市上，在自己的水果摊前，那一脸局促，低头乱翻书的场景。

谁会在做买卖的时候翻书呢？他根本就不会叫卖，一到人多的地方，就成了哑巴，什么话也讲不出来。如遇熟人购买，恨不得倾囊相赠。

父亲卖的是苹果。街市上有很多卖苹果的，那些女人，是天生的卖家，很会和顾客拉关系，而父亲沉默得像杆秤上的砣子。他觉得丢脸，和一大堆女人争抢生意，而那些女人们还对他很客气。

那些苹果不知道是怎么卖掉的，或许大都是烂掉的，那段时间，我经常在家里吃烂苹果，我感到自己嘴里都散发出腐烂苹果的气息了。

有一天，我放学回家发现父亲在房间里睡着了，大白天的，他居然丢下货摊安心睡觉，那条红色的旧毛毯一直被拉到下巴底下，他像个婴儿似的蜷缩着，显得疲惫不堪。

不用说，金链子、摩托车、普陀山都化为一阵青烟飘走了，只有娃哈哈口服液从电视机里走下来，一盒里面装有十瓶，我和妹妹每人五瓶。

父亲问我，娃哈哈口服液什么味道？

我想以自己吃过的某样食物来打比方，可想了半天，觉得那种味道什么也不像，什么也不是。

四

在我们家，父亲是不重要的。借债还钱是母亲的事，造房起屋是母亲在张罗，家中一应大小事情，都是母亲拿主意。

特别是当贩卖水果失败后，父亲对自己的能力有了近乎消极的估量。后来，当母亲实在走投无路，父亲才把自己贡献出去，他的姿态是无奈的，也是决绝的。从此，他成了一名昼伏夜出的人，是蝙蝠或猫头鹰。那个生产橡胶制品的车间，一天二十四个小时，机器轰鸣，空气里有一股模糊的难闻的气味，是大热天里马路上奔跑的汽车轮胎所散溢出的气味。父亲则成了一架勤勉的、作息规律的机器，为了保持这架机器良好的运作状态，他必须睡觉，可总是睡不够，眼睛布满血丝，身体里全是孔洞，走起路来摇摇晃晃的。

父亲成了一名工人，这是一个尴尬的身份，既是对原有身份和习性的背叛，更是对原有劳动方式的一种颠覆。他的劳动不再受季节气候的影响，白昼黑夜不分，时刻处于劳动状态中，或者随时准备投入其中。

他的生活节奏被彻底打乱，眼睛里密布的红血丝再也没有消散过。他开始睁着一对红眼睛看人，用沙哑的嗓音与人说话，或者不再说话。有一次，我由于吃饭时坐姿不雅，被他狠狠地训斥了一顿，训得我直想哭。以前他从不这样。这一切，全是因为他的劳作方式发生了根本性的变化，他不用去山坡上砍柴，不用去田间劳动，不必去沟渠里弄水，而且还拥有了工作服，那件散发出黑色橡胶气味的制服，蓝颜色的制服，受到汗水和黑夜的滋养，看上去充满诡异之气。他虽然不在太阳底下劳动，可那个车间里却有无数个太阳在炙烤，炎夏闷如蒸笼，劳作之人如屉笼上的包子。

父亲的力气开始像干涸大地上的水，一点点被蒸发殆尽。后来，他只是凭着惯性，按照作息表去上班，不迟到不请假。

那个轮班日，他终于拥有完整的二十四个小时的休息时间，却不准备躺在床上睡觉。他要上山，不是去田地上劳作，而是去打野栗子。从前，那些无主的栗子树即使长在深阔茂密的林子里，总能被人找到，而这几年，它们开始无人问津。那天，父亲忽然想到它们，或许他只是想起了从前的劳动方式，那种在野地里进行的，自由忙乱，带着惊险刺激，不是事先被安排好的劳作方式。

栗子树长得高，栗子果干脆躲藏在一团绿刺里，想要得到它们并不容易。可父亲那天战果累累，装了整整一麻袋，拿到市场上去卖，赚了很多，好像那些钱是香的，是他最愿意赚到的——此事一度成为他最愿意谈论并炫耀的话题。

五

在我还小的时候，那些真正的劳动者——他们是走村串户的货郎，炸爆米花的外省男人，弹棉花的驼背，以及做衣服的，收长头发的，阉猪的——过着动荡或半动荡的生活，在大地上奔走，以不同的方式养活自己及家人，艰辛却充满尊严。

那些人出现的日子，天是蓝的，流水澄澈，夏日赤焰燃烧，冬天经常下雪。如今，这些古老的职业彻底消失了，曾经的从业者被塞进黑乎乎的机械轰鸣的车间里，成为一种连自己都感到陌生的物种。

当父亲穿着蓝制服走进那个地方，又从那个地方出来后，也成了一个彻底的陌生人。他不仅成了自己的陌生人，他沉默寡言的形象也让我们全家感到陌生。

他是谁？从哪里来？他与那些奔跑的轮胎之间存在什么关系？他制造了它们，然后再由它们来改变这个世界的速度。

那些夜晚，我窗外公路上的汽车声，变得繁密而紧张，常有刺耳的喇叭声将我从梦中惊醒。

那样的时刻，父亲通常不在房间里，他成了家里的缺席者。这个缺席者出现在灯火通明的车间里。由此，父亲拥有了另一种形象与身份，这是被生活所虚构的身份，为了迎合那个身份，他变得勤勉而专注，一反之前的懒散与漫不经心。

他从不迟到，总是在被闹钟叫醒之前醒来。他需要的不是闹钟，而是一面镜子。事实上，这面镜子自进入车间后，就被他握在手里。镜子的存在时刻提醒着他，让他成为镜中之人。于是，他不再是那个流连于牌桌的自己，他牺牲了全部的自己，迫切想要成为那个镜中人，一个付出了一切的人。

他从来没有赚过那么多钱，可这些钱都是以数字的形式存在于一张长方形的卡片上，这让他的成就感大打折扣。它们是看不见的、虚幻的，不像以前替公家摘柿子时那样，一手交货，一手收钱。

由于不再打牌，父亲对钱毫无兴趣，他的工资卡干脆交予母亲保管，任其使用。他只有在领回那个生日蛋糕时，才流露出类似欢欣的表情。每年，那个蛋糕都是被邻居的孩童们一起分食掉的。或许，这个奶油蛋糕是个安慰，支撑着父亲一次次走进那个车间里。当然，这只是我一厢情愿的猜测。

小时候，父亲给我做过风筝，因为竹竿太厚飞不起来；父亲瘦削的身体自穿上那件蓝色制服后，就被它紧紧裹挟着，也飞不起来了。

彼时，我们家开始养狗。当父亲下了夜班回来，这只狗早早地等在桥边，望着父亲的自行车靠近，摇摇尾巴，将父亲迎回家。

这只来历不明的流浪狗，不会说话的动物，好似来自远古的亲人，在我们家进进出出，与父亲建立了某种隐秘的、窸窸窣窣的关系。每当他们静坐门口沉默无言，却向着同一个方向眺望时，好像那狗也拥有一颗同样躁动不安的灵魂。

六

这么多年，像父亲这样过着非生活的生活者，实在太多了。有些人熬下来，面黄肌瘦，而父亲病了，最终被淘汰出局。从此，一个劳动者不仅被取消劳动的权利，还无法成为若干年后奥运会体育节目的观众，新房的主人，婚礼的证婚人，以及送葬队伍中的一员。

这种劈面而来的结局是父亲无法预料的，像是另一种被虚构的命运，是镜中之人的变异与分身。后来，这个躺在床上丧失劳动能力、随时有性命忧患的人，忽然成了这个家庭的陌生人。全家及父亲本人都在试图说服自己，去认领这具病入膏肓的身体，去接受它。

CT 片被病榻上的父亲长时间地举在手中，他试图透过那些明暗与阴影去认清自己的现状，那被关在身体内部的恶疾，毁坏他的身体至何种程度。可他什么也看不出。那些灰色的黑色的半透明的阴影，像排列得无意义的事物，是迷宫。

为了印证自己身上依然有那种叫作“气力”的东西，父亲起身，抓取书桌上的狼毫，试图练字。多年来，那只笔毛稀疏的狼毫只在旧历新年时才派上用场，父亲没想到自己的力气连一支狼毫都无法对付，他握笔的手在发抖，勉强成形的黑字好似打摆子，一副迎风逃离状。

向壁而卧的父亲发出一声哀号。他寻找、反思致病原因，到底是哪里出了问题，他想起家里的储水容器，他吩咐母亲以水缸取代塑料桶。他认为是过去十几年来喝的水害了他。过一会儿，又怀疑是那些治疗慢性胃病的药，转而荼毒了他的胃。

一个老太婆被领到父亲的房间，对着父亲的病体施法。她燃香点烟，口含清水，嘀嘀咕咕，一张青色皱缩的脸埋在烟雾之中，

老太婆走后，父亲连黄绿色的胆汁都呕了出来。

从此，父亲成了一个彻头彻尾的病人，一个失意者，身体与

精神的双重挫败者，一个惨遭出局的人，连巫术也不能拯救他。那些如马蹄一般纷至沓来的疼痛，耗尽了他的所有耐性；他要转移它、分散它、驱除它，最终他所能做的只是消极地等待它过去。他对纷纷扬扬的来访者，各路亲友，自身惨状的围观者，表现出了基于本能的冷漠。或许，他是看不见了，什么都看不见了。

他们在他房间里进进出出，温言软语，言辞凿凿，却与他无关。

还能起床的时候，他也去牌桌前观战，可无法久站，只呆坐一旁，听听声响，牌起牌落，“吃碰听杠和”，一脸木然。有时熬不住在软榻上昏睡过去，他们看他的眼神明显有了异样。

他不必再劳动，任何形式的劳动早已从他身上抽离，他甚至不能照顾自己。他对自己的存在感到了厌烦，他迫切想要结束这种状态，不是以死亡，而是以另一种形式。他还没有想出那是什么。

而当剧痛来临的时候，他什么也想不了。房间里，电视机彻夜开着，申奥刚刚成功，举国欢庆，人群传来的笑声好似来自遥远山谷的回音。所有这些，已经与他无关了。父亲闭上眼睛，脑海里浮现出那个著名的乒乓球运动员，那个小个子女人好像一头敏捷的豹子，浑身充满着爆发力。

在两次疼痛之间，父亲颤抖着拿起遥控器，在各个频道之间切换，试图寻找那个女人的身影，可已经没有任何一个节目能够将他留在这个世上了。

七

父亲的肉体没有等到那场奥运会的召开，在两次疼痛的间歇永久地昏睡过去。

而无数个被虚构的父亲，在我的意念中长久地活着，被不同时期的我不断赋予新的内涵。

我想让父亲过上想象中的生活，这种生活是这片土地上的人们所没有过过的。它不是有钱人过的生活，也不是穷人过的，这种生活和财富的多少没有必然关系。我不知道这是一种什么样的生活。

在这种生活里，它要解决一个最重要的问题，那就是劳动。我们该如何劳动。我们对待劳动的态度，决定了一切。

在此期间，我不断地纠正母亲的劳动方式。我劝她以逸待劳，保持身体的安逸比过分地使用它，更接近劳动的本质。可母亲有自己的节奏，这种节奏被保存在她体内多年，已经成为她生命意志的一部分，无可更改。

这些年来，我越来越渴望一种单调的劳动，在自然环境下的劳作，不必你追我赶的劳作。这种劳作既能给人带来身体上的疲倦感，也能让人迅速恢复。它是一种克制，一种试探，而不是穷尽。

多年来，我帮助父亲寻找着可能的劳作方式。他可以做一个无所事事的守门人，丰收季节的拾漏者，研究彩票的人，或当一个游手好闲者。

而随着不可控制的世态发展，这些可能性都变得渺茫。

这个世上无数个活下来的我的父亲，正在逐一死去。他们死在劳作现场，死在冰冷的黎明，当太阳升起之前被埋到荒凉的山冈上。

“人居然必须要通过一份工作才能活下去，这个事情包含了人生绝大部分的荒谬。”

有一天，当看到这句话，我有种大声悲哭的冲动。

父亲辞世后多年，母亲以各种方式去打探父亲所去的那个世界。通过梦境，关魂婆的转述以及祭祀日的仪式，她试图获知父亲死亡的真相，以及如何避免这类悲剧的再次发生——不是避免死亡的发生，而是一个人，该如何清楚、明白地死去，接受一份完全属于自己的、独一无二的死亡，好似基督徒从上帝手里领取圣餐。

母亲的努力是徒劳的，她自己就是一个面目模糊的劳动者。在父亲去世后，她更没有让自己闲着。有那么多时间需要填充，那是一个无底洞，她不知道该拿它怎么办。除了昏天黑地地劳作，累了躺倒在床上，第二天从那床上爬起来，继续昨天的生活，她没有别的生活。

她好似被什么东西控制住了，在熟悉的泥淖里越滑越深，根本无法开启另一种生活，那是不可能，也是不存在的。

如果活着的人换作父亲，一切都是可能的。我固执地相信父亲比母亲更加懂得如何保存自己，他的遽然离世是个意外。死去的不是他，而是那个被虚构的人。

多年前，那个被虚构者抛弃了假领子、柿子树、麻将牌，两手空空，惨然赴死。当通过请客送礼走进工厂的那一天起，那个人就已经提前死去。

飞鸟去了别处，而劳动者不知所终。

（《广西文学》2017 年第 4 期）

外乡人

安 宁

玩戏法的

玩戏法的锣鼓一沿街敲起来，比铁成他爸要放电影的消息，更让全村人觉得兴奋。

其实玩戏法的每年都来，表演的节目，也大致是胸口碎大石、银枪刺喉、头断石碑、油锤贯顶、卸胳膊那老一套。但是锣鼓一敲，全村男女老少，就全变成了好奇的小孩子，无论如何都要放下碗筷，连嘴边的饭渣子也来不及抹一下，便纷纷胳肢窝下夹个马扎，三步并作两步地，朝村子东西两头交界处的空地上赶，好像即将上演的，是一场从未观看过的精彩绝伦的好戏。

玩戏法的人走南闯北，是流动的杂技团，所以他们最拿捏得准村里人的热情在什么时候会被点燃和膨胀。他们总是早早地就到了村子里，选一块四通八达风水又好的地盘，便支起帐篷，安下营寨。事实上，总有些消息灵通的人，在玩戏法的还在邻村表演的时候，就打探好了他们下一个目的地。如果恰好是我们村，那这个报信的人，简直像载誉归来的英雄，逢人便拍着胸脯自信满满道：明天玩戏法的肯定要来，大家都等着出来看好戏吧！于是这消息一阵风一样，便从村东头吹到了村西头。村里人都走了出来，站在大道上翘首期盼，好像话一落地，那些玩戏法的人，便会将他们自己给神奇地变到了村子里。而那通风报信的人，这时候也有些着急起来，尽管亲耳听说了玩戏法的人要来我们村，但还是怕万一他们食言了呢？或者那个被卸了胳膊的小孩子，如果真的残废了，再没有胳膊可卸了呢？再或他们的马车忽然爆了胎，不得不在其他村子里暂住一宿呢？总之这个报信的人着急死了，可又不能说，怕村里人笑话他谎报军情，于是他只能硬撑着脸皮，一脸兴奋地讲起去年玩戏法的来，谁家的小孩子，因为羡慕这些人的神奇本事，差一点就跳上人家的马车，一起去闯荡江湖了。这些闲言碎语说上一阵，大家的热情也就不至于松懈下去，始终是旺旺的一团火，在那里热烈地烧着。

终于，那些穿着大红或者金黄绸缎裤子、腰里又扎了鲜艳红腰带的男人们，在村口出现的时候，整个村子都沸腾起来。那个最先报信的人，也松了口气，并用骄傲的语气慢悠悠说道：怎么样，我说来，就一定会来吧！说实在话，如果不是我先请他们，说不定啊，早就被人家小孔村的给抢去了。

但村里人这时候早就将这报信人的功劳，像一颗废弃的牙齿，给抛到了高高的房顶上。大人们这一天在田间地头碰见了，聊的全是玩戏法的人。当然先从马车上的五个人，是什么关系说起。

有说他们是一家人的，兄弟五个，或者，是叔伯家的五个孩子，恰好凑成一个杂技团。有说他们是一个村里的，因为太穷了，不得不从小就学这些江湖技艺，走村串巷，混口饭吃。也有说他们整个村子里的人，都是演杂技的，而且家家户户都靠这个发了大财，可比我们这些泥土里刨腾粮食的农民强得多。不管怎么说，总之这些外乡人跟我们是不一样的，他们来自遥远的某个村庄，遥远到村里人都没有去过，也完全没有概念，他们究竟来自哪一个神秘又充满了蛮荒气息的角落。而他们自己，自然是不肯说的，他们是一群守口如瓶的人，既不会给任何人透露他们戏法的秘密，也不会谈及自己的私事。他们只负责卖力地表演，至于其他，一概不提。

而我们小孩子，着迷的恰恰是整个戏法班子散发出的神秘野性的气息，好像他们来自某个原始的部落，或者广袤无边的森林，再或地球的另一端。对，村里大人们总说，如果用铁锨不停地挖的话，是会从地球的另一端，挖出人来的。他们还煞有介事地提及某个村庄，村庄里的人，有一天挖井，挖着挖着，没有挖出水，却挖出一个活人来，那人的皮肤还是黑色的，煤炭一样。于是我们小孩子认定，这些跟我们说话口音都不一样的玩戏法的人，也是来自地球的另一端。在他们那里，所有的人都具有超能力，都会变幻模样，会卸掉人的胳膊，重新安好，还有刀枪不入的本领，甚至拿大刀去砍脖子，那脖子不只不流血，还会将大刀给磕掉一块。而他们千里迢迢赶着马车，经过我们村子，不过是为了炫耀一下他们超人的功夫罢了。

玩戏法的扎下营盘之后，便开始绕着村子，敲锣打鼓地招揽观众。事实上，他们根本不用那么卖力地吆喝，因为整个村子里的人，早就知道了他们要来的消息，就差将小马扎排好，列队迎接他们了。于是他们信步闲庭地扯嗓子喊了一圈后，便歇了锣鼓，等着男女老少从院子里快步走出，聚拢到临时搭起的表演区来。

好像所有玩戏法的男人，都有一模一样的嗓音，沙哑的、粗野的、让人心生畏惧的外乡人嗓音。这种嗓音将他们与我们村里所有人，都鲜明地区别开来。甚至他们亮开了嗓门一声大喊，即刻会将全村人带入到蛮荒生猛的远古时代。我们一边紧张着那银枪会不会刺破玩戏法男人的喉咙，一边却又相信，他们一定有电影里少林寺和尚们一样的真功夫。他们还会飞檐走壁，会将所有人的钱，瞬间变入自己的口袋。这让我们小孩子又惊骇又向往，而铁成钢蛋之类的，早就受不了煎熬，主动跟他们套近乎，试图学到一点功夫，供以后向人吹嘘之用。钢蛋甚至还央求他们收他为徒，当然，他们像挥一只苍蝇一样将手一挥，又漫不经心地吐出一句：祖传功夫，概不外传。

不外传就不外传吧，钢蛋一边撇嘴，一边却早就找好了最佳地理位置，发誓一定要偷学到真功夫。我当然没有钢蛋大胆，知道胸口碎大石，或者银枪刺喉，都是颇危险的，于是便找个避开碎石飞溅的角落，兴奋又不安地站着，或者直接坐在地上，看头顶刺眼的灯泡下，玩戏法的人晃来晃去的影子。那影子也是高大威猛的，一锤砸下去，碰飞或者震折了的，一定是铁锤自己吧。

在观众的数量还没有达到玩戏法的预期之前，会有一个十几岁的男孩，不停地敲打着大鼓。那鼓明显年岁长久，油漆剥落，连皮子都卷了起来。但这丝毫不影响沉郁的鼓声传遍村子的每一个角落。间或，男孩也会重重地敲几下锣，并在最后的一敲过后，迅疾地捂住那锣声，似乎锣声多一点，都是浪费。而其他玩戏法的男人们，则不停地走来走去，活动着手臂和腿脚，为马上就要到来的惊险杂技热身。

观众越来越多，直到整个村子里的人，都来到了这片空地上，等着好戏的开场。搬马扎来的，很快发现坐着是最吃亏的，因为完全被挡住了视线，于是大人自觉地让我们小孩子站在前面，他们则里三层外三层地围成一圈，将玩戏法的结结实实地包起来，这才长舒口气，好像这些玩戏法的人，即便是变出翅膀来，也飞不出我们的包围圈。摆好了阵势，大家便开始张家长李家短地热热闹闹拉起了家常，村东头和村西头的媳妇们，有一段时间没见，好一通掏心掏肺地倾诉。老人们都淡定，他们几乎对玩戏法表演的每一个节目都熟稔于心，所以他们过来，大半是为了听听热闹的声响，好像在此之前，他们一直被囚居在暗室里一样。我们小孩子呢，完全不理会大人们的亲密交谈，事实上，我们才是玩戏法的人真正的观众，因为没有人比我们更相信玩戏法的人全都是会飞檐走壁的英雄好汉了。

在全村人将玩戏法的围了个水泄不通之后，他们终于不再无休无止地拖延下去，而是用一声震耳欲聋的鼓声，让吵嚷的人群瞬间安静下来。最先开始讲话的，是个类似领袖的中年男人，他会先来一番让人看得眼花缭乱的功夫，以此换来人群的叫好声，算是博个头彩，活跃一下气氛。男人的举止有常年在外奔波游走的粗粝，双手抱拳，嗓子一亮，道一声“老少爷们，多谢捧场”，便开启了今晚的精彩演出。

开始照例是相对轻松的小魔术，比如将一沓白纸变成实打实的钞票。这魔术尽管我们年年都看，但每次看都信以为真。我和二芹还热烈地讨论着，如果跟他们学会了这个戏法，以后岂不是像神笔马良或者聚宝盆的故事里讲的那样，想要多少钱，就能有多少钱了吗？可是，二芹毕竟比我精明一点，她转念一想，质疑道：既然他们能变钱，干吗还吃胸口碎大石的苦头？这个问题的确把我难倒了，我只能犹豫着解释说，或许，他们变钱的魔法，仅仅在玩戏法的时候，才能施展吧？

但我和二芹还来不及就这个问题展开深入讨论，就到了惊险刺激的胸口碎大石的节目。那个躺在红色的垫子上，胸前被压了一块厚重石板的男人，立刻引来全村人的关注和同情，而扛着大铁锤的“凶手”，则不停地走来走去，尽力渲染着这一锤砸下去，将可能出现的毙命结果。他不愧是一个讲故事的高手，很快便让每一个人的心都提到了嗓子眼，大家一边希望那大锤不要落下去，或者最好是砸偏了，在地上震出一个大坑来，一边却又希望那男人别再啰唆，尽快一铁锤砸下去，来个要么命丧要么石断的痛快结局。但那男人还在喋喋不休地说啊说，一直说到有人憋不住了，骂一声“操！”随即兔子一样冲出人群，跑到某棵大树后面，将一泡尿嗖一声发射出去，又迅疾地提着裤子跑回原位。终于，那“刽子手”抡起了大锤，就在砸中的那一瞬间，有大人将小孩子的眼睛给蒙上了，也有小孩子自己惊骇地闭上了眼睛，当然只闭上了一半，另外一只眼，留出一条缝，紧张地窥视着明晃晃的电灯下，“杀人者”和“被杀者”有怎样惊心动魄的表情。但事实上，“杀人者”并不邪恶，好像这是一桩司空见惯的表演，而“被杀者”，也没有我们想象中的恐惧。甚至，在石板断裂的那一瞬间，他一下子轻松地跳起来，并骄傲地绕着全场，英雄一样抱拳走了一圈，好像，应该慰问的是我们这些观众，而不是躺在石板下，等待不长眼睛的铁锤决定生死的他。

接下来的表演，自然一个比一个惊险刺激。比如那银枪刺喉，两个男人的喉咙，顶在尖锐的银枪上，并用气功让银枪两端尽力地朝一起靠拢的时候，所有人真怕两个男人忽然间一起倒地毙命。那枪头当然是真的，在表演之前，每个观众都会被允许去触摸一下。夏日夜晚的星星，如果看到两个涨红了脸，鼓着腮帮，憋着一股子气努力折弯银枪的男人，一定也会吓得躲进云层里去吧？但每一次，这些表演者，竟然都能化险为夷，于是我们的心，就这样一整个晚上，提上去，落下来，又提上去……

但最为惊恐的，怕是卸胳膊了。每年来表演卸胳膊的，都是一个十三四岁的男孩，有一张和铁成或者钢蛋一样稚嫩好看的脸。我和二芹都怀疑他生下来就没有爹妈，否则，谁家会舍得自己孩子的胳膊天天被卸来卸去？或者收养他的一定是后爹后妈，只拿他当挣钱的机器，哪管他的胳膊被卸下来，再安上去，会有怎样撕心裂肺的疼痛。每次到卸胳膊这个残忍的压轴“好戏”，那玩戏法的头目，都要先领着男孩，炫耀似的绕场两圈，让每一个人都看清这个面容有些清秀的大男孩，这一刻，是多么的健康活泼可爱，而即将面临的，又将是怎样的一场酷刑。果然，在这样反差巨大的情境下，有女人开始恳求头目，不要卸孩子的胳膊了，我们不看这个节目，实在是太可怜了啊！还有孩子被这敲锣打鼓的气氛渲染着，吓哭了。而更多的人，是怀着期待被惊吓的热情和好奇，去观看即将到来的演出的。玩戏法的当然拿定了看客的心理，所以根本不顾及小孩子的哭声，像对待一个动物或者没有生命的物体一样，将男孩的脑袋按下去，让其弯下腰去。在告知村人们，他即将给男孩的两条胳膊，做三百六十度旋转时，有胆小的女人，早已捂上了眼睛。但是，一切都是阻挡不住的，随着咔吧一声脆响，男孩的胳膊瞬间就被转了一圈，并随即像柔软的面条一样，耷拉下来。那男孩，竟然一声都没有哭，但眼尖的人，还是看到了他的眼泪。在头目将男孩弃之一旁，又喋喋不休地诉说了一通男孩的痛苦之后，终于在人群的叫喊抗议声中，又轻而易举地给男孩的两条胳膊复了位。村里人都不懂这是脱臼，我们小孩子更是不明白，只觉得这是世间最残忍的酷刑，每每都是这样的恐惧和震撼，让我们那一颗跟着玩戏法的人走遍天涯海角卖艺的心，瞬间变得小小的，隐匿在村子的某个角落，遍寻不着。

第二天早晨，我还在噩梦中，跟要卸掉我胳膊的人拼死搏斗的时候，玩戏法的头头，已经带着惨遭他卸胳膊的男孩，挨家挨户地讨要打赏了。那男孩一脸的漠然，好像昨晚的疼痛，从未在他的身体里留下过任何的印记，一觉醒来，他又成为一个走南闯北、心肠冷硬的人。他提着大大的麻袋，站在人家门口，不发一言，任由那个长相凶蛮的头头，在女人们不舍得施舍更多粮食的时候，将他一下子推到人面前，以不容违逆的语气，逼迫道：大姐，行行好嘛，看在这孩子昨晚胳膊都被卸断了的份上，怎么也得多给我们几斤粮食吧。大多数时候，女人们是会发慈悲的，看那一脸漫不经心的男孩一眼，叹口气，拿着葫芦瓢，扭头去大瓮里再舀上一些，而后边将尘土飞扬的麦子倒入大张着嘴巴的麻袋，边歉疚地笑道：只能这些了，多了真没有了。那头头知道哪怕他再卸一次男孩的胳膊，也换不来更多的粮食，于是便换了脸色，将还弥漫着尘灰的麻袋拽住口，哗啦一提一蹾，便甩上肩，扭头走人。那麻袋在他的身后，发出轻微的哗啦哗啦的声响，似乎，有万千的沙子和麦子，在彼此排斥，又不得不委屈地拥挤在一起。

玩戏法的人，要花上一天的时间，才能挨家挨户地将全村的粮食收敛完。有时候，会遇到像胖婶一样精明的女人，知道他们上门讨要，早早地就扛起锄头下了地，借此躲开这烦人的债主。玩戏法的也没有办法，看一眼无情闭锁的大门，知道这家人是铁定不会打赏哪怕一粒麦子的，于是恨恨地探头朝墙内看一眼，恰好跟一只狗视线相遇，于是狗一声怒吼，显示出对主人的耿耿忠心，而人也气愤地骂一句：操他娘的！只有那个男孩，在烈日下疲惫地倚墙站着，一声不吭。

他们其实也没有收敛到多少粮食，村人习惯了看免费的演出，比如铁成他爹放的电影，就从来不会挨家挨户地搜刮什么。所以像盼着他们快点来演出一样，全村人都盼着他们快点离开，好像那个被卸了胳膊的男孩，在村里多待上一秒，便在人们心里，多压了一麻袋的粮食。那麻袋那么沉，银枪一样一直压到喉咙，快要让人喘不过气来了。

我特意跑到巷子口，注视玩戏法的赶着马车，从大道上离去。那个男孩坐在一麻袋的麦子上，仰头冲着蓝得耀眼的天空，轻松地吹着口哨，好像他们即将要去的，是一个开满了花朵的梦幻之地。在那里，众目睽睽之下，他不会再被人残忍地卸掉胳膊，也不会被银枪无情地刺向喉咙。

正午的阳光重重地砸下来，落在脊背上，有微微的疼。我在越来越远的口哨声里，像男孩一样，仰头看向正午的天空，那里除了无穷无尽的深邃的蓝，什么也没有。

要饭的

村子里隔三岔五就有要饭的来，也不知道是哪个村的，叫什么名字，家里有没有儿女老人，冷了热了住在哪儿，病了有没有人照顾，死了呢，会不会有人知道。总之他们和乡下的流浪狗一样，只要还愿意每日在周围的村子里游荡，就不至于饿死冻死。随便谁家还不给一碗汤喝，不给一个白面馍吃？即便是大雪覆盖的冬夜，在麦秸垛里掏挖出一个洞来，也能避一晚风寒吧？

所以家门口来一个要饭的，高一声低一声地求人给点吃的，从来不会有谁觉得稀奇。而我们小孩子，放了学，看到要饭的站在自家门口，会觉得有个亲戚或者熟人登门拜访了一样，朝着院子里便大喊：娘，要饭的来了，家里有啥吃的没？如果爹娘不吱声，我便自己跑到碗柜旁边，看看早晨有没有吃剩下的“玉米呱嗒”。如果有，我会立刻端出去给要饭的；如果没有呢，我翻箱倒柜也要找出半个煎饼或者白面饼来，好像找不出点吃的，空着手打发要饭的走，是一件很丢人的事。

所以在乡下做要饭的，并不怎么难堪或被人欺负。“乞丐”或者“叫花子”这样的称呼，是城里人才会叫的，乡下人只管他们叫“要饭的”，这比“讨饭的”听起来似乎更文雅一些，甚至那“要”字里，还带着点理直气壮，是非要不可，不给也要。而“讨”字听起来就惨兮兮的，是可怜巴巴地伸出手去，求人给一点吃的，而且边哀哀地恳求人家行行好，还要边看人家脸色。

乡下要饭的因此活得舒坦自在，我几乎也想做个要饭的，提了打狗棒，肩膀上挂个褡裢，或者直接背一个面口袋，走街串巷、挨家挨户地要饭吃。而且还能吃百家饭，即便是天天吃煎饼吧，每家的煎饼也一定是不重样的，张家的煎饼里会夹点咸盐芝麻，李家的吃起来更酥香掉渣，赵家的散发着清香的野菜味，孙家的一口咬下去，还有碎花生扑簌簌地落了一地呢。汤水呢，也是各式各样的，咸的香的麻的辣的，想想都美得很，更不用说喝了。

大约要饭的也觉得自己的这份职业特别有趣，所以看到顺眼的小孩子，还会将那些完好无损的煎饼啊馍馍啊饼子啊，拿出来分我们一块。于是我们便跟着这个要饭的，一起吃了一回百家饭。想到那褡裢里的好吃的，是来自另外的一个村庄，或许那村庄需要翻越很多座大山，穿越很多条江河，我们便觉得这要饭的，充满了浪漫的异域气息。啊，他简直是童话里略带忧郁沧桑的流浪王子！

要饭的是最会看人眼色的。他们在行经很多个村庄之后，比村子里的男人女人都更淡然。有时候他们站在大门口，喊了许多声“有人吗”，房间里都没有传出任何的声响。他们当然知道人是隐匿在某个角落里，悄无声息地窥视着窗外的。要饭的在明处，人在暗处，两个人相互较着劲，谁也不肯先退缩。要饭的执意要讨到一点粮食，他知道人在躲避着他，希望他快快地走开，甭指望从这户人家讨到一口吃食。可是他也执拗地坚持着，既不恼怒，也不装可怜，他不卑不亢地站在门檐下，用手不紧不慢地叩着朱红色的铁门，并一声声地重复着“有人吗”。他这样喊着，连邻居家的女人都探出头来，也不说话，只带着些同情，看他一眼。

要饭的当然知道那视线里暗含的意思，是让他再坚持一会，主人或许忽然就心软，施舍他一张香酥的油饼。小孩子们也叽叽喳喳地围拢过来，瞅瞅这个穿着补丁衣服的胡子拉碴的老头，又好奇地将手伸到他的褡裢里去，偷偷捏出半个烧饼来。要饭的也不生气，那一刻他好像成了一个演员，因为有观众捧场，乞讨声里，便陡然多了一分自信。

终于，那躲在窗户后面窥视的女人，懒洋洋地推开了房门。女人的头发蓬松着，脸上是一副睡眼惺忪的模样，好像之前她一直在专心午休，完全没听到要饭的在乞讨。女人倚在堂屋门口，朝着院门口嘟囔：烦不烦，一声声喊什么啊，没看到人都在睡觉吗？

要饭的并不跟女人急，照例笑着，伸出手去：行行好，给点吃的吧。

团团围住的小孩子们，则一脸的迫切，想知道要饭的叫了这么久，女人到底会拿出什么吃食来打发了他。邻居家的女人呢，也探头探脑地看过来，专瞅着隔壁婆娘的施舍标准，以便到时候不至于因自己给得太少，而输了颜面。

被这样视线围攻着的女人，终于不好意思再硬撑下去，回身去堂屋里，拿出一块早晨吃剩的煮地瓜来。那本就不大的地瓜，还被掰去了一半，新掰开的新鲜口子上，有一道不知怎么抹上去的锅灰，似笑非笑地冲着众人。

女人也不正眼看要饭的，她几乎是将地瓜丢给了那只有些污渍的手。要饭的并未因这样的怠慢而生出不悦，他们永远都是一副被磨炼出来的好脾气，谦卑地弯腰笑着，说一声谢谢，而后将地瓜放到褡裢前面的袋子里去。那地瓜在一块块带着棱角的烧饼、煎饼、馒头、白饼中间，颠来倒去，左冲右突，最终找到一个稳妥的角落，安静下来。

要饭的坚持了约莫二十分钟，得了这一块地瓜，于是心满意足地拨开我们这些围观的孩子，转向相邻的一家。有了这样“漫长”的较量，邻居家一直窥视着的女人，也便有了施舍的标准。于是但凡比那半块地瓜多出一截的随便什么吃食，都足够将这一场乞讨体面地应付过去。邻家女人因此将一搪瓷缸的地瓜干，倒进要饭的袋子里的时候，很有一股子土财主广散钱财给受灾民众的豪迈感，好像她送出去的地瓜干，是倒进了传说中的聚宝盆，会源源不断地生出取之不尽、用之不竭的地瓜干一样。要饭的进过千家万家的门，遇到过形形色色的脸，被人唾弃过，也被人厚待过，所以尽管这邻家的女人，比之前的慷慨，他却并没有生出多一分的感激来，照例是我们习以为常的一句“谢谢”，而后拄了打狗棒，伴着胸前搪瓷缸子与衣服纽扣轻微碰撞发出的声响，继续他下一次的乞讨。

大约是要饭的没有来处，也不知去向，或者，他们对于村子里的人，没有太大的价值，既不关系到我们的颜面，也不会对我们造成怎样的利益损耗，所以很少会有女人去八卦一个要饭的来龙去脉。尽管，当街闲扯的女人们，会将村里某个姑爷八辈子前的事都弄得水落石出，或者把谁家新媳妇陪送的嫁妆究竟值多少钱，也能打探个分毫不差。但是对于要饭的，不管是男人还是女人，壮年还是老人，瘸子还是独眼，她们一概没有兴趣。而我们小孩子跟女人们恰好相反，我们一点也不关心谁家娶新媳妇欠了一屁股债，谁家女儿赖在娘家不走，快要将哥嫂吃穷了，我们只对那个来去无踪的神秘的要饭人，充满了无穷的探知的欲望。

我们想知道的事情太多了。譬如要饭的年轻的时候，也是要饭的吗？如果他一辈子都要饭，那得走过多少的村庄了啊？他走过的那些村庄，跟我们的村庄有什么区别？也有大片大片的桃树杏树梨树枣树吗？春天的时候，他去要饭，一定会被太阳晒得暖融融的，走着走着，额头还冒出了汗珠，他经历了一个冬天风寒的棉袄，亮堂堂地敞开着。后来他就干脆脱掉了，系在腰里，或者搭在肩头，于是这让他看上去更加的洒脱，或许，他还会因此快乐地哼起歌来呢。冬天的时候，他也不怕吧，谁会在风雪之夜，难为一个要饭的？况且要饭的总是能让村里人觉出自己是幸福的，于是随意扯下一小片幸福，给要饭的，那幸福不是少了，反而更加地浓郁起来。要饭的有没有过想成一个家，像每一个正常人一样，娶个女人做老婆，再生一堆的孩子？啊，还有，他究竟是从哪个村庄里来的？与他同属一个村庄的人，知道他每日游荡在不同的村子里吗？过年的时候，从未见过一个要饭的，那么他们都藏到哪儿去了呢？当要饭的老了，走不动了，会不会有人接替他，走街串巷地继续讨饭？如果某一天，要饭的快死了，他们是不是像一只猫，避开熟悉的村庄，躲到无人的荒野上，安静地咽下最后一口气，并任由无人收拾的尸体，腐烂进泥土里去？

我们小孩子有太多的问题想要问大人，可是大人并不搭理我们。于是我们只能跟在每一个要饭的屁股后面，好像他们的跟班或者喽啰，并尽职尽责地将这一卑微的身份，坚持到最后一家。有时候要饭的走着走着，身后跟着的小孩子会越来越少，但总有那么一两个，是始终保持了热情的。那热情到底是源于对村外世界的好奇呢，还是那些要饭的身上因走过了上百个村庄，而流露出的万事不惧的气质，引诱了他们呢，也说不清楚。总之我也曾经是那孤独的一两个孩子，怀着被要饭的带走他乡的浪漫想象，跟在他的身后，走啊走，一直走到他要离开我们村庄，去往别的什么地方了，那人忽然回头，真诚地看我一眼。而我，却被这样的注视给吓住了，一扭头，朝家的方向狂奔。

我从未跟踪一个要饭的走出过自己的村庄。所以我也和村里的女人们一样，永远不知道一个要饭的究竟有怎样神秘的过去和虚无缥缈的未来。

可是有一年的冬天，大雪纷飞的夜晚，一个要饭的老头，忽然间出现在了我们家的火炉旁边，而且还烤着旺旺的炉火取暖，好像他生来就是我们家的一员，或者是跟我们有密切来往的亲戚。他一点也不觉得跟我们有什么隔膜，以至于他那样熟络地跟父母说着闲话，我竟然生了气，搬了马扎，坐在灯光照不到的角落里，远远地瞪视着这个陌生的来客。

是母亲最先发现了大门口站着一个要饭的。那时，天已经蒙蒙黑了，雪纷纷扬扬地下了一天，而且在夜幕笼罩了整个村庄的时候，没有任何停歇下来的意思，好像那雪根本不关心有多少人挨饿受冻，或者艰难行走在回家的路上，它们只顾着下，而且一阵紧似一阵地下。所以那老头出现在迎门墙边上的时候，几乎成了一个雪人。母亲出去倒没了酽的剩茶水，一推门，见那老头窸窸窣窣地倚墙站着，吓了一跳，马上缩回身来，紧张地问父亲：迎门墙那里站的是谁？我和姐姐慌得马上要躲到里屋去，可是一想，里屋也黑黢黢的，无处可藏，所以到底还是胆战心惊地站在母亲身后，像看鬼片一样，一只眼闭着，一只眼则努力瞪大了，去看那大雪地里，到底是谁。父亲胆大一些，或者他也只是装胆大吧，所以便隔着房门，用袖子擦擦玻璃上的霜花，透过那清晰的一小片地方，看向黑咕隆咚的天井。

在父亲还没有来得及找到手电筒，去照一照那是否是个活物时，那雪人竟然又向前移动了几步，站在了我们家的大水瓮旁。水瓮里的水，已经结了厚厚的一层冰，并落满了雪，那雪看上去便不像是落在了瓮里，而是长在了里面。那雪人究竟想做什么呢？难道他要砸开冰，取水喝吗？就在他似乎还想继续移动的时候，手电筒射出的一束强光，让那雪人忍不住抬起胳膊，挡住了眼睛。而他胸前挂着的搪瓷缸子，也随即发出一声轻微的响声。那响声在静寂的雪夜里，格外地清晰，好像一块冰裂开的脆响，或一片树叶飘落在河面上溅起的水声。就是这样的一点响动，让父亲确凿地下了结论：这是一个要饭的！

其实不用那要饭的开口，全家人都知道，他在这大雪天里，无处可去，恰好看见我们家被炉火映得暖意融融的窗户，那窗户上还有梧桐树疏朗的影子，随了跳跃的火光，欢快地起舞。要饭的大约被这雀跃的影子给吸引住了，于是从门口走到了迎门墙边，又从迎门墙边挪到了水瓮一侧。如果不是母亲及时地发现，雪地里冻得瑟瑟发抖的他，一定会继续向前挪移，一直走到堂屋门口的吧？不过也或许，作为一个要饭的，他会以随随便便闯入别人家天井为耻，他们的界限，一向只是倚在大门口，并毫不逾越这样的界限的。

不管怎样，要饭的老头坐到了我们家温暖的房间里，而且用他的搪瓷缸子，喝着滚烫的热茶。那茶还是母亲新沏的，就像要饭的是我们远方的一个亲戚，许久没有音信，却突然间想念我们，于是便千里迢迢地在这雪夜里奔来，就为了跟我们围坐在火炉旁，絮一絮家常，或者什么也不说，只是安静地烤一烤奔波中冻僵的双手，听一听火炉里煤炭燃烧时发出的轻微的响声。

我知道母亲的热情里，带着几分村里女人们都会有的好奇。她很巧妙地打探着要饭老头的个人生活，譬如他从哪个村子里来？他离家已经多久？他有没有老婆孩子？他走街串巷地要饭，会不会想起他们？每天晚上他睡在哪儿？最多的时候他能讨到多少的粮食？尽管母亲这样八卦，但她的语气里，却带着深切的同情，以至于这样的时刻，连父亲也不再当众训斥母亲多嘴，任由她细细碎碎地将要饭的内心隐秘，像一团毛线一样，一点一点地从他的心里向外牵引。而我则惊奇地从那蓬松的越扯越多的毛线团里，发现要饭的原来跟我们村子里任何一个庸常的男人一样有家有口，只不过，他的父母早已去世，而他的老婆，则因为他穷，早早地带着孩子离开了他，改嫁他人。因为没有什么人可以牵挂，他就这样要了很多年的饭，走过不计其数的村庄。他将那些讨来的粮食，卖掉换成钞票，而不能卖掉的那些饼啊馍啊粥啊，就自己吃掉，或者带回去给村子里的人吃。可是谁会吃一个要饭的讨来的东西呢？我努力地想，除非……除非他整个村子里的人，都是要饭的！啊，想到这一点，我又重新觉得要饭的身上有了遥远的神秘的光芒。那光芒是我不能够抵达的远方。远方在哪里呢？就在要饭的离开的那个村庄，那里的每一个人，都过着与我们不一样的生活，他们从来不会种地，或者，他们那里根本就没有可以耕种的土地，除了山，还是山。那山上是荒芜的，连一株草都不长，于是整个村庄的男人们，便纷纷地背了褡裢，离开家人，外出要饭。

我因为这样的想象，忽然间对低头呼噜呼噜吃着面条的要饭的老头，产生了好感。就连他荒草一样芜杂的胡子，都被红通通的炉火给涂抹上了一层暖暖的橘红色，就像神话故事里的白胡子老人。啊，我真希望他再说一些什么，关于他们村子里其他要饭的男人们，或者过年的时候，他们怎样从四面八方赶回贫穷的山村，彼此热烈地交换着十里八乡要饭的经历。只是那些历经的风霜雪雨，见识过的成千上万的男人女人，经过的无数个不同模样的庭院，也足以将他们跟每一个从未离开过村庄的男人们区分开来。

于是那一个夜晚，我将马扎搬到要饭的对面，以比母亲还要好奇的视线，注视着这个一脸刀刻般沧桑的老人，我甚至因为他进了我们的家门，与我们同吃过一个碗里的菜，喝过一个锅里的面条，而觉得有在小伙伴面前骄傲的资本。我想等到天明，这个故事一定会发了酵的，我怀揣着这样一个巨大的秘密，走到学校里去，一定会连老师也给吓住的吧?

可是，要饭的终究没有等到天明，就从我们家的偏房里爬起来，消失掉了。我早起上学，蹑手蹑脚地经过偏房门口，而后推开半掩的房门，看到母亲专门放置的一盆炭火，早已经熄灭。铺开的草苫子上，有要饭的躺过的痕迹。可是，也只有这么一点的痕迹了，就连他离去的脚印，都被大地间飘飞的更大的一场雪给完全地覆盖了。

要饭的究竟去了哪里呢？没有人告诉我。

所有行经过村庄的要饭的，他们都没有来处，也了无去向。

（《广西文学》2017 年第 5 期）

真水无香

渗透（外一篇）

透 透

渗 漏

每天进出这栋四层的楼房，我熟悉了它的方方面面，熟悉，并变得越来越在乎那些平面上的事物，操作台上的器皿，墙壁上的挂牌，玻璃窗户的颜色，外墙上镶嵌的条砖，楼面的隔热板和通风设施，暗埋在墙体里交错的管道和线路，还有，这栋楼层里晃动的每张面孔，和这些面孔上的各种表情和流露出的心态……六七年了，它们在慢慢老化、褪色，白蚁蛀咬，灰粉脱落，裂缝拉长——这是我不愿意看到的，正如我不愿意看到自己青春年华的流逝一样，从崭新、亮丽、鲜活，直到现在的陈旧、黯然、平淡，但这是一个无法否定的事实，不知不觉，那因腐蚀、老化而日益显露的粗糙和衰败气息，正在我们的体内、在这栋楼层里蔓延开来。

二楼是我办公的地方，现在我却下意识地往上走，上面是实验室，四楼与三楼之间的那面墙又在漏水了。这渗漏从来都是自上而下，由里而外，溢滴，然后成线地往下淌，怎么也止不住，一大摊水已浸泡了半个走廊，水还在源源不断地从那道七八米长的裂缝里冒出来，湿漉漉的水印一层又一层地覆盖着那些发黄的痕迹，整面墙像极了一块长着顽固牛皮癣的皮肤，白色的灰粉发胀、翘起，接着角质一片一片地掉下来，渐渐露出了疲软的肌肉和松动的骨架，而楼道里也变得一塌糊涂，那个正在清洁的同事，一边来回拖着走道的地板，哐当哐当地挪地面上的东西，嘴里一边问着怎么还不来维修。

可我始终无法确定这栋楼房什么时候才能翻修，我也一直弄不清墙体上这些水从哪来，是墙体里暗埋的水管破裂吗？还是实验室里哪个洗水池坏了？或者是雨水渗漏下来，继而浸入四楼地板，再渗出墙壁的？在此之前，它们是生命之源，在山泉小溪里流淌，在大江河流中奔涌，或甘甜，或清澈，或深邃，自然万物得以生长和繁衍；可是，一旦被引入喧嚣的城市，引入拥挤的建筑，在这些纵横交错的管道中成为一股暗流，并在这栋楼房的某个地方渗漏，它们便带着一股泥灰的污浊，把我们的处境弄得肮脏不堪，令人头痛不已。而我从前年开始，就在这栋楼房上上下下、里里外外地查找原因，也不止一次打电话，还不停地自己想办法，尽量挪开一些东西，不让它们因此而受损坏，但不管我怎样努力，那些渗漏的地方并没有因此而减少，从四楼到三楼，从天花板到墙体，从室内到室外，那污浊的水依然肆无忌惮地冒出来，让我忧心忡忡，却又无计可施。

记得这座楼房第一次渗漏是前年的春天。连续下了几天雨，顶层好几间实验室的天花板都出现了裂缝，漏下来的雨水不停地滴在操作平台上，滴在一些仪器上，水花溅开来，继而淌到地板上，慢慢地浸入墙体里，弄得楼层里外全是水。为此，当时还在这里上班的肖工带着我们几个人，来到这栋楼房的楼面。

此前，我极少上这楼面来。我学的不是土木工程专业，对建筑既无兴趣，也是个外行，特别是楼层建筑，即使是我居住或工作的地方，我也不喜欢探究它，因而我对这楼面的构造并不熟悉。但肖工不同，他搞设计，知道下面房间漏雨是因为这上面的隔热防水层出问题了。退下那根插销，推开那扇进入楼面的砖红色小门，他带着我们往上面走，我这才发现，楼顶表面是由五十厘米见方的隔热板铺设而成，隔热板下面由一些红砖支撑着，然后才到里面那层沥青防渗膜，纯粹的黑色，贴着楼体顶面。楼顶中间，还建有一间装有通风柜的电机房，盖着水泥瓦，地上布满了灰尘。避雷线围绕护墙一周，针尖直指天空，它看起来是那么普通，真难以想象当它和雷电碰撞时，却可以完全化解那致命的一击，然后将那股强大的电流丝毫不漏地导入地极。沿着肖工的指点，我们看到了楼面四周有好些地方的防渗膜已经老化并翻卷起来了，他告诉我们，雨水便是从这些地方往下渗漏，而没有往导排孔流走。

继而渗漏的是更下面的楼层。大约一个星期之后，三楼和四楼之间的那面墙竟然也冒出水来，这里不但与楼顶相隔了一层，而且雨早已经停了，它怎么也漏水了呢？仍然是肖工带着大家沿着走廊一直走过去，一间一间地打开房门，对着实验室的洗涤池、地板瓷砖看了又看，查了又查。他是个做事认真细致的人，但这次始终找不出确切的原因。从那时起，这地方便时漏时停，直到现在。

而肖工去年却因另一个“渗漏”事件离开了这里。账面上漏掉的几万元，付出的是面对牢墙三年的代价，也使他无法面对亲人。他还有两年就可以光荣退休了，人们都说他倒霉，是好人做了坏事，去了一个好人不该去的地方，但那些条文却没有因为人们的同情而漏掉其中的任何一条，所有的一切都已于事无补，无法修复。他走的那天，脸色灰暗，痛苦和懊悔扭曲在一道道皱纹里，让我不禁想起那面墙，那些溢滴的水像极了人的眼泪，我感觉它在哭，哭自己的眼睛被某些东西所蒙蔽，哭自己先天的不足或者命运，然而无论现在或将来，肖工他都不会再与这楼层里的事物有任何关联了。

接下来离开这里的是两位年轻人，他们是被提拔走的，带着踌躇满志的神情走的。而我不同，我默守着这楼层里外的许多条条框框，也没有因为时间的推移或这栋楼房的老化而离开这里，我每天还得从那扇拉闸门走进这直通的走廊，再沿着台阶上到二楼或者三楼或者四楼，一天八个小时，我在这里办公、实验、写作，等等。我为这栋楼房的渗漏而焦虑不安，每次下雨，都要去楼面看看那些卷翘的防渗膜，看看哪块隔热板坏了，然后一次又一次地报告。

然而，有时沿着曲折的阶梯一步步地上到楼面来，只是因为这个高度可以让我们的视角把事物看得更清楚，而与这栋楼的渗漏无关。去年十月，有一天一下子就来了七八个人，让我把他们带到了这个楼面，并选择了一个合适的位置，站在那儿往下察看这栋楼房旁边的一个工地，他们谈论、指点，工人们在地面上忙碌，机械发出隆隆的轰鸣声，新建的楼体正一节一节地拔高，他们在上面露出乐观的笑容，然后扬长而去。而那时的我并不关注那个工地上的事物，我知道自己与它们无关，更无法预料那新建的楼面会不会在某一天也和这里一样，老化，开裂，渗漏，掉皮。我只是漫不经心地来回踱步，看看这里前不久才安装的两样东西：

一座小灵通发射站和两台太阳能热水器，它们分别在楼面的左右两边，雨过天晴，从云层里泄漏下来的那几束太阳光，此时正照在那锃亮的金属凹面上，信息或能量在那里聚集、传递，它们仰面天空的姿势，让人感到那种神奇力量的存在，以及某个空间伸展的无极。而我一直也期待着这发射站不要漏掉给我的那个好消息，期待着那太阳能注入水体后，在我沐浴时，用它的温暖抚遍我的全身。

在远处高耸林立的是更高的楼层，它们外墙华丽，玻璃明亮，构造复杂，形状不同，构筑了城市的方方面面，成为这座或者那座城市的中心；然而，它们也截断了我远眺的目光，让我迂回于一种狭隘的视野。我也不禁猜测，那些楼面或墙体漏水吗？或者某个阴暗面此时也出现了裂缝？那里面都是些什么人物呢？可我无法置身其中，我观察的位置始终在这个楼面上，我的肉眼无法看清那些楼房顶面上的事物，它们始终模糊在那样的距离中……

我能置身其中的仍然是这几间实验室。天花板上的裂缝在不断拉长，被雨水长期浸渍的石灰层开始松动，一副快要脱落的样子，那两条被链子拴着、从上面挂下来的日光灯管，和那层坯灰一样，似乎在尽最后一点力气抓住那个天花板，不让自己掉下来，那些匍匐在操作平台上的支架、玻璃器皿及药品试剂也都屏住了呼吸，这让我明显感觉到了一股向下的压力，一种快要坍塌的危险，而那只被常年放在那个滴水的位置上接水的绿色塑料桶，此时正默默地等待着下一个雨天、下一次渗漏的到来，尽管那里面仍有一层水。

我从楼上走下来的时候，人们早已下班回去，整栋楼房陷入了寂静之中，我的高跟鞋敲着地面，脚步声的回音是那么响亮，这声音敲击在这楼道里的四壁上，也敲击在我心里，让我感觉到一些事情仍然不会像人们希望的那样。

温暖的猎枪

冬天，一家人围着炉膛烤火的时候，父亲习惯坐在靠近柴尾的地方，一张矮板凳不足二十公分（厘米）高，整个人坐成折叠状，其他位置留给我们姊妹和母亲，而我一直习惯坐在父亲的对面。我从火光中取暖，也从父亲的神情中取暖。在那火光的映照下，土墙、猎犬、猎枪、父亲以及他身后那几件狩猎的家伙，他们在黑夜的深处变得那么清晰而明亮，那种反射过来的橘红色会让整间屋子笼罩在暖暖的气流中。正是这样面对面，让我的目光可以完全触及父亲的神情——那是猎人所特有的一种刚毅、镇定、准确、隐忍和平和，我从小就依赖这种信息的传递灌铸后天的性格，而他身后那两支挂在土墙上的猎枪隐隐约约弥留的硝烟味，会让我感觉山村再苦，土屋里的生活依然会因为有所依靠而生生不息。只是寒风漏进屋子里的时候，火烟总是往父亲坐的那个方向压去，父亲的身子便一直往后倾斜，他不会像母亲和我们一样，被一点点烟熏，就会满眼泪水，还不断咳嗽，他只是把眼睛眯成一条细缝，伸手推一把柴，让火苗跳高，烟低下去了，他才恢复了原来的姿势。有时母亲会把那只趴在炉边、用下巴搭在父亲脚背上假睡的猎犬赶出门去，说它占人的位置，但父亲不让，他说这点火烟他受得住，习惯了就行。

除了耕作，父亲擅长狩猎。狩猎，它帮助父亲牵领妻儿老小走过了这几十年的路，早出或晚归，那两支猎枪当中的一支必背在他的肩上，而我的肌体：骨骼、肌肉、血液以及那些敏锐的神经，也都依赖于父亲的狩猎得以健康生长。母亲说，在我们当地，孩子开荤是有所讲究的，必须等到半岁以上，吃了肉类，然后才可以吃油盐，然后才能和大人一样吃别的东西，而我是满半岁时吃画眉鸟的肉开荤的。那时，刚好是1968年的春天，山林里鸟语花香，特别是画眉鸟唱歌最欢快的时候，父亲便认定吃画眉鸟开荤，长大后不但说话机灵，嗓子也好，唱歌好听。父亲从土墙上取下那支稍短的猎枪，用小竹筒把黑色的硝粉导入枪管，隔上一张小纸片，用一截细铁棒擂实后，再倒入一小勺最细小的铁砂，再擂实，最后把那枚红色的弹子轻轻地压在火嘴上，装配完毕后，枪口朝上，枪托往下，父亲便背着那支猎枪上了后山。开枪的距离是那么近，那只画眉应声落下时，没有一丝挣扎。父亲仔细地取出镶嵌在鸟肉里的铁砂后，再让母亲把它清洗、剁碎，和米一起熬粥。母亲说我当时小脸蛋笑得像朵小红花，小嘴巴张得大大的，她足足喂我吃了满满一个瓷碗的粥。

这是父亲第一次专门为我打猎的全过程。我想，我的体质对野味的依赖正是起源于此，并在成长的过程中得以不断地加强。或许，是它们让我的骨头具有了山里动物那种穿越荆棘的野性和能力，让我的血液里弥漫着那种从父亲猎枪扳机上点燃并冲出枪膛的火药气息，继而印证了我生肖的属性：火！而我的梦想从此也长出了鸟的翅膀。

然而，我是长到三岁后，才记住了父亲打猎归来的样子：浑身的露水或汗珠，湿漉漉的解放鞋，头发和裤腿上会沾着很多草籽，缠得紧紧的，让母亲帮取，总是很费劲，只有那个黑黑的帆布挎包里的东西不用担心：硝粉和三种不同粒度的铁砂分别用牛角装着，弹子和小纸片用尼龙袋包住，水是渗不进里面去的。竹鼠，山猫、白额（方言俗称，即獾）等这些活的猎物一般是挂在枪尾上扛着，山鸡、鹧鸪和斑鸠等这些小猎物就系在腰间的挎包上。如果碰上村里人，父亲也会露出开心的笑容，接着谦虚几句。

父亲的枪法相当准，但并不是每次都能猎获归来。尤其是我上高中以后，父亲说现在人多了，特别是分林到户后，到处砍伐树林，开垦耕种，山里的动物都吓跑了。如果是以前，山羊、野猪、山鹿，还有好多种大动物都可以经常打到，至少在前几年，白额还挺多，立冬后，打几只取下皮子卖上好价钱，便可以给我买件新棉衣。

每次说起白额，我的记忆总是如此清晰。清晰的不仅仅是父亲的声音，还有那些远去、却又不断回头的寒冬季节的情景。我从小就从父亲那里知道，狩猎不同的猎物得用不同的方法，除了猎枪和猎犬，还要制作一些铁夹、绳套等猎具，父亲精于此道。而要得到白额优质的皮子，是非常讲究狩猎方式的，特别是要选择立冬后到开春前这段最佳时节。第一天晚上，父亲先是背上猎枪、铁夹子和那个帆布挎包，打两声口哨带着猎犬出门，进山后便开始搜寻白额的气味，一旦找到它的踪迹，人和猎犬就一起翻山越岭地追赶，但绝非得已，父亲是不会当场开枪猎杀的，这样会破坏白额的皮毛，就算打回来，皮子也卖不出好价钱，只有一直把它撵进自己的洞穴，然后在洞口装上铁夹子，再伪装一下现场，到了第二天或第三天早上再去收猎，得回来的白额便是活的，它只是被夹住前脚或后腿而成为父亲的猎物。

干爽的白额皮子，犹如一幅图画，毛茸茸、软绵绵，仿佛已穿在了我的身上，是那么暖和，又那么好看，但父亲总是要等到凑足好几张后，才拿到街上去卖。那时，一张白额皮子可以卖三元到五元钱，三张或四张，就可以给我换回一件新棉衣了，所以无论家里怎么穷，每年冬天，我都有新棉衣穿。棉衣上面的小花朵是北方才能看到的红梅或牡丹，那时它们在我的身上开得那么鲜艳而漂亮，这让我一直不肯穿上外套，做家务也小心翼翼，如果不慎被泥墙的灰土擦着了，就急得拼命拍，生怕被母亲看到脏了会硬逼我罩上外套。村里的孩子都羡慕我，弟妹们也羡慕我，有一次，二妹要穿我的新棉衣，我不肯，二妹就偷偷地躲到房门背后小声地哭。我让父亲过去看，父亲问二妹哭什么，她说她也想穿新棉衣。父亲说，大姐的旧棉衣没坏，只是短了，你是妹，穿不了那么长的新棉衣，姐穿才合适，下次赶街（方言，即赶圩）爸给你买件新的外套，一样又新又漂亮，好不好？二妹便嘟着小嘴，不再出声，我也不再出声。过后，父亲便接连几个晚上背着那支猎枪，带上家里那只猎犬打夜（方言，即夜间狩猎）去了。我将新棉衣垫在枕头上和二妹排着头睡，我们都不知道父亲夜里何时才回来。

狩猎的那些日子，对于父亲来说，深山的夜晚是那样明亮，它洒满希望之光，无论天空有云还是有月，无论季节是深或是浅。我确信，夜的黑暗一直不声不响地站在父亲的目光之外，只是那猎枪为父亲挡住了黑夜的黑。1980 年，父亲终于被那暗夜里的露水所伤，感冒，咳嗽，喘息，他陷入一场疾病的包围中。靠着几棵草药，时间一拖再拖，半年后，我知道了一个名词：肺痨。父亲在茅屋里咯血时，我正上初二，开学时间已过，我迟迟不肯去注册。父亲猛咳了几声后，对我说：阿萍，爸没死，你快去读书吧！我噙着泪花出门，只带了一张旧席子。

我继续读书，并开始在夜里延绵不断地做那个噩梦，父亲在我每晚的梦里不停地咳嗽，殷红的血一口接一口地从他的肺部咯出来，我在外面无助地流着泪。父亲的身体变得越来越衰弱，乡卫生院的西医对他的病已无能为力，但父亲坚持着，只要能转过一口气来，他便会上山，他的枪法依然准确，那两支枪也同样保持着那种坚硬和火药味，一枪，两枪，三枪……硝粉和铁砂用完的时候，父亲就赶一趟板江街。一趟，两趟……一年，两年，三年……在板江五金门市部前面的地摊上，父亲终于在那次机缘巧合中碰到了那个卖草药的江湖郎中。他看了父亲的病后，给了一服偏方：杀蛤蟆一只，剖开，去皮，去脏，青皮鸭蛋一枚，连壳纳入其腔中，缝合，再放入他所配制的草药中熬煮，熬好后取鸭蛋剥壳食之。服用该药两剂之后，父亲痊愈。母亲说这是吉人天相，我说是那两支猎枪，是它们带着父亲冲出了疾病的围困，是猎枪，挽救了父亲！

如今，那两支猎枪仍挂在父亲身后的土墙上。它们如同父亲的手足，一长一短，分别长约一米和一米二，栗木刨制的枪托，舒缓地弯成接近九十度的弧形，玄铁打制的枪膛、扳机、火嘴稳稳地扣在上面，它们坚硬，结实，乌黑中透着光亮，那枪管在硝药的气味中保持着温暖。不，那不仅是枪管，那也曾是一条逼仄的生活隧道！扣响扳机，点燃硝粉，铁砂猛烈地冲出去，随着那声震动山谷的轰响，便是一条活路！父亲带着我们一起走过来了。

其实父亲现在已经很少狩猎了，他说他跑不动了，脚力跟不上那只猎狗，邻近几个寨子的许多人便想出高价购买父亲的这两支猎枪，但父亲说什么也不肯卖，还让母亲把那两本猎枪证锁得死死的，来人一说是想买枪的，便连门都不让进。别人走后，他就会把枪从墙上取下来，擦了又擦，空着枪膛瞄准几下，直到他感觉满意为止。后来听说我在城里不时跟着朋友们偷偷跑去某个饭店吃野味，价钱还贵得要命时，父亲便在我每次回家之前，去山地里搭个棚子打山鸡或斑鸠，打到拿回家后舍不得自己吃，腊干了留着等我回去。我在电话里让他别这样起早贪黑的了，他只说没事，就是暖暖枪，你也不用去花那些冤枉钱，想吃了就回家。

父亲以如此最简单的理由想要我回家，却也用多么生动的语言为我注释了“家”。我的家——那座黑暗而低矮的土屋，里面仍然住着我那年老的父母亲。此时，我看到了他们，还有火炉、猎枪、土墙、猎犬。父亲坐在他习惯的位置上，正往那炉膛里推了一把柴——那奔跑的火光呵！它大声地笑了，泪花飞溅，在记忆的帷幕上烧了一个长长的洞口，那火舌伸进来，在我心里深深地吻下一排暖暖的印痕。

（《广西文学》2006 年第 3 期）

最后的小脚女人（外一篇）

刘美凤

最后的小脚女人

我的故乡得胜路曾经住过许多裹过脚的小脚女人。当然，这是20世纪的事情。住在我家隔壁的钟家奶奶、谭家阿婆和对门的二伯娘，就都是小脚。她们来自湖南，善良美丽，用裹过的小脚在得胜路上生活与工作。她们的生活与工作大都是年复一年的纺纱织布，有些单调。目睹她们从盛年走向老年，是在我的小学时代。

那时候，我放学回家，得胜路上迎接我的，是坐在家里纺纱织布的小脚女子制造出来的织布声与纺纱声，是她们一生不改的湖南乡音。怎样称呼她们，一般根与她们家玩耍的小女孩叫，奶奶或者婆婆。她们老式的木制织布机与老式的木制纺车大同小异，屋里摆满尚未用到的纱筒、棉花和一些刚刚纺成的棉纱，以及一些刚刚织出来的粗棉布。我不知道她们是否有过心比天高的时候，只晓得她们大都在得胜路上做自己应该做的事，快乐自己的快乐，无疾地活到寿终。

她们的生活极有规律，上午洒扫幽深狭长的屋子和家门口，然后就是纺纱。临近中午为出门在外的儿子、儿媳或女儿女婿以及快要放学回家的晚辈们做饭。中午在屋门口边看屋边打个盹儿，就又回屋继续纺纱织布了。打盹时的她们是很容易惊醒的，每当有人路过，她们就会条件反射地睁开眼睛，以关心或怀疑的眼神"扫描"路人。整个中午，她们就一个人在门前坐着，看上去是那么孤单，那么与世无争。儿子、儿媳或女儿女婿午休上班后，她们才又回屋去干自己的活。下午慢慢过去，不等太阳下山的她们，又开始忙活着张罗一家人的晚饭了。饭热菜香时已是暮色苍茫。这时候，一个个小脚奶奶比赛式地站在自家门前，用拖腔长长的声音呼唤贪玩的小孩儿回家吃饭，每天都是这样。居家过日子的宁静，使她们拖腔长长的声音听上去像戏台上的旦角朝幕后呼喊。

夏天，为了纳凉也为了省电，她们往往聚集在昏暗的、大约一百米距离一盏的街灯下纺纱。她们一边慢悠悠地纺纱，一边慢悠悠地说话。纺车的声音吱吱地响，好像是谁在那里轻轻歌唱。游戏的孩子，偶尔碰翻她们的线筐，她们也不恼，只抬起头来用那重重的湖南口音说声"这个娃仔"，便又低下头去继续纺纱了。

我经常和我喜欢的女孩站在她们身边看她们工作，眼睛充满好奇。那么乱七八糟的一堆棉花，在她们的手中居然变成了粗细均匀的线。这些线变成布后可以使人不再赤身裸体，让人相当体面地活着。当然，这对她们来说微不足道，她们依靠这门技艺谋生几十年了。她们的春夏秋冬也都在纺纱织布之中缓缓而去。我和我喜欢的女孩儿在她们吱吱作响的纺车或咔嚓、咔嚓作响的织布机旁停留时，她们往往会从纺纱或织布的手工工作中抬起头来，温和一笑，边笑边打招呼。然后低下头去，继续聚精会神地工作。若在她们的身边停留久了，偶尔会听到她们抱怨棉花不好、纱难纺的唠叨，或没有言语地深深一叹。那一叹打破人心中难以觉察的平和、宁静，让我愣愣地有些发呆，然后没意思地玩着自己的麻花辫子离去。

我对得胜路上小脚女人的记忆，当然不是她们纺纱织布时的深深叹息，而是她们不仅受到裹足缠绕，同时还受到传统守旧思想缠绕的苦乐插曲。说实在的，我有点儿佩服她们。

张家的小脚奶奶是我见过的最勇敢的小脚女子。她为人做事细心周到，每天晚上睡觉前均有个良好的习惯，那就是看看门背、衣柜以及床底下面是否藏有外人。这个习惯是张奶奶嫁进张家就有的。她总说，睡觉前不拿灯到处照照就睡不踏实。深爱小脚奶奶的张爷爷对她的这个习惯满不在乎。出于好奇，有一天他还特想扮个小偷，试试张奶奶的胆量。于是就扮了。他把一件很久不穿的衣服找出来穿在身上，以使张奶奶一时半会认不出来。又在张奶奶检查屋子前冒充成贼的样子迅速钻到床下，把脸埋进双膝之间，静等张奶奶到来。

张爷爷藏在床下想到张奶奶端着煤油灯把屋子上上下下照个遍，最后照到床下发现有人而吓一跳的样子，不禁在床下笑出声和眼泪来。此时，小脚的张奶奶正好来到房间，似乎听到人声就有些不安地问了声“谁”，以为是老鼠才又接着检查。张爷爷憋着笑眼瞅着张奶奶一双尖尖的小脚渐渐朝床边移来，高兴万分。

为使一会儿的紧张气氛增加几倍，他还用双手抱住了脑袋。不料这一抱弄出轻轻一响，张奶奶又听到了。侧耳静听见没什么才又大着胆子猫下腰，拿灯往床下照。

这一照就照出了大事。张奶奶啊的一声把煤油灯往后一撂就什么都不知道了。发觉不妙的张爷爷赶紧从床下爬出，一手抱住张奶奶，一手狠掐张奶奶人中。张奶奶回过气来，看清是自己的丈夫后三天没跟他说话。张爷爷拼命解释，我之所以钻到床底下，只是想试试你的胆量嘛。张奶奶仍不理他，每天晚上照样拿盏灯在家里东照西照。不过，张奶奶手里已经多了件器物——赶鸡棒，一副随时准备与坏人搏斗的样子，威风得很。

张爷爷没辙，又为补偿张奶奶被自己吓昏过去的损失，干脆每晚睡觉前代替小脚的张奶奶满屋子照了，小脚的张奶奶很满意。几十年后张爷爷没了，张奶奶伤心的这样哭他：老头子哟，你跑哪去了？你是不是又跑到床底下藏起来了？你个没良心的啊，你再藏一回吓吓我啊，呜呜呜……

这是得胜路上张家小脚奶奶的故事，这个故事还是张家的小脚奶奶自己透露给得胜路人的。我在别人忍俊不禁哈哈大笑时，特别能感到张奶奶的不容易。而小脚唐奶奶精通八卦、料事如神的本领，在我的心中则充满神秘色彩。

听说，唐奶奶三岁那年患眼疾后瞎了双眼。为了生存，她的父母在她五岁那年，给她请了当时方圆百里之内最有名的《易经》大师，教她学习八卦，替人算命。与此同时不顾她恐怖的叫喊，用整整三年的时间，把她一双天足裹成人称三寸金莲、走路一摇三晃的小脚。到我知道唐奶奶的童年故事时，她已是一个七十高龄、方圆几百里内无人能敌的八卦大师了。见到她的人，无一不叫她唐奶。叫她唐奶，是一种尊敬。

一件衣服，一条裤子，或一件器物，通常是唐奶占卦的外在形式。她用双手抚摸它们低头沉思、盘算，然后向来者询问那件衣服、裤子或器物主人的出生时间、失踪时间。结果很快出来，使人大吃一惊。它证明唐奶的这一卦又准确无误了。

到唐奶这里来的人，都是遇到各种各样麻烦而思想乱作一团、完全失去主张的人。当然，无论来者想算什么，唐奶只有一个姿态。那就是肩扛信赖，作出判断。来者要是闪烁其词不敢实话实说，唐奶肯定以金玉良言直说，你最近要摔倒。来人就惶恐至极，赶紧讨要救命良方。唐奶道一声“回头是岸”，然后闭目，半句话都不再多讲。来人却就此认为，自己干的事，连一个瞎子都哄不过，肯定是天意，回去只好按照唐奶的话做，回头是岸了。

有一年夏天，我哥在学校跟同学打架不敢回家，我妈紧张得拿起我哥的衣服就往唐奶家跑。唐奶问过生辰，想都不想就说，傍晚时他自己会从东南方向回来。傍晚时我哥果然从我家东南方向回来了。这事算得神的，整个得胜路都传遍了。很多年后的今天，当我在电脑前敲打到这事时早已参透，唐奶问明我哥的生辰后得知了我哥的实际年龄。时值夏天，一个不敢回家的少年能去哪呢？自然是河边了。而河边就是我家东南方向。至于傍晚回家，那是玩水的人玩饿了，要回家吃饭嘛。不过，我挺佩服唐奶的，她总是以自己的智慧，给人一种暗示的力量，使人不至于被突然到来的灾难压垮。

与唐奶奶给人算卦的神秘力量相比，同样是在方圆几百里内享有盛名的邹家(还是周家?)奶奶则有华佗再世、妙手回春之功,被誉为人中之杰。远近之人,均直接称她“小脚婆”。小脚婆是尊称,是招牌。注册商标就叫“小脚膏药”的跌打膏药,在我故乡流传至今。

小脚婆出生在中医世家,自幼苦读医书,对人体骨骼的位置熟悉得好像自己的十个手指头一样。言谈举止有大家风范。虽医术精通,且从青年时代起就开始治病救人,但和悦待人、绝不怠慢病人的优良品质,一生依然。因而,她在20世纪的得胜路上享有极高的声誉。一方面,人们把她当作华佗再世,另一方面,又将她跟救苦救难的观世音菩萨联系在一起。而她,也不负众望,把一生的精力与才华都用在了治病救人的善事上。在那缺医少药的年代,小脚婆减少了多少人的痛苦,又救活了多少人,有谁说得清啊。

跌打损伤的人战栗着来到小脚婆这里,总是很快得到安慰和救治。小脚婆的治疗是神奇的,无论多重的伤,几帖药下去,就好了,充满东方的神秘。有半夜来敲门而又未备一分钱的,满脸惶恐。小脚婆绝不怠慢,而且还尽可能减少伤者受罪的时间。当她熟练地找到伤者的受伤点后,立即用她自制的黑色膏药为病人疗伤,半点都不延误。通常,她力大无比地站在病人眼前,力大无比地把断骨拉直接好。一天又一天,一年又一年,她用自己出色的接骨功夫,证明了一个小脚女子的卓越追求。如果事前不知道她是小脚女子;如果没有亲眼看到她走路,谁知她是小脚女子呢?

小脚婆自制的黑色膏药,是一个方圆几百里内相当响亮的品牌。远道而来求医的人，拿到小脚膏药，就等于拿到了康复的福音。

小脚婆在她行医的岁月中，遇到过各种各样的人。有钱的，没钱的，很多年后来报答她的。无论怎样的人，她都是先救人，再收钱。有时被救的人一分钱也拿不出，惶恐地不知如何表达自己的谢意，小脚婆清秀的脸上就会荡起慈祥的微笑给人以安慰。我在得胜路上生活了二十几年，还从未听说过小脚婆先跟人谈钱再救人的事。这与时下的医疗风气相比，是多么令人感动与怀念啊。得救者的家属往往跪下磕头，或者拉住小脚婆的手臂，千恩万谢。

小脚婆的存在，为一方水土的健康平安带来了稳定。

我在得胜路上属于好奇、好动、好思考的人，常常在得胜路的这家那家出入，在大人聚集的地方停留，因此有机会听到和看到许多别的小孩所不经意的事。比如，故乡漫长的梅雨季节后，阳光给得胜路上的小脚女子带来格外的喜悦，对我就相当地有吸引力。我看她们摇摇晃晃地抱着被褥、枕头出门晾晒，甚至，在阳光下晒长长的、用蚊帐布做成的裹脚布，内心有种别样滋味。有一天，我还看到她们当中一人神秘的小脚。看着那一双被扭曲的小脚，我情不自禁地打起了哆嗦。那是王奶奶的小脚，我问她疼吗？她说傻孩子，疼的时候早过去了。

几十年后的今天我想，这就是中国的汉族女人，她们迈着这双千百年来，被数不清的男子津津乐道为“金莲”“香沟”“步步生莲花”等所谓美丽的小脚，一走就是一千多年。

据说把天足裹成小脚始于五代时期的宫廷。相传，南唐后主李煜的宫娥为讨皇帝欢心，就把自己的脚用长长的布料裹成“新月”的样子，穿着素袜在纯金做成的金莲花上舞蹈，讨得李煜欢心。

这种风气后来传入民间，几乎所有汉人女孩在三四岁时就要裹足了。男人们普遍认为女人裹足是女性美德，不裹足是伤风败俗。明朝开国皇帝朱元璋的皇后马娘娘，就因为拥有一双天然大脚而备受天下人嘲笑。到清朝，女子没有不裹足的。

好在，一千多年的裹足习俗早已在中国，在我故乡的得胜路上绝迹。到我缅怀小脚女子，想起她们一生的不易而想到要为她们做点什么时，得胜路上最老的一个小脚女子，已于 2004 年的夏天，在得胜路上安然地度过一百零二岁生日后去世，在得胜路上消失。

得胜路上最后一个小脚女子的去世，标志着得胜路从传统走进了现代。

癫痫女孩望莲

有人说望莲是魔鬼变的。

这怎么可能呢？没病的望莲多么乖巧善良。说望莲是魔鬼变的人，肯定是忘记了望莲的善良，忘记了望莲母亲的存在。要不就是新搬来的邻居，心灵缺少得胜路的滋润，所以才对望莲和望莲父母有点歧视。这种歧视犹如阴霾犹如黑暗，使望莲的母亲十分不安，以为自己前生造了什么孽，怎么就生出这样的孩子来。如果你为你的行为感到惭愧，记住，你一定得向人家诚恳道歉。望莲的母亲在望莲清醒时这样教她，但是，周期性的精神分裂症使望莲一再犯糊涂。老邻居知根知底，对望莲寄予同情。新邻居有受不了的，就骂望莲早死爷娘无家教，事后却又后悔得很。因为人的感情是可塑的，新邻居变成老邻居后慢慢知道，无论望莲多少岁，她都是个孩子。对望莲的行为也就见怪不怪，不再憎恶了。

望莲需要全社会的关怀。

望莲是个同时患有癫痫与精神分裂症、生理与心理均不健康的女孩。三岁那年第一次癫痫发作，以后就反复无常了。无缘无故地，望莲那癫痫病就发作起来，就整个人倒下去了。倒成一种仰面朝天或匍匐在地的姿势——整个身体抽搐，嘴角流着白沫。一次，望莲以匍匐的状态倒在水坑里，半边脸贴在积水边，让人的良心倍受折磨。然而任何一个癫痫病患者都得等症状减轻后自己爬起来，否则救他的人就会成了害他的人。

望莲的癫痫首次发作时，她的母亲想要去抱她，被她父亲拦住了。她的父亲不停地自言自语，孩子过一会就好，过一会就能自己爬起来。她的母亲连连追问你怎么知道你怎么知道？她的父亲就悄悄转过身去抹眼睛：这是隔代遗传。望莲母亲一听懵了，虽从偏远乡村嫁来，但也懂得隔代遗传的内涵。这个内涵意味着这个家庭有着疯癫血统，血管中流着疯癫的血液。她打了一个寒战。我们街上的人是个个心知肚明的，所以，谁也不敢把女儿嫁给我。被愁云笼罩而一下衰老许多的望莲父亲一把拉住她妈妈的手说，原谅我，四英！你怀上后我一直心存侥幸，不料竟成事实。四英是望莲母亲的芳名。

这个可怜的母亲永远记得女儿出生那个早晨，她家屋后的荷塘满池荷香，她的丈夫怀着美好的心愿给女儿起了这个特别好听的名字——望莲。谁知望莲在三岁时开始发病，既没有莲的清香，也没有莲的美丽。而且在长到十二岁那年身体还停止了发育，比侏儒高不了多少，智商也停留在十二岁上。

从小到大到故去，望莲都留着短发，短发像一个锅盖盖在她的头上。脸很小，成倒三角形。眼睛很大，圆圆的。乍一看，跟猴子差不多，令人诧异。这个令人诧异的女孩，好奇心特强，说话做事十分粗鲁，爱管闲事的古怪脾气一生没变。由于常常生病，脸上总是干干涩涩的让人怜惜。不过粗鲁待人、粗鲁做事的望莲在神志清醒的时候还是蛮讨人喜欢的。神志不清时就有点令人不敢恭维了。特别是她生气的时候，更是处处让人感到心烦，甚至讨厌。

她的母亲为了使她看上去漂亮一些，就给她买了个红色的蝴蝶发夹，整天给她戴着。不过，她常常把它弄丢，常常在家里遍地开花地找那发夹。阿妈，谁拿我的发夹？我昨晚睡觉前还戴得好好的，还在放的地方打了记号，可是，现在连记号也不知被谁偷走不见了。望莲找着找着找到街上，很幸运地就捡得钱，而且还是大钱。不过，望莲又挺倒霉的，望莲一捡到钱就要发一场大病，就要住一次医院。等到在医院里把钱花完，那病又奇迹般好了。这时候，她就会做出一副讨人喜欢的样子——很认真地去帮五保户挑水，去拿扫帚扫街，或者拿块抹布在家里东抹西抹，把家收拾得干干净净。

街上大人上班，小孩子上学了，她一个人坐在家门口孤零零地没伴儿，就把短纱一节一节地接起来绕成团塞在裤袋里，手上拿着两根粗粗的棒针在街上边走边织，很忙的样子。等到小孩子们放学，恨不能有人路过和她说话的望莲立即把手上正织着的东西往怀里一抱，截住他们就说：嗨，你们在天黑以后就没见过什么鬼吗？我看见鬼啦！望莲宣称。吓得小孩一个个小脸发白，极想躲开她，又极想听她讲下去。望莲见状就露出愉快的笑容，真见过鬼似的讲起鬼故事，然后跟他们一起玩。在她不满地猜疑哪个孩子有意不跟她玩时她就拼命耍赖，回去向她母亲告状，某某不和我玩，某某不和我玩。她这样向她妈妈说，她妈妈要是没空理她的话，她就会一直跟上跟下地讲下去。不过，她妈妈是极少有不及时开导她的时候的，望莲使她成为母亲，望莲是她的掌上明珠。

一个成年男人似乎摸了望莲不该摸的部位，她就整天跑到那个男人屋门口去喊“坏蛋，坏蛋，二叔叔是大坏蛋！”有人斥责望莲不要乱说，她就很仇恨地斜着眼睛看人，翻着眼睛喊起来:“他脱我裤子！”直喊得那个男人羞羞地不敢在街上露面，最后只好脸灰灰地搬出得胜路。

一个小孩待在家里做作业时特别害怕望莲溜进来，因为望莲有个教人算数的毛病。你知道吗，一加一等于二。这是望莲通常对正在做作业的小孩子说的第一句话，第二句话，第三句话……这话听多了，没有小孩不烦、不怕的。后来，也不知道街坊上的谁烦了无意间问望莲一句一加二等于几，望莲眼睛就发直，就飞一样转身逃走。这事很快传遍得胜路，烦的人下回见了望莲总问，一加二等于几啊？望莲仍是飞也似的逃回家去把门关上，老半天不敢出门。久而久之，大家都知道了一加二等于几可以善意将望莲请走的秘密，可一看望莲一个人呆呆坐在门前，烦了望莲的人，又把一加二等于几咽了回去。因为过度的孤独很容易引起望莲的癫痫与精神分裂症发作，所以谁也不忍心刻意打击她，哪怕她刚刚干完一场恶作剧。

谁“得罪”了望莲，望莲就特别留意这家人员的去向，一经知道这户人家没人，她就会迅速溜进去，干些比如塞烟囱之类的坏事，谁也休想约束她。一个人也不在，真是好机会。望莲溜进去，自言自语。如果碰巧被人发觉，疑惑问起你在我家干什么呀？她说不干什么就赶紧走了。边走边回头看，生怕有人追出来，往深处里问下去。当然，一条街的人都知道保持礼貌态度对她待她。既对她充满深深的同情，又对她存在着本能的戒心，能躲就躲。不然的话，她就会执拗地跟你作对下去，甚至趁你外出时用小棍去堵你家锁孔。堵锁孔是望莲常常干的事。她用小刀把棒冰棍削尖插进锁眼后在外面折断，这样，钥匙就没办法插进锁里了。

一次她正在干着这事，被突然回家的户主看见，就慌慌张张地缩手，跑回家把门关上。别人追上来，她执拗地不肯开门，隔门叫道，我没干什么！我没干什么！

当然，截住她的人也知道不能真的跟她计较，不然的话会后患无穷。因为望莲一旦认定了心中的仇家，就谁也无法消除她对仇家的仇视。除非她自己慢慢厌倦了这个仇人，主动放弃恶作剧。望莲恶作剧的目的，其实也就是为了满足精神分裂症中惩罚“仇人”的狂想。常常地，她的父亲母亲为她的恶作剧押着她去向人赔礼道歉，她一声不吭，老半天也不能恢复平静。怔怔地，只是有些发呆。然后，爆发似地喊起来，那不是我干的！她响亮地说谎，气得她爸她妈满脸通红，好像是自己去堵了邻居家的锁孔。

别人都睡后，她像幽灵一样溜出家门，去敲一两户自认为是仇家的门。听到有人问谁呀，或者拖着拖鞋来开门的声音后，她就很快溜走。心里挺得意的，以为人家不知道。哪知她半夜敲门的事情，早已是隔壁邻舍公开的秘密。被她敲了门的人家在屋里问话，或者装着来开门的样子，只不过是为了哄她回家睡觉罢了。不然的话，她会一直好神气地敲下去，直敲到有人对她引起足够重视，隔门低问，她才痛痛快快跑回家去蒙头大睡。这是望莲精神分裂症又要发作的早期现象，等到望莲精神分裂症真正发作时就好像魔鬼附体。她那尖利的呼喊愈夜愈烈，她家都快变成地狱了。墙上挂着的本是她祖母的遗像，她病了就站到凳子上去把它取下来往地上丢。她家的日用品也被她扔得满地都是，谁也不能阻挠她。等到她困了倦了，静悄悄的一点儿声音也不发出时，得胜路的人又会担心，那个可怜的望莲，是不是已经不行了？

实在病得重了，她家就把她关在阁楼上。被困在阁楼上的望莲，往往不分昼夜拍打着门或摇晃着窗子号叫，放我出去！放我出去！我没有病，我知道一加一等于二……知道有人从门前走过，喊声愈大愈凶。她母亲很无奈地在楼下守着，一点儿办法都没有。又生怕她使性子逃出来闹事，或者敲坏窗子跳下楼来，这时候就要用绳子绑住她了。望莲被关在楼上，一点有趣的人生乐事都不能享受。她怕吃东西，对食物百般挑剔，万分警惕，生怕有人加害于她。就是她妈妈，也很难哄她吃上一顿饱饭。望莲，医生说你必须按时吃药才会一天天地好起来。望莲母亲每天这样劝她。我没病！望莲望着那白色的小小药片皱着眉拒绝。最后，她的父亲母亲只好接受街坊建议，决定把她送往邻县的精神病院了。

望莲要去精神病院的消息传出来后，半条街的大人小孩都来给她送行。送行的大人给望莲父母捐了一点钱，小孩子则把刚折好的纸飞机和纸船等物塞到望莲手上。望莲一下看见这么多人来到家里，激动得一刻也不肯坐下，不能安静。一缕阳光从望莲家的天井上照下来，照在望莲两颊青青的脸上。望莲青青的脸上全是激动，对所有来家的人表示出十足好感，深陷的眼睛闪出喜悦的光芒。

三个月后，住院的望莲正如得胜路人所期待的那样，在母亲陪伴下很正常地回到得胜路。那是一天的黄昏时分，她穿戴整齐，笑容纯净，自己拿钥匙打开了家门。远远望去，脸色和神态都好。街上人都说，一定的药物对望莲的身体还是有作用的。当然，对于望莲住过精神病院的事情，一条街的人还是很慎重的不会在望莲面前议论的——好了的望莲可受不了这个打击。一条街的小孩子对此也很配合，绝不去问望莲住院的情况。身体和神智得到恢复的望莲，回到得胜路的第一件事情就是给街上的五保户挑水，给一些人道歉。我妈说我昨天脾气不好，做了对不起你家的事，我来请你们原谅。望莲一脸诚恳地望着别人的眼睛说话，行为善良得让人怜恤。

此后一段时间，望莲会非常负责地给街坊邻里看家。无论谁家有人来找，望莲都特别热心。她总是好心地告诉来人，这家主人通常几点回家，又请人坐下等候。有时，望莲的嘴里塞满食物，也会及时搭话，告诉你要找的人家住哪儿。当然，望莲的这种好心有时也会使屋主不高兴，因为来者根本就不受他们家的欢迎。望莲可不管这些，这些太复杂了，她看不懂。下回这家的这个人来找，她仍热情搭话指点。

这样的情形通常过不了多久，望莲的病又犯了。望莲先后住过几次精神病医院。望莲第四次住精神病医院后就在得胜路上消失了。

望莲第四次发病可不是因为生气，而是谁也预料不到的不幸——望莲对从农村插队回城的邻居石生突然产生了朝思暮想的爱慕之情。而石生之所以能够顺利返城，是因为他女友的父亲以令人羡慕的权力改变了他的命运。望莲就是看见石生跟女友情投意合说说笑笑从街上走过才忧伤、消沉的。那是一天正午，石生穿着一件印有红字的白色背心——那是石生常穿的背心——上面印着“广阔天地，大有作为”。当然，石生就是没有女朋友，也不可能看上身心不健康、不正常的望莲。望莲的心却日日为石生狂跳着，石生的一切，包括他那印着“广阔天地，大有作为”的白色背心，他走路的样子，他微笑的模样。爱情还使望莲心胸开阔，常常把家里的红薯蒸熟，坐在门前，无论谁经过，都要起身招呼：“吃红薯啊，吃红薯啊！”然后，很像回事地向人宣布：“我要跟石生哥结婚了，我要给石生哥生孩子、做鞋子。”说时一点也不疯癫的样子。仿佛石生真的向她求过婚，而且悄悄吻抱过她一样。这是单相思者常有的情形。这样的情形在他们看来，自己喜欢的人，必定喜欢自己。自己爱的人，肯定也爱自己。就这还不算，望莲还把自己的房间布置得像新房一样，这里贴朵花，那里挂幅画。

这样的日子维持了好几个月。望莲有时发呆，有时甜蜜地做鞋子和鞋垫。当然，望莲什么鞋子都做不成，做出来的鞋垫歪歪扭扭，不成样子。不过，一二十天那样她就可以做成一双鞋垫，放在床头。日复一日，月复一月，望莲的癫痫与精神分裂症交叉反复，但仍照旧给石生做鞋子鞋垫。一张脸比过去更尖更瘦更干涩，面部表情是谁都看得出来的失意者具有的。

望莲就在这样绝望的单相思中一天天地萎靡憔悴下去。突然有一天，她执拗地不肯吃任何东西，一早醒来就大叫石生的名字。喊着喊着就哭闹起来，就神志不清地脱自己的衣服裤子，把街上所有的青年男子都认作石生。羞得她母亲在街上见人就低头，一次次劝她把衣服穿上，却是白费劲。这时候大家都知道，望莲的疯病又犯了。谁想得到呢，望莲一副智商不足的外表下也深埋着一颗爱恋之心，也能体会得到激动、痛苦和绝望等人之皆有的那种恋爱心情。而且，谁也休想把石生从她心里赶走，谁也休想泯灭她的爱意。就是疯癫，也不能！到后来她是整夜整夜地不睡，狼吼一样地喊石生啦。石生一家后来为了望莲永远搬出得胜路了。而那不健康的望莲，依然情圣一样地终日念着石生石生。她的家人只好又一次地合力把她关了起来。

生怕喜欢石生的望莲为石生做出什么荒唐事来的石生妈，在为儿子操办婚礼前卖掉了得胜路上的房子，挎着一大篮才上市的青梨子来看望莲，然后才搬出得胜路。当时一条街的人都刚刚吃过晚饭，天已黑定了。一家一盏的15瓦的电灯泡，照得每一户都暖暖的。望莲看见石生妈挎着一篮水果来，眼睛都直了，忙站起身迎上去。端椅子给石生妈坐，倒开水给石生妈喝，眼睛不时还打量一下门口，偷窥石生的身影是否从门外进来。“阿婶，石生哥为什么没有来啊？”望莲急急问起，望莲还当石生妈来提亲呢。说到石生哥三个字，望莲的声音轻柔得都有点醉人了，脸上全是甜美温柔的神态。心地善良的石生妈见状忙拉了望莲的手，好一阵长长短短地安慰。当然，石生妈同望莲妈一样，都有意隐瞒了石生一家即将搬出得胜路的消息。“好可怜的孩子。”石生妈从望莲家出来后自言自语。

……

最后，望莲是无药可救地垮下去了。来日不多的生命，不得不第四次住进精神病医院。精神病医院建在一个十分偏僻的地方，住的尽是些胡闹的人，望莲最后的日子可想而知。

医生说望莲的病不能再受任何打击了，得顺着她的性子行事。又说望莲的癫痫往后发作频率会更高，要她家做好最坏的思想准备。望莲的父亲母亲非常痛苦地接受了这个现实，常常相对落泪，每天黄昏都特别有耐心地陪着望莲在医院里散步。比什么都可怕的是医生的暗示，这谁都清楚。

望莲死了的消息是她父亲母亲红着眼睛返回得胜路时透露的。没有人知道望莲怎样痛苦或寂寞死去的详细过程。望莲窄小的床上却还堆着她给石生做的鞋垫，大下不一，很不匀称，但却排放得整齐有序。她妈妈还从望莲装衣服的木箱里很诧异地发现了石生那件印着“广阔天地，大有作为”的背心——也不知望莲采取怎样的手段弄回家的。默想望莲一次次把那背心捧在手心，贴在心窝的情景，很多年后的今天，我依然深深一叹。

望莲是个身体有病的女孩，她做的坏事老天爷一定会原谅她的。她渴望的石生老天爷也会在另一个世界送给她——我记得得胜路上的人在忆起望莲时大都这样说。

（《广西文学》2006 年第 8 期）

母亲的织布机

陈肖人

母亲今年九十三岁了，可与她相伴一生的那架织布机比她的年龄还长，母亲说那是她外婆那代留下来的，少说也有一百二三十年历史了。至今，年纪已上七十的嫂嫂久不久还在使用这架织布机。在老屋里，“依嚼、呷嚼”的机织声一直在吟唱着，似是一支奏不完的古歌。

母亲说她十一岁便学织布，因年小腿短，脚踩不上织布机的脚踏，便把凳子放进机里，坐在凳上，把身子和脚踏拉近，才能织布。这和乡村年幼的孩子上学，屁股下面垫上小板凳才够伏上课桌差不多。不过，所差是一个为了谋生，一个为了求学。家庭景状的不同，命运就差别。

旧社会的乡俗是女孩子十四五岁就出嫁。母亲也逃脱不了这一命运。但真正的和父亲结合在一起（入住夫家），还是十七八岁之后。母亲住进我父亲家之后，老外婆便把她用过的这架织布机送给了母亲。这就是老外婆给外孙女的礼物。自此之后，母亲便与这架织布机结下不解之缘，几乎一生的悲欢苦乐都在织布机上度过。直至1999年，母亲八十六岁的高龄，才从这架织布机上“光荣退役”。因此，可以说母亲在织布机上整整劳作了七十一年，这架织布机养活了我们祖孙几代人。

1944年，广西宾阳被日寇侵占，父亲当时在云南做小生意，在赶回来护救我们母子途中，死于匪乱。当时我四五岁，上有哥哥，下有两个妹妹。而最小的妹妹未长满一岁，当年因痢疾无钱医治而夭折。母亲未及三十守寡，拉扯我们兄妹三人，日里耕种不足两亩的薄田，夜里和农闲时则织布来卖。实际上种田得的谷，够不上一家四口一年到头的口粮，每年不足部分，直至日常菜食油盐，衣服被盖，一切开支，全是母亲从织布机上挣来的。

我清楚地记得新中国成立前有一年，那是青黄不接的四月天，母亲三天一圩织得一匹布（三至四丈）到圩镇卖，我和兄妹在家等着母亲卖布得钱籴米回来。在我们乡下农时，一般一天是“三粥一饭”，即白天吃三餐粥：早上、中午、下午吃粥，有时那粥稀得用筷子捞几捞才捞上几颗米。晚上才吃饭。其实，穷苦人家晚上还是吃粥，不过那粥比白天的稠点而已。这样的日子我们也有过。有一天，我们中午就把粥吃光了，下午没有粥吃，母亲赶圩卖布籴米又没有回来，我们兄妹饿得没法，便舀大缸水来充饥。入黑，母亲籴米回来，我们把饮水充饥这事向母亲诉说。母亲说，她也是半路上喝江水充饥赶回的。她舍不得在圩上吃碗粉。一碗粉可是一斤米的钱啊。

一家人喝水充饥这事，至今我想起，鼻头还有点发酸。

小时候母亲织布，我则给她打下手——打纱陀。打纱陀，就是把纱放在左边的纱矩上，右边是手摇打陀机。打半天纱陀，可够母亲织一天的布。有时候白天上学，晚上就打纱陀。为了三天一圩赶布卖，母亲常常是豆灯之下，织到鸡啼半夜才收工。好在母亲心灵手巧，别人三天只织两至三丈，而母亲却织三至四丈。而且织的布极少有纱结，质量比别人的好。同是织布谋生计，母亲织的布总比别人好卖还卖得些好价钱。因此，每圩收入总比别人多一些。这么一来，母亲成了附近有名的"织布婆"（"婆"者是女人的统称）。所以，尽管我们家是寡母一个，领着孤儿三口，在底层人中尚不是最贫困的。穿的衣服虽然破旧，但母亲补缀得体，而且要我们勤换勤洗，在乡下农村灰头土脸邋里邋遢的孩子们中，也还算有点光鲜。吃的饭菜不至于没有油盐。过年过节，也买得起肉，虽然不多，但总算人有我也有。而在我印象中，青黄不接期间，村中煮菜没有油盐的大有人在，而且那些人家，夫妻健在，孩子也不算多。说来这都有赖于母亲那双会织布的巧手。

更让我引母亲为骄傲的是，在如此家境之下，我们兄妹三人都能上学。新中国成立前夕，1949 年我和哥哥同时高小毕业，哥哥虽然长我两岁，我却跳级和哥哥同时考取高小。在家休学两年后，1952 年我和哥哥双双同时考中学。我被宾阳中学录取，哥哥名落孙山。从此，哥哥就永远被钉在农村了。我则初中——高中——大学，看似一路顺风，其实顺风吗？也不尽然。

说看似顺风，升学递级而上，这归功于母亲织布，供给我食杂费；说顺风又不尽然，也是因母亲的织布，为我惹下了身心难以遗忘的伤痛。

按说二十世纪五六十年代农村的孩子，贫困家庭的子女只要勤奋读书，功课好，升学大多是没有问题的。那时候，学校的学杂费不多，初、高中，每期学杂费也就三至五元(那时鸡蛋是五分钱一个，一般中学老师工资每月三四十元)。学校还有助学金，分甲、乙、丙三等，丙等是免学杂费。我期期都得丙等，免了学杂费。住校的伙食费就靠家里提供了。当时的伙食费也不多，菜金每餐五分。五分钱能做出什么菜？餐餐是一碟碎肉拌水豆腐。这可是美味啊，水豆腐放进饭盅里一搅，饭菜捞在一起，吃得顶香。也许是中学时代留下的味觉，至今，碎肉水豆腐仍然是我的首选菜。那时，米是从家里背来，菜金就靠母亲织布挣来了，每星期大约是一元多钱。一元多钱可也来之不易，母亲织三天布，也就是赚一元多钱。而织布只能农闲时织，农忙时节大多顾不上了。因而即使每星期一元多的菜金有时也交不上。交不上就被食堂停膳，一停膳就奔回离校七八里地的家中用餐了。不过，这种景况不多，每学期只有一两回。

倒霉的是1954年，政府实行粮食、棉布统购统销。粮食统购统销对我升学不成问题，关键是棉布统购统销，一切纱、布统统归政府管理，个人纺织布成了被取缔、违法的事。这么一来，市面上没有纱卖了。没有纱卖，母亲便织不了布，母亲织不了布，我读书的菜金、杂费哪里而来？眼看着我将要辍学回家，母亲心有不甘。于是，便斗胆从国营百货公司买了两张七八斤重的棉胎，偷偷给附近村的人纺成纱，母亲把纱拿回家织布，织成布又偷偷到圩里出售。没想，这事让村干部发觉了，告发上去，到了县检察院，竟也成了一桩案件。一个星期天，我从学校回家，见一位检察院干部把母亲从家里带走了。当时，我还以为是弄清情况后，就可以让母亲回家，所以，我没太在意。

在村口碰见母亲后面跟着一位检察干部，母亲不敢望我一眼，低头边走路边向我说了一句“我晚上回来的”，便匆匆而去。直至入夜，我学校也不回去了，和妹妹守在村口等母亲回来。左等右等，一等再等，远远地看见一个模糊人影，以为是母亲回来了，心里既忐忑又高兴。可人影走近，仔细一看，却是别人赶圩回来。如此反复几次，回回失望。及至夜里八九点钟，人影也没有了，漆黑一片，我和妹妹才拖着沉重的脚步回家。第二天一早，我带着哭肿的泪眼回到学校。

大约半个多月后，母亲被公判，公判的地点就在学校附近的圩场。我是知道的，但我不敢去圩场看公判。傍晚时候，我路过学校旁边一家杂货店，店主认得我。因为学校的厕所，就在这个店的马路对面，我天天路过店门口上厕所，有时也和这个店主搭腔几句。这一天的傍晚，我路过店主门口时，稍站了一下，这位店主就大声说：“今天公判了一个女的，问她为什么套购棉胎织布，她说是为了孩子读书！”当时我一听，觉得店主似是知道这个被公判的女人和我是母子关系，那是冲着我说的。可我不敢多说，像是被羞辱了似的，带着一腔愤懑无奈地走开了。

没想到，母亲因套购两张棉胎织布，被判了三年劳教。这于我们一家不啻是天大灾难。好在还有亲朋的点滴帮助，而且我哥哥虽然年纪只有十五六岁，但他已挺起腰杆，担当起一家的脊梁。有一晚我回家睡觉，见桌上他写下的几个字：吃得苦中苦，方为人上人。我心里明白，哥哥话不明说，却以字表达了心声，更给我传递了战胜困难险阻的勇气。我们兄妹三人没有倒下，大家默默互相支撑着。在学校里，因为少了母亲织布所得的供应，伙食经常被断。断就断，靠一双硬腿，回家用餐，来回奔读。母亲被劳教了半年后，或许是因她积极劳动，听话安分；或许是上面发觉判刑过重，她便被提前释放回家了。

回家了，政策又有所松动，市场又允许卖布了。于是母亲又继续日间田里劳作，夜里挑灯织布。那架古老的织布机又得吟唱。母亲编织着布，编织着梦，编织着希望，编织出点滴血汗钱，一步步把我送上了高中，送上了大学。

历史翻过一页，共和国背着沉重的积尘走进改革开放年代。本来我已经不大放在心上的母亲那件被判刑三年的案，没想到得以改正。县政法部门派人来到家里，郑重地对母亲和哥哥宣布为错判，并代表县政法部门赔礼道歉。我在外地听到这消息，眼眶里不禁溢出泪滴。

进入20世纪80年代，我们夫妻的收入有了很大的提高，生活和居住条件得到了大大的改善，我一心想把母亲接到城市来和我们一起生活，可母亲死活不愿。她说我们月月给了她足够的生活费，别的就不用操心了。可是令我不解的是，为什么母亲还在干她的苦活——织布。织的不是以往的土布，而是花样繁多的背带。这背带销路可广了，大都是上林、马山县的客户和外贸部门来收购。母亲根本用不着到圩里去卖。越是销路好，母亲干得越欢。我一听便揪心了。心里想，每月我除了给哥哥和母亲生活费外，还另外给母亲费用，在农村，这样的生活费绰绰有余，母亲怎么还去干这苦累营生？这辈子还没苦够吗？我便回家对母亲说，我再添你费用，要多少你说，劝母亲别再织布了，再织布我把这架织布机砸烂送进灶里去。母亲笑着对我说："你别着急，你给我的钱都很少用，都交给你哥存在银行里。你不用再给我添钱，我不缺钱。我织布不是为了挣钱。我能吃能走，闲着心里发慌，手脚不得活动，反倒觉得不灵便。我织布是活动身体的哩！"母亲这一说，大解我的不惑。心想，母亲讲的也有道理，这织布不但动手动脚，还动眼动脑。操作这梭子，一来一往，手脚反应不灵敏行吗？难怪当时，耄耋之年的母亲，腰不弯，背不驼，眼不蒙，身板硬朗，而且脑子反应十分灵活，五脏六腑没有任何问题，仅仅偶尔有点感冒。如此健康的身体，不就是得益于日间的适度劳作吗？于是我放宽了心，对母亲说："那好，你把织布当作舒筋活络来做，千万千万不是为赚钱，我就放心了！"母亲喜滋滋地笑了。

后来，母亲眼睛发蒙了，右眼有了白内障，我交代侄子们把她送进医院做手术割去白内障之后，眼睛看东西尚是有点蒙眬，至20世纪末，八十六岁高龄的母亲才离开这架古老的织布机。

如今，这架老外婆留下来的织布机还置放在老屋里，年上七十的嫂嫂继续承传这支久远的古歌。这支古歌至嫂嫂这代之后，肯定消失而去。因为其实，那是一支苦歌——织布机，那是农耕社会的产物，随着工业社会的进程，文明科学社会的发展，一切体力劳作及其工具，都将被科学文明和人性化的劳动生产所取代，这些工具在地球上也行将消亡。但人类社会不该把这些工具遗弃，应该完好地保存下去。

因此，我交代哥哥，这织布机以及织布机伴生的用具，乃至犁、耙、镐、铲、碓、磨、筛、斛……但凡农村中如今已经闲置不用的一切农具、用具，通通给我收购并妥为保存。这些前人的用具，将是珍贵的历史文化遗产。若干年后，我说不定要开一间小小的民俗馆，让曾经见识和不曾见识的人们，来参观这些先人们使用过的、用以繁衍生命并承载文明的遗物。目睹这些遗物，也许心中似在聆听一支久远的、饱含着苦辣酸甜的古歌。

（《广西文学》2006年第11期）

出发与抵达

梁志玲

2006 年 3 月 11 日，我正坐在前往南宁的列车上。列车员推着小车兜售东西，吆喝声抑扬顿挫——“饮料、啤酒、香烟、小吃、八宝粥”，充满了鲜艳的饮食的气息，小车里五颜六色的东西是庸红俗绿的，喊到“八宝粥”时声音有点拖泥带水，含糊成了“宝宝粥”或是“爸爸粥”，那又怎么样，人的气息是挥之不去的。

我坐在列车上，列车的行驶是一种滑行于地球表面的机械运动，它使人发生移动，改变一个地方人的数量，使人发生量变而已。

这时我的手机响了，小弟告诉我说：“外婆走了。”我啊了一声，又安静了。周围的人并没有对我投以异样的目光。

到了南宁，换乘公共汽车，与小弟会合，再赶乘快班回到我生活的小城，再坐上三轮车，无论我乘坐什么样的车，它们唯一的区别是速度不同而已，共同的地方是它们在使人发生量变，我们坐在使人发生量变的车上去看望一个已经发生质变的人——我的外婆，一个正在上路的生命，她永远无法再滑行于地球的表面，她将永远下潜，奔赴我们无法预知的无限的广漠的未知中。

外婆已经移到了地面的席子上，身上覆盖了略微泛黄的白布。这是一种土织布，俗称“白扣布”，那种接近天然的白色总是与“孝”与“死亡”有关，它的白不是决绝的。现代社会中的白布掺杂了太多的技术，比如增白粉，比如荧光粉，它们在与天然决绝，张扬着完美的白色。可是生命怎么可能是完美的呢？所以“白扣布”宽容地接纳了微微的黄色，它使一切有了一种别样的黯淡的温暖，它将缓慢地包容死亡——此刻它正在包容我外婆冰冷的躯体，八十八岁的生命，也算是喜丧，黯淡的温暖。我的手臂上也缠了一根窄窄小小的“白扣布”。

白布的起伏不是很大，五岁的小表妹悄悄指了指，说：“外婆的头在那个方向。”我哦了一声，因为头与脚的起伏没有多大的区别，我对表妹稚气的解释表示理解，她只知道头与脚的方向而不知道什么是死亡。她问母亲：“外婆怎么不睡在床上了？”母亲说：“睡在地上凉快一点。”她又问：“那盖那么多东西不更加热？”母亲说：“你出去玩吧，不要那么缠人，没事不要进来。”

我跪下来，焚香插到灰盆上，烧了一些纸钱给外婆上路用。她的脚前放置了两碗白米饭，筷子与食羹也配放在那里，还有一盏煤油灯，有灯照着她吃饭，上路。她的躯体两旁各放置了一个小碟，盛的是生油点的灯。

我为外婆点上一支香烟插到灰盆上，是她生前常抽的“青竹”烟，虽然她不是很喜欢，但它便宜，一块钱一包。我母亲有记忆时就知道外婆喜欢抽烟。据说吃糖可以戒烟，吃九制陈皮可以戒烟，最后，烟还是照常抽，糖和九制陈皮也必不可少地照吃。另外因为喜欢在烟雾缭绕中回想往事就常偏头疼，外婆就吃上了“退热散”，最后她迷上了“退热散”配方中的微量的“咖啡因”。烟、糖、九制陈皮、退热散，构成了她的零食结构。外婆有时会振振有词地说：“我做姑娘时，在越南高平抽的可是上等的鸦片。我家里人可是跑马帮贩烟土的。”这句话似真似假。

外婆的经典动作是：坐在床上，支着双膝，膝盖顶着下巴。床沿密密麻麻的黑点，是搁置烟头留下的烙印。她抽烟，叹息。然后揉揉太阳穴，说，头又疼了。有时就把风油精涂抹在太阳穴，或是就涂在烟头上。烟抽完了。头还疼。于是，她撕开一包“退热散”，伸出舌头，把粉末倒到舌面上，闭嘴含了一下，再喝上一大口水。药是苦的，口就苦。于是，剥开一粒糖含上。她吃的糖，经过几次变动，先是一毛钱一粒的硬糖，后是薄荷糖，最后确定为冰糖颗粒。

所有零食的前前后后地登场，都只是因为异国的记忆的存在。也许一开始是为了驱逐记忆，然而在与记忆较量时，强大的童年情景总是让各种充当驱逐工具的零食一一溃败，最后所有的零食退隐成外婆回忆往事的道具，甚至是一种情调。

外婆在没有星星的夜晚，躺在竹椅上，竹椅置放在天井中的苦楝树下。外婆穿着无领无袖月白色的上衣静静地、沉沉地融化在黑夜里。她脸的轮廓线条被黑夜施了催眠术睡了过去。这时，她冷亮不扩张的烟头凑向面庞，借着亮光唤醒了一些线条，半明半暗，再一微动，线条浮动，似乎那是一张一笔呵成的脸。她夹烟的手搔了一下下巴，仿佛不小心手指绊倒纷至沓来的记忆，慌忙抽身，把脸的线条抽拉成一条直线，幻成游蛇行于荒野中。烟灭了，只有烟雾扬眉吐气般地喷了一空。想象着游蛇窜向时间滴漏的空隙，于是卡在那里扭曲挣扎，时间停止了滴漏，一切可以这样顿住、空白。

我曾多次在我的小说中描写这样类似的镜头——虽然我的小说并没有得以发表，只是有时候主人公会幻化成男性，很沧桑的男人，但是我所要表达的对生命的无奈是彻底的、黯淡的，它有着颓废的唯美。

童年的我有一段时间和外婆一起住在一个青石板砌成的小街上。年幼的我目光清澈，我甚至不知道哭与流泪的区别。我守在她的身旁，不太敢像猫一样亲热地蹭她，只是懵懵懂懂地注视着她，注视着泪水从她闭上的眼睛流了出来，我无法区分哭与流泪，见多了许多老人的风泪眼，就不能明辨其中代表的心境了。我静静地看着她的泪，同时滑出的泪，只因半侧脸，一边倾斜，另一边平直点，于是有一行泪领先行过，一路填了些褶皱，另一行泪中途开溜坠入耳边的发丛，濡湿润腻。我看着，似乎在丈量比画痛苦，似乎在奇怪痛苦是怎样具体到泪的形式上，带了一种不相关的诧异似乎又是安然。

当我写下这样的文字时，我知道它们充满了意境，是空灵的，甚至可读性不强。我们的人生更多的是可读性不强的，也同样是与空灵无缘的。但是我的外婆在我删去一些意境后，她还是有故事的。

我来到右边的席子上，跪下开始漫长的守灵。我旁边是外婆的三个女儿——母亲以及两个姨。

守灵是对生命最隆重的尊敬。所有琐碎的纠纷将在守灵夜里得以重释与升华。

三姨对我说，谁知道妈会走得那么快，夜里她说肚子疼，因为经常疼就给她吃了止痛药，安定后，开了核桃糊给她喝，还吃了一个香蕉，我还打了电话给二姨说一声。

二姨说，半夜电话响时，我也是心神不宁的，前几个月妈胃出血时替她输了五百毫升的血，顺便全面检查了一下，医生说她最关键的是腹动脉上有肿瘤。只能保守止痛，不能治疗了。她的日子不多了，可能夜里就是那个血瘤破裂了。

我父亲说，今天她还吃了大半碗米汤，还走出门口来张望了一下，过一个坎沟时还小跃了一下，真是胆大。

我母亲说，那可能是回光返照了。

亲人们仔细检查着自己是否尽到了责任，在哪一个细节中可以挽留一个生命，哪怕是暂时的。在平时忽略的地方略略表示一下忏悔。

有亲戚说，你们忘了给外婆盖一张红布了。于是我们取下白布，我看见了外婆的遗容，她的肤色暗青，正在退隐的生命晦暗地发出气息。眼睛闭得很紧，嘴微张，舌尖顶了一枚硬币。她穿了一身黑衣，脚上套了一双白底圆口黑布鞋。两手放置于身体两边，各抓了一团饭。庞大的黑衣非常隆重地把她淹没了。肉体靠衣服显出大致的轮廓，最后一刻生命的被动与软弱被表现得不动声色。我有点悲哀，却没有面对死亡的恐惧。灵布重新盖上了。

外婆前段时间提出，拿那套衣服出来穿穿。母亲一时反应不过来，说，什么，哪一套？外婆说，心中有数的那一套。那套在“大有号”寿衣店里买的衣服最终给外婆过目了一下。她慢慢看着，抚摩着，没说什么。没人在时也许她试穿过，因为有一次，她淡淡地说：“宽了，也得。”一时让人反应不过来，一想又懂了。外婆非常喜欢针线活，凡新买的衣服必被她改一下才上身，也许这是唯一一套没被拆缝就被上身的衣服。

有一次，她和三姨讨论寿衣，她说，寿衣不要金属扣，容易硌身子，塑料扣也不好，火化会发出爆响，惊扰人的。我听着鼻子发酸，鼻涕水就下来了。

外婆对我说，你感冒了，就要早吃药。房间里的空气一时有一点凝滞。

外婆自顾自地说，昨晚又梦见越南的姐姐，战争时被活埋的哥哥来看她了。凡是已经死去的人她都反反复复梦见了。吃早餐时，她经常和我描述昨天晚上又看见鬼了，鬼长得什么样，和她说了什么，穿什么衣服，又是怎样走路，她甚至还学着走了两步路。我埋头吃着东西，不敢吭声，外婆觉得很无聊，她对我沉默而又冷不丁地顶撞的性格的评价是：不吭声的狗咬死人。餐桌上只有外婆的声音在回荡，我抬头看见她，肤色青灰，两耳大而肥厚，这是一个预示着长寿的耳朵，可是再长寿的东西也有个尽头。我心头一阵发紧，我知道我再也不敢顶撞什么了。

我们默默无言地听着，毛骨悚然。这样的述说越来越多，我们也疲于呈现该有的表情，听了也就听了，无能为力，眼睁睁地看着生命在缓慢地黯淡。因为各人有各人的忙，我们也许都不是优秀的倾听者，而外婆也许在抓紧时间反复着自己的述说。她对我们不够积极的反应充满了愤慨，经常泪流满面。

而我们只能敷衍地说："你身体一好我们就帮你打听你的亲人，回去一趟。"

有时候有朋友来看她，就逗她说，外婆教我两句越南话，我好去越南做生意。外婆就得意地说了，而且诲人不倦。然后又继续唠叨自己的故事，激动之余又放声大哭，搞得众人面面相觑。

母亲经常说，妈你少哭一点，你老哭，别人还不以为我们在虐待你。你的身体已经是这样了，要保持好的心情。

外婆说，我就是忍不住。

外婆病了以后，我们决定让她和三姨住。然而她和我母亲一起住了几十年感情太深了。外婆在三姨家住了一段时间后，老吵着回我家，而我母亲也老了，夜里实在陪不了床，而二姨她上班又陪不了。我们反复劝说，在三姨家吧，她年轻照顾得了，工作也随意，迁就一下子女。

外婆有时想得通，有时想不通，想不通时整天吵着要户口簿说去找派出所安排住处，要找政府，要不然她就来到小城里最繁华的百货大楼，又是放声大哭。外婆的能说会道是出了名的，也是非常煽情的，小城里的很多人都认识她。她需要围观带来的瞩目。

她要控诉的是，我没有家，到处都没有我的家，所有的人都在抛弃我。说得声泪俱下，不明真相的人纷纷红了眼圈，开始指责儿女的不孝。

这个举动非常让人无可奈何。被影响声誉的做老师的二姨非常生气，她对外婆说："我们已经对你很好了，吃穿营养治病都有，你要户口簿是吗？你有户口簿吗？你是中国人吗？你不是，人家懒得理你。"

外婆强词夺理地说："我什么也没说。"

二姨情绪激动地说，某某师母说我怎么这样对待自己的母亲，公安局黄叔语重心长教育我对长辈要耐心，还有……没影的事人家怎么老说呢？说我不像为人师表，气死我了。

二姨跪了一下，又上去为外婆上香，烧了一些纸钱。重新跪下时，我们闲聊了几句，清点了外婆的一些遗物。首先是一本蓝色的证书，“外国人暂住证”，外婆没有户口簿，只有这本东西。这文字的东西可以证明外婆的身份，它有着粗糙而又单薄的权威，苍白的权威无法为一个生命盖棺定论，白纸黑字也许是意味着证据，证据对于一个丰富的生命是言不尽意的。

打开暂住证，内页已经泛黄了。姓名：陈海萍；出生年月：1919；籍贯：越南高平；暂住处：崇左县太平镇。

盖了崇左县公安局的公章，当然现在是崇左市了。非常简单的文字，技术最差的假证伪造者都可以仿制。这样的身份太不值钱了，所以高科技的制作没有必要落实到这样的东西上。

二姨叹息了一声，说：“这个就不要陪葬了，留个纪念吧。”

没有人知道外婆的真实姓名，“陈”接近越南姓的音，而外婆来来回回中国几次实在像一个传奇，它与几场战争有关，这样的漂泊像海萍一样，没有根基。于是一个叫罗荫枢的男人，为她取了名字，“陈海萍”，也许落笔时还微微叹了一口气。

那个男人是我的外公，一百多年前，广东梅县地区的罗姓两兄弟漂泊来到一个叫崇善县的地方，那时的崇左县叫作崇善县。他们繁衍人口，经商生活。外公读过八年私塾，常为人写状纸，杂七杂八的活都干过，年龄大时，改行做道公。那时的外公瘦弱，体形颀长，有着中年人应该有的沉稳笃定，前后两个老婆的逝去，张罗丧事让他略略疲惫，留下的一个幼女正扶着大又空荡荡的米缸学步，女儿的口水把米缸的外壁弄得湿漉漉的，米缸的细小紧密的裂缝在口水的涂抹下显得异常清晰，仿佛是在水的滋润下茂盛蓬勃地生长出来，那是长不出树叶的枝丫，没有收获的疯长，令人恐慌。好在大男人何患无妻。这时有人把外婆介绍给了外公，那时的外婆虽然也是二十出头却也经历了两个男人，满面沧桑，两个人都在寻找黯淡的温暖，他们非常缓慢地相爱了，成了柴米油盐夫妻。外婆就这样做了外公的填房。

那个扶着米缸学步的幼女有了后妈，外婆是不是一个好的后妈谁都清楚，印象中外婆是不大喜欢孩子的，她喜欢用烟头以及针线恐吓淘气的小孩。

“再不听话我烫死你”，“再不听话我就用针扎死你”……

我不能心甘情愿地用“慈祥”两字形容外婆，她是乖张的、精明的、精力充沛的、个性十足的，而“慈祥”这个字眼太温吞了，太具有奉献精神了。

1965 年中国政府出兵越南“援越抗美”，青石板古镇来来往往大量的士兵，开赴前线的，从前线退下来的，在人流中一个士兵把当年扶米缸的少女裹挟走了，他们来到了天津。在褪去军装的威猛后，他们面对的是琐碎与贫困，南方人与北方人的饮食冲突，温婉与粗暴的尖锐冲突，这个女人回来了。然而古镇对她是陌生了，跟她有血缘关系的人也不在了——父亲在 1968 年去世了，徘徊再徘徊，她又回到了北方，潦草嫁人，又潦草地死去了，似乎女人的家是在男人身上的，这似乎是女人的宿命。

五岁的小表妹又溜了进来，好奇而又惶恐。

我问：“外婆喜欢你吗？”

她说：“不喜欢，她老用牙签戳我的手。”

我问：“你喜欢外婆吗？”

她说：“不喜欢，她骂我短命鬼。”

我们对生命的爱憎是直白的，年幼的人更是不去深究其中的渊源。

我潦草地说："外婆病了，心情不好。"

女人的家在哪里？这是个不好说的问题，是在男人身上吗？

外婆的家似乎是在这里了，因为她生养了三个女儿。我的母亲是长女。外婆对自己的选择也许还满意，因为时不时她会说，宁可嫁一个街上的年龄大的男人，也不愿嫁一个农村的年轻小伙子。所谓宁做街上狗，不做村里人。

选择街上年龄大的男人可以得到暂时生活的安逸。至少街上稍微平静的日子使外婆得以保留抽烟这个略略小资的习惯，保留使用头油的习惯，这使她在八十五岁时依然保留天然的黑发，比我的头发还黑。我的湖南女友远道来看我时，仅仅和我照了几张相片，却和我外婆照了几十张相片，外婆的风头盖过了年轻人。

外婆常常说，我在越南时，家里还有丫鬟，我大哥结婚时点了几百盏油灯呢，有多少人家点得起啊。我常常嗤之以鼻，笑这种做作地炫耀自己的出身。我说，越南很穷的，女人都千方百计嫁到中国，越南女人不值钱的。

外婆非常生气。说，那是现在，过去不是这样的。

从外婆几十年断断续续的讲述中，我大概知道外婆生长在越南高平一个小城里，居住的地方呈锅底形状，母亲说叫"天底"（近似音），是一个矿区，居住的房屋全是竹片搭的，以方便不断的拆迁往高处，随着矿的开发，房屋就往上挪。

房子是竹子搭的，竹子天然地亲近火，失火就成了家常便饭。所以外婆唯一会唱的一句歌谣是："火烧山顶，狐狸走啰。"仅此一句。奔走的不仅仅是狐狸，还有拖儿带女的外婆。

1960 年困难时期，在吃过了龙眼核芭蕉树后，家里的人奄奄一息，满面浮肿的外公说，你还是回越南吧，给自己一条生路也给孩子一条生路。外婆独自带着三个女儿来到越南，当然三个女儿包括尚在肚子里的三姨。

防疫打针，照相，验证件，过了零公里路碑，换车等。经过繁杂的手续，她们来到了越南，那一年，母亲十六岁，有了清晰准确的记忆以及学习语言的主动。在发黄的相片上，我看见我的母亲，稚气地咧嘴，嘴角挑着一丝笑意，披着长长的头发，在额角稍微绑了两束发以防备凌乱的头发撩拨如月的面庞，这样的梳妆曾经在20世纪90年代初流行过。母亲是美丽的，对于她的美丽，曾经有人说，怪不得能嫁到一个大学生。容貌似乎只有在“嫁”上才能彻底地体现价值，“嫁”的积极走向使容貌有了皆大欢喜的结局。可惜我长得像父亲，一点都不漂亮，这使我性情阴郁。

1960年，外婆在越南生下了三姨。

那时候的越南物产是丰富的。我的母亲非常清晰地记得那时候的场景，她的叙述是生动的。即便是在经历20世纪的物质文明之后，她依然没有否认那时斑斓富饶的生活。

你不知道啊？在竹林里，那些蓬蓬松松的土包看似坟包，其实不是的，你要用手掬走一撮撮浮泥，下面就是米粒一样的蚂蚁蛋，还反光呢。快手快脚地扒拉进竹筐里，满满一大筐哩。在米饭蒸熟后，把蚂蚁蛋铺在糯米饭上，再盖上盖子，焖一下，揭开锅，香！真是香！你简直分不清哪一粒是糯米哪一粒是蚂蚁蛋。每一次说到这时，母亲往往以咽口水的动作配合，那样的野味是文明化的，今天无法品尝到的。在蚂蚁蛋和米粒一样昌盛的岁月里，还有什么不能昌盛繁荣呢，包括人丁，包括心情，它们是充满生机的、直白的。

你不知道啊？那里的鸦片也是茂盛的。我曾经透过门缝，看见邻居的阿三，把铁皮烧红，把罂粟果划破，让乳白色的浆，落到铁皮上，烟嗞嗞升起来，阿三赶紧凑上去，猛抽鼻子，陶醉过去。我最喜欢偷看他抽鸦片了，让你外婆多次凿脑袋。你看阿三吃了烟后，走出门吹着口哨，心情好得连鸟也想撩拨下来。看见小孩笑容也多了，不再吓唬小孩了。

你不知道啊？那里的水清得可以直接舀来喝。那里的鱼伸手可触及。

我想那应该是没有被使用生化武器前的越南吧。简单淳朴，人有一点小奸小诈，却不失真实。

日子过得舒适了，外婆说，干脆把外公也申请过来吧。这样一申请，结果领事馆发现了问题，怎么她们住两年多了，超期滞留了，督促她们马上回中国。

这时候，一场战争又开始了，每一天都有飞机从天空呼啸而过，撒下大量的传单。小孩们最初对花花绿绿的传单充满了好奇，用传单折叠飞机，呵了一口气，振臂一挥，纸飞机欲与铁机比试高低，在徒劳中享受混沌的快乐。在追逐了一段时间的传单后，小孩开始厌倦了，开始把注意力转移到面色沉重的大人身上了。

美国入侵越南的战争开始了，战争在召唤出发与结束。于是外婆从越南出发，又是拖儿带女。越南的风是干热的，它几次想掀起紧扣在外婆头上的越南帽。那种帽子极具地方色彩，呈金字塔形，塔形坡面是用月白色的竹叶铺展码缝而成，帽里左右各置一个蝴蝶状的牵绊，拉扯着一根线。我记得 20 世纪 90 年代初我居住的小城一度风靡这样的帽子。潮流是反复的，仿佛人的命运。那时的外婆应该穿的是黑色阔脚的麻纱长裤，紧身短小的白色的圆领上衣。风把外婆的身材从衣服中勾勒出来。衣服的飘逸与头发的飘逸，使人有了树一样婆娑的感觉。黑与白斩钉截铁地对峙，上轻下重的颜色搭配是那个国家的女人最传统的打扮。黑与白的决绝是那个国家人民隐忍的性格，然而我的外婆只是一个渺小的个体的生命，她是随波逐流的。

外婆是被战争驱逐来驱逐去的命，渺小的生命无法与恢宏的政治抗衡。裹挟在战争中的任何人道主义关怀往往是留于浅层的政治姿势，平民是无辜的，政治的强大需要牺牲“无辜”，所以，蚂蚁一样的生命本能地离开战火。

过了零公里路碑后，外婆她们顺着井然的铁轨，把家从越南迁到中国。长长的铁轨走着四个人，外婆担着担子，里面放着肉、米、罐头等中国紧俏的东西，虽然说罐头往往就是中国支援给越南的，但是现在是越南人实实在在地拥有它，它的来龙去脉只是属于政治的迂回。

回家的路上需要经过一个长长的隧道，黑而长的隧道像时间的隧道，疲惫的外婆还是感觉到了轨道的颤抖还有隐约的轰鸣声，在迷惑中她们还是前行，只是在突然渐进的声音中，蓦然回首，火车已经突兀在眼前。危险是突飞猛进的，人的爆发力也在突飞猛进。挑着担子的外婆一把揪住二姨，而我的母亲一把揪住三姨的衣领，以大带小。庞然大物轰隆隆而过，只剩下摊在地上的人和物资。时间在静止，然后苏醒，所有的人都还在，故事得以持续。

夜色是在毫不犹豫地黑下来，灵前的檀香炷的灰烬无声无息地塌陷下来，偶尔有烧尽的纸钱被风托起，转着小小的旋，转累了又轻轻地落下。长明灯又填了一次油，灯芯被轻轻挑起，光跃动了一下，又回落到近乎凝固的亮度，那样没有变化的亮近乎无动于衷。

闲聊的人间或打起了哈欠，有人想睡在就近的床上，被呵斥，生者不许睡得比死者高，我们必须对死表示最隆重的尊重。

有蜈蚣出来，有人尖叫了一声。有人抄起鞋子，作势要打。有人制止，说，这个时候的小动物是不能被砸死的。

这个有着晦涩意味的蜈蚣在众目睽睽之下，摆动着三寸长的身躯，款款而行，像走着某种遐迩闻名的时装步子。我看着它目标明确直奔进外婆的层层叠叠的铺设中，不知道是死亡对小生灵多了宽容，还是死亡让小生灵有一种天然的亲近，死亡让一切呈现一种一了百了的平等——算了吧，由它去吧。

我不知道，蜈蚣会爬入外婆的口中还是鼻子里，我有一种毛骨悚然的感觉。它是从靠近头部的地方钻进躯体的。我在忐忑不安中注视着外婆，外婆被堆在层层的布中，无所事事地等待某种召唤。几分钟后，蜈蚣从另一头钻出，又是款款而行。我松了一口气。

可是后来，那只蜈蚣居然又出现了，像先前一样，在死者的躯体上溜达一会，又从容不迫地走了，走的路线和第一次大致一样，刻意绕开生者。我吃了一惊，目送它消失在屋角。

这个行走又再重复了一下，进行了三次的行走，与“三”有关的举动突然间就具有了仪式般的隆重，典礼般的深刻，像是召唤魂魄的过场。

有人说，是外公在指引外婆上路，他们的魂魄在相遇。

关于相遇，我突然想起了法国杜拉斯的《情人》。——我已经老了，有一天，在一处公共场所的大厅里，有一个男人向我走来，他主动介绍自己，他对我说：“我认识你，永远记得你。那时候，你还年轻，人人都说你美，现在，我是特意来告诉你，对我来说，我觉得现在的你比年轻的时候更美，那时你是年轻女人，与你那时的面貌相比，我更爱你现在备受摧残的面容。”

这段话被引用得已经俗气了。其实没有多少人能真正读完杜拉斯的小说，我也不例外。在枯冷的六十岁写下十五岁的激情，这让我好奇，我对故事的背景感兴趣，它发生在越南。

对于女人，有多少个男人会喜欢她备受摧残的面庞呢？哪怕它意味着丰盈。在这个世俗的社会里，有谁不喜欢晴朗的天空，哪怕它意味着空白。

我对激情充满了怀疑，我对赴死般的激情充满了恐惧。

外婆遭遇激情的年龄应该是在十六岁吧。那应该是 20 世纪 40 年代中期。十六岁是怎样的年龄呢？那是在无人处也会拈花微笑，额头有着圣洁的光的年龄。是无风也神清气爽的季节。

可是战争，又是战争。那场战争中有法国人，外婆的二姐和一个法国兵好上了，好上的结果是可以不管不顾，远走他乡，这是爱情一贯的姿势，可是这个姿势旁逸而出一个枝丫，无风也招摇的外婆心猿意马不再读书，执意追随姐姐去玩玩。

这一“玩”把故事的背景挪到了中国，把“玩”玩出了沉重。在中越边界，兵荒马乱，烽火连天，逃生的本能在被极度地放大，到处是声嘶力竭的呼唤声，不断碰撞的人，被遗落的鞋子。

于是，外婆和自己的亲人被栖栖惶惶的人流冲散了。异国他乡，举目无亲，十六岁的外婆脸色苍白、头发凌乱、声音嘶哑、呆若木鸡。但这一切依然掩盖不了她花苞一样的美丽。她的美丽是可以改变她命运的，哪怕这个命运是叵测的。有一匹马循着她的美丽来到了她的面前，马“咻咻”的鼻息喷在她的头顶上，像黑暗中人的鼻息，温热潮湿。马被马上的人勒住缰绳，这是一个国民党军官，从以后外婆的多次叙述中我可以大致判断出这个人的身份。男人的目光上下打量这个落魄的少女，权衡的目光更多的是权衡“物”的价值的目光，马背上的端详，是男人对女人的俯视，强者对弱者的君临天下。在苦难泛滥的战争中，怜悯是奢侈的，肉欲却是永恒的。而外婆迎接这样的目光时应该是泛滥着渴望，甚至泛滥着自己的春情，无邪地呈现自己的美丽。这是女性落魄者唯一可以奉献出的礼物。马、军装、枪、身后的随从，像是从天而降的救兵，外婆别无选择。她被男人一把捞起置于马背上，我无数次在电影中看到这样优美的打捞，这是英雄救美一贯的姿势，这是人对物的宠幸。在战争中女人沦落为“物”。

外婆并没有意识到自己“物”的身份，她置身于男人怀中，“咻咻”的鼻息喷在头顶上，蓬勃的气息催生的是外婆的激情。啊，终于有了一个依靠，哪怕这个男人是叵测的。爱情并不惧怕叵测，它是勇往直前的，所向披靡的。男人的城府在少女面前幻变成男人的神秘。

外婆说，我那时穿的可是绣花的旗袍，高跟鞋，前后跟着小兵呢。口气里有炫耀，浅薄的炫耀，这是可以原谅的浅薄，是浅薄诞生了活泼与生动。在激情中又有多少人能保持这惊人的理智呢。理智会扼杀太多斑斓的故事从而使人生僵硬，我喜欢看到别人斑斓的故事，却拒绝这样的故事诞生在自己身上，我是叶公好龙。

外婆和她认定的男人来到了广西玉林，和所有俗气的故事一样，她突然发现她将和男人的大老婆争宠，她不是男人的唯一。

“她太凶了，我斗不过她。”很多年以后，外婆还是这样说。里面的明争暗斗，波澜起伏，她如此一语带过。

离开，外婆选择离开。这是她意识到自己低微到尘埃的“物”的身份后的离开。转身的姿势，多年以后记忆并没有转身，记忆在这里徘徊叹息。激情的跌落，使人回复到冷静。

可是，因为战争，外婆已经无法回到越南。她面临选择。她被迫用“嫁”解决温饱问题。那是在另一个男人身上寻找家的“嫁”，“嫁”是一个比较好听的字眼，它意味着人的转移。实际上，很多人说外婆是被“卖”到了另一个男人手中。“卖”，充满了物的气息，是物的转移。

无论是物的转移还是人的转移，这个男人外婆不愿多提及。买卖不成仁义在，这个道义的指向是“物”的商品，不是人。

再经过怎样的辗转，里面有冲突、有抗争、有佯装的妥协，最后外婆来到了广西崇左。她依然面临用“嫁”解决生存问题，身体是女人唯一可以换取生存的资本，它将以合法婚姻的形式换取生存。外婆被迫对命运妥协，外婆嫁给了我的外公。这里面的“嫁”没有张灯结彩的喜气，只有退而求其次的柴米油盐一样的稳妥。嫁的姿势有一点点违心，这种违心将被漫长的岁月销蚀，于是多多少少有了一点真心。年长外婆二十多岁的外公对她是疼爱的，在外公的目光中，外婆从“物”还原成“人”，最后再从“人”升华成“女人”。

外婆终于有了尘埃落定的从容的日子。

“……与你那时的面貌相比，我更爱你现在备受摧残的面容。”话说得催人泪下，无论是阴间还是阳间，有资格用真情说这句话的人是谁？

灵魂，只有灵魂知道。天上的神灵将注视这一切。

其实男人可以对女人如是说。

其实外婆也可以对自己生活过的越南说："……与你那时的面貌相比，我更爱你现在备受摧残的面容。"

鸡叫了。守灵的人不知打了多少次哈欠。我依然没有困意。我闻不到死亡的气息，只闻到檀香的气息。然而有苍蝇进来了，是一只。它落在白布上，异常清晰。我注意到白布下外婆的腹部在不知不觉中已经隆起，是死亡在肆无忌惮地膨胀扩张。我第一次如此长时间地和死亡待在一起，随着年龄的增长，对于死亡我已经没有恐惧了，我更恐惧孤独。没有依托没有灵魂家园的孤独经常使我处于极度的厌世情绪中。

不止一个仙婆说我命太轻，阴气太重。有阴人的魂魄浮在我的头顶。他们在发出召唤。我已经不惧怕这种东西了。我更喜欢和魂魄沟通。我惧怕的是没有归宿感的孤独。对于死亡，我喜欢我文字中死亡的气息，喜欢用诗意的笔触描写它们，并赋予它圣洁与厚重。

母亲翻出一张外婆的相片，说明天拿去放大做遗像。

我说，用电脑扫描很快的。

二姨说，该做的事，记下来，把应该走的程序走完。妈这一辈子，也算是有了个归宿，到了阴间，留在中国，还是回越南随她去了。

外婆的遗像，是一个清丽的女人，是的，是清丽，即便是四十岁照的相，也当之无愧。一个越南女人，在拒绝年龄对容貌的侵袭。

自知自己日子不多的外婆，经常念叨："我要回家，我的家在越南。"我经常说："越南很穷的，还不如中国，回去干什么。"

有时母亲说我，你不要这样说，儿不嫌母丑的，刺激你外婆干什么。

记得十年前我去过一趟越南同登，那是和中国乡镇一样的地方，在返回时，碰上边防稽查人员，不知为什么，那个英俊的稽查员，放着满满一车的乘客不盘问，硬是挤到车尾，目标明确要我回答他的提问，我交替着用标准的普通话和地道的白话回答了他近乎审问的提问，满车的人注视着我。我真是不习惯这样引人注目。

随同的表姐说，他是在怀疑你是偷渡客。我说，不会吧，我穿得还算体面，人又斯文，像吗？表姐说，你身上有四分之一的越南人的血统。

我第一次意识到这个血统问题，这是无法更改的。

事实上，越南已经没有外婆的什么亲人了。因为战争，姐姐失散了，哥哥被活埋了，记忆中有一个哥哥拖着一条被流弹打中的残腿苟且偷生，然后，死了。

这是母亲最后一次回越南得来的最后的信息，后来，再也没有回去了。

但是外婆对故乡的人有着一种近乎病态的好感，只要是乡亲，越南话一出口，就是老乡见老乡两眼泪汪汪。没搬上楼房时，我家门前是一个客车的停车场。在那场著名的“非典”病疫泛滥时期，人与人充满戒备的时期，我家居然高朋满座，十几个来路不明南腔北调的人居然被我外婆招呼进家来，拖出椅子，奉上茶水，端上白米粥，打开风扇。母亲待人走完后，大发雷霆，说，平时我是放纵你这样做，现在是非常时期，小心招惹病疫害死一家人。外婆不以为然地说，人家口渴，可怜，还有小孩呢。

没有节制的可怜与信任，致使外婆在八十岁时被一位老乡骗走了上万元，这是她毕生的积蓄。于是外婆的头发开始变得花白。

死亡，这就是死亡，从此咫尺天涯的死亡。我替外婆掖了一下白布，无意中碰了一下她的手，冰冷。我看见她的手青青黑黑，朝上半拢着，似乎在把握住什么，又力不从心，她的手心搁着一个饭团。虽然是力不从心但是漫漫长夜实在需要一些实的东西把握在手上，但是在更长的黑夜里，有什么样的东西可以切切实实把握在心里呢？

外婆切切实实地在中国生活了大半辈子，我不知道把握在她内心的东西是什么。外公去世以后，外婆拖着三个女儿过日子，没有男丁的家，在那条青石板街上是很遭人鄙视的，委屈时也没有娘家的人可搬来助阵。这个家需要外婆的泼辣与麻利支撑。

于是外婆卖过豆腐，扫过大街，倒卖过各种零零碎碎的东西，贩卖过各种水果，贩卖过时令的蔬菜，小市民的小奸小诈的算计得来的利益使她以及家庭得以维持了下来。

摒弃了温情的外婆变得强悍而又不失敏感。她喜欢说，想当年我是如何的千辛万苦……

和母亲同住后的外婆几乎不用做任何家务，但她精力充沛，爱好“倾猪头”——“九八佬”清谈无本生意。

她说，南宁市市长还来和我谈生意呢。她说，我手上有两车皮的穿山甲皮。父亲说，你吹牛也要沾一点边，市长是不会和一个文盲谈生意的，穿山甲是国家一级保护动物，两车皮的穿山甲皮够你坐很多年牢房了，我们可没有时间送饭。

但这样的牛皮我们更多的时候也不去戳破，由她去吧。我家里外婆的朋友有下至十八九的小伙子小姑娘，上至七八十岁的老头老太婆，什么人都有。

母亲说，由她去吧，让她赚点烟抽。

当然，她赚的不仅仅是烟钱。她热心做媒人，她对上门求她做媒的小伙子说，求我做媒，怎么两手空空，去，买点东西来。水果买来了，搁在桌子上，聊着聊着，小伙子顺手掰开一个果，又掰开一个。外婆说，你都吃完了，我还有吗？小伙子抓抓头，再出去买。然后不再动水果了。结果果太多，外婆拎出去卖了，她说，赚了一点茶水钱。

外婆没有撮合成多少对男女，却赚了不少茶水钱。她说，我拉的红线的韧度不够。当初拉我和你外公的红线倒是够韧的了，唉，什么千里姻缘一线牵。

我女友说，你外婆真可爱。

我说，是啊，她可以当着众人的面送我金戒指，过后没钱花了，背地里又叫我还给她。刚刚参加工作时，她经常问我，上班被老职工欺负吗？她会帮我出头骂一顿出气。我哭笑不得。

对于人性摇摆不定的两面性，不涉及原则的两面性，我只能含含糊糊称之为“可爱”。当然它是有年龄前提的，它是小孩，或是老人，或是女性。

不知道为什么，年老的外婆越来越觉得金钱重要，这是可以切切实实抓住的东西，这是使人趾高气扬的东西。虽然她什么也不缺。亲人对她的要求是，你安分守己待在家里就可以了，什么事也不要求你做，零用钱也给你。可她觉得钱可以带来精神和地位。

她说，你怎么说钱没用呢？你不是经常说越南很穷吗？越南女人不值钱吗？有钱了什么都值钱。

所谓经济基础决定上层建筑。钱的纠纷是世俗的，利益的纠纷是永恒的，就是送一个人上路，也需要一路抛撒纸钱收买各路神灵。但是一个家庭并不是完全需要钱决定亲情的亲疏。临死前的外婆，把仅有的几百块钱置于枕边，去了。一向把钱抓得很紧的外婆突然就大彻大悟了。这是我们进来看见的最后的一幕。钱财乃身外之物。连肉身都是灵魂寄居物，何况钱财呢？它是寄居物衍生的垃圾而已。我们的肉身制造着各种垃圾，终极的死亡藐视着这些垃圾，灵魂轻盈地上路了。

漫漫的长夜过去了。灵车来了。零星的鞭炮声零星的纸钱伴随着车开进了火葬场。我看着外婆的骨灰倒进了白底蓝花的寿缸，窸窸窣窣的声音像什么？应该像外婆穿白色紧身圆领上衣，黑色阔脚长裤被风吹动时的摩擦声，那是她来中国时的打扮。寿缸蒙上了红布，盖上了盖子，在羊的生肖灵台上拜祭了一下。母亲抱着寿缸，我撑着伞，一直往前，上车。不许回头，不许有留恋。

因为南宁至友谊关高速公路的开通，罗姓的祖坟需要迁移。在一间房里，另外搁着九个罗姓家族人的寿缸，外婆的寿缸轻轻靠在外公的寿缸边上，房间里就有了十个寿缸，井然而又肃然。外婆经常说，九个哪里好，十个才好，十全十美才好。这样不吉利的话经常让亲人制止。然而，现在是十全十美了。

搁置好后，起风了。

以后的仪式还有，阴魂归地府的喷火仪式，管事的先生，手执木剑与灵符，口里念念有词，含了一大口水，喷在燃烧着火的油勺上，火忽地蹿了起来，火花灿烂，又萎谢了，像人的生命由盛到衰。油勺不断地移动，从外婆躺的地方到各个角落，最后移到了门口，送别总是送到大门口的。

掐算了一下日子五天后脱孝，因为五天后，罗家的祖坟就要进行大葬。而外婆似乎也是掐算着日子赶在大葬前追随而去，她那一辈人只剩下她一人了，这让人叹息不已。

前段时间，母亲替外婆问了一下仙，对方说外婆就在这一段时间去了，已成定局。并且提醒我们，外婆生前供有的两个观音不能陪葬，要送回观音庙。我们才突然想起外婆确确实实供过两个观音，我们不知道的事，居然让人知道了。于是我们回家，在布满灰尘的层层叠叠的铺设的角落里找到了那两个观音。顺着长长的运送甘蔗的机耕路，我们捧着观音送到白云洞。到了石阶前，我们一路插香火，拾级而上。不知为什么，洞里的观音因为前几天一场大火，化为灰烬。于是，洞里只剩下我们送回的两个观音。后来办事的人对它们顶礼膜拜。每一个人心中都有一个神，这个神只有自己知道。

2006 年 3 月 19 日，罗家祖坟大葬，外婆追随着进入了祖坟。经过非常繁杂的工序，众多的人传递着泥土上来，堆坟。地理先生执香，三鞠躬，我们跟随，拜天地，念叨一些吉利的话。

仪式完成，下了一场大雨。

死者入土为安，在这个过程里，我的心态一直是平静的。在将近写完这篇文章时，和一位朋友聊起外婆聊起自己的心情。

她说，我发现你精神好了很多，心态也很好。

我笑笑，说，那是因为我老了。在送一个人上路后我感到自己的衰老。

我不想告诉她，我依然一无所有。我依然处于极度的自闭症中。我对浅浅走近我而又离开我的人和物，面对不够大方的拒绝，我反而能大方地接受拒绝，并奉上我深深的祝福。

所有在尘世中生活过的生命，在死亡这个更大的黑暗中，所有尘世的艰辛困苦都融化在这个包容性很强的黑暗中，于是死亡就具有了宗教般的圣洁，它普度所有的生灵，它使生命走向了祥和与安宁。

对于死亡，对于依然挣扎在尘世的生命，我们应该奉送自己的祝福：《圣经》教我们常怀信、望、爱，我祝你与你所爱的团聚，与你所信的一起，与你所盼望的相遇。

（《广西文学》2007 年第 1 期）

一座山，两个人

严风华

关于我的乡野情结

人之生计，五味杂陈。无论劳苦或安逸，断然不能缺少梦想。贫者求富，富者祈安；画饼充饥，临渊羡鱼；得陇望蜀，朝三暮四；勤耕盼丰年，苦读为功名；舍俗欲得道，得道想成仙。如此种种，皆为常情常理。毕竟，岁月漫漫，穷通未遇局已定，老疾未到关已破。若不时掺入梦想的成分，日子便有了味道，有了奔头，有了意趣。

自然，梦想过于长久，便是痴想了。

我心里就常常揣着这样的痴想。

想有了钱，买一栋别墅，在庭院里栽花种草；买一部车，闲时寻亲访友，游山玩水；写出一手好字，或孤芳自赏，或招摇于世；藏一屋奇石，或独自把玩，或邀好友共赏……说白了，梦想实质就是一种激情，一种期盼，一种追求，一种向往；或许未必一一实现，却可以激活内心的欲望和生活的热情。只是想多了，迟迟不见实现，就淡忘了。

能始终缠绕我心的，是逍遥乡野，结庐为舍，图个自在。

如此说法，略显矫情或造作。但实在系我所愿，并已积集数十年之久。

这是有缘由的。

小时，父母就多次将我和弟弟从县城送往乡下。其时，我姑妈一家在离县城几十里外的生产队里插队落户。每逢暑假，当教师的父母就把我和弟弟送到姑妈家。记得第一次，父亲是用自行车驮着我和二弟去的。父亲车技不精，不敢同时搭载我们两兄弟和母亲，所以，我们坐在车尾，父亲把着车头在前面推，母亲则跟随一旁。大约走了三四个小时便到。父母把我们交给姑妈就马上返回了。他们刚走不久，天上立即乌云密布，接着电闪雷鸣，下起了暴雨。雨十分的大，很远的地方都还看见一条条灰白的雨丝往下挂。那时大约是下午五点，我和二弟坐在门槛上，怯生生地望着远方，没有说话。刚才还在外面找吃的鸡都心急火燎地跑回来了，全躲在屋檐底下，一只挨着一只，排成一溜。雨水一柱一柱地不停地沿着瓦顶上的雨槽往下流，溅起的水珠，淋湿了我们的脚，也淋湿了屋檐下的那一溜鸡。那一溜鸡一个个缩着脖子，耷拉着翅膀，羽毛水淋淋的，已无半点生气。

我们也是毫无生气。我望着灰蒙蒙的天，望着父母回去的路，一直忧心忡忡：他们不会遇到山洪吧？山洪不会把他们冲走吧？天很快黑了，他们能回得到家吗？

我不是为了写作而特意渲染我这般幼稚的童心以博得好感。

我当时大约五六岁，头脑简单，并不知道这回家的路有多遥远，这即将来临的黑夜会不会暗藏杀机，也不知道仅仅一场暴雨是不能阻挡父母的脚步的。但从此，第一次产生的、一种无穷无尽的牵挂，让我几乎每一天都带着一种压抑和郁闷的情绪。我们无端与父母隔离，终日无人诉说；姑妈又因家庭出身不好，一直要求我们不能过多跟村里的孩子玩，不能跟大人说话，生怕说错了话，惹事。唯有我那个勤劳、乐观的二表哥，倒是给我们制造了不少的快乐。他带我们到村外，教我们装鸟、掏鸟窝，教我们采野果，教我们插秧，教我们耘田，教我们放鸭子，教我们烧红薯窑。乡野的气息，无论沉重或轻盈，均如丝如缕，不动声色地渗入了我的肌肤和血液，构成我挥之不去的乡野记忆和情愫。

只是始终无法明白，当年父母为何总要把我们送到乡下去。以至于今日，我对乡野所产生的一种特殊的亲切感有增无减。乡野坦荡荡，有满眼翠绿的青山，有清澈宁静的溪流，有生机勃勃的庄稼，有炊烟袅袅的农舍，有清丽悦耳的鸟鸣，有明净安详的浮云，有弯腰曲背的劳作，有放牧草地的悠然……面对这一切，完全可以放纵眼睛，放松思想，只要稍稍注意脚下的路，避免失足山崖、踩中毒蛇就行了。不像城市，有太多的管束，有太多的诱惑，也有太多的争斗，有太多的陷阱。城市其实就是一方看不见的沼泽地，时时让你陷入其中，时时让你挣扎，不得安生。

这恐怕就是我热爱乡野的理由。因为乡野简单，简单了就可以轻松自由。

我是一个不喜欢热闹的人。只要安稳，有一件喜欢的事做就行。所以，我越来越向往日子的单纯与安静。这种向往，竟成了一种嗜好。如果某一天外出，无意中踏入了乡野，远看小山孤立，田野芬芳，村舍隐现，炊烟散漫；近见清溪蜿蜒，灌木丛丛，蜂飞蝶舞；钓叟移舟去，村童跨犊归……这样的画面一旦入目，我的内心便有了亲近的冲动，便想：如果能在这样的地方建一茅舍，渔樵耕读，多好啊！

真的一直这么想。

而且想了很多年。

“结庐在人境，而无车马喧。问君何能尔？心远地自偏。”（晋·陶渊明《饮酒》）古代文人大多心性淡定，喜欢心灵的宁静。文字里，点点滴滴，无不宣泄着一种独立寒秋、冷眼红尘的情态。即便是雄群聚居，也能玩出不落世俗的诗意十足的花样来。在浙江，有一个闻名遐迩的“曲水流觞”人文景观。当年，晋朝“书圣”王羲之召集天下名士谢安、段融等人，来到江南水乡绍兴的会稽山之阴，兰亭曲水之滨，举行了一次浪漫的曲水流觞修禊盛会。只见崇山峻岭、茂林修竹之中，众名士列坐曲水两侧，将酒觞（杯）置于清流之上，任其漂流，停在谁的前面，谁就即兴赋诗，否则罚酒。王羲之就在这次集会中，书写了《兰亭集序》而名扬天下。我等自然不能与名士比肩。古时文人隐遁山林，是一种节气，是一种处世的方式方法，同时也是一种时髦。要么洁身自好，不与浊流为伍，要么期望出现这样一种结局：皇帝忽然开恩，召其至朝廷，隐遁者又重见光日，荣华富贵。而当今世界，歌舞升平，车水马龙，人海茫茫，我若入了山林，必如滴水入海，不仅了无踪影，更是断了生活的来源。所以，我只是想，平日里能时不时离开城市的热闹和拥挤，在乡下图得片刻的清静，这便是享受了。

快乐，是靠自己寻找得来的。

我发现，我所喜爱的正是这样的意趣。这也是我唯一的浪漫。

于是，我开始了寻找。

2000 年冬，一个偶然的机会，我通过朋友，在南疆边陲一个叫上石的小镇里，认识了一位常年深居山林的孤寡老人。经他的允许，我在他的屋对面建了一间简陋的瓦房。自此之后，无论寒暑，无论雨晴，基本在每个月的某个周末出发，到山里待上几天，与山为伴，与老人为伴。将近十年过去，见闻甚多，但我从不敢随意地将山中之事写成任何文字，见诸报刊，更没有成书的想法。直至如今，忽然产生了写作的冲动，才巍巍然将这前因后果及当时的日记整理成文，以备遗忘。

这才有了《一座山，两个人》。

造一座房子住梦

南方天气奇异。

尤其是南宁以南的地方，到了所谓的冬天，其实也没有几天是冷的。许多的人仅穿一件外套，有的甚至只穿着一件短袖，就可以招摇过市了。过了十二月，就日渐见暖。在南宁，即便是很冷的天气，满街的树都是绿的，几乎不见落叶。若有落叶，那也是老叶。某一天来了一阵大风，老叶就脱了，顿见满地金黄。没多久，新叶就长出来了。

2001 年 2 月，记不清是哪一天，我如期赴约。我和凭祥的一个朋友廖文约定，要去山里见一个老人。

先从南宁坐火车到凭祥，与廖文见了面，再一起到上石。

上石在凭祥东南方向，离凭祥仅十七公里。我们先坐班车，在公路边的车站下车（其实就是上石镇一个露天的乘车上下点），然后改乘三轮车，一块钱一人，往镇里去。往镇里的路有四公里，七八分钟便到。

这是一个壮族边境小镇。路是沙石路，一路进去，车后便带出一路尘烟。但尽见田野坦荡，庄稼多为甘蔗、水稻、木薯。将接近小镇时，公路右边才渐渐见到镇政府、边防派出所、镇中学、兽医站等这些机构。走完了这段路，才是居民区和圩亭。街区中心，有一条街，东西走向，长约一百米，宽二十米。左边是民宅，右边是圩亭。小镇居民，多为壮民，务农为主。故屋前路边，多晒杂物，衣服、杂粮、柴火，皆有。房屋多为平房，砖瓦结构。间杂几栋四五层楼房，如鹤立鸡群。见老妇头扎布巾、穿对襟蓝靛壮衣，坐于门口，或纳鞋筛米，或砍柴摘菜；小孩则聚于街边，弹玻珠，打陀螺，拍香烟纸牌。手里攥着的零食，不是木薯、红薯、甘蔗，就是花生、饼干、棒棒糖。小镇西面，是一排不高的山冈。山上无树林，多见石壁裸露。

街边还停有一排拉客的三轮车。车主或呆坐，或趴在车头上睡觉。

在圩亭里买了些菜，廖文便指着小镇南面的连绵不断的群山说，我带你去的地方，就在那里。不远，三公里。

往南望，见远山灰蒙，林木葱茏，天际低垂。

又改乘三轮车，也是一块钱一个。出了小镇，再见田野。地里的庄稼是稻谷，刚收割过，稻草、禾根残存，一片灰黄。过一张水塘，再过一座三拱小石桥。桥下有清溪。又见头扎布巾、身穿蓝靛对襟壮服的农妇，在溪边挑水、洗衣。小溪中浮出一块土山包，二十来个平方米宽，芳草萋萋，四边环水，有三五只鸡或静处，或觅食，或梳洗羽毛。旁边放有一个开着口的大鸡笼。

却不见主人。

过了桥，走一段路，就开始上坡。坡微斜，但弯曲。不久就见到立在路边的警示路碑，“严禁烟火”“严禁进山熏蜂、煮饭”等标语历历在目。原来，开始进入林区了。里面就是一个林场，叫伏坡林场，场部就在山里面。越往里走，两边的山就渐渐见高。皆为泥山，座座相连，多种松树、杉树，间杂有些杂木，都有电杆般粗了。一路行人极少，有风，风里的空气清清的，甜甜的，不时带有松脂的味道。

六七分钟，车停下了。廖文说，到了。右边有一条下坡的小路，我们就顺着走，过一座小木桥，桥下有小小的溪流。再上坡，微微抬头看，见一条小路往里伸，当中有两丛竹子立在路边，竹叶交叉，极像一堵寨门。穿过竹丛，见有一间南北走向的小瓦屋，屋边搭有一间木条结构的油毡厨房，厨房又连着鸡舍。鸡舍简陋、低矮。听到我们的声音，一个六十多岁的老人迎出来了。

廖文事先介绍过，这里住着的是一个孤寡老人，一生未娶，属五保户。七八年前就搬到山里来住了。除了镇民政所资助一些钱粮外，他就靠种果、养鸡补贴家用。廖文自小就在镇上长大，认识他的外甥女。她们常常到这儿来玩，廖文就跟老人熟了。

老人体格单薄，高且瘦，皮肤黑，脸削长，眼睛小，腰不驼。穿很旧的衣服，吸自卷的生烟。他跟廖文讲话时，讲的是壮话，与我说话则讲白话。第一次见面，便觉得他性情爽朗，热情。见我们来，立即从地里挖出一大把木薯，煮了，给我们吃。我们也把带来的菜在他的厨房里煮了，然后在他家门口，立起饭桌，一起把午饭吃了。头顶是一棵三华李树的枝丫，白白的花瓣如指甲般大小，不时落在菜碗里。

我这才得以仔细看看周边。老伯的屋地有十来亩，属承包地，正处在一座山脚下，地形微斜，呈长方形。山脚下有一条小水溪从林场里由南往北流下。水流不大，但清。地里多种三华李，间杂种有荔枝、沙梨、芒果、柚子、菠萝等。刚过元旦，暖得快，李花早早就开了。满坡都是白白的一片。花瓣落下，又将地面染白。二十来只鸡，两只西洋鸭，在树丛里扒着枯叶残草觅食。老伯的承包地以上，就是农场的林地，都种满了杉树，阴森森的。整座山便觉得有些阴凉。

严格来说，廖文所认为的好去处，在我看来并不是十分的满意。古人住宅，讲究庭中有园，园里有石，石边伴水。这儿地面不整，缺山石点缀，水小，没有我想象中的那种为之一振的佳境。但感到主人好。人好一切就好，“穷交能长，利交必伤”。而所谓的佳境，其实都是心中所造。清代张潮《幽梦影》有云：“有地上之山水，有梦中之山水，有胸中之山水。地上者，妙在丘壑深邃；画上者，妙在笔墨淋漓；梦中者，妙在景象变幻；胸中者，妙在位置自如。”也就是说，只要胸中有了山水，目之所及皆山水，这样就可以随心所欲地安排和造型了。得如此境界，何处不是山水？有了山水，无论何时何地，闭门即是深山，读书随处净土。

如此一想，一切都满足了。

满足了，就可以安身了。

我便试探着问老伯：“我在你这儿起间房子，以后与你同住，可以吧？”

没想老伯爽快就答应了：“我这儿有大把的地，你想住哪就住哪。”

我脑门就激腾出一股热气。我激动时，往往都是这般情态。

我们到处走了走。我选中了在他房子的对面，大约相距二十来米的一块地方。这也是一块斜坡，地面上有几棵李果树。要起房子，得把斜坡削平。

我说，就在这吧。老伯说，那就在这吧。

我当即交给他八百块钱，让他代我起房子。“一个人住，不需太宽，十来平方米就够了。下个月我再来，再补些钱。”为了省钱，我还特意吩咐老伯，要利用山体的那面削平的泥壁做墙，砌三面砖墙就行了。

没想到，一切都那么顺利。

但还是有些担心。老伯与我非亲非故，也仅是一面之缘，他能尽心地满足我的愿望吗？过了一个多月，我独自去了山里。见到现场，一切都释然了。有两个工人已经铲出了一块空地，并挖好地基，将砖墙砌到一米多高了。老伯说，下个月来，肯定起好了。我又给老伯六百块钱。交代他，就用山里的材料做两张床。房子和床，一共花了一千四百块钱。

“造一座房子住梦”，这是贾平凹一篇文章的题目，极其的喜欢。说得极是，造了房子，除了住人，还可以住梦的。中国人历来都很注重建房。一个家庭或一个家族，造一间房子或一座庭院，远远不只是为了栖息安身那么简单。或大或小的房子，都会在一砖一瓦、一窗一户中散发出很多的意味来。大户人家，往往飞檐斗拱，雕梁画栋；屋脊墙头，雕砖镂瓦，极尽工巧。除了舒适和美观，更是为了显示出家底之殷实，望族之气派，在不动声色之中意在威震四邻，气霸八方。而正因为富贵之家无以匹敌的财气以及对家居装饰的完美追求，才得以将传统的建筑艺术淋漓尽致地表现在家宅上。至于平民百姓，只是日求三餐，夜求一宿。建一间房子，能遮风挡雨足矣。但是，无论豪宅还是陋室，入住之后，并不是所有的房子都可以造梦，留得住梦。虚妄的梦，狂妄的梦，浪漫的梦，平实的梦，恐怖的梦，喜悦的梦，都是用心造出来的。

只是，心有善恶。

2001 年初，我在乡野里造了一个浪漫和喜悦的梦。

六月泉声

去上石，可乘南宁至凭祥的火车。有两趟，一趟是快车，早上 8 点发车，途经扶绥县、崇左市、宁明县三个大站，达凭祥，四个小时路程，设空调，票价三十元。然后从火车站到汽车站，乘坐班车到上石镇。另一趟是慢车，早上 11 点 58 分发车，每十来分钟停一站，约五小时路程，无空调，票价十五元。慢车可直接在上石镇停一站。

我一般都是坐慢车。慢车没那么赶。

坐慢车的人，大都是小城镇或农村的百姓。每到一个小站，总有一拨人下车，一拨人上车。他们出门，无非就是走亲戚，做买卖或办事。有不少人总是带着很多的货物。有鸡或鸭，用竹篾织成的笼子或纸箱装着，大概是走亲戚用的；有农产品、日用品，用整个蛇皮袋装，或肩扛，或扁担挑，这大概是拿去贩卖的。上车时，车门高，也窄，他们就先把东西抛上车，然后人才跟着上车。有的甚至直接从车窗外塞进车内。上了车，又重新把东西挑起或扛起，去找位置坐。把东西安置好了，就把头上的帽子摘下，当扇子扇凉。一边扇还一边喘大气。天气热，车厢里会有一阵阵的汗味。

车厢里人多，我一般都是到餐车里坐。但到餐车坐，必须要在那儿吃饭。一个肉菜，一碗饭，就得花二十元。所以，到餐车的人并不多。因此清静，可以看看书。

我今天是第二次到上石住。到上石车站时，是下午 4 点 40 分。

这个时候，车站门口往往都停有六七辆拉客的三轮车。旅客一出车站，三轮车立即包围了上来，吆喝声顿起。客人多时，他们每一辆车都能拉上几个，赚上几块钱；人若少，有几辆拉不到客，就算是白跑了。

六月天，已经很闷热。在南宁，空气是很稠很浑的，夹有阳光的炙热、人流的拥挤、街道的吵闹，呼吸时似乎带进了一股浑浊的尘烟，多有不畅；坐着不动，皮肤也会渗出些汗来，不爽。但到了这里，就觉得呼吸很畅快，畅快里带有一种浑身通透的快意。风一阵一阵地抚过脸颊、手臂，凉凉的，清清的，纯纯的，让人满怀感激。

人总是生活在矛盾之中。城市热闹但不清爽，乡下清爽但不热闹。所以钱钟书就说了，围城里的人想出来，围城外的人想进去，但最终没有多少人能达到城里城外进出自如的境地。

到了镇上，我便下车，进市场买菜。

这一带的壮民，还保持着赶圩的习俗。按当地习惯，以农历为序，规定初几为一圩。有的地方每隔三天为一圩，有的地方隔五天或七天为一圩。每到圩日，远远近近的壮民一大早就从家里赶来，有空着手的，有挑着鸡鸭或瓜果蔬菜的，聚集在圩亭里，进行买卖。大约十点多钟，圩亭内外，人如蚁集，噪声聒耳。赶集的人，多为上了年纪主持家务的男女。多是三五一群结伴而来。大人走在前，小孩碎步紧跟其后。平时，在城市里，已经很少见到有人穿壮服了，但在此时，倒是见到不少，均为黑裤蓝衫或黑裤黑衫。穿壮服者，又仅限于老人与小孩。见到邻村的熟人，就停下来，闲聊几句。小孩则另立一旁，手拉大人衣角，怯生生地左顾右盼。片刻，才各自散去。卖东西的，随便在圩亭里找一块空地，放下货物，蹲坐一旁，耐心等候；买东西的，已将圩亭转了个十回八回了。最后，货物出手了，就在圩亭里的饮食摊上吃一碗粉，然后，将油盐酱醋或者肥皂牙膏等日杂买齐，就赶回了，这圩日就算散了。那时，大概只是下午两点多钟的光景。

我这次来，没碰上圩日，所以市场里十分的冷清。圩亭边，才摆着十来个摊位。摊主多为女性，都是镇上的居民。卖的青菜，都是贩来的，并非亲自所种。我大概面生，一看也不是本地人，摊主们个个都怪怪地看着我。我在怪怪的目光注视下，买了些菜。

入到山里，已是五点多钟了。我远远地喊了一声“亚伯”，老伯就从厨房里出来：“噢，小严，来啦……”我将东西放进屋里，一看，见屋内地面已经被打平了，门角边放有一把木棒槌。

看样子老伯是花了不少工夫的。

我们就到屋门前坐。

此时，太阳已经被我们的那座山挡住了，山里阴凉起来。

我掏出烟，递给他，他接了。我拿出板凳给他让座，他不坐，却蹲下。两条腿就全埋进他的怀里，不见了。他的头顶很快就冒出一团乳白的烟雾。

乡下人喜欢蹲。很能蹲。

坐了一会儿，我说我去挑水煮饭菜吧，老伯就说不用不用，我接了山泉水，不用挑了。

老伯在他的门前蓄了一个水池，接住了山泉水。

原来，我的房间与老伯的房间之间，有一条小小的山沟槽。山上都是几十年的原始林，植被很好，下了雨，密集如织的草根、树根像海绵一样将雨水积集在地表里，然后慢慢渗透出来，汇到沟槽里成了泉。这一次，因为我来了，老伯就用砖块特意砌成了一个池，然后，用一根拇指粗的单竹，破开，打通关节，又合上，用小铁线绑紧，插进泉眼，成了一根水管，水便不断地从水管里流了出来。水池离我这也才有二十来米远。

老伯回到他的厨房煮饭，我则在门口炒菜。他的菜刀、油盐、饭桌一齐都搬到我门口来了。

老伯的饭锅是农村常用的那种铁鼎锅，锅底是尖的，里外皆黑，但煮出来的饭却是白的，且香。

我买的豆腐、豆芽和鸭蛋，是农家自制和自养的，炒起来，豆腐、豆芽的豆味特浓，鸭蛋特黄。

半个小时，一桌农家饭菜就弄好了。我们就露天吃。

先喝酒。

老伯每天都要喝酒。酒是镇上酒坊酿的米酒。度数不高，酒色浑浊，一看就知道是纯正的自酿米酒。

老伯伸手拿酒杯时，我又很清楚地看到了他的断小指。我很想问问他是怎么回事，但不敢问。每一个人身上的任何一处伤疤，都是一个故事，有些故事也许是不堪回首的。

姑且留个悬念吧。

但聊着聊着，我渐渐就弄清了老伯的身世。

老伯的祖籍，是广东的三水。其祖父早年带着一家人出来做生意，来到上石，就安下家了。到了他的父亲，家业兴旺，成了上石镇的大地主。中华人民共和国成立后，地主家庭日子是不好过的，整天挨斗。他十六岁那年，就因为有一天扛木头不太积极，晚上就被生产队拿去批斗了。那个年代，家庭出身不好的人，一般是很难嫁夫娶妻的。他性子倔，见一时难以成家，就狠下心终身不娶了。至今便是孤身一人，无儿无女。但由此成了五保户，镇政府每月给予他三十斤大米、四十元的补助。前些年，他觉得在镇上住没意思，就独自搬到山上住了。种果养鸡，卖了钱补贴生活。在镇上，他还有一个妹妹，两个侄子。有一个弟弟，也像他一样，孤身一人，住在山上。就在我们这座山的西边，站在路边就可以看见他那间孤零零的屋子。

此外，他还有一个哥哥在桂林，一个姐姐在南宁。他哥哥出去工作以后，再也没回过一趟老家。

我忽然感到奇怪，天地之大，人口之广，我又为何偏偏就遇到这位老人呢？难道他也是早早就在山里专门等我吗？山和老人，与我是怎样的一种缘分？

天黑了，我们点起了油灯。灯光如豆。路边的小路，偶有汽车、摩托车进出，车灯不时射进来，有些晃眼。夏天虫子多，见到灯光，就不断地扑到饭桌的油灯上。这些虫子，翅膀上沾满了粉末，扑打在灯罩上，粉末便星星点点地飘飞起来。我们就一边吃，一边用手赶虫子。有时虫子掉进菜汁里去，翅膀拍打几下，就不动了。我们用筷子挑出来，继续吃。

在城市，任何人断然接受不了这样的情形的。

但我一直都很习惯。在乡下，无论在哪，无论在什么条件下，我都能吃能睡。在城市文明的比照之下，乡下的生活无疑是简陋而艰苦的。但事实上又没有多少人能为改变乡下的艰苦和简陋做过什么。所以，我觉得没有理由产生嫌弃之心。

路边的灯光渐少，夜变得清静了许多。我听到了水池里流水的声音。

老伯说，在山里，空气好，睡一个小时，就可以抵得镇上的三个小时了。每天起来，他都是先煮一锅粥。这锅粥，就是他和鸡鸭、猫一整天共同的饭食了。然后再做一些工，到十一点左右，才吃饭，实际就是早餐中餐一起吃了。大多时候没什么菜，几个辣椒，一碟青菜，也可以喝二两了。若是冬天，有时就懒得上饭桌，干脆蹲在火灶边边烤火边吃。晚饭也是如此。夜里，没个去处，也没事干，就听收音机，听气候、听农事。听着听着，就睡着了。

神仙不过如此。幸福与否，其实就是个人的自我感觉。

有一次，众弟子怂恿苏格拉底去逛热闹的集市，以为他一定会玩个痛快，而且满载而归。但回来之后，苏格拉底说："我去那里最大的收获，就是发现——我原来并不需要那么多东西。"我们平日里看到一些处境艰难的人，总以为他们十分可怜，极需要我们伸出援助之手。其实不然，人最需要的东西不是物质，是精神。亚里士多德早就说过：幸福就是自足。

自足的精神，不是靠怜悯得来的。

大约十点多，我们散席了。不一会，老伯的房子里就传出了含糊不清的广播声。

有些酒兴。

我便拿出水桶到水池洗澡。将水桶接满水，用毛巾捧起水往身上泼。虽是六月，但水还是有些冰凉，却舒畅。很快就觉得山里的水与城里的水确实不一样。山泉水矿物质多，水质滑溜滑溜的。洗毕，皮肤感到极其光滑，通体清爽，精气顺畅。体内的疲劳，甚至血液里的杂质，似乎都可以一并荡涤。

洗完了，我便习惯性地伸出手去关水龙头。却摸不到开关，才明白这是山泉，根本就不用关。

回到屋里，躺在床上，一直还听见水流的声音。

不知怎的，这水突然很令我在意。

我最初来时，只知道山里有水就行了。我在乎的只是我房子的大小、位置、结构和走向。也许每一个人都这样，无论到哪，最先关心的是水。因为水能解渴，能煮饭菜，能洗衣冲凉——这是人的生存的最基本条件。但几乎每个人对水的关切程度似乎仅限于此，再也没有更多的想象了。

事实上，水之于人，已经结成了一种亲密无间的情缘。

水让人踏实。

我每次到水沟边洗涤，总有一种舒展的感觉。山野之水，取之不尽，使用时，没有城里那种因“节约”的概念而造成用水时的拘谨。水时时刻刻地流着，大大方方地流着，清清的，凉凉的。手和脚，一旦触到了水，觉得一切都洁净而舒坦。再仔细地听，水还会说话呢。只要有落差，有障碍，水的流动必然发出响声。响声自始至终似乎都是一致的，但你一用手触摸，不同的方位，不同的手势，水的声音自然就发生变化。它似乎在和你诉说，和你嬉戏、玩耍。它温柔，随和，但有时也很调皮。无意间它会溅到你的脸上，水珠的冰凉会突然让你受到一点小小的惊吓。它还会湿了你的衣裤，让你受冷，甚至导致发病，但你又不会产生任何的恼怒。它与人亲密，是不经意的，没有任何的约定。当哪一天突然断水了，人们才知道着急，才知道水是多么的重要。难怪古人有云："宅之四周，如无溪流，当为池井，虑有火烛，无水救应……"，"井一为邻，邻二为朋，朋三为里……"，"物须臾不可断水，人须臾不可无井……"

古人说的是井，实则为水。人无论到哪，都得找水做伴。其实水就是家庭的成员，像牛呀马呀狗呀，只是它来了去，去了来，不留踪影，所以没人能记住它的模样。

水还是人的楷模。

老子《道德经》曰："上善若水。水善利万物而不争，处众人之所恶，故几于道。居善地，心善渊，与善仁，言善信，正善治，事善能，动善时。夫唯不争，故无尤。"其意为：最高尚的人应该像水那样。水善于帮助万物而不与万物相争。它停留在众人所不喜欢的地方，所以接近于道。上善的人居住要像水那样安于卑下，存心要像水那样深沉，交友要像水那样相亲，言语要像水那样真诚，为政要像水那样有条有理，办事要像水那样无所不能，行为要像水那样伺机而动。正因为他像水那样与万物无争，所以才没有烦恼。

此时的水，已通了人性。几千年前的老子早就知道，人从水里就可以悟出道来。

我十分庆幸我所在的那座山里竟然有两条山泉。它们应该就是这座山的血脉。山的血脉强劲、坚韧、从容，即便是在干旱季节，它也是不断地流，让山有了声音，让草木有了姿色，让泥土变得滋润，让人感到踏实。我想，这座山里要是少了山泉，就等于断了山的血脉。血脉不存，灵魂不在，这座山就活不了了。山不活，老伯也就不来了；老伯不来了，我也就到不了这儿了。水是一条生物链，能将人连在一起，将自然连在一起。

能在这样的自然中站成一道景色，那是水对我的牵引。

日 子

早晨，天未全亮，山里便嘈杂起来了。

那是鸟叫声。

不知是什么鸟，也不知有多少，个头有多大，就在屋边的树丛里叽叽喳喳地叫。叫声很欢快，很清脆，也很灵动。但那些鸟总是很调皮，喜欢从这枝头飞到那枝头，啼鸣声便像风一样，从这儿飘到那儿，旋转个不停。

鸟总是早起。我常常就在这样的吵闹声中醒来。睁开眼，见周边还是灰蒙蒙的。但翻了两个身，天就见亮了。

天一亮，鸟声稍稍减弱，大概是飞到远处去觅食了。但还听见屋边的几棵三华李上有“吱吱吱”的鸟鸣声。它们也许知道这是一间人住的屋，屋里有人。所以它们发出的声音很微弱，但又很放肆，很从容。可以让人感到它们耳鬓厮磨或互相追逐挑逗的样子。

土育树，树生风，风生雨，雨生云。云为鹤家乡，树为鸟天地。

这里树多。

老伯上山时，大规模地种植了三华李树。当时这种果十分畅销。后来，有一些树死了，空出了地方，老伯就这儿种几棵芒果，那儿种几棵龙眼，如今，山上竟有了很多的树种。老伯说，尽量多种些，卖得就卖，卖不了就留给外甥、侄孙吃，免得他们嘴馋。他妹妹有一儿一女，大侄儿有两个女儿，二侄儿则有一子。

老伯种有两棵很漂亮的树。

一棵是牛甘果树。

这棵树，就像一个看守寨门的卫士，立在屋下那道坡的中段的路边，和两排单竹并排一起，枝丫互为攀附，形成了一道拱门。这棵树，树干已有手臂粗了，有些弯曲。树身上有寄生虫，树皮被咬出了一个个伤疤，伤疤又长成了瘤，树身便疙疙瘩瘩的，有一种古老、苍劲的神韵。

这种树，滥生，贱生，广西南方荒山野岭到处可见。却极少单株，多成林成片，一般有一两米高。春天长叶，七月结果。一张枝叶，丫杈纷繁，有巴掌大。而丫杈上的叶子，却只有蛾翅般大小。到深秋，转青变黄，最终尽落。乡野里的放牧者在空闲时，常常大把大把地摘下，晒干，然后将叶子抖落，做枕头。睡时，叶子不时透出幽幽的清香，绕过鼻梁，沁人心脾。所结之果，如小孩玩的玻珠球般大小，浑圆，青中泛黄，如润玉般有透明之质感。可食，核如黄豆，肉质先涩后甘，甘味多存留于喉，且回旋长久。若饮清水，更是留甘满口。小时，每逢暑假，便结伴而去，到荒野里一筐一筐地摘回，然后放到瓦罐里用盐腌，暴晒三五天后，涩味除去，日啖七八颗，权当零食。

老伯的果多，自然吃不到它。它便自由地生长。到了十二月，叶落尽了，果仍然在。我偶尔会摘下一两颗吃，一吃，便想到儿时。

另一棵漂亮的树是柠檬树。

它就长在老伯的厨房门口。树皮灰黑，带白斑点。树径挺直，有手臂粗。从树根到树顶，两米多高，直溜溜竟无枝丫，但到了树顶，枝丫繁茂，亭亭如盖，像一把绿伞。每年皆结果，初呈青色，熟后呈黄色，如乒乓球般大小。味酸，皮涩，一般不能生吃；若吃，只能捻出汁水当醋食。多数用盐腌，可作配料食用。柠檬炒鸭，即为一味美食。

这棵漂亮的树，无论远看近看，其貌其形其神其态，皆如盆景，有缩龙成寸、以小见大之妙。这样的树，若长在庭院，便显富贵；而长在乡野，则显慧雅，有幽幽仙气，敬而远之。

老伯无意中种了一棵盆景。盆景终日伴着老伯。老伯可与人言无二三，而纷纷落叶可告知冷暖。树下嗅雨，孤屋御风；与鹿豖为群，看草木同朽，这就是老伯的日子。老伯的日子清淡，却不乏诗意。

只是，仅过了一年多，那棵柠檬树就死了。

我读明人张岱的《陶庵梦忆》，一篇一百来字的《朱文懿家桂》印象很深。此文记载的是，有一个叫朱文懿的后院里，种有一棵桂树，“干大如斗，枝叶溟濛（茂盛），樾荫（树荫）亩许，下可坐客三四十席”。此树之所以能如此壮观，是因为主人在树下“不亭，不屋，不台，不栏，不砌……”，“花时不许人入看，而主人亦禁足不之往，听其自开自谢而耳”。也就是说，这棵树始终保持原生状态，没有受到人为干扰。老伯种的柠檬树，正好就在厨房门口，不仅常常被碰剐，火烟也熏，枯死就不足为奇了。

而那棵牛甘果树，至今仍活，乃是远离人烟之故。

同样，人不能太热闹，太热闹的日子会乱心。心乱则惘。

山多草木，亦多草虫。看得见的和看不见的，让人备受困扰。清代的张潮在《幽梦影》里就特别地表达了对虫子的憎恨：“一恨书囊易蛀，二恨夏夜有蚊，三恨月台易漏，四恨菊叶多焦，五恨松多大蚁，六恨竹多落叶，七恨桂荷易谢……”

六月之后，天便热。若是在家里，肯定赤了上身，才叫痛快。但在山里，到了下午三点以后，太阳被山一挡，天便见凉了。无论多热的天，到了半夜，必定盖被。而雾水漫起，从瓦缝里透进来，打湿了被面，一摸，潮潮的，凉凉的。要命的是，刚躺下，刚盖上被子，就感觉手脚、身上痒痒的。先是觉得有一两只小虫不知从哪儿偷袭上来，轻手轻脚的，然后就是闲庭信步，悠然自得，实在胆大妄为。我轻轻伸出手去往痒痒的地方捏，想把那虫子捏住，却总也捏不到。不一会儿，这儿也痒了，那儿也痒了。一抓，便起了疙瘩。一折腾，睡意全消。

白天，在屋里或在门口看书，时不时觉得哪儿痒了，一看，没看见虫子，一抓，又起了个红包，书就读得断断续续了。

夜里的虫子，能看得见的就是那些带翅膀的由蛹化成的蛾。见灯光就扑，不管死活。翅膀抖下的粉落下来，碰到也发痒。

最大的“虫”是老鼠。

有一天夜里，我听见横梁上猛烈发出“吱吱”的叫声，用电筒一照，见一对老鼠颠鸾倒凤，十分放肆。一赶，它们就往地下跑了。电筒光追过去，发现床底下有一个洞，估摸着这肯定是老鼠的窝了，便想：明天，我烧一锅开水，烫你个毛发全无赤条条的！

第二天真的烧了满满的一锅开水，往洞里倒，钻出来的却是几只惊恐万状的癞蛤蟆！

法国的昆虫学家法布尔在他著名的《昆虫记》里对蝎子如此津津有味地写道：“……早晨六点钟光景，我掀开黑蝎的纸壳掩蔽室，发现一只母蝎背上挤着一群小蝎，看上去仿佛披在母蝎身上的白色短斗篷。我心里顿时产生一种甜蜜的满足感，这种令人欣喜的时刻，观察工作者要隔很长时间才能赶上一次。这是我第一次看到母蝎子把幼蝎‘穿’在身上的珍贵场面。”

蝎子有毒，能蜇死人的。

在山里，我并非对所有的虫子都没有好感，但绝非像法布尔那样达到了“欣喜”的程度。

我把我对虫子的厌烦与老伯说了，希望得到老伯的指点，能把这些虫子灭了。可老伯却说，唉，别跟它们计较。我吃鸡，鸡吃虫，虫咬我，我灭虫，过日子都这样的啦……

我无言。

在我们的生活环境里，恐怕很难获得如此的宽容。人总是很容易产生仇恨。你做了九十九件好事，不会有人给你记住；但你做错了一件事，就会有人老是记住你的错，然后不失时机地攻击你的坏处，渐渐地你就一无是处，甚至臭名远播。所以，我们在有限的一生里，往往得花很多的时间学习防身术，尤其要防最接近的人。结果是一个比一个精明，一个比一个有经验。这种精明和经验，甚至超过了工作所必备的素质。最后，攻击我们的人也同样受到了我们的攻击，形成了一个循环。

凡有人类群居的地方，都会有这种争斗。这就是日子了。

至此，我已渐渐明了，我为何到山里偶作闲居的原因。我是在尽可能地远离生活中常常发生的那种无端的令人烦恼的伤害和干扰。与其说我是在逃避，不如说我用行动直接表达了我对这种伤害和干扰的强烈的憎恨和厌恶。现在的人，大多都是一脸的和气，极少有我这样的表情。

《小窗幽记》曰：“人有一字不识，而多诗意；一偈不参，而多禅意；一勺不濡，而多酒意；一石不晓，而多画意……”老伯也许不知道，他就属于“一偈不参，而多禅意”。他不信佛，不懂佛，但说的是佛理。世界无强弱之分，只有大小之别。大与小，小与大，便是轮回。轮回是春夏秋冬，是日落日出，是生老病死，是迎来送往。在山里，草木也罢，蛇虫也罢，人也罢，都是山的公民，彼此相依相偎，当可善待。至少对老伯来说，它们都是他的伴儿，把它们都灭了，老伯也许就真的孤独了。

这个理，我们这些所谓的文化人，未必比老伯明白。

关于《瓦尔登湖》

我写这本书，就不得不说到《瓦尔登湖》。

2005 年，这本书开始在南宁流行。几乎所有的文人，在这一段时间里，见面就推介、就谈论这本书。4 月，我就到书店买了这本书。

这本书是 19 世纪美国作家亨利·戴维·梭罗写的。1986 年曾出现在中国的书市，著名诗人、作家海子、苇岸等就深受其影响。1989年海子卧轨自杀时，身边带有四本书，其中一本就是《瓦尔登湖》。但当时这本书并没有在全国大范围引起轰动。2003年，翻译家戴欢重新翻译了这本书，再次出现在中国书市，引起轰动。

读者对这本书的喜爱和关注，最大的原因恐怕就是作者离奇的经历。1845年到1847年，梭罗居然离开了闹市，独自来到瓦尔登湖畔，砍下山林中的树木，靠自己一个人筑起一间木屋，然后住在那里，渔猎、耕耘、思考、写作，最后诞生了《瓦尔登湖》。

当然，这本书闻名于世，并不仅是因为作者的离奇经历。本书的思想艺术，是光彩照人的。它娓娓地向我们讲述了简单生活的情趣，十分动情地描绘了大自然的美妙，同时又毫不留情地对金钱社会进行抨击。字里行间，不时跳跃出让人为之一振的至理名言。

我当时买到那本书时，欣喜若狂。我不是那种嗜书如命的人。我读书没有耐心，也不认真，只求一知半解就行。我对《瓦尔登湖》之所以产生兴趣，只因为我的经历与作者的经历太过相似了。他住在湖边，我住在山里；他以湖作为依托，将自己孤独起来，写作，思考；我则以山为依托，思考，写作。我似乎为我自己的行为找到了根据，找到了榜样。我甚至还想，将来我也写出我的“瓦尔登湖”。

当然，我明白，我不能跟梭罗比，不能跟《瓦尔登湖》比。

但我欣赏我的行为和勇气。一个作家，其人格精神、审美标准、生活实践应该是统一的，这样才有可能成就创作上的个性。

读了《瓦尔登湖》，才知道我的一些想法与梭罗在一百年前的说法是相吻合的。我并无攀附名人之意，也并非想说我比先人高明。只是说我步了前人的后尘。但我毫不谦虚地说，我的行为已经证明了我在生活、创作上怎样的一种认真的态度。

梭罗去瓦尔登湖，最初的想法也只是为了避开闹市，去经营他一些生意上的事情。但后来他就慢慢发现，“在当今时代，在这个乡村，我凭借自己的体验，发觉只需要几样工具就可以生存下去，一把刀、一把斧头、一把铁锹、一辆手推车，已经足够；对于勤奋好学的人来说，灯光、文具，加上几本书，这已经是第二位的必需品了”。

这一段话，完全看得出，他主张的是生活的简单、朴素。“简朴是门学问，它一直遭到人们的轻视，但它却不能任人漠然无视。”“一个人若要维持生计，并不必要大汗淋漓，除非他比我更容易出汗。”他在身体力行追求简单和朴素的同时，对奢侈极为反感：“奢侈的富人不单是追求惬意的温暖，而且好追求自然的温暖，我在前文已提过了，他们是经过了烹煮的人，当然是一种很时尚的烹煮。”

够了。

简单和朴素，其实就是人的一种气质和涵养。这是一种思悟的结果，是对生活透彻的领会。感悟此理者，已抛弃了繁杂，舍弃了热闹，洗尽了铅华，变得安详和宁静。到达此境，如立于高山之巅，云海翻覆，日落日出，芸芸众生，可尽在眼底。

我又发现，我这样奇异的行为，其实就是追求生活中的一种简单和朴素。或者说，我开始渐渐明白了简单和朴素的无与伦比的美妙。即使是在现代化的今天，我们的生活必需品同样是需求很少的，一张床，一双碗筷，仅此而已。但我们没日没夜地干，拼命挣钱，拼命为官，美其名曰为改善生活，改变命运，追求文明进步。有了一套房还不行，还要一套，钱不够，就贷款，成了一辈子的房奴。这种不休止的追求，其恶果是人竞争越来越激烈，也变得越来越自私，弱肉强食，贪欲不止。但细细一想，最终为的只不过是面子而已。梭罗说得够准确的了："假如一位绅士意外伤了腿，这是司空见惯的事情。他自会救治，但假若他的裤子破了，就不会对它进行救治了，因为他关注的，并不是真正值得尊重的东西，而是关注那些受人尊重的东西。"

最受尊重的东西是真诚。

但城市里每一天都少不了上演着一些缺乏真诚的戏剧。乡野孤寂，人烟罕至，没有这样的戏剧。

梭罗一个人住在湖边，生活单调自不必说，还常常受到虫蛇侵扰、疾病侵害。万一有什么意外，而无人知晓，无人救助，一命呜呼也就在所难免。而他之所以坚持独自到湖边居住，除了过一种简单、朴素的生活之外，还有一个目的，就是写作。写作的结果，要么一举成名，要么默默无闻。对于大多数作家来说，一举成名难乎其难。因此，对于后者，估计梭罗肯定是考虑到了。而从他的言谈看得出来，他并非是为了写作的成败而来。而是出于对生活的热爱，对创作的真诚。说实在，一个人若是缺少了这样的精神，别说住两年，就是两天，也会落荒而逃。再说，为了成名，用什么途径不行？非得在瓦尔登湖住才行吗？

放到今天，我们定会有很多的写作者，恐怕就耐不住这份寂寞了。什么研讨会、评审会、笔会，都看到他的影子。你不请他参加，他就不舒服。到了会上，他不说两句，不指点江山，他更不舒服。你要是让他到黑灯瞎火的湖边待上两年，坐不上小汽车，进不了酒馆，看不到热闹，怕是受不了的。他必须要凑这份热闹，而且要人模狗样地凑。所以，李国文早就看到了这一点，已经很准确地给一些人画出了这样一幅画像:“一旦衣冠楚楚，人五人六，马上就把裤腿放下，遮住未洗干净的泥巴，叼起雪茄当精神贵族，一张嘴，全是洋人的名字，一说话，全是西方的名词……”

妙。

我极少在文章里针砭时弊的，因为我没有这样的学识和眼光。所以我很惭愧我已失缺了作家的良知了。偶尔在文章里才出现一两句所谓尖锐的话，但一些作家朋友见了，就为我担心:你这样写，怕得罪人呢……后来想了又想，还是觉得不顺气，就找他们质问:你们来自于基层，有的还没有公职，怎么比我还要势利、圆滑呢?

梭罗几乎没有谈到关于孤独的话题。也许他已经看透一切，明了一切，已无孤独可言。而我总感到孤独。一座山里，老伯一个人独处了多年，我每次来，一眼便感到了他的孤独；他的孤独，又很快就感染了我。我便在孤独的氛围中，将心敞开，想一些该想的事情，尔后又觉得看到了一片热闹。

这与梭罗的观点并不矛盾。

梭罗用瓦尔登湖来营造他的心灵世界，我用一座山来构造我的心灵之窗。

但世界和窗，是有距离的。

（《广西文学》2009年第9、10期合刊）

河流牵着村庄奔跑

黄庆谋

草编的眼睛

二十七年，二十七道河流，二十七座山峰。现在，我登上一叶小舟向河对岸划去，弃船上岸，我披荆斩棘，翻山越岭，终于到达二十七年前那个只燃着一盏煤油灯的夜晚。

走到家门前，破烂的窗子用几束微弱的光迎接我的到来，有灶火在噼啪作响，有未归巢的鸟儿在低低鸣叫。推着磨盘的父亲母亲一簸箕玉米还没磨完，就听到大姐在床上发出了几声怪叫，他们踩着失去血色的脚步扑到大姐床前，只见她口吐白沫，双眼仿佛那盏燃料快要耗尽的煤油灯，灯苗渐渐黯淡，有风吹来，火光扑闪一下，灭了。

通往医院的路有四五公里远，这段路东拐西弯到处是沟沟坎坎，父亲背着冰冷的大姐健步如飞，仿佛是跑在宽阔平坦的大路上。第二天，当太阳挂到屋顶时，大姐并没有像往常那样把书包斜挎在背后，扎着马尾辫跨进家门，她躺到了用杉木钉成的薄棺材里，连同母亲哭天唤地的呼号和父亲裂成碎片的目光埋身于荒野。没有一个道公为大姐敲响铙钹，没有谁为她念上一段超度亡魂的经文，大姐的死没有改变太阳依然敞开胸怀拥抱大地的姿势，更没有改变河水奔流向前的走向。她和荒野上那些低矮的草一样，活着或者死去，都不会摇曳出铺满天空的绚烂身姿。

哭干眼泪的母亲一回到家就把三岁的我紧紧抱在怀里。那时候家里人头攒动，走路的走得轻轻，吃饭的默不作声。我从来没有见过这么多的人，于是就在母亲的怀里咯咯直笑，笑声在黑压压的人头上跳来跳去，但是母亲没有笑，别人也没有笑。没有笑的母亲很快把一声声痛哭灌满了整个屋子。我不知道，我懵懂无知的笑声使母亲干涸的眼眶再次注满眼泪，当她的泪水一滴一滴落在我脸上时，我隐隐约约觉得大姐已经去了一个遥远的地方，就像一只五彩斑斓的鸟消失在高坡的尽头。

大姐本是一只漂亮得令人炫目的小鸟。大姐死后的第三个月，县文工团的团长迈着落满笑声的脚步来到了村里。和大姐死后我那一串串在黑压压的人头上跳来跳去的笑声招致的结果一样，这位突然出现在村里的团长让母亲再次痛哭流涕，几欲轻生。

团长告诉母亲：“你为我们县养了一个最漂亮的女儿，我要把她培养成全县最漂亮的歌舞演员。”

团长没有等到母亲的回话，因为母亲蹲下来掩住脸泣不成声，他已经明白了一切。明白了一切的他折断一根柳条，边走边把柳条打在身旁的石头树丛上，那根柳条最后叶子落尽，被这位头发花白的老人丢到了高高的路坎下。当光秃秃的柳条在空中划出一道漂亮的弧线时，漂亮的大姐恐怕不会知道母亲操把剪刀，刺向了自己的胸膛。

那把剪刀最后没有在母亲身上扎出一两个洞，因为母亲的皮肤触碰到剪刀锋利的尖口时，我正好从梦里醒来，在床上哭喊妈妈、妈妈。

大姐的死因对我来说一直是个谜。我从不亲自去问父亲母亲，大姐为何咽下断肠草抛亲别友一去不回，因为我知道，大姐的死是他们心口上一道永不结疤的伤口，我不愿，也不敢轻易去触碰。

但我还是从别人的嘴里听到了一些传言，这些传言是否可信，我从未从父母那得到证实。传言说大姐恋爱了，而父亲强烈反对。一次偶然的机会，大姐和一个堂姐到乔音水库游玩，堂姐站在波光粼粼的水库边指着一种深绿色的草说："这就是断肠草，猪吃了没事，人吃了是要死的。"几个月后，父亲母亲一簸箕玉米还没磨完就听到大姐的几声怪叫的那个晚上，母亲从大姐的嘴边发现了断肠草叶子的碎片，后来，母亲在翻拣大姐的遗物时，从缝纫机的抽屉里找出了一捧断肠草叶子。看来，大姐早已有了诀别人世的念头。几片叶子断了大姐的尘世气息，她不知道，我们的肠子也断了，那些柔软的断肠草变成锐利的叶片，撑在我们嗓子深处，二十几年。

母亲后来跟我说起了她亲眼看见的三件怪异的事情。母亲认为这些事情其实是在提醒她家里要遭遇不测，可是当她意识到这一切时已经太晚了。母亲的说法带上了浓重的迷信色彩，我宁愿相信那只不足拳头大小的鸟儿，那棵突然断裂的拐枣树，那块从山上滚落的巨石能感应到大姐会先它们一步离开村庄。

大姐断然决然咽下断肠草之前的某一天，父亲牵着我们家那匹高大的马走过凉风坳，母亲骑在高高的马背，马儿四蹄轻快地踏在沙石路上，母亲父亲的说笑声撒满周围的空气和尘埃。但是眼前一棵梧桐树上，一只小鸟的哀号使父亲母亲停止了说笑。那是一只被一条青蛇紧紧缠绕的鸟儿，它张大着嘴巴做着徒劳的挣扎，母亲翻身下马，和父亲一起用石头砸向这条硕大的青蛇。青蛇没有丢下小鸟惊慌逃命，那些擦身而过的石头对它构不成生命的威胁，它死死咬住小鸟的头部，小鸟翅膀一阵扑腾，最后止住了悲号，四围霎时寂静无声。

回到家里，母亲总是心神不宁，心神不宁的她在一个深夜和父亲用磨盘磨着黄豆，等到天一亮，这些被粉碎的黄豆就会变成白花花的豆腐，母亲靠卖了这些豆腐维持家里的生计。磨盘呼呼飞转，夜晚在一声比一声高的响声里渐渐露出黎明的尾巴。推着磨盘的父亲母亲站在黎明的尾巴上汗如雨下，汗如雨下的他们听到了屋门前那棵高大的拐枣树咔嚓断裂的声音，母亲跑出屋门，借着最后几颗星星的暗光看到拐枣树的树冠已经落地，只留下一截不足一米长的树干无枝无叶地竖立在宽大的天空下。那晚没有刮过一丝风，更不要说有哪一道雷从天而降，这棵活了二十几年的拐枣树就这样倒在无风无雷的破晓时分。天大亮后，父亲才发现，拐枣树的树干早已被虫子蛀空。

拐枣树终止了直刺苍穹的傲岸风姿后不久，一块米仓样大的巨石从山上滚落，把母亲横在山谷里的玉米地砸出一个一米多深的窟窿，当背着背篓扛着锄头的母亲目瞪口呆地站在窟窿旁时，她肩上的锄头跌落于地。那几天并没有下雨，既然没有下雨，那块大石头又是在什么力量的作用下滚下悬崖的呢？母亲想不明白。想不明白的她直到大姐咽下断肠草后不久才拍着大腿恍然大悟，似乎这样一拍，她的恍然大悟就有根有据无可辩驳。

大姐死后的第三年，埋葬她的那片荒野变成了矿山。矿山出产黄金，于是掩盖大姐的那些野草以及野草之下的土地一夜之间身价暴涨。它们被土地的主人一再抬高价钱，然后卖给腰缠万贯的矿老板。很快，大姐失去了栖身之地，轰隆隆作响的推土机推出了大姐的皑皑白骨。母亲在一个风雨凄迷的清晨拨开泥土，把大姐的骨头一根根一块块捡入金坛里，每捡一根骨头每捡一块骨片，母亲身上的骨头好像也被抽掉，她踉踉跄跄地把大姐的骸骨放入一处悬崖的岩洞里，深信这个蝙蝠出没的岩洞会成为大姐永久的安身之所，再也不会有人打扰她，再也不会有被推土机震天的巨吼惊醒的危险。

后来，母亲渐渐老了。后来，藏有大姐的遗骨的岩洞洞口被茅草、钩刺、灌木、野藤遮盖。每年清明节，大姐的金坛前都不会有一碗花糯饭喷出清香，不会有两三根香火为她燃起，因为在我们这里，按照风俗，十几岁就死的人是不可以给她（他）上坟的。

有一年清明节，母亲一大早就出了门，她很晚才回来，哭丧着脸告诉我："岩洞上的土坡塌方了，你大姐看不见天日了。"

我不禁泪如泉涌。在泪光里，我看到身前身后总是闪现着一双用草编织而成的眼睛，这双眼睛在后来的日子里，无论是清晨第一缕阳光抖落，夜晚最后一声叹息，还是黄昏最后一朵云彩引来第一盏灯火，它都在离我不远的地方看着我，那眼光一会儿像花一样灿烂夺目，一会儿又像行走在黄泥路上的母亲一样满面灰尘。

这双草编的眼睛它的名字叫作断肠草。

碑石为独龙草上飞而立

两头老黄牛甩着尾巴，四蹄慢慢敲打着地面向我走来。它们曾经像母亲那样年轻过，那时，它们膘肥体壮，引颈哞叫的那一刻使田坎山冈上的青虫、鸟雀惊慌逃窜，使过早挂在山头上的月亮花容失色。

现在，那头断了一只犄角的老黄牛，那头一跑起来四腿呼呼生风的老黄牛先后走到我眼前，我的额头仿佛挂着一张幕布，幕布上，有直刷刷的悬崖峭壁，有一层层铺向天边的梯田。我的两头老黄牛先有一头四脚朝天从悬崖上跌落，然后有一头前脚跪下，后脚跟着落地，倒在倒映着白云蓝天的水田里。

这两头老黄牛都有名字，断了犄角的那头叫独龙，一跑起来四腿呼呼生风的那头叫草上飞。这些名字都是我的杰作，当别的放牛娃冲着他们的牛发出一声声怪叫时，我却能得意扬扬地叫出我的牛的名字，这使得人们把我和那帮放牛娃区别开来，认为我喝的墨水比他们多。

事实上，独龙和草上飞的死和我肚子里的墨水有莫大的干系。不停地把书读下去的我像一台榨汁机榨干了它们身上的血液，致使它们面无血色地倒在黄泉路上，永无站起来打量这个花团锦簇的世界的可能。

从腰弯背驼的祖父手上接过光滑油腻的牛绳时父亲还是一名领着工资的国家干部。头顶国家干部的桂冠的父亲白天因为要到供销社卖货，这头那时还不叫独龙的牛就失去了奔跑于溪边山头的自由，被父亲用长长的牛绳拴在茶油林边或者荒坡上。

我坐在学前班的教室里高唱国歌的那天，那头黄牛啃光了周围的野草后大发雷霆，它四蹄刨地，低下头部，用两只犄角抵住了绑着牛绳的那根电线杆。电线杆没有倒下，黄牛的一只犄角却硬生生地从它的头上分离，毫无声响地落在光秃秃的地面上。当我能用方块字组合成乱七八糟的句子和段落后，这头断了犄角的黄牛有了自己的名字——独龙。如果独龙能张口说话，当我独龙独龙地叫时，不知道它会是高兴还是悲伤。

独龙是摔下悬崖而死的，那时父亲已经不是衣着整洁、腰杆挺直的国家干部。不再是国家干部的父亲心有不甘，他咬牙切齿要想从田里割下大把大把的稻谷，然后用大把大把的稻谷换来一张张可以送我到城里读书的钞票。那时的父亲像一名赌徒，他把赌注压到独龙身上。父亲曾对我说："只要独龙不倒下，你就有当国家干部的希望！"于是独龙就有了没完没了的田让它犁、让它耙，它的蹄子密集地踩在稻田上，我感觉到，秋后的每一粒稻谷都包裹着独龙四个蹄子的重量。当父亲扛着稻谷向几公里外的粮所走去时，我想到：父亲卖的不是稻谷，而是独龙，断了一只犄角的独龙！

我把书读到小学四年级的那个秋天，卸了牛轭的独龙慢慢向山上走去，它瘦骨嶙峋，活像一具会走路的骨架。它爬上了草木干枯的半山坡，近旁的悬崖斜伸出几棵青翠欲滴的茅草，独龙伸长脖子想把这些茅草据为己有，可是它却一脚踩空，跌下了悬崖。我想，当它四脚朝天的那一刹那，它一定看见了天空如何的瓦蓝瓦蓝，白云如何的优哉游哉。这是大地给它的生命绝响最后的馈赠，正如人之将死时死亡会还给它的臣民一个神奇的回光返照一样。

独龙死了，草上飞来了。草上飞是父亲步行十几公里到另外一个村子租借来的。那晚，父亲牵着草上飞摸黑往家里赶，走了一里多路，草上飞发觉自己踏上的是一条陌生的路，它用两只前蹄抵住泥土，任由父亲怎么拉都不肯迈步。父亲转到它身后，用牛绳使劲鞭打它的身子，草上飞狂奔起来，牛绳从父亲的手中脱落，父亲大惊失色，也狂奔而去。他们像两个运动员在比赛谁的速度快。父亲只有两只脚并且上了年纪，他追不上四蹄奋飞呼呼生风的草上飞，他们一前一后跑了四五公里，若不是牛绳卡在石头缝里，父亲无论如何都抓不到草上飞的一根毛。

那晚，月亮落到山头时父亲才回到家。天一亮，原先归独龙所有的牛轭压到了草上飞的脖子上，草上飞一阵狂蹦乱跳，逃避将要到来的苦日子。父亲狠下心来，把草上飞绑在寸草不生的山沟乱石滩上，一天一夜过去，草上飞吃不到一棵草喝不到一滴水，第二天竟然放下了与生俱来的野性，乖乖听从父亲使唤，父亲喊它往左它不敢往右，父亲叫它后退它不敢贸然前进。

然而草上飞并不买我的账。我牵着它走过田坎时，它丝毫不惧怕我手中的鞭子，它四条腿像四根柱子稳当当地插在地上，不管我怎么朝它大吼大叫，不管鞭子在它身上炸出了一朵又一朵的脆响，它都不会把嘴巴从稻谷上移开。后来，一个牛嘴套套住了它的嘴部，我想这下草上飞只能望着稻谷干瞪眼了，哪承想，等我把它放到山坡上，解下牛嘴套，它就快速地穿过灌木丛跑下山坡，一眨眼就出现在稻田旁风卷残云般地吃着稻谷，让我一次次被田主骂得大气都不敢出。

但是后来，草上飞跑不动了。为了能筹到更多的钱送我上学，父亲又租下两亩稻田，草上飞整天在稻田上疲于奔命，它的力气像一口没有水源的望天井一样，随着日子的推移渐渐干枯。终于有一天，草上飞突然前脚跪下，后脚跟着落地，倒在倒映着白云蓝天的水田里。这样一来，草上飞和独龙就有了相同的死亡细节，它们在闭上眼睛之前都看见了最后的蓝天白云。不同的是，独龙看见的蓝天白云在天上，草上飞看见的白云蓝天在地上。

和我那个断然决然咽下断肠草的大姐一样，没有一个墓碑为他们竖立在苍茫的天地当中。大姐的遗骨藏在一处悬崖的岩洞里，坍塌的山石已经将洞口掩埋，但是每年清明节我可以面朝草木丰盛的洞口跪祭大姐，而独龙草上飞的骸骨已经化成泥，变作尘，无迹可寻。

现在，我以站立在天地间的姿势在心口的最深处立起两块碑石，碑石上有我用指尖刻下的两个名字，连起来读是：独龙草上飞。

唢呐像只鸟挂在前额上

我目睹了一个唢呐手是如何使参加婚礼的人们闭上上下翻飞的嘴唇默不作声的场景。那天晚上，新郎睡到沙发上拒绝进入洞房。

那是一个孤儿的婚礼，七岁的我站在这户人家的祖宗牌位左侧，竖起耳朵努力捕捉坐在大门右侧的唢呐手吹响唢呐的声音。那唢呐声水一样在屋子的四处流淌，哪里有缝隙它就往哪儿钻，它爬上密密麻麻的脚尖，漫过人们的头颅，穿过屋瓦缝，朝比屋瓦更高的地方流去。良久，流水的尖头从屋瓦缝里滴落下来，像一场看不见却听得见的雨淋湿人们的发梢。往来穿梭挤成一团的人们像是被什么东西拴住脚步，纷纷站立不动安静下来，把头齐刷刷地侧向唢呐手，他们和我所看到的一样，这是一个四十多岁的男人，头发乱得像被风吹得东倒西歪的茅草，密密匝匝的胡须像竹林里的竹笋，根根笔直挺立，他的手结了厚厚的茧子，刮下来比我的头发还重。

这时候唢呐声低了下来，像是流水淌过平坦的河床，不再一路高歌。又像是扑腾着翅膀的鸟儿落满树梢，树梢一阵摇晃，几片树叶打着旋飘飘摇摇而下。忽而，流水跃下险滩，鸟儿扑向高空，激起阵阵水拍云崖的轰鸣，响起声声声振林樾的鸣叫。水花飞溅，鸟鸣激越。流水跌入谷底，平缓流动。鸟群翻过山坡，只留下飞过的痕迹。一切都静了下来。然而在棉花样儿轻的静里却还能听到潺潺的流水声扑向沙滩，还能听到鸟儿细若发丝的低鸣——一滴泪水，两滴泪水从唢呐手沟壑纵横的脸上悄无声息地滑落，那个把酒喝得双手打战的新郎突然拨开人群，抱住唢呐手，说："哥啊，你弟弟结婚了你弟弟结婚了，明年我砸锅卖铁也要帮你娶到一个大嫂！"那晚，新郎抱住柱子不肯迈进贴满大红喜字的洞房，众人散尽，屋内空无一人时他睡到了沙发上。

后来我才知道，唢呐手赶了五年的马驮，用蘸满汗水的一万块钱从外地给他的弟弟买来了一个媳妇。按照我们这里的风俗，弟弟是不能先于哥哥结婚的，但是唢呐手却固执地打破了乡村的婚娶秩序。他们的父母早已亡故，长兄为父为母，他一定是以父爱兼母爱的名义为他弟弟圆了这门买来的亲事的。

为了节省一笔开销，新郎的哥哥亲自为他吹响了唢呐，当我可以用普通话流利地与外界交流的时候，我终于弄明白了唢呐手为何能用唢呐声使参加婚礼的人们默默无声，为何能让新郎在新婚之夜孤枕独眠：那唢呐声不是简单的音符组合，而是在讲述一个家庭的悲喜遭遇。那水一样流动的音符不是轻若无物，而是具有了和黄金同等的质地和重量。

童年的这一次经历让我刻骨铭心。刻骨铭心产生的直接结果是我对系着红绸带的唢呐过目不忘。

在我离开乡村到外地求学之前，每年瓜果飘香的秋后都常能听到熟悉的唢呐声。有好几次，迎亲的队伍还没在凉风坳上出现，那大红色的唢呐声就抢先一步到达我的耳郭。我爬上高高的桃树，朝山坡上张望，等待观望腮帮鼓鼓的唢呐手如何走在队伍前面，威风凛凛地把迎亲的众人领进某一个炊烟腾地升空的人声鼎沸的寨子。唢呐手来了，身后跟着一帮抬着陪嫁品的人，这些陪嫁品有组合柜、木头沙发、缝纫机、洗脸架、被褥、录音机……满面娇红的新娘被一群叽叽喳喳说笑的姑娘们簇拥着，一路打打闹闹而去。

很多次，从高高的桃树上下来，我都跟母亲说："我不要当什么读书郎，我要当唢呐手，腮帮鼓鼓的唢呐手！"母亲摸摸我的头，笑笑说："读书郎也可以吹唢呐，唢呐手也可以读书，现在你先帮我把书读下去。"后来我有了一次机会吹响唢呐。那是邻村的一场婚礼，那个两鬓斑白的唢呐手把唢呐挂到墙上后坐到酒席上大碗喝酒，我偷偷取下唢呐，想吹响美妙的唢呐声博得众人的欢呼和喝彩。可是任凭我怎么鼓嘴吹气，唢呐发出的只是令人起鸡皮疙瘩的噪音，那个把酒杯举到半空的唢呐手扭头对我说："先回家吃上三个粮仓的米你再来吹吧，看你，长得都不比唢呐高！"人们哄堂大笑，我在笑声里落荒而逃。

回到家后，我想起了母亲的那句话："读书郎也可以吹唢呐，唢呐手也可以读书，现在你先帮我把书读下去。"我觉得母亲说得很有道理，因为我知道不是哪一个人随随便便就可以学会了吹唢呐，哪怕学会了也不是哪一个人随随便便一吹，就可以让听众刹住脚步屏息静气，让新郎丢下新娘，一个人抱着冰冷的枕头回想往事。

后来，我离开了山村到城市里求学，城市里有的是大把大把的人，大把大把的车子，大把大把的摩天高楼，但是却没有乡村里不时吹响的唢呐声。当我顶着曾被城市的灯火照亮的头颅回到村里时，人还没进家门，就先听到了一阵粗犷高亢的唢呐声。莫不是二哥结婚了？但为什么屋外不见一个人影？我满腹狐疑走进家里，只看到神台上一个四方形的机器正在吱吱地转动着磁带，唢呐声是从两个圆如月饼的喇叭里传来的。

母亲说："现在我们这里方圆百里没有唢呐手了，老的快进了棺材，吹不动了，年轻的把唢呐锁在箱子里，挑砂浆扛水泥卖力气去了，想听唢呐声，得靠录音机。"

我不禁愕然，愕然过后我在梦里梦见我的前额上挂着一支系着红绸带的唢呐，它像一只鸟，在没有唢呐声的夜晚里无声地鸣叫。

山转马帮何处寻

草莽深深，断崖壁立千仞，山路斗折蛇行，挑着两袋粗盐的祖父双脚磨破了皮，每走一步，他的眉心就拧出了一道龇牙咧嘴的钻心疼痛。祖父身后，跟着六七个敞着怀、脚底打战、气喘如牛的同伴。他们在三天前的清晨从盐贩子的店铺里打出盐巴，然后风餐露宿马不停蹄地往家里赶。第七天，他们精疲力竭，只好在一个只有十几户人家的村子旁歇下脚。除了祖父之外，其余的人都东倒西歪地躺在草地上。抬眼望去，头上的太阳射下道道灼人的光芒，秋蝉趴在皲裂的树皮上一声长一声短地鸣叫。有四五个肩披汗巾的老人走近他们身旁，给他们送来了玉米粥和泉水。喝了玉米粥和泉水之后的祖父解开盐袋，用那个还带着舌头的热量的碗舀出了满满的盐巴，送给好心的老人。一个老人伸出颤巍巍的双手，但是这双手并没有接过祖父递过来的碗，老人低声说，兵荒马乱的，我们已经有半月没吃过一粒盐了，现在村子里已经有很多人全身浮肿，走起路来脚都在打飘。老人想用三匹马跟祖父他们交换一袋盐，马他们已经牵来了，就拴在村头那棵老槐树下。祖父是这支队伍的头儿，大伙的舌头倏地从空碗里弹回口腔，他们谁也不说话，等待祖父拍板一锤定音。祖父面露难色，良久，他说，愿意用盐巴换马的，站出来！除了一直站着的祖父，其他人都纹丝不动地坐着。祖父咬咬牙，把一袋盐巴扛在肩上跟着老人进了村。从村头走出来时，他身后多了一匹毛发灰黑、肚皮凹陷、骨骼显山露水的马。不是说有三匹马吗？怎么只有一匹？有人喊。祖父说，牵了这匹马我都过意不去，要是牵了三匹，我的良心比一碗玉米粥都不如！

祖父牵到家的这匹马后来先后产下了三匹马崽，等到祖父的三个儿子娶了媳妇分了家，这三匹马就被分到了大伯父亲满叔的名下。满叔在他们三兄弟里年纪最小，但是他却能够召集起大伯以及村里的八九个壮实汉子组成一个马帮，每天赶着马浩浩荡荡地向草木遮天蔽日的森林开去。山转马帮来，当一头又一头驮着木料的马走下崎岖陡峭的山坡，穿过羊肠小路，翻过一道道山岭，趟过一条条溪流，那是一种怎样的动人景观？而满叔总是走在马帮的前头，他秉承了祖父领头人的气概，一次次带领着一干人马顺利地到达目的地，他还成功地阻止了马帮中两个脾气暴躁的家伙多次的拳脚相向。

有一次，若不是满叔像根粗壮的木头竖到那两个早已拔出腰刀的家伙中间，恐怕其中的一个甚至是两个人早已命丧荒野，成为一具或者两具和被砍断的杉木一样匍匐于地的尸体。那时，力大无比的满叔猛挥拳头打在一棵手臂粗的竹子上，竹子应声咔嚓倒下，满叔大吼，今后谁还敢打架，这根竹子就是他的下场！那两个家伙身子摇晃了一下，噤若寒蝉，再不敢造次。从那以后，满叔的马帮头子地位更加稳固，有了他在，马帮就像拧成了一股绳，而满叔就是那个可以牵着绳子行走于荒山野岭的人。

二姐小时候除了想绣出漂亮耐穿的绣花鞋之外，还想当一名赶马手。每当天一破晓，头发凌乱，眼角残留着睡意的她就站在晒台上央求满叔，希望他能允许她牵上一匹小马，带着她到深山老林里开开眼界。满叔无一例外地拒绝了二姐的请求，在他看来，一个小女孩想当赶马手，这和一个大男人捏着绣花针飞针走线一样荒唐。

无法成为赶马手的二姐每天就站在晒台上，看着满叔走在铃儿叮当响的马帮前头，渐去渐远。后来我曾这样认为，当阳光暖暖地照在满叔身上的那一刻，他一定活像一尊涂满金光的铜像，铜像不倒，这个用汗水和力气给村庄换来大米油盐的马帮就不会有散伙的危险。

像铜像一般的满叔没有倒下，但是他的马帮却在我的一个堂姐毙命于一粒子弹之后就地解散，各奔东西。

堂姐是死于他的亲弟弟向她瞄准的猎枪口的。那时，土匪已经被剿灭殆尽，但是土匪随意烧杀抢掠的阴霾并未从村庄上空消散。祖父那管乌黑的猎枪是用来防备不知哪个时候会突然破门而入的匪徒的。那个太阳缩了手脚躲在乌云后瑟瑟发抖的午后，一个十岁的男孩从门角抱起猎枪，把它架到门槛上向外瞄准，黑洞洞的枪口之下，他的姐姐正操着锄头挖菜地，男孩嘴里发出砰砰的枪响声，手指扣动了扳机。男孩不会知道，他手指一动，猎枪就会吐出一粒子弹结束他姐姐的性命。男孩不知道这些，他曾跟在祖父身后，看着他如何用这管猎枪弹无虚发地命中丛林里的那些野兽，他只想模仿祖父趴在地上，架枪，瞄准，射击的雄姿。没有奇迹，枪响了，堂姐倒下了。那时，乌云已经飘散，阳光像一床厚厚的红布毛毯，盖在浑身鲜血的堂姐身上。

堂姐的坟墓还没长出第一棵青草，祖父就到邻村请来了一个身穿道袍的风水先生。目光如炬的祖父在风水先生喝下三碗酒之后说，你要讲实话。祖父把这句话说得很粗很重。把话说得很粗很重的祖父还把那管致命的猎枪的枪托重重地锤在地面上。风水先生的眼睛闪过一道颤抖的寒光，告诉祖父，这个村子再也不能住了，再住下去还会死人的。

尽管大伙都说这个风水先生是在胡说八道，但是当他们看到祖父搬离村子时，他们也纷纷作鸟兽散，一个往东一个往西寻找栖身之所去了。

在祖父站在晒台上向大伙宣布我们的村子再也不能住了，再住下去还会死人时，满叔和他的赶马手们第一次违逆祖父的意愿，他们拿出种种理由说服祖父收回成命，可是祖父却一言不发拂袖而去。当那些本应朝同一个方向走去的马匹现在却分头而去时，满叔仰天长啸，那长啸和一朵伸长脑袋、瞪大眼珠的浮云一样，久久没有从村子的上空飘散。

没有奇迹。那些离开村庄的人们再也没有回来，满叔的马帮再也不会铃儿叮当响浩浩荡荡地回到村庄。

多年后，祖父死于一场大病。满叔翻过一座山，爬下一道坡，把这个消息告诉给我们时，满叔竟然瘦如一条马鞭子。

我知道，瘦如马鞭子的满叔再也吆喝不出他的马帮了。

披着云霞出嫁的绣娘

大伙相继搬离村庄时，我们一家并没有肩扛马驮着家什选择到别处安身立命。那时，父亲还在部队里当他的兵。母亲对祖父说她要等到父亲回来才离开村庄。

捋着山羊胡须的祖父劝母亲："我们一走，村里就没有男人了，你拖儿带女，就不怕蒙面歹徒冲进村子吓破你的胆？"母亲告诉祖父，她的丈夫现在是共和国的一名军人，给那些歹徒八个胆子，他们也不敢踏进家门半步。如果他们胆敢冒犯，父亲就会带着千军万马荡平这些歹徒的老巢。祖父对母亲的话深信不疑，因为他和母亲一样相信，父亲身穿军装，肩挎冲锋枪的英姿早已翻山越岭到达他们栖身的穷乡僻壤。更重要的是，父亲不是一名不起眼的小兵，而是部队里一流的神抢手，他曾一枪击穿一个埋伏在墙边企图刺探军情的间谍的耳朵。因此，方圆百里一带没有哪一个人敢对母亲动一点歪心思。

祖父和乡亲们撒下道道恋恋不舍的目光先后离开了村庄，就只剩下母亲和她的子女们孤守这片失去了往日的喧闹的土地了。

和这片土地一样寂寥无声的是每个踮着脚尖到达村庄的夜晚。母亲点亮的煤油灯，灯光昏暗，灯苗左扑右闪，灯下绣着布鞋的母亲只看见两个还未长大的女儿影影绰绰的身子，看不清她们的身上沾满泥巴草屑，更看不清她们的眼睛如何传递出对夜晚的恐惧。

细心的母亲还是发现了两个女儿对夜晚的害怕，因为在热得汗水直流的被窝里大姐二姐仍然死死抱住母亲，直到公鸡扯起嗓子喊来一轮升上山头的太阳，她们还是在梦里抓着她不放手。

母亲开始教大姐二姐绣布鞋，一来可以打发夜晚拖着双脚缓慢步行的时光，二来可以说说话，消除大姐二姐对黑暗的恐惧。

大姐并不听从母亲的话去绣什么布鞋，她说只有想出嫁的女人才去绣布鞋，她不想出嫁，她只想读很多很多的书，然后过上像父亲那样可以待在城市里的生活。二姐对大姐的这些话嗤之以鼻，嗤之以鼻过后，她就跟着母亲在煤油灯下飞针走线。

在一只只布鞋上，二姐绣出了一朵朵桃花梨花菊花，她看到什么花，布鞋上就活现什么花；二姐没亲眼见过的东西也被她绣在布鞋上，比如龙，比如凤凰，比如鸳鸯。这些，她只是在集市的书画摊上看到，她不懂得龙曾是至高无上的皇权的化身，没有听过凤凰有九个头的传说，更不知道古老的《诗经》也曾把鸳鸯歌颂，但是这些并不影响她对龙对凤凰对鸳鸯的情感。她把对这些生灵的好奇、喜爱、赞叹绣进去，她把煤油灯并不耀眼但却温暖的光芒绣进去，她把一个个从指间流逝的日子绣进去。那一只只图案各异、色泽鲜艳的布鞋不是冰冷的，而是有血有肉并且今后还会跟着脚一起走，那根闪亮的绣花针不是不会说话的哑巴，而是一个长有一个会思想的头颅的女人。

二姐把一只只绣好的布鞋藏到箱底，然后用一个铁锁锁住箱子，不肯轻易打开。那个一年只开六七次的铁锁用斑斑的铁锈见证了二姐是如何把这些绣花鞋视同宝贝的。

每次打开箱子，二姐都用鸡毛掸子把一只只鞋细细扫过一遍，虽然这些鞋子并没有沾上一点灰尘。箱子打开，只有一户人家的村子也就热闹了。那些邻村的女孩总能准确地推算出二姐开锁的日期，她们呼朋唤友成群结队而来，空荡的屋子上空回响着她们欢快的说笑声。母亲仿佛过节一般，磨刀霍霍，杀鸡宰鸭招待她们。母亲那因为长久思念父亲而紧绷着的脸挂满笑容，每走一步路，每张口说一句话，笑声就像花瓣一样洒满她的脚尖。

姐妹们把二姐围在中间，看着箱盖上一只只绣花鞋啧啧称奇，二姐满面绯红，她的眼眸像盏灯在白天被点亮，白天如雪的光都不能掩盖眸子里那朵闪烁出惊喜的星火。姐妹们都说像二姐这么好的绣娘，哪个毛头小子娶到她，那他上辈子一定是个善人，做了很多善事，积了很多德。后来二姐对大姐说，当她听到姐妹们这么说时，她的眼前跳出了一个宽阔无边的草原，草原上有牛在跑，在羊在叫，那个骑着白马的毛头小伙来了，他跳下马摘下一朵娇美的野花，对站在一朵云霞下的二姐说："嫁给我吧，我要带你去远方。"

二姐只把书读到小学二年级，小学二年级的课本里没有白马王子这四个带着神秘色彩的方块字。我想，灰姑娘与白马王子的传说一定是二姐从大姐嘴里听到的。二姐没有到过草原，她每天站在晒台上看到的天空只是圆如桶底，但这并不能阻止她对未知的草原的想象和憧憬。

自从我躲在门角偷听到二姐和大姐说了那番话后，无论二姐是走在田野上，还是爬上山坡，不管是在鸟噪蝉鸣的白天，还是在万籁俱寂的夜晚，我都看到二姐的头上飘着一朵云霞，二姐走到哪它就跟到哪，哪怕是二姐在床上睡去，这朵云霞也挂在蚊帐下，不离不弃。我知道，这是我一种离奇的心理幻象，我也知道，这朵云霞来自草原，来自风吹草低见牛羊的草原。

几年后，父亲脖子上带着赫然醒目的伤疤回到家乡。这个昔日的神枪手并没有带来一枚勋章，他两袖空空几乎一无所有，但是他却能够用一无所有的双手在村里为我们再建了一座吊脚楼给我们遮风避雨。这样一来，母亲答应祖父要等到父亲回来才搬出去住的诺言落了空，而父亲母亲相信祖父不会责怪他们。

再数年过去，当母亲渐渐淡忘了父亲是如何一枪击穿那个间谍的耳朵的传奇时，她给二姐定了一门亲，婚期就在秋后。

在等待秋后蹒跚而来的那段时间里，二姐总是沉默不语，我看到她头上飘着的那朵云霞重如她的叹息声。二姐要嫁的那个男人不是来自草原，而是打从高山上来，不是骑着白马来，而是迈着两条腿走路来。

那个预定的日期扑落一地烟尘，来了。清晨，太阳照耀出万朵云霞时哭嫁的人们收起眼泪，簇拥着打着一把花伞的二姐离开村庄。

我像一只猴子一样爬上高高的桃树，趴在树杈上看着二姐越走越远。她走过黄泥小路，踏上蜿蜒曲折的公路，公路可以通达她日思夜想的草原，但是她却翻过公路，向高可齐天的山坡一步三回头地走去。

在她从我的视野里消失的那一刻，我看到她头上的一朵云霞变成了一件嫁衣披在她的身上。

那朵云霞它一定不是来自草原，风吹草低见牛单的草原。

河流牵着村庄奔跑

我的身子牵着一条瘦的影子，瘦的影子牵着一条瘦的河流。

春夏时节，草木葱茏，雨水丰沛，河水流在四五丈宽的河道上，追逐一朵白云或者一只蜻蜓向天边奔跑。秋冬来临，山高地阔，水落石出，河面上不时倒映出一只只北来的大雁，告诉我远方的寒流已经衔着风做的哨子贴地横走。

站在翻了一个身，现出季节突兀的筋骨的河岸上，我看到我瘦的影子牵着一条瘦的河流，瘦的河流牵着一个瘦的村庄。

我一直认为人是一个村庄的血肉。那么，当我的大姐咽下断肠草，当一粒子弹穿入堂姐的胸膛，当二姐披着云霞出嫁，当众人陆续搬到别处安家，我的村庄是不是像失了血般苍白了呢？

只剩下一户人家的村庄不能算是村庄，正如只站着一只鸟的树梢我们不能把它叫成鸟的天堂一样。但是，只要还有一个人在，村庄就不会像一缕拂过院墙的风很快归于沉寂，只要还有一只鸟张嘴鸣叫，我们还会从它身上找到鸟的天堂流逝的欢腾和喧闹。

我的村庄，我的清晨黄昏炊烟四起的村庄，我的牛喧马跃鸡犬往来穿梭的村庄，现在就只有我们一家守着这片被剥去了热闹的外衣的土地。有时，天一放亮，走出屋门，我会看到露珠在草叶上闪亮闪亮，那露珠其实是大姐的眼睛。野草密密匝匝，屋前屋后满地是，那么，露珠也是满地是，大姐在另一个世界用亮闪闪的露珠告诉我们，她一直没有从我们的身边离开。有时，我打从堂姐的坟前走过，我会把坟墓上一朵朵左右摇曳的野花看成她的化身，野花不死，一岁一枯荣。我的堂姐活在荒野上，只可惜野花没长有脚；若有，她会下了山坡沿着一条九拐十八弯的小路走到我家门前，会看到我如何一遍遍将她想念。有时，我爬到半山腰，倾听松涛怎样像磨盘一般在树梢上滚来滚去。风隐隐吹来了马蹄踏地的声音，山一转，满叔的马帮就来了。满叔走在马帮的前头，他挥舞的马鞭龙一样上下游动。

这一切都消失了，而消失的这一切还是可以看得见摸得着。

十年前，我到一个城市求学。当我睁开带着茅草的影子，沾着黄泥气味的眼睛一遍遍打量这座城市时，我不禁大吃一惊，北宋大书法家大文学家黄庭坚曾被贬谪到这里，太平天国翼王石达开也曾带领他的部将往这里开拔，甚至流芳百世的徐霞客也用他神奇的脚步恩泽了这座城市。大吃一惊过后，我站在城市一座高高的楼上眺望我远在两百多公里之外的村庄，我的目光被重重的山峰阻隔，而头上的云没有哪一朵站有我的亲人、我的黑瓦竹墙的吊脚楼。

我曾在一个月朗星疏的夜晚站在那座不能望见故乡的楼上自言自语。我说，黄庭坚，你没有到过我的村庄，但是住在村庄里的我却一次次搭乘你的诗句降落于你面前，只可惜你不能和我一起搭乘你的诗句飞往我的家乡，如果你见到我的村庄长满了葱郁的花草，你一定会大呼快乐，忘却背井离乡之苦。石达开，你不应孤军深入大渡河，如果你掉转方向朝我故乡而来，我的故乡会用莽莽森林和悬崖绝壁阻挡住那些汹涌而来欲将你剿灭的兵马。徐霞客，假若你再往前走两百多公里，当你看到那些清幽的高山湖泊神秘的洞穴时，恐怕也会流连忘返乐不归家。

站在那座望不见故乡的楼上，脚下三两只爬来爬去的蚂蚁目睹了我毫无道理的假设是如何的荒谬滑稽。那座楼后来我再也没有上去过，既然望不见故乡，我又何必一次次挺直腰身，拉长目光眺望呢？

我不再时常仰望长空，而是常常低头俯视一条河流。在这座城里，人们把它叫作龙江河，龙江河是条大河，岂可用几丈宽来度量它的腰围，岂可用一去千里来形容它的浩荡？

但是，不管龙江河有多宽、有多长，它都和我家门前那条小溪一样，都是天上的雨水汇聚而成的。这正如我和大姐二姐的相貌如何千差万别，但是我们身上都流淌着母亲的血液。当我想明白了这个道理之后，我的影子后就牵着一条河流，同时，河流之后就牵出了我的村庄，不管我是站着躺着，不管我是睡去醒来，我的村庄就在离我不远的地方舒展它的容貌，我会看到母亲清晨裹着花布头巾到井边挑水，父亲扛着犁铧出工，牛羊出圈，黄毛狗满院子你追我赶。

想家了吗？到河边去。一低头，就看见我的父亲母亲了。河是天上的雨水，天上的雨水也曾打在父亲母亲的屋檐下。想找个人说说话了吗？到河边去。一张眼，父亲母亲就来了。你看河面上那片火红的枫叶，极有可能是父亲母亲摘下来然后叫风儿将它吹到这，送来他们一声声的叮咛。

我知道，我一奔跑，河流就跟着我奔跑。天地浩渺无边，而河流无处不在。河流不停不息，它永远牵着我的村庄奔跑。

在我身前。

在我身后。

（《广西文学》2010 年第 3 期）

飞在山谷的牛群

孟爱堂

2011 年的一个早晨，天刚蒙蒙亮，空气中还弥漫着浓浓的迷雾，父亲就早早地起来，把他的牛全部赶出牛圈，赶上等候在门口的大卡车，卖了。我不知道，父亲是绝望了，还是看开了。当他把他的二十多头牛赶上大卡车，让那些牛和大卡车轰隆隆地冒着尘烟消失在村口的时候，我不知道父亲的心是什么滋味，也许他的心早已越过村头的那座土山，淌过浅浅的溪流，轰轰烈烈地跟随他的牛去了，至于去了哪里，我不知道，父亲也不知道，他的牛更加不知道。

每次我一想起父亲，必定会想到他的牛，我一打电话，问的也先是他的牛，好像那些牛就是父亲身上的某个部分，你一想起他，就不得不想到这个部分，你一问起他，就不得不问到这个部分一样。父亲和他的牛已经是密不可分的了。父亲养牛，是在一场苍凉的谈话之后，那天村里的王大叔醉眼蒙眬地来到我家，嘴里不断叹息着“造孽呀，造孽！”并且非要和父亲再喝二两。在那间阴暗的小厨房里，他们就着微弱的火光，嚼着香脆的黄豆，喝着清冽的土酒，窸窸窣窣地说话。他们的谈话，也许酒醉的王大叔已经忘记，但父亲记得，袅袅的炊烟记得，黝黑的墙壁记得。那是一次关于家族的延续，姓氏的延续的谈话，那样的谈话就像一次沉重的呐喊，唤醒了父亲压抑心中已久的忧虑，他想到了唯一的儿子，想到了他唯一儿子的两个女儿，想到她们长大后远离家乡，他的姓氏可能就在某一处戛然而止，就像一条奔涌的河流忽然遭到拦截无处可去，父亲突然感到无比孤独与恐惧，内心像被千万只虫子噬咬一样疼痛得无法呼吸，于是他做了个惊人的决定：无论如何也要让他的儿子超生再生一个大胖孙子来。那是公元 2009 年农历的牛年，父亲深信牛年养牛会牛上加牛，于是就买来了十多头牛养着，他在心里悄悄算盘着等他的大胖孙子生出来了，他养的牛也已经发展壮大，把它们卖了，将会是一笔不小的收入，有了这笔收入，父亲什么都不怕。

父亲在心里偷偷打着这个算盘的时候，紧紧地呵护着他的牛，好像他的大胖孙子真的就骑在这头或者那头牛的牛背上，一路欢呼着向他跑来，有时候，向他一路跑来的还不止是一个孙子，每头牛上似乎都骑着他的孙子，他们一路喧闹，高声呼叫“爷爷”，争着扑向他张开的怀抱，这令父亲激动和兴奋不已。他每天细心地照看他的牛，像在细心地呵护他的孙子，他把他们赶到最茂密、最丰厚、最鲜嫩的草地里，让他的牛撒欢地在草地上咀嚼。“吃吧，吃吧，使劲地吃”，父亲一边帮牛仔捉虱子，一边慈祥地说。仿佛这时候，在草地上撒欢不是他的牛，而是他一个个白白胖胖的孙子。

父亲怀揣着牛换孙子的梦想，日日夜夜细心地照看着他的牛。一个寒冷的下午，第一头母牛在山里产仔了，父亲像看到自己孙子出生那样兴奋和紧张，他担心母牛奶水不足，立即跑回家里，用黄豆、大米熬成两桶稀饭，往肩上一挑就向山里奔，山里的路崎岖陡峭，平时空着手走都要仔细小心，父亲这时挑着两桶稀饭行走在崎岖的山路上却健步如飞，冷风像无数只疯狂的手，使劲地摇晃着两只沉沉的桶，不时还把一颗颗米粒大小的冰雨往父亲身上砸。在这样一个寒冷的下午，父亲的汗水却一滴一滴地顺着额头滑过他的眼，滑过他的脸颊，像一道道温热的泪，他把身上的衣服一件一件解开，让清冷的风穿透他炙热的胸膛，散布在充满希望的山谷。当父亲把两桶稀饭挑到母牛跟前，蹲在一边看着它一口一口地喝下去，心像一朵花儿一样慢慢开放起来，他轻柔地抚摸着刚出生的小牛崽，对着它清纯的眼睛，悄悄说话。也许父亲的那些话不是说给牛听的，他们热热烈烈，穿越时空，期期艾艾地说给他的孙子听，那时候，父亲的心，就像一只充了气的气球，满满地，柔软地，飘在天空。

父亲从来不呵斥他的牛，尽管有时候，它们非常调皮，东一头西一头地乱跑，害得父亲满山满坡地找，山上的草叶或者树枝不时划破父亲的手、脸，石头也在不停地绊倒他，父亲既累又饿，心却突突地恐慌着，像丢失了一帮顽皮的孩子，当他在这个山头那个山头把它们都找着的时候，父亲已累得全身疼痛，但他依然没有呵斥它们，他只是像对待做错了事的孩子一样，轻拍它们的头，说：回家喽！夕阳西下，父亲赶着他的一群牛，沿着弯曲的羊肠小道回家，内心的满足写满了他的脸，一曲古老的牧歌从他嘴里飞出，荡漾在斜阳夕照的田野上。

对于父亲的如意算盘，我们四个姐妹，还有我的大哥大嫂，都哭笑不得，也劝不动，但却让我内心隐隐作痛。父亲60多岁了，每天，他都要把他的牛赶到边远的山上，保证它们吃到最鲜嫩的草，日复一日，风雨无阻，父亲能够经受得住这样的劳累么？对于父亲的一意孤行，我们也曾无数次劝慰过，劝多了，父亲才说：“我们家三代单传了，如果你大哥没有一个儿子的话，我们家这根血脉、这根香火就断了，好比一棵大树，如果没有根，你怎么能让它茁壮成长，枝繁叶茂呢，更不用说造一片森林了”。父亲说这话的时候，无比悲凉，声音沉重而颤抖，仿佛整个世界将要灭亡一样。

我一直不能理解父亲，或者说我们这一代不能理解父亲那一代，你说即便我们儿孙满堂，香火旺盛，当我们渐渐老去，变成一堆泥土，苍凉在世界的某个角落的时候，我们还能看见那熟悉的眼眸，听到那熟悉的声音么？但是父亲却相信，即使阴阳两隔，亲人的心也是相通的。每年的清明节，父亲带着我们去给故去的亲人上坟，总是很虔诚，他把爷爷、奶奶、太爷爷、太奶奶的坟整理得干干净净，检查得仔仔细细，看看有没有哪里被蚂蚁蛀了，有什么地方被水浸了，他和爷爷、奶奶他们亲亲热热地说话，跟他们报告村里发生的事，哪家孩子娶媳妇了，哪家又盖了新房，哪个老人也归天了，像一个久别重逢的孩子那样唠唠叨叨。父亲做这些事说这些话的时候，有点苍凉，他不知道，若干年后，当他也像爷爷奶奶他们一样躺在凄冷的山上时，是否会有人来给他上坟，和他唠嗑。父亲呵，难道您忘了还有我们四个女儿了吗，以及你的孙女，还有我们的子子女女，我们也会像您的儿子、孙子一样孝顺您，即便有一天，当您不得不离开我们，躺在某个山谷里时，我们也不会让你的家寂寞地荒芜着。

父亲虽然很卖力地照看他的牛，那些牛也很争气，生了一个又一个的牛崽，父亲曾无数次梦见过他的大胖孙子骑着他的牛一路飞奔而来，但是我大嫂的肚子却没有任何动静，她不断地变化着方式生着各种各样的病，这让父亲抱孙子的梦想像肥皂泡一样一次次充满希望地吹起，又一次次悄无声息地破灭。他仿佛看到自家的责任地上一片荒芜，那些浓密的森林里，一棵棵大树铺天盖地，他们伸展枝丫，在风雨中热烈地舞蹈，但没有一棵树是属于父亲的。他开始喝酒，每晚孤独地、绝望地喝，好像大哥没有儿子，是他的错一样。醉眼蒙眬中，父亲仿佛看见了乡亲们的耻笑，他们在他背后指指点点，目光像一根坚硬而细长的钉子，无论他走到哪里，那根钉子就跟到哪里，它们狠狠地、毫不留情地钉进他的心里，钉得他的心在一滴一滴地流血，有的甚至当面嘲笑他，像揭开他疼痛无比的疤痕。父亲的泪这时便悄悄地流下，而我的心，也在狠狠地痛。

我一直在努力，做一个像儿子一样的女儿，让父亲感受到他不只有哥哥一个儿子，让他忘了所谓的血脉和香火，让他不要相信“嫁出去的女，泼出去的水”这样的话。扪心自问，我做到了吗？当城市里喧嚣的声音逐渐淹没我们的生活，当所谓的忙碌堂而皇之地成为一个又一个的理由和借口时，我是否还记得留守在山村里的老父亲在每个节日的黄昏，萧瑟地站在村子的路口，热切的目光，穿越山山水水，寻找我们回家过节的身影？当夜幕来临，村里人家的灯火开始明亮和温暖起来，连在外觅食的猫儿狗儿都回归各自的家，父亲才失望地转回家去，苍老的身子一步三回头，黯淡在寂寞的夜空。

我开始惶恐起来，因为内心里无比清楚地知道，我回家的次数越来越少，甚至电话也懒得打，我忘记了父亲额头那淡淡的忧伤，忘记了山里浑厚的狗叫和清澈的鸡鸣，其实我不也在不折不扣地朝着“嫁出去的女，泼出去的水”这句话的方向走么？难怪父亲老想着他的孙子，让他的梦想一直飞翔在他的牛背上，即使违反政策也在所不惜，原来是我们先让他感到了孤独和失望，这样想着让我不寒而栗。

那样的日子忧伤而无奈。沉默，疼痛，挣扎，绝望。我脑子每天像一个不停旋转的陀螺，都在想着怎样说服父亲，让他忘了那些忧虑、耻笑，忘了香火和血脉。我开始每天有事无事地往家里打电话、捎东西，谈他两个孙女的乖巧、家里喂的猪，说我们小时候的趣事，就是不提他的牛，一个字都不提。父亲是敏感的，确切地说，我的心和父亲的心是息息相通的，他怎么会不明白我的想法呢。父亲甚至开始畏惧我，怕接我电话，他内心里一直坚信我就是我奶奶，我是我奶奶变出来的，因为我出生的那一天，就是奶奶逝去的日子，奶奶甚至还托梦给他过，说要送他一个女儿，这样我在父亲的心里尤为重要。很多时候，我说的话，父亲都会听，但父亲养牛的事，我从未干涉过，因为我怕我说后，父亲承受不了。如果连我的奶奶都在指责他，不让他想办法延续家里这根血脉的话，我想父亲不仅仅是悲凉或者绝望，他还能相信谁？恐怕连活着的愿望都没有。

但是父亲的身体再也不能承受那么多酒精的侵蚀，我每天绞尽脑汁想尽一切办法来说服父亲，我想如果奶奶在的话，她也不愿看到父亲这般折磨自己，她一定会同意我劝说父亲，而且会在冥冥中帮助我们。当一个浓雾茫茫的早晨，父亲打来电话，说他的牛已经坐上大卡车，飞奔在去县城的路上时，我的泪水，一下子就奔涌而出，像一个关不住的闸门，怎么止也止不住。我没有看到父亲的表情，但父亲颤抖的声音却像一根尖锐的钻子，时时刻刻在紧紧钻痛着我的心，无数个夜晚，我依然在梦里，看到父亲赶着他的牛，飞奔在山谷里。那些牛，黑压压一片，像一座座坚韧的山，越跑越多，越跑越快……

（《广西文学》2012 年第 7 期）

哭 沙

宋先周

说不清是长久淤积的忧愁郁闷、疲惫不堪需要发泄，还是流年似水的青春、干涸焦躁的心灵需要寄托和抚慰，这个深秋，在内蒙古，我几经辗转后，从希拉穆仁大草原赶来，和银肯的“响沙湾”大漠有了一次美丽约会。扑进她怀抱的那一瞬间，我的心仿佛到达了梦里的天堂，我不知道这是不是我情寄大漠的初衷?

深秋的希拉穆仁被风吹出初冬的寒冷，夜晚没有多情的月光打扰，我漫无目的地散步在稀疏的杂草上，这片草原上已无法寻觅昔日茂盛牧草的踪影，呼吸到的更多的是泥土干裂的气息，听见的是砂石无奈摩擦的低吟，我顿时心生悲悯，为即将沙化的这片草原，为依托这片草原生存的牧民兄弟。这份悲悯让我深夜无法入睡，躺在豪华蒙古包里，干瞪双眼，仿佛与草原对视。

“既然那心儿已着了火，就干脆再加一些柴吧，让它一次烧个够”。与其为即将沙化的草原哀伤，不如尽情拥抱一片沙漠，把那些淡淡的哀愁埋进沙漠里。

我决定去赶沙。

第二天，我起了个大早，从希拉穆仁向“响沙湾”赶来，这种追赶大漠的心情就像我十年前去赶海一样，有一种激情喷发的心潮涌动，带着点温温的潮湿。

在穿过呼和浩特的大道上，原先层层堆积的雾霭似乎懂得我追赶大漠的急迫心情，自觉地向道路两旁散去，留给我一条晴朗的路。早晨的阳光探出头来，在车窗上摇晃着挑逗的笑，用浅浅的温热，驱散我从草原上带来的淡淡寒意。

一路上，我在记忆与印象中搜寻书本里关于沙漠的描述，那里面，沙漠的形象是梦幻的，是不可轻视的，它黄沙漫天，烈日炙烤，人烟荒芜，寸草不生，是一片危机四伏的荒野。但这次与沙漠相约，让我对它有了另一种理解，这个沙漠是温柔的，是善解人意的，是多情的。

时值正午，我来到了银肯，来到了这个叫“响沙湾”的大漠，我面前展现的是一大片连绵起伏的黄，这种颜色有点像家乡的黏土，淡黄、养人眼。

这里的粒沙，细柔、温顺、慵懒。清风拂来，一个个沙浪向前涌动着，像被一只无形的巨手，把沙漠揭去了一层，又揭去一层。沙漠一望无际，浩浩渺渺，人在其中，顿时显得那么的渺小。

踩在沙子上，我被这些情意绵绵的沙石温柔地包裹着，忘记了烦闷和忧伤，我把杂乱的思绪埋进沙海，轻轻地闭上浑浊双眼，静静享受这片沙漠带给我的宽厚和包容。我轻轻地倒下，躺进沙漠的怀抱，任由那阵轻轻的微风，吹起一层薄薄的黄沙将我覆盖。

正午的阳光透过洁白的云朵，用恰如其分的温度，带来晴朗的天空的问候，我的每一寸肌肤都能享受到这份温暖。我无忧无虑地翻滚，随心所欲地攀爬。我是真的陶醉了，为这片延绵起伏的沙丘，为这幅曼妙绝伦的金色画卷。

在这个风景浑然天成、一望无垠的大漠里，我把自己想象成一粒沙子，把自己融进大漠。在这里没有了高低贵贱，我找到了我想要的平等，每粒沙子都紧紧依偎在一起，但是，恍惚间，我又觉得自己不如一粒沙，我成为这个大漠上多余的生物。我的到来，干扰着这片沙子的宁静，我这双笨拙的大脚，在平和的沙地上踩出一串串龌龊的脚印，用这些不规则的坑洼侮辱着这块平滑的沙地，也羞辱了孤傲的自己。看到自己用无知和自以为是的想象，撕破了大漠这张原本俊美的脸庞时，我突然更渴望我的脚下是一地青黑的坚冰，或者哪怕是春天的泥土也好，这样，我的双脚至少可以犁出一些春天的想象或者战胜坚冰的自豪。不像现在，我的双脚只能给这片大漠犁出两行深刻的伤，让我羞愧异常。

突然起风，沙粒卷起，朝我劈头盖脸地打来，我的眼耳口鼻，还有头发里塞满沙子，这个沙漠，用自己低调的怨气，简单地教训着我，我屈服地躲避着，我想，这个大漠一定在我被征服的猥琐背影里嘲笑着。

曾经听说，“响沙湾”的沙子会唱歌，“响沙湾”也因为这一地发出声响的沙子而得名。不同的季节，沙子能发出不同的声响，人顺着沙坡滑下，能听到沙响的曼妙响音。于是，在风停沙静时，我选了一个较陡的斜坡，我试着在沙坡上滑行，滑到中途，我似乎真的听到了这些沙子在相互抚摸中发出轻轻的细语，这些呢喃的述说，像是天外之音，让我忘却擦肩而过的和煦轻风的抚慰，忘却远处飘来的清脆的驼铃。

一瞬间，我竟然分不清这是沙漠在欢唱还是大地在哭泣。那一刻，我想起了我的母亲，想起一个用生命的绿，养育五个健硕的儿女的农村妇人，儿女们把母亲生命的绿色一层层揭开，让母亲荒芜成一片沙漠。

于是，我再也没有来时那样的心旷神怡了，我不敢面对这片沉默的沙漠，哪怕它依然金灿灿，亮闪闪。我失魂落魄地逃了出来，我尽管逃跑得不失严谨，甚至有点壮观，但是，我逃不出自己制造的这片沙漠。

在返程的列车上，我听到了自己的哭泣，这种哭泣酷似响沙湾的沙响，是一地沙石的莺莺絮语。这次哭泣仿佛是为这个沙化不断扩大的家园，又仿佛是为沙化枯干的母亲。但是，我知道，我的哭泣更是为自己，为自己逐渐沙化的心灵。

（《广西文学》2012 年第 8 期）

赶石头

莫景春

奶奶坐不下，抓起门后的小铲子，颤巍巍地到地里赶石头去了。

家乡到处长着石头。大大小小的石头横七竖八地躺着：圆的方的，一块连着一块，垒在一起，就是一座小山；一座小山跟着一座小山，偎依在一起，便成了一道岭。山山岭岭，缠缠绵绵，便连成了这么巍峨的群山。在这里，石头不可一世，主宰着一切。

连人住的地方，石头也不放过。弯弯曲曲探进村子里的小路就是石头长出的。它们一块接一块，从山脚偷偷爬进村子。岁月磨光了它们的棱角，让它们泛着青色的容颜。来来往往的脚步赶走了它们日复一日的寂寞。家乡的房子架在大大的石头上，悠然自得。山地潮湿，倔强的石头在挺着，架房的木头没有被腐蚀。有的房子甚至用石头垒起来，像是房子是石头长出来的：石头砌的墙，石头凿的柱子，屋顶盖的石板，满眼满目的石头，真真切切地站在您的面前。你无法逃避石头的包围。

地里也呼呼地长着石头。山坳间，泥土本来就羞答答地挤在石头缝中，露出那灰黄的质地，艰难地生长着些玉米大豆。这些在山风中猎猎作响的作物，向人们昭示着难得的生机。但石头还是到处散落在这些庄稼中间，东一块西一块。抡起锄头，想铲走疯长的野草，或者想挖个坑，撒下几粒种子。锄头碰到石头，叮叮当当，吵个不停，谁都想在这块地上潇洒地活出自己。

只有那些顽强的树木始终不服石头的霸气。只要有一点儿升腾的山雾湿润着，只要有一缕阳光穿过山岭温暖着，一颗坚实的种子被风吹落，钻在块块相连的石头缝中，艰难地透出嫩绿的根芽，挤裂坚硬的石头，骄傲挺在石头上，在山岚里挥手示意。没过一段时间，这枝枝叶叶的小树蓬蓬松松，将石头严严实实地盖住了。原先不可一世的石头猥琐地躲在树荫下，任凭那些花花草草在头上作威作福。

听老人家说，这里原先都是硬邦邦的石头，连一根草都难长出来，就是这些跟着风儿从远方飘来的树种一点一点地长出来。石头也慢慢地被雨水腐化，变成了沙土。树慢慢把它们化成泥土，这里渐渐透露出一些生机。

有了树木，就有了人家。山山崖崖零零星星地分散着些人家。没有密集的村庄，巴掌大的地方养活不了多少人。但打我有记忆起，村庄的四周已经绕着波光粼粼的水田了，肥沃的水田一年四季都绿油油地长着庄稼。稻谷，玉米，大豆，白菜等，都轮着长。勤劳的乡亲们是很少让土地闲着的，能长出一两根豆角都好，毕竟山里的土地太少了。

爷爷奶奶说，那些肥沃的田地都是从石头的手里抢回来的。

这些顽固的石头不知经过祖祖辈辈多少艰辛和努力才被赶出去的，我们这一代才能安安心心地过日子，所以村里的人有事没事就往田地里跑，除了照料些庄稼之外，更重要的就是把那些石头从田地里赶走。

挎着篮子，拿把小铲子，摸摸索索往田地里赶去，已是奶奶多年的习惯。她从十多岁懂事开始，便颠着小屁股整日跟在大人后面，捡拾地里的石头，把它们扔得远远的，不让它们来挤着庄稼压着庄稼。

现在奶奶老了，地里的重活全是父母亲揽去了，留着奶奶在家里做些喂猪之类的家务。奶奶便手闲得慌，常常是天刚蒙蒙亮，便窸窸窣窣起来，把猪潲煮好，把鸭子喂饱，便提个小篮子，一脚高一脚低地往地里赶来了，一是要拣点猪菜，更重要的是看看有哪些可恶的石头还在地里顽固地待着。

到了地里，奶奶便像一位将军检阅士兵似的，背着手，在地的四角转转，看看昨天埋下的种子出头了没有，瓜架上的瓜苗是不是爬上去了。这是奶奶新开的一块地，原先是乱石一片，现在满是瓜豆，葳蕤丛生，花开时节，蜂蝶乱舞，生机盎然。奶奶很满意地看着这一片瓜豆，慢慢地又低下头，在茂盛的瓜豆叶下摸摸索索，摸出一块发白的石头。嘴里喋喋不休地说着，似乎是在骂着什么，然后把石头狠狠地扔到外围的荒地上，或者小心翼翼地垒到地角边，作为边界线隔拦起来。

找了一块又一块，奶奶是那么的认真，弯着的腰就像一把弓，随时都要把一块石头弹出来。奶奶老了，眼睛不怎么好使，常常是盯了大半天才盯出躲在叶子深处的石头，力气也小了，一块脑袋大小的石头她就无可奈何了。于是常常叫上我们孙子几个过去帮帮忙。我们努力地把石头赶出去，大的就把它敲碎，一一捡出。奶奶就奖励我们几个甜滋滋凉丝丝的瓜儿，大家都高高兴兴的，干得很起劲。

这块地原来不是地，只是乱石丛生的荒滩。天下大雨，水从山顶冲刷而下，刮来了一些泥土，这片平缓的地方便渐渐积聚了一些泥土，把原先那嶙峋的怪石掩埋了一些，有些小草便急急忙忙地长了出来。奶奶放羊时看到了，便匆匆忙忙拿来小铲子，挖了几个坑，撒下几粒种子，没想到竟然齐刷刷地长出来，待到秋黄时节，这点小地方竟然收了两大袋玉米，足够我们家吃上几个星期的玉米粥，饥饿的感觉减轻了不少。奶奶更是欢天喜地，往这地跑得更勤了，慢慢地把夹杂在地里的石头一一拣出来，放到地边上。大块粗硬的石头就叫来父亲叔叔他们帮忙。父亲他们带来了凿子铁锹等什物，敲敲打打，将那顽固的石头一一赶出，留下一片或黄或黑的土地。石头只能老老实实地待在地边了。

家乡的田地就这样一一赶石头赶来的。这窝在山脚下的小村庄，村前村后遍地是荒芜的山石。谁能把石头赶出，地就是谁的。村里的人也就山上山下、村前村后到处看，稍有些上眼的平地，便清理丛生的杂草，露出那些狰狞的石头，一手一手地把这些石头赶走，种上玉米大豆，撒上杂草烧成的地皮灰，过几天，谁也看不出它原来荒芜的样子。

赶石头成了除种植庄稼之外最重要的活儿了，那么在村里，挂着门后的除了锄头、镰刀等农具，多是赶石头的什物：什么凿石头的凿子啦，还有挖石头的铁锹。从山上滚下来的石头坚硬硕大，光靠那小锤子敲敲打打，只是伤了它的一点皮毛。它无动于衷，仍然高傲地站在田里。如果拿来刚硬的铁钎，打个孔，装入一些炸药，“嘭”的一声，高傲的石头被炸得四处乱飞，剩下的是蓬松的泥土，再浇些自己烧的地皮灰，就是一块能呼呼长着庄稼的地了。家里的日子就能过得滋润些了。

这些跟石头斗的家什，可不是一般的铁铸的，是特地选上好的纯钢锻的，而且必须专门找好的铁匠铺，找高明的师傅，自己还需要待在旁边看着这红红的铁杆怎样锻出来，心里才踏实。打这东西乡亲们都舍得花钱，即使是卖掉一头小猪，也要换几个钱打上这些家什。锻好的家什会更加硬实，碰到坚硬的石头也不会被碰弯，或者被缺了口。“当当”几下，敲打石头，掷地有声，碎石乱飞，很是过瘾。一把钢铸的铁锹圆嘟嘟，握在手里，紧乎乎的，钻入石头，结实有力。这些纯钢铸成的家什，都被村里人看作是传家宝，不用的时候，小心翼翼把他们珍藏到屋架上，地气潮不上，干净清爽。

有了这些坚实的家什，乡亲们就可以在远远近近的山间山脚驱赶石头了。只要看到一点泥土，便将尖利的钢钎往石头身下一探，垫上一块小石头，发挥杠杆作用，不需要费很大的力气，便稳稳地将那块石头撬起来，几个人七手八脚地将它抬出，运到远远的山脚下，堆成一堆乱石，任凭雨水尽情地侵蚀，苔藓斑驳。

但也一些赶不走的石头，那是一些从山脚延伸出来的石头，他们死死地抓住大山母亲的脚，偷偷钻过一层泥土，突然在某个地方长出来，如果要炸掉它，只能炸掉它露出的部分，埋在土里的那部分依旧是坚硬的石头，无法耕耘。乡亲们也自然有自己的打算，就将就着吧，让这笋子般的石头长着吧，只在石缝间的一丁点泥土里埋下一些耐旱的瓜豆。这些瓜豆长出来，肆意地爬满石块，免得架棚子，省了许多心。

被赶出来的石头，多数是被无情地遗弃在荒野之中，有的则乖乖帮人们做事，高高低低围在田地旁边，防着鸡鸭牛羊跑进来践踏。有的有棱有角，则被乡亲们抬回来，铺到村里那凹凸不平的小路上，稳着人们常常打滑的脚步，感觉舒舒服服。村里小路就像是一条亮亮的青丝带，牵着村里的家家户户。踏在光滑的石板路上，踢踏有声，传在村里，悠远宁静。还有的石头被乡亲们抬回家里砌起来，搭成个牛棚猪圈，非常结实耐用，风风雨雨几十年，还那么巍然屹立着，诉说着以往过去的种种故事。

石头被赶了一块又赶一块，乡亲们一个一个赶成了满头白发，赶成了满脸皱纹。田地里重活干不了了，他们只是管管些轻松的家务活，忙完了，三三两两聚到村头的大树下，坐到这些被他们赶到村子里来的光滑的石头上，痴痴地望着眼前那稻花飘香的田野，情不自禁地抚摸着身下的石头，感慨万分，感慨岁月如梭，感慨日子的温馨。那日渐苍老的脸色上却显示着自豪的神情。他们清楚地记得哪一块是他们赶出来的，哪一块是先辈们赶出来的。赶石头赶了一辈子，家乡越来越像一个家乡了，那种满目白石的荒凉渐渐远去了，赶来了一个生机盎然平坦的良田沃土。自己的双手也赶出了许多老茧。看到小孩子在快快乐乐地玩耍着，老人们的脸上充满欣慰的笑意。

（《广西文学》2013 年第 1 期）

野蔷薇的秘密

寒 云

雾气在 2008 年的春天慢慢散去，故乡从春光中醒来。

三年过去了，伤痕累累的故乡基本康复。野蔷薇的枝叶又开始在故乡深处伸展拔节，叶片上滴着露水，露水里亮晶晶地透出春意，发出琥珀般的光泽。它们稚嫩的刺逐渐变长、变硬，颜色加深。花朵的欲望在枝蔓上涌动，宛如流淌的地焰，随时可能从枝条的某个地方蹿出来，胀成一个个长满小刺的火雷，只等时辰一到，它们就漫山遍野地爆炸，把一片绿油油的山岭，烧成一片白色的海洋。

在这样一个洋溢着花欲的早晨，母亲披着一肩晨曦，在家门前的一蔸老野蔷薇树下忙碌，她要赶在人们起床之前，挖一个坑，埋藏一个秘密。

三年前的腊月二十五日晚上，眼看着温馨的除夕夜已经近在咫尺，然而我的兄弟，也就是母亲的小儿子却在遥远的广东突然遭遇车祸，客死他乡，用一场死亡与家人共度新年。悲痛翻山越岭而来，把一个小小的故乡给淹没了。母亲三天没有吃得下饭，她在堂屋里的那张松木沙发上，捧着小儿子的一沓相片，抚摸上面那张年轻的脸，哭得死去活来。那是她最疼爱的小儿子，她还指望着他结婚生子，指望着他能为自己养老送终，指望着他为自己戴孝守灵，让她这个做母亲的死得瞑目，入土能安。然而命运如此无情，她一个指望都未能实现。伤痛在心里开了个泉眼，把她淹没得几乎无法呼吸。

死亡带来的直接痛苦是短暂的，痛哭几天之后母亲就平静了下来，她虚弱地接受了这个事实。然而死亡的间接痛苦却开始像一把锋利的刀片，快速切割时被麻痹的痛苦，现在开始一片一片地恢复知觉。按照故乡的习俗，凡是未能成家生子、年纪未满 36 周岁的年轻人，如果在外地因伤死亡的，他的尸骨不准带回故乡殓葬，据说如果殓葬了，会让他活着的兄弟姐妹不得安宁，甚至带来灾难。迫于这种传统习俗的压力，我的兄弟在广东车祸致死，尸骨火化之后，骨灰没能带回家乡安葬，而是洒在了异乡的土地上，当“探花使者”去了。尽管母亲也曾想冲破传统，把小儿子的骨灰带回故乡安葬，但一想到她还有另外两个儿子，还有孙子孙女，不管迷信还是不迷信，她最后还是把自己的想法掐灭了。也许对她来说，活着的人至少要比死去的人重要得多，尽管她对他们的爱是一样的、平等的。

小儿子不能回乡安葬，这让母亲的心遭受了第二轮伤害，因为这也意味着从此她没有了一个借此缅怀儿子的真实载体。然而伤害还在继续。道公说未满 36 周岁的年轻死者，特别是意外死的，其鬼魂也不能在家中的宗位牌上跟祖宗一起享受香火供奉，得把它封在家外，不让它走上神龛，否则就会扰乱家族阴间的纲常，祸害无穷。对于一个遭遇不幸身亡的人来说，难道还有比鬼魂不能走进家门、走上祖宗牌位接受后人祭奠和缅怀更悲惨的事情么！这让疼爱自己骨肉的母亲伤上加伤，她的眼泪早就流干了，一想到自己的儿子再也不会返回家中，再也不能和她嬉笑斗嘴，再也不能用震天响的流行歌曲把家里填满，不仅死后没有一个可以供祭祀用的坟墓，甚至连她逢年过节供奉的香火都无法受用，她就忍不住揪住胸口的衣领，痛苦得脸皮变色，冷汗直冒。

然而对于一个自小就失去父亲、中年失去母兄的女人来说，死神的多次光临已经让母亲学会了坚强，她知道如何驾驭这分内心的悲痛，知道如何避免被悲痛击垮。她干哑着嗓子，遵从故乡的习俗，把小儿子善后的事情一件一件完成。

去处理后事的大哥从广东带回了一件我兄弟穿过的衣服，道公用一个纸盒当作“棺材”，把这件衣服当成我兄弟的尸骨，殓入了“棺材”里。接着道公们便按照正常的殡葬仪式，敲锣打鼓地为他超度亡魂。等一切仪式完成之后，人们哭哭啼啼地把“棺材”抬出家门，并在我家门口的一块荒地上把“棺材”以及棺材里的“尸骨”焚烧掉，算是把我兄弟送去了天国。

母亲没有跟随送葬队伍出殡，而是在楼上的房间收拾我兄弟的遗物。

她听从巫婆的叮嘱，把小儿子曾经睡过的床铺拆开，把棉被、枕头、毛毯、席子一样样地打理好，再收拾小儿子的衣物、书籍等，打成包，一件一件地搬下楼，在适才焚烧“棺材”的那片荒地上，一样一样地焚烧起来，据说这样可以把死者生前的东西都给他捎到阴间去。

母亲默默地烧着，火光照耀着她瘦削、苍老的脸庞，照耀着她因哀伤而红肿的眼睛。她拿着一根树枝，细心地扒拉着灰烬，把那些没有燃尽的被末、衣角、书页挑起，让它们充分燃烧。母亲认为只有把遗物烧透烧尽，他的小儿子在阴间才能收到一床没有破洞的棉被，没有补丁的衣服，没有缺角的书籍。她甚至没有让哪怕一根线头被疏忽掉，把那堆衣物烧得干干净净、透透彻彻。

时隔多年之后，我依然还能记起悲痛欲绝的母亲坐在春节的细雨中，手执一根树枝，蹲坐在冷风里面，孤独地面对一堆大火、为她远在天国的儿子捎去御寒衣物的情景。那应该是世界上最凄凉的画面之一。

一切道场、入葬仪式皆完毕之后，接下来要做的，就是如何将伤痛从心灵里剥离。虽然母亲几乎把一切与小儿子有关的物品都烧之殆尽，同时大家也约定一般，闭口不提我兄弟已死的事情，都当他是去广东打工没有回来而已，借此缓解和淡化失去亲人的悲伤，然而有些东西是烧不掉的，掩饰不了的，比如记忆。母亲每次上楼去晒谷子，经过小儿子的房间时，忍不住就要往里面张望一下，以为她的小儿子还在里面睡懒觉，有几次她嘴巴里不自觉地喊出了他的乳名，叫他快点起床啦，太阳都晒屁股啦，然而等待她的，却总是一个空荡荡的房间和一室无措的寂静。有几个晚上她突然从床上起来，打开门，往黑魆魆的夜色里探头张望。她跟父亲说，儿子去玩回来了，我听见他喊阿妈开门。父亲说，那是隔壁家的阿东，不是我们的阿屹，我们的阿屹在广东打工还没有回来呢。她听了，哦哦几声，默默地把门关上，默默地走回房间，默默地上床睡觉。

我当时还在学校当老师，为了让母亲减少这种折磨人的痛苦，就把母亲接到学校里来住，顺便帮照看我一岁大的儿子。距离家远了，再加上小孙子乖巧可爱，母亲心情好多了。然而记忆并没有因为距离的遥远而消逝，有一次她抱着我的儿子，自言自语地说，你长大了要记得你有一个叔叔，他在广东打工，他是个好叔叔，你不能忘了他啊。尽管说得很动情，但这一次她竟然没有流泪，表情也很平静。

见母亲心情好些之后，我让她返回了故乡。回到故乡的母亲尽管依然沉默寡言，身体依然瘦削，但她精神状况还不错，又开始了房前屋后的忙碌，养鸡养鸭，喂猪喂牛，甚至还在曾经给小儿子焚烧衣物的地方开垦出了一块菜地，种上了水灵灵的蔬菜，使得那片曾经伤感的地块呈现了生命的蓬勃气息。大家几乎断定，母亲已走出了丧子之痛造成的心灵阴影，回到了正常的生活轨道上来了。

然而，母亲的悲伤依然潜伏在心底，只要有触动，就会不自觉地冒出水面。

就在新开垦的菜地不远的地方，有一蔸老野蔷薇，时令恰好是清明，它便气定神闲地趴在茂密的草丛上，端出一大簇白色的花朵来，宛如呈上一个富丽堂皇的花篮，惊艳一方。这种蔓枝带刺的植物，在家乡是最常见不过的。每年清明节前后，是野蔷薇花开的季节。这种馥郁奢华的花朵，成片成片地开放，宛如在绿色的故乡洒下一堆堆雪花，让整个清明节显得特别的奢侈华丽。

我的兄弟在过世之前，不管去多远的地方打工，每年清明节他都会回来参与家乡的祭扫活动。祭扫时他最喜欢做的事情，便是给逝去的亲人们送上一个自制的野蔷薇花圈。当香火在故乡的山坡上缥缈，当烛焰在纷纷蒙蒙的清明雨中摇曳，祖坟前那一个个小小的野蔷薇花圈显得特别温情，诗意着这个属于缅怀和感恩的节日。然而这个诗意的举动在我兄弟过世之后戛然而止，这让母亲甚为伤感。我兄弟过世的那一年，故乡的清明节很冷清，母亲锄完祖坟上的杂草之后，看着墓碑前摇曳的烛火，没有看见那一个个熟悉的野蔷薇花圈，她的眼泪不禁又无声地溢出了眼角。

从那之后，野蔷薇花似乎成了母亲思念我兄弟的载体。她默默地关注着菜地旁边的那蔸老野蔷薇，几次阻止了父亲要把它砍掉的举动。在野蔷薇花开的季节，母亲出工回来，或者忙完了家务，就会在家门前站立那么一小会，看着那一团野蔷薇花默默出神，不知在想什么。到了夏天野蔷薇果成熟之后，她就把果实采摘回来，拿到房顶上晒干，碾压成果粉后，拌上酒曲，酿出香甜可口的蔷薇酒。父亲尽管爱喝蔷薇酒，但对门前的那蔸野蔷薇并无好感，因为它的枝蔓经常闯进菜地旁边的玉米地里，霸占了好大一片地，每年都要费他一番工夫去清理，不胜其烦。但后来母亲的一句话让他改变了想法，母亲说，阿屹是在菜地那里升天的，就让野蔷薇花陪着他吧，他喜欢野蔷薇花，也喜欢喝野蔷薇酒。

花开三季之后，时间回到2008年春天的那个早晨。时令尚早，野蔷薇花还没有开放，甚至枝头上还没有花蕾，只有繁乱的嫩枝往天空里四处张望，四处游走。晨光中，母亲扛着一把锄头，手里拿着一个不知装着什么物品的塑料袋，来到了门前的菜地旁。她在那蔸老野蔷薇的根部附近，挖了个坑，轻轻地把那个装有物品的塑料袋放到坑里面，接着一锄一锄地用泥土把它盖上，之后再把泥土平整好，还在新泥上种上了适才挖动的几株草作为伪装，如果不细心，谁也不会看出那里曾经挖动过。

我没有亲眼看见母亲挖坑的场景，我是根据父亲的电话还原它的。父亲当时也不知道母亲究竟在做什么，更不清楚塑料袋里装的是什么东西。他追问过母亲，但母亲不告诉他，还警告他不许去挖那个坑，更不许跟别人说这个事情，否则跟他没完。去挖坑探个究竟，父亲是不敢的，但不给他说话却难，某个晚上父亲喝醉了酒，管不住自己的疑惑和好奇，打电话跟我说了这个事情，还说自从埋了那个袋子之后，母亲开始恢复了以前的开朗性格，她又有说有笑了，饭也吃得香，觉也睡得好，身体还长胖了好几斤，宛如换了一个人。他说真不敢相信埋一个塑料袋，竟然能发生这样神奇的事情，他真的很想知道，母亲那个袋子里，到底装的是什么东西。

我对母亲埋藏的秘密倒不是很在意，我在意的是母亲终于走出了丧子之痛的阴霾。只要她开心了，快乐了，对生活恢复信心了，就是我最大的幸福。我猜想，不管母亲埋下去的是什么，肯定跟我那远在天国的兄弟有关。她埋葬的不是一个秘密，而是一份记忆。人生往往就是这样，你只有把旧生活里那分痛苦的记忆埋掉，才能在原来的地方长出崭新的生活来。

我想，母亲埋藏的秘密，那蔸老蔷薇应该是知道的，不然，为何它的枝条越长越茂盛，花朵越开越烂漫呢。

（《广西文学》2013 年第 2 期）

天山长风吹过大平滩

梁晓阳

与海拉提交谈

我早就发觉——而且一直到现在还是可以感觉到——我的内心深处潜藏有一种本能，那就是渴望过一种开阔自由的生活，比如说期盼着过上草原游牧式的豪放生活，但又并不一定是远离现实只求浪漫十足的生活——我深知这种生活在后工业时代的艰难和稀贵——我只希望这种生活是让我眼光开阔的生存状态，能够源源不断地制造清新空气和惬意心情，这样我就感到十分满足了。这也说明，这个地方不可能是广袤的沙漠。风光秀丽视野开阔而又偏僻荒凉的北疆草原可以成为这类地方。但是现在许多叶公好龙式的城里人或者说假期投机者还浑然不觉，可能这也是伊犁草原今天还能保持着这么纯净清洁的原因。而我则想趁着蝗虫一样的大部队还没来到这片草原之前，多带几次我们尚且可塑的女儿去草山上漫步，讲解这片大自然的童话故事，趁早把她培养成一个热爱大自然特别是热爱伊犁的诗人、画家或者歌唱家。

而且，我热爱开阔和自由的生活就像热爱得体的衣服一样强烈——我天生有一种注重装束的习性，我觉得装束很大程度上体现了一个人的气质，这也导致了我判断一些美丽女人的审美标准与别人截然不同的结果——我认为追求得体装束的女人即使相貌平凡些也比那些虽然具有美人胚子却缺乏独到审美观的女人好看，所以更多时候我会对一名丑小鸭式的女子产生奇妙的欣赏欲。再如我所热爱的开阔和自由，在一定程度上甚至已经被朋友们视为走向荒凉和野蛮了，尽管勇敢地体味之后得到的结果往往截然相反——自然这种结果他们也很少知道——大多数情况下是一种人与自然的和谐统一。许多人可能对此感到疑惑，人与自然的统一，在大多数情况下应该放在山清水秀的地方才对，比如南方的一些自然保护区，比如沿海的一些沼泽港湾，为啥你要在风沙弥漫、干燥缺水的大西北说呢？我觉得这是一种十足的误解，实际上，除了江南那种水草丰美、层峦叠嶂的赏心悦目、怡人性情之外，西北更有一种在陶冶人生性情方面别处无与伦比的特色，那就是弥天的大气，是飞翔的爽朗。生活在广袤草原上的人们，他们的心灵是自由的，不愿意被具体事情缠住；西北因为历史和地理的原因，还有不少人生活在艰难状态，尽管如此，他们依然留存着一份心灵自由，喜欢迎风歌唱，喜欢顺风飞翔。尤其是草原上的人们，他们一出生就和草原亲近，很早就熟悉草原，长大后还是生活在草原，于是就很自然地把自己看作了草原的一部分，从某种意义上来说，他们已经和草原融合了。

2007 年 9 月的一天，我在大平滩草原上行走时看见了一匹空着鞍子的大白马，时而默默地吃草，时而在草原上溜达，慵懒散淡，逍遥自在，它踏在草地上发出空荡荡的马蹄声。我疑惑可能有人就在附近干着啥事儿，于是我朝着大白马走过来的方向走过去，结果才走十来步远即发现，在被秋光照得有些发红的一座高高的草山上，哈萨克汉子海拉提正在悠闲地跷着两腿躺卧在青草上，用坎土曼帽（鸭舌帽）半盖着眼睛和脸部，拢举到头顶的双手正在拨弄着一个手机。在他旁边十来米外，有二十来只羊正在吃着秋天最后的一茬青草。秋末星星点点的野油菜花儿在他身边绽开最后一片白色花瓣，青黄中已开始掺着蜜色的草地为他铺染一片凝重的色彩。让马自由自在地晃荡，他一个人躺在这儿思考啥呢。再过一个多月，也许是两个月，马场的第一场雪就要下来，山腰的雪原就要铺到山脚了，那时候马和羊都要回到山下的棚圈里喂养。他是不是留恋这片为他的羊和马提供了丰足青草的土地，想在这一年的冬天到来之前多一天亲近这片土地？

与海拉提的自由交谈就这样在秋光烂漫的大平滩草原上进行。海拉提，我三年前认识的哈萨克朋友，在大平滩草原上度过了三十八个春秋的牧羊汉子，对草原的认识自然比才在这里流连八年的我更深更沉。

他说，这羊嘛，是我们的粮食，这草原嘛，是羊的粮食，所以嘛，草原是我们的祖先，没有祖先就没有父亲，没有父亲也不存在母亲，所以比你们汉人说的母亲还要重要。

我问，你考虑过放弃放羊吗？就是干耕田种地的活，或者进城做生意，你考虑过吗？

不行不行，大平滩草原上的牧羊汉子连连摆手，手机被甩到苒苒的草丛里，他赶紧伸手捡起来，用手抹了抹手机外壳上的泥土，眼睛注视着手机说，我们不能离开草原，我们离开草原就不能活。语气颇有伊宁市街头的俄罗斯人说汉语，一个阴平声调趟到底，但是那种毋庸置疑的表述暴露无遗。

那么，我看着他那酱红的脸庞，再看看他的诺基亚手机，关心地问，手机没有损坏吧？你用手机和外面的很多人保持联系吗？

不多，我只是和新源县城的朋友联系，他开烧烤店，有时候要我的羊，我还和家里人联系，和住在场部房子里的老婆说说话。海拉提说。

那么，一年中大多数时间你都在草原上，而草原又是这样寂寞，天天大风吹，太阳晒，冬天还有暴风雪，你不觉得苦闷、不觉得艰苦吗？如果是我，我肯定挺不住的。我很佩服你，还有你的家人。我有些崇拜地看着他，问了这些话。

呵呵，海拉提酱红的脸上露出洁白的牙齿，笑了，他说，我们哈萨克人自从来到世上的那天起，就注定了永远的迁徙。我们要年复一年，一个季度到一个季度，从春到夏，从秋到冬，从孩子一直走到老年！

那个“老年”，海拉提是用了铿锵有力的语气做强调的，特别是那个“年”字，他是用了介于上声和去声之间的语调的，很有肯定的气势，仿佛是做出了一种斩钉截铁的誓言。

以我这些年在大平滩草原上的见闻，不仅仅是海拉提这个牧羊人，生活在草原上的哈萨克都有这个特点——顽强与忍耐。家在草原，即使到了转场的季节也舍不得离开，但是他们的天性决定了要经常迁徙，从一处草原游荡到另一处草原，于是，他们以矢志不渝的和谐与默契，恪守着与大自然的约定，恪守着与草原的约定！也正因为这样，他们的心胸永远是敞开的，是接纳的，是交结的，因而也是另一片广袤的草原。

春浓的时候

春浓的时候，我在大平滩草原那高达一米多的花丛中或坐或卧，静静地观察一朵站在绿衣之上的天山红花喜气洋洋地开放的过程，并且闻到了它那隐隐约约的苦香。有时候我也会抚摩一支油漆花上片片金亮亮的花瓣，用两个手指捏搓着那些花朵上的细腻的花粉，或者用一根细长的芨芨草棍挑逗那些正在花丛间专注地采蜜的蜜蜂，挑逗一只在一场翩翩起舞后正在悠闲歇息的蝴蝶。2009 年夏天，我和明月拉着小伊丽的手，沿着一条被及人腰膝高的花海掩护着的小径漫跑。这时候，我的心就会一嘟噜地躺进这无边无际的灿烂海洋里，并且很长时间里因为陶醉而忘记再站起来了。

但是有一点让我感到惭愧——我经常采摘草原上的鲜花。是的，我知道这个习惯并不好，采摘它们之后我也有过一种损害美好事物的感觉，但是我有点儿恨自己的定力是那么有限，我总是无法控制自己对这片草原上这些美丽的追逐，而且是这种短暂地攫为己有的追逐。那些花有鹅黄的、雪白的、淡紫的、大红的、嫩蓝的，交相辉映，吸人眼球。我想这肯定是在南方的时候被那些花花绿绿的应酬搞糊涂了，以致成了习以为常。可见习惯这个东西的威力——我已经养成了一个坏习惯吗？难怪休谟会说：“习惯是人生的伟大指南。”我学过不少美学的知识，也接受过不少环保和生态的教育，但是这些知识和思想在如此光芒四射的草原面前，似乎一下子就失去了它们的功用，被这个“伟大的指南”扳转了方向。这就直接导致了我在五颜六色的草原花海上的轻狂。

近两年来我终于发觉，一次又一次任意采摘草原上的花朵会伤害我一直引以为豪的自尊心并影响审美感受。这是因为，每一次我忍不住摘下一束一束的花把之后，我总是感觉到，如果不摘花可能会更好。我觉得我的想法是正确的，虽然观点肤浅而单一，但是蕴涵了部分人类回归自然的生活哲学。有时候，肤浅而单一才是我们到达目的的捷径，也是我们处理许多复杂事务所需的境界。这个想法又是很微妙的，如同花丛中隐藏的各种爱情。蜜蜂在花瓣上爬行的时候，它是在亲吻呢还是在撷取？花儿在送受花粉的时候，它们是在奉献呢还是在占有？现在回过来，我采摘花儿的时候，是把美完整地拎出来以便专注地欣赏呢还是对美心存怜悯的摧残？

不管怎样，随着时光的消逝，我摘花的次数终于逐渐减少了。有一年春天，我甚至已经完全降伏了这种本能，整整十来天，我奔跑在花儿如海的大平滩草山上，举起的双手仿佛圣女的前额一般光洁无比。实际上，从镜子里看我的脸，几乎也可以用光洁无比这个词。我想这就是因为草原上这些鲜花绿草正在滋养我的缘故。明月也非常认同我这个观点，她是细心观察我这些年在草原上发生变化的人，她说我每次回到马场，出现在草原上，我的脸上那些在南方常见的油脂粉刺就会荡然无存，在草原上经历了一段时间的阳光和山风，脸庞尽管有些像草原牧人一样黧黑，但依然泛起一种健康的光亮。

此刻凝视草原每一个方位，都有那些蒲公英、马兰花、油菜花、大雁花以及我叫不出名字的花儿在慷慨地交换着她们的芬芳，我的双手和两条裤腿都沾满了花粉和花香，那些花儿笑容可掬地向我点头招手，我和她们已经成为好朋友，虽然以前我曾经随意采花，但是花儿对我已经不再有怨言和恨意。我为自己战胜了这种较低层次的欲求并获得花儿的谅解而高兴。我觉得我在草原的花朵面前迷失多年之后，终于达到了过滤心灵的目的——我把那种文明人一直喜欢的恶习过滤掉了。

得到这种收获之后，我的心情一天比一天愉快起来了。这样，在后来的许多日子里，我或者我和明月以及女儿会选择清晨或者傍晚晴好的时间，沿着大平滩草原漫步。有时候，我会捡拾到一些装矿泉水的空瓶子——岳父曾经以他十多年的牧羊经验告诉我，羊吃了塑料之后就会活不长的——明月看见了也会捡拾，我们的女儿自然是积极寻找，因为草山上的塑料瓶子本来就几乎没有，牧羊人是不会轻易这样奢侈的。

我们在金屑银碎般耀眼的阳光里，从一座草山走到另一座草山，从一片杨树林走进另一片杨树林，这时，无论是清晨还是傍晚，溪谷和树林都会被一种神秘的光芒所笼罩。走着走着我们便忍不住脱了鞋子袜子，充分享受柔嫩小草在我们脚下制造的愉快感觉。当然，我也并不总是安于这种过于悠闲的漫步。有很多次，我都发现自己莫名其妙地在草原上奔跑——有时候是骑着摩托车的奔跑，如同孩提时代遇上秋天起风时那种意气风发借力使力的奔跑，我还感觉到，这是一种满怀喜悦浑身是劲的奔跑。让我感到更高兴的是，我一边奔跑一边还可以呼吸到自然之神用各种花香调制出的清洁的空气——请注意，这可是真正称得上清洁的空气，我在南方的时候，即使是早起晨跑，呼吸到的依然是比我起得更早的瓷厂皮革厂和大货车呼出的气体，它们甚至彻夜不休息，至于一天之中的其他时辰就更别说了。再想想看，我们工作在那么逼仄的小房子里，而面对面就是我们伸手可触的同事，房子外就是所谓东部产业转移落户的塑胶厂或者利用本地资源发展起来的瓷厂、水泥厂，我们不但要呼吸这些空气，我们还要待在这间小房子里整整一天！就算离开了房子，我们又能到哪里去？嘈杂的人群，喧嚣的车辆，我们依然寻找不到可以过滤一下肺部的空气，哪怕仅仅获得两分钟的过滤也十分困难。

大平滩草原的春天因为远离了城市的侵袭，更因为远离了南方的狂躁而得以保持了一份清洁、闲适和雍容。我爱大平滩草原，更爱这里这个春浓的季节。春浓的时候，既是莱丽花最美艳的时候，也是我的思绪越过吉尔尕朗河，越过加乌尔山在延展而遥远的天山山脉上空冥思苦想的时候，我想得最多的是，草原生活如此美好，这片土地上的人们如此亲密和睦，故乡一样的草原雪山总是在深夜里以三四级天山长风这种特有的模式呼唤我，问我是否还要继续在这里居住下去？特别是近年来随着我的工作环境和生活理想的改变，我刻意切近一种富含西部自然文学和生态主义色彩的理念，我变得不再好高骛远，急功近利，趋炎附势，而是渴望过上一种平静祥和的自然生活，这其实不是我在看破红尘之后的心灰意懒，而是对我过去一直就有着的一种生活理想的回归。如今我在这个叫作新源马场的村子里结庐而居，和我们相亲相爱的亲人们一起生活，和友好热情的左邻右舍一起和平相处，在这片叫作大平滩草原的天山脚下自由游荡，生活以一种无所事事却又内心充实的方式推动着我，让我不至于寂寞，也不至于沉默，偶尔发出的一些声音，因为这片草原的春天的宽容和赐予而更加温良随和。啊，比西米拉（以真主的名义），就让我远离南方的流浪生活在这片春意浓浓无比宜居的土地上终结吧，让我对这片美丽神奇的土地的赞美和敬仰得以一直在这里安静地进行下去吧！

阅　读

春末夏初的阳光显得新鲜和热烈，但绝没有我生活过很多年的南方的湿热和令人窒息，从东面天山库尔德宁林区方向吹过来的天山长风把那些酷热大大消减了，同时山风又扬来了一阵又一阵野花的芬芳，那花香便在金亮亮的阳光里一波又一波地覆在我的身上，甚至穿透我的衣服渗进我的皮肤里。于是我有理由做出一个非常大胆的决定：把全身的衣服都脱光，不留一条裤衩——我要让自己赤裸的身躯沐浴在阳光和花香里。为了不至于被认为是一个暴露狂，我开始认真地选择一块地方，结果我在西北面选到了，那里的芨芨草、羊胡子草、茵陈、马兰花、大红花、大黄花、郁金香、等等花草铺天盖地，有许多地方花草几乎达到一人高，随便拨拉一条缝钻进去，然后细心拢好便又天衣无缝，自成一方世外乐土。这样，我自己一个人就站在了一片迎风招摇的花花草草之中。

现在，只有天空和大地才可以看见我了，也只有身边的野花野草才可以注目我的一举一动了，但它们都以一种无比宽容的眼光鼓励我，我仿佛身处一种幻觉，又像置身于一间温馨宜人的洗澡房。接下来，一件一件地脱掉衣服便是一种必然和自然的举动了。我太幸运，能够在这样方圆二三十平方公里都可以没人的草原上独处，因而有了真正的自由，也有了真正的尊严。我讨厌南方或者都市里的人口密度，在那儿实际上是一种群雌粥粥的生活，而在繁密房子之间已经没有任何私语和隐私的生活，更别说一些豪情男女的私生活。而在这里，当我把身体交给阳光和风，交给起伏摇曳的花花草草，我的头上和脸上便落满了一层草的叶、花的粉和花的瓣，那正是一种我梦寐以求用以洁身的药物，然后阳光和风如水而至，在我那因被南方多年的收藏因而显得白皙却又看不出一丝健康和强壮的身体上来回地揉擦、濡染、搓洗，一种强烈的紫外线掺杂着大自然缥缈的药香花香深入我的皮肤，风的抚摸又消减了太阳在我全身制造的热辣。有一刻，我甚至仰面朝天，或者五体俯地，让五月下旬灼热的阳光和风扫过我很少见过天日的下体，于是全身就升浮起了一种百病皆除阳气飙升的豪迈。我这样做也是实践我多年以来就已萌生的一个愿望——我既想过一种像古代圣人那样亲近自然的生活，也想过一种像动物那样的生活，或者说野蛮粗陋的生活。我觉得，我这样做与那种病态的心理是截然不同的，这是缘于一种原始的冲动和健康的天性，而且，越是在无人的荒凉中，就越能窥视出一个人的真实的灵魂。我当然也不能例外。这次，在荒野中我把自己最炽热的情感和最健康的想法向大地毫不保留地倾诉了。我依稀记起，许多年前我就与草原有了一个约定，相约一起袒露自己的真诚。如今许多次过去了，许多年也过去了，我依然十分自信地认为，我比没有到过这里的人们多了一层无人面对时的勇敢和真实，也多了一层草原赐予的健康和芬芳。

在许多个清晨和午后，我和明月还喜欢赤了脚坐在花儿如海的大平滩草原上，捧读亨利·戴维·梭罗的《瓦尔登湖》或者阿尔多·李奥帕德的《沙郡岁月》，这两本书都是关于人与自然的心灵经典，也是我们的心灵经典。这两部著作问世以来，无数的岁月已经消逝，但是在它们日益增加的读者群中又增加了我们两个。我们常常那样埋头一读就是一个小时。这时候，面积广阔达三十万亩的大平滩草原，成为我们阅读这些索居独处写就的著作的最好书桌。阅读久了放下书本休息的时候，我们便手脚摊开躺在草地花丛中，眯着眼睛看湛蓝的天空和它旁边鲜奶一样洁白的云朵，感觉好像已经把心丢了，丢得不知不觉，丢得毫不在意。我想，这主要是因为天空中那一丝丝的白云，白云如果是大片大团，那反而没有了空灵的感觉，但是它是一丝一丝地飘荡在湛蓝的天上，甚至不是一缕一缕，所以给人纯洁的感受反而更加深刻，更加细腻，也更加灵动可感，所以也是一种眼看天空的阅读，人的心灵因此获得了一种可以细细品味的纯洁情思。

据说生物学教育是一种塑造成功公民的途径，如此我们的许多有识之士便过多地把自己和子女的青葱岁月放在了自然和野外。曾经有许多次，在阳光温和的上午，或者在有凉风吹拂，阳光也并不炽烈的下午，我在厚厚的草原上躺着看湛蓝湛蓝的天空，躺着躺着便美美地睡上了一觉。醒来的时候已是阳光明丽的中午或者夕阳西坠的傍晚，感到自己身上正有一些奇异的响动在超越自己，这种超越中自己短时间感到自己不知身托何方。这真是一份修炼多年的惬意，我们沾着花粉的嘴角和手臂上总有一些蜜蜂或者蝴蝶在轻盈爬动，这应该也是神的宣示和招抚。人们素来相信，寂静和干净偏远的地方就是神的栖息地。于是我们重拾书本，重新进入我们潜心阅读的芬芳世界。

在这里，阅读其实就是一种确认自己存在的方式，要是没有了这种思考性的阅读，我们可能早就迷失在另一种诱惑里了——一种面对草原花草的诱惑，通常这种面对容易被人形容为无所事事——但是我已经逐渐意识到，在草原或者雪山边缘的阅读才是真正的阅读，即使是阅读久了也感觉不到昏沉——除非你像某些人一样既没有书本也没有躺进花丛——相反却总是有一种清醒敏锐的时刻。有时候，我们读完其中的一节后会站起来放眼瞭望，神清气爽中看白云西去，朝阳东来，心潮起伏中听归鸟暮鸣，松涛晚唱。冰凉的天山长风在吹过我的脸，从草地里飞起来的黑灰色云雀乘风把娇小的身子和尖利的叫声弹入天空，还有远方那日夜都不曾融化，一年四季也不会融化的天山雪峰，在高远的蓝天里放射出一缕缕神秘的摇曳着幽幽蓝色的光芒。在天山雪峰烛照下的草原，又是多么辽阔啊，我游弋在这片草原上，有时是用眼光去阅读，有时又是用我的内心去品味，我越发喜欢这片包容我一切的草原了，草原也用她的辽阔和旷达把我反复打磨。

傍晚来了，那些银白的雪峰在彤红的斜阳里则如熔融的巨剑般热力逼人，又如镶坑里燃烧的炭火般鲜艳迷人；雪山下面是归牧的人影和羊群，随着薄暮降临，他们在红红的夕阳光下和参差的松树林里渐渐淡下去。这时，多思的我总是站在草甸上，久久举目望着远方，望着远方草原上正在牧归的哈萨克，看着远方那些黄泥小屋和毡房里隐隐约约亮起来的橘黄色灯光。在草原长长晚风的吹拂中，我原本因为阅读而引起的思想波澜被缓缓抚平，心底代之有一丝清新的想念仿佛毡房顶上的炊烟一般悄悄升起，那想念的可能是我最遥远的故乡，也可能是我最近的故乡，或者是自己的爱人和孩子；它是一种真挚的情感，散发着草原野性而健康的气息；它还暗含一缕忧伤，一丝甜蜜，在郁蓝而朦胧的天山腹地里缓缓飘荡。

情人离开我远去他乡，
为此我并不过分忧伤，
因为春天割下的那缕发梢，
早把她的心儿连在我身上，
不管她远走天涯，
迟早总会回到我身旁。

草原上的哈萨克民歌一年又一年地唱下去，已经穿透了漫长的雪山岁月，仿佛草原上的骏马和牛羊满坡撒放，仿佛草原上的风和蝴蝶一样四处飞翔，也仿佛草原上的民族盛宴一样洋溢出诱人的香味。二十世纪九十年代以前，明月也曾是这片草原上的一名牧羊少女，也曾和哈萨克牧童一起高声响亮地唱过《花儿与少年》《矮山冈》《黑云雀》之类的歌曲。后来到了南方，明月常常回忆起草原上的牧羊生活，怀念独自放羊时牧羊犬乐乐陪伴她度过的大段大段美好的时光，怀念后山草原上那丰沛肥嫩的青草。那都是些聆听过无数歌曲的青草，它让明月的童年多了许多说不出的愉悦。明月曾经说，后来我离草原越来越远了，但我总是想着走近它，想着抚弄那一片碧绿柔嫩的羊胡子草，然后采一把，放在嘴里慢慢咀嚼，直到嘴角流出绿色的草汁，直到羊胡子草的气息回荡在我的胸间，我动荡的心灵才会因为草汁的浸润而变得柔软和宁静。

我理解明月，在她成长岁月里走过的许多季节，一直是草原给她真正的安慰和抚摸。在童年时代的明月眼中，马场草原是宁静的，嫩嫩的芨芨草秆是鲜甜鲜甜的，满山的野草莓也总是把她们这些淘气的孩子的衣裳都染成紫红紫红的。草原像母亲养育她一样，养育着这里的牧人和他们的羊群。草原也是热闹的，那里有哈萨克人动听的歌声，有马嘶羊叫，那里也有她和牧羊犬乐乐分享水壶里的水和衣兜里的馍馍的欢乐。在那时，草原的光芒，以盖过太阳的光芒洒满了她的生活，她就在草原的光芒笼罩中，走过了一年又一年。

童年和青少年时代是一个人最值得记忆的时代。我想那也是一个人树立理想的时代。在草原上出生长大的姑娘，她的理想会是什么？我曾经追问明月，答曰：天天有馍馍吃，年年放的羊又肥又大。在那个特殊年代生活过的人，有这样的理想是不算奇怪的。仅仅如此吗？我又追问。还有草原永远翠绿，河流永远奔流，倒是没有想过要离开这儿，到人人都羡慕的大城市去。为什么？

我觉得草原已经够大的了，草原也美丽，放牧的季节鲜花盛开，天空湛蓝，冬天它又是一个天然的溜冰场，就是下雨吧，雨过天晴也有一道灿烂的彩虹，可是南方有吗？前些年在南方，见惯了烟囱林立，天空一片灰蒙蒙，地面的河水污浊连年。唉，说到河水简直让我揪心，那地方，这几年纯净水、矿泉水销路看涨，许多人家除了洗澡洗衣，都不敢接触自来水了。我们的房子在四楼，差不多四五天就要叫人送水，送水的小伙子一手提一箱五十斤重的水上楼，我们付了每月三十多块钱的矿泉水费之后，看到提水的小伙子气喘吁吁的样子，那个每次一块钱的额外提水费想不给都不忍心了。

水其实是我们最紧要的食物。日夜西流的吉尔尕朗河水能满足我们吗？

在这样的背景下，我躺在鲜花盛开的草原上，在用牙齿啮嚼一根草茎的同时，更愿意倾听不远处吉尔尕朗河那潺潺流动的声音。

它正在平静地向西流淌。

它是一种水光潋滟的声音。

后来，那个在大平滩草原上和羊羔子牧羊犬嬉戏的小姑娘不见了，她去了南方。十一年后，她又回到了这片曾经那么熟悉的草原，和一个同样热爱草原的青年沿着山包漫步。草原依旧，青草和她少年时代熟悉的青草还是一样，只是她自己发生了变化。那个青年很感慨地说，如果我是你，当年才不会去南方，伊犁多美呀。当年的放羊姑娘却不无认真地说，要不，我们都回伊犁吧，我爸我妈家里还有 40 多亩的土地，现在新疆种田人的日子已经很好过了。

当年的放羊姑娘说的话让我沉思了许久。我知道，这里的农民种地，不像南方的农民用手抛秧，个别观念落后的农村甚至还沿袭着传统的一棵一棵点插完成，那是多大的工作量啊。就算后来推广了抛秧技术，其工作强度也比机械化大得多。而这里全是靠机械化操作，一年种一造，半年忙碌半年闲。有个别贪图安逸的农民甚至种一年闲上两三年，因为种一年粮食足可以保证数年的粮食了。大多数牧民的生活也今非昔比，我们曾经听到马场的人说过这样一件往事。有一年，我跟了场里的干部去大平滩草原上的哈萨克牧民家里收提留，视羊如命的哈萨克牧民没等干部开口就说，要羊不给，要钱就有。干部说当然要钱。话音未落，牧民哗啦一声从炕边拖出一麻袋钞票说，要多少你自己拿吧。那位干部看到这场面都愣住了。这里的牧民只要养有 100 只羊，一年收入不会少于 3 万元。特别是现在的许多牧民文化知识增加了，见多识广了，养羊也比较讲究科学了，牲畜不但快长快大，而且遭遇疫病较少。除了春天围栏放牧，夏天转场游牧，冬天还盖饲圈养，打草还用割草机，放牧也驾驶着崭新的摩托车山上山下地飞驰。牧民们想的是，人民币是羊变出来的，我当然要羊，羊才是我真正的命根子。

这些年，我养成了在清晨或者傍晚到草原上溜达的习惯。有两三年春夏之交的那些天，每天清晨，只要天气晴朗，我都会到老马场后面的大平滩草原上走走。这时候，吉尔尕朗河似乎还没有完全睡醒过来，漫不经心有声无声地从加乌尔山山脚流过，越过山岭而来因而高搁在河面的霞光，给幽然的河面抹上了一层时明时暗的奇异光泽。

在连绵起伏的牧场高处选择一座绿绒般的草山坐下，在大红花、茵陈、羊胡子草和野油菜花的环绕中，从晨曦初露一直到日上山梁，这是我认为属于清晨的时间，而从 20 点一片草山可以挡住另一片草山的阳光开始到夜色朦胧，这是我认为属于傍晚的时间。而在清晨的时候，我的手上通常会捧着一本可以让心灵自由地获取智慧的书。这时候，周围还是一片宁静，只有我自己（我和明月回来的时候就是我们）坐在这四面都是草山环绕的草地上思索着，有时候会有一小拨羊群或者马群经过，有时候会有几只小鸟在周围鸣叫，我一动不动的时候它们还会飞到我的面前，像几个淘气的小孩一样，一边啄食草地上的虫子一边不住地歪着脑袋观察我。在大多数情况下，我捧着的那本依然是《瓦尔登湖》，明月则仍旧是读那本《沙郡岁月》。我已经发现——和许多人的发现一样——只有来到这样宁静的地方，我才能真正潜下心来读完这两本书，而此前在南方的时候，我一个星期下来也无法静下心来读完其中的一章。全书 20 多万字，光是那个《经济篇》就有 76 页 4.5 万字之多，完全是俭朴的梭罗在湖边生活时精打细算的记录，琐碎而显得极不耐烦，我在南方生活的时光里是足足用了一个星期才读完的。可是当我回到了马场，二十多天里我就读了两遍全书，还开始了《沙郡岁月》继南方第一次阅读之后的第二次阅读。当然，对于这两本流芳千古的名著，我的领悟能力决定了我虽有多次阅读却还只能停留在囫囵吞枣的阶段。至于完全读懂，我一直到现在也不敢夸下这个海口，毕竟，这两本书的内容和思想是如此的丰富和深刻，它们简直是在教导我们应该如何选择生活才不至于沦为一个吃饭的庸包，但是我坚信，这些年来我在草原上获得的深刻思想比在南方的三十多年岁月里获得的还要多得多。

冬天的阅读时光别有严寒岁月里的生机。在老马场，冬天的日子不但极为严寒，而且会比春日更加寂寞。我在窗前阅读，尽管有火炉陪伴，见缝插针的冰风还是可以让我头脑清醒，窗外，“万径人踪灭”，茫茫雪白的原野和天山，还有偶尔飘落的漫漫雪花，淹没了我内心曾经有过的那些文字和思想，只觉得自己还是一个幼学懵懂的孩子，一切似乎要从头再来。“读书之乐乐何如？数点梅花天地心。”元人翁森写这样的诗句应该也是抛却了浮华之后的真话。那些曾经有过的城阙之志和奢侈欲望，一段时间里实在可以置之度外。麻雀和一些不知名的鸟的鸣叫，以及不时呼呼劲吹的四五级西北大风，让我阅读的心仿佛回到了冰河世纪，好长一段时间似乎万念俱灰，再没有任何斗志，但也不是完全沉沦，我只是想让自己在这片冷寂的土地上终老下去。

佛经上说，远离人间的欢乐，为接近智慧，愿独处于寂寞深山。当年，那么多的众僧为远离诸恶，乐居高岩，建起了无数名刹寺庙，莫高窟、克孜尔千佛洞、龙门石窟、大同石窟等著名的礼拜和传道之所就这样诞生了，众多的参悟文本和文化殿堂也随之出现，寂寞深山和岌岌高岩成为千百年来的文化传播中心。

寂寞地思考，适合在泉水潺潺枯枝落叶的山间，适合在疾风劲烈苍鹰展翅的高原，适合在草原连绵雪冠千年的山巅……

无可否认，寂寞和清新的生活又不是谁都可以过、都愿意过的，它是一种被现代文明社会所遗忘的爱好，更是一种我们必须共同面对而又难以实现的理想，于是我们就常常为此感到困惑，为此不辞劳苦地奔跑。首先声明一下，我并不是自命清高，其实我做得还很不够。尽管如此，我还是想自问一下，这些年来，我是不是已经成为这方面的一个典型例子了？

直率地说，假如要我像梭罗在瓦尔登湖边生活两年那样也在一片荒原上不间断地度过两年，我还没有想好应对的措施。我像一只候鸟一样在南北来回飞翔，寻找我温暖舒适的家园。我也常常感到自己是多么的矛盾，我爱这里的自然，我甚至愿意在较长的时间内和这片自然一起生活，渴望看到空气的颜色，听到野花开放的声音，甚至想把自己融为这片自然的一部分，但是我也想啜饮世俗甘醇的美酒，倾听都市舞蹈的律动，乘坐一辆现代气派的小汽车，酣睡在一张高级销魂的软榻上。

但是，我的想象就如洗完澡接着又去洗脸一般显得多余。更多的时候，我是在一边阅读一边思索，一边有意无意地眺望云雾缭绕的天山雪峰，雪峰下被松林染成蓝色的山腰，从斜滑的半山以及云岫里倾漫而下的嫩绿的草原，正在被春风掀起一浪一浪闪亮的潮。而在潮的荡漾深处，在溪边平坦的地方有几座灰白色的毡房，毡房边的草地上，一拨一拨的羊群仿佛是谁遗落在草丛中的白绢。如果抬头看，在纯蓝如洗的天上，有块块白云在飘荡，但是我一直不敢肯定那究竟是白云还是羊群？我们的小伊丽就仰起头喊过：爸爸，妈妈，羊羊跑到天上去啦。在小家伙的眼里，白云和羊是没有区别的。云如白练，丝丝缕缕，羊如白云，飘飘荡荡。还有吉尔尕朗河的河滩上碧绿而又带些荒凉意味的开阔地带，以及后山草原上穿着鲜艳的民族服装、艰难挑水上山的哈萨克妇女，或者赶着羊群上山的牧民发出吆喝声，有时也有歌声，这时便有一种清新而又忧伤的静思从心底油然升起，弥漫、淹没我的全部身心。

如果上午温暖的阳光在一场透雨之后穿过散薄的云层照在草原上，我们便会看到草原上空那种奇异的景象。那是彩虹，彩虹是草原上的另一种光芒，它横贯大气底层，像一个弯弯的彩门，颜色鲜艳而清晰，并用它浓烈的色彩为我们四周的嫩绿草叶染上了五颜六色的水晶光。哦，彩虹，真的久违了，在南方，你与我们可是难得一见的了，面对烟囱林立的天空，你义无反顾地来到了北方，和我们在厚厚的碧毯一样的草原上相会。在彩虹的光芒里，我们在山包的侧坡上踏草漫步，看自己平淡的身上被这种神意的光芒濡染。当我沐浴在这种缘分赐予的光芒中时，我有一种类似宗教活动中身心俱放灵魂澄净的感觉，通体感到温暖而透彻。常常在这个时候，我们会被自己影子周围的一圈圈光轮所迷惑，以为自己有幸获得了无所不在的自然神的佑护。

恋　爱

“为什么你要独自一人躺在俄罗斯大地的中间？”面对这个星球上只有自己才记得住的小村庄，阿斯塔菲耶夫的表述方式是无与伦比的，他创造的世界带给我们一种天高野旷落英缤纷的意境。那么，从我这些年来在伊犁草原上的经历看，我是否也可以这样低吟一句：“为什么我要独自一人躺在伊犁大地的中间？”

面对起伏而辽阔的草原，我一直觉得我有一种别人尽管有但绝对无法超越的感动。

循着这种感动，我想坦白地说，我与这片草原有着一种几乎是与生俱来的深切的情感。这样说可能有些抽象，那么我再具体地解释就是，我至今和明月谈过两次恋爱。第一次当然就在我们结婚之前，先是半年认识，然后确定关系，接下来就谈了两个月，谈得短暂而富有成效，两个月之后我们就结婚了。另一次恋爱的时间开始于第一次回到马场之后，一直持续到现在，但是多次的高潮却是在伊犁，在马场的大平滩草原上。可以毫无避讳地告诉你们，每次我们回到马场，我们就迎来了无忧无虑的幸福时光，那又高又美的大平滩草原就是我们感情发酵的温床。我们曾经多次互相确认，在草原上生活，要比在南方的生活更像一场恋爱，最明显的就是双方的脸庞可以提示这一点，我的双手和脸都光洁无比。而明月的经历更能说明这一点，有一年，她因为在南方听信了一些朋友关于女人要上美容院的话，结果她的脸非但没有她的朋友那样细腻娇艳，反而长出了五六颗黄豆一样大的黑斑，一直持续五个月也没有消退的意思。这年春末夏初我们回了一趟草原，一住就是三十多天，奇迹出现了，只是回到马场十来天，她的脸上的黑斑完全消失，不但连影子也没有留下，反而让整张脸像草原上牧人做的奶豆腐一样光洁而富于弹性。一直以来为自己脸上那些缺点苦恼的明月终于如释重负，发誓说以后再也不进美容院了。很长的日子里我们都在大平滩草原上闲荡，呼吸了遥远的天山长风，以及草原上百花的香味，让草原上的鲜旺花草养活我们的眼睛，滋润我们的身心。

现在住在新源县城里的雪莲姐弟和表妹张敏应该明白了吧，你们多次打电话叫我们离开马场到县里喝酒，我们很多次都婉言推掉了，我们怎么舍得大平滩草原上那些绚丽的鲜花，怎么愿意在七月里离开树木葱绿空气冰凉的吉尔尕朗河畔，怎么会舍得放弃了在库尔德宁密林深处毡房里啜饮马奶倾听冬不拉的惬意？我们正在恋爱，而恋爱中的男女往往都会把不是其恋人的东西忘掉，男人会忘记橱柜里的最后一瓶美酒，女人会忘记衣橱里昨天才买回来的那件新衣。

2012 年夏天，具体来说就是 6 月 9 日，我们在吉尔尕朗河右岸的房子开始动工了，其时明月回到马场，亲自筹划了动工仪式，尽管我还在南方，但当天晚上明月在电话里把动工的情形给我讲了，我非常欣喜，因为这是真正属于我们自己的一座房子，一个属于自己的家，和乡亲们的房子一起整齐排列着。房子的布局是明月征求了我的意见后设计的，房子的门窗用料也是我们在电话里确定的，我们可以随心所欲地布置，一间大房明月让建筑工人把它隔成两间，卫生间设计在房内，再也不是外面人家的旱厕，冬夜如厕也不用担心外面有多寒冷。明月说，在我们的院子里，想种花就种花，想栽树就栽树，想开辟一个菜园就拿起坎土曼，一切都由我们自己做主。是啊，我们只希望幸福可以在这片土地上继续下去。世间最高境界的幸福，我们认为就是躲开于己有害的喧嚣，和自己亲爱的人在一起。

这些年，我和明月在大平滩草原上，或者在加乌尔山上，真像两个寻梦者一样行走着。在辽阔的大平滩草原上，我们两个平凡的身影显得多么渺小，但是却觉得自己的灵魂在这片草原上是多么自由；在加乌尔山上，我们的身影虽然是两个人，但却显得有点儿孤独，然而我们可以忘却许多不想回忆的岁月。通常，高高的加乌尔山上只剩下我们俩了，我们就可以在天籁里轻轻地诉说一些在楼房里没有说过的话了，就可以一首接着一首地唱心中的歌了，就像传说中的那位哈萨克小伙子，为了自己深情思念的美丽的回族姑娘，望向远方，轻轻吟唱，这就是那首哈萨克民歌《燕子》，我们是多么喜欢啊，又忧伤又美丽又寥廓又凄美的《燕子》啊！

燕子啊，

听我唱个我心爱的燕子歌，

亲爱的，听我对你说一说，燕子啊。

燕子啊，

你的性情愉快亲切又活泼，

你的微笑好像星星在闪烁。

啊——眉毛弯弯眼睛亮，

脖子匀匀头发长，

是我的姑娘燕子啊。

不要忘了你的诺言变了心，

我是你的，你是我的燕子啊。

我有一种绵长、深沉而强烈的渴望——就这样和明月和女儿生活下去，年年都回到马场家园住上一段日子，年年都在大平滩草原上欣赏百花烂漫的春天。如果能够这样，我认为这就意味着我实现了多年的文学理想，是我和明月一直梦寐以求的生活，也是我们一家三口最高质量的生活。

这些年，我和明月喜欢待在马场，待在大平滩草原上漫荡，大多数时候我们总是互相回忆或者在对草原的顾盼中交流，更多时候是我在倾听她对这片草原的回忆与辨认。有时候我们也会重复一些少男少女的镜头。或许这就是结婚之后我们开始的另一场恋爱？许多人都明白，不是所有的结婚都经历了恋爱，也不是所有的恋爱都能结婚，实际上更多的是，不是结婚之前都恋足了爱，也不是恋足了爱就可以结婚。如果能够在结婚之后再开始下一场恋爱，这种感受应该是最美妙的。而我更认为，开始下一场恋爱是需要充足的条件的，这种条件不一定就是丰裕的物质生活，我觉得美好的环境和对这个环境的深思熟虑的爱才是我们的条件，就像今天，我们在经历了对这个地方多年的精神之恋般的思念，还有女儿在这片神奇的土地上出生，还有和这些亲人多年生活在一起之后，已经觉得我们与这个地方不可分开了，我们的恋爱其实就是这样的一种恋爱，是一种意欲躲避尘世的恋爱，因而我们明白比普遍意义上的男女之恋要更加深沉，更加投入，也更加宽广。

莱丽花在山顶上开放了，
莱丽花在山腰上开放了，
莱丽花在山脚下开放了，
美丽的好姑娘啊，
我一直等候你到天黑了啊！

手扶一朵莱丽花凝望草原远方的岁月，或是和明月，有时女儿也在，我或者我们，或坐或站在这片偏远得荒凉寂寞的草场上，或是沉思默想，或是倾心相谈，在这些年来的每个春天，几乎成为我出现在这片草原上的特写。

在大平滩草原上经历了许多年的思维沉淀之后，我终于感觉到，在辽阔的草原上的生活实际上是一种适宜恋爱的生活，以我几乎走遍中国的经历看，没有哪个地方比在伊犁草原上更加适宜恋爱和真诚地生活。在这里我强调的是真诚，真诚是不以物质的丰裕为前提的，就像早些年我在伊宁市六星街维吾尔族居民院子里采风时听到一位漂亮而端庄的中年女子说的，我们只是过好自己的生活，我们从不跟左邻右舍攀比，更不会跟外面的人家攀比。这是迄今为止我听到的关于生活的最朴实最真挚最本质的陈述。要知道，六星街是伊宁市最有民族特色最能体现民族文化的居住区，许多住户都是当地的原住户，是伊宁市的城市文明还没有完全具备的时候就已存在的生存状态，有些住户一直过着农耕生活，有的还是清末便已开始繁衍的百年居所。我欣赏这些葆有古老文明并且将世代善良和知足的价值观流传下来的原住民，他们是伊犁大地上真正的支柱和财富。

同样沐浴在这种具有历史传统和文化氛围下的伊犁草原上的生活无疑也是一种最朴实最本质的生活，是沐浴着真主光芒的生活，也是沐浴着恋爱光芒的生活。只有在伊犁草原上生活过，你才知道生活还可以这样度过，而且只有在伊犁草原上生活的时候，我才明白一个人无论经历过多少曲折的往事，无论是在青年还是在中年，甚至是老年，他的心都会在草原的抚摩下重新变得年轻或者更年轻，变得心态平实，变得乐于奔跑，变得活力四射。

这些年在伊犁草原上生活，我还发觉曾经因为一点不如意的小事就闷闷不乐的我变得开朗达观了，曾经因为生活的烦琐而语言枯燥无味的我们变得富于妙趣了，曾经因为工作的繁忙而很久没有野外活动的我变得喜欢在草原上一边快跑一边欢呼雀跃了。于是我明白，草原在过去让明月得到了仿佛自然之子的快乐，现在让明月和我又找回了仿佛自然之子的快乐，也让女儿找到了城里的小孩所没有的快乐。由此我更悟出，草原在过去不会叫一个人失望，在现在不会叫一个人失望，在今后也不会叫一个人失望。每次回到草原，我用了最多的时间坐在草山上看远方，看朝阳从最淡升至最灿最白，看夕阳从最灿降至最红最淡。这时我觉得，草原无论是对生活在她中心的人们，还是对生活在她边缘的人们，都一样照耀着一种温暖而迷人的光芒。我在这样的光芒里，感受到了一种自我的安宁，也伴生着一份无由的幸福、伤感和慰藉。

（《广西文学》2013 年第 3 期）

身体内的闪电与玫瑰

杨献平

那种声音由来已久。我起初觉得那是吃错药的“生化后遗症”，也可能是那场大地强震埋进我身体的某种“回响”。大致从2012年初开始，我身体内总有一种声音，像闪电击中一块岩石，一团大火围困一朵棉花。在我静坐、思虑，或者行走与忘情看电视的时候，它就会轰然而至。还有些不算深的夜里，我要上床或者刚躺下，它也会突如其来，尖锐而至。我不知道怎么了。第一判断是身体出了问题。是的，肉身，这看起来美好的事物，事实上它的本质是持续败坏。2011年年末，我想告别一个人待了一年的成都，回西北和妻儿团聚，再陪老岳父喝酒。这是我多年来和岳父的一个经典项目，他也喜欢。可是我的胃出了一些问题，我想在回去之前把它治好。一个念头之后，转身就到了成都市三医院，一个医生给我开了四种药，叮嘱我吃九天就可以了。可吃到第四天，药就没了。

我去单位医院开。也想省钱。我是个“单位”的人，一般医疗免费。一个女医生一副热心肠，在原有药物基础上，又多加了几种药。我吃了一天，当晚，忽然感觉到饥饿，继而晕，几乎要丧失意识。起床，奔到医院，查血糖、血压，一点儿问题都没有。第二天上午，走在大街上，忽然晕得厉害，要摔倒，要昏厥，模糊看到成都市三医院，急忙跑进去急救，查心脏、血压和血糖，都很正常。再后来是视物模糊，身体发飘，心悸，莫名紧张。有很多的晚上，我躺下后，想的是，自己明早还能不能再醒来。成都的夜晚是喧哗的，可一个人却是如此恐惧。当我回到甘肃，情况继续，也没有再去医院诊治。陪着岳父喝了几次酒，再返回成都，那一症状持续深重。直到 2012 年下半年妻儿搬到成都，那种症状才有所消匿。但那一种响声，依旧时不时在体内轰沓而至。2013 年 4 月 19 日，我四十岁生日，和妻儿一起饭后，由青羊区返回高新区的家。

儿子总是让我陪着他睡觉，我也喜欢。他在逐渐长大，逐渐独立。当他长得和我一样高的时候，陪他睡觉就很奢侈了。我欣然。早上醒来，只穿着内裤去卫生间，又去我和妻子的卧室。刚躺下来，就听到一声巨大的响声，好像雷霆，从地底远处奔腾而来。楼房瞬间摇晃，并发出吱吱呀呀的响声。我还在发懵，妻子飞快跳下床，到儿子房间。儿子早就抱着书包和玩具钻到桌子下面，小猫一样。妻子把他带过来，并喊我进卫生间。我才意识到地震原来如此凶猛而惊骇。大约二十秒或者更久，地震停止。穿好衣服，我带着儿子从楼梯下了十三楼。一出门洞，只觉得一阵阴冷，如身体结冰一般，冷到了骨髓。天空阴森，好像飘满了灵魂。

余震持续。有几个夜晚，我和妻子儿子在文殊院喝茶到深夜。想躲避传言中更大的地震。可更大的没有，余震总是在不经意奔袭而来，把楼宇和人摇晃一下，又迅速逃遁。自此之后，我身体的响声似乎又多了一重，感觉就像是一场身体内的地震，忽然轰的一声，整个身体都跟着卷动。很短，但特别剧烈。我想还是身体内部的事情，自然的灾难可以令肉身磨难，灵魂受惊，但不会把那种恐惧移植到一个人的身体之内。我把这种感觉对妻子说了，她让我去医院检查。可毫无结果。我不敢对儿子和母亲说，一个还小，一个老了，不要老和小的担忧，尽管一个人不会确凿地掌控自己，但可以不让最爱的人为他担忧。

我只好漫长地在街道和操场上蛇行兔走，漫无目的，到人多的地方，我才觉得有一些安全感。这和我多年来的习惯正好相反。这之前，我是一个多么安静的人啊！喜欢一个人待在某一个地方，哪怕十天半个月不向外张望一眼；也非常善于把自己关在某个房间，吃喝拉撒，好像自己就是整个世界了。可一场疾病和一场地震篡改了我由来已久的习惯甚至习性。与此同时，我的内心总是有两个担忧，一是更大的疾病，一是更大的灾难。也渐渐明白，一个人确实微小无力，连自己都无法照料和拯救。

许多天后，我想我应当出去走走。远方总是属于幻想者，属于在一地久了，内心怀伤者的忠诚彼岸。五月，我去了震区芦山，夜里在帐篷里好像睡得很好，白天跟着一群人去查看现场，似乎也很快乐。可回到成都后，那种身体内的响声和异象就会卷土重来。不管我在哪里，不论我在做什么。我再一次感到沮丧、恐惧。随后又去了雅安，并一路凶险地去了一次康定。我想在外地是安全的，尤其是人多，且带有工作性质的，会替我将身体内的那种响声和异象暂时驱离。可我错了，在雅安苍坪山上的宾馆，还有康定兵站的招待所，它们再度联袂而至。

再回到成都，八月将近，震后的盆地也少了往年的溽热。收拾好行装，我坐火车向北。这种贴着大地的缓慢行走，是我少年至今的梦想。火车虽然是钢铁和动力的，还曲折蜿蜒，道路悠长，可毕竟是舒心的。沿途的风景尽管残破，但大地上尚有一些地方完美无缺。城镇一字排开，无论是山间还是平原，人间烟火浓郁，各种行迹明显而琐碎。作为一个路过者，看和观察是一件惬意的事情。比如，到三门峡车站，我竟然发现，月台上一个卖东西的女人竟然是我多年前就见过的。那时候我在西北，几乎每次回河北老家都乘坐火车。三门峡是一个大站，每趟车都会停靠。

那个女人那时候还年轻，脸色白皙，身材秀溜，梳着马尾巴头。不论哪个季节，每次路过，我都看到她推着小货车售卖。这一次见到，她竟然老了，脸像巴丹吉林沙漠皲裂的沙枣树皮。眼睛浑浊，好像生活的灰尘都落到里面去了。我不由得一声长叹，突然有过去和她打招呼的冲动。这时候，火车鸣笛，乘务员喊我上车。我遗憾地回身看了一下她，踏进了车厢。过郑州，就是北方了。伟大的北方，混血的北方，我出生和成长的辽阔背景与血肉构成。

我的家在南太行——这个强词夺理的地理命名，完全出自我个人。群山叠嶂，一座山村深埋其中。到邢台，夜了，和一位朋友吃饭。凌晨，去附近的超市买了东西，朋友送我回家。车子在悬崖上奔行一个多小时。越是接近家，我的心越疼。前尘往事从熟稔的建筑和自然物反射过来，我唏嘘长叹，泪流满面。路过一座桥时候，我哭了。再向上的山坡根下，父亲已经躺在那里四年了。这四年里，我回来五六次，但没有一次去看他。不是不想去，而是不敢。父亲——尽管他木讷，他农民，他一生没说过一千句话，他贫苦，他也是我的父亲，是我在沧桑人世唯一确凿的根——大地的、精神的、文化的和灵魂的。车子闪过的一刹那，我想放声哭。可顾忌到朋友和他的车子。在南太行乡村，人的号哭有着乌鸦和猫头鹰一样的预言性。

弟弟正在盖房子，好大的房子，他竟然盖起来了。弟弟算是个无心无肺的人，对任何事情都不操心，家里的一切，都还是我年过六旬的母亲在操持。去年回家，喝着酒，就着夜色，我对弟弟和弟媳说，你要一年做一件事情，趁着孩子小，把房子盖起来。等孩子们呼啦啦地长大了，你们两口子就可以专心供他们读书。弟弟当时不置一词。可还没过一年，他就动手把房子盖了起来。我欣喜，放下东西就去帮忙。自从父亲死后，我从没有这么欢畅过。拉沙、和泥、抱砖、抽铁管，一会儿就是一身大汗。晚上，母亲问我去北京待多久，主要做啥？我说是参加一个学习班吧。她又问我学啥。我笑笑说，就是学习，啥都学。

我和弟弟躺在旧年的房子里，夜色把整个世界都吞下了。自从失去父亲以后，每次回到这里，我就要弟弟陪我睡觉。刚一躺下，关灯，床边就有一个人，站着端详我。不用睁眼睛我也知道，那是父亲。他去世的前一年春天某夜，我回家，还和父亲并排躺在那张床上，半夜听他呻吟。他去世后，不独在家里，即使在遥远的成都，我也总是能够感觉到一个人就坐在我身边，或者距离我几米之远的某个地方，笑，一言不发，持续盯着我看，但不说话。正要睡去时候，一声巨大的响声在我身体内发生，紧接着又是凌厉的一声。我恐惧了，睁开眼睛，拉开灯，弟弟早就打起了鼾声。简陋的房子里面，墙角的蛛网，以及早年父母亲给我打制的那些家具，在灯光中面目诡异，好像都长着一张会笑的脸盘。

朋友再次开车来接，到邢台，又吃喝一顿，带着醉意上车去北京。偌大的京城我也算熟悉的，我无论怎样也不喜欢她的嘈杂与灰霾，不喜欢她的那种毫无风度的仓皇步履和不加节制的自恃与积压。老单位的车子把我送到朝阳区文学馆路45号，我拖着简单行李，进门报到。这个地方，我2005年初夏去过她隔壁的现代文学馆。而鲁迅文学院，于我而言完全是一个崭新的安身之地，尽管这是有期限的。当晚，我把自己放在床上，开着的窗子持续将灰尘和风带进来。我想，这四个月时间，该修身养性。我本就是北方人，在北京，当然会适应，也或许，北京可以在无形中将我身体内的那种异响和异象主动清除掉。因为，地域及其气候能力是强大的，尤其是对一个出生于斯的大地之子——人类微末一员，当会额外开恩。

与我同在的人很多，但都来自中国。好像在一种皆大欢喜的氛围中，我再一次的北京寄居生活便决然而始了。通常的情况是听别人在台上讲道，我在台下听悟、研判、闪思，并暗中质疑与呼应。不过五天时间，我就能识认与我同在的所有人，比较准确地喊出每一个人的名字，知道每个人都在操弄什么样的文学体裁。这可能与我在部队当过基层主官有关，以最快速度熟悉并了解与我同在的人，并与他们建立一种合作关系，是尊重人的一种方式，也是迅速在人群中确认同类和伙伴的本能之一。

最初的几个夜晚，我总是睡不着。各种原因都有，但可以排除掉兴奋等外在的浅显的情绪。一个四十岁的男人，一个以文字为内心途径与灵魂宫阙的人，多年的动荡沧桑与纷繁世事已经使得他面目苍老、思虑深重、心有暗伤。怎么还会为了一次名正言顺的学习或者聚会而不知所谓呢？在这样一个年代，文学及其操弄者始终有一种可耻和卑微的意味在内。但这样的一种学习形式，使得我有一种重返少年时代的单纯与无虑，还有癫狂与不设防。好像是到鲁院的第四个晚上，我正在端坐，把手指当作两匹惊马。忽然觉得一阵下沉，伴随着巨大的响声，急速发生又急速撤退。我知道，身体又发生了一场地震，它以灾难的形式，再次震慑了我的灵魂。睡不着的夜晚，各种声音逐渐在封闭式的楼道里归于平静，而我却觉得身体内闪电频频，还有雷声和暴雨。

我告诫自己，这里人多，一定没事的。放下书本，关掉台灯，面朝着白色墙壁闭上眼睛。很快，又感到晕眩、心悸。“生化后遗症”席卷而来。我恐惧。可越是恐惧，越是加剧。这似乎是一个规律。我想还是要快乐起来。睡着，晨曦从没拉严的窗帘中横冲进来。又是一天，我想我要好起来，我必须要置身于人群之中，以放浪、癫狂、无厘头甚至卑贱的方式让自己保持快乐和兴奋。事实上，我也乐意如此。一个人总是自由的，自由应当成为每一个人在任何时候的生命和思想状态。如此，每一日，我几乎都在经常说风花雪月以下，饮食男女之间的事儿和笑话。即使对着女生，也毫不避讳。庸俗是人唯一的快乐来源，高尚沉郁而憋闷，但每个人的内心都有律令。心在肉身之内，肉身才是感触和收集这个世界的唯一孔径。为了证实自己表现如此好，甚至“搞笑有理”，我四处宣扬《菜根谭》中的一句话：“文章做到极处，无有他奇，只是恰好；人品做到极处，无有他异，只是本然。”这或许是对的，要求善，其实真才是万善之本。

似乎一阵风后，北京就开始凉了。鲁院之外的小花园因为幽静而让人感到深。杨树的叶子在一个夜晚开始变黄。一年中最强大与无情的清扫由此肇始。这时候，我身体内的那种响声似乎断绝了。这让我欣喜若狂。也觉得，北方于我有一种无与伦比的恩泽。可在一个上午，我感冒了，浑身疼。我知道是发烧。此前成都两年内，我没有感冒过。开始想以狂喝开水解决。可没想到，感冒使得我再度沦陷。实在没办法，去输液，同学黄闻声、牛红旗和高鹏程带我去，后来杜怀超、严荣、李庆和、林汉筠、王彦山、贺颖、于德北、聂勒希顾等人轮流去对面的朝阳区中西医结合医院陪我。张芳、余红、向娟、刘雯、孙青瑜、李庆和、严荣、钟法权带着水果等吃的来。陈涛、蔡伟璇、姜东霞、赵殷、程静、项丽敏、霍君、李蚌、薛喜君、任海青、李舍也都电话询问或到房间。

这也是一种无与伦比的恩惠，是我苍凉内心里的荣耀。我不知道该如何致谢，但我知道铭记。感冒好后，我去东莞，又回成都。在家里，在老婆和儿子身边，长期围剿我的失眠杳无踪影，睡得昏天黑地，不知南北。三天后，妻儿送我到机场。安检前，狠狠地抱了抱他们母子，三个人扭作一团。儿子胳膊抱着我的脖子，挥手时候，忽然落泪。一下飞机，北京的冷兜头冲撞而来。当晚又失眠。站在凌晨的窗前，北京浩大喧哗，都城庞然淋漓。而我所在的，是多么安静？就要上床时候，忽然又一阵不舒服，继而是身体那种犹如闪电裂石的响声。我惊诧，继而恐惧。索性穿上衣服，打开房门，一个人趴在钢制的栏杆上，向人声寂寥的楼下看。

此后，趴在栏杆上成为我一个经常性动作。从这里，我看到许多房门，红色的，紧闭的。在五楼，我、王彦山、贺颖的房门大多时候是敞开的。敞开即接纳，敞开即坦荡。敞开也可能是缺乏安全感，甚或它本身就预示着某种脆弱、不安。有一次，我正在栏杆上趴着神游咫尺。高鹏程从隔壁走出来，和我并排趴在栏杆上巡看。他忽然对我说，要是从这里跳下去，该是怎么个样子。我惊疑地看了看他说：兄弟，你怎么和我一样的想法？确实的，我无数次趴在栏杆上，就想到坠落，就想到一个人和他的命运。我也知道，每个人的内心都有暗伤和隐疾。尤其是写东西的人。上天给予我们敏锐的触觉，实质上也是惩罚。我宁愿是个傻子，只知道吃喝拉撒，只知道本能该多好！

我和鹏程是学习委员，这个古怪的名字有着一本正经的怪异味道。沙龙时候，一个同学回家，叮嘱我要录音。几乎每一次，她都在。还有很多男女。我慢慢觉得，有些事情是足可以叫人安心的，有一些人，总是以你意想不到的方式让人感动甚至感激涕零。

时间真是无孔不入，销魂蚀骨，三个月过去了。我和鹏程商定，诗歌朗诵会后，在这里的一切都可以收官了。给高鹏程的长诗《流转》做 PPT（演示文稿）的时候，我觉得惊异。鹏程的诗句感动了我，甚至让我有一种离别的悲伤，还有一种心碎的感觉。在每个人的心里，都蜿蜒着一条温暖之路，或者说是一道光，真实存在却无法接近，总是在照耀可无法近身。作为一个不以诗歌混世的人，做诗歌朗诵会，其实是向诗歌致敬，向写诗和读诗的所有的人致敬。诗歌如隐秘的江河，内心的星空，刀锋上的月亮，露水里的闪电，指尖上的针刺与灵魂中的泥瓦匠。诗歌盛大而幽微，诗歌通神又繁美，诗歌向上而尘埃。

“面对大河我无限惭愧/我年华虚度，空有一身疲倦。”（《祖国或以梦为马》）海子的这几句诗，使我身心肃穆，悲从中来。在这个世界上，一个人所能做的，就是在时间中把生命浪费掉。惭愧不是瞬间，是人生常态；疲倦亦如是。诗歌朗诵会后，我觉得了一种前所未有的轻松，好像都卸掉了，好像都远去了，好像都镜花水月、沧海无踪了。当晚，我很早就躺下，才觉得眼睛干涩，腰和颈椎剧烈疼。我想睡时，身体内的那种一场响动再度来袭。我沮丧。我知道，有些东西是无法消除的。比如孤独、爱和恨，这似乎是每一个人的终生命题。就我个人而言，我更想在体内种植玫瑰，种植永存的香味、有纹路的流水与登高望远的青草绿树，而不只是闪电与雷霆、刀子和它的凌迟物，还有轰然惨烈的地震与洪涝般的隐疾。或如茨维塔耶娃所说：“我想和你……在某个小镇，共享无尽的黄昏，和绵绵不绝的钟声。”尽管事实上这绝不可能。我在前段时间书写的一首诗中也如此悲怆地说：“我曾向你伸出手，指尖上有火/曾向你提出过这一生该怎么度过/一个人如何才能把心安置在群山之中。”

（《广西文学》2014 年第 4 期）

我们必须爱这残缺的世界（外一篇）

唐　女

越过那么多或卷或舒的白云，和蓝得接近上帝的天空，我们的飞机降落在一座古城。

它叫“并”。

像无意中敲响古老的玉环，又像桃花花瓣瞬间打开，阴平的读音新鲜又好听。

当飞机上的乘务员说出这么美妙的话——欢迎来到并，我就兴奋起来。

我并不清楚“并”是一个怎样的古城，想象的大门咿呀打开，电视里那些身穿盔甲的古老战士，赶着战车冲杀过来。然而，真正冲杀过来的，不是这些英姿飒爽的盔甲战士，而是呛人的雾霾。无所不在的灰色魔鬼，龇着长长的獠牙拂过我们，我们便立即受了内伤，咳嗽不止。醒目的“山西太原”闯入眼帘，我明白了，此刻，我们已经掉入了公元2014年的太原。青蓝的上帝离我们很远，灰蒙蒙的历史离我们很近。

小时候，看着远山下冒着黑烟的烟囱，很是向往，觉得烟囱下面的人们穿着漂亮的衣服，吃着山珍海味，不用干活，飞来飞去到处瞎闲逛。烟囱成为一个符号，里面藏着现代文明。长大后，我的身边也立起了很多烟囱，我开始怀疑。如今，我皱着眉头，开始讨厌那些喜欢画烟囱的画家。因为我所到之处，都被灰暗的穹庐笼罩。站在“并”这座古城，就像站在刚刚熄火的窑里，烧过煤的窑。到处都是呛人的煤气，没有出口，让人窒息。

每一辆车都顶着厚厚的黄尘，每一棵树都面黄肌瘦，每一幢楼都晦暗不清。公路很宽敞，土地很广博，也都很迷茫。走来走去的人们脸色黯淡，充满忧郁和怨怼。

我脑子里尽出现一些煤老板的古怪形象，拿大把大把的钞票堆在女儿的嫁床上，把金灿灿的黄金塞入官员的腰包，这些腐烂的印象来自那些埋藏地层千万年的煤。曾经，这块广袤的平原站立着那么多树木，它们清亮的绿色主宰着这方土地。而今，它们的坟墓被挖开，尸骸被掏尽，天空里到处飞翔着黑色的幽灵，它们找不到安身之所。富贵与贫穷在这片天空下，能有什么区别？

我没有看见烟囱下的青草山坡，没有看到美丽的森林，没有看见幸福的人们飞来飞去。我用衣袖捂住鼻，抬头问上帝，这是怎么回事？

在去往平遥的路上，司机说，真的很呛吗？我觉不出来。我怀疑自己的鼻子出了问题，摇下车窗一闻，马上又咳起来。真的呛人。他说，在他看来，没什么变化，他出生的时候，就这样，天会无缘无故地灰那么几天，忽然又蓝澄澄的。只是，现在灰的时间多，蓝的时间少。我说，平遥应该好一点，旅游之地。司机说，平遥更不好了，那里的煤厂最多。到了平遥，雾霾更甚。这里家家户户都烧煤取暖，一些烟囱直接对着巷子，喷出来的烟就是雾霾那样的呛人气体。特别是傍晚，平遥古老的街道，便被这些气味占据，填满。本来想饭后散散步，好好体会一下北方的古城文化，可我一直咳，没法呼吸。我开始怀疑，这里真的是古代繁华的商业街吗？那些古人不会就生活在这样呛人的环境里吧？是什么时候变成这样的呢？我承认平遥古城有资格进入《世界遗产名录》，可是，它被这些呛人的气体占领着，还适合游人来触摸它、感受它吗？

住在平遥的一家“光绪行宫”里，一个院子，并不算大，就只能看到中间立着一只空水缸（那边的院子当中都有空水缸）。室内很呛，想打开厚厚的棉门帘透透气，外面更呛，真担心一觉醒来，会变成一个“呛人”。第二天起床，撩开厚厚的棉门帘，看见客栈的院子里铺了一层厚厚的黄尘，一个女子正在清扫它们。

那些古建筑也是灰不溜秋的。整个城都灰，我以为这就是一个灰城，天灰，地灰，树木灰，街道房屋灰，连人都是灰的，从里到外，简直灰透了。

后来仔细揣摩，发现砌墙的砖就是那么灰里带着黄，黄里带着灰，非常不清爽。这或许是黄土高原泥土的特色，或许是他们祖先烧制砖的时候，温度控制得不恰当。奇怪的是，连树木也是同一个色调。这里的树木大多是高高的杨柳，青褐的枝条在猛烈的寒风里飘飞。这么柔弱的枝，偏迎着这么恶劣的风，看着让人心疼。我第一次领略了什么叫零下十摄氏度的低温天气。因飞机延误，去改签了火车票之后，飞机场的车半天不来。我站在道边，像柳树一样迎着寒风，身上的棉衣变成了薄薄的霓裳羽衣。那是怎样的一种透骨寒冷啊，柳树经得起，架设在柳枝间的巨大鸟窝，也经得住吗？开始看见这样触目惊心的鸟窝，我就一直猜想，住里面的肯定是大鸟。况且，在太原晋祠里，我见到很多大个头的鸟儿，在树林间飞窜。晋祠树多，有非常高大的树木，鸟儿也多，空气好很多，至少不呛人。在灰不溜秋的黄家大院城墙下，有一棵树，其间有一簇宝贵的嫩绿，就在这簇嫩绿的枝头，一只黑白相间的喜鹊，偏着脑袋，用它漆黑的眼睛跟我对望，我感觉晦暗冰凉的世界有什么东西在拱动。这些美丽的精灵，我担心它们在如此寒冷的天地间如何存活。那些大大的鸟窝，才能容下大大的鸟儿。那个司机说，也不是，也住很小的鸟。问是什么鸟，他便又含糊起来，说是鹊。我说麻雀？他说不是。那好吧，反正都是些精灵。只是，那些杨柳都光秃秃的，没有能够为它们遮风挡雨的树叶，寒凉的夜晚，它们缩在里面会瑟瑟发抖吗？想必它们是经得住的。

平遥古城忽然散了雾霾，来了阳光。男人女人都从寒冷的屋里钻出来，在泛着光的巷子里踢毽子，享受阳光。他们早就经得住了，不然怎么会有世界文化遗产——平遥整座保存完好的古县城？这座被明朝修筑的城墙护卫着的城，在晚清成为全国的金融中心，控制着全国一半以上的金融机构。有“中国现代银行鼻祖”之称的日升昌票号，有镖局、当铺等各类老商铺；有城隍庙和文庙；还有老县衙，可以看他们演绎如何升堂审案，解决百姓生活里的藤蔓纠葛，看县令的起居生活和他的后花园。一群鸽子飞上屋顶，我就被随之而来的白云迷住了。其实，这么深厚的历史文化，比如古城墙，我们这边也有，只是现在徒剩残迹，难觅大貌。所以，对这里的人们生出一份崇敬，感谢他们守住了这座古城，守住一段完整的历史，让我们还能看到人类的过去。他们经住的，何止是寒冷！他们离历史很近，离烟囱很近，离雾霾很近，离蓝天，其实也挺近的。只要城外的那些烟囱能经得住，戒掉这口吞吐浓烟的瘾。

后来，天气一日比一日好。天真的也可以蓝澄澄的。客栈的楼阁也蓝得耀眼。一切瞬间就变了，空气也不呛了。有些杨柳披着淡淡的黄叶，树叶似乎是老的，也似乎是嫩的。我一直惦记着晋祠里一大片一大片高得离谱的秃树，和它们枝丫间巨大的鸟窝。这是一个美丽的神话世界。黄家大院虽然好，但缺少树木。在我们这边，应该算是一个村。它有高大的城墙，有一个比一个深的院子，有精雕细琢无与伦比的石雕和木雕，有布局严整的巷道，俨然一座城池。他们也有后花园，虽然不是很宽阔，但里面有珍贵的树木，这是唯一可以透气的地方。因而，我有幸遇到了那只喜鹊，并与它对视，我站在城墙上，它站在树枝上。它是我心中的神鸟，总是给人带来希望。

忽然想起以前的阴郁生活，生活里缺少新鲜空气，总觉得闷，想透气。傍晚上到天台，把腿支在围栏上，压压腿。幼小的女儿便抱住我的腿，吊在上面荡秋千。扑面而来的，是浓郁的工业气息。这种气息不像平遥的空气，只是呛人的煤味，那种混杂着各种难以消受的味儿，堵塞了我们生活的所有气孔，整片天空都极度郁闷，我更是眉头紧锁，胸口郁结。我忧郁地看着女儿，她瘦弱的身子吊在我的腿上，飘来荡去，像一片飓风中的嫩叶。她总是咳嗽，总是发烧，总是躲避不了每一次席卷而来的病毒，什么病流行了，她必然率先得上。她不吃药，有次半夜里发四十摄氏度的高烧，我喂她带着甜味的退烧药，她不吃，我强制灌进去一点，她马上呕吐出来。我只有坐在她的身边，不停地换敷湿的毛巾，抓住她滚烫的小手流泪。禽流感流行时期，出了趟差回来，晚饭时，去看躺在床上睡觉的女儿，发现她满脸通红，浑身滚烫，家人说，不要紧的，都两天了，等会儿就会好的。这不正是禽流感吗？竟然熬了两天！我摸黑带她去医院。看着这些浓烟，我的呼吸不畅，我更担心女儿，她没有一点抵抗力，我根本没有办法保护她。

好几次，在车上遇到一些年轻村民去看病，他们说自己也不知道怎么的，浑身就没有了力气，什么活都干不了，也查不出什么病。得高血压、冠心病的人数更是飙升，他们说，没多吃肉，也不抽烟不喝酒，怎么就得了这病呢？

我试图通过环保部门来解决这个问题，可是环保部门的人说，上班时间，他们有义务监督，下了班，就不是他们的事了。所以，这个时候，那些冶炼厂便可大张旗鼓地把浓浓的黑烟放出来，任其将周边的村落全部吞并。其实，我清楚这期间的猫腻，无非是钱在作祟。我从未感觉过钞票是如此空前绝后的肮脏，从未如此空前绝后地痛恨过黑烟。

我只能长叹，觉得自己就是被那些蹲在街边的人倒提着的锦鸡，流着鲜血，等待雇主买回家，拔毛剁肉，炖成乳白的汤。我曾经为保护野生动物四处奔走，四处碰壁，林业局、市场监督局、乡镇政府，那么脆弱美丽，没有反抗力的野鸭、锦鸡、天鹅，谁来为它们讨要公道？林业部门说，在市场发生的事，应该由市场监督局来管理；市场监督局说，野生动物当由林业部门管；林业部门又说，这是按区域划分的，具体到哪个乡镇，应该由当地的政府职能部门管。最多，上面有压力的时候，三家联合执法，进行一下突击。如果执法不能常态化，法律没有执行者，那就形同虚设。后来，大片迁徙的天鹅，飞入我们的县域，一夜之间被全部消灭。他们只用了一盏灯、一张网、一根棍子，便消灭了天上所有的天鹅，用箩筐挑了好几担下山，卖给饭店，一夜就净赚几万元钱。乡亲们流着哈喇子传说这事，羡慕得要死。我曾经在“慢慢摇”（载客三轮车）里跟他们理论，我说，这是国家二级保护动物，打它们是犯法的。他们笑着说，癞蛤蟆都想吃美味的天鹅肉，哪个不想吃？一夜能赚几万块钱，哪个不想打？

曾经，我正琢磨着想给自己的工作室起个名儿，窗外便飞来一群天鹅，它们落在窗外的松树林休憩，旁边有个池塘，树林后面是一大片水田，这是它们新选择的迁徙驿站，我为有这样的客人欣喜莫名，于是得名为“天鹅堂”。好事总不顺应人意，之后，树林里老是传来枪声，天鹅们惊慌失措，在树林上空盘桓良久，还是选择飞离。我失去了这些美丽的天外来客，可能是永远地失去，徒留“天鹅堂”这个虚名，在风雨中飘摇。

我曾写文章发表在报纸上，向社会呼吁，停止伤害野生动物，还配了冒险拍来的血淋淋的照片，可惜泥牛入海，无法触动那些黑暗的眼睛。

田野里，有一个破旧孱弱的稻草人，假扮真人，日夜站在秧田里，虽然它是假的，还能偶尔动动，吓唬小鸟，保护一片嫩秧，我一个大活人，却谁也保护不了。

很多年，我看不到一丁点的色彩，因为心里一片灰暗。有时看着灰蒙蒙的天空，我总是怀疑，天空就要爆炸了。

怀念，这个词里饱含了多少美好的记忆，新生的孩子是无法体会的。也许更早的历史里，有更好的天气、更美的事物、更美的记忆，我们在逐渐失去它，像温水煮蛙，浑然不觉，一旦窒息，才试着猛烈挣扎一下，是不是为时已晚？

还好，女儿总算飘飘荡荡长壮实了，对病毒建立并巩固了自己的防疫系统，我从战战兢兢的日子里脱出身来。面对那些异味和满天的尘埃，我仍是充满仇恨。不过，近日那些吃人的浓烟突然销声匿迹了，好些日子不来扰民，不管什么原因，这个结果令人欢欣鼓舞。我可以在天台上大口大口贪婪地呼吸了。可以贪婪地仰头观望，干净的天空，干净的树木，干净的远方。可以贪婪地迎着干净的风，任它吹乱头发，吹凉脸颊，吹透身体，怎样都好。这样的良辰美景有多久没遇上了？这样可以毫不设防地裸露于天地之间的日子，已经远离了多久？险些就要忘记，险些就不敢奢望。虽然这样的好日子只是间歇性地到来，但总算有了盼头。我开始留意手机上的空气质量分析，如果是个优，我便来到窗前，看外面的树木田野，就算黄昏，就算阴云笼罩，目力所及，也够得着很远很远的越城岭，它淡蓝的影子干净清晰，令人愉悦。

还有一条景观大道通到我家门口，两边以高大的香樟为主树，套种了各式各样的花草树木。有天傍晚下班回家，被乘坐的“慢慢摇”甩客两次，我下定决心走回家。蒲扇一样的棕榈树，碧绿青翠；大大小小的桂花树，满枝头都是赭红的嫩芽，也有赭黄的；

酱紫的檵木拥簇着盛开的山茶；粉红的桃花，零零碎碎，大红的桃花，一串串的。当然，还可以把目光投放到路边的菜地田野河流，满眼的青草绿和菜花黄，大大提升了舒心度。如果有空，背上画板，随便往哪儿一坐，都可以画一幅美丽的画。走在干净的景观道上，心里一直响着一句话：多么美妙，多么美妙，多么美妙！脚步轻了，歌声来了，虽然随之而来的，还有黑夜。黑夜也不怕，有明亮的路灯。有个孩子干脆搬张板凳在路灯下写作业。我笑道，可以省了电费。他看着我乐呵呵地笑。以前不敢黑夜出门，有点儿风吹草动都疑是妖魔鬼怪，现在走在黑夜里，车辆少了，更觉周遭宁静祥和、赏心悦目。如果心里敞亮了，放松了，这个世界瞬间就会变得美妙动人。这不就是一念之差嘛。当然，这一念的转变，来之不易。

不管天气阴与晴，窗外也总是有鸟儿在叫，一群一群的，飞到这棵树上，又飞到那棵树上。如果早晨碰上一只“喜恰恰”，对着我的窗户叫那么一两声，我的心情便立即放晴，我相信，这只预知祸福的鸟，肯定是从未来的时空飞来的，它看见了希望，看见了蓝天白云下宁静祥和的世界，特地来向我预报。我总是毫无顾忌地相信它。我在网上下载听了上百种鸟叫声，一直没有听到它的声音，没有查到它是何种鸟类，它的声音太特别了，“喜——恰恰”，就是这样，我就一直把它当成了喜鹊。看到黄家大院里的那只，我还以为真的是看见了它。所以，我出神地望着它。它，也出神地望着我。现在，我出神地望着自己，轻轻一笑，总算，还是经受住了。

我想，天空是能经受得住的，大地也是，也许天鹅也能。事情总会向着好的方向转变，不是吗？

遥远的山西，给我感觉最好的，是城墙，黄家大院的，平遥古城。站在城墙上，可以看得很远，黄家大院周围的窑洞，平遥城下的护城河，远处的村落和麦田还有古道。我靠在平遥古城城墙头的古炮上，想象那些残酷的战争，当然也想象由它们带来的安宁。城墙上的更夫张开大大的嘴巴，他要把时辰和平安报给全城的居民听，这是我最愿意看到的景象。夕阳挂在城墙的垛口，特别大，特别辉煌，把我们映照得美若天仙。阳光是最好的，整座古城都沐浴着它的辉光，温暖又神秘。

我买到了最喜爱的闲章，有野猪、树木和一个裙带飘扬的女子，正如我跟野猪、树木同时站在未来的时空，和谐又安宁。我买到了平遥古老的工艺品漆盒，而且是镶嵌贝壳的，特别漂亮，那些零散的首饰有了好的归属。老板说，盒底还有工艺师傅的印章，它是可以收藏的。我当然希望收藏一段丰沛的历史，尤其是也能看见我的身影的那段历史。我还买到了闻名遐迩的平遥牛肉，一向不吃零食的爸爸很爱吃，说舍不得一下吃完，每天只吃一小包。女儿也很爱，她添了辣椒，用来做菜吃。侄儿嫂子都很爱。我也很爱。

我在太原度过了一个生日，我得到了很好的生日礼物。以前的生日只得到过妈妈煮的鸡蛋，这次的礼物也跟剥掉壳的熟鸡蛋一样，是小粒小粒的和田玉。她们说，玉能护身。

太原博物馆里的宗教壁画美轮美奂，我被它的色彩和线条迷倒。我看到了最好看的手指，艳丽又高雅的服饰，圆润饱满又高远自足的神情。我看到了高出尘寰的神，他们一直在我们的上空，用悲悯和大爱感召我们向真、向善、向美、向爱。

太原有个作家，叫杨遥，也是这个城市的亮色，他的小说充满高亮度的想象，他的语言也被春雨清洗过，跟他们的历史很接近，跟原先满满的树林很接近。他的文是一柄刺穿现代的渔叉。他的鱼，在蓝蓝的天上。

当我们飞向天空，追逐那个光辉四射的夕阳时，我看见满天的鱼儿，忽而在窗前，忽而又隐没于红彤彤的天际。山西和全州，历史和未来，似乎离得很近，又似乎离得很远。我们寄希望于未来，又无限留恋地回望历史，现实总是夹在中间，酸酸甜甜。我想起涂在两片烤面包之间的果酱，很想一口咬下去……我们必须爱这残缺的世界。

追萤火，逐流云

大概每个孩子都问过同一个问题：我从哪里来？小时候，我每天费尽心思琢磨，大人的屁股为什么不像萤火虫那样发光，为什么自己长了一只塌鼻子，总是被别人嘲笑，让我在每个梦里都感到无比羞愧。是谁赐给了我生命？我不敢问早出晚归的父母，这个问题就一直郁结在心，直到今天，也还是我心中的一个谜团。

当初，我们的村子朝向田野。田野里有溪流、古井、长乡河、湘桂铁路和远处的越城岭。小时候不知道什么时候该煮午饭，妈妈说，听见火车叫就该煮饭了，它会在正午准时在田野里鸣叫三声，因为那里有个道口。我不爱围坐在桌上吃饭，总是端着碗站在田埂上，边看火车边吃饭。没有火车的时候，就看远处的越城岭，还有那道白亮白亮的瀑布。山并不硬，薄薄的蓝得那么柔软，有时像云雾一样隐隐约约，变幻莫测，那水，倒挺直得有些硬了，像把锋利的日月神剑，别在越城岭的腰间。后来这把神剑消失了，原来是藏进了涵管，建成了水头落差一千零七十四米、亚洲第一高水头的电站。所以我们才丢了煤油灯，挂起了电灯泡，接连用上了录音机、电视机，过上了现代文明的生活。

越城岭位于广西东北部和湖南边境，又名老山界，古称全义岭。唐朝时，湘山寺的寿佛爷曾经在全义岭的覆釜山上避难修行十年，其法讳为全真。五代后晋天福四年（939 年），南楚君主马希范以全义岭之“全”字命州名，奏置全州。越城岭位于亚热带湿润性季风气候区，常年云雾缭绕，雨量充沛。全州境内的白沙河、长乡河、山川河、万乡河、宜乡河均发源于此，山上大大小小的溪流到处都是，为县域的源头之水。后建有水库湖泊十三座。连绵的山岭间矗立着华南第二高峰真宝鼎，海拔为二千一百二十三点四米。湖泊那么多，又那么高，干脆取名为天湖。总之，我们喝着它的水，沐着它的风长大，这座大山就是我们生命的源头。

天湖之下，才湾镇长乡河上游的卢家桥附近，离我们不远的龙水镇桥渡渡里园等各处，发现了新石器时代遗址，说明早在九千多年前那里就已经有人居住生活了。他们从哪里来？嗯，据说水可以带来生命，他们的生命也许就是大山孕育的，河流带来的。我们的生命是否也是从那座大山上来的？我经常潜入长乡河河底，睁着眼睛找答案，看见了彩色的鹅卵石和无穷无尽的水草，有鱼，有虾，有螃蟹，就是没有发现人的种子。有人说，那条孕育生命的河流藏在女人的身体里。我感到神奇又恐惧。不过，还是忍不住追问，那么女人又是从哪里来的呢？对天湖的好奇从未衰减。

这么远远地看了它几十年，始终朦朦胧胧，没看出个名堂来。直到有一天，我走入其中……

我惊异地发现，中国古山水画里的大山大树、江河瀑布、氤氲烟雾，全部在这里复活了。我还发现，原来山是硬的，水才是软的。水不但是软的，还是碧蓝的，它们四处流动。山大部分由石头组成，多为花岗岩，硬邦邦的。为什么远远看过去，只是那么松软的蓝呢？那么高的山，那么硬的石头，水从哪里来？难道山的肚子里全是水？不然怎么能够日夜流淌，怎么也流不完。这样的问题只能问科学家。他们说，当初的地球只不过是一团凝聚的尘埃颗粒，是一个混沌的火球，大气层中充满了水蒸气和二氧化碳，后来水蒸气凝结成雨，落下来成为河流，河流冲刷出山谷，汇成大海。水融化着山，山浸泡着水，软硬交融，交融着交融着，四十亿年前，生命开始诞生。继而，生命一轮轮地死，又一轮轮地生，在缓慢地继承换代中，喜欢吃二氧化碳的树木出现了。树木吸收太阳的能量，分离水原子，释放出氧气，至此，空气中充满了氧气。喜欢吃氧气的动物也诞生了，于是形成了一个完美的生物循环圈。

那么，这些天上掉下来的水是如何更新循环的？好像没有一滴雨是从地球之外飘飞来的吧？我们老是用着多少多少亿年前的水，这些古老的水为何还能如此洁净，拥有碧蓝的颜色？

我循着江河往高山上走，去寻找答案。总是在关键时刻，被茂密的树丛或者陡峭的山石阻断去路，它们说，反正，水就是从这里流出来的。我不相信。举头看高大的树木，一般都看不到它们的头，因为它们时常穿云戴雾，扑朔迷离。一滴两滴雨水从叶尖滑落，掉在我的脸上或者眼睛上。它们说，这就是尽头。我想起沉潜在峡谷的白云，远看，它是云，近看，它就是这些雾吧？我跟这些树木都待在云朵里呢。

山谷里的天气说变就变，云雾开开合合，忽然就来一场雨，我瑟瑟地躲在树木下面，还是不行，干脆扯来蕨草灌木遮在背上，尽量避免身上的热气被雨水带走，那旷世的孤独大概跟站在树上淋雨的大鸟有得一比。雨持续了一两个小时，身上也基本上没留一根干纱了，喷嚏打个不停。此时好生羡慕大鸟那身进不了雨水的羽毛，也好生羡慕动物们那身皮毛，它们使劲甩一甩就好了，而我这身衣服在这样的天气里，没有一天两天的工夫是干爽不了的。雨停之后半小时内，溪水照常那么清澈，照常吹着动听的口哨流动。突然间，一股洪水猛兽一般冲出山谷，小河瞬间满溢，整条河流千军万马，气势磅礴。吓得我大气不敢出，要是我还蹲在河边玩石头，这会儿怕是见阎王老爷去了。我忽然明白，山谷里的石拱桥为什么造得那么高，那么高。天上的水，说来就来，能有多大，谁也料不准。

我也终于相信，小水是雾，大水是雨。雾是被大片的树木和高山草甸接到地面，一滴一滴地变成清清纯纯的水。雨水也是被树木草甸留住一部分，慢慢地，再把它们放出来，形成涌流不止的泉。越城岭上有丰富的高山杜鹃，五六月份，花儿大朵大朵的，吊挂在盘根虬枝的古老树上，花开五色，白如玉，红如火，粉如霞，紫如烟，蓝如水，清香袭人。那些云雾，那些雨水，经由它们滴落下来，是不是就能形成一条条香河，饮之可以变成香人呢？我捞出手臂闻了闻，与蕙兰比起来，这肉淡而无味。

当然，在山的肚子里是有河流的，大西江镇和龙水镇的温泉，汩汩而出，冒着热气，还带出一股硫黄的气味。还有山上山下到处冒出来的井泉。我看到的花岗岩，总是湿漉漉的，它们从未离开过水。

因为越城岭海拔高，远离人间，森林植被保存较好，空气清新，负氧离子含量高，水源纯净，据测定，这里的地表水、地下水、土壤质量及大气质量都达到了国家一级标准。也就是说，那些被我们用脏了的水，蒸馏到天空变成云雾，到达越城岭，经过树木土壤的净化，变成了崭新的优质水源，再流经我们的身边，让我们过上了崭新洁净的美妙日子。

除此，我还看到了雪和冰，还有一大群几百万年前冰河期留下的冰臼。

地球不单单是软硬相生，还冷暖交叠。吐过火之后，它经历了好几个冰河时期，两极和高山的冰覆盖了大片陆地，这些冰可以延续一百万年。离我们最近的一次是在一万八千年左右。海拔一千六百米左右的越城岭曾经被厚厚的冰川覆盖，证据就是这些冰臼。当然，没有经过专家的认定，是不能称它们为冰臼的，但是，在这么大的一块斜面花岗岩上，怎么会出现这么多形似舂米的石臼呢？它的上方就是天空，没有什么重力可以钻出这么多光滑的石臼。因为它是个大斜面，水流也不可能冲刷出这样垂直的洞来，唯一合理的解释便是，它是冰川融水携带冰碎屑、岩屑物质，沿冰川裂隙自上向下以滴水穿石的方式，对下覆基岩进行强烈冲击和研磨而成的石坑。这条峡谷里的幽蓝冰川，一卧就是上百万年，相比身下的花岗岩，它们也算是年轻的，只是经过这么久的孵化，那些坚硬的石头也会变成蛋，暗藏生命吧。

我在天湖上看到的冰，吊挂在岩石和草木上。那些不断有水细流的地方，它粗大得有些吓人，跟岩洞里生长的钟乳石一样，瓜果蔬菜的形状都不缺。枯黄的草叶上，结着黄瓜一样大的冰柱，黄花上敷裹着厚厚的冰，看上去，像个隔世美人。水还在流，冰清玉洁，水下的彩色沙石晃荡得有些迷离，仿佛晃荡着晃荡着，鱼就生出来了，晃荡着晃荡着，虾也跑了出来，晃荡着晃荡着，一个女人就跃出了水面……

我看到过的最美的雪景就在天湖。以前，我被漫山遍野的银树迷惑过，以为那就是雪，只是奇怪为什么地上没有雪，后来才知道，那只是雾凇。它们躲在云雾里，被晚霞照亮，羞赧得脸色绯红，不停拉来雾纱遮掩。真正的大雪铺天盖地，地上是白的，树上是白的，只有乌鸦一群群地飞来，打破单调的白。一大团一大团的棉花雪飘落下来，用手接了，发现它还是温润的。天空之上，当是另一个和煦温暖的世界。天湖的雪可以铺得很厚很厚，厚得你可以扑在上面打滚；很白很白，白得你可以伸出舌头，让雪花落在舌尖，然后化为一缕冰凉，进入你的身体。有些地方露出点颜色，山腰的几棵杉木，压弯了腰的青竹。山顶上，除了柳杉，便是湖水泛出的那片蓝了。如果山谷里卧满冰川，那么，这个世界便又回到了冰河时期。

水是生命的温床，另一张温床则是土壤。

天湖海拔高的地方，土岭多，石山少。除了花岗岩，还有砂岩。土壤为黄壤和黄棕壤，五百米以下的是红壤。地球花了四十多亿年，创造了地球上唯一能够向着天空延展的自然元素：美丽神奇的树木。天湖的土层厚实，上面开着一串串紫红花的大叶胡枝子、花朵硕大花色多样的高山杜鹃、花期无比绵长的火艳艳的映山红、春来碧绿秋来赭黄冬来芦花飘飞的小五节芒，还有檵木、野漆、山胡椒、樱桃、悬钩子、蕨芭、茅栗和小杂竹等，它们构成灌木丛林，树连藤，藤缠树，密密匝匝，走入其中，便进了迷宫，只有鸟语和花香、奇石和异树，唯一不需要的，就是方向。

原始森林里的树木品种繁多，有国家一级保护植物红豆杉、桫椤和山桃树，有国家二级保护植物香果树、金毛狗、华南栲、闽楠、花榈木、伞花木、半枫荷、榉树、厚朴、红豆树，还有中国珍稀濒危保护植物杜仲、八角莲、白辛树、青檀、粘木、巴戟天、观光木。第四纪冰川的孑遗植物红豆杉，在地球上已经生活了二百五十多万年，会结一树的小红豆，美丽非凡，人类生了癌症之后，发现它是天然的抗癌植物，给它“生物黄金”的美称，这些对它并不重要，重要的是，它们已经濒临灭绝，千万别让它们消失。现在天湖上遗留下原生的十几株，最大的一株胸径接近一米。看到它们，就能一眼看到冰河世纪，多么古老的树木。还有更古老的，距今约一亿八千万年，桫椤曾是地球上最繁盛的植物，与恐龙一样，同属爬行动物时代的两大标志。但经过漫长的地质变迁，地球上的桫椤大都罹难，能够幸存至今的，少之又少。天湖是它们喜欢的一处避难所。美妙绝伦的山桃树，是中国特有的、古老的单种科和残遗种。具体到有多古老，谁也不知道。它虽然结跟桃子相似的果，开粉红的五瓣花，但它成熟的果子一把把的，红得十分艳丽，爆裂为三瓣，里面有好几粒光滑赭黄的核；花朵一大串一大串，花萼如倒挂的钟，看着它，似曾相识，原来我最喜欢的那幅任伯年的花卉，竟然就是山桃树的花！谜底揭开，心中豁然开朗，原来他也见到过它的花。不用一一列举，香果树、金毛狗等，这些植物，哪一种不古老神奇呢？它们制造出了腐殖土，这是生命不可或缺的土壤，成为孕育生命的另一个摇篮。

不知道动物们是怎么来到这世界的，古人说“大暑之日，腐草化为萤”。萤火虫是从腐叶当中飞起来的没错，小时候的夏夜，田野里，溪水边，到处飞着一闪一闪的萤火虫，我们追啊追，也不知道为什么一定要追，就是爱跑动，没个消停。有多久没见过萤火虫了？它们可还在？有了电之后，就再没稀罕它们发出的那点光。不管是谁开的头，总之陆地上就有了各种各样的动物，它们保持了一种遗传下来的古老仪式，很有组织地繁衍生息。动物得到了食物，树木开花结果，大自然相互依存，分享着阳光和雨水。很多年以来，一直保持着微妙又脆弱的平衡，直到二十万年前人类诞生。人类享受着地球四十多亿年创造的财富，经过十八万年的游牧生活之后，气候变得暖和，人类依靠着河流湖泊定居下来。天湖下的新石器时代遗址出现在长乡河、山川河和万乡河之间，说明当时此地土地、水和生命相生相容，物产丰盛，环境和谐。人类于六千年前开始建立城镇村落，此后，聪明的人类像上帝一样无处不在，导致物种严重失衡，仅动物物种，就消失了三分之一。

天湖的原始森林里，还栖息着一些珍贵稀少的野生动物。有国家一级保护动物黄腹角雉、黑颈长尾雉、白颈长尾雉。这是一些华丽的鸟儿，自碰见它们的那一刻起，我一直以为它们就是神鸟凤凰。

那日，天湖的大峡谷里风和日丽，映山红沿溪怒放，红竹笋粗大壮硕，布谷鸟的叫声清丽动人，峡谷里的沉云刚要退去，我大着胆子下到峡谷，沿着溪流追云逐水，想知道它们到底要跑到哪里去。走过一段开阔的开满黄花的草地，穿过一座茂密的竹林，溪流突然转向，拐个弯擦着悬崖峭壁走，阻断了我的路。我眼巴巴地看着白云到了另一座山腰，心里不服，便脱下鞋袜，提在手上，要涉过溪流，继续追赶它们。下到水里，不想水底的石头一点儿也不配合，水冰冷刺骨倒也罢了，石头又滑又磕脚，看似很浅的地方，踩下去，才知道远远深过目测的距离。正当我一歪一扭地在溪水里行走时，异样的水声惊动了水边丛林里的一只鸟，它从灌木上飞起，身披华彩，体大如鹏，我惊愣得呆立水中。李时珍曾说，凤，南方朱鸟也；《山海经》又云："丹穴之山有鸟，状如鸡，五彩而纹，饮食自然，自歌自舞，见，则天下安宁。"我想，这铁定就是凤了。过了溪流，擦干脚，穿上鞋袜，回望了一眼那片丛林，继续追赶流云和溪水。多少年之后，经过专家解释和资料比对，我确定，它就是一只雄性白颈长尾雉。不过，它有那么好看的羽毛，那么长的尾巴，还有那么优雅的飞姿，难道还不是一只凤吗？后来，也在天湖上碰到过几次，它们通常是一对夫妻，在灌木边觅食，等我掏出相机，它们便飞没于树丛了。它们应该非常非常隐蔽才对，如果碰见贪婪的人，它们的性命就不保了。

我在集市上见过它们的同伴，一对黑颈长尾雉夫妇被绑着腿，扔在街边叫卖。也见过资源县那边的村民捉到的红腹锦鸡，送去饭店做菜。还在天湖上遇到一人背着一只雀鹰下山，雀鹰受了伤，一路在滴血。最近还有人打到了野山羊，扒了皮，炖了肉，大吃大喝了一顿。

据森林保护区的管理人员说，最近摄像头拍到了一头黑熊，它一闪而过，再没露面。谁也不敢进森林里去探寻，他们说，那么深的森林，里面什么动物没有呢？有这样的敬畏是对的。所幸，这座原始森林还保护了一批国家二级保护动物：鸢、凤头鹃隼、赤腹鹰、雀鹰、白鹇、红腹角雉、勺鸡、红腹锦鸡、草鸮、斑头鸺鹠、穿山甲、小灵猫、林麝等。它们的名字背后，都是一个独特美丽的种群，没有谁是多余的，没有谁是有害的。

这些动物都可遇不可求，我们且让它们隐没于丛林，最好永远不为人知。真正近距离让我体验到野生动物野性的，则是杉树林里的黄牛。这些黄牛毛色光亮，不染人世尘埃，在林间溪流边慢慢咀嚼青草，慢慢享受甘露，过着闲云野鹤的自由生活。其实，它们都是有归宿的，归属于天湖脚下某个村庄里的居民。大雪扑来之后，它们躲在人间过冬。漫长的野生生活，已经唤醒了它们天然的野性。

那次我写生归来，碰到一群暮归的黄牛，大大小小的，看似一个大家庭。它们见到我便提高了警惕，靠到路边，想让我过去。但是我不愿意，我只想跟在它们后面，看看它们要回到哪里过夜。同时端着相机对着它们咔嚓咔嚓地拍照，弄得它们神经高度紧张，大牛催促着东张西望的小牛犊，加快了回家的脚步。那头小牛犊走路还不太稳，想必还是婴儿，它才不顾眼前的危险局势，跑到妈妈的后腿边蹭蹭擦擦，后来它妈妈停了下来，它就衔住了乳头，大口大口地吃奶了。我也跟着停下脚步，想看清小牛犊吃奶的具体场景，可是一头棕色的大牛冲我站着，挡住我的视线。我往侧面去，又被另一头间有奶白的黄牛挡住。还有一头半大不大的牛少年与这头牛亲热。这头牛默默地抬着头看我，不顾牛少年的蹭擦。它们形成半包围圈，让我无法靠近，另一边则是陡峭的杉树林。我蹲下来，从它们的腿下偷窥小牛犊吃奶，还是看不到，只听见很响的撞击声。后来，我干脆研究起眼前的牛来，看着看着，就看出了名堂，原来，那头棕色的牛是雄性，有奶白色花纹的是雌性，那么，那个牛少年就是这位妈妈的孩子了。忽然明白，这是一个一夫二妻的家庭。我记得小时候家里的母猪下崽，忙坏了父母，总还有新生儿死去，这牛产崽靠谁帮忙呢？生命就是一个大谜团，神奇得很。只是，冬天它们下山回到村里，会惹出一些官司来，它们总是走在一起，不会分开，按理，这些牛进了谁的家门就是谁家的，没牛进门的人家就不乐意了，自家的牛不但没带回小的，自己还跟别人私奔了，如果碰上个难说话的主儿，领不回自己的，就吃定官司了。天色黑下来，我的耐心好极了，等小牛犊吃完了奶，我跟着它们往前走，它们走到一条溪沟旁不走了。我看了看旁边高大茂盛的杉树林，再看看它们，就沿着一条满是牛蹄印的泥巴小路爬上一个坡，转过一个弯，哇，好宽敞舒适的天然居室，高高的树顶树叶密集，形成了屋顶，地上铺着厚厚的腐叶，柔软如毯，因为是在一个斜坡上，不积雨水，于是显得干燥舒适，就是牛屎多了点，不过不臭，而是有点青草的香。这就是它们的家了。我离开之后，故意躲在远处，看见它们回了家，不知不觉，我竟潸然泪下。

相比时光悠长的树木，动物们总是奔跑在重生的路上。我曾经坐在天湖旁边的石山上，望着湖水里一群群重生的鲤鱼，问它们生命有何意义。它们高高地跃出水面，搅动辉光，粼粼的波纹花了我的眼，远处的云雾向我跑来，这一切是美的，但转瞬即逝。大雾弥漫，我在迷雾里胡乱地走，生气地故意要把自己丢弃在荒山野岭。我听着自己的脚步、自己的喘息，仿佛身后有一个人默默地跟着，舍不得骂我，舍不得说一句不中听的话，陪同我承受丛林里响声的惊吓，和迷失方向的恐惧，对我死心塌地。我见到了美丽萤火，神奇的树木，神话里的凤凰，幸存的古老物种和冰臼，可是它们没有告诉我，我从哪里来，就算那是一个无法解开的谜团，那么活着的，这个并不快乐的生命体，她不曾像萤火虫一样照亮过这个世界，也不像树木一样那么长久地成为别的生命的依靠，她甚至不如一滴水，水一会儿来到天上，一会儿变成云朵，一会儿是雨，一会儿是冰，它的一生何其丰富生动。她活着，没有感觉到自由，没有感觉到生命的美丽动人，在历经了几次致命波折之后，她的身体和心灵都有些飘摇不定。她来来回回地想，活着，如此活着，有何意义？在如此浩大的人世里，她小如蝼蚁，在如此古老的山川前，她脆如豆火，她深知，她不会重生，她也不想重生。

深夜，望着天湖夜空里大如萤火的星星，一闪一闪，它们在说话，我听不懂。我想起在山谷里看到的金属，那些比地球还古老的金属，它们曾经是宇宙里美丽的星辰，如今封锁在岩石，就算它们红着、蓝着、白着，诉说着它们铁、铜、锌的身份，又能唤谁来解救?

我放任自己追云逐水，奔走在天湖的山山岭岭，是想让她高兴，让她能够重新体会到儿童时期追萤火的乐趣。那日黄昏，我碰落草叶上的露珠，爬上“九龙朝拜”山脉的龙头上，观看山下的湖泊，我很想大声地喊，但就是不敢，这是被禁锢得太久的心灵的自然反应。只要我喊一声，山谷里就会回响着我一个人的声音。我竟然不敢！就像那些金属，把它们从岩石里分离出来，它们还能起飞吗？还能回到宇宙做回美丽的星辰吗？这事何其悲伤。后来夕阳照在我的背上，我的身影非常长，她跑到了湖泊。我看着她，我再看她，我眯缝起眼睛看她，没错，有一个光圈罩着她！我的影子在发光！我以为是错觉，左移几步，有光，右移几步，有光，后退几步，有光，前进几步，还有光！我的泪水訇然涌出，对，是訇然涌出的，那震动不亚于八级地震。只是，它不是世界的坍塌，而是矗立起来一个人，她就是我。我听见了神的声音，他对我说，你的生命是个奇迹，有萤火虫一样的发光体，独一无二，还有那么多的光，等待你放出来……

（《广西文学》2015 年第 9 期）

豁 口

罗 南

一

父亲说，我没钱了。父亲站在我家客厅里，他的灰蓝色中山装泛白，蓝布帽檐撑不起，软塌塌地搭在前额。父亲像是长途跋涉，他疲惫而忧伤，单薄得像是随时要飘走。

我正要从钱包里拿钱，却又醒了。躺在黑暗中，拥被发了好一阵子呆，黑的空间里似乎全是父亲疲惫而忧伤的眼神。

几年了，父亲每一次到我梦里来都是这样的装束、这样的眼神，像是从我们身边离开，父亲便走回很久很久以前的过去，走回他为全家人奔劳的岁月里。他泛了白的中山装和他塌了帽檐的蓝布帽子，从我孩提时代穿越而来，一次又一次出现在我梦里，让我在无数个黑夜里独自黯然神伤。

时间大段大段荒芜，脑里大段大段空白，我得回头翻找才能记起那个日子。2011 年 3 月 21 日。那天，我没有了父亲。那一天像是不存在的。在我记忆里，我找不到父亲即将离去的样子。

我的记忆停留在 2011 年 2 月 2 日，那一天是除夕夜。那年的除夕夜和过去所有的除夕夜一样温馨，全家人围坐在暖暖的火盆旁看我帮父亲穿上我带回来的过年新衣，父亲上下打量自己，笑呵呵的，他略带遗憾地说，暖是暖了，可惜太重。大衣厚实，里面是一层厚厚的绒毛。我买它的时候只想着它的暖了。我说，明年，明年我买一件轻的回来。

我不知道没有明年了，一个多月后，我就没有了父亲。

那些日子，我被年的味道蒙骗，一点儿也看不出我将要失去父亲。父亲也丝毫没有流露出颓败的样子。他和往常一样，每天一大早起床，出门散步，吃早餐，然后回家和他的孙子孙女们坐在客厅里看电视。

父亲看起来是那么健康，除了骨质增生，他的身体找不出大的毛病。可是，那只是假象。它蒙骗了所有的人，包括父亲自己。对于离去，父亲和我们一样猝不及防，我们都以为那一天还很远。

父亲的离去磕开了一道豁口，我蓦然看到时间的黑洞。它隐于某一个未知的地方，等着将我的亲人吞没，将我吞没。我的母亲，我的兄弟姐妹，我将一个个失去。直到有一天，失去的是我自己。

二

我不是第一次面对亲人的离去。在我出生之后，在父亲逝世之前，我依次失去了祖母、六堂哥、小叔叔、四伯、姑妈。只是那个时候，岁月还没有成长到让我认识悲伤。

祖母是我来到这世上第一个离去的亲人。那时候我四岁或五岁。那时候，饥饿像鬼魅一样弥漫整个逻楼街，漫长的，贯穿了我的整个童年。

祖母应该在病榻上躺过，只是我的脑子里没有关于这方面的记忆。我只零星记得祖母的房间终日充斥着药酒呛人的味道。她的脚患有风湿病，肿得穿不进鞋子。她常常拄着拐杖，颤颤巍巍地立在堂屋中央骂她的某个孙子或孙女，坐下来的时候就用手使劲捏掐她风湿的肿脚。

有一天，祖母突然躺进棺木里，被停放在她拄着拐杖骂人的堂屋中央。母亲将一块白布缠到我头上，我抬头，看到家里每一个人的头上都缠有一块白布。几乎是一夜之间，家里变得富足而热闹起来。白晃晃的大米、肥油油的猪肉，一筐筐堆放在地上。一匹匹贴着黄纸或绿纸的各色花布从高高的墙板上悬挂下来，铺满堂屋四壁。道公们穿着绚丽的长衫，戴着怪异的高帽绕着祖母唱歌跳舞。蜡烛的焰、煤油灯的焰摇曳着淡黄的光，将每个人的面孔映得明明暗暗。街坊邻居们簇拥而来，他们围站在祖母四周，一边看道公跳舞一边轻声交谈。

应该是有哭声的，可是，我在记忆里搜索不到它们。我只记得我的心被架上高空，那是一种莫名的想要飞翔的兴奋。我听从道公的召唤，和哥哥姐姐们一起，一遍又一遍跪在祖母灵牌前叩头，像玩着一场好玩的游戏。道公不召唤的时候，我就从密林一样多的大人们的腿缝间穿过，和邻家的孩子疯跑追逐，我一直笑一直笑，内心里抑制不住的快乐像不断分裂冒出的泡沫。那么多人在走动，那么多食物在烹煮，空气里挤满了人的气息和肉的气息。我是多么喜欢这样的场景，前所未有的富足和热闹，所有人的目光都汇集在这里，在我们家每个人身上。

一直到现在，每当我回想这段往事，我都会看到四岁或五岁的自己，亢奋莫名地来回奔跑，我的笑声夸张地刺向人群，招来周围大人们嫌恶的目光，母亲伸出手，用力敲打我的脑袋，她压低嗓门叱责说，不准笑，也不准跑！四岁或五岁的我捂着头，敏感地捕捉到母亲尴尬羞愧的目光飞快地扫向人群。她和乡邻们一定都想不明白，这个孤僻怯懦的孩子今天为什么一反常态的活跃张狂。我飞翔在空中的兴奋被母亲这一敲打，石头般直线坠落，沮丧和懊恼沉甸甸地压在胸口。我的眼睛伸向堂屋中央祖母的棺木，隐约觉得，这样的日子，不应该快乐。

祖母的丧礼更像是一场盛宴。八仙桌整齐地从家门前的大路旁一字排开，粉蒸肉香甜的味道弥漫整条街道。上午是女宴，女人们坐到八仙桌旁，还没有动筷，就各自在面前摊开一张绿莹莹的芭蕉叶，也不知是谁的令下，所有的筷子依次从每个盘里夹起肉，放到芭蕉叶上——这是要打包拿回家给孩子吃的。打完包，女人们轻松多了，她们吃着桌上残余的菜，聊起家里的丈夫孩子。下午是男宴，男人们一坐到八仙桌旁就开始吃起来，他们的筷子狠准地落在一块块肥肉上，他们的脸上却仍然保持谦逊有礼的神态。

祖母的子孙们不能吃肉，他们要吃素，直到把祖母送到坟地里，直到道公在一碗水里念咒施法，我们各自从头上戴着的白布里扯下一根白线，燃烧，把灰化进施有法术的水里，一口喝下——这个时间会很漫长，也许是九天，也许是半个月，也许是比半个月更长的日子。

我和弟弟站在八仙桌旁，看着那些肥肉馋得挪不开步子。我到底没忍住，偷了一片肉，和弟弟躲到没人的地方，忐忑不安地分食，我们当然不会忘记母亲的告诫，在吃素期间偷吃肉会受到祖母的惩罚。祖母在高高的天上，她能看到地上发生的一切，谁也瞒不了她。可是，我和弟弟太想吃肉了，我们已经很久很久没闻到肉的味道。

多少年后，我想起祖母，内心里仍然愧疚不安。祖母一定早就看到我和弟弟狼吞虎咽的那个下午，祖母一直没有惩罚我们，她到底还是疼爱她的孙子孙女。

我没有悲伤。我的记忆里也没有储存有悲伤。那些食物和人声淹没了我有关悲伤的记忆。

我记得小婶娘的悲伤。很多年前的那个傍晚，六堂哥躺在门板上，一张床单从他的脸上覆盖下来，他伸出床单外面的脚白净而修长。

小婶娘号哭着扑向六堂哥，她的头一次次撞向墙壁，哭喊着要去追赶六堂哥。六堂哥安静地躺在门板上，床单上大朵大朵的牡丹花，它们从六堂哥的头延绵盛开到六堂哥的腿。六堂哥的脚从花朵下伸出来，像是要随时站起来行走。

小婶娘的声音嘶哑，她瘫倒在几个妇人怀里，长长的手臂挣扎着，努力伸向六堂哥。

晚霞从山那边燃烧过来，魅一般的光影将我家坝院涂抹得热烈。六堂哥的头朝着大门，六堂哥的脚伸向大路，六堂哥每天清晨扛着包袱走出家门的时候就是这样的朝向，可是，那个傍晚，六堂哥却再也无法走回家门。

六堂哥被人抬回来的时候，我正背着书包，仰头抄写电影院旁小黑板上用白粉笔写的电影名。我念小学一年级，我还认不全小黑板上的汉字。

街坊们走过我身旁，他们对着我喊，还不快回家，你六哥不在了！

街坊们的声音从我脚下一路铺开，我踩着这些声音奔跑，像踩着一个个不真实的梦，一直到六堂哥赤裸的双脚直杵杵地向我遥遥伸来。

我远远站着，我手里捏着抄有电影名的纸片，我不知道应该拿它怎么办。六堂哥在恋爱，他关注每一场电影。每天放晚学路过电影院，我都把当天将要放映的电影名抄下来拿给他看。

我见过那个女孩子，六堂哥的女朋友，那个身材娇小的女子很不招小婶娘喜欢，六堂哥不愿意违背母亲的意愿，却也无法割舍对那个女孩子的爱，他只能在每个傍晚来临，和他心爱的女孩隔开好几个座位，像两个陌生人一样坐在露天电影院里看电影。

我很害怕，一个昨天还微笑的六堂哥就这样没了。小婶娘嘶哑的哭声撕裂满坝院的霞光，它们像碎纸片零散跌落在每个人脸上。阴冷灰暗的气息像是从六堂哥的光脚，又像是从小婶娘凌乱的头发，抑或是从比这些都更遥远的地方向我围拢而来，我突然感觉悲凉，沧桑超越年龄更早抵达我内心，我隐约看到在某一个未知的地方有一种无法抗拒的可怕力量。很多年后，父亲的离去让我再一次看到它们。

是一辆拖拉机带走了六堂哥。六堂哥卖烟丝，那种金黄色的烟丝是从贵州贩过来的。六堂哥赶每个流动的圩日，一个乡接一个乡赶下去，一周正好是一个轮回。那天，六堂哥赶的是沙里圩，回来的时候，拖拉机翻下了路坎。

除了小婶娘的悲伤，我已记不起太多的细节。六堂哥被埋葬在一棵茶油树下，坟墓潦草，他将不被纪念——因为，在桂西北乡间的认知里，没有子嗣的年轻人将从这里出发，重新投胎做人。

巫师说，六堂哥是来报恩的——前世，他欠了小婶娘的情，他与小婶娘的缘只有二十一年。报完恩六堂哥便回到花母娘娘那里去，重新化为一朵红花。花母娘娘的后花园只开两种花，红花是男孩子，黄花是女孩子，他们安静地开放，等待花母娘娘送他们去阳间，投胎成为人世间的男孩子和女孩子。

巫师的话像破译神秘时空的密码，小婶娘似乎找到了能抵达六堂哥的秘密通道。来不及流更多的泪，小婶娘就开始四处寻仙问神，她想作法让六堂哥重新回到家里来。我不知道六堂哥回来了没有。埋有六堂哥的油茶树下，荒草没膝，已然没有了坟的痕迹。这么多年过去，家里又增添了很多人。那么多侄子侄女，他们哪一个会是六堂哥呢？

小婶娘已年近八旬，她喜欢在吃过晚饭后坐到家门前和街坊邻居拉家常。没有人提起过去。过去被一个又一个翻过的白昼和黑夜层层覆盖。

某一天傍晚，一个小男孩从小婶娘身后跑过，他嘴里大声呼喊他伙伴的名字，那曾经也是六堂哥的名字。小婶娘愣了一下，突然放声大哭。她仓皇地四处寻找，大声追问，谁在喊呀？谁在喊呀？不能喊这个名字呀！我蓦然又看到小婶娘的悲伤，原来它一直在。它藏在小婶娘内心深处，被一个又一个日子覆盖，它很深很重，却又很浅很轻，只需一声呼唤就被从日子深处翻找出来。

我第一次明白悲伤，它不一定比痛更痛，却一定比痛更深更长。

三

堂姐拍打我家房门的时候，大约是凌晨四点。我打开门，堂姐的脚还没跨过门槛就冲着我吼，关机关机关机！老是关机！全家人打你手机打不通，你父亲不在了！

我站在客厅里，头顶雪白的灯光刺着我还没完全醒来的眼。我很恍惚，不知道是在梦里还是梦外。堂姐见我傻愣愣地不说话，缓了语气，说，别难过，人老了都会走的。

堂姐离开很久，我仍在恍惚。我环顾四周，在心里一点点还原堂姐到来的每一个细节。窗外漆黑，离天亮还有一段时间，我听见狗在小区里吠，声音在黑暗里似乎很寂寥很遥远。我确信，此时，我不在梦里。拿起桌上的手机，按下开机键，眼泪这才簌簌滚落下来。

我想起那一年，我也是这样关掉手机一个人跑到河南开封玩。整整七天，不与任何人联系。那时候我刚离婚，周围如潮的目光和问候让我抗拒厌恶。小时候的孤僻和敏感，在我长大后沉淀进骨子里，像隔着一堵墙，我走不近别人，别人也无法走近我，就连最亲的人也不能。

那次，回到家的时候天已很晚，我看见哥哥站在家门前，他隐在墙角阴影处，十五瓦白炽灯昏暗的光投落在他脚跟前狭小的空地上，哥哥看起来那么渺小孤独，我突然看到了自己，我和哥哥是那么相像，一样的渺小孤独。

看到我，哥哥眼睛里有火焰跳动，他咧开嘴冲着我笑了一下，竟是羞涩歉意的笑，像是一个陌生人，突然闯入了别人的领地，需要致歉和解释。哥哥说，父亲让他来找我。哥哥还说，要是今天见不到我，他们就报警。

说完这话，哥哥便找不到话了，我也找不到话，在我们沉默与沉默之间，来回翻滚许多话，许多牵挂和责备。可哥哥什么也没说。哥哥和我一样嘴拙，罗家的孩子都嘴拙，我们都继承了父母亲的羞于表达。

我跟着哥哥回家去见父亲，父亲像什么事都没发生过一样。他的平静让我几乎怀疑，他曾经那样焦虑地寻找过我。

我仍然习惯关机。电话铃声会让我焦躁莫名——我会感觉压抑，像是有谁伸出手企图将我控制。这个习惯一直保留到那个凌晨，堂姐用力拍打我的房门。

我没有见到父亲最后一面。我赶到逻楼的时候，父亲的棺木已封上红纸。我只见到堂屋中央红彤彤的棺木，它孤独地横放在道公搭起的屏帘后面。我想象父亲的面容，却怎么也想不出他躺在棺木中的样子。父亲在我脑海里仍然是一个月前我离开家时的模样。

母亲很平静。她安详地坐在角落里，看我们为父亲烧纸钱续香烛添灯油。在道公做法事的三天三夜里，在送父亲去来世的路上，他的车马钱不能断，长明灯不能灭。母亲默默地坐着，道公锣钹的喧嚣，街坊脚步的奔忙，似乎是另一个世界。

对于父亲的离开或自己的离开，在很多年前，母亲就已经做好了准备。那些寿衣寿鞋，母亲挑来选去，衣服的款式，鞋面的花样，每一种细节对比，每一种取舍都让母亲犹豫很久。母亲像挑选嫁衣，精心挑选自己和父亲的来世。

前世，今生，来世，母亲相信它们的存在，相信一个人的德行会延绵贯穿三界。今生的福是前世的德，来世的福是今生的德。母亲一生隐忍，与人为善，笃信有一个来世等着她积攒今生的德行。

姐姐说，父亲只是感冒。在老家打了几天针。她们耐心等待，以为父亲会像以前一样，烧很快退下去，感冒很快好起来。父亲的感冒却比往常顽强，像抽不掉的游丝，看似很快结束了，却总迟迟不能断根断底。姐姐说，她们没想过要告诉我，父亲和母亲也不让她们告诉我。感冒只是小病，就像人身上沾的灰尘，伸手拍拍就干净了。

我在忙。我不回家的时候，我就这样告诉父亲和母亲。父亲母亲从来不问我在忙什么，他们永远弄不懂文联是什么部门，可他们相信公家人，相信他们的女儿总有忙碌的理由。

其实我在逃避。那座名叫逻楼的小镇让我依恋又让我畏惧。那片生我养我的故土，我的亲戚藤蔓一样遍布大街小巷，他们看着我出生，看着我长大，看着我嫁人再看着我离婚，这很残酷，一个人赤裸着，无地遁逃。我不喜欢这种感觉，不喜欢一踏上故土就置身于亲人们用目光织成的网中。母亲从来不问我离婚的事，她不问原因和细节。每个节假日，她精心烹制我喜欢吃的食物，盼我归来，送我离去。母亲总是笑盈盈地，她站在车窗外，目送我一点点远离她的视线。我没有回头，我的眼睛盯着远方，却清晰地看进母亲心底，关于她女儿的终身大事，她酝酿了十几年，却一直不敢问出口。

父亲没能留下一句话。那天，父亲输着液，他的嘴无声张了张，姐姐问他话，他没应答。姐姐以为他口渴，便喂了他一些水。那些天，父亲一直很虚弱，他说话完全靠气息来完成。喂过水，父亲安静地闭上了眼睛。姐姐以为他睡着了，还帮他拉了拉盖在他身上的毯子。哥哥来换班的时候，父亲仍然闭着眼。哥哥看到输液管里的药水静止不动，叫来医生，这才知道，父亲已经不在了。

姐姐向我说起这些事时，我的思绪是飘忽的，我在想那条停止流动的输液管，父亲的生命一点点经过它，终于在无人知晓的时刻戛然而止。父亲最后想说的话到底是什么？他的灵魂是否还在附近徘徊？他会不会觉得遗憾，他没能等到他最小的女儿回来看他？

四

一个陌生男人从我身边走过，他看了我一眼，又看了我一眼，突然停下步子，问，你是罗炳回的孩子？我点头。他说，我一眼就看出来了，你长得像你父亲。

三十岁过后，我的脸庞褪去丰润，显示出岁月明晰的棱角。那些潜藏于我骨子里来自父亲的烙印，像融化的冰层，逐渐显现出它原来的模样。我越来越像父亲。我的眉眼、声音、性情，甚至某一个不经意间的动作或姿势，都能看到父亲影子一样存在。我无法藏匿，这个身材矮小脾气暴躁的男人与我有千丝万缕的关系。我看到我身上来自父亲的强大和弱小，像怜悯父亲一样，我深深地怜悯我自己。

每当我的目光无限怜爱地凝视我女儿的时候，我都会想起父亲。他的目光也曾这样停留在我身上吗？关于这个问题，如今，我已永远无从得知答案。在我的记忆里，父亲是疏离而模糊的，他不知道他孩子在学校念的是几年级，不知道孩子的考卷分数，他甚至弄不清他每一个孩子的出生年月。他像一个不合格的农夫，随手撒出一把种子，便袖手等着秋天来临。

这样的记忆一直很清晰，直到我年过三十之后。某一天，我站在岁月这头望向那头，突然怀疑起自己的记忆。我发现，我的父亲竟然一路在奔跑，他从岁月那头奔向这头，每一个身影都保持着搏斗的姿势。

我仍记得小时候的很多个夜晚，哥老一出现在我们家门前，父亲就扛着锄头和泥箕，一言不发地跟在他身后。他们踩进夜色里，淹没在夜色里。他们的前方是医院，再往前是山野。等到哥老一和父亲从黑铁一样厚沉的黑暗里走出来时，母亲已在大门前备好一盆柚叶水，好闻的柚叶味跟随水的热气弥漫在夜空里。

父亲和哥老一轮番把手浸进柚叶水里。哥老一把手在空中甩了甩，一把抹到裤子上，他跟母亲道了声谢，独自再次走进夜色里。他无儿无女。他的家在街头，那是一个油毛毡棚子，棚子里有一张床和他从各处捡来的垃圾。

父亲和哥老一去埋死孩子。医院隔三岔五会有产妇产下死胎，那些来不及开放便已凋谢的孩子便交由父亲和哥老一趁着夜色埋进山野里。

哥老一出现在我家门前的那些个夜晚，我站在屋檐下看着他们在夜色里进出。我在想那些死孩子，他们会被埋在哪里？他们会不会变成一个个鬼魂，游荡在夜空里？柚叶水是驱邪的，那些鬼魂沾在哥老一和父亲身上，飘呀飘，飘到我家门前，哥老一和父亲把手浸进柚叶水里，沾在他们身上的鬼魂纷纷滚落下来，逃回远远的山野。这些鬼魂，他们害怕柚叶。

除了埋死孩子，父亲还做过许多事，赶马车、搬运、挖沙、卖老鼠药……父亲似乎什么都能做，什么都愿做，他像是生来就有无穷的胆量和力气。

很多年后，当我拥有了自己的孩子，我站在岁月这头望向那头，我看到八张嗷嗷待哺的嘴，他们挂在父亲身上，每天张大嘴巴向父亲要吃的。那是我们，父亲的孩子，我们让父亲顾不上畏惧。

很长一段时间，父亲与我们是疏离的。他动辄发火的坏脾气让我们不敢亲近。在我的记忆里，翻找不到有关他与孩子温情脉脉的细节。父亲是强硬的。他是王，他孩子的王。过去几十年里，父亲对我们说的话，浓缩概括出来大抵是六个字：斥责、叮嘱、吩咐。父亲从来不说想或者爱。我们都不说想或爱。这些湿淋淋的柔软温暖的字眼我们从来不使用。我们把它们深埋在心里，直到它们长成岁月的一部分。

说不清从哪一天起，父亲不再斥责姐姐了，不再斥责哥哥了。像节节败退的将军，父亲的领地一寸寸被他的子女占领。有一天，我将我参加工作后的第一个月工资交到父亲手上。那一刻我是自豪的，我想，那一刻父亲也是自豪的。我们都没有想过，这一递一接，无形中竟完成了某种交接。自那以后，父亲似乎一下子变成了孩子，或是，一下子变成了老人。他会伸过手来对我说，我没有钱了，给我一点钱用。那样的时刻总让我不由得怜悯，怜悯父亲也怜悯我自己，我看到生活沉甸甸地从父亲身上压过，又从他子女身上压过，我还看到岁月蛀空了一个男人的强硬。

这个家越来越不需要父亲发言，父亲对家事的决策权在哥哥娶妻生子后迅速弱化，也不知从哪天开始，街坊邻居们有事不再找父亲，他们越过父亲找到哥哥，俨然哥哥才是一家之主。父亲无事可做，便开始坐在电视机前和他的孙子孙女们一起看电视，动画片、言情片、武打片，他不挑剔，孙子孙女们看什么，他就看什么。父亲的话越来越少，电视机和孙子孙女们的声音遮盖了他的声音。

父亲像一枚钉子长久地钉在电视机前，他的八个孩子各自装出一副忙碌的样子，似乎不这样忙碌，生活就艰难到无以为继。没有人肯停下来多看父亲一眼，更没有人愿意坐下来陪父亲说话。我们都假装看不到父亲的寂寞。

父亲心里堆积有多少无人倾听的话呢？年轻时，他不能说，因为他忙着填饱八张幼小的嘴；年老时，他不能说，因为没有人肯坐下来听他说。从年轻到年老，父亲积攒的话早就葳蕤成参天大树，或是像书房里年久无人翻阅的书，积满厚厚的灰尘。

只需打开一个小小的缺口，父亲内心里拥挤的话就会奔涌而出，只是父亲没有机会。唯独的那次还是我的一篇小说需要了解凌云县解放初的一些事，从另一种角度说，我不是倾听，我是在索取。可父亲仍然是那么欢喜，他兴致勃勃地跟我说起他十六岁跟随四舅公打游击，从祥福村打到逻楼街，又从逻楼街打到凌云县城，队伍刚刚走到半路，就听到有人说凌云县城已经解放了，他们便又转回家来。那时候是 1950 年，《凌云县志》上有记载，1950 年 1 月 5 日，凌云县城解放。

父亲说，平时，你哥姐都不喜欢听我摆这些，你喜欢听，我就摆给你听。父亲的眼睛亮晶晶的，像一个平素里不招家长疼爱的孩子，某一天终于做了一件令家长满意的事，迫不及待地向家长讨好邀功来了。

父亲的眼神让我疼痛。

五

姐姐跪在棺木旁，不断往火盆里投纸钱。说起父亲，她眼睛潮湿，迅速低下头，停止说话。

姐姐的话题很残忍，她挑起一个让人疼痛让人负罪的假设——假设尽快把父亲送到县城就医，父亲会不会还活着？

我不敢顺着姐姐的思路往下延伸，我害怕推想出那个令人心碎的结论。我有很深的负罪感。

火盆里的焰伸出长舌，迅速卷走纸钱，迅速变成灰烬。弟弟双手平放在膝上，低头盯着火盆发呆。弟弟形容憔悴，他刚刚从道公的法事上下来，他已经三天三夜没睡觉了。裹在白色孝衣里的弟弟清瘦得让人怜爱。这个家里最小的孩子，父母亲最疼的孩子，他比我们多吃了母亲几年的奶水，比我们得到父亲更多的呵护。父亲走的这天，他在想什么呢？我抬头看哥哥，他端着父亲的灵牌，跟在道公身后，对着父亲鞠躬。这个家的长子，我唯一的哥哥，我犹记得小时候受他欺负的点点滴滴，那些孩提时代的哭声和笑声，什么时候他已代替父亲成为这个家的依靠？

道公一成不变的舞步似乎从很多年前祖母的丧礼一路不停歇地舞过来，他们领走了祖母，领走了六堂哥、小叔叔、四伯、姑妈，现在，又来领走父亲。在那个遥远的未知地方，父亲会与他的亲人们相遇吗？

锣钹声声中，父亲的车马走到哪儿了？马蹄疾疾，父亲可曾回头看我们？坐在角落里沉默的他的妻，他在她十一岁时遇上她爱上她。他耐心等她长到十六岁，长到十八岁，长到她成了他的妻。他们一起走过五十几年，他会不会记挂她，放不下她？

凌晨五点，是送父亲去墓地的时辰。桂西北的壮族，迎娶的吉辰在凌晨，送葬的吉辰也在凌晨。凌晨是一个干净的时辰，那时候天地安静，虫不鸣，鸦不叫，离黑暗越来越远，离光明越来越近。

哥哥走在队伍前头，他端着父亲的灵牌，一路沉默。父亲跟在我们身后，他睡在棺木里，他知道他长眠的地方。那地方是他和母亲共同挑选的。

火把沿着山路曲曲折折，香的红光在黑暗里明明灭灭，鞭炮阵阵，纸钱飘洒，这是父亲在人世间的最后一程。我跟在姐姐身后，我们的周围，白色孝巾在晃动，我的思绪一会儿飘得很远，一会儿飘得很近。黑暗里，父亲的笑，依然那么近，那么暖。我的眼泪抑制不住滚落下来。

在半山腰，在远远能看到父亲墓地的地方，道公让送葬的女人们停下来。她们不能到墓地去。她们得立刻返家，并且，头也不许回。

我跪在路旁，等着父亲从我身边走过。我把手里的香插在路边，让它的光继续为父亲照亮。天色微亮，我能看清眼前的路，它们从宽阔的街道拐过来，逐渐变小、变弯，它们往山的方向蜿蜒，经过我家的地，经过小婶娘家的地，经过邻居家的地，再往上攀过一道长满荒草的小陡坡就到了父亲的墓地。

我的方向与父亲相反，我愈走，离父亲愈远。

我没有回头。所有老祖宗留下来的规矩，在父亲走的这天都变得郑重其事。在口口相传了几千年的告诫里，我们不能回头，因为父亲会因为我们回头而恋家。父亲会不舍，会徘徊不前。父亲不能滞留，他的魂魄得心无旁骛地一直奔向他应该去的地方。

父亲不能恋家，那个有他妻儿的尘世间的家，他再也不能恋了。

六

正如白天与黑夜总有衔接之处，乡人都相信总有一个途径能通往阳间和阴间。巫师是阳间唯一能骑着木马前往阴间的人，而阴间的魂魄也能依托梦回到阳间。

曾经有一段时间，父亲频频来找我，在梦里。他从门外走进来，走过我身边，转身又走出门外去。像是偶尔路过，顺便进来看看。

有一次，父亲走进来，他伸手在枕头边摸索。我说，爸，你在找什么呢？父亲说，我的手电筒呢？父亲离不开手电筒。我们小的时候，父亲用手电筒为我们起夜照明。我们闭眼躺在黑暗里喊，爸，我要拉尿。父亲从枕头边摸出手电筒，啪地推开按钮，光的柱便长长地伸出来，落在黑暗里。我们跟着光找到厕所，又跟着光爬回床上，父亲才又啪地关上手电筒。我们长大后，手电筒仍然跟着父亲。父亲用它起夜，翻找东西。在夜里，父亲不喜欢使用除手电筒之外的光源，我一直没问他为什么。

每一次梦到父亲，我都会打电话给母亲，让她在神台前烧纸钱给父亲。母亲照做了。母亲后来对我说，她烧纸钱给父亲的时候对父亲说，你小女儿给你送钱来了，送很多很多的钱，足够你用了。以后，别再去打扰你小女儿了。

母亲的话让我难过，我不是怕父亲打扰我，我是担心父亲在那边过得不好。我对母亲笑笑，没作任何解释。

从什么时候开始，父母与孩子之间用上了“打扰”这么生分的字眼？我们已经疏远到需要客气起来了吗？那么，我们是父母的客人还是父母是我们的客人？

母亲愈来愈小心翼翼，在与她孩子说话时，她的语气不再坚持，目光不再坚定。她像柔弱敏感的蜗牛，试探、犹豫地伸出自己的触角，然后等着观察她孩子的脸色。这个她花大半辈子经营的家似乎不再是她的家了，那群她怀胎十月含辛茹苦拉扯大的孩子似乎也不再是她的孩子。她更像是一个寄住在别人家需要别人施舍看别人脸色行事的风烛残年的老人。

前些日子，母亲病了，肺结核，劳累过度所致。确诊那天，哥哥姐姐对她一阵狠批，责备她不听话，不懂爱惜自己。母亲种玉米种菜，还喂养一群鸡，我们让她放弃，家门前就是市场，这些东西都能花钱买到。母亲嘴里答应，背地里却仍然我行我素，受批评的母亲垂着头一句话也不说，像做错事的孩子。

第二天，母亲搬到楼顶，说要自己开饭，说害怕把病传染给我们。母亲说话的时候极力避开我们的眼，我却看到她眼睛里的悲凉，那是一种被抛弃的凄惶，孤独无助。

母亲在指责里听出了什么？疏离？厌恶？嫌弃？母亲越来越不自信，她大半辈子的生活经验似乎越来越不够用，这个世界变化太快，孩子们的生活方式、处世观点与她认知里的是如此不同，她迷茫并怀疑自己，她不知道该坚持自己还是坚持孩子们。

我记得那一年，我站在凌云城嘈杂的街头给母亲打电话，告诉她我离婚的事。母亲在电话里惊讶得老半天说不出话。那个她喜欢的嘴巧有礼的女婿，转眼间就与她没关系了，而这之前，她的女儿半点暗示都没有给她作思想铺垫。

母亲握着话筒沉默，良久，她长长地叹了一口气。我心里快速闪过电话那头母亲的难过，她的心一定疼痛得说不出话来。

我也痛，只不过，疼痛传递的速度更为缓慢。几乎是在我三十岁之后，痛的感觉才开始像浪潮，一波波向我袭来，让我愧疚。我没跟母亲说对不起。对于最亲的人，我已经丧失使用语言去表达情感的能力，那些从心里爬出来的话，我一句也说不出口。我只是变得越来越柔软，越来越包容，对于父亲或母亲，我再也舍不得说出任何一句生硬的话，甚至做出一个不满的表情。

七

我害怕看到豁口，那些时间的黑洞，在我们奔跑的路上，某一个亲人突然跌倒。

二姐打来电话。她在电话里哭泣。二姐说，我得的是癌。我愣了一下，怀疑自己的耳朵。二姐又重复了一遍，我得的是癌。我浑身冰凉，开始听不见声音，二姐的声音和我自己的声音。我不知道话筒里我说了什么，二姐又说了什么，所有的语言所有的思绪突然凌乱，也不知道最后是怎么挂的电话。

那时候，我正坐在办公室里准备一个活动方案。窗外是春天，阳光明媚得能从人的心里滴出暖意来。我好一阵子恍惚，电脑屏幕里的字糊成一团，再也无法继续。站起来，走到窗前，二姐的哭泣声仍在耳畔。我看见树的新绿，娇嫩地缀满枝头。春天是万物复苏的季节，可我的二姐却遇上了她人生中的大劫。

年前，二姐说不舒服，大便不畅，疑是肠炎。去了县医院又去了市医院，结果却说是直肠癌。我们都不信。二姐少有病痛，从小到大身体就比其他姐妹强壮。她不抽烟不喝酒，没有任何不良嗜好。这么好的人，怎么可能会被癌找上？

我们都希望能像烂俗的电视剧情节，二姐只是误诊，是某一个糊涂的医生或某一台老朽的仪器误断的结果。像做一场噩梦，睁开眼，一切又回到原来。二姐也从绝望里，背负星光一样弱的希望，辗转两个更权威的医院。南宁，广州，仍然是癌。二姐彻底崩溃了。她拒绝治疗，她不想挣扎，她要从这里倒下，直接跌进黑洞里。

我第一次知道原来二姐这么脆弱。可之前，她和父亲一样，是家里最坚强的人。在过去漫长的贫困里，二姐像一个无所畏惧的战士，和父亲共同站成家里阻挡风雨的墙——母亲柔弱，大姐多病，父亲不得不独自面对生活的艰辛。你知道生活的，很多时候，我们需要面对的并不仅仅是贫穷本身。

好在有二姐。

在我记忆里，二姐如同父亲，同样的疏离坚硬，可我们都依赖她，就像依赖父亲一样。

很多年前的那个圩日，父亲的摊位被一个城里人霸占。那是一个用木板钉成的架子，父亲用它摆卖老鼠药已经很多年了。那天早上，我走过街头，看到一群人围站在一起。我挤进去，看到父亲与一个男人对峙。男人年轻、高大，带着城里人藐视一切的霸道。矮小的父亲站在他面前，显示出明显的劣势。我的心怦怦狂跳，我看着父亲怒气冲冲的脸，看到了父亲内心的苍白无助，我还看到生活呈给我们全家人的所有卑微，它暴露在狼藉一地的木板架子里，暴露在围观人兴奋莫名的脸上。

我隐在人群中不敢出声，我害怕这样的场面。我是父亲的孩子，我想我应该站出来。可我不敢。我身体里有一千只手在拼命拽我，我迈不出脚步。那一刻，我希望我是隐形人。我多么害怕父亲看过来，要是他看到自己的女儿站在人群里围观自己，那该是怎样的悲哀？

二姐挤进人群里，她手里提着一把斧头。那是家里劈柴用的，父亲每晚都把它磨得锃亮。二姐一言不发地走到那男人面前，一言不发地盯着他看。事隔多年，我已忆不起那个男人最后是怎么离开的。我只记得二姐的眼睛，阴郁、执着、凶狠，完全不是一双少女的眼。

我曾无数次设想我猝然处在生命尽头时会是怎么样的心情，每一次都让我恐慌不已。我的人生还有很多不舍，那么多梦想还没来得及实现。我不明白二姐，她有丈夫、孩子，还有母亲和众多兄弟姐妹。这世上有那么多让人无法割舍的事物和梦想，况且二姐还如此年轻。

从医院回来，二姐便沉默了。她变得倔强而尖锐，——那是一种刻薄的尖锐。像是一瞬间长出浑身的刺，又像是隔着辽阔的河，二姐将自己推离，使我们无法接近。

我远远看见二姐，她从很多年前向我走来。那是我考上师范学校的那一年。二姐送我。我们辗转几次车，穿过车水马龙的百色城，二姐把我送到学校，帮我注册，为我整理床铺。二姐说，好了，妹，我走了哦。二姐回头看见我泪眼汪汪，笑了笑，说，别担心，慢慢就习惯了。那一年我十四岁，第一次离开家，二姐知道我的忐忑。

我站在宿舍门前目送二姐，心里满是惶恐和依恋。二姐下到楼底，回头看了看我，走到楼的拐弯处，又回头看了看我。

我不知道二姐是什么时候开始变得温润的，她眼睛里母性的味道越来越浓，我是如此地依恋这种味道。在我们家里，在我们长大之后，这种味道越来越浓郁，像磁场，我们紧紧相依。

我们都不愿意放手，就算是悬在崖边一根最细小的藤，我们也要二姐死死抓住不放。

那段时间，我特别害怕接到家里的电话，有关二姐的每一个消息都让人焦虑。她的抗拒让我们无措。还有母亲，她知道什么是癌，她唯一的亲弟弟，我的舅舅半年前刚刚因癌去世。现在她女儿病了，她心里该是怎样的恐慌呢。母亲却出乎意料地平静，她举了发生在逻楼街的无数个例子，证明癌的稀松平常。然后，拿起鸡蛋和香烛，出门去找巫师烧胎。巫师念着二姐的名字，把鸡蛋放在火边，鸡蛋"嘭"地爆开，巫师根据鸡蛋裂痕就知道二姐冒犯了哪路鬼神。

当然稀松平常了。我们小的时候，只要得了什么奇怪的病，母亲就去烧胎。母亲相信，法力高强的巫师一定能烧好二姐的病。

二姐蜷缩在角落里阴沉着脸沉默不语。她似乎被蛀空了，空的眼神，空的思绪，空的身体——只不过几天时间，二姐便憔悴消瘦得没了人形。我们对着二姐，像是对着空气说话，我们的话穿过二姐身体，撞到墙上，又原封不动地弹回我们耳边。

一直到二姐的两个孩子回来。两个大孩子，一个高中生，一个大学生，长得都比二姐高大。他们一左一右抱着二姐，像他们妈妈一样，一句话也不说。他们只是流泪，流很多很多泪。他们的泪烘软了二姐，二姐也流泪，流很多很多泪。

二姐又挣扎起来，去广州做手术。她醒来的时候，看到我们围在病床边，便咧开嘴，努力笑了笑。二姐很虚弱，豆大的汗水不断从她额上、脸上、脖上冒出来。我和五姐拿着毛巾不停为她擦汗。二姐心里似乎压有很多很多话，她急着要把它们全都说出来。但她没有力气说完一句完整的话，便把一句话分成几截，续续停停地说给我们听。她说，医生告诉她，手术很成功。医生还说，她的癌是早期。

二姐诉说着，她很吃力，汗水更快地往下淌。避开二姐的视线，五姐偷偷抹了泪。从知道二姐患癌那天起，五姐抹了好几次泪。我心里酸酸的，连忙把头扭向窗外，夏天的阳光正穿过窗台，亮灿灿地铺了一地。泪眼蒙眬中，我又看到那根悬在崖边的细小的藤，二姐正死死抓住它努力往上爬。

晚上，我给母亲打了一个电话，向她报平安。母亲的声音远远地从话筒里传来，我能听到她的心从很高很高的地方掉下来。

母亲已从楼上搬下来了，她在电话里向我描述小侄子争抢她熬的骨头粥的情景。哥哥到底没有嫌弃她，他让他最疼爱的儿子和母亲一起，吃母亲熬的骨头粥。母亲有些得意。

我在电话里叮嘱母亲诸多事项，注意什么，不能做什么，应该做什么。母亲一一应答，像个孩子。

（《广西文学》2015 年第 9 期）

乡村系列

陶丽群

老宅和老屋

父亲死活不肯拆掉老屋，两间红砖瓦房，矮巴巴缩在新起的楼房影子里，极像一个有自知之明的人，在光鲜的岁月面前缩起自己已经沧桑的面目。绝大部分时候阳光是照不到这两间屋子的，只有在夕阳斜下时，从楼房和邻居家屋墙构成的缝隙里漏进一线光辉，打在年久失修而变得疏朗的瓦片上。当瓦片上的余晖散去时，夜幕便来临了。它们成了白天走进夜晚的最后一层台阶。它们在新房的背面，墙脚陈旧，被雨水蚀脱一层外皮，露出铁锈色的砖心，窗户的木条边框也脱落了。父亲刨平几块木板，用黄漆刷了钉在窗户上。黄油漆不是鲜亮的嫩黄色，而是有些旧感的橘黄色，看起来暖洋洋的，陈旧的屋子便有几只眉目温暖的眼睛。

父亲喜欢在这两间屋子里待着。两间连在一起的房间，他从这间转到那间，有时候从这间屋里拿一把不知道他要派什么用场的螺丝批进隔壁的房间，出来时手里拿的却是一把刃口生锈的刨刀。他还把家里不打算再用的旧饭桌和几把椅子搬进其中一间比较干爽的屋子里，有老头来串门，多半都在老屋里闲聊。旧屋，旧家什，一把岁数的老人，叙旧事，空气中弥漫旧家什散发出微凉的略带些霉味的气息，屋顶上疏朗的瓦片缝隙漏下斑驳的光斑，打在陈旧的石灰地板上，给人一种恍惚而迷离的感觉。父亲把老屋房门的钥匙挂在新宅后门，一根钉子钉进新房雪白的墙壁里，吊着两把用蓝色细尼龙绳拴住的铜钥匙。除了父亲，家里极少有人碰这两把钥匙。有时候新房里需要一件什么东西而找不见，母亲就会叫父亲到那两间老屋去找。父亲从门背后的墙壁上摘下钥匙，出门后走下四级台阶，走下天井，绕过新房一角，来到新房背面。父亲一边走一边用拇指和食指捻着其中一把铜钥匙，他步履沉缓，面色安详，仿佛走向某个正等着他的至交。

曾经有很长一段时间，我和家里其他人一样，内心里有种抗拒情绪使我拒绝走进这两间略微散发霉味的老屋。一年回家一两次，我只会从新房的后门走下四级台阶，走下天井，在天井一角逗弄一下种在一口大水缸里的三角梅。有一年村里来收冬菜的老板遗弃一条通身白毛的生了病的宠物狗，母亲把它带回家，精心喂养半个月后，居然又活蹦乱跳了。它总是喜欢趴在茂密妍丽的三角梅下睡觉，让玫红色的三角梅落在它雪白的身上。我打量三角梅，打量三角梅下那只叫曼妮的宠物狗，但我不会绕过新房的一角走到新房的背面。

我固执地想把一些陈年往事从记忆里抹掉，像年轻时厌倦并且想方设法回避的母亲的唠叨。当我过了三十岁之后，我终于对时间摇摇头，我无可奈何。我开始害怕记不住某个亲戚的面孔，遗忘一些过去的旧事，喜欢盯着家里某个角落的一件什么东西，回想关于这件东西的细碎片段。我变得急迫地需要回忆，我害怕生命中某一段岁月变得无迹可寻。

我的记忆不得不绕过新房一角，走到新房的背面。这两间房，从我记事起一直到我离家工作，十八年，我记忆的脚步无法绕过它。

我闭上眼睛，一种湿漉漉的潮湿气息朝我逼过来。

我记得那些阴雨天。这两间老屋直到现在没被拆掉，是因为我们家还有一座黄土坯瓦房，那才是我们家真正的宅基地，老宅面积上百平方米。家里现在的新楼就是在老宅的原址上建起来的。那两间屋子，因为用不到它的地皮，并且被父亲固执地护着，因此幸存下来。从我记事起，我从没在老宅居住过。母亲的兄弟姐妹并不多，两姐妹，母亲招婿上门，姑姑嫁在邻村。宽敞的老宅似乎理所当然成为我们家的了，然而我记忆中的老宅屋门对我始终是关闭的。我记得前门那两扇木门，极少贴门神和对联，长年落锁。老宅门前的屋檐下常常在梅雨季节长满墨绿的苔藓。雨天过后，出一两日太阳，那些墨绿的苔藓就风干了，一块一块的卷曲着毛边。邻居家的猫喜欢拿两只前爪去扒那些风干了的苔藓，老宅门前那块院子因此像极一个患了牛皮癣的人。外婆跟随外公住到单位去了，老宅其实一直是一座空宅，他们极少回来住。稍微懂事之后，我便知道这不是老宅空着的原因。

老宅和邻居家屋墙之间的那条通道，是通往两间老屋的唯一路径。在农村这条通道通常是拦起来当牛栏用或当杂物房的，那两间老屋，则相当于伙房。一般人家进了老宅，然后出后门进到伙房。我们家老宅在很长一段岁月里把我们拒之门外，我和父母以及弟弟只能通过那条通道走进两间老屋。那条通道终年阴暗，只有在午后日头当空时，才从老宅和邻居屋墙构成的缝隙中漏下一线光亮。从老宅门前经过，拐进通道，走到通道尽头，地势就偏低了，等于下一层台阶才到老屋门口。农村有种习惯，伙房的地势不能高于老宅，老宅是主，伙房属从。尽管这两间老屋我们全家都当作老宅一样居住，但它实际上只属于伙房。

我记得那些雨季，那些谩骂，那些哭泣。雨水顺着老宅的瓦槽像雨帘一样垂落到老屋跟前，很快就漫过母亲为排水而挖的一条排水沟，朝地势本就比老宅偏低的两间老屋逼过来。母亲指挥我和弟弟，找来木板和塑料布，拦在两间老屋的门口。我和弟弟每人守着一间老屋的屋门，蹲在屋里，两只手紧紧稳住木板。母亲戴一顶斗笠在两间老屋之间来回穿梭，查看塑料布是否严密堵住木板和墙壁之间的合缝。那些打在屋门前的雨水，溅起粉末似的雨雾扑在我和弟弟脸上，很快我和弟弟的脸上便蒙着一层水雾，然后又变成水珠，朝下巴滚落下来，滴在我们的膝盖上。几乎每一场大雨，老屋门前都重复这幕荒唐的场景。大雨过后，两间老屋算是保住了，母亲和我们全身湿透，而体弱的弟弟往往又迎来一场肺炎。母亲抱着发烧的弟弟，开始谩骂起来，从下雨的老天到蹲在墙角抽烟的父亲，然后是老宅没有人情味的歹毒的瓦槽。骂着骂着母亲就开始哭了，母亲的哭泣中不再有谩骂时的怒火，有种雨水一样冰凉的悲伤。

后来父亲在两间老屋里的门槛下各凿开一条巴掌大的水槽，沿着屋内的墙壁走，然后在后墙角开一个拳头大的洞口，把屋里的水排到屋后的水塘里。每次下大雨，老宅瓦槽里的水流到老屋门前的排水沟，直接灌进两间老屋门里，顺着门槛流进父亲挖开的水槽。一条小水沟沿着墙壁流向后墙的小洞口，排到屋外去了。只是我和弟弟仍没闲着，母亲给我们每人一把扫把，把溢出水槽的雨水及时扫到墙角的洞口去。我们避免一身雨水，却把两间老屋的地板扫得到处是水。每年梅雨季节，我们的老屋地板有时候十多天都是湿漉漉的，蚊帐，被子，挂在衣杆上的衣物，摸起来有一股令人生厌的潮乎乎的感觉。雨比较小的时候，我和弟弟不必再拿扫把守在水槽边了。我静静站在老屋里，看屋内那条缓缓流淌雨水的水槽，感觉它像我身上的一条血管，流着冰凉透骨的血液。

母亲过了四十岁后，她会捶着身上某一处突然疼痛起来的地方，然后说，要下雨了。我知道，是两间老屋里的潮湿变成水汽浸入她的骨头里了，引发一种叫风湿的疾病。我摸摸我的膝盖骨，不知道这种疾病离我还有多远。

我们家因为这两间室内可以流水的不体面的老屋，以及走向老屋那条令人难堪的通道，我极少有伙伴来家里串门。在我的印象中，除了姜老头走进那条通道来家里和父亲喝过几次酒，父亲再也没有其他朋友了。姜老头和父亲一样，是来下洼村上门的。比父亲大不止十岁。他不像父亲那样在下洼村隐忍度日。姜老头是个杀猪佬，他家伙房的一面墙壁上挂一排大小不一、长短各异的杀猪刀，有的用来专门剔骨头，有的用来褪猪毛，有的拿来砍筒骨。他常常在家门口的磨刀石上赤膊嚯嚯磨刀，一把又一把，磨刀的动作带出一股令人心紧的气流。我记得他家里还养一只很凶的狗，那狗常常像雕塑一样蹲坐在姜老头的门前。它非常聪明，来往路过姜老头家门口的村人，那狗会满脸不屑一声不吭看着你。只要行人稍微偏离它认为正常的行路，靠近姜老头家门口，它脖子上的毛立刻竖起来，鼻子发出一声悠长的哼声，给路人一种客气的警告。现在想一想，其实姜老头也和父亲一样，在下洼村是孤寂而充满戒备的。他有那么多的刀子，还养一只凶恶的看家狗，他坐在家门口嚯嚯磨刀，更像是自己给自己壮胆的姿态。尽管他家有宽敞的老宅，而心里，未必真有一个令他踏实的家。

渐渐长大后，我慢慢明白老宅把我们拒之门外的原因。父亲并不是一个令外公外婆满意的女婿。他从山区来到有大片平坦而肥沃土地的下洼村上门，外公外婆觉得他是使了一种见不得人的手段，理由是父母结婚九个月我便出生了，而在那个年月未婚先孕很伤风败俗。父亲因此在他们眼里是一个不地道的有心计的山里人。外婆于是把老宅一锁，随在果菜公司当会计的外公生活去了。据母亲说，20 世纪 80 年代初，能用火砖起房子非常了不起。父亲到砖瓦厂打了两年工，挣回两间火砖瓦房，也就是我们的老屋。母亲说她曾经为两间火砖瓦房自豪过好几年。是哪几年我不记得了，也许我还小。我小时候记忆中的母亲是个被两间老屋里的流水沟，老屋后墙根常常钻进老鼠的排水洞口，通往老屋的那条通道缠磨得脾气暴躁的女人。

我记得老屋屋檐下搭建的鸡笼，它在我睡觉的那间屋子的窗户下。我讨厌那个鸡笼，它使我的房间常常飘荡一股鸡屎的味道。

我曾经跟母亲哭闹，叫母亲把鸡笼搬到她和父亲以及弟弟睡的那间老屋窗户下，但母亲不肯，因为弟弟怕鸡。弟弟因此常常为他的胆小付出代价，母亲不在家时，总少不了被我捉弄哭几回。他缩在门背后，瘦小的身子紧紧靠在墙角里，脸上像害了肺炎发烧时那样通红，挂着泪水，嘴巴大张，却哭不出来。很多年以后，我想起弟弟哭时的模样，会莫名其妙地想到长年紧锁的老宅和那条通往两间老屋的阴暗通道，它们像一根刺一样，嵌在我身上的某一个地方，我感觉到疼，却无法自拔。

老宅也有打开的时候。每年有那么几次，外公不知道出于什么想法，会回来在老宅里待上一时半会。也许他只是想回来开一开老宅大门那把生锈的锁头，免得锈住了，再也打不开。也许只是回来找某一件东西，我不得而知。我记得他湖水蓝的短袖上衣插在黑色的裤腰里，二十八寸的凤凰牌自行车停在老宅门口的屋檐下，后座上缠绕一根黑色的胶绳。有时候他的自行车后座上会绑一个不知道装什么东西的蛇皮袋子。小时候那几年，老宅开门时，我会倚在老宅门框上往屋里看。我看见神堂，神堂之下是一张落满灰尘的圆饭桌，几把靠背椅子，黄泥夯实的地板上积的灰尘能清晰看见老鼠的细碎凌乱的脚印。我还听见蛀虫啃噬木头的声音，类似于打开一扇木门时门边和门框摩擦的声音，迟缓，涩滞，但韧性十足。我看不见蛀虫，但我知道它们在高高的房梁上，在檩子里，甚至在我依偎的门框中。那么多蛀虫的声音充斥在空旷的老宅里，我不进去，我怕那些被虫蛀空的房梁檩子。我靠在门边，一股泛着霉气的冰凉气息朝我扑面而来，我忍不住打了个寒战。后来我想，那宅子，肯定装着某种神秘的东西，才散发出那样冷冰冰的气息来。我们居住的两间火砖瓦房，常常闷热得令人难以入睡，瘦弱胆小的弟弟每年夏季总是被捂得身上长满热痱子。

我偎在门框上，小心翼翼呼吸，我害怕空旷的老宅里有什么东西被我惊动了。外公从老宅某个房间里走出来。老宅是昏暗的、冰凉的，外公高高的个子嵌在这样的背景里，让我有种想拔腿就跑的念头。然而我还是坚持站住了，我紧紧捉着门框，脸贴在门板上。外公看见我，他在饭桌边的靠背椅子上坐下了。他朝我招招手，我依旧靠在门边。外公最后叹了口气，从靠背椅上站起，朝我走来，向我摊开他的手掌。他的掌心里躺着几颗水果糖，包糖的纸是绿色的。两分钱一颗的水果糖。我盯住那几颗糖，两只手依旧捉着门框。他把糖果塞进我的上衣口袋里，然后把我从门边拉开，锁好老宅。老宅又恢复以往的空寂了。

我记得上小学四年级第一学期时，有一次放晚学回来，我又看见老宅门打开了，外公二十八寸的凤凰牌自行车依旧停在老宅门口。老远看见老宅门前那辆自行车时，我放慢了脚步，慢慢走近老宅，到老宅屋门口，我看见外公坐在神堂前的饭桌边，正朝门口张望。我牵着刚上一年级的弟弟，站在老宅门外迟疑一下，然后扯着弟弟飞快地跑了。我看见外公脸上有种被烫着的惊吓的表情，就在我们拔腿跑的那一刻，外公从椅子上站起来，慌慌张张跑出老宅门。我和弟弟在拐进通道的一瞬间停了下来，看见外公站在老宅门外朝我们张望。他的前半身往前微微倾斜，一种盼望或者等待的姿态。那是四月份的一个傍晚。我记得那天下点小雨，天空一整天是灰的，天还冷。外公站在陈旧的老宅前，灰暗的天色映衬着外公黯淡的脸，使他看上去有种颓败感。我站在那条已经黑下来的通道口，朝外公翻一个白眼，然后扯着弟弟走进通道里了。通道里湿滑和阴暗，我们小心翼翼走着，其实也就一小段，十多米。出了通道口，拐过老宅一个角，就到那两间老屋了。我站在这端通道口的亮处，朝那端看，外公也站在通道口，朝我和弟弟看，我们之间隔着一条湿冷阴暗的通道，谁都不打算穿过那条通道走向对方。

后来我一直想不明白，到底为什么朝他翻白眼，又为什么在老宅门口迟疑不前，在通道口又停下来朝他张望。也许只是因为上课不小心打个盹被老师罚站而懊恼，也许是因为课后的作业实在太多而生气，我记不得了。我却清楚记得我和外公相遇的那个下午。那个阴冷的四月傍晚，老宅一定在我和外公之间施展了某种神秘的魔力。

90 年代初期，农村流行一种房子，叫“千房”。其实就是红砖瓦房，造价要千元以上。那时候能起千房的都是家底厚实的人家。我们的两间红砖瓦房，充其量就是两间伙房，虽然我们在 80 年代中期就住上了，但并不上得台面。况且，我们的两间红砖瓦房还隐匿在黄土坯老宅后面。村里人陆续扒掉黄土坯房，盖上千房。到了 90 年代末期，黄土坯房在村里已经很少见了。我们家的黄土坯老宅就是其中之一，不仅陈旧，且破败，夹在左邻右舍的千房中间被不少村人耻笑。我们的两间红砖瓦房也在我和弟弟日渐长大中显得逼仄和拥挤，我再也不能独自占用一间了。母亲在我的床上搭一个床架，变成有上下铺的架子床，搬过来和我一起住，我睡上铺，她在下铺。每年到收割季节，两间屋子简直连下脚的地方都没有。三面墙壁沿墙根到屋梁，码着装满谷子的蛇皮袋子。

那些夜晚拥挤、闷热，我和母亲在架子床上辗转难眠。看谷子的猫在我旁边的谷袋上扯着令人烦躁的呼噜。下半夜后，空气开始有些凉意了，睡意渐渐袭来，迷迷糊糊中我听见近在咫尺的空旷老宅里传来老鼠上蹿下跳的声音。我想象它们平时在老宅里自由奔跑的模样，突然无比憎恨久不久停在老宅门口的那辆凤凰牌二十八寸自行车。后来有很多次，老远看见那辆自行车时，我便倏地闪进某条小巷里，绕一个弯，从相反的方向靠近回两间老屋的通道，然后急匆匆钻进通道里。我发现有些细嫩的东西在我幼小的心灵里滋生，只是一时的情绪，还是一种长久的情感，我无法明辨。

在两间老屋里睡两年架子床后，我上了初中，住宿在学校。十二个人一间宿舍，六张架子床。早到的同学占据所有的下铺，剩下六张上架床，那些睡上架的女同学愁眉苦脸起来。她们没见过这样的床，更害怕摇摇晃晃的架子床，担心一不小心就摔下来了。我把铺盖甩到架子床上，敏捷地爬上去，然后在吱嘎作响不断摇晃的架子床上铺床。几个睡上架的女同学目瞪口呆。我对她们说，我小时候爱爬树……我帮所有上架的女同学铺好床放好箱子袋子，一翻身就嘎吱作响的架子床，睡得恍恍惚惚的时候，我感觉自己依旧在那两间老屋里，拥挤、潮湿、闷热，总是令人做些杂乱斑驳的噩梦。

其实我对老屋只是有些埋怨，并没有怨恨。父亲在老屋和老宅之间的那条过道铺上了石灰，母亲不让父亲把石灰铺到老宅的墙根，可父亲说那样不好看，而且老宅的土坯墙根也开始剥落了，铺上石灰还可以护墙基。我们的老屋后面还有一口池塘，并不大，大概有三分地的面积。它原来是一块稻田，属于村里一户人家的，后来那户人家主动来找我们家换地，说挨我们家近，种菜种稻都方便照管。父亲答应了，用一块良田换来屋后这块到了收获季节就闹鼠灾的稻田。换地后我们没种菜和稻子，父亲和母亲用整整一个冬天时间把那三分地挖深成为一口池塘，然后蓄水栽满莲藕。每年夏季，清淡的荷香从屋后流淌进我们的两间老屋里，还有池塘里的一片蛙鸣虫叫。我记得那些夏季的夜晚，吃过晚饭，我们搬出竹椅坐在母亲打扫得干干净净的狭长过道下乘凉，明亮柔和的月光水银般从老宅和老屋的隔缝间泻下来，抬头可以看见细长而幽深的一缝夜空缀着几颗闪烁的星子。母亲把屋檐下的电灯关掉，我们一家四口，还有窗下的一笼鸡就沐浴在清明的月光里。有些夜晚我们就着月光吃母亲傍晚刚从地里摘回来的香瓜或西瓜，有时候是几个拳头大的红彤彤的西红柿，狭长的通道里溢满瓜果的清香。隔着老宅的村巷里传来小孩奔跑打闹的声音，村人们一般都是坐在家门前宽敞的院子里歇凉，而我们的院子则是一道狭长的通道。弟弟胆小，母亲晚上极少让我们走出黑暗的通道出去和其他孩子玩，怕我们被欺负。那些夜晚，我们一家守着小小一片天井，度过一个又一个夏天，卑微，清淡，宁静。母亲和父亲有时候商量冬天要种的冬菜品种，暑假过后我和弟弟的学费问题。我读小学时，学校对欠费的学生张榜公告，某年级某学生，红纸黑字贴在黑板报上，注明限时缴费日期。那些榜上有名的学生经过黑板报面前，像个犯了错误的学生一样，埋下一头的羞涩和难堪。我和弟弟的名字也曾经上过榜，那些日子，在我幼小的心灵里留下极深的印记，和每次走进那条回老屋的通道一样，满满的羞耻感填满每一个脚印子。一说到我们的学费，我和弟弟就安静下来，想知道父母对我们新学期的学费怎么打算，直到母亲说要卖掉池塘里养的鸭子给我们凑学费，我们才暗暗松一口气。夜深后闷热散去了，空气凉爽下来，我们也乏了，母亲于是招呼我们去睡觉。我把椅子搬进屋里，在关上屋门时，一眼撞上屋门斜对面的老宅后门。那是两扇灰色木门，隐在月光照耀不到的黑黢黢的屋檐下，门缝严密，门板坚固厚实，在黑暗中透出冷冰冰的质感。站在那两扇木门面前，你会有种被拒千里之外的受伤的感觉。好多个夜晚，我在关门的瞬间不经意看见黑暗中那两扇紧闭的木门，总会忍不住打个激灵，仿佛突然被一只冰凉的手扣住了手腕。假如它是一个人的话，那是一个朝老屋，朝我们板着面孔的神情冷漠的人。

1994 年，外公从单位退休回家。我本来以为从此不再需要走那条通道回老屋了。但外公并没有打算回老宅居住。他和外婆到离村庄三公里的一片荒坡去开荒了，在那里起了两间红砖瓦房，种植一片大约六十亩的芒果林。老宅于是继续空着，对我们紧闭门窗，我们一家四口依旧通过那条阴暗通道回家。不同的是老宅开门的次数多了起来。隔几天外公或外婆就会从那片芒果林回到老宅，打开屋门，在里面不知道忙些什么。那时我已经上初中了，每周六回家，周日晚返回学校。我常常在周六中午回到家时，看见老宅打开着门，不知道是外公还是外婆回来了。我骑着自行车，路过老宅门口，在回老屋的通道前下自行车，然后推车走进通道里。我常常在走出通道到达两间老屋门口时，看见老宅后门打开着，在屋檐的阴影下豁开一个黑乎乎的洞口。我第一次见老宅后门打开时，吓了一大跳。外婆从老宅里走出来，扶住门板，往前倾上半身，想走出老宅又迈不开步的模样。

放学了？外婆说。外婆对于我来说是陌生的，外公也一样。从小到大，我从没像其他孩子那样有一个会讲故事，挨父母打时可以告状寻求庇护的外公和外婆。外婆老了，我看见她包着的绿格子头巾下飘着几缕灰白的头发，害冷似的微微打着战。

嗯。我答应，在屋门前停好自行车。

有闲吗？帮外婆挑担谷去碾了。她说，依旧扶住老宅后门板，往前倾上半身。

嗯。我又答应，放好书包，出门时我习惯转身，又走进那条通道，来到老宅前门。其实我可以从老宅后门进去，穿过堂屋来到前门的。像村庄里任何一户人家，理所当然走在家里的正梁之下、正楣之中。习惯是一种强大的力量，我已经习惯生活中一些偏离理所当然的东西。

母亲后来对我大发雷霆，骂我和父亲一个德行，骨头比晒干的玉米秆还脆。母亲在狭长的过道里打鸡骂狗，一会儿嘲笑两间老屋里奇怪的排水沟，一会儿谩骂低矮的门楣，然后坐在屋檐下的竹椅上开始哭泣。窗下一笼鸡吓得安静下来，我撒下的菜叶没有一只去啄食。

外婆后来又叫我挑过几次米去碾，有一次被母亲碰着了，母亲叫我放下米担子，一把把我拽进通道，走时朝外婆扔下一句话：你生养谁你使唤谁去，我的孩子轮不到你使。我跟在母亲身后说，外婆挑不动。母亲转身就给我头上一巴掌。那担谷子，不知道外婆后来怎么弄去碾的。

2001 年，我离开家到外地工作了。父亲给我打电话，让我抽空回一趟家。工作以后，我极少回家。母亲把我和她住的房间让出来给弟弟独住，她则搬回父亲的房间里。每次回家，我依旧穿过那条通道走回两间老屋，父亲会到弟弟那间屋里睡架子床，我和母亲睡在父亲的房间里。时间像指间的流沙一样悄然流逝，改变很多人和很多事物。我记得小时候母亲常常在为我们的学费发愁时哀叹，这两个小冤家什么时候才长大呀。如今我们长大了，不再担心新学期的学费。我久不久给母亲一点钱时，她着急地摆手，有时候还把双手藏到背后，脸上惊慌的表情仿佛当年我伸手朝她要学费一样。而老宅依旧对我们固执地板着门脸，那条通道和两间老屋也依旧没有改变。一些事物被时间裹上一层厚厚的尘埃，磨去它分明的线条和锐利的棱角，但它的内核却依旧没有丝毫改变，依然坚硬如铁。时间有时候并不是那么强大的。

那年冬天我回家，正好是农闲时节，村里好几户人家都在建新房。我沿着村道一路走回家，再也见不到黄土坯房子了。我们家的老宅成了这个村庄最后一座黄土坯房，无意又无奈地成为村庄变迁最彻底的见证人。从我出生到 2001 年，二十一年之间，老宅绝大部分时候一直空着，永远虚怀等待，却从来不曾等到什么。有一段时间我对老宅有种憎恨的情绪，憎恨它的空荡和宽敞，憎恨它紧闭的坚硬门窗，憎恨它在夜色里无数次让我莫名激灵的后门。那年冬天我回家时站在老宅面前，它陈旧、破败，像一个行将就木的老人，四根粗大的顶木顶住往外倾斜的门墙，墙壁上也裂开一道长长的口子，屋檐的檐角经多年的风雨腐蚀，变得霉烂了，松松垮垮悬吊着，随时都会掉下来的样子。那一刻，我内心对老宅充满悲悯，其实它一直只是个房子，从来不是个家，没有欢声笑语，没有灶火炊烟，神堂前从来不曾点香燃蜡，厅堂里不曾豁亮开朗。假如老宅是一个人，那它一定是个一世体会不到人间灯火和暖意的孤寂的人。我对它的憎恨也许是不应该的，它也许也不愿这样空落一世，任凭时间在它的门脸上积满尘埃。

邻居家也起了楼房，通往两间老屋的通道变得更窄小，母亲再也不能用小平板车拉着杂物进出了。父亲和我诉苦，和村里打报告要新宅基地，村里不批准。理由是老宅其实就是我们家的宅基地，我们家只有弟弟一个男孩子，不能再另外批宅基地了。我知道父亲的意思。

吃过晚饭后，我朝那片芒果林走去。那也是两间红砖瓦房，隐在一片茂密的芒果树之间。外公其实是一个很有头脑的人，他开荒的那片芒果林，可以称得上是我们县种植最早的芒果林了。直到差不多十年后，我们县才开始有规模种植芒果，发展到现在，成为广西种植芒果品种最多、规模最大的县份，号称芒果之乡。

那天傍晚，我在冬日的晚霞里走进芒果树下那两间红砖瓦房。外公和外婆对我的到来感到有些惊慌，生疏、意外，还带有难以掩饰的惊喜而变成的一种尴尬的惊慌。

外公最终答应父母拆掉老宅建新房，两层，外公外婆和父母各出一层楼房的钱。外公要求只要他和外婆愿意，什么时候都可以搬回来住，我们不得阻拦。外公其实多此一举，父母从没往这层想，再大的隔阂，总是断不了血脉亲情的。但外公郑重其事提了这个仿佛利刃一样能伤人的要求。事情是在两间老屋和老宅之间的过道里商量的，那天天光灰暗要下雨的样子，过道里显得更黯淡了。在我的记忆中，外公外婆是第一次坐在老屋的门前，他儿孙的家门前。我看见母亲别过脸，她松弛的面皮在轻微抽搐，然后她低头，很响亮地吸溜鼻子。

老宅是在2002年春节后拆掉的，同年中秋进新宅，一栋两层楼房，厨房和卫生间按照我的提议全部设计在里边，成为村里第一栋不外设卫生间和伙房的楼房。外公和外婆依旧住在芒果林里，没搬回来，母亲给他们两把新宅钥匙。进宅那天，母亲和弟弟在新宅里的六间屋子上下比较，挑选自己喜欢的房间。父亲却无动于衷，依旧坐在日益衰败而逼仄拥挤的老屋里。母亲不愿意把老屋里的破烂家具搬进新宅里，连一把凳子都不允许搬进去，她决绝的态度仿佛要把关于过去的一切从她今后的生活中抹掉。老去的父亲置身于陈旧的老屋里，脸上带着淡淡的哀伤。他不打算搬进新宅里住。于是我们一家人在新宅建成之后，彼此之间的关系又重新变得更为奇怪了。外公外婆住在芒果林下，母亲和弟弟居于新宅中，而父亲依旧守在老屋里。雨季时，我常常在深更半夜接到母亲打来的电话，电话里清晰传来打雷下雨的声音。母亲和我数落，老顽固的屋里到处漏雨，正在屋里折腾接水，搅得全家睡不了觉。我知道母亲想让我劝劝父亲。我始终没开这个口。父亲生性软弱，隐忍生活中太多的坚硬和锋芒。他偶尔的坚持只是想为自己活上一刻，找回生命中曾经被迫遗忘的某些东西。

外婆在七十五岁时毫无征兆地在芒果林下去世了，她不曾在新宅里住过一天。外婆去世后，外公从芒果树下搬回新宅居住，他最终屈服于无人洗衣烧饭的窘境，屈服于这些毫无意义的东西。

父亲依旧坚持住在老屋里，每次回家，我明显感觉到外公的尴尬，他对一切满怀笑意，极力讨好生命中的有限时光。但我什么也没说。每个人都是从年轻时候走过来的，晚景的冷暖映照你年经时候的苛刻或者善意。外公在新宅里住了四年，在2007年中秋节前一天于一场车祸中离世。父亲在新宅里守了三天丧，发丧后给外公扶灵位，按照习俗要在灵屋里点香明灯十五日，日夜不能间断。外公外婆没有男丁，父亲作为长女女婿，续香添灯油就由他来做了。灵屋就在新宅的厅堂里，晚上父亲在客厅里摆张竹椅，睡在外公的灵位边，半夜起来续香添油。父亲从此算是搬进新宅里了。此时新宅已建成五年。

从老宅到老屋，其实就两步之遥，它们本是主次从属，本应血肉相连，相互悲悯，相互凝望，呼吸对方的气息，感应对方的体温，本该共同承接夏季的某一场雨水，冬季的某一场风霜，在流转的岁月中共同慢慢老去。然而它们却彼此拒绝，在差不多二十五年的时光里，纠结于一些似是而非的偏见和毫无意义的固执当中，错过每一个黎明共同苏醒过来时的相互问候，错过每一个夜晚沐浴在同一盏灯火的亮光中。我不知道它们在漫长的隔阂中是否有过伤感和悔意，是否也渴望过低头便可看见的温暖烟火。

如今父亲和母亲都老了。母亲在新宅里忙活着也许她一辈子都忙不完的家务活，扫地，抹灰，整理家什，饲养家禽，在屋后的菜园子里种满我和弟弟从小喜欢吃的瓜菜。刮风下雨的夜晚担心她离家在外的孩子，她平静地做着一个母亲应该做的所有事情。父亲似乎永远那样绵软和寡语，岁月变成深浅不一的皱纹刻在他的脸上，他皱纹里的表情是松弛的、安详的。他喜欢待在老屋里，和年轻时结交下的不多的几个老友闲聊，或者一个人安静地坐着。我不知道他是在回忆以往，还是在谋划今后的生活。时辰差不多了，他站起来，拍拍身后的衣摆，然后步出老屋，关上门，转过一个拐角，来到新宅的天井。他站在天井里，目光望向新宅敞开的后门，一直穿过厅堂，到达敞亮的前门，一个极其普通的家终于在他的眼里有了完整而清晰的轮廓。

深夜的火车

其实铁路离我居住的村庄很远，我只到过一次，就再也没有兴趣再次拜访它了。其间要跨越一大片稻田，一条二级路，还有很多座长满矮灌木的红土坡。第一次看见它时，我站在两条瘦骨嶙峋的铁轨旁，感觉它并不比父亲那两条瘦黑的胳膊对我更有吸引力。我站在那里，失望地张着嘴巴，像个傻子那样看一些草屑沿着铁路向远处飞舞，仿佛那也是它们的轨迹。除了风，草屑，我，二月份灰蒙蒙的天空，以及四周可以伸手捉得住的空落落的孤寂，再也没有别的了，连一声虫鸣都没有。风一阵缓一阵急，像一个个看不见的人从我身边走过，顺便掀开我的衣角、我的领子，我感觉有一股凉气从我的脖子和小腹同时往胸膛上窜，使我的胸膛一片冰凉。我忍不住打一个冷战。

两个月前铁路开通那天，我亲眼在电视上看见一群穿西服打领带的人，簇拥在一列门脸上挂一朵家里洗菜盆那样大的红绸花的火车前，对火车上的人们挥手，像送别远行的亲人。旅客们满面笑容坐在明亮的车厢里，镜头甚至对一对穿婚服乘第一趟火车旅游的新人进行特写，他们脸上的笑容，很多年后我依旧记忆犹新。我记得我坐在家里的黑白电视机前，跟着电视里洋溢的喜庆气氛激动好一阵子。

我在风里蹲下来，触摸那两条滑腻铮亮的铁轨时，像摸一截冰凉的骨头。它们被扔在荒凉的郊野，远离村庄和人群，孤独而倔强地伸向昆明以及南宁，因此它叫南昆铁路。我们的村庄在南宁到昆明的路段中，从我们的村庄可以去昆明，也可以到南宁。我们村的人绝大多数时候是去南宁的。到南宁后可以下广东、上北京，去任何一个能挣钱的地方，仿佛除了村庄，任何地方都可以挣到钱。南昆铁路开通于 1997 年 12 月。我在 1998 年 2 月一个灰蒙蒙的下午，失望地转身离开孤单的铁轨。

我从没留意过在我们的村庄里，其实可以听到火车穿越而过的声音。那非常不容易，需要机缘和巧合。白天听不到，太闹，一声狗吠或鸡啼都能把刹那而过的细微而有节奏的车轮和铁轨的撞击声覆盖了。春、夏、秋的夜晚也听不到，这些季节的夜晚太华丽了，花开和花谢的声音也能泯灭那缕细若游丝的声响。贪睡或睡眠太好的人，则可能永远不会知道，村庄里会有火车奔驰而过的声音。

开始熟悉夜晚的声音，缘于失眠。我不知道这东西如何找上我，到了后来，到底为什么而失眠，我已经忘记了，渐渐习惯了它。它除了使我面容枯槁、毛发黯淡，倒也没给我带来多大的麻烦。我开始对夜晚格外敏感起来，风吹草动，误闯进房间的蝙蝠振动翅膀的声音，不知道从什么地方传来的一声莫名其妙的叹息，都被我收进清晰的脑海里。为了打发时间，我还会花一点心思想一想，吹的是什么风，会不会下雨，蝙蝠到底找到出路了没有，需不需要开灯看一看那声叹气是怎么回事，谁和我一样在深夜无眠。我屏住气息，仔细聆听，认真思索。思绪在黑夜里像野地里的植物一样滋生蔓延，每根触须敏感捕抓黑夜细微的变化。

然后我听见一种奇怪的声音，夹杂在黑夜很多细微的声响里，模糊的，有节奏的。我听过很多关于村庄里的声音，鸡鸣鸭叫，狗吠猪嚎，孩子挨揍的咒骂声，女人被打的哭叫声，风吹动门，雨敲打瓦片，镰刀的口刃割断稻秆，母亲在后院淋菜，柴火在灶膛里被烧得噼啪爆响，这些我都熟悉，这些声音是村庄的交响曲，渐渐上了年纪后，它们在我生命中越来越频繁地奏响。

然而我从来没听到过这种声音，我仔细回想村庄里的各种声音，最后确定，这种声音并不来自村庄。它们和睡眠一样，离我很遥远。我想用村庄里我所熟悉的声音来给它打个比喻，然而怎么也想不出来。很多年后，我听到了空调外机的声音。空调外机悬挂在屋外的墙壁上，隔着厚实的墙壁和紧闭的门窗，在屋里只能隐约听见一阵阵沉闷的嗡嗡声。这种声音让我想到了那个深夜在村庄里听到的陌生声响。假如真正站在铁轨旁边，看见火车从眼前行驶而过，空调外机的声音无论如何都不能和火车轮撞击铁轨的声音相提并论。那个深夜，火车声从遥远的地方一路走到村庄，要经过一大片稻田、几条公路、一些并不深的沟渠，然后走进村头的晒谷场，踩着有人也有牲口脚印的街巷，来到我的家门，还要小心不吵醒看家的狗，爬上楼梯，挤进门缝里，抵达我聆听暗夜的每一根神经。它一路磕磕绊绊，走疲了，失去原本铿锵明快的节奏感，像一个走很远的路来到的亲戚，亲切的笑容和打招呼的口气布满风尘和倦意。

那些夜晚，这种陌生的声音一直在差不多的时刻来到我的房间，有时候早半个小时，有时候迟个把钟头，来去匆忙，持续差不多三分钟后，我再也捕捉不到半点关于它的踪迹了。那是临近春节的一段冬夜，我已经毕业并离家千山万水讨生活去了。春节前，我把一年该休的假放到节前休，连春节假期一起，差不多有二十天的时间。我想让母亲多得几天和我待在一起的时光，尽管我不是很惦记她，但我知道她需要我。

白天，我在村庄里走着，想找一个人来询问关于夜晚那陌生的声音。但所有的人都脚步匆忙，急匆匆地像赶着要去做一件火烧眉毛的事情，没有谁愿意放慢一下脚步。其实他们并没有什么急事。临近春节了，土地也和人们一样，想在年末时歇一歇，放下一年中的操心和疲劳，趁着还没有开春，多睡几个沉实的觉。他们的手里提着一把镰刀，要到村外的地里去割回一捆猪菜，或者提一筐灰烬，撒撒刚割过的韭菜地。其实他们可以走得慢一点，脚步放清闲一些，但除了一声照面的招呼，谁都不肯多说一句话，埋头赶路，像是满怀心事。我不好意思打搅他们的行路。我带着困惑在村庄里转着，也许那些声音能在村庄的某个角落留下一些可供我参考的蛛丝马迹。然而我什么都没发现。坍塌一半的矮墙依旧无人问津，村里的狗也没比往日多叫嚣，猫更令人失望，蜷缩在朝阳的墙根下晒太阳，甚至扯起不小的呼噜，老鼠吱吱叫着从它的跟前散步似的走过，它却睁一只眼闭一只眼。只有我一个人焦虑万分，为村庄里突然多出的一种陌生声音。

这种声音一直陪伴着我把年过完，我还是没找到它的出处，离村庄有多遥远。大年初十，大姑提一对粽子来我家。她有事情求我，二十二岁的表妹要搭乘半夜两点四十分从昆明开往广州的火车，想叫我做个伴，陪她送表妹到火车站。我答应了。我觉得不应该拒绝一个亲人在寒冬夜晚的请求。

夜里十二点五十分，大姑在我家楼下鸣一声“三马仔”喇叭，我便摸黑下楼拉开门闩，母亲在黑暗中一把拉住我，塞给我一塑料袋沉甸甸的东西。

粽子、米花，给你表妹带上。母亲简短地说了一句，我便出门了。大姑开着“三马仔”，表妹坐在车厢后，我在“三马仔”的车灯下爬上后车厢，和表妹面对面坐着，然后把母亲给的袋子递给她。

那晚风很大，湿冷，迎面刮来使人的面皮有种隐隐地疼。大姑戴着手套和毛线帽，一张脸被一副口罩遮得只剩下眉毛眼睛。我们都没有说话，“三马仔”奔跑的叫声打破村庄夜晚的宁静，我们出了村上四级路，然后又拐上二级路，绕过环城道，朝火车站的方向行驶。路上很少有车，一路的冷风和清静。表妹侧着头，看大姑开“三马仔”的后背。大姑穿一件天蓝色的羽绒服，粗壮的腰身裹在厚实的衣服里，像一截硕大的木桩。我的姑父是个想起他来就令人闻到药味的病人，和我大姑生下两个女儿后，似乎只忙着生病了。我的小表妹四年前离家出走，大表妹如今正往一条令人担忧的打工路上走。我不知道此时大姑有什么样的心情。上了环城道后，路灯渐渐多起来，我看见在晕黄的光线里飘着一些像线头一样的绵绵细雨。

火车站离村庄很遥远，这是我第一次到县城的火车站，算一算也该有十来公里吧。火车站前的小广场空无一人，我们的“三马仔”像一个蛮横的入侵者，突兀的声音把淡白色的灯光搅得越发孤寂。大姑在广场前熄灭“三马仔”，下车帮表妹卸下拉杆箱后，自己蹲在车后厢的排气管上暖手。大姑在黑暗里向我解释，这个时候上车，到那边是明天下午，你姑父的侄子刚好下班，能接人。然后我们进了火车站，三个女人靠得很近，彼此能感受到身上的外套所散发出来的呛人的寒冷气息。

我们三个人在火车站里候着，谁都不说话。比我小四岁的表妹看上去像个初中生，遮到眉毛的刘海被寒风吹得凌乱不堪，我伸手帮她把刘海抚平了，她朝我笑笑，稚气未脱的脸被寒风吹得红通通的。大姑久不久望一眼进站口墙上的电子钟，时针从一点半走到两点半了，火车站依旧静悄悄的。到两点五十分时，隐隐的，我又听见那种陌生的声音。我仔细辨认，没错，是它。我在寒冷的空气中打了一个激灵，有些疲惫的神经也变得兴奋起来。我环顾四周，想分辨它是从哪个地方传来。然而那声音太微弱了，被夜风吹乱了方向，而夜太空旷，它像空气一样弥漫在黑夜里。

大姑又一次整理表妹的拉杆箱，其实箱子很结实，表妹还在两端的拉链处加了把铜色的小锁头，她把拉杆拉起来。

火车来了。大姑说。前夜两点五十分到，昨夜三点十五分，今夜也得三点过后。

十五分钟后，火车带着一身凛冽寒气咆哮着从黑夜而来，在这个小站仅仅停留两分半钟，表妹迅速上了火车，在凌晨时分把自己隐匿进一截黑乎乎的车厢里，像一个虚幻的梦。

我忽然有种想哭的感觉，为在深夜里离散的亲人，为深夜里孤独奔跑的火车，以及半夜里倾听火车声的人。

如今的村庄

很多时候，在村庄里走的风比人还多。仿佛村庄是风的村庄，而不是人的。风步履轻盈，轻车熟路地在村庄四处走，随便从某一户人家大门走进去，经过堂屋，出了后门，再进入厨房，和灶膛里的火打个招呼，火苗呼呼地答应，也不挽留它，忙着舔锅底，风就从半掩的厨房后门出去，走了。走的时候还把门踢得吱的一声响，仿佛在抱怨比冬天收割过的稻田还空旷的村庄。

村庄空了。自从 20 世纪 90 年代末的某一天夜里，村庄突然响起一种陌生的声音后，每一天早上起来，村庄都要少好几个人，这些人顺便又带走了关于他们的事情。某一个人经常走的那条田埂不再有他的脚步，草因此长好几寸。常常在小叶榕下打纸牌的几个身影也不见了，被撇下的当坐垫的几块砖坯子，几场初夏的雨水淋过后，长出黑魆魆的苔藓。爱寻衅滋事的让村人烦透的那几个人，某一天也消失得无影无踪，跟随他们做很多恶事的老狗成了丧家之犬，如今连一只公鸡都可以随便欺负它。它瑟瑟地蹲伏在村庄某一个角落，脸上满是忧伤，想不明白到底村庄发生了什么事情。少了人又少了事情，而且还在不断地少，村庄就这样空了。

如今，村庄里只剩下一些再也出不了力气挣钱的老人，和一些还没到出力气挣钱年龄的孩子，领一些鸡鸭和狗过日子。牛和猪已经不养了，这两种牲口需要花费很多力气去喂养。牛要天天牵到野外去放，而猪这东西贪吃，一天一大锅潲水，这都不是老人和孩子能够做到的。于是，猪和牛也在村庄里消失了。没有了猪圈和牛栏，鸡和鸭就没地方可去了，它们像人一样，在村巷里慢慢踱步、叹气，或者突然呆立在某一个角落里，听风从村庄走过的声音，顺便撩拨一下它们身上的羽毛。

最先感觉到村庄空了的，不是村庄里的人，而是村庄之外地里的庄稼。某一天早上，该淋的菜地没有人去淋，该收的花生眼看着要在一场雨过后，在地里长芽。田里种的甜玉米正在抽穗子，也不会有人去施肥打药了。庄稼地里的很多活匆忙结束在半道上，再也不会有人去管。半天工夫，庄稼地便像经历一场霜冻，所有的庄稼都蔫了，它们耷拉着脑袋，朝村庄张望，然后慢慢在地里枯萎。它们再也等不到一个能扛得动犁耙的年轻人。它们看见一些脚步迟缓的身影，在村庄后的菜园子里转，半天挪不动几个脚步。那些人再也没有精力走到更远的庄稼地里，拔掉地垄里的杂草了。

渐渐地，村庄里的老人也知道村庄空了。

每个人的一生中总避免不了有需要独自面对的日子，面对突然空出来的日子，留在村庄里的人并不感到惊讶。他们觉得那只是短暂的，就像年轻时候赌气躲到什么地方去待上两三天。村里年轻气盛的全走掉了，年老的感到前所未有的轻松。他们年轻时候对孩子们的责骂，如今孩子们也会动不动就绷着脸回敬几句。现在好了，全走掉了，他们又迎来了一生中一个独处的时候。邀几个年轻时候一起打过架的老头来家里，杀一只鸡，一壶农家酒从午后直喝到繁星满天。年轻时候做过的荒唐事情也成为一道不错的下酒菜，于是全都喝醉了，舌头发僵，声音却高起来，说话像吵架。自从家里的孩子长大后，他们就没这么高声说过话了。他们沉醉在突然没有顾忌的空里。

村里人最先感到村庄空了的，是大姑妈和大姑父。他们老了，姑妈六十四岁，姑父七十一岁。姑妈当了一辈子的小学代课老师，工资少得可怜，但好歹也是有固定进项的，因此年轻时便有些瞧不起姑父。按照姑妈的说法，若不是看在三个孩子的份上，真想把这个老东西给离了。他们的日子，曾经成为村里人茶余饭后的笑料。姑妈甚至搬到学校去住很长一段时间，大家都认为他们的日子再也过不下去了。可过着过着，他们却一直过到老。他们的三个儿子和媳妇带着孙子孙女在某一天凌晨离开村庄后，姑妈成了姑父的影子。只要姑父出了家门，她必定跟着。有时候他们走在空荡荡的村巷里，一前一后，姑父微微佝着背，有些罗圈的腿脚迈得很不利索，姑妈站讲台站惯了，腰板挺直，路也走得风风火火。走了一段，回头，发现姑父落在后头了，正看着某一家门楣脱落一半的旧对联发呆。她便停下来等，朝后头的人嚷上两句：走个路后脚拖前脚的。姑父也不赶，看完对联，莫名其妙摇摇头，跟上姑妈。如今，再也没有什么事情需要他心急火燎地赶路了。姑父有高血压，姑妈总是担心老头在哪里走着走着就一头栽倒，连一个扶的人都没有。只要姑父不在她的视线之内，她就慌得失魂落魄的，白着脸挺直她的腰板奔走于各条村巷寻找姑父。时间和她开了一个玩笑，年轻时的刻薄怨恨变成折磨人的担忧。

姑妈常常抱怨说，这个老东西，年轻时候磨我，老了也不让我省心，要死也死不利落，脚踩阴阳间，活人死人都被他拖累，我前世欠他的。她最终没能如她所愿，在姑父倒下时扶他一把。某一天早上醒来时，姑父发现对床上的姑妈已经在梦中走了。姑父把手伸进被子摸了摸，似乎还有点余温，他赶紧手忙脚乱翻找出寿衣，趁着姑妈手脚还没僵硬，给她穿上了。然后从神堂柜里摸出一挂鞭炮点燃，那是丧炮。

丧炮响了，哭灵的人却没有。一个村庄空了，死也是寂寞的。

空像杂草一样，顽强而有韧性，蔓延在村庄各个角落里，攀爬进留在村庄里的人心上。几次无拘无束痛饮叙旧之后，他们再也没有兴趣对饮了。他们在午后的阳光中走在空荡荡的村巷里，上了岁数的狗跟在他们身后，悄无声息，默默相随，各自踩着自己的影子。走一段停一段，看看刮来的一阵风带起来的几根鸡毛，鸡毛会落到哪一个墙头上。看看地上一截还算结实的绳子，思索这截绳子为什么会在这个地方，曾经派什么用场，捡回家又能做什么。看了一阵子，然后摇摇头。如今，一截断绳子能派什么用场呢？派不上什么用场了，连他们还在喘气的人，已经像这截绳子一样被遗忘在村子里了。人和狗于是继续走着，往那些经过的人家门口望两眼。冷不丁的，看见门闩上挂着大锁。锁头是陈旧的，门闩也落一层灰，门很久没开过了，屋檐下长一层风干了的苔藓，卷着边角，像牛皮癣一样斑驳。还有几堆狗屎，也风干了。人和狗就怔怔站在那里，回想前两年还在这家里喝过酒，和家里的老头为一句话争得差一点连酒都喝不成。如今守家的老头死掉了，家里的年轻人毫不客气地在门上落一把锁，离开村庄的步子匆忙急促，仿佛要赶去一个紧要地方，家就空了。离开村庄的人一定要过很多年之后，比如生一场大病，比如异乡的繁华再也无法填补心里日益滋生的空，才记得村庄和村庄里的这座空房子。挂着锁头的空房子，在漫长的等待中布满灰尘，了无生机，像一个苟延残喘的人，生生把站在门外的人吓住了。也许再过上三年五年，也许用不了那么久，他们的家门也会这样挂上一把锁，门闩落一层灰尘，门前也长满风干的苔藓，村庄便又多了一座空房子。

（《广西文学》2015 年第 9 期）

镀金贵族的孩子

廖莲婷

一

在夏天，这一家人从南京路的某个弄堂搬到了郊区的别墅。那里没有上海外滩的时髦与繁华，没有十里洋场的灯红酒绿。这些他自己看见就好了，至于孩子，他们应该专心学习，朱先生说。这个尽职的父亲，要尽可能地让他的孩子晚点知道享受物质的繁华和时代的热闹，以免玩物丧志。他年轻的时候白手起家，也并非天生是富人和城里人，他相信虽然出身低微，但是他身上有优秀的基因和卓越的品质，因而他的孩子也应该像他一样：奋进，成功。

一个生意场上的成功人士，有这样的意识是可喜的，这多少都有点超越了那些炫富摆阔之流。中国并非全富全贵，上海也是，他那一类人组成了先富起来的阶层，但下面还有为生存挣扎的贫苦底层，不断往上冲欲与他并肩的中层，所以不能松懈，不断奋斗是现今所必要的，更何况还有那条富不过三代的箴言，因而无论如何，孩子们一定要接受良好的教育，成人成才。

只要还要为破产担忧，为后代担忧，他就觉得他那个富商的身份就是个镀金的身份，这个时代也只是一个镀金时代，那个郭敬明喊的什么白银时代、黄金时代都是华而不实的、不确切的，“他是个温室里的小毛孩，什么都不懂，我不能让我的孩子成那个样子”，朱先生常对自己说。“让孩子们养成专心学习、勤于锻炼、敏捷思考的习惯，以便长大后成为正派的、成功的人”，这是他常对家庭教师说的。他和他妻子极力小心照管他们，也这样要求着请来的教师，在我被请到他们那所大宅子之后，我听到最多的一句话就是“拜托了”。要做到认真上课并不困难，但是要养成一种品质却不是一朝一夕的事，而且，尽管朱先生有很好的展望和期待，可是在教育中注重哪部分的内容，如何在纷乱复杂的中西方思想文化中抽取想要的部分，把哪一些具体的知识教给孩子，朱先生并不明确。我教过许多孩子，朱先生也请过许多家教，这期间由于种种因由，我并没有带一个学生超过两年的，朱先生也没有聘请一个老师超过半年的，我喜欢接触不同的学生，他多半是因为不满意。在一番电话咨询之后，我得到了他家的那份酬金不错的家教工作，也介入了那个宅子的周末生活。

他的孩子从来不会离开宅子太远，总是在能听到保姆呼唤声的范围内。另外需要交代的是，照顾孩子的责任是落在保姆和家庭教师身上的，朱先生忙于生意，朱太太有许多宴会要参加，虽然有心，但总也顾不上，才花大笔钱请专职保姆和教师。保姆不太放心孩子跑太远，因此总要每隔一刻钟呼唤孩子的名字，确保那些稚嫩的回答声都能响起时，才会安心地做家务。“廖老师，你帮我的忙，你把他们教好，我不用这么累地看着他们，先生也高兴。”我去上课的时候，胖乎乎的保姆总是甩着大袖子边擦汗边喘着气对我说。

那两个孩子很可爱，男孩叫朱力，女孩叫朱安。由于从生下来就过着富足无忧而又有条不紊的生活，长得健康而漂亮，皮肤明净，气色极好，眼里闪动着一种富于自信的动人光芒。他们是快乐的，知道别人会毫无条件地爱他们，除了父母很少有人会批评他们，别的孩子也不敢欺负他们，即使打架了其他孩子的父母也会让着他们，这种优越自足的感觉从小就一直存在于他们脑中了。

上课的时候，他们不屑于通过努力得到老师的认可，从第一天看到他们时，我就知道这不是个轻松的差事。他们上的是重点学校，在学校里虽然没惹事（鉴于父亲的威严），但是学得也不是特别用功。尽管有诸多毛病，他们也还不失为可爱的孩子，有着和同龄人一样的童心和好奇。他们顽皮捣蛋，但是脾气还算好，有很快成为一个集体的核心人物的能力，这多半是继承了他们父亲的领导才能。他们的眼神明净，没有蒙上山区穷孩子、留守儿童特有的一层迷雾，也没有那种因物质匮乏而带来的“饥渴”或“幻想”的阴影。生活中的大部分人是经常需要妥协的，而他们只需要学会谦让以便更好地进取。

我这样分析他们，思索着我应该设计的课程。对朱先生是否赞同我的做法，我没有把握，要知道很多人被他辞退过。面对一半天使一半魔鬼的孩子，你需要引领他们天使的部分，而同化他们魔鬼的部分，那么你必须要有一个足够强大美好的精神。

我这么想只是因为我并不了解富人，当然或许我也并不了解穷人，我们谁都无法了解别人，只是按照我们认为的那样去想。我从没在豪宅住过，即使我从小就在电影和书上看到过无数的豪宅，我对那富丽堂皇掩盖下的生活也知之甚少。我在上海待的时间不过才几年，我不能说我能够观察到这部庞大的机器如何运转。

不过说真的，这一家人对未来的规划，就像农民种棉花一样，顺时顺势。有一次朱先生问我擅长什么。我说是观察和书写。但这话说起来容易，要旁人理解就难了。只有在这时候我才看到这个人的眼中出现模糊的、闪烁的成分。能够把整个商业运转都装在脑子里的男人，也不一定理解得了一个词语的色彩。有一个世界仍是他们不了解的，这就是我的价值存在的理由，我对自己说。

课程开始得并不轻松，孩子们一会儿兴奋地谈笑着，一会儿低头坐在那儿把玩藏在脚下的玩具，抬起头时却好像准备跳起来一样，我们在若即若离中颠来倒去地进行了半小时，我只好宣布游戏时间开始。

这个决定让我和那两个孩子都挺高兴，只有保姆脸上现出紧张的神色。他们很快开始在花园里奔跑起来，色彩鲜明的建筑，新鲜美丽的花朵，苍翠浓郁的树木，都开始流动，都要比窗内始终静止不变的世界更有新鲜感。那个年纪更小的女孩深信，只要她站在花园里，她就比那些花朵还要美丽。远处的海滨大道上，漂亮整洁的白色房子正静静地坐落在海湾，小男孩有时会望向他们之前所住的房子的方向，在那里他母亲的社交生活正在轰轰烈烈地进行。

上海的确是个神奇的城市，被平静宽阔的黄浦江分成两半，一边高楼林立繁华热闹，一边空旷宁静草木繁盛，成为最为恬静的休憩之地。于是在城市上空翱翔的鸽子、鸟群总会飞到生长草木的郊区。朱先生的家，掩映在飘须似的常春藤下，是一幢令人赏心悦目、红白相间的别墅，一溜绿油油的青藤沿着墙边飘然而起，一路往上爬去，势不可挡，显得神清气爽。房子的正面是一排法式落地长窗，此刻反射出闪烁的金光，敞开着迎接午后暖洋洋的风。房前还有一个漂亮的水池、宽阔的草坪和花园，鲜花怒放香气扑鼻。而在黄浦江的对面，那些春笋般的建筑映在水面上，流光溢彩，气势非凡。

我在花廊下休息，树木把一片绿色的阴影洒在咖啡桌上，手机正播放去年流行的一些美国乐曲，我一边喝着柠檬水，一边享受安闲的时光。偶尔听见葡萄架后传出热烈的、欢快的笑声，让人心情愉快。草地上那一排排颜色越来越深的树木，飘荡在树叶沙沙声上的音乐声，以及那些可爱的人，都让人觉得这个城市的幸福是毋庸置疑的。

“你们吃点什么？”保姆端着果盘走过来。男孩和女孩跑过来，在石凳上坐下，鼻子上是晶莹细密的汗珠子。他们边吃水果边坐下来看池子里的金鱼。水池由于有精密的换水器，所以清澈透亮，底下铺满的卵石也闪着光芒，金鱼摇动着尾巴缓慢地游动，平静流畅的水面就皱起了水纹。鸽子飞过的身影映在池里，然后被鱼打散。

多么美好，这样的成长是许多孩子梦寐以求的吧。要知道，世上并非所有的人，都有这样优越的条件。植物可以在坚硬的岩石上生长，也可以在潮湿的沼泽上生长，动物对环境的要求却要挑剔得多，而且通常是住得干净吃得好的才会长成敏捷、皮毛光鲜的族类，食腐肉的秃鹳和食昆虫的冠鹤，前者丑陋无比，后者美丽非凡，正和其习性相关。我喜欢幸福的孩子，他们身上有一些绝妙的东西，对生活的前景异常敏感并且充满希望，还有着美妙的“创造性气质”的可塑性，充满浪漫气息的聪颖。此刻，他们在我跟前，大地阳光普照，树上绿叶竞发，而我努力着像东风一样引领万物的苏醒、生命的成长。

在河湾那边，一个穿蓝色裤衩的男孩在沙地上来回跑动，一边跑一边呼唤，然后他的鸭子在水中扑腾了一阵。远处，商船缓缓西行，蜿蜒的公路上传来汽车断断续续的喇叭声。

海天交接成一条淡淡的细线，弥漫着热气，呈现在人的面前。小女孩朱安这时说：“哥哥你喜欢这个地方吗？”

“不管怎样，我想回家。”男孩朱力回答说。

他们的谈话声，在耳边绕来绕去，阳光投下的身影也随之绕来绕去。他们从不停下玩闹，总是在“伟大的游戏时间”里，毫不吝啬地摆出兴致勃勃的样子。小女孩朱安双颊红润，额头很美，向上缓缓倾斜，乌黑而微微卷起的头发如同波浪一般，沿着额际形成徽章上的盾形，一双水润的大眼睛，明亮清澈，她的身心微妙地沉醉在孩童时期的欢乐里。而她的哥哥朱力，却要复杂得多，心思可以随时飞到几千米之外的地方。

二

朱力一出门就奔跑起来，他一边跑一边不时地瞟一眼时代广场。太阳初升的早晨，四周充盈着勃发的气息。人和植物、建筑的倒影长长地留在地面，但只有人的倒影在流动。

生活在一座城市就不得不被它影响。人们都微微抬头，呼吸着早晨的气息，但建筑反射的刺眼的阳光使人晕眩，以至于大部分人只能匆忙地走路。

朱力喜欢这个城市，喜欢城区老弄堂里的生活，搬到郊区对他来说是个艰难的妥协和服从的过程，对他母亲而言也一样。现在，在城区的中心时代广场，他感到欣喜若狂。如果你没在大都市市中心长住过，你是无法理解老上海人宁愿窝在市中心弄堂的老旧的小房子里，也不愿意搬到郊区的洋房的，尽管政府以分发五套房作为他们搬迁的补偿。对他们而言，城中心绝不仅仅是一个地理位置，还是一个上海城里人的身份，这个身份包含了上海都市百年历史的沧桑和骄傲。这种文化认同和归属感，这种不让于人的自豪，恐怕不是物质补偿能够等价的。朱力虽然不是真正的老上海人的后代，可是他出生在那里，并在那里长到了十岁，老弄堂里有他一同长大的朋友，还有那不止一千次走过的青石板路。最要紧的是，虽然父亲不是老上海人，母亲却是，她已经把骨子里的优越感毫无保留地传给了儿子。

如果整个城市在听，就能听到朱力的心跳，并感到这种心跳与自身同步。他看着广场雕塑反射的光点，兴奋地跑着。天桥、摩天大楼、电视塔以及高耸的雕像，它们的影子就像手牵手排成一行行的舞者，铺在城市的地面与人的脚步之间，然后那些人从来没有踏足过的古老而贫瘠的土地也听到了城市繁荣的声响。而如果是在晨、昏与夜晚，灯光的色彩如同幻想家手中的颜料和画布一般，无尽想象的火焰在城市上空变得绚烂夺目……

黄浦江也涌动着游船和商船激起的涛声，平缓的江面上行驶着几艘造型不一的新式船，船的主人既不属于陆地，也不属于河流，他们属于这座城市。而船上的过客，他们从四面八方而来，在匆匆一览城市的轮廓后，就带着因仰望高楼而变得模糊的眼睛回到自己的居住地，海风里的潮湿还未适应，欢声笑语就全都被水无情地冲走。

朱力告诉我，那江上航行的船只，有一艘是他家的。它以干净无瑕、永久常新的银灰色彰显贵族的气质，使其他船只都黯然失色。它的客容量是其他游船的两倍，坐在船上，可以把河段的景色一览无余。

我和朱安坐在广场的一隅，小姑娘走了好长的路，累坏了，不能跟着她的哥哥到处乱跑。我不需要很用心地看着他们，因为这个任务已由他们家的司机担当。我坐在树荫下，抚弄跟来的小狗。它真是可爱，一会儿好奇地在朱安的脖子上嗅着，紧张地呼着热气，让她觉得痒痒的，一会儿围着一棵小树一圈一圈地晃悠，把小姑娘的注意力吸引到它毛茸茸的小身躯上。树叶上漏下的光打在皮肤上，接触面感到微微发热，耳朵却听到了消退的浪涛低低的、疲惫的哗哗声。皇冠大楼顶部还戴着一枚皇冠，像耷拉着一朵枯萎的荷花。我们在它的背影下，闻到咖啡店的气息。不远处坐着的是一个年轻女子，面前的椅子上摊开着一本书，金色的头发从肩膀和脊背上滑落下来，露出红润的褐色皮肤，映衬着一串奶白色的珍珠项链，在阳光下熠熠闪耀。她表情淡漠，楚楚动人，身上散发着外国居民的慵懒气息。

朱安向那个年轻女子露出了笑容，对方显然也觉得她可爱，报之以微微一笑，但是并没有走过来交谈，她仍然坐在那里，于是朱安又继续逗小狗玩。朱安与她母亲的相貌惊人地相似，身上只有一小部分特征是她父亲独有的，而恰恰正是这些特征使她更加可爱。她父亲是个心中装着未来的人，她当然也表现出了这种充满自信的特征。女孩和她母亲都是典型的上海美人，从小到大照过许多照片，身上带有华贵优雅的气质，这是那种富家千金特有的，不仅表现在那姣好精致的容貌上，更表现在那恰到好处、简单却颇具品位的穿戴上。她的母亲熟知黄金市场的变动和“上海故事”的丝织品，能让它们巧妙地为自己增色。在这样的母亲的照料下，女孩有点像一个伟大的园艺师培育的一个完美的花蕾。但儿子跟母亲比较亲近，女儿跟父亲比较亲近，这在大多数家庭中都是一样的。女孩在父亲在家时，会爬到父亲怀里，要求父亲讲故事，当然她也会用自己的可爱与聪明逗父亲开心。而男孩呢，通常会躲开强势的父亲，跑到母亲跟前寻求宠爱。

真难以想象，就在其他孩子在学校上课或写作业的时候，这两个幸运儿还在家庭教师面前撒娇。“老师，我们今天可以不回家吗？”“我今天可以不那么早起床吗？”“我可以不午休吗？”“今天可不可以只讲故事不上课？”他们叹着气又不依不饶地说话，说话时就像一尊哀婉的浮雕，声音微微变了调，看向室外的太阳。

好了，今天终于如愿以偿了，在这宽阔的广场，我实在不觉得有趣，他们却玩得开心。朱力回过头来，用他那一双黑色的、能吸引人的眼睛，看向懒懒地坐着的我，表示出不理解。

“哎，你们怎么老在这儿？”他说。

“我想你该坐下来喝点水，你跑来跑去不累吗？”我对他说。

“我不喝水，我喝带劲的。”

的确，一般的饮料根本无法打发他们，于是我们只好进咖啡馆。在那里，朱力对我说，他八岁那年，一天下午他被单独留在家里，就从酒柜里拿出母亲的杏仁甜酒尝了尝，觉得很好喝，于是就一直喝到了微醉，直到母亲回来看到半癫狂状态的他，既感到害怕又感到好笑。事后还被认为是他像母亲的一个表现。一天，他听到母亲对朋友说："我这个儿子很可爱，非常像我，是天生的生活艺术家。"她高兴得眉飞色舞，把声音变了个调，杏仁甜酒的事儿就这样像酒从瓶里流出来一样讲了出来。听的人都笑了起来，也一致认为这母子俩很可爱……

其实在这样的家庭中，所有的事都会像是大事，比如吃饭、聊天、游玩，每一件事都会有人安排和评论。我能够参与并见证这些琐事，真是个意外。像带孩子出门游玩这种事，还是我做他们老师一年之后的事，在这一年中，由于一些戏剧性的事情使我获得了认可和信任，这些事我就不交代了，尽管它们对事情的发展至关重要。我还是喜欢谈一谈这一家人，他们给我带来了不一样的岁月。

朱先生家里的琐事总是轰轰烈烈的。他们周围总是围着一大群人：一个保姆，一个厨师，两个女用人，三辆轿车，三个司机。像这一次孩子没有家长陪同就出来玩，真是经过了周密安排。小朱力不属于乡下，他属于老上海，总是吵着要到城里玩，他花了好多时日跟母亲央求，才得到这样的一次安排。

由于朋友聚会众多，他们的母亲自然是赴宴去了，从崇明岛到杭州西湖，每一处他们都占据着令人羡慕的位置，所以他们的母亲喜欢与朋友打交道，而且每一次聚会她都要向人重复上海的一些老故事，比如某某旧城区的建设以及改善的情况，某某老店的商品的层次和品位，某个老城区被拆迁得一塌糊涂，某个新区的人把日子过得一团糟，这些故事就像弗洛伊德所讲的梦一样，必须抖搂出来，只有这样才能显示她老上海的身份。等她讲完那些故事后，她会以一个长而深情的感慨怀念老上海的生活，那时房价还没飞涨，还没有地铁，居民们还没有因为寸土寸金争得头破血流。她出席盛大宴会是频繁的，天经地义一般。“孩子就拜托你啦，我的朋友。”这时她已经称我为朋友了，也是天经地义一般。

她出门前总会细致打扮一番，而且总是那么的美丽，妆容打扮归功于许多人的打理：前任私人理发师，现任私人理发师，前任私人医生，现任私人医生（当她觉得第一个没给她带来任何起色时，她就又找来一个）。今天早晨，她一边向后梳略微潮湿的长发，一边嘱咐保姆照顾好孩子。

而此时保姆正在厨房里切东西，面前还摆着一本烹饪书。她瞪大双眼，神色疲倦地朝女主人的房屋方向瞥了一眼，那种眼神是在乡村长大的她所特有的，要不是为了赚钱，她就会在乡下过着自由的放牧耕种生活，虽然眼下的工作也不错，但她还是时常想念家里，而且她不理解她的女主人为何总不在家照看孩子。而女主人却知道，只要交代的事保姆都会做好的，她的确是一个实心称职的人。

也许除了朱力，没有人会抱怨郊外别墅的日子，舒适豪华的住宅，尽心周到的服务，没有可以挑剔的地方。朱力常问母亲搬家的原因，并且告诉家人，老弄堂里的伙伴都很风趣幽默，他想回去和他们生活在一起。可朱先生却是一个面对生活拿得起放得下的人，人生的某一段路一旦走完，或者某一种生活需要改变，他总能释然地把它当成过往的回忆，并且对所有的事情，他都善于做出合理的解释。朱力对老宅的依恋，和他的父亲形成了矛盾。朱先生认为这是孩子贪玩的表现，因此更应该搬到郊区了。而我则以为，这不过是老上海和母亲给朱力带来的一种虚荣和优越感罢了。

三

当回到郊外的家里，朱力时常趴在窗口看那个河边放鸭的男孩。凝望的眼睛如同叶子上的两滴露珠，如同飞鸟不怀疑天空的眼泪，能盛尽世间的欢乐与悲苦。世界可以从一个窗口涌现，对于孩子好奇的眼睛。那小而神秘的两个凹陷，黑而明亮的珠子，是两个长长的大人到达不了的洞穴。

窗外的世界在转动，吹过湿地的风带着热而微腥的气息。空旷的草地上速跑的小人，跨过重重的篱笆栅栏，越过一堆堆小小的石子，他的黑影吸引着窗后面的眼睛。那每一次优美的跳跃都带来窗后心灵的振动，形成观者额头上被玻璃挤压出的一块耀斑。而河面闪射的阳光，在行进的过程中变得波光粼粼，里面滚动着能摧毁磐石的力量。

他羡慕，并且一千次地幻想自己的自由，一千次地询问母亲为何自己不可以在无人看管的情况下在阳光里飞奔。他终于感受到了自己的匮乏，开始问家庭教师周末为何不能像自己母亲那样去参加活动，为何还要上课。我不能给出某种与现实对抗的解释——我们思考问题的方式还有区别。我的回答是要经过深思熟虑的，否则就会遭到质疑，而他的问题却能够重复诉说，以发泄对生活的不满。我只能对他说，人和人是不一样的，那个放鸭的男孩需要劳动，我需要教书，而他需要学习。“学习是为了什么？”河流一再从源头出发，比生活本身更成为问题，而人类的智慧却无从解答。窗外的一头豹子，以完全精确的步伐和速度，再次捕获围城里的心。河流的表面是万千涟漪变幻莫测的摇荡，而窗里的人看到少年保持着儿童应有的快乐，这让他想起了弄堂里的朋友。

这的确是有趣的，每一类人都有他羡慕的东西，神秘的内心力量使不同的人成为朋友。蝴蝶或许以为蛹是丑陋与不幸的，蛹却以为蝴蝶长了一双奇怪的变异了的眼睛。这段秘密的故事，起初我并不看好，我觉得男孩看向窗外时，其实也有羡慕的眼睛看向他。他渴望的眼神的对面是贫穷与劳累，他看不见经他思维剪辑前的一切东西。或者，他尚未发现另外一个世界其实也有烦恼。人在换位后，心情是迥异的，像童话变成小说后，只有悲剧的情节。

他最终趁所有人不注意偷偷跑了出去，在草地用指头卷着草茎，在河边用脚捣着河水。他和小男孩追逐一只挣扎着蹬踏的蚂蚱，直到它臣服在手掌下，慢慢吐出嘴角的绿汁。他回来后，向我们得意地宣扬蚂蚱的头部坚硬得像火车头，而它硬节的身体、灰绿的颜色正是那一节一节连起来的火车车厢。更有趣的是，随手一扔，蚂蚱的体侧就会升起两团雾，飞向更远的天空。

他这一壮举没有遭到批评，而把撞见他们的父亲感动了。他突然感觉到儿子不仅喜欢都市，还喜欢草地，能和农民的儿子玩在一起。他看到了流淌在儿子身上属于自己血液的一部分。

朱先生以前认为儿子看不起穷人，因为朱力小的时候，每当在街道见到乞丐，都会对他们的穿着和邋遢加以批评，甚至用手掩着鼻子缩到妈妈的背后。小朱力的这一举动被朱先生视为有失风度，并感到些许不快。他想起自己儿时在乡下养猪，身上的味道也好闻不到哪里去。

但是现在他看到儿子跟小农民玩在一起，并不只是把妻子那边的人视作朋友，心中感到十分宽慰。当天，他就对我表示感谢，认为是我的教育给他的孩子带来了转变。虽然我并不认为我对此起过什么作用，朱先生却认为他搬家请教师等安排是起了良好效果的。

当夏季的最后一场雨过后，池子里的最后一批荷花开了，湿漉漉的花朵在水上举起一盏盏美丽的灯盏，孩子们都在等待故事时间的到来。

孩子的身上所具有的一种品性是值得艺术家珍惜的：喜欢听故事。随着时间的流逝，听故事的兴趣在大人身上消失殆尽了，小孩子不懂得这个世界的轨迹和忙碌，却依然保持对故事的珍爱。只要你对他们说："从前有一个人，在蓝色的大海边，钓到了一条金色的鱼……"就可以使躁动的他们安静下来，坐在你的身边，睁大眼睛好奇地看着你。

午后的钟声敲了三下之后，我们在落地窗前的席子上盘腿坐下来，开始那梦幻般的故事之旅。扑闪着的明澈的双眸，从头至尾兴致勃勃的表情，真叫人快活。

故事给孩子和我都带来了新的体验，我们变成了有翅膀的天使。当王子沐浴着夕阳骑马归来，美妙的乐曲荡漾在黄昏清凉的空气中，如一股溪流缓缓流过人的心田，故事就进展到了令人欣喜的地方。

有时当我停下来，孩子们会自己接上故事，这时会有某个人物戏剧性地出现，然后故事会朝着另一个方向发展。

在孩子面前，大人的智慧不是行走在地面上，而是在深水或高空之中，不能预知和肯定能否踩实每一个脚印。那不断冲着你涌来的潮流，使你感觉到你真的老了，而他们才是世界之门为之完全打开的宠儿。

我想，这些年正是因为和孩子们待在一起，我的生活才有了清澈的愉快。无论是哪一个学生，朱家的，之前带过的，或者后来带的，都以他们的聪慧使我得到了进步。

我也曾带过比较贫苦的孩子。那些住在棚户区的人家，有些注重教育的也会省下钱来请家教，那些孩子虽然没有阔孩子的聪明漂亮和天生的优越感，但很勤奋，也很听话。而在心性上，我发现所有的孩子都是纯真美好的，在本质上都是一样的，造成差异的是影响他们的环境。

和孩子相处是生活中至为重要的乐事，忙于应酬的家长显然忽略了这种快乐。孩子为你打开另一个世界，把自己缤纷的想象变成小飞机，在自由的天空里翱翔。在故事时间，我和朱力、朱安几乎一直都在思想的天空中飞行。

朱力和朱安都喜欢飞机，闲暇时常画飞机玩，他们的书本和作业本的空白处常布满飞机的速写。闲暇和自由的时间越多，这两个宝贝就越高兴，脑子中从未有过消磨时间等无聊的念头。

有一次我们把讲故事的地方改到了草坪上，那个放鸭的小男孩也被朱力邀请过来。这时候，讲故事的不再是我，而是孩子们，而我则乐于充当纯粹的聆听者。小男孩把田间有趣的故事讲给朱力、朱安，朱力、朱安把老弄堂的故事讲给小男孩听。

在缤纷绚烂的故事中，所有的孩子没有等级的差别，也没有阶层的差异，大地上仿佛没有栅栏，也没有边界，他们快乐地相拥在一起，然后手拉手向远处的光芒飞奔而去。

他们没有回头，一双上帝一样的眼睛在背后凝视着他们，他们要冲出那双眼睛的视界，在自由的天地里自然地成长，承接风吹日晒、花香鸟语。

（《广西文学》2016 年第 1 期）

二　嫂

黄　芳

一

确切地说，她是我的堂二嫂。我们家族大，堂哥们从一开始排，要排到二十多。然后自家如果有两三个亲哥，又再从头排一次。像我们家，大哥在家族里排行老四，那么我们在众人面前跟堂哥堂姐们叫他四哥，在自家里则叫他大哥，二哥三哥类推，每家都这样。所以，我们都管二堂哥福光叫二哥，二堂嫂自然也就被叫作二嫂。

福光是四伯的大儿子，有些智障。四伯是一名因腿伤复员的军人，据说他返乡那天，除了锣鼓喧天和鲜艳大红花，还有一位娇小玲珑眉清目秀的女子，那便是四伯母。此前，乡亲们从未见过她。

四伯母有一双三寸金莲，走起路来一摇三晃。她显然生于书香门第，自小识文断字，学养不浅。她是众多妯娌里唯一操着标准普通话的女性，这在一个白话、壮话和客家话混杂的村庄里，显得非常的醒目。也许，嫁给四伯时，她并没想到自己的后半辈子会在一个小山村里度过。为此她在与村邻的格格不入中，始终有些愤愤不平。她的那双小脚，成了她不用下地干活的最好理由。而她娇小且满腹经纶，于是每天在村里慢悠悠地东晃西晃，也成了一个非常恰当的现象。

四伯与四伯母关系似乎并不太好，两人极少一起出门一起聊天。他们生有两儿两女。两个女儿英珍和英兰没有半点四伯母的影子，都粗悍而勤劳，不事修饰，对读书不感兴趣，每天天一亮就上山下地，回来后端着海碗呼噜有声地喝玉米粥。两个儿子福光和福坚也都矮短身材，福光还有些智障。总之，他们与高大威武、聪明过人的四伯也没有半点相似之处。

四伯返乡后，开始了一种在乡亲们看来非常怪异的生活——他只愿意和小孩子待在一起，几乎不跟任何成年人说话，包括他的妻子儿女，他都甚少开口。每天，他坐在大院子里，手拿烟斗，时不时抽上一口。烟斗光滑精致，散发着某种少见的金属光芒。据说这烟斗是日本货，是战利品之一。他身边总围着一群孩子，听他讲关于打仗的故事。在五年多的战争岁月中，四伯失去了一条腿，留下了两本残缺不全、似乎还能闻到战火和硝烟的日记。日记本他天天带在身边，却从未翻开过。

我曾问过他：你为什么不再写日记？

他看着远方，良久才说，战友们都在那边，日记已经写完了。

暮色四合，孩子们被各自家长喊回家吃饭，四伯也从院子里一拐一拐地回屋，把自己关在房间里。他房间里有书，有军大衣，有军水壶……但从来不给任何一个大人碰它们。让一扇门把自己死死封闭的四伯，没有人知道他想什么、做什么。四伯母和儿女们对他似乎都深怀敬畏。也许，畏的成分更多一些。

四伯母每天做完一些家务，就迈着三寸金莲颤巍巍四处晃，很多时候，她是来我家。两家之间只有很短的一段路程，她要晃不短的时间才到。进到家门，她先找一张就手的凳子坐下，长出几口气，才慢慢站起来，一摇一晃地踱进各个房间找人说话。有时会和我母亲一起缝缝补补，摘菜捡豆。母亲话不多，而她伶牙俐齿，噼啪说个不停，语速一快，她就会各种语言都混用，听起来甚有意思。如果没人有空陪她，她就自己东翻翻西瞧瞧，渴了饿了自己拿碗去倒水舀粥喝，就像在自己家一样自在。

她如此偏爱我们家，也许是因为相对于家族里的其他人，我们也算是书香之家了——我父亲是方圆几百里闻名的才子，自编自导了无数的民间剧；外公是私塾先生，母亲虽然自身没有多少文化，但自小的家庭熏陶还是在的；我三个哥哥都是读书人……我猜测，这样的家庭，也许颇为暗合四伯母最初对于家的期盼。

那么最初，她是怎么嫁给四伯的呢？他们怎么认识的呢？四伯从来不说，也没有人告诉我。这成了一个谜。

儿女们一天天大了，四伯母也一天天老了。老大福光因为智障，三十多岁了还是光棍。他没结婚，老二福坚也不好结。不知家族里哪个先提出来的：这样拖下去不是办法，让英珍去给福光换一个回来吧。

那时候，妹妹或姐姐给兄弟换亲的现象很普遍——你家有个儿子娶不到老婆，我家刚好也是，那么就让你家的女儿嫁给我家的儿子，我家的女儿嫁给你家的儿子吧。至于他们是否适合做夫妻，是否能够过到一起，是没有人去考虑的。

据说，对于这样的决定，四伯曾经拍着桌子大喊：荒唐！

四伯母细声细气地问他：那你说怎么办？让老大打一辈子光棍？

这细细的一问堪称四两拨千斤，四伯不再说话。

换亲的话一放出来，自然就有无所不能的媒人上门了。很快，英珍姐嫁到了外地，而一个完全颠覆众人“三观”的二嫂，到了我们那个小山村。

二

二嫂高挑、漂亮，穿着细细的高跟鞋。

夏天，她的衬衫总是花样翻新，并扎进裤子里，让她的细腰和长腿更为凸显醒目。秋天，她外面披着一件薄毛衣，里面搭着衬衫，衬衫的领子翻出来，同样的日新月异。冬天，她有长到脚肚的大衣，有各色纱巾……

总之，二嫂的到来，让小山村轰动了。三面环山的小山村，从不知道什么叫时髦，什么叫文艺，什么叫婀娜多姿，什么叫风情万种。而这样的一个女子，却要跟一个几乎没有思想的、凡事只靠本能的智障男子生活在一起，显然，村里的很多男子不平衡。他们试图靠近二嫂，然而这太难了，二嫂一个凌空的眼神，就能让他们自惭形秽地退缩。

二嫂是个读书人，中师读到一半，被迫给家里的哥哥换亲。她有过什么样的挣扎我无法去想象。而她脸上眼中的凛然，让人隐隐地不安，似乎一场暴风雨正在酝酿。

二嫂的到来，让四伯有了一些活泛。每天，他早早起来，一瘸一拐地清扫庭院，给院子里的花浇水。一日三餐，他不再独自端着碗在房间或院子里吃，而是正襟危坐在餐桌前，并且要求大家都这样。他房间的门不再紧紧关闭，同时他在餐桌上说：我房间有不少书，你们想看随便看。

这句话中的“你们”，大家都知道只针对二嫂。因为除了二嫂，没人对书感兴趣。四伯母出自充满书卷气的书香门第，然而在小山村里浸润几十年，她不仅成功地学会了本地的壮话、白话、客家话，也成功地把自己变成了一个不用下地干活的农妇。对于书籍，她连一眼都不会多看。

四伯和二嫂成了家里唯一可以互相对话的人。她去翻他的日记，他从不阻拦。她轻喊一声：爸，吃饭了。他响亮地哎一声，乖乖地回来。

四伯知道这样的婚姻委屈了二嫂，对大儿子极少关注的他，开始为儿子购置衣服，每天催促儿子洗澡……

自从嫁过来，二嫂还是很受优待的，从不叫她下地，家务事她愿做多少就做多少。

四伯母曾嘀过：一个大活人，怎么能不下地做事?

四伯一听便大声呵斥：你自己干过什么？！

从此四伯母便不敢再吭声。或许是因为这样，或许是女人间难以言明的气场，四伯母和二嫂的关系一直都很生分。

大半年过去了，二嫂始终保持着高挑苗条，肚子没有任何动静。四伯母悄悄问四伯：怎么还没有喜？不会是他大嫂有问题吧？

四伯白了她一眼：急什么？再说阿光有问题也不是没可能！

又过了大半年，依然如故。四伯也急了，把福光拉到一边问：怎么回事？怎么还没怀上？

就像很多时候都靠着本能，福光哥生理方面的本能也是有的。他嘟囔着，艰难地描述完了事件始末：二嫂从来不让福光碰她，每天晚上穿着几条裤子，还要用几条腰带把下身死死捆住。好几次福光想蛮来，但被二嫂的眼神吓退了。实际上，从一开始，福光就不敢正眼看这个女人，不仅仅是因为自身的缺陷，更因为她的与众不同。但他和所有的男人一样，对美好的事物也暗自觊觎，如果不能占有，那么能一直留在身边也不错。所以，福光不再试图攻破二嫂的防线。或许他觉得，只要她在就好了。

三

二嫂嫁过来那年，我应该是六七岁。对于美和漂亮，还没有明确的意识。但是，我一眼就喜欢她——她行走的样子，她平静的笑，她的温言软语。

那时候，我哥哥们都在外地读书或工作，周末或假期才回来。为了谋生，父亲在家的时间也很有限。大部分时间，是我和母亲两人在一起。所以，哥哥们回来的日子，是我们家最热闹也是我最开心的日子。

幼时我有强烈的交际障碍，不愿意跟外面任何人交往，甚至光是打一个招呼于我都是极其困难的事。记得有一次，八叔来我们家讨东西，刚好那天母亲出去了，就我一个人在家。八叔一进门，我愣住了，呆呆地看着他。

八叔粗声粗气地说，这丫头怎么见了长辈不问好的？不懂事！快，去给我拿点盐！

我哇地哭起来。

这回轮到八叔愣住了：怎么回事？算了算了，我还是走吧，不然别人还以为我怎么着你了呢。

母亲回来后，八叔再次上门，把当天发生的事说了一遍。他非常不满地说，你这个幺女，太奇怪了，见人不喊还莫名其妙地哭。

母亲解释说，我女儿从小就怕生，他叔你多担待。

从此我对八叔便有些惊惧，见到他老远就躲开。每年春节，哥哥们会把我架在脖子上，或者两人轮流搭起四只手做成“轿子”让我坐在上面，去给家族里的叔伯们拜年，那年春节也如此。到八叔家时，我挣扎着下来，躲在哥哥身后，死都不愿露面。然而八叔似乎对之前的一切都忘掉了，非常热情地叫我，还递给我一个红包一个粑粑。看着那双伸过来的手，我吓坏了，再次哇地大哭起来。

这回连八婶也不高兴了：大过年的，你这孩子怎么这样！没人招你惹你，哭什么哭呢！

大哥是老师，对心理学有些了解，他很快反应过来，我的现象，应该就是心理学上的交际障碍。我的这个毛病，二十多年后遗传给了我女儿，让女儿深受困扰、备受指责，为此我将终生愧疚。这是题外话了。

二嫂像四伯母当初刚到村里时一样，唯一喜欢去串门的就是我们家。我们一家并不是特别喜欢四伯母，觉得她有点太端，太把自己当一回事，每天絮叨的全是怨言，似乎觉得全世界都欠她的。

母亲对四伯母的说辞大多数充耳不闻，有时也会忍不住说一句：行了，你就知足吧。

其实对于家族里的众多妯娌，母亲的话也都极其少。但对于二嫂，母亲像是换了一个人。她总是和二嫂有说有笑，言语中充满了某种说不出的疼爱怜惜。我们家几个房间没有一个上锁的，二嫂想进哪个都可以，甚至累了想躺在上面歇息都没问题。

我二哥的房间贴满了明星海报，还有他自己拍摄冲洗上色的很多照片，还有他自己组装的录音机……总之，我二哥的房间，用现在的话来说，非常的文艺。二嫂很喜欢，有时可以一天都待在那里。

放学回来，我喜欢跟二嫂待在二哥的房间里看书聊天。我告诉她，每天黄昏，看到小鸟低飞，我会觉得很凄凉，不知道小鸟有没有家，住在哪里，如果晚上下雨，它们会不会冻着……

二嫂把我搂在怀里，说，傻妞，人家小鸟都有窝的，而且它们不怕风不怕雨的。

她说这句话时，温软中似乎带着哽咽。年幼的我不明白这哽咽因何而来，更无法深明一个内心汹涌的人，要多强大才能做到波澜不惊笑容平静。但是那一刻，我那样地被她搂着安抚着，感觉无比安宁。

二嫂还说，不敢跟人打招呼并不是什么错，每个人都会有一些自己做不来的事。就拿你和英金来说，她干农活很厉害，但读书却很差，你读书好，农活却从来没干过。这就是各有各的长处。

英金是八叔的女儿，年纪跟我相仿，长得粗壮结实，是干农活的好手，八九岁的人，几乎可以干成人的所有活，而读书却一窍不通。二嫂的话，再次让我得到了极大宽慰，并心生崇拜——她像一朵花，柔软芳香；又像一个港湾，温暖可靠。

放学后的时光，我成了二嫂的尾巴，她到哪我去哪。我手里总是要拿一本书的，走路也看。她便说，哎呀，我身后跟着一个知识分子，太荣幸了。

我哥哥们假期回来的日子，二嫂甚至比我还开心。聊音乐聊文学聊学校的事，他们聊得那么的投机那么的恣意。二哥的录音机从早响到晚，响彻小小山村。期间有二嫂对流行歌曲的高声唱和，也有二嫂朗诵三哥诗歌的婉转低回。

四

四伯五十多岁时，突兀地离世了。

那时我已经是初中生，正在市重点实验中学接受全封闭的教育——每个月只有月底才能回家一次。月底回来，家人告诉我，四伯去世了。我非常惊讶，因为上个月回来，他还跟往常一样，沉默地坐在院子里，晒太阳，看书，给小朋友们说战场上好玩或者难过的细节。

他们说那是一种罕见的病，四伯突然一连几天吐出暗黑的血，没多久便走了。

四伯生前对我很是疼爱的，甚至比对他自己的儿女要疼爱得多。在庞大的家族里，四伯也是极少数我愿意交谈且完全没有顾忌的叔伯之一。所以对于他的去世，我惊讶之余便是悲伤。

父母和哥哥带我去他的坟上祭拜他。四伯坟上的泥土还很新，被连根拔起的泥上的草，有些还绿着。坟顶上，几张用土块压着的白纸钱，已经有些破裂和变色。

四伯就躺在这泥土下吗？我想起那些黄昏里低飞的鸟，我曾为它们深感凄凉，但二嫂说它们都有家的。而四伯躺的这底下，并不是家，他该有多冷啊……

我的泪水无声淌下。哥哥把我揽在身边，说，知道四伯疼你，你喜欢四伯，本来想着要告诉你的，但怕影响你学习……

四伯走后，他们家再也没有成群的孩子嬉闹不停，因为四伯才愿意多说几句话的二嫂，从此几乎不再开口，院子里被四伯侍弄得枝繁叶茂的花草也日渐萎靡。

四伯去世没多久，福光哥某天早上醒来，发现二嫂已经不在。他有些意外。这些年来，二嫂每晚总是等他睡着了才上床，每天早上他早早起床，呼噜呼噜地喝完几碗玉米粥便下地干活，那时二嫂还在沉睡中。也就是说，自从结为夫妻，他几乎不知道二嫂是几点睡几点起的。

但那天他的意外也只是一种本能反应，并没有因此联想更多，照例是呼噜呼噜地喝完几碗玉米粥便下地干活。

像往常一样，黄昏时福光哥才扛着农具回来。老远他就听到家门口很多人在叽叽喳喳。四伯母一见到他便颠着小脚跑过去：他二嫂不见了！他二嫂不见了！

福光一屁股跌坐在地上，嘴里发出刺耳的呜呜声。家族的成年男子兵分数路，四处搜寻。妇女们则前往二嫂的娘家，打探加威胁。

然而一切都是徒劳的。二嫂从此再也没有音讯，不知死活。

1994年，我中专毕业，在外地开始了一份白衣天使的工作。因为专业知识不过关，难以应对疾痛与死亡的多重重负，加上对文学的痴迷，我决定停薪留职，洗手不干。

办了停薪留职，我回了一趟家。我告诉家人我辞了工作，打算去读书。家人对我的所有抉择向来都支持：只要你觉得开心就行。

母亲说，还记得二嫂吗？

我回不过神来：哪个二嫂？

母亲笑说，就是小时你最爱跟在她后面的二嫂呀，福光哥的呀。

我脑中轰的一声：她在哪？她回来了？！

母亲说，怎么可能回来。她在H市，有一次你二哥去H市出差，刚好就碰上了，你说巧不巧。

原来二嫂在被换亲嫁过来前，就在H市有了男朋友。男朋友答应一直等着她，一直等。对于命运的安排，二嫂始终有强烈的抵抗力，她不让福光哥碰她一下就是这力量之一。但是，同时她也是充满心机甚至是自私的。她知道同样是换亲过去的，跟她哥哥一起生活的英珍是一个没文化也不会对生活提出要求的女人，不管那个男人对她如何，只要生了儿育了女，她就会死心塌地跟他过一辈子。

二嫂就等着英珍再也离不开那个有自己儿女的家庭的好时机。

这样的时机，因为四伯她延迟了几年。或许是惺惺相惜，或许是对这个从战场上负伤回来的孤独怪异的老人，她有更深的怜悯。很多次她想逃离，但是看到四伯落寞的样子，终是于心不忍。四伯本身反对换亲这样的陋习，懂得她的委屈，并想方设法地以各种方式宽慰她。但她也知道，四伯更希望她能跟福光真正生活在一起，有儿有女。她不敢想象，如果她逃离，这个老人会陷入什么样的绝望。

上帝说："压伤的芦苇，他不折断。"或许在她眼里，四伯就是一枝被压伤的芦苇，她不忍折断他。

这些，都是她在巧遇我二哥那天，在一个小餐馆里一点点地说出来的。那时的她已经发福，脸上眼中不再凛冽，而是宽仁和满足。

"甚至还有一点歉意。"二哥说。

（《广西文学》2016 年第 2 期）

钉子被移来移去时

林　虹

一

会议室里，烟雾缭绕，我推开窗，深呼吸。九月的风里，全是热气，高大的榕树枝丫，有蝉在“咋啦咋啦”地叫，好似“开心开心”，很热闹。我一点也不嫌它们的聒噪，那是爱的声音，人间最美妙的声音。它们知道生命短暂，当爱则爱，一点也不迟疑。它们还知道向死而唱，比起人类，它们自成体系的生命哲学，是向上和向乐的。还有一只鸟，在上午或下午的某个时段，叫着“你莫怪，你莫怪”，叫的是桂柳话，慢悠悠的，如此清晰，一听就乐。我很好奇这只鸟，它怎么会说桂柳话呀。它在向谁道歉呢？因此，只要我被烟熏得晕沉沉时，就推开窗，听这些有趣的叫声，特别是这只道歉鸟，它让我想起乡音，想起百里之外的家乡。奇怪的是，从不见它的踪影。它和蝉一样，隐伏在枝丫。

这是一个有趣的世界。

如此，我开始原谅这些缭绕的烟雾，淡淡的烟味。那是一张张葱绿的叶子，也曾有阳光和雨露的味道，以及月光和露水、虫鸣和微风，世间最好的景致曾伴它们成长，最后才成为这些烟味。烟味，也是修炼过的。如此，才不辜负了它的本质——爱我，就给你智慧。这只是我的个人感悟，我曾经多么讨厌这些烟味，在一次次创作会上，我被熏得头昏眼花，心躁无比，有老娘不如拂袖而去的念头。是的，多少次，我就是这样，老娘拂袖而去了，那样的冲动，结果就被窗外的声音化解了。“你莫怪，你莫怪”，“咋啦咋啦”，“开心开心”。当我会心一笑，我知道，拂袖而去，终究还会回来。莫非，它们知晓我内心的秘密？因此，声声如佛，看我得道多深。

我不禁笑。

导演抬头看我一脸闲适，甚至笑意融融，不解。“你想出什么好点子了？”而他，眉头紧锁，手指夹着烟，一圈呼出的烟，还未散去，正笼罩着他年轻俊朗而又疲惫的面容。昨晚的创作会开得很晚，走出大门的时候，星光稀疏，月色寂静，南宁的民主路上，偶有车辆开过，便剩下满街灯光。我从没见过民主路这么安静，白天车来人往，喧哗得让人想要逃离。此刻，我喜欢它的安静。导演问，要不要送你？我摇摇头，酒店就在附近，走过去就好。于是，我就慢悠悠地走着。我的脚步是沉重的，内心有牵绊，当然不能释然，虽然月华正当。如果我能有今天的得道，从一些鸟鸣中体悟，我想我会是走得很轻盈的。那么，那点创意，也不是什么要紧的事。

说不要紧，也是要紧的，舞剧《瑶妃》毕竟是我的第一部大戏。

就如怀了孩子，总想着他长得健康周正点。至此，已经走到最关键的一步——和导演的二度创作切磋，开始舞台执行台本的创作。二度创作，原本是导演的事了，我可以不参加，毕竟舞台的呈现，于我完全是一个陌生的世界。可是，这个年轻的导演有他不同的创作理念，他组建了一个年轻的创作团队，从舞蹈编导到音乐、舞美、服装……都是充满朝气的，像灌满了浆汁的玉米，长得满目生机蓬勃。因此，彻夜奋战，也不是不可以的。这样的队伍，你会被感染。

除了文学指导德高望重，是的，他虽资历最深，却不比这些年轻人缺乏什么。他的思维和精力、阅历和经验，给这个团队注入了鲜活的力量。而我，作为编剧，混迹其中，也属正当的那种。导演需要我的文学表达，何况，对于一个剧本的解读，他也想在舞台的呈现上，听到我更多的诠释，以便更快地把这个文学脚本梳理出一个清晰的脉络。在舞台执行台本的创作时，同时也在完成场次的叙述，用简洁而又有美学意义的词语，表达这一场剧的内容，让观众一目了然，又过目不忘，甚至回味无穷。他让我去看看赵明的舞剧《红楼梦》。

这是个好的建议，对于一个半路出家的编剧，这是我最好的学习范本。此前，我开始创作舞剧《瑶妃》剧本时，也像棵灌满了浆汁的玉米，感觉体内的力量无尽，生长是如此快乐。我借用小说创作的方式，一气呵成，当然，早期的资料已了然于心。当我把一个晚上写出的剧本递给领导，她惊讶我的速度。而其中的框架构建、思想维度、情节呈现，居然有些地方和她的想法不谋而合。这让她惊喜。因此，我得到了这个剧本再深入改编的机会，以最快的速度立项，申报经费。至此，我就开始了对这个剧本的不断修改，最后，搬上舞台。

我开始在网上找赵明的舞剧《红楼梦》，这位大师颇具胆量，挑战了这个名著。要知道，《红楼梦》一百二十回，博大精深，情节丰富，人物繁杂，拍成电视都几十集，文本厚得都可以拍死人。赵明却把它搬上舞台，可想而知，这是多么有勇气有智慧的事。可是赵明成功了，他将《红楼梦》重新结构，提取黛玉葬花、海棠诗社、太虚幻境等有代表性的场景搬上舞台，用肢体语言完美诠释了这部名著。当然，导演特殊的思维方式介入，是舞剧的亮点，比如在诠释“黛玉葬花”这一场，是花葬黛玉了。这是个有意味的转换，这种文学意向的颠覆，有着很大的想象空间，而舞蹈赋予的力度、视觉、冲击力、空间感，给人耳目一新的体验，化繁为简，简而有味，便是舞剧的魅力所在。

而舞剧《瑶妃》，能借鉴的，或许就是在于人物的诠释了。以人物的命运贯穿，讲述明朝时期一个瑶族女子的传奇人生。然，传奇无处不在，谁没有自己的传奇呢？关键是瑶妃李唐妹是明孝宗的母亲，她养育了这个有作为的皇帝，且是在后宫偷偷养的。这才是重点，一个坚强有智慧有担当的瑶族女子，她的命运在历史的长河中，留下了这有意义的一笔。在时间的褶皱中，听见了她吟唱的一首歌。我找到这个剧的动词：爱。以爱贯穿剧。讲述瑶妃的爱，爱儿子，爱宪宗，爱家乡，最后提升到爱国家。比如舞剧《妈勒访天边》的动词是访，整个剧就是在寻找太阳中展开的。而导演似乎不赞同我对这个词的提炼，觉得这个词还不能承担他想要表达的，他认为还有更贴切的词来诠释。

二

那么这个词是什么呢？大家都在冥思苦想，香烟在这个时候，必不可少，它能提神，也能激发出潜在的、沉睡的智慧。

导演提到一个词，行进。这是个行进的民族。他的提议如醍醐灌顶，给大家在黑暗中打开一道光亮。我们不能拘泥于史实，思维必须跳脱出来，才会有新的东西涌入。导演说，要呈现瑶族的元素，它的精神是最重要的。这是一个不屈不挠、不断行进的民族。一个为生命行走的民族，它永远都是积极的、向上的、勇敢的、坚强的、充满智慧和无所畏惧的。唯有行进，才能看到这个民族的变化和延续；唯有行进，才能体现这个民族的韧性。他的发言得到大家的赞许。文学指导进行了更深入的诠释：这个民族从大山走向远方，有的走得更远，还漂洋过海，这说明了瑶族的智慧，这是一个富有开拓精神的民族。对，开拓！导演应着。讨论突破了瓶颈，进入了白热化。香烟、咖啡和茶，还有窗外的鸟叫声，喧哗如此真切，我的手指在键盘上飞快地敲打，像弹一串音符。

导演像打了鸡血，这是他第一次导演舞剧，挑战难度很大。而我，第一次编剧，还属菜鸟级。这样的合作，我们从未质疑过对方。场记不停地给大家加茶、咖啡，张罗买什么盒饭。编导、音乐、服装、舞美也在讨论中碰撞自己的思想火花，以寻求和剧目的最佳结合点。

我说，我想要有一场经典的舞蹈，类似于《白毛女》的窗花舞，让人过目不忘。导演深知我意：我也有这样的想法。事实上一个剧，只要有一首音乐和一个舞段被流传，成为经典，那么这个剧就成功了大半。我说要有一个女子的瑶族小群舞，美丽的瑶寨，瑶族服饰，蝴蝶歌，长鼓舞，场面欢快，舞蹈优美有特点。最好是打着瑶家油茶，月夜，火塘，意境很美，情思雅致。导演说，大杂烩？我知道你想把瑶族的元素呈现出来，可是也不能硬贴，要和剧目的气韵一致才好。我坚持己见。导演问，你想怎么加？我说，在瑶妃进宫后，和宫女们跳梳妆舞时，以长鼓为由，讲述她在贺县桂岭的生活。或者，在遇见宪宗时，和他说起她在桂岭的快乐生活，那么打油茶，唱蝴蝶歌，跳长鼓舞，也是合情合理的。导演说，你以为这是在拍电影？镜头一切换，场景就变了。这是舞剧，空间就在舞台上。他说得有道理，那么这个女子的瑶族小群舞就没希望了。我已经在脑海里想象她们的舞蹈动作了：火光下，她们在打着油茶，蝴蝶歌流淌其中，优美的身段，在打油茶的起伏中，像剪影一样充满了意境。而长鼓舞，也适时而出，这种欢乐恰好和瑶妃在宫中的思乡呼应，是一种视觉冲突。

我有些怅然，走出楼道透气，从窗口看去，外面红尘滚滚、热气腾腾，充满了烟火气息。为什么要穿越六百多年的时光，在一个瑶族女子的身上寻找一种坚韧的品质？因为她是广西唯一的瑶妃，因为她在和命运的抗争中，闪现了一个瑶族女子的聪慧和美好，这是可贵的、稀缺的。即使她消失在六百多年的时光深处，她依然是被传说的。我曾去过她的故乡——贺县（今八步区）桂岭白石村，她的儿子明孝宗给她建了衣冠冢，追封她为孝穆皇太后。衣冠冢陈旧沧桑，朝廷赠送的石羊、石龟散落田间，印证一段从未尘封的历史。我问在田间劳作的妇女，知道瑶妃吗？她们指指衣冠冢。是的，她在这田间地头静默了六百多年，如果时光流逝，她不被掳进宫，是不是和普通的瑶族女孩一样，过普通人的日子，结婚，养儿，劳作，和喜欢的人白头偕老？

就如此刻的我们，置身红尘中，也是循着命运的轨迹前行的。那些看不见的时光中，终究有些不可知，是我们无法探究的。不问不想，也是好的。就如昨天黄昏时，我在对面的市场漫步，一个卖阳桃的女人叫住我，买点阳桃吧，我自己种的。我在她的摊位前停下，阳桃卖相不是很好，我也不喜欢吃。我没有买的意向。女人又说，你尝尝，不甜你不要。她满脸的笑，有点急切。是的，这个时候，倦鸟也归家了，她的阳桃还没卖完。她用刀割了一小块，递给我。指甲的缝隙里，有污垢，手晒得黧黑黧黑的，和她的脸色一样。这是个常年在日头下劳作的女人。我尝了下，是挺甜的。要完吧，不多了，难遇到自己种的阳桃。我看着她热切的眼神，说，好吧。她欢喜地捡着阳桃，唠叨着：我家离这挺远的，原来想着要照顾孩子，在路边卖，被城管赶，有次没来得及走，车也被城管没收了。这不，就老老实实来市场了。远是远了点，但踏实。我把这些卖完，就回家了，孩子小，盼着我呢。她的一番话，没有抱怨，一个能和生活和解的女人。我拿过一袋沉甸甸的阳桃，说，你早点回家吧。她说，还有几个香瓜，卖完了就回，出来一趟不容易。我问她，香瓜也是自己种的？她说，不是，贩来的，小本生意，自己有点事做，赚点小钱，心里踏实。这是她第二次说到踏实。我从她的眼神里看到一种满足的光芒，是真真实实的。

真好，我看着暮色中的女人，心里想，只有当了母亲的人，才会为了孩子这么去打拼。

我把阳桃给了酒店的服务员。那个用深蓝色蝴蝶结扎着头发的女子，总是笑意盈盈。我在大堂的墙上，看见酒店员工的一个亲情园地，那上面有员工和家人的来信选摘，她的照片下，是她的儿子，圆嘟嘟的。她写给儿子的信充满了温情，这是一个在外打工母亲的思念，朴实而动人，我因此而记住她。她和我聊起孩子，一脸的幸福。“为了给孩子一个更好的环境，我和他父亲到城里来打工，到时把他接来城里读书。”她说着，眼里闪着光。

母亲的爱，是世间最无私最温暖的。我的思绪又回到瑶妃的身上，我要在这个剧中，如何体现她的这种爱？她和在后宫偷偷生养的孩子，是不是可以有一段感人的双人舞？我回到会议室，大家依然在讨论剧情的结构。我提出的这个构想，得到导演的赞同：这是瑶妃教育孩子学习瑶文化和汉文化的一段戏，我们有一个瑶族双刀舞的构思。我对这段双刀舞很感兴趣，而从北京舞蹈学院进修回来的四位编导，阵容强大，我对他们的编舞充满了信心。因为他们年轻，还因为他们有不俗的创意。而编这段双刀舞的编导亲自领舞，是这个剧的一个看点。而这段舞蹈，就安排在瑶妃和孩子的双人舞之后。

年轻有个性的编导说，这是一段雄浑、有力度、有生机的舞蹈，展示瑶族男子刚毅、勇敢的魅力。音乐创作接过话题，是的，这段舞蹈的音乐我已有了构思，加入铿锵的鼓声，将会很有震撼力。“为什么不是长鼓舞？”我提出。长鼓舞才是瑶族最有代表性的舞蹈。而长鼓一直贯穿整个剧，从瑶妃离开瑶寨的长鼓离情，到遇见宪宗的长鼓定情，到幽居后宫的长鼓思情，到亲人团聚的长鼓叙情，长鼓就是这个剧的一个象征。导演说，是的，是这样，但是在最后一场戏，我们会有一个场面宏大的长鼓舞。而双刀舞，相对于小皇子学习瑶文化，我觉得更贴切，那是勇敢和信念、力量和不屈的象征。

如此，我就沉默了，看着窗外的榕树，蝉依旧在“咋啦咋啦”地叫着，还有“道歉鸟”，隔一段时间会持续叫上一阵子，然后沉默，如此反复。没有人注意听它们的声音。我的耳畔一边是鸟鸣声，一边是音乐制作哼唱的蝴蝶歌。“留的西，拉的咧，蝴的蝴，蝶的蝶，黄的蜂……”

三

“留的西，拉的咧，蝴的蝴，蝶的蝶，黄的蜂……”这是瑶族的蝴蝶歌，我喜欢它的歌词，很有意味，而旋律也带着强烈的瑶族文化印记。因此，它已被列入国家级非物质文化遗产名录。六百多年前的瑶族同胞，他们唱的山歌是什么样的，已无从考究，而艺术的虚实结合，让蝴蝶歌重新得到了诠释。这就是艺术的魅力。

我对瑶族山歌的印象，最早来自仙回瑶乡的茅坪村。我出生成长在仙回瑶乡，如今，瑶族同胞的生活和汉族已没什么区别了，只有在偏远的茅坪村，还保持着过山瑶的风俗。当年我父亲中师毕业，就分配在茅坪小学工作。我曾去过那里，瑶族人淳朴憨厚、勤劳踏实，他们靠山吃山，有着坚韧果敢的开拓精神，和这个舞剧的精神内核是一致的。

然而，小时候，我更多的是对这个民族的神秘感兴趣。比如，听得最多的是，会法术的过山瑶胞，一根黄茅草压在路边，丢失的东西就会回来；两根筷子叠起，心术不正的人就寸步难移；能在异地听到熟悉亲人的声音……我听着这些，就感觉那些穿着瑶族服饰的人很灵异，是带着某种超自然的力量的，他们来自一个神秘的国度。所以每次看见那些盘着绣帕，穿着精美刺绣瑶服，背着鱼网袋来赶圩的瑶胞，我就躲得远远的，生怕自己不小心会沾染上那种神奇的事。事实上，我的母亲，在我们出门上山之时，总会扯根黄茅草给我们扎上，说是避邪。这样的习俗，一直沿袭到今天。有些事情无从解释，但我相信每根草都有它的灵性和神性。

父亲从瑶山回来，会跟我们说起那里的情况。父亲说那里的瑶族同胞并不像传说中的那样神奇，他们和汉族人一样劳作，按节气耕种，生活的风俗也差不多，他们淳朴、善良、勤劳，张口就能唱山歌……是的，是这样，这是我在茅坪村所看到的。那时，我住在小林香屯的一户人家里，他们家的房子建在山坳里，他们日出而作日落而息，阿婶和阿叔六十多岁了，一直生活在山里，他们在山上种八角、毛南竹、柚子，养竹鼠，采野木耳、香菇，割松脂……日子像山泉水一样平静纯净。夜里，他们坐在火塘边，阿叔默默地抽着水烟，阿婶在一旁剥着豆壳，有时给阿叔添点茶。孩子出去打工了，他们俩每天都是这样，话不多，各做各的事，有一种平静的幸福。这种平静就是相濡以沫。我和阿婶聊天，阿婶，你戴的帽子重吗？习惯了，结婚戴到现在。阿婶很祥和。一直生活在山里，有没有想过出去看看啊？阿婶笑着，老了，不想去了。阿叔在一旁搭话，你阿婶的山歌唱得很好的，见到哪样唱哪样。阿婶有些羞涩。我问阿婶，唱下好吗？好。阿婶很爽快，清了清嗓子，“啦依呀啦……”，歌声清冽干净，一点杂质也没有。我惊讶阿婶的声音。阿婶说，以前上山时唱，做工时唱，觉得日子没那么静，没那么苦。那时啊，鸟儿听了都会停下叫声呢。没想到阿婶还这么有趣。阿叔吧嗒吧嗒地抽着水烟，说，是挺好听的，唱得我都没法接。

很久以后，我还想起这样的歌声。因此，我提议在“行进中的民族”这一场戏里，用上这样的拉法调。音乐制作听了我的哼唱，很感兴趣。他说，这样没有杂质的原生态音乐，是这一场戏里的音乐之魂，太稀缺了。而编导，已经在陈述他的舞蹈构思了。

编导说，背景是一幅和舞台一样大的瑶锦，一座升在半空的群山，露出瑶族男子的脚，他们迈着矫健而有力的步伐，从山里走出，走向广阔的外界，而群山随着音乐缓缓升起。行进中的瑶族男子，诠释了这个民族的勤劳、勇敢和刚毅。瑶妃李唐妹出现在群舞之中，怀抱长鼓，边舞边走，寓意她走向大明皇宫，走向她未知的命运。他的想法，很新奇，首先是悬在半空的幕景，露出的脚，吸引了大家。导演很惊喜，嗯，有创意，说，往下说。编导用手撸了下头发，这场戏要给人眼前一亮的感觉，瑶族元素要用足。因此服装和音乐、道具和舞美，都要有自己的亮点……

这是个燃点，第一幕是一个剧的起承转合，很关键。就如写小说的第一句话，调子和内容的走向，都已在其中。因此，服装、舞美、道具开始了各自的陈述。

“啦依呀啦……”说起故乡，就想到了在南宁生活的父母。我停止敲打键盘，望着窗外九月的天空，望着父母生活的半岛方向。我知道，此刻，他们正在侍弄着那几垄菜地，绿豆、红薯、玉米、韭菜、藤菜……长势正好。他们保持着瑶乡人和客家人的勤劳，保持着开门见山的本性，和土地的情感，始终是挥之不去的乡情。父母已年近八十，依然精神矍铄，身体硬朗，他们做了个重大的决定，在南宁安家，买房，装修。这是一个远离故土的城市，于他们是陌生的，他们得重新开始熟悉、适应。每天，他们两个人一起散步，沿着荔滨大道，默默地走着，有时聊天，有时沉默，累了就在路边坐一坐。看着邕江水不停地流淌，而五象大桥上的车子像梭子一样，对面的良庆区正在如火如荼地建设。他们看着近处的高楼，其中的一户，是他们的家。从前，他们在小城生活，出门就遇见熟悉的朋友，聊聊天，散散步，一起聚聚。毕竟是生活了大半辈子的地方，熟悉、亲切、安心、舒适。而今，他们必须坐上一个白天时间的班车，才到达这个城市。没有熟悉的朋友，没有熟悉的乡音，没有熟悉的可去之处。唯有的，就是他们的三个儿女及家人。

而我，远在贺州，每次来，就和他们去江边散步。所以，我熟悉他们的路线，他们的眼神，以及他们心底的从未说出的思乡之情。我们坐在木棉树下休息，那时，是四月，木棉花开得轰轰烈烈，母亲对这种花极为感兴趣，怎么会没有叶子啊？花怎么开得这么多啊？树怎么这么高啊？她欢喜地要我给她和这些花拍照，各种姿势，乐此不疲。年近八十，保持着这样的生活态度，我是很开心的。我们坐在树下休息，鸟儿叽叽喳喳地叫着，母亲感叹，唉，多熟悉啊，像我们老家院子里的鸟声。是的，我也这么感觉，老家院子的鸟，也是这么聒噪和淘气的。落在院子里，叫个不停，还闲庭信步，从它面前走过，也不避让，一点也不惧怕。我们和这些鸟相处甚欢。那个院子，留下多少我们的美好时光，积累起来，比铺开我们从南宁去往昭平那一整个白天的路程还多。

母亲听到鸟的声音，便是在这个陌生城市的乡音。她一个熟悉的朋友也没有，父亲也一样。父亲说，如果，你们有一个留在昭平生活，我们就不会考虑来南宁了。是的，我知道父亲的想法，老了，终究是想在家乡生活的。可是，他们依然保持了年轻时的那种干劲，在晚年的时候，重新开始适应一座陌生城市的生活。父亲的性格里，有着客家人的吃苦耐劳。而母亲，有着瑶乡人的坚韧勤劳。他们在仙回瑶族乡，白手起家，建了房子。然后，又带着我们到县城生活，在县城建了两次房子。然后，又到南宁买房。一个瑶乡人，一个客家人，骨子里迁徙的本性，让他们不屈于生活固有的东西。行进，创造一个个新的起点，即使生活重新开始，也努力让它开始得更丰富和美好。

我也被父母影响着，感染着。比如写这个舞剧。父母说，好好写，这样的机会不多。是的，我知道，对于一个半路出家的编剧，能有这样的机会，确实不多。他们也会问到我想来南宁生活的事，他们希望我也像他们一样，有足够的勇气去改变自己的命运，行走至自己人生最好的状态。

因此，我对这个舞剧的诠释，对瑶妃个体命运的坚强抗争，有一种新的感悟。作为编剧，我表达了这个意思。而导演，他能和我的想法有共鸣吗？

四

事实是可以的，我们都看到了黑暗中那一抹温暖的光亮，感受到了来自生命里那种原始的力量维度。比如在太监张敏这个角色的处理上，这个有良知有温度有担当的太监，在历史上是不可多得的。为此，我还查了他的原籍，福建厦门人。这是一个我敬重的太监。事实上，不是所有的太监都是那种脸谱化的坏，比如明朝的宦官郑和，他的七下西洋，对航海和贸易是有贡献的。张敏在奉万贵妃之命溺死瑶妃的孩子时，做了一个有历史意义的决定，留下孩子，告知万贵妃孩子已死，并偷偷带食物给瑶妃，一起养大了这个日后成为举国拥戴的明朝皇帝——孝宗。当然，还有那个被宪宗废弃的吴皇后，这个善良的吴皇后，经常偷偷接济和看望小皇子，以至于孝宗登基后，把她当母亲一样看待。还有那个不知名的宫女，万贵妃让她端药给瑶妃，要坠下那个孩子，这个好心的宫女回去告知万贵妃，瑶妃没有怀孕，只是生了肚胀的病。以万贵妃在后宫的势力，太监和宫女如此这般，是要冒着被杀头的危险的。透过漫漫的历史长河，总有些温暖的事和人，让灰暗的现实充满了光亮，而一些朴实渺小的生命，却散发着人性的光芒。

这些温暖的人，改变了小皇子的命运。这些温暖的人，也温暖着瑶妃。在后宫，六年，小皇子藏在密室里。瑶妃和他在那个仅能从透气窗看见一方天空的密室里，相依为命。长鼓舞，瑶族山歌慰藉了乡情，还有瑶绣，盘在小皇子的头上，简直就是回乡了。窗外的海棠树上，有鸟鸣，是的，鸟鸣，和故乡的一样。这些声音的出现，成为每天的乐章。而阳光那么好，终有一天，他们能站在那些光下，看鸟飞过，看海棠花开，倾听鸟鸣。

那一天终于来了。瑶妃和小皇子不仅站在阳光下，还站在大明的江山面前。

我无法和导演说出那些诗意的鸟鸣，如何在舞台上呈现。而肢体的语言，能替代鸟的翅膀。而鸟鸣呢，如此隐喻，是否晦涩？

编导说到了光，一灯如豆，光的温暖晕开，是瑶妃命运的转折。是的，这也切合了我的心思。舞台上的光源就是命运的光源，总有一束，是能照亮出口的。

导演终于宣布可以休息了，我下楼出去透气。

九月炎热的阳光晒在水泥地上，又反射回来，热腾腾的。正值下班时间，行色匆匆的人群，在绿灯亮起的刹那，像海水一样涌出，他们奔向自己的目的地，神色各异，焦虑的、安详的、闲适的、疲惫的……我也被裹挟其中，在人群中茫然地向前。那样的时候，我常有愁绪从心里涌出，人生都在不停地赶路，生怕自己放慢了脚步，就会落下。这个繁华的城市，于我是这么远又那么近，想起父母说的，你要来这个城市，和我们在一起，要努力啊。母亲说，找到适合你的工作方向，就去争取。我嘴里应着，可是心里却是怯场的。茫茫人海、滚滚红尘中，看似有路，其实不然。母亲说，你要拿出我当年的勇气来啊。那时，我从城里下放回去，和你们生活在娘家，被人歧视，生产队里有人要排挤我们。我找到乡里的吴书记，反映情况，才不至于无处安家。我知道的，母亲身上有一种韧劲，像弹簧，越压越有力度。这种生活态度我是欠缺的。我习惯于顺其自然，像我写的诗歌《钉子》：钉子沉默寡言 / 它已习惯语言的缺失 / 习惯被敲打，被移来移去 / 我们彼此习惯 / 它知道 / 我不是这颗钉子就是另一颗钉子 / 钉子的命运就是钉子本身。

如果，像听见鸟鸣一样，听到钉子移动的声音，那么，命运的褶皱里，总能看见自己的纹路在哪里。

六百多年前，瑶妃一定听见了钉子移动的声音，所以她才不会认为自己就是那枚被移来移去的钉子，认同钉子的命运。所以，大明的历史才不会改写。所以，才有孝宗那“弘治中兴”的辉煌盛世，才有他成为史上唯一一个没有嫔妃皇帝的一段佳话。他和张皇后相亲相爱过着民间的爱情生活，才羡煞了那么多人。

是的，即使不能到这个城市生活，也不能缺乏对自身命运的认同和妥协，即使是一枚被移来移去的钉子，也要在移动时，清晰地听到它的声音。我在阳光下，又看见那个卖阳桃的女人，依旧笑眯眯地吆喝着：阳桃，阳桃，自己种的阳桃，不甜不要钱。她黧黑的脸上，充满了阳光的颜色。或许，是她散发的那种积极向上的生活态度所致，我觉得那种颜色很美。我走到她的摊前，她认出了我：是吧，我种的阳桃好吃吧，要不要再买点？我笑着，好，来两斤。我拎着这袋阳桃过马路，过往的喧哗声，有着热气腾腾的烟火气息，我居然极其享受。是的，即使那些带着热浪的尾气，那些飞扬而起的尘埃，都是这美好的一部分。

因为，我又听到了那些蝉的叫声，“咋啦咋啦”，“开心开心”，“你莫怪，你莫怪”。真是有趣，白花花的阳光下，我不禁抿嘴而笑。

（《广西文学》2016 年第 9 期）